ROBIN COOK

Narkosemord

Buch

In das Leben von Dr. Jeffrey Rhodes, dem tüchtigen Anästhesisten am Memorial-Krankenhaus in Boston, greift unvermutet ein Alptraum ein. Er beginnt mit einem ganz normalen Kaiserschnitt. Während der von Rhodes durchgeführten Anästhesie stirbt die Gebärende plötzlich, ohne daß es für ihren Tod eine einleuchtende Erklärung gibt. Für seine Kollegen am Krankenhaus und für die Öffentlichkeit ist Rhodes schuld am Tod der jungen Frau, weil dieser allem Anschein nach die Folge eines von Rhodes während der Anästhesie gemachten Fehlers ist.
Vor einem Zivilgericht wird Rhodes angeklagt und zu Schadenersatz in Höhe von elf Millionen Dollar verurteilt. Anschließend spricht ihn ein Schwurgericht des Totschlags schuldig. Bis das Urteil rechtskräftig ist, wird er gegen Zahlung einer Kaution auf freien Fuß gesetzt. Der Arzt weiß, daß er unschuldig ist, und taucht unter, um auf eigene Faust Ermittlungen anzustellen. Dabei gerät er immer tiefer in ein verbrecherisches Milieu, von dem er bisher keine Ahnung hatte. Bald erkennt er, daß er bei seinen Nachforschungen sein Leben aufs Spiel setzt. Wer ist sein Feind im Dunkeln?

Autor

Robin Cook studierte an der Columbia-Universität und in Harvard Medizin. Er hat sich als Autor vieler international erfolgreicher Medizin-Thriller einen bedeutenden Namen gemacht und lebt heute in Florida. Von seinen Romanen sind außer dem vorliegenden als Goldmann-Taschenbücher erschienen:

Blindwütig (42944)
Das Experiment (43447)
Fieber (42448)
Gottspieler (42447)
Todesengel (43136)

ROBIN COOK

Narkose-mord

Roman

Aus dem Amerikanischen
von Joachim Pente
und Rainer Schmidt

GOLDMANN

Ungekürzte Ausgabe

Titel der Originalausgabe: Harmful Intent
Originalverlag: G. P. Putnam's Sons, New York

Umwelthinweis:
Alle bedruckten Materialien dieses Taschenbuches
sind chlorfrei und umweltschonend.
Das Papier enthält Recycling-Anteile.

Der Goldmann Verlag
ist ein Unternehmen der Verlagsgruppe Bertelsmann

Genehmigte Taschenbuchausgabe 12/96

Umschlagentwurf: Design Team München
Druck: Elsnerdruck, Berlin
Verlagsnummer: 42325
MV · Herstellung: Sebastian Strohmaier
Made in Germany
ISBN 3-442-42325-2

3 5 7 9 10 8 6 4

Für Audrey Cook,
meine wundervolle Mutter

»Das erste, was wir tun müssen, ist,
daß wir alle Rechtsgelehrten umbringen.«

William Shakespeare
Heinrich VI., 2. Teil, 4. Aufzug

Prolog

9. September 1988, 11 Uhr 45
Boston, Massachusetts

Nach den ersten stechenden Krämpfen, die gegen halb zehn an jenem Morgen einsetzten, war Patty Owen sicher, daß es soweit war. Sie hatte befürchtet, sie würde vielleicht nicht unterscheiden können zwischen den Symptomen, die das Einsetzen der Wehen signalisierten, und dem leichten Strampeln und allgemeinen Unbehagen im letzten Drittel der Schwangerschaft. Aber ihre Befürchtungen erwiesen sich als grundlos; der kneifende, brennende Schmerz, den sie jetzt fühlte, war ganz anders als alles Bisherige. Vertraut war er ihr nur insofern, als er in seiner Beschaffenheit und seiner Regelmäßigkeit den Lehrbüchern geradezu klassisch entsprach. Alle zwanzig Minuten, wie von einem Uhrwerk ausgelöst, spürte Patty einen gleichmäßigen, stechenden Schmerz im Kreuz. In den Perioden dazwischen ließ er nur nach, um dann wieder aufzulodern. Trotz der zunehmend akuten Qual konnte Patty ein flüchtiges Lächeln nicht unterdrücken. Sie wußte, der kleine Mark war unterwegs in die Welt.

Sie bemühte sich, Ruhe zu bewahren, und suchte in dem Durcheinander von Papieren auf dem Tisch in der Küche nach der Telefonnummer des Hotels, die Clark ihr am Tag zuvor gegeben hatte. Er hätte seine Geschäftsreise lieber abgesagt, weil Pattys Termin so kurz bevorstand, aber die Bank hatte ihm keine andere Wahl gelassen; sein Chef hatte darauf bestanden, daß er die letzte Verhandlungsrunde übernahm, mit der ein Geschäft zum Abschluß kommen sollte, an dem er seit drei Monaten arbeitete. Die beiden Männer hatten sich auf einen Kompromiß geeinigt: Ganz gleich, wie der Stand der Verhandlungen sein mochte,

Clark würde nur zwei Tage wegbleiben. Er war zwar immer noch widerstrebend gefahren, aber zumindest würde er doch noch eine volle Woche vor Pattys Entbindungstermin zurück sein...

Patty hatte die Nummer des Hotels gefunden. Sie wählte und ließ sich von einer freundlichen Hoteltelefonistin mit Clarks Zimmer verbinden. Als Clark nach dem zweiten Läuten nicht abgenommen hatte, wußte sie, daß er schon zu seiner Besprechung gefahren war. Nur, um sicherzugehen, ließ sie es noch fünfmal klingeln; vielleicht stand er unter der Dusche und meldete sich plötzlich atemlos. Sie sehnte sich verzweifelt nach seiner beruhigenden Stimme.

Während sie auf den Klingelton lauschte, schüttelte sie den Kopf und kämpfte die Tränen nieder. So glücklich sie über diese – ihre erste – Schwangerschaft gewesen war, sie hatte doch von Anfang an die vage, besorgniserregende Vorahnung gehabt, daß etwas Schlimmeres passieren würde. Als Clark mit der Neuigkeit nach Hause gekommen war, daß er zu einem so kritischen Zeitpunkt nicht in der Stadt sein würde, hatte Patty ihre Vorahnung bestätigt gesehen. Nach all den Schwangerschaftskursen und Übungen, die sie zusammen absolviert hatten, würde sie die Sache nun allein durchstehen müssen. Clark hatte ihr versichert, sie sei übermäßig besorgt, was nur natürlich sei, und er werde ganz sicher rechtzeitig zur Entbindung wieder zurück sein.

Die Telefonistin meldete sich noch einmal und fragte, ob Patty eine Nachricht hinterlassen wolle. Patty bat, ihrem Mann auszurichten, er möge so bald wie möglich zurückrufen, und sie hinterließ die Nummer des Boston Memorial Hospital. Sie wußte, daß eine so knappe Nachricht auf Clark beunruhigend wirken mußte, aber das geschah ihm ganz recht, wenn er sie in einem solchen Augenblick allein ließ.

Als nächstes rief sie Dr. Ralph Simarians Praxis an. Die dröhnende, fröhliche Stimme des Arztes vertrieb ihre Sorgen für einen Moment. Clark, sagte er, solle sie gleich ins BM bringen – wie er das Boston Memorial scherzhaft nannte – und sie einweisen lassen. Er werde sie in zwei Stunden dort erwarten. Die Zwanzig-

Minuten-Intervalle, meinte er, bedeuteten, daß sie noch viel Zeit habe.

»Dr. Simarian«, sagte Patty, als der Arzt gerade auflegen wollte, »Clark ist auf Geschäftsreise. Ich komme allein.«

»Ein großartiger Zeitpunkt!« Dr. Simarian lachte. »Typisch Mann. Die haben alle gern ihren Spaß, und dann verschwinden sie, wenn es ein bißchen Arbeit gibt.«

»Er dachte, es dauerte noch eine Woche«, erklärte Patty; sie hatte das Gefühl, Clark verteidigen zu müssen. Sie selbst durfte sich über ihn ärgern, aber niemand sonst.

»War nur ein Scherz«, erwiderte Dr. Simarian. »Er ist bestimmt ganz niedergeschmettert, weil er nicht dabei ist. Wenn er zurückkommt, haben wir eine kleine Überraschung für ihn. Sie brauchen sich kein bißchen zu beunruhigen. Es wird alles gutgehen. Können Sie irgendwie ins Krankenhaus kommen?«

Patty sagte, sie habe eine Nachbarin, die sich bereit erklärt habe, sie zu fahren, falls sich in Clarks Abwesenheit irgendwelche Überraschungen ereignen sollten. »Dr. Simarian«, fügte sie dann zögernd hinzu, »ich glaube, wenn mein Mann nicht da ist, bin ich zu nervös, um das alles mitzumachen. Ich will nichts tun, was dem Baby schaden könnte, aber wenn Sie meinen, ich könne so eine Anästhesie bekommen, wie wir sie besprochen haben...«

»Kein Problem«, sagte Dr. Simarian, ehe sie zu Ende geredet hatte. »Zerbrechen Sie sich nicht den hübschen kleinen Kopf über diese Details. Ich kümmere mich um alles. Ich rufe sofort drüben an und sage denen, daß Sie eine Epiduralanästhesie wollen, okay?«

Patty bedankte sich und legte auf, gerade noch rechtzeitig, um sich auf die Lippe zu beißen, als sie das Nahen einer neuen Wehe spürte.

Es gibt keinen Grund zur Besorgnis! ermahnte sie sich streng. Sie hatte immer noch reichlich Zeit, um ins Krankenhaus zu fahren. Dr. Simarian hatte alles im Griff. Sie wußte, das Baby war gesund. Sie hatte auf Ultraschalluntersuchung und Fruchtwasserspiegelung bestanden, obwohl Dr. Simarian gemeint hatte, das sei unnötig, weil sie erst vierundzwanzig Jahre alt sei. Aber Pattys Entschlossenheit, die ihre Wurzeln irgendwo zwischen jener ominösen Vorahnung und echter Sorge hatte, war siegreich geblieben. Die Testresultate waren äußerst ermutigend gewesen: Das Kind in ihrem Leib war ein gesunder, normaler Junge. Sie hatten die Resultate noch keine Woche in den Händen gehabt, da begannen Patty und Clark bereits das Kinderzimmer blau anzustreichen und sich Namen zu überlegen; schließlich hatten sie sich auf Mark geeinigt.

Alles in allem gab es wirklich keinen Grund, etwas anderes als eine normale Schwangerschaft und eine normale Entbindung zu erwarten.

Als Patty aufstand, um die vorbereitete Krankenhaustasche aus der Kammer zu holen, sah sie, daß das Wetter draußen sich drastisch verändert hatte. Die helle Septembersonne, die eben noch durch das Erkerfenster gestrahlt hatte, war von einer dunklen Wolke verschluckt worden, welche unversehens von Westen herangezogen war. Im Wohnzimmer war es fast dunkel. Fernes Donnergrollen ließ Patty einen Schauer über den Rükken laufen.

Sie war von Natur aus nicht abergläubisch, und so weigerte sie sich, dieses Gewitter als Omen zu betrachten. Sie wich zurück zum Sofa, setzte sich und nahm sich vor, die Nachbarin anzurufen, sobald diese Wehe vorüber wäre. Dann könnte sie praktisch vor der nächsten im Krankenhaus sein.

Als der Schmerz sich seinem Höhepunkt näherte, verschwand die Zuversicht, die Dr. Simarian in ihr geweckt hatte. Bange Sorge durchströmte sie, als eine jähe Windbö durch den Garten fuhr, daß sich die Birken bogen. Und jetzt fielen auch die ersten Regentropfen. Patty fröstelte es. Sie wünschte, das alles wäre schon vorüber. Sie war vielleicht nicht abergläubisch, doch Angst hatte sie trotzdem. Dieses Zusammentreffen – das Unwetter, Clarks Geschäftsreise, das Einsetzen der Wehen um eine Woche zu früh – erschien ihr merkwürdig. Tränen liefen ihr über die Wangen, während sie darauf wartete, daß die Wehe zu Ende ginge und sie ihre Nachbarin anrufen konnte. Wenn sie nur nicht solche Angst gehabt hätte...

»Oh, wundervoll«, sagte Dr. Jeffrey Rhodes sarkastisch, als er einen Blick auf den Anästhesieplan im Dienstzimmer geworfen hatte. Ein neuer Fall war dort aufgetaucht: Patty Owen, eine Entbindung mit dem ausdrücklichen Wunsch nach einer Epiduralanästhesie. Jeffrey schüttelte den Kopf; er wußte sehr wohl, daß er der einzige zur Zeit verfügbare Anästhesist war. Alle, die sonst Dienst hatten, waren durch irgendwelche anderen Fälle in Anspruch genommen. Jeffrey rief auf der Entbindungsstation an, um sich nach dem Zustand der Patientin zu erkundigen, und erfuhr, daß die Sache nicht eilig sei, weil die Frau noch gar nicht von der Aufnahme heraufgekommen sei.

»Irgendwelche Komplikationen, über die ich Bescheid wissen sollte?« fragte Jeffrey; er wagte fast nicht, sich die Antwort anzuhören. Dieser Tag war bis jetzt nicht besonders gut gelaufen.

»Sieht nach Routine aus«, meinte die Schwester. »Erstgebärende. Vierundzwanzig. Gesund.«

»Wer ist der behandelnde Arzt?«

»Simarian«, antwortete die Schwester.

Jeffrey sagte, er sei gleich drüben, und legte auf. Simarian, dachte er. Das dürfte kein Problem werden. Der Kerl war technisch ausgezeichnet; Jeffrey fand nur sein herablassendes Benehmen den Patientinnen gegenüber schwer erträglich. Gottlob war es aber nicht Braxton oder Hicks. Ihm lag daran, daß die Sache reibungslos und hoffentlich auch schnell über die Bühne ginge. Hätte es sich um einen der beiden anderen gehandelt, dann wäre das nicht der Fall gewesen.

Er verließ das Anästhesistenzimmer und ging den Hauptkorridor hinunter, vorbei an der Einsatzzentrale mit ihrer üblichen geschäftigen Betriebsamkeit. Die Abendschicht fing in Kürze an, und der Wachwechsel bedeutete unausweichlich ein paar Minuten Chaos.

Jeffrey stieß die Doppelschwingtür zum Aufenthaltsraum der

Chirurgie auf und riß die Maske ab, die an ihrem Gummiband vor seiner Brust baumelte. Erleichtert warf er sie in den Müllcontainer; sechs Stunden lang hatte er jetzt durch das verfluchte Ding geatmet.

Der Aufenthaltsraum wimmelte von Mitarbeitern, die zum Dienst kamen. Jeffrey ignorierte sie alle und ging weiter in den Umkleideraum, wo das Gedränge ebenso groß war. Vor dem Spiegel blieb er stehen; neugierig schaute er, ob er so schlecht aussah, wie er sich fühlte. Ja. Seine Augen schienen in den Schädel zurückgewichen zu sein, so eingesunken sahen sie aus. Darunter waren dunkle, halbmondförmige Flecken zu erkennen. Sogar sein Schnurrbart machte einen strapazierten, verschlissenen Eindruck; aber was konnte man erwarten, wenn er ihn sechs volle Stunden lang unter der Atemschutzmaske versteckte?

Wie die meisten Ärzte, die sich gegen die durch das Medizinstudium hervorgerufene chronische Hypochondrie zur Wehr setzen, verfiel Jeffrey oft ins andere Extrem: Er leugnete oder ignorierte sämtliche Symptome von Krankheit oder Erschöpfung, bis er schließlich davon überwältigt zu werden drohte. Dieser Tag war keine Ausnahme. Seit er am Morgen um sechs aufgestanden war, fühlte er sich schrecklich. Obwohl er schon seit Tagen abgespannt war, hatte er die Benommenheit und das Frösteln zunächst damit zu erklären versucht, daß er irgend etwas Falsches gegessen habe. Als am Vormittag Wellen von Übelkeit eingesetzt hatten, hatte er das einfach dem vielen Kaffee zugeschrieben. Und als er am Nachmittag Kopfschmerzen und Durchfall bekommen hatte, war die Suppe schuld gewesen, die er in der Krankenhauscafeteria zu Mittag gegessen hatte.

Erst als er sein ausgemergeltes Spiegelbild im Umkleideraum sah, gestand Jeffrey sich schließlich ein, daß er krank war. Vermutlich hatte ihn die Grippe erwischt, die seit einem Monat in der Klinik umging. Er legte das Handgelenk an die Stirn, um zu sehen, ob er Temperatur hatte. Kein Zweifel, er war heiß.

Jeffrey wandte sich ab und ging zu seinem Spind, dankbar dafür, daß der Tag fast zu Ende war. Der Gedanke an sein Bett war die ansprechendste Vision, die er heraufbeschwören konnte.

Jeffrey setzte sich auf die Bank, ohne den schnatternden Trubel zu beachten, und begann, an seinem Kombinationsschloß zu drehen. Er fühlte sich jetzt noch schlechter. Sein Magen knurrte, und seine Eingeweide litten Höllenqualen. Ein vorübergehender Krampf trieb ihm Schweißperlen auf die Stirn. Wenn ihn niemand vertreten konnte, mußte er noch ein paar Stunden im Dienst bleiben.

Als er die letzte Ziffer eingestellt hatte, öffnete Jeffrey seine Spindtür. Er langte in den säuberlich aufgeräumten Innenraum und holte eine Flasche Paregoricum heraus, ein altes Heilmittel, das seine Mutter ihm als Kind aufgezwungen hatte. Seine Mutter hatte bei ihm ständig Verstopfung oder Durchfall diagnostiziert. Erst auf der High-School war Jeffrey klargeworden, daß diese Diagnosen lediglich ein Vorwand gewesen waren, um ihn dazu zu bringen, das geliebte Allheilmittel seiner Mutter einzunehmen. Im Laufe der Jahre hatte Jeffrey großes Zutrauen in Paregoricum entwickelt, wenn auch nicht in die diagnostischen Fähigkeiten seiner Mutter. Er hatte stets eine Flasche griffbereit.

Er schraubte den Deckel ab, legte den Kopf in den Nacken und nahm einen kräftigen Schluck. Als er sich den Mund abwischte, sah er, daß ein Krankenpfleger neben ihm saß und jede seiner Bewegungen beobachtete.

»Auch einen Schluck?« Grinsend streckte er dem Mann die Flasche hin. »Toll, das Zeug.«

Der Krankenpfleger bedachte ihn mit einem angewiderten Blick, stand auf und ging.

Jeffrey schüttelte den Kopf über die Humorlosigkeit des Mannes. Angesichts seiner Reaktion hätte man denken können, er habe ihm Gift angeboten. Langsamer als sonst zog Jeffrey seine OP-Kleidung aus. Er massierte sich kurz die Schläfen, stemmte sich dann hoch und ging in die Dusche. Nachdem er sich eingeseift und abgespült hatte, blieb er noch fünf Minuten unter dem rauschenden Wasserstrahl stehen, bevor er wieder hinaustrat und sich rasch abfrottierte. Er bürstete sich das wenige, sandbraune Haar, schlüpfte in saubere OP-Kleidung, legte die Maske an und setzte die Haube auf. Jetzt fühlte er sich erheblich wohler. Von gelegentlichem Gurgeln abgesehen, schien sogar sein Dickdarm wieder in Ordnung zu sein – zumindest vorläufig.

Jeffrey ging durch den Aufenthaltsraum und den OP-Korridor zurück und stieß die Tür auf, die auf die Entbindungsstation führte. Die Einrichtung hier war ein willkommenes Gegengewicht zu den kahlen, zweckmäßigen Kachelwänden im OP-Trakt. Die einzelnen Kreißsäle waren vielleicht ebenso steril, aber die Station selbst und die Labors waren in Pastellfarben gestrichen, und an den Wänden hingen gerahmte Impressionistendrucke. An den Fenstern gab es sogar Vorhänge. Man fühlte sich fast wie in einem Hotel und nicht wie in einem Großstadtkrankenhaus.

Jeffrey blieb vor der Theke der Stationszentrale stehen und erkundigte sich nach seiner Patientin.

»Patty Owen ist in Fünfzehn«, sagte eine große, gutaussehende Schwarze. Ihr Name war Monica Carver. Sie war die leitende Schwester der Abendschicht.

Jeffrey lehnte sich an die Theke, dankbar für die Gelegenheit, sich kurz ausruhen zu können. »Wie geht's ihr?« fragte er.

»Prima«, antwortete die Schwester. »Aber es wird noch eine Weile dauern. Die Wehen sind noch nicht stark oder häufig, der Muttermund hat sich erst um vier Zentimeter geweitet.«

Jeffrey nickte. Es wäre ihm lieber gewesen, die Sache wäre schon in einem fortgeschrittenen Stadium. Üblicherweise wartete man, bis die Weitung sechs Zentimeter betrug, ehe man die Epiduralanästhesie vornahm. Monica reichte ihm das Krankenblatt. Er überflog es rasch. Viel gab es nicht. Die Frau war offenbar gesund. Das war wenigstens etwas.

»Ich werde mich mal mit ihr unterhalten«, sagte er. »Dann gehe ich wieder in die OP-Abteilung. Wenn sich etwas verändert, rufen Sie mich aus.«

»Ganz bestimmt«, erwiderte Monica fröhlich.

Jeffrey nahm Kurs auf Zimmer fünfzehn. Auf halber Strecke bekam er einen neuen Darmkrampf. Er mußte stehenbleiben und sich an die Wand lehnen, bis er vorbei war. Wie lästig, dachte er. Als ihm wieder wohler war, ging er weiter, und dann klopfte er an die Tür von Zimmer fünfzehn. Eine angenehme Stimme forderte ihn auf, einzutreten.

»Ich bin Dr. Jeffrey Rhodes.« Er streckte die Hand aus. »Ich bin Ihr Anästhesist.«

Patty Owen griff nach der ausgestreckten Hand. Ihre Handfläche war feucht, und ihre Finger fühlten sich kalt an. Sie sah sehr viel jünger aus als vierundzwanzig. Sie war blond, und ihre großen Augen waren wie die eines verwundbaren Kindes. Jeffrey erkannte, daß die Frau Angst hatte.

»Bin ich froh, Sie zu sehen!« begrüßte ihn Patty; sie wollte seine Hand nicht gleich wieder loslassen. »Ich möchte Ihnen sofort sagen, daß ich ein Feigling bin. Ich bin nicht gut, was Schmerzen angeht.«

»Ich bin sicher, da können wir Ihnen helfen«, meinte Jeffrey beruhigend.

»Ich möchte eine Epiduralanästhesie«, sagte Patty. »Mein Arzt sagt, ich kann eine bekommen.«

»Ich verstehe«, erwiderte Jeffrey. »Und Sie sollen auch eine erhalten. Alles wird gutgehen. Wir haben massenhaft Entbindungen hier im Boston Memorial. Wir werden gut für Sie sorgen, und wenn Sie alles hinter sich haben, werden Sie sich fragen, weshalb Sie eigentlich so viel Angst hatten.«

»Wirklich?«

»Wenn wir nicht so viele zufriedene Patientinnen hätten, glauben Sie, die Frauen würden dann ein zweites, drittes oder sogar viertes Mal wiederkommen?«

Patty lächelte matt.

Jeffrey blieb noch eine Viertelstunde und befragte sie nach ihrer Gesundheit und möglichen Allergien. Er äußerte sein Mitgefühl, als sie ihm erzählte, daß ihr Mann auf Geschäftsreise sei. Es überraschte ihn, wie gut sie sich mit der Epiduralanästhesie auskannte. Sie vertraute ihm an, daß sie nicht nur viel darüber gelesen hatte, sondern daß auch ihre Schwester sie bei ihren beiden Entbindungen bekommen habe. Jeffrey erklärte ihr, warum er nicht gleich damit beginnen wollte. Als er hinzufügte, daß sie aber einstweilen ein Schmerzmittel bekommen könne, falls sie eines wolle, entspannte Patty sich. Bevor er sie verließ, erinnerte Jeffrey sie daran, daß alle Medikamente, die sie bekäme, auch das Baby bekommen würde. Dann bekräftigte er noch einmal, daß es keinen Grund zur Besorgnis gebe; sie sei hier in guten Händen.

Als er Pattys Zimmer verlassen hatte und gleich wieder einen Magenkrampf erlitt, erkannte Jeffrey, daß er drastischere Maßnahmen gegen seine eigenen Symptome ergreifen müsse, wenn er Pattys Entbindung überstehen wollte. Trotz des Paregoricums ging es ihm zusehends schlechter.

Er kehrte in den OP-Bereich zurück und betrat den Anästhesieraum neben dem Operationssaal, wo er den größten Teil des Tages zugebracht hatte. Der Raum war leer, und wahrscheinlich würde man ihn erst am nächsten Morgen wieder benutzen.

Er warf einen Blick durch den Korridor, um sich zu vergewissern, daß die Luft rein war, dann zog er den Vorhang vor. Auch wenn er sich selbst jetzt endlich eingestanden hatte, daß er krank war, würde er es noch lange nicht vor anderen Leuten zugeben.

Aus der Schublade an seinem Narcomed-III-Narkoseapparat holte Jeffrey eine feine Kopfhaut-IV-Nadel und ein Infusionsbesteck heraus. Dann nahm er eine Infusionsflasche vom Regal und riß den Deckel über dem Gummiventil ab. Mit einem entschlossenen Ruck schob er den Schlauch über das Ventil und hängte die Flasche an den Infusionsständer über dem Narkoseapparat. Er ließ Flüssigkeit in den Schlauch laufen, bis keine Luftblasen mehr da waren, und schloß dann den Plastikknebel.

Jeffrey hatte sich selbst erst zweimal eine Infusion angelegt, aber er war in der Prozedur geübt genug, um es zu können. Mit den Zähnen hielt er ein Ende des Schlauches fest, schlang ihn sich mit einer Hand um den Oberarm und sah zu, wie die Venen anschwollen.

Was Jeffrey vorhatte, war ein Trick, den er als Assistenzarzt gelernt hatte. Damals hatten er und seine Kollegen, vor allem die Assistenten in der Chirurgie, nicht krankfeiern wollen, weil sie fürchten mußten, einen möglichen Konkurrenzvorteil einzubüßen. Bei Grippe oder bei Symptomen wie denen, die Jeffrey jetzt verspürte, zogen sie sich einfach kurz zurück, um sich einen Liter Infusionslösung zu infundieren. Der Erfolg war beinahe garantiert – ein Hinweis darauf, daß die meisten Grippe-Symptome auf Flüssigkeitsverlust zurückzuführen waren. Mit einem Liter Infusionslösung in den Adern war es schwer, sich nicht besser zu fühlen. Es war eine Ewigkeit her, daß Jeffrey das letztemal auf eine solche Infusion zurückgegriffen hatte. Er hoffte nur, die Wirkung werde noch immer so stark sein wie damals. Mit seinen zweiundvierzig Jahren fiel es ihm schwer zu glauben, daß er zu jener Zeit an die zwanzig Jahre jünger gewesen sein sollte.

Gerade wollte er die Nadel in die Vene schieben, als der Vorhang am Eingang aufgezogen wurde. Jeffrey blickte hoch und sah in das überraschte Gesicht Regina Vinsons, einer der Abendschwestern.

»Oh!« rief Regina. »Entschuldigung.«

»Kein Problem«, begann Jeffrey, aber Regina war ebenso schnell verschwunden, wie sie aufgetaucht war. Wenn sie ihn hier schon unabsichtlich ertappt hatte, wollte Jeffrey sie auch gleich bitten, ihm zu helfen, die Infusion an die in der Armvene liegende Kanüle anzuschließen. Er griff nach dem Vorhang und riß ihn zurück, um sie noch zu erwischen, aber Regina war schon weit unten im Gewimmel des Korridors. Jeffrey ließ den Vorhang wieder fallen. Na gut, er würde auch ohne sie zurechtkommen.

Als er die Infusion angelegt hatte, öffnete er den Knebelverschluß, und die Flüssigkeit strömte in seinen Arm. Beinahe sofort setzte das kühle Gefühl ein. Als die Flasche fast leer war, fühlte sich Jeffreys ganzer Unterarm kühl an. Schließlich zog er die Kanüle heraus, druckte einen Alkoholtupfer auf die Einstichstelle und winkelte den Unterarm an, um den Tupfer festzuhalten. Er warf das Infusionsbesteck in den Mülleimer und stand auf. Dann wartete er einen Augenblick ab, um festzustellen, wie es ihm ginge. Die Benommenheit und die Kopfschmerzen waren restlos verflogen. Die Übelkeit ebenfalls. Erfreut über diesen schnellen Erfolg, zog er den Vorhang auf und kehrte zum Umkleideraum zurück.

Die Abendschicht hatte inzwischen den Dienst angetreten, und die Tagschicht war dabei, sich zu verabschieden. Der Umkleideraum war voll von fröhlichen Menschen. Die meisten Duschen waren besetzt. Jeffrey ging zur Toilette. Dann holte er sein Paregoricum hervor und nahm noch einen kräftigen Schluck. Die leere Flasche warf er in den Abfalleimer. Er duschte noch einmal und zog wieder frische OP-Kleidung an.

Als er in den Aufenthaltsraum hinausging, fühlte er sich beinahe wieder wie ein Mensch. Er wollte sich für eine halbe Stunde hinsetzen und die Zeitung lesen, aber bevor er dazu Gelegenheit hatte, meldete sich sein Piepser. Er erkannte die Nummer. Es war die Entbindungsstation.

»Mrs. Owen fragt nach Ihnen«, teilte Monica Garver ihm mit, als er anrief.

»Wie geht's ihr?« wollte Jeffrey wissen.

»Prima«, antwortete Monica. »Sie hat ein bißchen Angst, aber sie hat noch nicht mal nach einem Schmerzmittel gefragt, obwohl die Wehen inzwischen in kürzeren Abständen einsetzen. Sie ist irgendwo zwischen fünf und sechs Zentimetern.«

»Ausgezeichnet«, sagte Jeffrey; er war erfreut. »Ich bin gleich drüben.«

Auf dem Weg zur Entbindungsstation ging Jeffrey am Dienstzimmer vorbei, um auf der großen Tafel nachzuschauen, wie die Aufgabenverteilung für den Abend aussah. Wie erwartet, waren alle mit laufenden Fällen beschäftigt. Er nahm ein Stück Kreide und schrieb auf die Tafel, daß jemand, der zufällig frei wäre, auf die Entbindungsstation kommen und ihn ablösen solle.

Als Jeffrey Zimmer fünfzehn betrat, erreichte gerade wieder eine Wehe den Höhepunkt. Eine erfahrene Geburtshelferin war bei Patty, und die beiden Frauen funktionierten wie ein eingeübtes Team. Schweißperlen bedeckten Pattys Stirn. Ihre Augen waren fest geschlossen, sie hielt die Hände der Hebamme mit beiden Händen fest umklammert. Man hatte ihr bereits die Elektroden des Monitors angelegt, der den Fortgang der Wehen und den Herzschlag des Fötus überwachte.

»Ah, mein weißer Ritter im blauen Gewand«, sagte Patty, als der Schmerz nachgelassen hatte und sie die Augen öffnete. Jeffrey befand sich am Fußende ihres Bettes. Sie lächelte.

»Wie steht's mit dem Epidural?« schlug Jeffrey vor.

»Wie's damit steht?« wiederholte Patty.

Die ganze erforderliche Ausrüstung war auf dem Wagen, den Jeffrey mit hereingerollt hatte. Er legte Patty eine Blutdruckmanschette an und half ihr, sich auf die Seite zu drehen. Mit behandschuhten Händen bestrich er ihren Rücken mit einer Desinfektionslösung.

»Als erstes gebe ich Ihnen jetzt die Lokalanästhesie, von der wir gesprochen haben«, erklärte er und machte die Spritze bereit. Mit der feinen Kanüle spritzte er ihr eine kleine Dosis in die Kreuzgegend. Patty war so erleichtert, daß sie nicht einmal zusammenzuckte.

Als nächstes nahm er eine Epiduralnadel und vergewisserte sich, daß der Katheter vorhanden war. Dann drückte er die Nadel mit beiden Händen in Pattys Rücken und schob sie langsam, aber zielstrebig weiter, bis er sicher war, daß er die äußere Knochenhaut des Wirbelkanals erreicht hatte. Er zog den Mandrin heraus, brachte eine leere Glasspritze an und schob mit kundiger Hand die Nadel weiter hinein, bis er in den Epiduralraum eingedrungen war.

»Alles okay?« fragte er, während er mit einer gläsernen Injektionsspritze eine Testdosis von 2 Milliliter sterilem Wasser mit einer winzigen Menge Epinephrin aufzog.

»Schon fertig?« fragte Patty.

»Noch nicht ganz«, sagte Jeffrey. »Es dauert noch ein paar Minuten.«

Er injizierte die Testdosis und kontrollierte sofort Blutdruck und Puls. Eine Veränderung war nicht festzustellen. Hätte die Kanüle in einem Blutgefäß gesessen, wäre als Reaktion auf das Epinephrin die Herzfrequenz unverzüglich angestiegen.

Erst jetzt griff Jeffrey nach dem kleinen Epiduralkatheter. Mit geübter Sorgfalt führte er ihn in die hohle Nadel.

»Ich kriege ein komisches Gefühl im Bein«, verkündete Patty.

Jeffrey hörte auf, den Katheter weiterzuschieben. Er war erst einen Zentimeter weit über die Nadelspitze hinaus gedrungen. Jeffrey ließ sich von Patty das Gefühl näher beschreiben, dann erklärte er, es sei normal, wenn der Epiduralkatheter periphere Nerven berührte, die den Epiduralraum durchzogen. Das könne der Grund für solche Empfindungen sein. Als die Mißempfindungen nachließen, schob er den Katheter vorsichtig noch anderthalb Zentimeter weiter. Patty klagte nicht.

Endlich zog Jeffrey die Nadel heraus und ließ den dünnen Plastikkatheter stecken. Er präparierte cine zweite Testdosis mit 2 ml 0,25prozentigem Marcain und Epinephrin. Als er diese zweite Dosis injiziert hatte, überprüfte er wieder den Blutdruck und das Tastgefühl der unteren Extremitäten. Als nach mehreren Minuten immer noch keine Veränderung eingetreten war, konnte Jeffrey absolut sicher sein, daß der Katheter an der richtigen Stelle saß. Schließlich injizierte er die therapeutische Dosis des Anästhetikums: 5 ml 0,25prozentiges Marcain. Dann verschloß er den Katheter.

»Das war's«, sagte er und bedeckte die Punktionsstelle mit einer sterilen Kompresse. »Sie müssen jetzt ein Weilchen auf der Seite liegen bleiben.«

»Aber ich spüre nichts«, klagte Patty.

»Das ist der Sinn der Sache«, erwiderte Jeffrey grinsend.

»Sind Sie sicher, daß es funktioniert?«

»Warten Sie nur bis zur nächsten Wehe«, meinte Jeffrey zuversichtlich.

Er besprach sich mit der Hebamme und teilte ihr mit, wie oft Pattys Blutdruck kontrolliert werden müsse. Er blieb im Zimmer, während die nächste Wehe ihren Lauf nahm, und nutzte die Zeit, um sein gewohnt penibles Anästhesieprotokoll zu vervollständigen. Patty war beruhigt. Das Unbehagen, das sie verspürt hatte, war weitgehend verschwunden. Sie dankte Jeffrey überschwenglich.

Jeffrey informierte Monica Carver und die Hebamme, wo er zu finden sei, und verschwand in einem der dunklen, leeren Laborräume, um sich hinzulegen. Er fühlte sich wohler, aber keineswegs normal. Er schloß die Augen – für ein paar Minuten, wie er dachte, aber eingelullt vom Rauschen des Regens vor den Fenstern, schlief er fest ein. Verschwommen drang in sein Bewußtsein, daß die Tür ein paarmal geöffnet und wieder geschlossen wurde und ein paar Leute zu ihm hereinschauten. Aber niemand störte ihn, bis Monica hereinkam und ihn sanft bei der Schulter faßte. »Wir haben ein Problem«, sagte sie.

Jeffrey rieb sich die Augen. »Was ist denn?«

»Simarian hat entschieden, bei Patty Owen einen Kaiserschnitt vorzunehmen.«

»So schnell?« Jeffrey sah auf die Uhr. Er zwinkerte ein paarmal. Der Raum schien dunkler als vorher zu sein. Überrascht stellte er fest, daß er anderthalb Stunden geschlafen hatte.

»Das Baby ist eine Steißlage und hat sich nicht vorwärtsbewegt«, erklärte Monica. »Aber das Hauptproblem ist, daß seine Herzfrequenz sich nach jeder Wehe nur sehr langsam normalisiert.«

»Dann ist es Zeit für einen Kaiserschnitt«, meinte Jeffrey zustimmend und stand unsicher auf. Er wartete ein, zwei Sekunden lang, bis das leichte Schwindelgefühl vergangen war.

»Ist alles in Ordnung?« fragte Monica.

»Alles klar«, behauptete Jeffrey. Er setzte sich auf einen Stuhl und zog die OP-Schuhe über. »Wie ist der Zeitplan?«

»Simarian ist in ungefähr zwanzig Minuten hier«, antwortete Monica und betrachtete prüfend sein Gesicht.

»Stimmt was nicht?« wollte Jeffrey wissen. Er strich sich mit den Fingern durch das in alle Richtungen stehende Haar. »Sie sehen blaß aus«, sagte Monica. »Aber das liegt vielleicht am schlechten Licht hier drin. »Der Regen draußen war noch stärker geworden.

»Wie hält Patty sich?« fragte Jeffrey und wandte sich dem Bad zu.

»Sie ist beunruhigt«, sagte Monica von der Tür her. »Was die Schmerzen angeht, gibt's kein Problem, aber Sie könnten sich überlegen, ob Sie ihr nicht irgendeinen Tranquilizer geben, um sie ruhigzustellen.«

Jeffrey nickte und knipste das Licht im Waschraum an. Er war nicht entzückt über die Idee, Patty einen Tranquilizer zu geben, aber in Anbetracht der Umstände würde er es in Erwägung ziehen. »Kümmern Sie sich darum, daß sie Sauerstoff bekommt«, trug er Monica auf. »Ich bin in einer Sekunde draußen.«

»Sie bekommt schon Sauerstoff!« rief Monica und ging hinaus.

Jeffrey musterte sich im Spiegel. Er sah wirklich blaß aus. Dann bemerkte er noch etwas. Seine Pupillen waren so stark kontrahiert, daß sie ausschauten wie zwei Bleistiftpunkte. So klein hatte er sie noch nie gesehen. Kein Wunder, daß er nebenan Mühe gehabt hatte, die Uhrzeit zu erkennen.

Jeffrey spritzte sich kaltes Wasser ins Gesicht. Das weckte ihn zumindest auf. Ein weiteres Mal betrachtete er seine Pupillen. Sie waren immer noch stecknadelkopfgroß. Er holte tief Luft und nahm sich vor, gleich nach dieser Entbindung nach Hause zu fahren und sich ins Bett zu legen. Nachdem er sich mit den Fingern durchs Haar gefahren war, ging er hinüber zu Zimmer fünfzehn.

Monica hatte recht gehabt. Patty war bedrückt, verängstigt und nervös wegen des bevorstehenden Kaiserschnitts. Sie betrachtete es als ihr persönliches Versagen. Tränen traten ihr in die Augen, als sie ihrem Ärger über die Abwesenheit ihres Mannes Ausdruck gab. Jeffrey hatte Mitleid mit ihr; er war sehr bemüht, ihr zu versichern, daß alles gutgehen werde und daß sie gewiß keine Schuld daran habe. Er gab ihr 5 mg Diazepam intravenös;

das würde dem ungeborenen Kind nicht schaden. Auf Patty wirkte es rasch beruhigend.

»Werde ich bei dem Kaiserschnitt schlafen?« fragte sie.

»Es wird Ihnen gutgehen«, antwortete Jeffrey ausweichend. »Einer der großen Vorteile einer kontinuierlichen Epiduralanästhesie besteht darin, daß ich sie verstärken kann, wenn wir jetzt einen höheren Spiegel brauchen, ohne daß Patty junior etwas davon mitbekommt.«

»Es ist aber ein Junge«, erwiderte Patty. »Er heißt Mark.« Sie lächelte matt. Ihre Augenlider waren schwer geworden.

Man brachte Patty von der Wöchnerinnenstation zum OP-Trakt. Unterwegs behielt sie die Sauerstoffmaske auf dem Gesicht.

Im OP war man über den bevorstehenden Kaiserschnitt schon informiert. Als Patty ankam, war der Raum für die Operation fast fertig vorbereitet. Die OP-Schwester war bereits dabei, die Instrumente zurechtzulegen. Eine andere Schwester half, die Trage in den OP zu schaffen und Patty auf den Tisch zu legen. Patty war immer noch am Wehenmonitor angeschlossen, und vorläufig sollte das auch so bleiben.

Mit dem Abenddienst war Jeffrey nicht sehr vertraut, und die eine Schwester hatte er noch nie gesehen. Er las ihr Namensschild: Sheila Dodenhoff.

»Ich brauche 0,5prozentiges Marcain«, erklärte er, während er Pattys tragbare Sauerstoffflasche gegen die Sauerstoffversorgung an seinem Narcomed-III-Narkoseapparat auswechselte. Dann legte er Patty wieder die Blutdruckmanschette um den linken Arm.

»Kommt schon«, sagte Sheila munter.

Jeffrey arbeitete schnell, aber mit Bedacht. Er hakte jeden Vorgang im Anästhesieprotokoll ab, sobald er erledigt war. Im Gegensatz zu den meisten anderen Ärzten hielt Jeffrey sich viel auf seine ausgezeichnet lesbare Handschrift zugute.

Als er das EKG angeschlossen hatte, legte er das Puls-Oximeter, das den Sauerstoffgehalt des Blutes anzeigt, an Pattys linken

Zeigefinger an. Er war gerade dabei, die Kanüle gegen den sichereren Katheter auszutauschen, als Sheila zurückkam.

»Bitte sehr«, sagte sie und reichte Jeffrey eine 30-ml-Ampulle mit 0,5prozentigem Marcain. Jeffrey nahm das Medikament und warf wie immer einen prüfenden Blick auf das Etikett. Er stellte die Ampulle oben auf seinen Narkoseapparat. Dann holte er aus der Schublade eine 2-ml-Ampulle mit 0,5prozentigem Spinal-Marcain und Epinephrin heraus und zog eine Spritze auf. Er drehte Patty auf die rechte Seite und injizierte die 2 ml in den Epiduralkatheter.

»Wie läuft alles?« erkundigte sich eine dröhnende Stimme.

Jeffrey drehte sich um und sah Dr. Simarian, der sich eine Maske vors Gesicht hielt, in der Tür stehen.

»Wir sind in einer Minute fertig«, sagte Jeffrey.

»Was macht die kleine Pumpe?«

»Im Augenblick keine Probleme«, antwortete Jeffrey.

»Ich werde mich rasch waschen, und dann kann's losgehen.«

Die Tür schwang zu. Jeffrey drückte Pattys Schulter, während er das EKG und die Blutdruckwerte studierte. »Alles okay?« fragte er und schob die Sauerstoffmaske zur Seite.

»Ich glaube, ja.«

»Sie müssen mir immer sagen, was Sie spüren. Verstanden?« sagte Jeffrey. »Haben Sie ein normales Gefühl in den Füßen?«

Patty nickte. Jeffrey ging um den Tisch herum und testete ihre Reaktion. Als er wieder ans Kopfende des Tisches zurückgekehrt war und einen Blick auf die Monitoren geworfen hatte, war er sicher, daß der Epiduralkatheter sich nicht verschoben und auch weder den Wirbelkanal noch eine der schwangerschaftsgeweiteten Bateson-Venen durchstoßen hatte.

Befriedigt griff Jeffrey nach der Marcain-Ampulle, die Sheila ihm gebracht hatte. Mit dem Daumen schnippte er den Verschluß des Glasröhrchens runter. Noch einmal warf er einen Blick auf das Etikett, dann zog er 12 ml auf. Er wollte die Anästhesie mindestens in den Bereich des Nervenversorgungsgebietes des Oberbauchs auf Th 4 erhöhen. Als er die Ampulle aus der Hand legte, fiel sein Blick auf Sheila. Sie stand zu seiner Linken und starrte ihn an.

»Stimmt was nicht?« fragte Jeffrey.

Sie sah ihm einen Herzschlag lang in die Augen, machte dann auf dem Absatz kehrt und verließ wortlos den OP. Jeffrey drehte sich um und schaute die OP-Schwester an, aber die war noch mit der Instrumentenvorbereitung beschäftigt. Jeffrey zuckte mit den Schultern. Hier war etwas im Gange, wovon er nichts wußte.

Er wandte sich wieder Patty zu und injizierte das Marcain. Dann verschloß er den Epiduralkatheter und kehrte ans Kopfende zurück. Er legte die Spritze aus der Hand und notierte den Zeitpunkt und die exakte Dosis der Injektion ins Protokoll. Eine leichte Beschleunigung des Pulsfrequenzpiepsers lenkte seinen Blick auf den EKG-Monitor. Wenn der Herzschlag sich überhaupt veränderte, hätte Jeffrey eine leichte Verlangsamung erwartet, eine Folge der zunehmenden Sympathikusblockade. Statt dessen war das Gegenteil der Fall. Pattys Puls schlug schneller. Es war das erste Anzeichen der bevorstehenden Katastrophe.

Jeffreys erste Reaktion war eher Neugier denn Besorgnis. Sein analytischer Verstand suchte nach einer möglichen Erklärung für das, was er hier sah. Er warf einen Blick auf den Blutdruckmonitor und dann auf die Anzeige des Oximeters. Die Anzeigen waren einwandfrei. Sein Blick kehrte zurück zum EKG. Der Puls beschleunigte noch immer, und noch beunruhigender waren die Extrasystolen. Unter diesen Umständen war das kein gutes Zeichen.

Jeffrey schluckte heftig; Angst schnürte ihm die Kehle zu. Es war erst Sekunden her, daß er das Marcain injiziert hatte. Konnte es sein, daß es den Testdosisresultaten zum Trotz in die Vene gegangen war? Jeffrey hatte in seiner beruflichen Laufbahn erst einmal eine allergische Reaktion auf ein Lokalanästhetikum erlebt. Es war ein furchtbares Unglück gewesen.

Die Frequenz der Extrasystolen nahm zu. Wieso diese Beschleunigung, und wieso der unregelmäßige Herzrhythmus?

Wenn das Anästhetikum in die Vene gegangen war, wieso sank dann nicht der Blutdruck? Jeffrey wußte im Augenblick keine Antwort auf diese Fragen, aber sein medizinischer sechster Sinn, entstanden in jahrelanger Berufserfahrung, ließ die Alarmglokken in seinem Kopf schrillen. Irgend etwas Abnormales war hier im Gange. Etwas, das Jeffrey nicht erklären und noch viel weniger verstehen konnte.

»Mir ist nicht gut«, sagte Patty und drehte den Kopf unter der Sauerstoffmaske zu ihm.

Jeffrey schaute in ihr Gesicht und sah wieder die Angst darin. »Was ist denn?« fragte er, verwirrt von dieser rapiden Entwicklung. Er berührte ihre Schulter.

»Mir ist so komisch«, sagte Patty.

»Inwiefern komisch?« Jeffreys Blick ging erneut zu den Monitoren. Es bestand immer die Gefahr einer Allergie auf ein Lokalanästhetikum, wenngleich das Eintreten einer allergischen Reaktion zwei Stunden nach der Injektion des Mittels eine ziemlich weit hergeholte Möglichkeit war. Er sah jetzt, daß der Blutdruck leicht angestiegen war.

»Ahhhh!« schrie Patty.

Jeffrey fuhr zu ihr herum. Ihr Gesicht war zu einer schrecklichen Grimasse verzerrt.

»Was ist, Patty?« fragte er rasch.

»Ich habe Schmerzen im Bauch«, brachte Patty heiser und mit zusammengebissenen Zähnen hervor. »Ganz oben, unter den Rippen. Anders als die Wehenschmerzen. Bitte...« Ihre Stimme versagte.

Sie begann sich auf dem Tisch zu winden und die Beine anzuziehen. Sheila kehrte mit einem muskulösen Krankenpfleger zurück, der gleich half, sie festzuhalten.

Der Blutdruck, der leicht angestiegen war, begann zu fallen. »Schieben Sie ihr einen Keil unter die rechte Seite!« schrie Jeffrey, während er Ephedrin aus der Schublade holte und eine Injektion vorbereitete. Im Geiste rechnete er aus, wie weit er den Blutdruck sinken lassen konnte, ehe er das Mittel injizierte. Er hatte immer noch keine Ahnung, was da vor sich ging, und es war ihm lieber, nichts zu unternehmen, solange er nicht genau wußte, womit er es hier zu tun hatte.

Ein Gurgeln lenkte seine Aufmerksamkeit wieder auf Pattys Gesicht. Er riß die Sauerstoffmaske herunter. Überrascht und entsetzt sah er, daß sie speichelte wie ein tollwütiger Hund. Gleichzeitig hatte sie heftigen Tränenfluß; das Wasser strömte ihr übers Gesicht. Ein nasser Husten ließ vermuten, daß auch die Schleimbildung im Bereich des Rachens und der Lunge rapide zunahm.

Jeffrey blieb durch und durch professionell. Er war darauf trainiert, mit Notsituationen dieser Art umzugehen. Seine Gedanken jagten den Ereignissen voraus, erfaßten alle Informationen, stellten Hypothesen auf, verwarfen sie. Gleichzeitig bekämpfte er die lebensbedrohenden Symptome. Zuerst saugte er Pattys Nasenrachenraum ab, dann injizierte er Atropin intravenös, dann das Ephedrin. Er saugte Patty noch einmal ab und injizierte eine zweite Dosis Atropin. Die Sekretionen ließen nach, der Blutdruck stabilisierte sich, die Sauerstoffaufnahme blieb normal. Aber was der Grund für all das war, wußte Jeffrey noch immer nicht. Die einzige Möglichkeit, die ihm einfiel, war eine allergische Reaktion auf das Marcain. Er behielt das EKG im Auge und hoffte, das Atropin werde eine positive Wirkung auf den unregelmäßigen Herzschlag haben. Aber es änderte sich nichts. Im Gegenteil, der Herzschlag wurde noch unregelmäßiger und die Pulsfrequenz nahm zu. Jeffrey präparierte 4 mg Propranolol, einen β-Blocker, aber bevor er injizieren konnte, sah er die Muskelzuckungen, die Pattys Gesicht verzerrten. Die Zuckungen griffen rasch auf andere Muskelpartien über, bis der ganze Körper von klonischen Krämpfen geschüttelt wurde.

»Festhalten, Trent!« rief Sheila dem Pfleger zu. »Ihre Beine!«

Jeffrey injizierte das Propranolol, als das EKG weitere bizarre Veränderungen sichtbar werden ließ, die darauf hindeuteten, daß eine diffuse Beteiligung des Erregungsleitungssystems des Herzens im Spiel war.

Patty würgte grüne Galle aus, und Jeffrey saugte sie rasch ab. Er warf einen Blick auf die Oximeter-Anzeige. Es war noch in Ordnung. Aber dann ertönte der Alarm des Fötalmonitors: Das Herz des Babys schlug langsamer. Bevor jemand reagieren konnte, erlitt Patty einen epileptischen Anfall. Sie schlug wie rasend um sich, und dann bekam sie einen Streckkrampf.

»Was, zum Teufel, ist hier los?« Simarian kam hereingestürzt.

»Das Marcain!« schrie Jeffrey. »Irgendeine allergische Reaktion oder so... »Er hatte keine Zeit für ausführlichere Erläuterungen, während er jetzt 75 mg Succinylcholin aufzog.

»Herr im Himmel!« brüllte Simarian und sprang zur anderen Seite des Tisches, um Patty festzuhalten.

Jeffrey spritzte das Succinylcholin und eine zusätzliche Dosis Diazepam. Er war froh, daß seine zwanghafte Gründlichkeit ihn veranlaßt hatte, die Kanüle gegen den sichereren Katheter auszuwechseln. Das Tonsignal des Oximeters sank, als Pattys Sauerstoffaufnahme zurückging. Jeffrey saugte die Atemwege ab und gab ihr hundertprozentigen Sauerstoff.

Die Krampfanfälle ließen nach, als die succinylcholin-induzierte Lähmung einsetzte. Jeffrey führte einen Endotrachealtubus ein, kontrollierte den Sitz und ventilierte sie mit Sauerstoff. Sofort wurde der Signalton des Oximeters wieder höher. Aber der Alarm des Fötalmonitors wollte nicht verstummen. Die Herzfrequenz des Babys war gesunken und nahm nicht wieder zu.

»Wir müssen das Baby holen!« schrie Simarian. Er schnappte sich ein Paar sterile Handschuhe von einem der Seitentische und streifte sie über.

Jeffrey beobachtete den Blutdruck, der wieder zu fallen angefangen hatte. Er gab noch eine Dosis Ephedrin, und der Blutdruck nahm erneut zu. Er schaute zum EKG; das Propranolol hatte nichts verbessert. Und während er noch hinsah, begann das Herz von Patty zu flimmern.

»Herzstillstand!« schrie Jeffrey. Der Blutdruck fiel auf Null. EKG- und Oximeter-Alarm gellten durchdringend.

»Mein Gott!« brüllte Simarian. Er hatte hastig angefangen, die Patientin abzudecken. Er sprang zum oberen Teil des Tisches und begann, Pattys Brust in einer externen Herzmassage niederzupressen. Sheila alarmierte die OP Zentrale. Hilfe war unterwegs.

Der Notfallwagen kam mit weiteren OP-Schwestern. Mit blitzartiger Geschwindigkeit machten sie den Defibrillator bereit. Eine Anästhesieschwester war jetzt ebenfalls da. Sie kam unverzüglich zu Jeffrey.

Der Blutsauerstoffgehalt stieg leicht an. »Schocken Sie!« befahl Jeffrey.

Simarian nahm den Schwestern die Defibrillatorpaddel ab und legte sie auf Pattys nackte Brust. Alle traten vom OP-Tisch zurück. Simarian drückte auf den Knopf. Da Patty von dem Succinylcholin gelähmt war, zeigte der elektrische Stromstoß keinerlei Wirkung, vom EKG-Monitor abgesehen. Die Fibrillation hörte auf, aber als der phosphoreszierende Punkt zurückkehrte, zeigte er keinen normalen Herzschlag, sondern eine völlig flache Linie mit wenigen, geringfügigen Ausschlägen.

»Weitermachen mit der Massage!« befahl Jeffrey. Er starrte auf das EKG. Er konnte nicht glauben, daß es da keinerlei elektrische Aktivität geben sollte. Der muskulöse Pfleger löste Simarian ab, begann, Pattys Brust zusammenzupressen und schien Erfolg zu haben.

Der Fötalmonitor schrillte noch immer. Die Herzfrequenz des Kindes war zu niedrig. »Wir müssen das Baby holen!« schrie Simarian noch einmal. Er wechselte die Handschuhe und nahm hastig weitere Tücher entgegen, die die OP-Schwester ihm reichte, und legte sie auf die gewünschten Stellen, so gut es sich während der Herzmassage machen ließ. Dann nahm er das Messer vom Instrumententisch und schnitt mit großzügiger Vertikalinzision Pattys Unterbauch auf. Infolge des reduzierten Blutdrucks blieb die Blutung sehr gering. Ein Kinderarzt erschien und machte sich bereit, das Baby zu übernehmen.

Jeffreys Aufmerksamkeit blieb bei Patty. Er saugte sie ab und wunderte sich über das Ausmaß der Sekretion nach immerhin zweimaliger Atropin-Injektion. Er kontrollierte ihre Pupillen und sah, daß sie nicht geweitet waren. Im Gegenteil: Zu seiner Überraschung waren sie punktförmig verengt. Solange die Sauerstoffversorgung aufrechterhalten blieb, wollte er keine weiteren Medikamente geben, bis das Baby entbunden war. Einstweilen erklärte er der Anästhesieschwester mit knappen Worten, was geschehen war.

»Und Sie glauben, es ist eine Reaktion auf das Marcain?« fragte die Schwester.

»Was anderes fällt mir nicht ein«, gestand Jeffrey.

Eine Minute später wurde ein blaues, schlaffes Baby aus Pattys Bauch gehoben. Die Nabelschnur wurde durchtrennt und das Kind rasch dem wartenden Kinderarzt übergeben. Dieser brachte das Neugeborene eilends in die Säuglingsstation, wo es von einem eigenen Wiederbelebungsteam in Empfang genommen wurde.

»Dieses flache EKG gefällt mir nicht«, sagte Jeffrey zu sich selbst und gab eine weitere Epinephrin-Injektion. Er blickte zum EKG. Keine Reaktion. Er versuchte es noch einmal mit einer Dosis Atropin. Nichts. Verdrossen entnahm er eine Blutprobe aus einer Arterie und schickte sie ins Labor.

Ted Overstreet, ein Herzchirurg, der gerade eine Bypass-Operation durchgeführt hatte, kam herein und blieb neben Jeffrey stehen. Jeffrey schilderte die Situation, und Overstreet schlug vor, die Patientin zu öffnen.

Die Anästhesieschwester kam zurück und berichtete, das Baby sei in schlechter Verfassung. »Die Apgar-Zahl beträgt nur drei«, sagte sie. »Es atmet, und das Herz schlägt, aber nicht gut. Und der Muskeltonus ist auch nicht in Ordnung. Im Gegenteil, er ist geradezu unheimlich.«

»Inwiefern?« Jeffrey kämpfte eine Woge der Depression nieder.

»Das linke Bein ist beweglich, aber das rechte nicht. Das rechte ist völlig schlaff. Bei den Armen ist es genau umgekehrt.«

Jeffrey schüttelte den Kopf. Offenbar hatte das Kind *in utero* Sauerstoffmangel erlitten und einen Hirnschaden davongetragen. Diese Erkenntnis war niederschmetternd, aber er hatte jetzt keine Zeit, sich damit zu beschäftigen. Im Moment war Patty seine Hauptsorge: Er mußte ihr Herz wieder in Gang bringen.

Das Laborergebnis kam: Pattys pH lag bei 7,28. Unter diesen Umständen, dachte Jeffrey, war das ziemlich gut. Er injizierte eine Dosis Kalziumchlorid. Die Minuten zogen sich wie Stunden in die Länge, und alle starrten auf das EKG und warteten auf irgendein Lebenszeichen, irgendeine Reaktion auf die Behandlung. Aber der Monitor zeigte eine flache Linie.

Der Pfleger fuhr mit seiner Herzmassage fort, und das Beatmungsgerät hielt Pattys Lunge mit reinem Sauerstoff gefüllt. Ihre Pupillen blieben stecknadelkopfgroß, ein Anzeichen dafür, daß ihr Gehirn genug Sauerstoff bekam, aber ihr Herz blieb elektrisch und mechanisch regungslos. Jeffrey wiederholte sämtliche Verfahren aus dem Lehrbuch, aber ohne Erfolg. Er ließ Patty sogar noch einmal schocken, wobei der Defibrillator auf 400 Joules eingestellt wurde.

Als der Kinderarzt das Kind stabilisiert hatte, ließ er den OP von der Rettungseinheit und dem dazugehörigen Pulk von Schwestern und Assistenzärzten räumen. Der kleine Mark wurde auf die Säuglingsintensivstation verlegt. Jeffrey sah ihnen nach. Ihm war weh ums Herz. Betrübt schüttelte er den Kopf und wandte sich wieder Patty zu. Was tun?

Jeffrey blickte Overstreet an, der immer noch neben ihm stand, und fragte ihn, was man seiner Meinung nach unternehmen solle. Er war verzweifelt.

»Wie gesagt, ich finde, wir sollten sie aufmachen und unmittelbar am Herzen arbeiten. In diesem Stadium gibt es kaum etwas zu verlieren.«

Jeffrey betrachtete noch einen Moment lang das flache EKG. »Okay, versuchen wir's«, sagte er dann widerstrebend. Eine andere Idee hatte er auch nicht, und er wollte nicht aufgeben.

Overstreet hatte recht: Sie hatten nichts zu verlieren. Einen Versuch war es wert.

Overstreet war in weniger als zehn Minuten angezogen. Als er bereit war, ließ er den Pfleger mit der Herzmassage aufhören; er deckte die Patientin ab und schnitt sie auf. Sekunden später hielt er Pattys Herz in den Händen.

Er massierte das Herz mit seiner behandschuhten Hand und injizierte noch einmal Epinephrin direkt in den linken Herzkammer-Ventrikel. Als dies ohne Wirkung blieb, versuchte er, das Herz in Gang zu bringen, indem er interne Elektroden an die Herzwand anlegte. Das Resultat war ein Ausschlag auf dem Monitor, aber das Herz selbst reagierte nicht.

Overstreet nahm die interne Herzmassage wieder auf. »Es soll kein Wortspiel sein«, sagte er nach zwei Minuten, »aber ich bin hier nicht mehr mit dem Herzen dabei. Ich fürchte, die Party ist zu Ende – es sei denn, ihr hättet hier noch ein Herz zur Transplantation in petto. Das hier ist jedenfalls hinüber.«

Jeffrey wußte, daß Overstreet nicht gefühllos klingen wollte und daß seine scheinbar frivole Haltung eher ein Schutzmechanismus als ein echter Mangel an Mitgefühl war, aber seine Worte trafen ihn doch bis ins Mark. Er mußte sich beherrschen, um nicht verbal loszuschlagen.

Auch wenn er aufgegeben hatte, setzte Overstreet seine interne Herzmassage fort. Das einzige Geräusch im OP kam von dem Monitor, der die Entladungen des Schrittmachers aufzeichnete, begleitet vom leisen Summen des Puls-Oximeters, der auf die interne Massage reagierte.

Simarian war es, der das Schweigen brach. »Ganz meiner Meinung«, sagte er schlicht und riß sich die Handschuhe herunter.

Overstreet blickte zu Jeffrey hinüber. Jeffrey nickte. Overstreet stellte seine Massage ein und nahm die Hand aus Pattys Brustraum. »Sorry«, sagte er.

Jeffrey nickte noch einmal, holte tief Luft und schaltete das Beatmungsgerät ab. Er warf noch einen Blick auf die traurigen Überreste Patty Owens, die mit roh aufgeschlitztem Leib und

Brustraum auf dem Tisch lag. Es war ein schrecklicher Anblick, den Jeffrey für den Rest seines Lebens nicht vergessen würde. Der Fußboden war von Ampullen und Packungen übersät.

Jeffrey fühlte sich niedergeschlagen und taub. Dies war der Tiefpunkt seiner beruflichen Laufbahn. Er hatte schon andere Tragödien miterlebt, aber keine so schlimme und unerwartete wie die hier. Sein Blick wanderte zum Narkoseapparat. Auch er war mit Müll bedeckt. Unter dem Müll lag das unvollendete Anästhesieprotokoll. Er mußte es noch aktualisieren. Bei seinen fieberhaften Versuchen, Patty zu retten, hatte er dazu keine Zeit gehabt. Er suchte die halbleere Marcain-Ampulle, erfüllt von einer irrationalen Abscheu. Obwohl es im Licht der Testdosisresultate wenig plausibel erschien, hatte er das Gefühl, daß eine Reaktion auf das Medikament die Wurzel dieser Tragödie gewesen war. Am liebsten hätte er die Ampulle an die Wand geschleudert, nur um seiner Frustration Luft zu machen. Natürlich wußte er, daß er es nicht wirklich tun würde; dazu war er zu beherrscht. Aber in all dem Müll konnte er sie gar nicht erst finden.

»Sheila? Wo ist die Marcain-Ampulle geblieben?«

Sheila, die gerade mit dem Aufräumen angefangen hatte, hielt in ihrer Arbeit inne und funkelte Jeffrey an. »Wenn Sie nicht wissen, wo Sie sie hingelegt haben – ich weiß es ganz bestimmt nicht«, erwiderte sie wütend.

Jeffrey nickte und machte sich daran, Patty die Elektroden abzunehmen. Er konnte Sheilas Wut verstehen. Er war ja selbst wütend. Patty hatte ein solches Schicksal nicht verdient. Jeffrey wußte nicht, daß Sheila nicht dem Schicksal zürnte. Sie war wütend auf Jeffrey. Genauer gesagt, sie war rasend vor Wut.

1

Montag, 15. Mai 1989, 11 Uhr 15

Ein Strahl der goldenen Morgensonne drang durch ein Fenster hoch oben in der Wand zu Jeffreys Linker und bohrte sich wie eine Messerklinge durch den Gerichtssaal. Wie ein Scheinwerferspot beleuchtete er die getäfelte Wand hinter der Richterbank. Millionen winziger Stäubchen tanzten funkelnd in dem intensiven Licht. Seit Beginn dieses Verfahrens hatte Jeffrey die theatralischen Qualitäten des Justizsystems bestaunt. Aber das hier war keine Nachmittagsserie im Fernsehen. Hier stand Jeffreys Karriere – und sein ganzes Leben – auf dem Spiel.

Jeffrey schloß die Augen und beugte sich vor; er stützte die Ellbogen auf den Tisch und legte das Kinn in beide Hände. Dann rieb er sich heftig die Augen. Die Anspannung machte ihn verrückt.

Er holte tief Luft und öffnete die Augen wieder; halb hoffte er, die Szene vor ihm werde dann auf magische Weise verschwunden sein und er werde aus dem schlimmsten Alptraum seines Lebens aufwachen. Aber natürlich war das alles hier kein böser Traum. Jeffrey stand zum zweitenmal wegen Patty Owens vorzeitigem Ableben vor acht Monaten vor Gericht. Er saß in einem Gerichtssaal in Boston und wartete darauf, daß die Geschworenen ihren Spruch über das Verbrechen fällten, das man ihm zur Last legte.

Jeffrey sah über den Kopf seines Verteidigers hinweg und zu der Zuschauermenge hinüber. Erregtes, leises Stimmengewirr erfüllte den Raum – ein erwartungsvolles Murmeln. Er wandte den Blick wieder ab; er wußte, daß er im Mittelpunkt des Geredes stand. Am liebsten hätte er sich versteckt. Er fühlte sich zutiefst gedemütigt von dem öffentlichen Spektakel, das sich so rasant entfaltet hatte. Sein ganzes Leben war aufgerollt und zerbröselt worden. Seine berufliche Laufbahn ging den Bach runter. Er fühlte sich überwältigt und zugleich seltsam empfindungslos.

Jeffrey seufzte. Randolph Bingham, sein Anwalt, hatte ihn dringend ermahnt, ruhig und beherrscht zu bleiben. Leichter gesagt als getan, vor allem jetzt. Nach all den Herzensqualen, der bangen Sorge und den schlaflosen Nächten war dies das Ende der Fahnenstange: Die Geschworenen hatten ihre Entscheidung getroffen. Der Schuldspruch stand bevor.

Jeffrey betrachtete Randolphs aristokratisches Profil. Der Mann war ihm in diesen letzten acht strapaziösen Monaten ein zweiter Vater geworden, obwohl er nur fünf Jahre älter als Jeffrey war. Manchmal hatte Jeffrey beinahe so etwas wie Liebe zu ihm empfunden, dann wiederum eher Wut und Haß. Aber immer hatte er Vertrauen in die Fähigkeiten des Anwalts gehabt, zumindest bis zu diesem Augenblick.

Er schaute hinüber zur Anklagevertretung und musterte den Bezirksstaatsanwalt. Jeffrey hegte eine spezielle Abneigung gegen diesen Mann, der diesen Fall anscheinend als Vehikel betrachtete, seine politische Karriere voranzutreiben. Seine angeborene Intelligenz war nicht zu leugnen, doch Jeffrey hatte im Laufe des viertägigen Prozesses nur Verachtung für ihn entwikkelt. Aber jetzt, als er zusah, wie der Staatsanwalt sich lebhaft mit einem Assistenten unterhielt, konnte er ihn seltsam emotionslos betrachten. Die ganze Sache war ein Job für den Mann gewesen, nicht mehr und nicht weniger.

Jeffreys Blick wanderte vom Staatsanwalt zu der leeren Geschworenenbank. Während des Verfahrens hatte das Wissen, daß diese zwölf Fremden sein Schicksal in der Hand hatten, ihn regelrecht gelähmt. Nie zuvor hatte er sich so ausgeliefert gefühlt. Bis zu dieser Sache hatte Jeffrey zumeist in der Illusion gelebt, daß er sein Schicksal größtenteils selbst in der Hand hatte. Dieses Verfahren hatte ihm gezeigt, wie sehr er sich geirrt hatte.

Die Geschworenen hatten sich zwei bange Tage – und was

Jeffrey anging, auch zwei schlaflose Nächte – lang beraten. Jetzt wartete man darauf, daß sie in den Gerichtssaal zurückkehrten. Wieder fragte Jeffrey sich, ob die zweitägige Beratung ein gutes oder ein schlechtes Zeichen war. Randolph, in seiner aufreizend konservativen Art, weigerte sich, Spekulationen anzustellen. Jeffrey fand, der Mann hätte durchaus ein bißchen lügen können, um ihm ein paar Stunden relativen Friedens zu verschaffen.

Trotz seiner Absicht, keinerlei Nervosität zu zeigen, begann Jeffrey jetzt, über seinen Schnurrbart zu streichen. Als er es merkte, faltete er die Hände und legte sie vor sich auf den Tisch.

Er warf einen Blick über die linke Schulter und sah Carol, seine demnächst geschiedene Frau. Sie hatte den Kopf gesenkt und las etwas. Er schaute wieder zum leeren Richterstuhl. Es hätte ihn ärgern können, daß sie in diesem Augenblick entspannt genug war, um etwas zu lesen, aber das tat es nicht. Statt dessen war er nur dankbar dafür, daß sie da war und daß sie ihm so viel Unterstützung gegeben hatte. Immerhin waren sie beide schon vor diesem juristischen Alptraum gemeinsam zu dem Schluß gekommen, daß sie sich auseinandergelebt hatten.

Als sie acht Jahre zuvor geheiratet hatten, war es ihnen nicht wichtig erschienen, daß Carol extrem gesellig und aufgeschlossen war, während er zum Gegenteil neigte. Es hatte Jeffrey auch nicht gestört, daß Carol die Gründung einer Familie aufschieben und zunächst ihre Karriere in der Bank weitertreiben wollte – zumindest nicht, solange er nicht begriffen hatte, daß »später« für sie in Wahrheit »nie« bedeutete. Und jetzt wollte sie nach Westen, nach Los Angeles. Mit dem Gedanken, nach Kalifornien zu ziehen, hatte er sich abfinden können, aber das Thema Familie bereitete ihm Schwierigkeiten. Im Laufe der Jahre war sein Kinderwunsch immer größer geworden. Es betrübte ihn zu sehen, daß Carols Wünsche und Hoffnungen sich in eine völlig andere Richtung bewegten, aber er merkte, daß er es ihr nicht zum Vorwurf machen konnte. Zunächst hatte er sich gegen die Scheidung gewehrt, aber schließlich hatte er doch nachgegeben. Irgendwie waren sie einfach nicht füreinander bestimmt. Als aber dann die gerichtlichen Probleme aufgetaucht waren, hatte Carol sich liebenswürdigerweise erboten, den Ehestreit auszusetzen, bis der Prozeß beendet war.

Jeffrey seufzte wieder, lauter als zuvor. Randolph warf ihm einen mißbilligenden Blick zu, aber Jeffrey konnte sich nicht vorstellen, daß es in diesem Moment noch auf den äußeren Anschein ankam. Wenn er daran dachte, wie die Ereignisse sich abgespielt hatten, wurde ihm schwindlig. Es war alles so schnell gegangen. Nach Patty Owens katastrophalem Tod war binnen kürzester Frist die Kunstfehlerklage eingereicht worden. Angesichts des herrschenden Klimas ständiger Schadenersatzklagen hatte das Jeffrey nicht überrascht, allenfalls das Tempo.

Von Anfang an hatte Randolph ihn gewarnt; der Fall werde sich als harte Nuß erweisen. Wie hart, das hatte Jeffrey nicht geahnt. Gleich danach hatte das Boston Memorial ihn vom Dienst suspendiert. Im ersten Augenblick war ihm das willkürlich und bösartig erschienen. Es war jedenfalls nicht die Art von Unterstützung und Vertrauensvotum, die er sich erhofft hatte. Weder Jeffrey noch Randolph hatten eine Erklärung für die Überlegungen, die dieser Suspendierung zugrunde lagen. Jeffrey hatte wegen dieser ungerechtfertigten Verfügung gegen das Boston Memorial klagen wollen, aber Randolph hatte ihm geraten, abzuwarten. Diese Angelegenheit, meinte er, werde sich besser regeln lassen, wenn der Kunstfehlerprozeß abgeschlossen sei.

Aber die Suspendierung war nur ein Vorbote schlimmerer Ereignisse gewesen. Der Anwalt, der die Kunstfehlerklage eingereicht hatte, war ein aggressiver junger Bursche namens Matthew Davidson aus einer auf Schadenersatzklagen spezialisierten Kanzlei in St. Louis, der auch einer kleinen, allgemeinen Anwaltsfirma in Massachusetts angehörte. Er hatte sie alle verklagt: Jeffrey, Simarian, Overstreet, die Klinik und sogar Arolen Pharmaceuticals, den Hersteller des Marcain. Jeffrey war noch nie wegen eines Kunstfehlers zur Rechenschaft gezogen worden. Randolph hatte ihm erklären müssen, daß dies das sogenannte Schrotflinten-Verfahren war: Die Anwälte verklagten jeden, der

Geld hatte, ob nun Hinweise auf eine unmittelbare Beteiligung an dem angeblichen Kunstfehler vorlagen oder nicht.

Einer unter vielen zu sein, war anfänglich ein Trost für Jeffrey gewesen, aber nicht lange. Es war bald klar, daß er allein übrigbleiben würde. Er erinnerte sich an die Wende, als wäre sie gestern geschehen. Es war während seiner eigenen Aussage im Anfangsstadium des ersten Verfahrens gewesen. Er war als erster Beklagter in den Zeugenstand getreten. Davidson hatte einige oberflächliche Fragen zum Hintergrund gestellt und dann unversehens hart zugeschlagen.

»Doktor«, hatte er gesagt, und dabei hatte er Jeffrey sein schmales, gutaussehendes Gesicht zugewandt und dem Titel einen verächtlichen Klang gegeben. Er war dicht an den Zeugenstand herangetreten, so daß sein Gesicht nur noch wenige Handbreit von Jeffrey entfernt war. Er trug einen makellos geschnittenen, dunklen Nadelstreifenanzug, ein lavendelfarbenes Hemd, eine dunkelviolette Paisley-Krawatte und roch nach einem teuren Eau de Cologne. »Waren Sie schon einmal drogensüchtig?«

»Einspruch!« rief Randolph und stand auf.

Jeffrey hatte das Gefühl gehabt, eine Szene in einem Drama zu verfolgen, nicht ein Kapitel seines eigenen Lebens. Randolph begründete seinen Einspruch. »Diese Frage ist ohne Belang für den zur Verhandlung stehenden Fall. Die Vertretung der Anklage versucht, meinen Mandanten in ein zweifelhaftes Licht zu rücken.«

»Ganz und gar nicht«, konterte Davidson. »Meine Frage ist von erheblicher Bedeutung, wie die Aussagen nachfolgender Zeugen deutlich machen werden.«

Ein paar Augenblicke lang herrschte Schweigen im vollbesetzten Gerichtssaal. Starke Publicity hatte den Fall berüchtigt gemacht. Die Leute standen bis hinten an die Wand.

Der Richter war ein untersetzter Schwarzer namens Wilson. Er schob jetzt seine dicke, schwarzgeränderte Brille auf dem Nasenrücken nach oben. Schließlich räusperte er sich. »Wenn

Sie mich zum Narren halten wollen, Mr. Davidson, bringen Sie sich in Teufels Küche.«

»Ich würde mir keineswegs anmaßen, Sie zum Narren zu halten, Euer Ehren.«

»Einspruch abgelehnt«, erklärte Richter Wilson, und er nickte Davidson zu. »Fahren Sie fort!«

»Danke.« Davidson wandte sich wieder an Jeffrey. »Möchten Sie, daß ich die Frage wiederhole, Doktor?«

»Nein«, sagte Jeffrey. Er hatte die Frage noch gut genug in Erinnerung. Er schaute zu Randolph hinüber, aber dieser schrieb geschäftig etwas auf seinen gelben Kanzleiblock. Jeffrey erwiderte Davidsons unverwandten Blick. Er ahnte, daß Schwierigkeiten bevorstanden. »Ja, ich hatte einmal ein leichtes Drogenproblem«, antwortete er mit gedämpfter Stimme. Es war ein altes Geheimnis, und er hatte nie gedacht, daß es noch einmal ans Licht kam, schon gar nicht in einem Gericht. Erst kürzlich war er daran erinnert worden, als er die erforderlichen Formulare für die Erneuerung seiner Zulassung in Massachusetts hatte ausfüllen müssen. Aber er hatte diese Informationen für vertraulich gehalten.

»Würden Sie den Geschworenen bitte sagen, von welcher Droge Sie abhängig waren?« Davidson trat einen Schritt zurück, als sei es ihm zuwider, länger als nötig in seiner Nähe sein zu müssen.

»Morphium«, antwortete Jeffrey beinahe trotzig. »Das ist fünf Jahre her. Ich hatte nach einem schweren Fahrradunfall Probleme mit dem Rücken.«

Aus dem Augenwinkel sah er, wie Randolph sich die rechte Braue kratzte. Das war eine zuvor vereinbarte Geste, mit der er Jeffrey signalisierte, er solle sich auf die Beantwortung der gestellten Frage beschränken und nicht von sich aus weitere Informationen abgeben. Aber Jeffrey ignorierte ihn diesmal. Es ärgerte ihn, daß man dieses irrelevante Detail aus seiner Vergangenheit jetzt hervorzerrte. Er verspürte das dringende Bedürfnis, sich zu erklären und zu rechtfertigen. Nicht einmal, wenn man seine Phantasie strapazierte, konnte man ihn als Drogenabhängigen beschreiben.

»Wie lange waren Sie süchtig?« fragte Davidson.

»Weniger als einen Monat«, fauchte Jeffrey. »Es war eine Situation, in der Notwendigkeit und Verlangen auf unmerkliche Weise verschmolzen waren.«

»Ich verstehe«, sagte Davidson und hob die Brauen in einer dramatischen Geste des Verständnisses. »So haben Sie sich die Sache erklärt?«

»So hat sie der Entzugshelfer mir erklärt«, schoß Jeffrey zurück. Er sah, daß Randolph sich heftig kratzte, aber er ignorierte es weiterhin. »Der Fahrradunfall ereignete sich zu einem Zeitpunkt starker familiärer Belastung. Das Morphium wurde mir von einem Orthopäden verschrieben. Ich habe mir eingeredet, es länger zu brauchen, als es tatsächlich der Fall war. Aber binnen weniger Wochen wurde mir klar, was da im Gange war, und ich ließ mich in der Klinik krank schreiben und begab mich freiwillig in Behandlung. Und in eine Eheberatung, wenn ich das hinzufügen darf.«

»Haben Sie in den Wochen eine Anästhesie durchgeführt, während Sie...« Davidson machte eine Pause, als müsse er sich überlegen, wie er seine Frage formulieren sollte. »...während Sie unter dem Einfluß von Drogen standen?«

»Einspruch!« rief Randolph. »Diese Fragestellung ist absurd! Das grenzt an üble Nachrede!«

Der Richter senkte den Kopf und spähte über den Rand seiner Brille hinweg, die ihm wieder heruntergerutscht war. »Mr. Davidson«, sagte er väterlich. »Wir sind wieder beim selben Thema. Ich hoffe, Sie haben einen zwingenden Grund für diesen scheinbaren Exkurs.«

»Durchaus, Euer Ehren«, erwiderte Davidson. »Wir haben die Absicht, zu zeigen, daß diese Aussage von unmittelbarer Bedeutung für den hier verhandelten Fall ist.«

»Einspruch abgelehnt«, entschied der Richter. »Fahren Sie fort!«

Davidson wandte sich erneut an Jeffrey und wiederholte seine Frage. Die Worte »unter dem Einfluß von Drogen« bereiteten ihm sichtlichen Genuß.

Jeffrey funkelte den Anwalt wütend an. Die einzige Sache in seinem Leben, deren er sich absolut sicher war, war sein Gefühl für professionelle Verantwortung, Kompetenz und Tüchtigkeit. Daß dieser Mann etwas anderes andeutete, machte ihn rasend vor Zorn. »Ich habe niemals einen Patienten in Gefahr gebracht«, zischte er.

»Das war nicht meine Frage«, entgegnete Davidson.

Randolph stand auf und sagte: »Euer Ehren, gestatten Sie, daß ich an den Richtertisch trete.«

»Wie Sie wünschen«, antwortete der Richter.

Randolph und Davidson gingen zum Richter nach vorn. Randolph war sichtlich erbost. Er begann heiser zu flüstern. Obwohl Jeffrey nur drei Schritte weit entfernt war, konnte er nicht deutlich verstehen, was gesprochen wurde; mehrmals allerdings hörte er das Wort »Unterbrechung«. Schließlich lehnte der Richter sich zurück und sah ihn an.

»Dr. Rhodes«, sagte er, »Ihr Anwalt ist anscheinend der Meinung, daß Sie eine Pause brauchen. Stimmt das?«

»Ich brauche keine Pause«, erwiderte Jeffrey wütend.

Randolph warf frustriert die Hände in die Höhe.

»Gut«, sagte der Richter. »Dann lassen Sie uns die Befragung fortsetzen, Mr. Davidson, damit wir alle noch zu unserem Mittagessen kommen.«

»Also, Doktor«, sagte Davidson, »haben Sie jemals eine Anästhesie unter dem Einfluß von Morphium durchgeführt?«

»Das kann ein- oder zweimal vorgekommen sein«, begann Jeffrey, »aber...«

»Ja oder nein, Doktor?« unterbrach ihn Davidson. »Ein einfaches Ja oder Nein, mehr möchte ich nicht.«

»Einspruch!« rief Randolph. »Der Kollege läßt den Zeugen die Frage nicht beantworten.«

»Ganz im Gegenteil«, erwiderte Davidson. »Es ist eine einfache Frage, und ich möchte eine einfache Antwort. Ja oder nein?«

»Einspruch abgelehnt«, sagte der Richter. »Der Zeuge wird im Kreuzverhör Gelegenheit bekommen, ausführlich Stellung zu nehmen. Bitte beantworten Sie die Frage, Dr. Rhodes!«

»Ja«, sagte Jeffrey. Sein Blut kochte. Am liebsten hätte er Davidson erwürgt.

»Seit Sie in Behandlung waren wegen Ihrer Morphiumsucht...«, begann Davidson und entfernte sich langsam. Er betonte das Wort »Morphiumsucht« und machte danach eine Pause. Vor der Geschworenenbank blieb er stehen und fuhr dann fort: »...haben Sie seitdem noch einmal Morphium genommen?«

»Nein«, erklärte Jeffrey mit Nachdruck.

»Haben Sie an dem Tag Morphium genommen, als Sie der unglücklichen Patty Owens die Anästhesie verabreichten?«

»Nein«, sagte Jeffrey scharf.

»Sind Sie sicher, Dr. Rhodes?«

»Ja!« schrie Jeffrey.

»Keine weiteren Fragen.« Davidson kehrte zu seinem Platz zurück.

Randolph hatte dann im Kreuzverhör getan, was er konnte; er hatte betont, daß das Suchtproblem geringfügig und von kurzer Dauer gewesen war und daß Jeffrey nie mehr als die therapeutische Dosis genommen hatte. Außerdem habe Jeffrey sich freiwillig einer Behandlung unterzogen, seine »Heilung« sei ihm bestätigt worden, und man habe keinerlei Disziplinarmaßnahmen für notwendig erachtet. Aber all diesen Versicherungen zum Trotz hatten Randolph und Jeffrey beide das Gefühl gehabt, daß ihre Sache einen tödlichen Schlag erlitten hatte.

In diesem Augenblick wurde Jeffrey durch einen uniformierten Gerichtsdiener, der in der Tür des Geschworenenzimmers erschien, in die Gegenwart zurückgerissen. Sein Puls schoß in die Höhe. Er glaubte, die Geschworenen würden jetzt kommen.

Aber der Gerichtsdiener ging zur Tür des Richterzimmers und verschwand dort. Jeffreys Gedanken wanderten wieder zu dem Prozeß.

Davidson hatte Wort gehalten, was die Bedeutung des Suchtproblems für den vorliegenden Fall betraf, und hatte die Sache in weiteren Zeugenbefragungen noch einmal zur Sprache gebracht, wobei ganz unerwartete Aussagen gemacht worden waren.

Die erste Überraschung kam in Gestalt von Regina Vinson.

Nach den üblichen einleitenden Fragen wollte Davidson von ihr wissen, ob sie Dr. Jeffrey Rhodes an Patty Owens schicksalhaftem Todestag gesehen habe.

»Ja«, sagte Regina und starrte Jeffrey an.

Jeffrey kannte Regina flüchtig als eine der Krankenschwestern der Abendschicht in der OP-Abteilung. Er konnte sich nicht erinnern, sie an dem Tag gesehen zu haben, an dem Patty Owen gestorben war.

»Wo war Dr. Rhodes, als Sie ihn sahen?« fragte Davidson.

»Er war im Anästhesieraum von OP elf«, gab Regina an, ohne den Blick von Jeffrey zu wenden.

Wieder schwante Jeffrey, daß etwas bevorstand, was großen Schaden anrichten würde, aber er konnte sich nicht vorstellen, was es sein mochte. Er erinnerte sich, daß er fast den ganzen Tag in Saal elf gearbeitet hatte. Randolph beugte sich herüber und flüsterte: »Worauf will sie hinaus?«

»Hab' nicht die leiseste Ahnung«, flüsterte Jeffrey zurück. Er konnte den Blickkontakt mit der Schwester nicht unterbrechen. Was ihn beunruhigte, war der Umstand, daß er bei der Frau echte Feindseligkeit spürte.

»Hat Dr. Rhodes Sie auch gesehen?« fragte Davidson.

»Ja.«

Und plötzlich erinnerte Jeffrey sich. Vor seinem geistigen Auge sah er ihr erschrockenes Gesicht, als sie den Vorhang zur Seite gezogen hatte. Die Tatsache, daß er an jenem schicksalhaften Tag krank gewesen war, war neben seinem Suchtproblem das zweite gewesen, was er Randolph nicht erzählt hatte. Er hatte erwogen, es ihm zu sagen, es dann aber nicht gewagt. Damals hatte er in seinem Verhalten einen Beleg für sein Engagement und seine Selbstaufopferung gesehen. Später war er sich dessen nicht mehr so sicher gewesen. Also hatte er lieber niemandem etwas davon gesagt. Er wollte nach Randolphs Arm greifen, aber jetzt war es zu spät.

Davidson sah die Geschworenen einen nach dem anderen an und stellte dann seine nächste Frage. »War etwas Merkwürdiges an der Tatsache, daß Dr. Rhodes sich im Anästhesieraum von Operationssaal elf aufhielt?«

»Ja«, antwortete die Schwester. »Der Vorhang war geschlossen, und OP elf wurde nicht benutzt.«

Davidson blickte weiter die Geschworenen an und forderte Regina Vinson auf: »Bitte erzählen Sie dem Gericht, was Dr. Rhodes im Anästhesieraum des leeren Operationssaals elf hinter geschlossenem Vorhang tat.«

»Er hat gefixt«, sagte Regina. »Er hat sich eine Spritze gesetzt.«

Ein erregtes Murmeln ging durch den Gerichtssaal. Randolph drehte sich zu Jeffrey um und machte ein entsetztes Gesicht. Jeffrey schüttelte schuldbewußt den Kopf. »Ich kann das erklären«, sagte er lahm.

Davidson fuhr fort: »Was haben Sie getan, nachdem Sie Dr. Rhodes beim ›Fixen‹ gesehen hatten?«

»Ich ging zur Stationsaufsicht, und die rief den Chef der Anästhesie an«, berichtete Regina. »Unglücklicherweise war der Chef der Anästhesie aber erst nach der Tragödie zu erreichen.«

Unmittelbar nach Reginas verheerender Aussage konnte Randolph eine Unterbrechung erwirken. Als er mit Jeffrey allein war, verlangte er Aufklärung über diese »Fixer«-Episode. Jeffrey gestand, daß er an dem Schicksalstag krank gewesen sei und daß niemand sonst für diese Entbindung zur Verfügung gestanden habe. Er erzählte, was er getan hatte, um sich arbeitsfähig zu halten – auch, daß er sich die Infusion verabreicht und das Paregoricum genommen hatte.

»Was haben Sie mir sonst noch alles verschwiegen?« wollte Randolph erbost wissen.

»Nichts mehr«, sagte Jeffrey.

»Warum haben Sie mir das nicht schon eher erzählt?« fauchte Randolph.

Jeffrey schüttelte den Kopf. Ehrlich gesagt, wußte er es selbst nicht genau. »Keine Ahnung«, bekannte er. »Ich gebe es mir selbst gegenüber nie gern zu, wenn ich krank bin. Die meisten Ärzte sind so. Vielleicht gehört das zu unseren Abwehrmechanismen gegen die Krankheit, die uns umgibt. Wir halten uns gern für unverwundbar.«

»Ich habe Sie nicht um einen Leitartikel gebeten.« Randolph brüllte fast. »Sparen Sie sich das für Ihr *New England Journal of Medicine* auf. Ich will wissen, warum *Sie* es *mir* nicht sagen konnten – Ihrem Anwalt –, daß Sie sich an jenem fraglichen Morgen eine Spritze gegeben haben.«

»Ich habe mich wohl nicht getraut, es Ihnen zu sagen«, gestand Jeffrey. »Ich habe für Patty Owen alles getan, was möglich war. Jeder kann das Protokoll nachlesen und es bestätigen. Unter keinen Umständen hätte ich zugeben wollen, daß man meine Top-Form hätte in Frage stellen können. Vielleicht habe ich befürchtet, Sie würden mich nicht mit der gleichen Intensität verteidigen, wenn Sie auch nur im entferntesten für möglich hielten, daß ich schuldig sein könnte.«

»Herrgott noch mal!« schrie Randolph.

Später, im Kreuzverhör, bemühte Randolph sich, den Schaden soweit wie möglich zu begrenzen. Er strich die Tatsache heraus, daß Regina nicht wisse, ob Jeffrey sich eine Droge injiziert oder lediglich eine Infusion angelegt habe, um einen Flüssigkeitsverlust auszugleichen.

Aber Davidson war noch nicht fertig. Er rief Sheila Dodenhoff in den Zeugenstand. Und ebenso wie Regina funkelte sie Jeffrey wütend an, während sie ihre Aussage machte.

»Miss Dodenhoff, Sie waren während der Tragödie in unmittelbarer Nähe von Mrs. Owen. Ist Ihnen da an dem Beklagten,

Dr. Rhodes, etwas Merkwürdiges aufgefallen?« fragte Davidson.

»Jawohl«, antwortete Sheila triumphierend.

»Würden Sie dem Gericht bitte mitteilen, was Ihnen aufgefallen ist?« Davidson genoß diesen Augenblick sichtlich.

»Mir ist aufgefallen, daß seine Pupillen stecknadelkopfgroß waren«, sagte Sheila. »Ich habe es bemerkt, weil er so blaue Augen hat. Tatsächlich konnte man seine Pupillen kaum noch sehen.«

Davidsons nächster Zeuge war ein weltbekannter Augenspezialist aus New York, der eine aufsehenerregende Untersuchung über die Funktionen der Pupille verfaßt hatte. Nachdem er seine eminenten Referenzen vorgetragen hatte, bat Davidson diesen Arzt, dem Gericht mitzuteilen, welche Droge eine so starke Kontraktion der Pupillen hervorrufe – eine Myosis, wie der Mediziner diesen Zustand zu nennen vorzog.

»Meinen Sie systemische Drogen oder Augentropfen?« fragte der Ophthalmologe.

»Ich meine systemische Drogen«, sagte Davidson.

»Das wäre Morphium«, erklärte der Ophthalmologe zuversichtlich, und dann begann er mit einem unverständlichen Kolleg über den *Edinger-Westphal-Nukleus*, aber Davidson schnitt ihm das Wort ab und überließ den Zeugen Randolph.

Im weiteren Verlauf der Verhandlung bemühte Randolph sich, den angerichteten Schaden zu beheben. Er erklärte, Jeffrey habe wegen einer Diarrhöe Paregoricum eingenommen. Da Paregoricum auf Opiumtinktur basiere und da Opium Morphin enthalte, habe das Paregoricum die Verengung der Pupillen bewirkt. Weiterhin führte er aus, Jeffrey habe sich eine Infusion zugeführt, um Grippesymptome zu bekämpfen, die häufig durch Flüssigkeitsverlust verursacht würden. Es war aber unübersehbar, daß die Geschworenen ihm diese Erklärung nicht mehr abkauften – besonders nachdem Davidson einen bekannten und geachteten Internisten in den Zeugenstand treten ließ.

»Erzählen Sie uns, Doktor«, begann Davidson ölig, »ist es üblich, daß Ärzte sich intravenöse Infusionen verabreichen, wie Dr. Rhodes es getan haben soll?«

»Nein«, antwortete der Internist. »Ich habe wohl munkeln hören, daß draufgängerische junge Assistenzärzte in der Chirurgie dergleichen tun, aber selbst wenn solche Gerüchte stimmen, handelt es sich dabei keinesfalls um eine übliche Praxis.«

Der letzte Schlag in der Verhandlung war der Aufruf des Zeugen Marvin Hickleman. Er war einer der OP-Pfleger.

»Mr. Hickleman«, sagte Davidson, »haben Sie den OP nach dem Fall Patty Owen gereinigt?«

»Jawohl«, antwortete Hickleman.

»Ich höre, Sie haben in dem Sondermüllcontainer neben dem Narkoseapparat etwas gefunden. Könnten Sie dem Gericht sagen, was Sie gefunden haben?«

Hickleman räusperte sich. »Ich habe eine leere Ampulle Marcain gefunden.«

»In welcher Konzentration enthielt die Ampulle das Medikament?«

»0,75 Prozent«, sagte der Pfleger.

Jeffrey beugte sich zu Randolph hinüber und flüsterte: »Es waren 0,5 Prozent. Ich bin sicher.«

Als habe er es gehört, fragte Davidson den Zeugen: »Haben Sie auch 0,5-Prozent-Ampullen gefunden?«

»Nein«, antwortete Hickleman. »Keine.«

Im Kreuzverhör versuchte Randolph, Hicklemans Aussage zu erschüttern, aber er machte alles nur noch schlimmer. »Mr. Hickleman, wühlen Sie immer den Müll durch, wenn Sie einen Operationssaal aufräumen, und überprüfen die Konzentration in den diversen Ampullen?«

»Nein!«

»Aber in diesem Fall haben Sie es getan?«

»Ja!«

»Können Sie uns sagen, warum?«

»Die Stationsaufsicht hat mich darum gebeten.«

Den Todesstoß gab ihm Dr. Leonard Simon aus New York, ein

angesehener Anästhesist, den Jeffrey kannte. Davidson kam gleich zur Sache.

»Dr. Simon, ist die Verwendung von 0,75prozentigem Marcain für die Epiduralanästhesie bei einer Entbindung angezeigt?«

»Keinesfalls«, antwortete Dr. Simon. »Sie ist im Gegenteil kontraindiziert. Die Warnung steht auch unübersehbar auf dem Beipackzettel und in der Roten Liste. Jeder Anästhesist weiß das aber.«

»Können Sie uns sagen, worauf diese Kontraindikation bei der Entbindung beruht?«

»Es sind gelegentlich schwerwiegende Reaktionen aufgetreten.«

»Was für Reaktionen, Dr. Simon?«

»Toxizität für das Zentralnervensystem...«

»Bedeutet das Krampfanfälle, Dr. Simon?«

»Ja, es ist vorgekommen, daß Anfälle hervorgerufen wurden.«

»Was noch?«

»Herztoxizität...«

»Das heißt...?«

»Arrhythmia und zeitweiser Herzstillstand...«

»Und solche Reaktionen waren auch schon tödlich?«

»So ist es«, sagte Dr. Simon und hämmerte damit den letzten Nagel in Jeffreys Sarg.

Das Resultat war gewesen, daß Jeffrey und nur Jeffrey eines Kunstfehlers für schuldig befunden wurde. Simarian, Overstreet, die Klinik und der Pharmahersteller waren freigesprochen worden. Die Geschworenen sprachen Patty Owens Erben einen Schadenersatz in Höhe von elf Millionen Dollar zu, zwei Millionen mehr, als durch Jeffreys Kunstfehlerversicherung abgedeckt waren.

Nach der Verhandlung zeigte Davidson sich offen enttäuscht darüber, daß er so gute Arbeit geleistet und Jeffrey vernichtet hatte. Die übrigen Beklagten und ihre finanziellen Mittel waren dadurch unangetastet geblieben, und so bestand kaum eine

Chance, mehr als das zu kassieren, was Jeffreys Versicherung erbrachte, selbst wenn Jeffreys Einkommen für den Rest seines Lebens gepfändet würde.

Für Jeffrey aber war das Resultat verheerend, in persönlicher ebenso wie in beruflicher Hinsicht. Seine ganze Selbsteinschätzung und sein Selbstwertgefühl basierten auf seinem beruflichen Engagement, seiner Hingabe und Aufopferungsbereitschaft. Der Prozeß und der Spruch der Geschworenen hatten das alles vernichtet. Er zweifelte an sich selbst. Vielleicht *hatte* er versehentlich 0,75prozentiges Marcain verwendet...

Jeffrey hätte Depressionen bekommen können, aber dazu ließ man ihm keine Zeit. Angesichts der ausführlichen Berichterstattung über die »Operation unter Drogeneinfluß« und der heftigen Anti-Drogen-Bewegung der jüngsten Zeit fühlte der Bezirksstaatsanwalt sich genötigt, Strafantrag zu stellen. Völlig fassungslos sah Jeffrey sich unverhofft mit einer Anklage wegen fahrlässiger Tötung konfrontiert. Und jetzt erwartete er das Urteil der Geschworenen.

Jeffrey wurde aus seinen Gedanken gerissen, als der Gerichtsdiener aus dem Richterzimmer kam und im Geschworenenzimmer verschwand. Warum zogen sie es so lange hin? Für Jeffrey war es eine Folter. Ihn plagte ein allzu reales Déjà-vu-Gefühl, denn das viertägige Strafverfahren war nicht sehr viel anders verlaufen als zuvor der Zivilprozeß. Nur war der Einsatz diesmal höher.

Geld zu verlieren, das er nicht einmal hatte, war eine Sache. Das Gespenst der Verurteilung wegen eines Verbrechens zu einer Gefängnisstrafe – das war etwas völlig anderes. Jeffrey glaubte nicht, daß er ein Leben hinter Gittern aushalten würde. Ob dies auf rationale Ängste oder auf eine irrationale Phobie zurückzuführen war, wußte er nicht. Aber dessenungeachtet hatte er zu Carol gesagt, lieber werde er den Rest seines Lebens im Ausland verbringen, als ins Gefängnis zu gehen.

Jeffrey schaute zum leeren Richtertisch hinauf. Zwei Tage zuvor hatte die Richterin die Geschworenen ermahnt, ehe sie sich zur Beratung zurückgezogen hatten. Ihre Worte hallten in seiner Erinnerung wider und gaben seiner Angst neue Nahrung.

»Meine Damen und Herren Geschworenen«, hatte Richterin Janice Maloney gesagt, »bevor Sie den Angeklagten Dr. Jeffrey Rhodes der fahrlässigen Tötung für schuldig befinden, muß das Commonwealth of Massachusetts über allen vernünftigen Zweifel hinaus bewiesen haben, daß Patty Owens Tod durch eine Handlung des Angeklagten verursacht wurde, die für einen anderen Menschen unmittelbar bedrohlich war und einen sittenlosen Geist erkennen läßt. Eine Handlung ist dann ›unmittelbar bedrohlich und läßt einen sittenlosen Geist erkennen‹, wenn eine Person mit gewöhnlicher Urteilskraft wissen muß, daß durch sie eine andere Person getötet werden oder körperlich schwer zu Schaden kommen kann. Eine solche Handlung ist es auch dann, wenn sie Böswilligkeit, Haß oder verderblicher Absicht entspringt.«

Jeffrey hatte den Eindruck, daß der Ausgang dieses Prozesses davon abhing, ob die Geschworenen glaubten, daß er Morphium genommen habe, oder nicht. Wenn sie es glaubten, würden sie zu dem Schluß kommen, er habe mit verderblicher Absicht gehandelt. Zumindest würde er selbst als Geschworener zu einem solchen Schluß kommen. Schließlich war eine Anästhesie immer unmittelbar bedrohlich. Von einem verbrecherischen Angriff unterschied sie sich nur durch die Zustimmung des informierten Patienten.

Aber was Jeffrey bei den Worten der Richterin als am meisten bedrohlich empfunden hatte, waren ihre Anmerkungen zur Strafe gewesen. Die Richterin hatte die Geschworenen daran erinnert, daß auch ein Schuldspruch wegen fahrlässiger Tötung eine Verurteilung von mindestens drei Jahren Gefängnis zur Folge hätte.

Drei Jahre! Jeffrey begann zu schwitzen, und gleichzeitig war ihm kalt. Er strich sich über die Stirn, und seine Finger waren feucht.

»Erheben Sie sich!« rief der Gerichtsdiener, der gerade aus

dem Geschworenenzimmer gekommen war, und trat beiseite. Alle im Gerichtssaal standen auf. Viele reckten die Hälse und hofften, den Mienen der Geschworenen, die jetzt herauskamen, schon einen Hinweis auf ihren Spruch entnehmen zu können.

In seine Gedanken vertieft, wurde Jeffrey von der knappen Aufforderung des Gerichtsdieners unvorbereitet überrascht. In einer Überreaktion sprang er auf. Einen Moment lang war ihm schwindlig, und er mußte sich, einen Halt suchend, auf den Tisch stützen.

Als die Geschworenen nacheinander hereinkamen, sah keiner von ihnen Jeffrey in die Augen. War das ein gutes oder ein schlechtes Zeichen? Jeffrey hätte gern Randolph danach gefragt, aber er wagte es nicht.

»Die ehrenwerte Richterin Janice Maloney«, verkündete der Gerichtsdiener, als die Richterin aus ihrem Zimmer kam und ihren Platz hinter dem Richtertisch einnahm. Sie ordnete ein paar Gegenstände vor sich und schob ihren Wasserkrug beiseite. Sie war eine schmale Frau mit intensiv blickenden Augen.

»Die Zuhörer mögen sich setzen!« rief der Gerichtsdiener. »Die Geschworenen sollen stehen bleiben!«

Jeffrey nahm Platz und beobachtete die Geschworenen. Keiner sah ihn an, ein Umstand, der ihn zunehmend beunruhigte. Er konzentrierte sich auf die weißhaarige, großmütterliche Gestalt, die ganz links in der vorderen Reihe stand. Während der Verhandlung hatte sie oft zu ihm herübergeschaut. Intuitiv hatte Jeffrey das Gefühl gehabt, sie strahle eine spezielle Warmherzigkeit aus. Aber jetzt war das nicht mehr der Fall. Sie hatte die Hände vor sich verschränkt und den Blick gesenkt.

Der Gerichtsschreiber schob seine Brille zurecht. Er saß an einem Pult unmittelbar rechts vor dem Richtertisch. Vor ihm stand das Aufzeichnungsgerät.

»Der Angeklagte möge aufstehen und sich den Geschworenen zuwenden!« befahl der Schreiber.

Jeffrey stand wieder auf, langsam diesmal. Jetzt starrten alle Geschworenen ihn an. Ihre Gesichter waren immer noch wie versteinert. Jeffrey hörte das Hämmern seines Pulsschlags in den Ohren.

»Ich frage die Vorsitzende!« rief der Schreiber. Die Vorsitzende der Geschworenen war eine professionell aussehende Frau Ende Dreißig. »Haben die Geschworenen ihr Urteil gefallt?«

»Jawohl«, antwortete die Vorsitzende.

»Gerichtsdiener, lassen Sie sich von der Vorsitzenden das Urteil aushändigen!« befahl der Schreiber.

Der Gerichtsdiener ging zur Geschworenenbank und nahm der Vorsitzenden ein scheinbar leeres Blatt Papier aus der Hand. Dann überreichte er dieses Blatt der Richterin.

Die Richterin las den Urteilsspruch; sie legte den Kopf ein wenig zurück, um durch ihre Brille zu schauen. Sie ließ sich Zeit. Schließlich nickte sie und gab das Blatt dem wartenden Schreiber.

Auch der Schreiber schien sich Zeit zu nehmen. Jeffrey verspürte eine intensive Gereiztheit über all diese unnötigen Verzögerungen, während er dastand und die ausdruckslosen Mienen der Geschworenen sah. Das Gericht machte sich lustig über ihn, verhöhnte ihn mit seinem archaischen Protokoll. Sein Herz schlug schneller und er bekam feuchte Hände. Ein Brennen erfüllte seine Brust.

Der Schreiber räusperte sich und wandte sich der Jury zu. »Was sagen Sie, Vorsitzende der Jury: Ist der Angeklagte der fahrlässigen Tötung, den die Anklage ihm vorwirft, schuldig oder nicht schuldig?«

Jeffrey merkte, wie seine Beine zitterten. Seine linke Hand lag auf der Kante des Tisches. Er war nicht besonders religiös, aber jetzt betete er unversehens: *Bitte, Gott*...

»Schuldig!« rief die Vorsitzende mit klarer, volltönender Stimme.

Jeffreys Beine gaben unter ihm nach, und der Gerichtssaal verschwamm vor seinen Augen. Seine Rechte tastete nach dem Tisch. Er fühlte, daß Randolph nach seinem rechten Arm griff.

»Das war nur die erste Runde«, flüsterte der Anwalt ihm zu. »Wir gehen in die Berufung, genau wie bei dem Kunstfehlerverfahren.«

Der Schreiber schaute mißbilligend zur Anklagebank hinüber. Dann wandte er sich wieder an die Jury und sagte: »Vorsitzende und Mitglieder der Jury, hören Sie Ihren Spruch, wie das Gericht ihn zu Protokoll nimmt. Die Geschworenen erklären den Angeklagten für schuldig im Sinne der Anklage. Ist dies Ihr Spruch, Vorsitzende der Jury?«

»Jawohl«, sagte die Vorsitzende.

»Ich frage auch die Geschworenen: Ist dies Ihr Spruch?«

»Jawohl«, antworteten die Geschworenen einstimmig.

Der Schreiber richtete seine Aufmerksamkeit nun wieder auf seine Bücher, während Janice Maloney die Geschworenen zu entlassen begann. Sie dankte ihnen für ihre Zeit und für die Überlegungen, die sie dem Fall gewidmet hätten, und sie pries ihre Rolle in der Aufrechterhaltung einer zweihundertjährigen juristischen Tradition.

Jeffrey ließ sich schwer auf seinen Stuhl fallen; er fühlte sich taub und kalt. Randolph redete mit ihm und erinnerte ihn daran, daß der Richter im Kunstfehlerprozeß niemals hätte zulassen dürfen, daß sein Drogenproblem zur Debatte gestellt wurde.

»Außerdem«, fuhr er fort und schaute Jeffrey in die Augen, »beruht die gesamte Beweisführung auf Indizien. Es gab keinen einzigen handfesten Beweis dafür, daß Sie Morphium genommen hätten. Keinen!«

Aber Jeffrey hörte nicht zu. Die Auswirkungen dieses Urteils waren so überwältigend, daß er es noch gar nicht übersehen konnte. Tief im Herzen war ihm klar, daß er trotz all seiner Befürchtungen niemals geglaubt hatte, verurteilt zu werden – einfach deswegen, weil er nicht schuldig war. Er hatte nie zuvor mit der Justiz zu tun gehabt, und er hatte immer darauf vertraut, daß »die Wahrheit obsiegen« werde, sollte er jemals zu Unrecht beschuldigt werden. Aber dieses Vertrauen war falsch gewesen. Und jetzt mußte er ins Gefängnis.

Ins Gefängnis! Wie um dieses Schicksal zu unterstreichen, kam der Gerichtsdiener herüber und legte ihm Handschellen an. Jeffrey konnte nur ungläubig zuschauen. Er starrte auf die polierte Oberfläche der Handschellen. Es war, als hätten diese Handfesseln ihn in einen Verbrecher verwandelt, in einen Sträfling, mehr noch als der Spruch der Geschworenen.

Randolph murmelte ihm Ermutigungen zu. Die Richterin war immer noch dabei, die Jury zu entlassen. Jeffrey hörte nichts von alldem. Die Depression senkte sich wie eine bleierne Decke auf ihn herab. Im Wettstreit mit dieser Depression lag eine panische Angst vor einer aufkeimenden Klaustrophobie. Die Vorstellung, in einem kleinen Raum eingesperrt zu sein, rief furchterregende Bilder hervor: Er sah sich als Kind von seinem älteren Bruder unter der Bettdecke gefangen, voller Angst, zu ersticken.

»Euer Ehren«, sagte der Staatsanwalt, als die Geschworenen schließlich hinausgegangen waren, und erhob sich. »Das Commonwealth beantragt Strafaufschub.«

»Abgelehnt«, sagte die Richterin. »Das Gericht wird die Strafverhandlung nach einer Vorurteilsuntersuchung durch die Bewährungsabteilung abhalten. Wann gäbe es einen angemessenen Termin, Mr. Lewis?«

Der Schreiber blätterte im Terminkalender. »Der 7. Juli sieht gut aus.«

»Also am 7. Juli«, befand die Richterin.

»Das Commonwealth ersucht das Gericht mit allem Respekt, eine Kaution entweder abzulehnen oder sie erheblich zu erhöhen«, erklärte der Staatsanwalt. »Nach Ansicht des Commonwealth sollte die Kaution von fünfzigtausend Dollar auf ein Minimum von fünfhunderttausend Dollar erhöht werden.«

»Also schön«, sagte die Richterin. »Lassen Sie Ihre Begründung hören.«

Der Staatsanwalt kam hinter seinem Tisch hervor und trat vor die Richterin. »Die schwerwiegende Natur der Anklage im Verein mit dem Urteil verlangt eine Kaution, die der Schwere des Verbrechens, dessen der Angeklagte überführt wurde, besser entspricht. Überdies gibt es Gerüchte, denen zufolge Dr. Jeffrey Rhodes es vorziehen würde zu flüchten, statt die vom Gericht verhängte Strafe anzutreten.«

Die Richterin sah Randolph an. Der Anwalt stand auf. »Euer Ehren«, begann er. »Ich möchte das Gericht mit Nachdruck darauf hinweisen, daß mein Mandant bedeutende Bindungen an seine Gemeinde vorweisen kann. Er hat stets ein verantwortungsbewußtes Verhalten an den Tag gelegt. Er ist nicht vorbestraft, im Gegenteil, er ist ein vorbildliches Mitglied der Gesellschaft, produktiv und gesetzestreu. Es ist seine volle Absicht, zur Strafverhandlung zu erscheinen. Ich halte eine Kaution von fünfzigtausend Dollar für hoch genug; fünfhunderttausend wären wirklich übertrieben.«

»Hat Ihr Klient je die Absicht geäußert, sich einer Bestrafung zu entziehen?« fragte die Richterin und spähte über den Rand ihrer Brille hinweg.

Randolph warf Jeffrey einen Blick zu. Jeffrey schaute auf seine Hände. Randolph wandte sich wieder an die Richterin und erklärte: »Ich glaube nicht, daß mein Mandant so etwas sagen oder denken würde.«

Die Richterin blickte langsam zwischen Randolph und dem Staatsanwalt hin und her. Schließlich verkündete sie: »Die Kaution beträgt fünfhunderttausend Dollar, zu entrichten in bar.« Dann sah sie Jeffrey an und fügte hinzu: »Dr. Rhodes, als überführter Straftäter dürfen Sie das Commonwealth of Massachusetts nicht verlassen. Ist das klar?«

Jeffrey nickte matt.

»Euer Ehren...!« protestierte Randolph.

Aber die Richterin ließ ihren Hammer niederfallen und stand auf. Man war offensichtlich entlassen.

»Erheben Sie sich!« bellte der Gerichtsdiener.

Richterin Janice Maloney rauschte mit wirbelnder Robe wie ein Derwisch aus dem Gerichtssaal und verschwand in ihrem Zimmer.

»Hier entlang, Dr. Rhodes«, sagte der Gerichtsdiener, der neben Jeffrey stehen geblieben war, und deutete auf eine Seitentür. Jeffrey stand auf und stolperte vorwärts. Er warf einen kurzen Blick zu Carol hinüber, die ihn traurig ansah.

Jeffreys Panik wuchs, als man ihn in einen mit einem schlichten Tisch und spartanischen Holzstühlen ausgestatteten Verwahrungsraum brachte. Er setzte sich auf den Stuhl, zu dem Randolph ihn führte. Obgleich er sich nach besten Kräften bemühte, die Fassung zu bewahren, konnte er nicht verhindern, daß ihm die Hände zitterten. Er hatte das Gefühl, keine Luft zu bekommen.

Randolph tat sein Bestes, ihn zu beruhigen. Er war empört über das Urteil und sprach voller Optimismus über den Revisionsantrag. In diesem Augenblick wurde Carol in das enge Zimmer geführt. Randolph klopfte ihr auf den Rücken. »Sprechen Sie mit ihm! Ich rufe inzwischen den Kautionsbürgen an.«

Carol nickte und blickte auf Jeffrey hinunter. »Es tut mir leid«, sagte sie, als Randolph hinausgegangen war.

Jeffrey nickte. Es war gut, daß sie zu ihm stand. Tränen stiegen ihm in die Augen. Er biß sich auf die Unterlippe, um nicht zu weinen.

»Es ist so unfair«, sagte Carol und setzte sich neben ihn.

»Ich kann nicht ins Gefängnis.« Mehr brachte Jeffrey nicht heraus. Er schüttelte den Kopf. »Ich kann nicht glauben, daß all das geschieht.«

»Randolph geht in die Revision«, versuchte Carol ihm Mut zu machen. »Es ist noch nicht vorbei.«

»Revision«, sagte Jeffrey angewidert. »Da gibt es das gleiche noch einmal. Ich habe in zwei Fällen verloren...«

»Es ist nicht das gleiche«, widersprach Carol. »Nur erfahrene Richter werden das Beweismaterial zu beurteilen haben, nicht wieder Geschworene mit eigenen Emotionen.«

Randolph kam vom Telefon zurück und verkündete, Michael Mosconi, der Kautionsbürge, sei unterwegs. Dann unterhielt er sich mit Carol über das Revisionsverfahren. Jeffrey stützte die Ellbogen auf den Tisch und legte trotz der Handschellen den

Kopf in beide Hände. Er dachte an seine Approbation und fragte sich, was nach diesem Urteil wohl daraus werden würde. Leider konnte er es sich ziemlich genau vorstellen.

Wenig später erschien Michael Mosconi mit seinem Aktenkoffer. Sein Büro lag nur wenige Schritte vom Gericht entfernt in dem Gebäude, das dem Government Center gegenüberstand. Er war nicht groß, aber er hatte einen dicken, beinahe kahlen Kopf. Seine wenigen Haare wuchsen in einem dunklen Halbkreis von Ohr zu Ohr um den Hinterkopf. Ein paar dunkle Strähnen hatte er quer über den blanken Schädel gekämmt, um ihm ein Mindestmaß an Bedeckung zu geben. Seine intensiv blickenden dunklen Augen schienen fast nur aus Pupillen zu bestehen. Er war merkwürdig gekleidet: Zu einem dunkelblauen Polyesteranzug trug er ein schwarzes Hemd und eine weiße Krawatte.

Er stellte seinen Aktenkoffer auf den Tisch, ließ die Verschlüsse aufschnappen und nahm eine Akte mit Jeffreys Namen darauf heraus.

»Okay«, sagte er, setzte sich und klappte die Akte auf. »Um wieviel ist die Kaution erhöht worden?« Die anfänglichen fünfzigtausend Dollar hatte er bereits gestellt, und für seine Dienste hatte er auch schon fünftausend Dollar kassiert.

»Um vierhundertfünfzigtausend«, sagte Randolph.

Mosconi pfiff durch die Zähne und hielt mit dem Sortieren seiner Unterlagen inne. »Wen glauben sie denn hier geschnappt zu haben? Staatsfeind Nummer eins?« Weder Randolph noch Jeffrey fanden, daß sie ihm die Höflichkeit schuldeten, darauf zu antworten.

Mosconi wandte seine Aufmerksamkeit wieder seinen Papieren zu, ohne über das Schweigen seines Klienten bekümmert zu sein. Er hatte bereits die Besitz- und Belastungsverhältnisse im Hinblick auf Jeffreys und Carols Haus in Marblehead geprüft, als die erste Kaution festgelegt worden war, und die fünfzigtausend mit einer Hypothek gesichert. Das Haus hatte einen Verkehrswert von achthunderttausend Dollar und war mit einer Hypothek von etwas über dreihunderttausend belastet. »Na, ist das nicht praktisch?« meinte er. »Da kann ich die Kaution gegen eine Vierhundertfünfzigtausend-Dollar-Hypothek auf Ihrem Schlößchen in Marblehead stellen. Wie finden Sie das?«

Jeffrey nickte. Carol zuckte mit den Schultern.

Während Mosconi die entsprechenden Papiere ausfüllte, sagte er: »Dann wäre da natürlich noch die Kleinigkeit meines Honorars zu regeln, das in diesem Fall fünfundvierzigtausend Dollar beträgt. Die möchte ich in bar haben.«

»Ich habe nicht so viel Bargeld«, sagte Jeffrey.

Mosconi hörte auf zu schreiben.

»Aber Sie können es sicher auftreiben«, warf Randolph ein.

»Vermutlich.«

»Entweder Sie können, oder Sie können nicht«, sagte Mosconi. »Ich mache das nicht zu meinem Vergnügen.«

»Ich werde es auftreiben«, erwiderte Jeffrey.

»Normalerweise verlange ich mein Honorar im voraus«, erklärte Mosconi. »Aber da Sie Arzt sind...« Er lachte. »Sagen wir einfach, ich bin es gewöhnt, mit einer etwas anderen Klientel umzugehen. Weil Sie es sind, nehme ich auch einen Scheck. Aber nur, wenn Sie das Geld aufbringen und es morgen um diese Zeit auf Ihrem Konto haben können. Geht das?«

»Ich weiß nicht«, antwortete Jeffrey.

»Wenn Sie es nicht wissen, müssen Sie eben in Haft bleiben, bis Sie das Geld haben«, stellte Mosconi fest.

»Ich werde es auftreiben«, wiederholte Jeffrey. Der Gedanke, auch nur ein paar Nächte im Gefängnis zu verbringen, war unerträglich.

»Haben Sie einen Scheck dabei?« fragte Mosconi.

Jeffrey nickte.

Mosconi fuhr fort, sein Formular auszufüllen. »Sie verstehen hoffentlich, Doktor«, sagte er dann, »daß ich Ihnen einen großen Gefallen tue, indem ich einen Scheck akzeptiere. Meine Firma würde das ungern sehen; das Ganze bleibt demnach besser unter uns. Sie werden also das Geld in vierundzwanzig Stunden auf Ihrem Konto haben?«

»Ich werde mich gleich heute nachmittag darum kümmern«, versprach Jeffrey.

»Wunderbar«, sagte Mosconi und schob Jeffrey die Papiere hinüber. »Wenn Sie dann bitte diesen Schein unterzeichnen wollen... Ich gehe anschließend hinunter ins Gerichtsbüro und regle die Angelegenheit.«

Jeffrey unterschrieb, ohne zu lesen, was er unterschrieb. Carol dagegen las es aufmerksam und unterschrieb dann ebenfalls. Sie zog Jeffreys Scheckbuch aus seiner Jackentasche und hielt es fest, während er einen Scheck über fünfundvierzigtausend Dollar ausstellte. Mosconi nahm ihn und legte ihn in seinen Aktenkoffer. Dann stand er auf und schlenderte zur Tür. »Bin gleich wieder da«, sagte er mit verschlagenem Grinsen.

»Ein bezaubernder Bursche«, bemerkte Jeffrey. »Muß er sich so anziehen?«

»Er tut Ihnen einen Gefallen«, erwiderte Randolph. »Aber es stimmt schon, Sie sind kaum eine von diesen Halbweltexistenzen, mit denen er es für gewöhnlich zu tun hat. Ich denke, bevor er zurückkommt, sollten wir uns über die Vorurteilsuntersuchung und darüber, was sie bedeutet, unterhalten.«

»Wann stellen wir den Revisionsantrag?« wollte Jeffrey wissen.

»Sofort«, antwortete Randolph.

»Und ich bin bis zur Revisionsverhandlung auf Kaution frei?«

»Höchstwahrscheinlich«, sagte Randolph ausweichend.

»Gott sei Dank – das ist wenigstens etwas«, meinte Jeffrey.

Randolph erklärte, was es mit der Vorurteilsuntersuchung auf sich und was Jeffrey von der Strafmaßverhandlung zu erwarten hatte. Er wollte Jeffrey nicht noch weiter demoralisieren, und so legte er das Hauptgewicht mit Bedacht auf die günstigen Aspekte des Revisionsverfahrens. Aber Jeffrey blieb niedergeschlagen.

»Ich muß gestehen, daß ich kein großes Zutrauen mehr in dieses Justizsystem habe«, sagte er.

»Du mußt positiv denken«, entgegnete Carol.

Jeffrey sah seine Frau an und erkannte, wie wütend er war.

Daß Carol ihn unter diesen Umständen ermahnte, positiv zu denken, war höchst ärgerlich. Er merkte plötzlich, daß er wütend auf das System war, wütend auf das Schicksal, wütend auf Carol, ja, sogar wütend auf seinen Anwalt. Aber diese Wut war vermutlich gesünder als die Depression.

»Alles okay«, sagte Mosconi, schlüpfte zur Tür herein und schwenkte ein amtlich aussehendes Dokument. »Wenn Sie so nett sein würden?« Er winkte dem Gerichtsdiener, damit er Jeffrey die Handschellen abnähme.

Jeffrey rieb sich erleichtert die Handgelenke, als er sie los war. Vor allem wollte er jetzt das Gerichtsgebäude so schnell wie möglich verlassen. Er stand auf.

»Ich brauche Sie sicher nicht an die fünfundvierzigtausend zu erinnern«, sagte Mosconi. »Denken Sie bloß daran, daß ich meinen Arsch für Sie hinhalte.«

»Ich weiß das zu schätzen.« Jeffrey gab sich Mühe, dankbar zu klingen.

Zusammen verließen sie den Verwahrungsraum, aber draußen im Gang eilte Michael Mosconi in die andere Richtung davon.

Noch nie hatte Jeffrey so bewußt die frische, nach Meer duftende Luft genossen wie jetzt, als er aus dem Gerichtsgebäude auf den ziegelgepflasterten Platz hinaustrat. Es war ein heller Nachmittag mitten im Frühling. Flauschige, kleine weiße Wolken jagten über einen fernen blauen Himmel. Die Sonne war warm, aber die Luft war frisch. Es war erstaunlich, wie das drohende Gefängnis Jeffreys Wahrnehmung geschärft hatte.

Randolph verabschiedete sich auf dem weitläufigen Platz vor der grell modernen Boston City Hall. »Tut mir leid, daß es so hat ausgehen müssen. Ich habe mein Bestes getan.«

»Ich weiß«, sagte Jeffrey. »Ich weiß auch, daß ich ein lausiger Mandant war und es Ihnen extra schwergemacht habe.«

»In der Revision werden wir recht bekommen. Wir reden morgen früh darüber. Wiedersehen, Carol.«

Carol winkte, und dann schauten sie beide Randolph nach, als er in Richtung State Street davonging, wo er mit seinen Partnern eine ganze Etage in einem der neueren Bostoner Bürohochhäuser hatte. »Ich weiß nicht, ob ich ihn lieben oder hassen soll«, sagte Jeffrey. »Ich weiß nicht mal, ob er seine Arbeit gut gemacht hat oder nicht – zumal, da ich verurteilt worden bin.«

»Ich persönlich finde, er war nicht energisch genug«, meinte Carol und wandte sich dem Parkhaus zu.

»Mußt du nicht zur Arbeit?« rief Jeffrey ihr nach. Carol arbeitete bei einer Investmentbank im Finanzviertel. Das aber lag in der entgegengesetzten Richtung.

»Ich habe mir für heute frei genommen«, sagte sie über die Schulter und blieb stehen, als sie sah, daß Jeffrey ihr nicht nachkam. »Ich wußte nicht, wie lange es mit dem Urteil dauern würde. Komm, du kannst mich zu meinem Wagen fahren.«

Jeffrey holte sie ein, und zusammen gingen sie um die City Hall herum. »Wie willst du in vierundzwanzig Stunden fünfundvierzigtausend Dollar auftreiben?« fragte Carol und schüttelte den Kopf auf ihre charakteristische Art. Ihr feines, glattes aschblondes Haar war so geschnitten, daß es ihr ständig ins Gesicht wehte.

Jeffrey merkte, daß seine Gereiztheit wieder an die Oberfläche drang. Die Finanzen waren einer der Streitpunkte in ihrer Ehe gewesen. Carol gab gern Geld aus, Jeffrey sparte gern. Bei ihrer Heirat war Jeffreys Gehalt sehr viel höher als ihres gewesen; also hatte Carol Jeffreys Gehalt ausgegeben. Als ihr eigenes Einkommen gestiegen war, hatte sie damit ihr Investment-Portefeuille gefüllt, und sämtliche Ausgaben waren weiterhin mit Jeffreys Gehalt bestritten worden. Carols Argument war gewesen, daß sie ja, wenn sie nicht arbeiten ginge, auch zusammen von Jeffreys Gehalt leben würden.

Jeffrey beantwortete ihre Frage nicht sofort. Es war ihm klar, daß sein Zorn in diesem Fall in die falsche Richtung ging. Er war nicht wütend auf sie. All die alten Finanzstreitigkeiten waren Schnee von gestern, und die Frage, woher fünfundvierzigtausend Dollar in bar kommen sollten, war ganz berechtigt. Was ihn wütend machte, waren das Justizsystem und die Juristen, die es betrieben. Wie konnten Männer wie der Staatsanwalt oder der Anwalt des Klägers mit sich selbst leben, nachdem sie so viel gelogen hatten? Jeffrey wußte, daß sie ihre eigenen Anklagestrategien nicht glaubten. Beide Verfahren waren amoralische Prozesse gewesen, in denen die gegnerischen Anwälte ihre Mittel durch den Zweck hatten heiligen lassen.

Jeffrey setzte sich ans Steuer seines Autos. Er holte tief Luft, um seinen Ärger im Zaum zu halten, und sah dann Carol an. »Ich will die Hypothek auf dem Haus erhöhen. Wir sollten auf dem Heimweg bei der Bank vorbeifahren.«

»Nach der Verpfändungsvereinbarung, die wir gerade unterschrieben haben, glaube ich nicht, daß die Bank die Hypothek noch erhöht«, meinte Carol. Sie war so etwas wie eine Autorität in diesen Fragen; es war ihr Fachgebiet.

»Deshalb will ich ja sofort hin.« Jeffrey ließ den Motor an und fuhr aus dem Parkhaus. »Kein Mensch wird etwas merken. Es wird einen oder zwei Tage dauern, bis die Verpfändungsvereinbarung den Weg in ihre Computer gefunden hat.«

»Meinst du, du solltest das tun?«

»Hast du eine andere Idee, wie ich bis morgen nachmittag fünfundvierzigtausend Dollar aufbringen kann?«

»Wahrscheinlich nicht.«

Jeffrey wußte, daß sie so viel Geld in ihrem Investmentdepot hatte, aber er würde den Teufel tun und sie danach fragen.

»Wir sehen uns in der Bank«, sagte Carol, als sie vor der Parkgarage ausstieg, in der ihr Wagen stand.

Als Jeffrey nordwärts über die Tobin Bridge fuhr, machte sich die Erschöpfung bemerkbar. Es war, als koste ihn das Atmen bewußte Anstrengung. Allmählich fragte er sich, weshalb er sich mit diesem ganzen Unsinn überhaupt abplagte. Es lohnte sich nicht für ihn, zumal jetzt, da er ganz sicher seine Zulassung verlieren würde. Außer der Medizin, ja, außer der Anästhesie gab es eigentlich nichts, was er konnte. Abgesehen von einer Hilfsarbeit als Packer in einem Supermarkt fiel ihm nichts ein, wozu er qualifiziert gewesen wäre. Er war ein vorbestrafter, unbrauchbarer Zweiundvierzigjähriger, ein nicht vermittelbares Nichts.

Als Jeffrey bei der Bank angekommen war, parkte er, aber er stieg nicht aus. Er sackte zusammen und ließ den Kopf auf das Lenkrad sinken. Vielleicht sollte er einfach alles vergessen, nach Hause fahren und schlafen.

Als die Beifahrertür sich öffnete, machte er sich nicht einmal die Mühe, aufzublicken.

»Ist alles okay?« fragte Carol.

»Ich bin ein bißchen deprimiert.«

»Na, das ist verständlich«, meinte Carol. »Aber bevor du vollends erstarrst, laß uns diese Bankgeschichte erledigen.«

»Du bist so verständnisvoll«, sagte Jeffrey gereizt.

»Einer von uns muß weiter praktisch denken«, stellte Carol fest. »Und ich will dich nicht ins Gefängnis wandern sehen. Wenn du dieses Geld morgen nicht auf dem Konto hast, wirst du da landen.«

»Ich habe das schreckliche Gefühl, daß ich da sowieso landen werde.« Mit ungeheurer Anstrengung gelang es ihm auszusteigen. Er schaute Carol über das Wagendach hinweg an. »Eins finde ich allerdings interessant«, fuhr er dann fort. »Ich gehe in den Knast, und du gehst nach Los Angeles, und ich weiß nicht, wer schlimmer dran ist.«

»Sehr komisch«, erwiderte Carol, erleichtert darüber, daß er wenigstens einen Witz machte, auch wenn sie ihn nicht lustig finden konnte.

Dudley Farnsworth war der Zweigstellenleiter von Jeffreys Bank in Marblehead. Jahre zuvor, als junger Banker, war zufällig er es gewesen, der in der Bostoner Filiale dieser Bank Jeffreys ersten Immobilienkauf betreut hatte. Jeffrey war ein junger Anästhesist gewesen. Es war vierzehn Jahre her; er hatte in Cambridge ein kleines Haus gekauft, und Farnsworth hatte die Finanzierung arrangiert. Er empfing sie, sobald er konnte; er geleitete sie nach hinten in sein Büro und ließ sie vor seinem Schreibtisch in Ledersesseln Platz nehmen.

»Was kann ich für Sie tun?« fragte er freundlich. Er war so alt wie Jeffrey, sah mit seinem silberweißen Haar aber älter aus.

»Wir möchten die Hypothek auf unserem Haus erhöhen«, sagte Jeffrey.

»Das ist sicher kein Problem«, meinte Farnsworth. Er ging zu einem Aktenschrank und holte eine Akte heraus. »An was für einen Betrag hatten Sie gedacht?«

»Fünfundvierzigtausend Dollar«, antwortete Jeffrey.

Farnsworth setzte sich wieder und klappte die Akte auf. »Kein Problem«, sagte er, als er sich die Zahlen angeschaut hatte. »Sie können mehr bekommen, wenn Sie wollen.«

»Fünfundvierzig sind genug«, erwiderte Jeffrey. »Aber die brauche ich morgen.«

»Autsch!« sagte Farnsworth. »Das wird schwierig.«

»Vielleicht könnten Sie einen Privatkredit geben«, schlug Carol vor. »Wenn die Hypothek dann genehmigt ist, können Sie den Kredit damit tilgen.«

Farnsworth nickte mit hochgezogenen Brauen. »Das wäre eine Möglichkeit. Aber ich sage Ihnen etwas: Lassen Sie uns einfach die Formulare für das Hypothekendarlehen ausfüllen. Ich will sehen, was ich tun kann. Wenn es mit der Hypothek nicht klappt, komme ich auf Carols Vorschlag zurück. Können Sie morgen früh noch mal vorbeischauen?«

»Wenn ich aus dem Bett komme«, meinte Jeffrey seufzend.

Farnsworth warf ihm einen kurzen Blick zu. Er merkte intuitiv, daß hier etwas nicht stimmte, aber er war zu sehr Gentleman, um nachzufragen.

Als die finanzielle Sache erledigt war, gingen sie zu ihren Autos hinaus.

»Soll ich nicht am Laden vorbeifahren und uns was Gutes zum Abendessen besorgen?« schlug Carol vor. »Was möchtest du denn? Wie wär's mit deinem Lieblingsgericht – gegrillten Kalbskoteletts?«

»Ich habe keinen Hunger«, sagte Jeffrey.

»Jetzt vielleicht nicht. Aber später wirst du welchen kriegen.«

»Das bezweifle ich.«

»Ich kenne dich. Du wirst Hunger kriegen. Ich kaufe uns etwas zum Abendessen ein. Also, was willst du?«

»Kauf, was du möchtest«, erwiderte Jeffrey und stieg in den Wagen. »So, wie ich mich fühle, kann ich mir nicht vorstellen, daß ich etwas essen will.«

Zu Hause angekommen, fuhr er in die Garage und ging dann geradewegs in sein Zimmer. Seit einem Jahr bewohnten sie getrennte Zimmer. Es war Carols Idee gewesen, aber Jeffrey hatte überrascht gemerkt, daß er sich sofort dafür erwärmt hatte. Es war eines der ersten Anzeichen gewesen, daß ihre Ehe nicht mehr so war, wie sie hätte sein sollen.

Jeffrey schloß die Tür hinter sich und verriegelte sie. Sein Blick wanderte zu seinen Büchern und den sorgfältig nach ihrer Größe im Regal geordneten Zeitschriften. Das alles würde er vorläufig nicht mehr brauchen. Er trat an das Bücherregal, nahm Bromages *Epiduralanästhesie* heraus und schleuderte das Buch gegen die Wand. Es schlug ein kleines Loch in den Putz und polterte auf den Boden. Aber danach fühlte er sich nicht besser. Im Gegenteil, er hatte jetzt ein schlechtes Gewissen, und die Anstrengung vergrößerte seine Erschöpfung. Er hob das Buch auf, strich ein paar verknickte Seiten glatt und schob es wieder an seinen Platz. Gewohnheitsmäßig richtete er den Buchrücken an den anderen Bänden aus.

Er ließ sich schwer in den Ohrensessel am Fenster fallen und starrte leeren Blicks hinaus auf den Hartriegel, dessen welke Frühjahrsblüten ihren Höhepunkt längst hinter sich hatten. Große Traurigkeit erfaßte ihn. Er wußte, daß er dieses Selbstmitleid von sich abschütteln mußte, wenn er noch irgend etwas erreichen wollte. Er hörte Carols Wagen herankommen und die Tür zuschlagen. Ein paar Minuten später klopfte es leise an seine Zimmertür. Er rührte sich nicht; vermutlich würde sie dann glauben, er schlafe. Er wollte allein sein.

Jeffrey kämpfte mit einem immer stärker werdenden schlechten Gewissen. Vielleicht war das der schlimmste Teil, wenn man verurteilt worden war. Sein Selbstvertrauen war untergraben, und er fragte sich wieder, ob er bei der Anästhesie an jenem schicksalhaften Tag vielleicht doch einen Fehler begangen hatte. Vielleicht hatte er die falsche Konzentration verwendet. Vielleicht trug er die Schuld an Patty Owens Tod.

Die Zeit verging, und Jeffreys bedrückte Gedanken rangen mit einem wachsenden Gefühl der Wertlosigkeit. Alles, was er je getan hatte, kam ihm dumm und sinnlos vor. In allem war er gescheitert, als Anästhesist und als Ehemann. Nichts fiel ihm ein, was ihm gelungen wäre. Er hatte es nicht mal geschafft, auf der High-School ins Basketballteam zu kommen.

Als die Sonne im Westen niedersank und den Horizont berührte, hatte Jeffrey das Gefühl, sie gehe über seinem ganzen Leben unter. Nur wenige Leute, dachte er, ahnten, welch gewaltigen Tribut solche Kunstfehlerklagen vom emotionalen und professionellen Leben eines praktizierenden Arztes forderten, besonders wenn gar kein Kunstfehler vorlag. Selbst wenn er den Prozeß gewonnen hätte, wäre sein Leben damit für immer verändert gewesen, das wußte er. Die Tatsache, daß er verloren hatte, war um so verheerender. Und mit Geld hatte das alles nichts zu tun.

Er sah zu, wie die Farbe des Himmels sich von warmem Rot in kaltes Lila und Silber verwandelte, während das Licht verebbte und der Tag erstarb. Und als er so dasaß und das Zwielicht sich um ihn herum zusammenzog, hatte er plötzlich eine Idee. Es stimmte nicht ganz, daß er hilflos war. Er konnte etwas tun, um sein Geschick zu verändern. Zum erstenmal seit Wochen erfüllte ihn ein Gefühl der Zielstrebigkeit. Er stemmte sich aus dem Sessel hoch, ging zum Wandschrank, holte seine große schwarze Arzttasche heraus und stellte sie auf den Sekretär.

Aus der Tasche nahm er zwei kleine Flaschen Infusionslösung, zwei Infusionsbestecke und eine Kopfhautkanüle. Dann suchte er zwei Ampullen hervor, eine mit Succinylcholin, die andere mit Morphium. Mit einer Injektionsspritze zog er 75 mg

Succinylcholin auf und spritzte es in eine der Infusionslösungen. Anschließend zog er 75 mg Morphium auf, eine gewaltige Dosis.

Einer der Vorteile, die das Dasein eines Anästhesisten mit sich brachte, bestand darin, daß Jeffrey wußte, wie man auf die effektivste Weise Selbstmord beging. Andere Ärzte wußten das nicht, obgleich sie bei ihren Versuchen immer noch erfolgreicher waren als die meisten ihrer Mitmenschen. Manche erschossen sich – eine unsaubere Methode, die überraschenderweise nicht einmal immer funktionierte. Andere nahmen Überdosen irgendwelcher Medikamente – auch eine Methode, die oft nicht zu dem gewünschten Ergebnis führte. Allzuoft wurden die Selbstmordkandidaten noch rechtzeitig aufgefunden, so daß man ihnen den Magen auspumpen konnte. Oder sie injizierten sich Dosen, die wohl das Koma herbeiführten, aber nicht den Tod. Jeffrey schauderte es bei dem Gedanken an die Konsequenzen, die dann drohten.

Er merkte, daß seine Depressionen zu verfliegen begannen, während er hantierte. Es war ermutigend, ein Ziel vor sich zu sehen. Er nahm das Bild von der Wand über dem Bett, um die beiden Infusionsflaschen an den Haken zu hängen. Dann setzte er sich auf die Bettkante, stach sich die Kanüle in den Handrücken und schloß die Flasche mit der reinen Infusionslösung an. Er setzte die Flasche mit dem Succinylcholin auf die erste, und nur der kleine blaue Verschluß trennte ihn jetzt noch von dem tödlichen Inhalt.

Vorsichtig, um die Infusion nicht abzureißen, ließ Jeffrey sich auf das Bett sinken. Sein Plan war es, sich die Riesendosis Morphium zu injizieren und dann den Verschluß an der Laktatlösung mit dem Succinylcholin zu öffnen. Durch das Morphium würde er hinübersein, lange bevor die Succinylcholinkonzentration sein Atmungssystem lähmte. Ohne künstliche Beatmung würde er sterben. So einfach war das.

Behutsam drückte er die Nadel der Morphiumspritze in den Infusionsschlauch, der zu der Vene in seinem Handrücken führte. Gerade wollte er das Narkotikum injizieren, als es leise an seine Tür klopfte.

Jeffrey verdrehte die Augen. Ausgerechnet jetzt mußte Carol ihn stören. Er hielt mit der Injektion inne, antwortete aber nicht auf ihr Klopfen; er hoffte, sie werde weggehen. Aber statt dessen klopfte sie lauter und dann noch lauter. »Jeffrey!« rief sie. »Jeffrey! Ich habe das Essen fertig.«

Es war kurze Zeit still, so daß Jeffrey schon dachte, sie habe aufgegeben. Aber dann hörte er, wie der Türknopf sich drehte und von außen an der Tür gerüttelt wurde. *»Jeffrey – ist alles okay?«*

Jeffrey holte tief Luft. Er wußte, daß er jetzt etwas sagen mußte, denn sonst würde er sie so sehr beunruhigen, daß sie die Tür aufbräche. Das hätte ihm gerade noch gefehlt, daß sie hier hereingestürmt kam und die Infusion sah.

»Alles okay!« rief er.

»Warum antwortest du dann nicht?« wollte Carol wissen.

»Ich habe geschlafen.«

»Und warum ist die Tür abgeschlossen?«

»Ich schätze, weil ich nicht gestört werden wollte«, antwortete Jeffrey mit ironischem Unterton.

»Ich habe Essen gemacht«, sagte Carol.

»Das ist nett von dir, aber ich bin immer noch nicht hungrig.«

»Ich habe Kalbskoteletts. Dein Lieblingsgericht. Ich finde, du solltest etwas essen.«

»Bitte, Carol«, sagte Jeffrey entnervt. »Ich habe keinen Hunger.«

»Na, dann komm um meinetwillen und iß etwas. Tu mir einfach den Gefallen.«

Wutschnaubend legte Jeffrey die Morphiumspritze auf den Nachttisch und zog die Kanüle aus dem Handrücken. Er ging zur Tür und riß sie auf, allerdings nicht so weit, daß Carol hereinschauen konnte. »Jetzt hör mal zu!« fauchte er. »Ich habe dir vorhin schon gesagt, daß ich keinen Hunger habe, und ich sage dir noch einmal, ich habe immer noch keinen Hunger. Ich will nichts essen, und es paßt mir nicht, daß du versuchst, mir deshalb ein schlechtes Gewissen einzureden. Verstanden?«

»Jeffrey, komm! Ich finde, du solltest nicht allein sein. Jetzt habe ich mir schon die Mühe gemacht, für dich einzukaufen und zu kochen. Da kannst du wenigstens etwas probieren.«

Jeffrey sah, daß er ihr nicht entkommen würde. Wenn sie einmal einen Entschluß gefaßt hatte, war sie nicht leicht davon abzubringen.

»Also schön«, sagte er schwerfällig. »Also schön.«

»Was ist denn mit deiner Hand?« Carol hatte den Blutstropfen auf dem Handrücken bemerkt.

»Nichts«, erwiderte er. »Gar nichts. »Er blickte auf seinen Handrücken. Das Blut quoll aus der Einstichstelle. Hastig suchte er nach einer Erklärung.

»Aber du blutest doch.«

»Ich hab' mich am Papier geschnitten«, sagte er. Im Lügen war er noch nie gut gewesen. Mit einer Ironie, die nur er selbst bemerkte, fügte er hinzu: »Ich werd's überleben, glaub mir! Ich werd's überleben. Hör mal, ich bin gleich unten.«

»Versprochen?«

»Ich versprech's dir.«

Als Carol gegangen und die Tür wieder verschlossen war, nahm Jeffrey die Viertelliter-Infusionsflaschen herunter und verstaute sie in seiner ledernen Arzttasche hinten im Wandschrank. Die Verpackung der Infusionsbestecke und die Kanüle warf er im Bad in den Mülleimer.

Carol hatte wirklich ein Gefühl für Timing, dachte er wehmütig. Erst als er das medizinische Besteck wegräumte, wurde ihm klar, wie nah er davor gewesen war. Er durfte vor der Verzweiflung nicht kapitulieren, sagte er sich – zumindest nicht, solange nicht alle rechtlichen Möglichkeiten ausgeschöpft waren. Bis zu dieser letzten Wende der Ereignisse hatte Jeffrey noch nie ernsthafte Selbstmordgedanken gehegt. Die Selbstmorde, von denen er wußte, hatten ihn immer ehrlich verblüfft, wenngleich er intellektuell nachvollziehen konnte, welch tiefe Verzweiflung den Anlaß dazu geboten haben mochte.

Seltsamerweise – vielleicht war es auch gar nicht so seltsam –

waren die einzigen Selbstmörder die er bisher gekannt hatte, Ärzte gewesen, die durch Motive, die große Ähnlichkeit mit den seinen hatten, an den Rand des Abgrunds gedrängt worden waren. Vor allem an einen Freund konnte er sich erinnern: an Chris Everson. Er wußte nicht mehr genau, wann Chris gestorben war, aber es war in den letzten zwei Jahren geschehen.

Chris war ein Anästhesiekollege gewesen. Vor Jahren hatten sie zusammen auf einer Station gearbeitet. Chris hätte sich an die Zeiten erinnert, als die wilden jungen Ärzte ihre Grippesymptome mit Infusionslösung bekämpft hatten. Was die Erinnerung an Chris plötzlich so schmerzhaft werden ließ, war der Umstand, daß man ihn wegen eines Kunstfehlers verklagt hatte, weil einer seiner Patienten bei einer Epiduralanästhesie auf ein Lokalanästhetikum in furchtbarer Weise reagiert hatte.

Jeffrey schloß die Augen und versuchte, sich an die Einzelheiten des Falles zu erinnern. Soweit er sich entsann, hatte der Patient einen Herzstillstand erlitten, als Chris die Testdosis von 2 ml injiziert hatte. Sie hatten das Herz zwar wieder in Gang bringen können, aber der Patient war vollständig gelähmt und verlangsamt geblieben. Innerhalb von einer Woche war Chris zusammen mit dem Valley Hospital sowie allen anderen, die auch nur im entferntesten mit dem Fall befaßt gewesen waren, verklagt worden. Auch hier wieder die »Schrotflinten«-Strategie.

Aber Chris war nie vor Gericht gekommen. Er hatte Selbstmord begangen, noch ehe die Votermittlungen abgeschlossen gewesen waren. Und obgleich die Anästhesie selbst für fehlerlos befunden wurde, fiel die Entscheidung schließlich zugunsten des Klägers. Seinerzeit enthielt der Vergleich, der dann geschlossen wurde, den höchsten Schadenersatz, der in der Geschichte von Massachusetts je für einen medizinischen Kunstfehler gezahlt worden war. In den Monaten darauf gab es, soweit Jeffrey sich erinnern konnte, mindestens zwei Fälle, in denen der Schadenersatz noch höher ausgefallen war.

Er wußte noch genau, wie er reagiert hatte, als er von Chris' Selbstmord gehört hatte. Er hatte es einfach nicht glauben können. Damals, bevor er selbst in die Mühlen des Justizsystems geraten war, hatte er nicht ahnen können, was Chris zu einer so furchtbaren Tat getrieben haben sollte. Chris galt als ausgezeichneter Anästhesist, als Arzt für Ärzte, als einer der Besten. Er hatte erst kurz zuvor eine bildhübsche OP-Schwester geheiratet, die im Valley Hospital arbeitete. Alles in seinem Leben schien gutzugehen. Und dann hatte der Alptraum zugeschlagen...

Ein leises Klopfen riß Jeffrey zurück in die Gegenwart. Carol war wieder draußen.

»Jeffrey!« rief sie. »Du solltest lieber kommen, bevor alles kalt wird.«

»Ich bin schon unterwegs.«

Jetzt, da er nur allzugut wußte, was Chris damals erst angefangen hatte durchzumachen, bereute er, daß er keinen Kontakt zu ihm gehalten hatte. Er hätte ihm ein besserer Freund sein können. Und auch als der Mann seinem Leben ein Ende gesetzt hatte, war Jeffrey nur auf der Beerdigung erschienen. Er hatte sich nie bei Kelly, Chris' Witwe, gemeldet, obwohl er es noch auf der Beerdigung versprochen hatte.

Ein solches Verhalten war sonst gar nicht seine Art, und er fragte sich, weshalb er so herzlos reagiert hatte. Die einzige Entschuldigung, die ihm einfiel, war sein Bedürfnis, das Ganze zu verdrängen. Der Selbstmord eines Kollegen, mit dem er sich so mühelos identifizieren konnte, war ein fundamental verstörendes Ereignis. Vielleicht hätte es ihn überfordert, einer solchen Sache ins Gesicht zu sehen, denn das wäre die Art von persönlicher Betrachtung gewesen, die er wie alle Ärzte zu vermeiden gelernt hatte; »klinische Distanz« war die Bezeichnung für dieses Vermeidungsverhalten.

Was für eine Verschwendung, dachte er, als er sich in Erinnerung rief, wie er Chris das letztemal gesehen hatte, bevor das Schreckliche passiert war. Und wenn Carol ihn nicht gestört hätte, hätten dann nicht bald andere das gleiche über ihn gedacht?

Nein, sagte er sich, Selbstmord war kein Weg. Jetzt jedenfalls noch nicht. Er haßte rührselige Redensarten, aber – wo Leben war, da war auch Hoffnung. Und was war denn passiert, nachdem Chris Selbstmord begangen hatte? Nach seinem Tod war niemand dagewesen, der seinen Namen verteidigt oder reingewaschen hätte. Bei aller Verzweiflung und zunehmender Depression war Jeffrey immer noch empört über ein System, das ihm den Prozeß hatte machen und ihn verurteilen können, obwohl er keinen Fehler begangen hatte. Konnte er eigentlich ruhen, solange er nicht sein Bestes getan hatte, um seinen Namen zu rehabilitieren?

Jeffrey wurde schon bei dem Gedanken an seinen Fall wütend. Für die beteiligten Juristen, vielleicht auch für Randolph, war das alles nur Alltagsgeschäft, aber nicht für Jeffrey. Sein Leben stand hier auf dem Spiel. Seine Karriere. Alles. Die große Ironie bestand darin, daß Jeffrey sich ausgerechnet bei Patty Owen so sehr bemüht hatte, alles zu tun, was in seinen Kräften gestanden hatte. Er hatte sich die Infusion und das Paregoricum ja nur verabreicht, um die Arbeit tun zu können, für die er ausgebildet worden war. Engagement war sein Motiv gewesen, und so zahlte man es ihm heim.

Sollte er jemals in die Medizin zurückkehren können, würde er befürchten müssen, daß dieser Fall langfristige Auswirkungen auf jede medizinische Entscheidung haben würde, die er zu treffen hätte. Welche Art Fürsorge konnten die Leute von Ärzten erwarten, die gezwungen waren, in dieser von Schadenersatzklagen geprägten Atmosphäre zu arbeiten, ihren geschulten Instinkt im Zaum zu halten und sich jeden Schritt zweimal zu überlegen? Und wie hatte ein solches System sich entwickeln können? Jeffrey wußte es nicht, aber jedenfalls ging es nicht darum, die wenigen »schlechten« Ärzte zu eliminieren, die ironischerweise ohnehin selten verklagt wurden. Tatsächlich fügte es sich so, daß viele gute Ärzte vernichtet wurden.

Jeffrey wusch sich, bevor er in die Küche hinunterging, und dabei zerrte sein Geist eine weitere unbewußt verdrängte Erinnerung ans Licht. Einer der besten und engagiertesten Internisten, denen er je begegnet war, hatte sich vor fünf Jahren das Leben genommen, und zwar noch am Abend des Tages, an dem er eine Vorladung wegen eines Kunstfehlers erhalten hatte. Hatte sich mit einem Jagdgewehr in den Mund geschossen. Er hatte die Voruntersuchung und erst recht den Prozeß gar nicht erst abgewartet. Jeffrey war damals beunruhigend ratlos gewesen; jeder hatte nämlich gewußt, daß die Klage unbegründet gewesen war. Die Ironie des Ganzen bestand darin, daß der Arzt dem Patienten sogar das Leben gerettet hatte. Jetzt ahnte Jeffrey halbwegs, woher die Verzweiflung des Mannes gekommen sein mochte.

Nachdem er im Bad fertig war, ging er in sein Zimmer zurück und zog sich eine andere Hose und ein frisches Hemd an. Als er die Tür öffnete, roch er das Essen, das Carol gekocht hatte. Hunger hatte er noch immer nicht, aber er würde sich bemühen. Oben an der Treppe blieb er noch einmal stehen und gelobte sich, die depressiven Gedanken, die ihm zweifellos kommen würden, zu bekämpfen, bis diese Sache zu Ende war. Mit diesem Vorsatz ging er hinunter in die Küche.

2

Dienstag, 16. Mai 1989, 9 Uhr 12

Jeffrey schrak aus dem Schlaf hoch und sah erstaunt, wie spät es war. Das erstemal war er gegen fünf Uhr morgens aufgewacht und hatte sich verwundert im Sessel am Fenster gefunden. Steifbeinig hatte er sich ausgezogen und ins Bett gelegt. Er hatte geglaubt, er würde nicht wieder einschlafen können. Aber offensichtlich war es ihm doch gelungen.

Er duschte rasch. Dann trat er aus seinem Zimmer und sah sich nach Carol um. Bis zu einem gewissen Grad hatte er sich aus den depressiven Tiefen des vergangenen Tages hochrappeln können, und jetzt sehnte er sich nach menschlichem Kontakt und etwas Mitgefühl. Hoffentlich war Carol nicht zur Arbeit gefahren, ohne mit ihm zu sprechen. Er wollte sich entschuldigen, weil er ihre Bemühungen am letzten Abend nicht gebührend zu schätzen gewußt hatte. Es war gut, daß sie ihn gestört und daß sie ihn geärgert hatte, das war ihm jetzt klar. Ohne es zu wissen, hatte sie ihn vor dem Selbstmord bewahrt. Zum erstenmal in seinem Leben hatte es einen positiven Effekt gehabt, daß er wütend geworden war.

Aber Carol war längst weg. Ein Zettel lehnte an der Müslidose auf dem Küchentisch. Sie habe ihn nicht stören wollen, weil er sicher Ruhe brauche, aber sie habe früh zur Arbeit gemußt. Dafür habe er sicher Verständnis.

Jeffrey schüttete sich Müsli in eine Schale und holte die Milch aus dem Kühlschrank. Er beneidete Carol um ihren Job. Er wünschte, er hätte auch zur Arbeit gehen können. Das hätte ihn zumindest abgelenkt. Gern hätte er sich nützlich gemacht. Das hätte seinem Selbstwertgefühl geholfen. Ihm war nie klar gewesen, wie sehr seine Persönlichkeit durch seine Arbeit definiert gewesen war.

Er kehrte in sein Zimmer zurück und beseitigte die Infusionsgerätschaften, indem er sie in alte Zeitungen wickelte und in die Mülltonne in der Garage warf. Carol sollte die Sachen nicht finden. Es bereitete ihm ein ungeheures Unbehagen, wissentlich und willentlich dem Tode so nah gewesen zu sein.

Der Gedanke an Selbstmord war ihm früher schon einmal in den Sinn gekommen, aber stets in metaphorischem Kontext und zumeist eher als Rachephantasie, um es jemandem heimzuzahlen, der ihm seiner Meinung nach in emotionaler Hinsicht unrecht getan hatte – beispielsweise, als seine Freundin in der achten Klasse ihre Zuneigung launenhaft auf seinen besten Freund verlagert hatte. Aber gestern abend war es etwas anderes gewesen, und die Vorstellung, wie nahe er daran war, es auch zu tun, ließ seine Knie weich werden.

Während er ins Haus zurückging, überlegte er, welche Wirkung sein Selbstmord wohl auf seine Freunde und seine Familie gehabt hätte. Für Carol wäre es wahrscheinlich eine Erleichterung gewesen. Sie hätte die Scheidung nicht mehr zu Ende führen müssen. Er fragte sich, ob jemand ihn vermißt hätte. Wahrscheinlich nicht...

»Herrgott noch mal!« rief er aus, als er merkte, wie albern diese Gedankengänge waren, und sich an seinen Vorsatz erinnerte, depressiven Stimmungen zu widerstehen. Oder sollte sein Denken sich bis ans Ende seiner Tage von seinem vernichteten Selbstwertgefühl ernähren?

Aber es war schwer, das Thema Selbstmord aus seinen Gedanken zu vertreiben. Immer wieder ging ihm Chris Everson durch den Kopf. War sein Suizid das Produkt einer akuten Depression gewesen, die wie ein jähes Unwetter über ihn hereingebrochen war, wie bei Jeffrey am Abend zuvor? Oder hatte er ihn einige Zeit geplant. So oder so – sein Tod war ein furchtbarer Verlust für jedermann gewesen: für seine Familie, für die Öffentlichkeit und auch für den medizinischen Berufsstand.

Auf dem Weg zu seinem Zimmer blieb Jeffrey stehen und starrte mit blicklosen Augen aus dem Wohnzimmerfenster. Seine Situation war nicht minder trostlos. Vom Standpunkt der Produktivität aus betrachtet, kam der Verlust seiner Approbation und die Gefängnisstrafe einem gelungenen Selbstmord gleich. »Verdammt!« schrie er, riß eines der Kissen von der Couch und schlug ein paarmal mit der Faust hinein. »Verdammt, verdammt, verdammt!«

Rasch hatte er sich abreagiert und legte das Kissen wieder hin. Niedergeschlagen ließ er sich auf das Sofa fallen. Er verschränkte die Finger, legte die Ellbogen auf die Knie und versuchte sich vorzustellen, er sei im Gefängnis. Ein grauenhafter Gedanke! Was für eine Travestie der Gerechtigkeit! Die Kunstfehlerklage war mehr als ausreichend gewesen, um sein Leben in schwerwiegender Weise durcheinanderzubringen und zu verändern, aber dieser Unfug mit dem Strafverfahren – es war, als habe man Salz in eine ohnehin tödliche Wunde gestreut.

Jeffrey dachte an seine Kollegen in der Klinik und an andere befreundete Ärzte. Anfangs hatten sie ihm alle den Rücken gestärkt, zumindest bis der Strafantrag gestellt worden war. Von da an waren sie ihm aus dem Weg gegangen, als habe er eine ansteckende Krankheit. Jeffrey fühlte sich isoliert und einsam. Und stärker als alles andere war seine Wut.

»Es ist einfach nicht fair!« stieß er mit zusammengebissenen Zähnen hervor.

Ganz gegen seine Art packte er ein Stück von Carols Kristallnippes von einem Beistelltisch und schleuderte es in blanker Frustration mit tödlicher Treffsicherheit gegen die Glasfront des Sideboards im Eßzimmer, das er durch den Türbogen sehen konnte. Es folgte ein ohrenbetäubendes Klirren.

»Oh!« sagte er, als er sah, was er angerichtet hatte. Er stand auf, um Besen und Schaufel zu holen. Während er die Scherben zusammenfegte, faßte er ganz spontan einen Entschluß: Er würde nicht ins Gefängnis gehen! Unter keinen Umständen.

Scheiß auf das Revisionsverfahren! In die Justiz hatte er so viel Vertrauen wie in die Welt der Märchen.

Die Entscheidung stand so plötzlich fest, und er war entschlossen, daß er sich regelrecht beschwingt fühlte. Er sah auf die Uhr. Die Bank würde gleich öffnen. Aufgeregt ging er in sein Zimmer und suchte seinen Paß. Er konnte von Glück sagen, daß das Gericht ihn nicht bei der Kautionserhöhung gleich eingezogen hatte. Dann rief er die PanAm an und erfuhr, daß er mit dem Shuttle nach New York, mit dem Bus zum Kennedy Airport und mit dem Flugzeug nach Rio reisen konnte. In Anbetracht der zahlreichen auf dem Markt vertretenen Fluglinien hatte er eine große Auswahl von Flügen, darunter auch einen um dreiundzwanzig Uhr fünfundvierzig, der ein paar Zwischenlandungen an exotischen Orten zu bieten hatte.

Mit erwartungsvoll klopfendem Herzen rief er in der Bank an und ließ sich mit Dudley Farnsworth verbinden. Er gab sich Mühe, beherrscht zu klingen, und erkundigte sich nach dem Darlehen.

»Keine Probleme«, sagte Farnsworth stolz. »Ich habe ein paar Beziehungen spielen lassen und die Sache genehmigt bekommen – einfach so.« Jeffrey hörte, daß er bei den letzten Worten mit den Fingern schnippte. »Wann kommen Sie?« fragte Farnsworth. »Ich will sicher sein, daß ich dann auch hier bin.«

»Ich bin gleich da«, antwortete Jeffrey und versuchte, sich einen Zeitplan zurechtzulegen. Das Timing würde der entscheidende Faktor sein. »Ich habe noch eine Bitte. Ich hätte das Geld gern in bar.«

»Sie machen Witze«, sagte Farnsworth.

»Im Ernst«, beharrte Jeffrey.

»Das ist ein bißchen unüblich«, meinte Farnsworth zögernd.

Jeffrey hatte über diese Angelegenheit nicht weiter nachgedacht. Er spürte Farnsworths Widerstreben und begriff, daß er etwas erklären mußte, wollte er das Geld bekommen, und er brauchte es unbedingt. Mit dem Kleingeld in seiner Hosentasche konnte er nicht nach Südamerika.

»Dudley«, begann er, »ich bin in Schwierigkeiten.«

»Es gefällt mir nicht, wie das klingt«, sagte Farnsworth.

»Es ist nicht das, was Sie denken. Ich habe nicht gespielt oder so was. Tatsache ist, ich muß einen Kautionsbürgen bezahlen. Haben Sie nicht in der Zeitung gelesen, in was für Schwierigkeiten ich geraten bin?«

»Nein«, sagte Dudley und klang gleich wieder freundlicher.

»Ich wurde wegen eines Kunstfehlers verklagt und dann wegen eines tragischen Anästhesiezwischenfalls vor Gericht gestellt. Ich will Sie im Moment nicht mit Einzelheiten langweilen. Das Problem ist, ich brauche fünfundvierzigtausend Dollar, um den Kautionsbürgen zu bezahlen, der die Kaution für mich gestellt hat. Er sagt, er will das Geld in bar.«

»Ich bin sicher, einen Bankscheck würde er auch akzeptieren.«

»Hören Sie, Dudley, der Mann hat gesagt, er will Bargeld. Ich habe ihm Bargeld versprochen. Tun Sie mir diesen Gefallen. Machen Sie es mir nicht noch schwerer, als es sowieso schon ist.«

Einen Moment lang war es still. Jeffrey glaubte Farnsworth seufzen zu hören.

»Sind Hunderter okay?«

»Prima«, sagte Jeffrey. »Hunderter sind ausgezeichnet.« Er fragte sich, wieviel Platz vierhundertfünfzig Hundertdollarscheine wohl brauchten.

»Dann halte ich es bereit für Sie«, sagte Farnsworth. »Ich hoffe bloß, Sie haben nicht vor, das Geld längere Zeit mit sich herumzuschleppen.«

»Nur bis Boston«, erwiderte Jeffrey.

Er legte auf. Hoffentlich würde Dudley nicht die Polizei anrufen oder sonstwie versuchen, seine Geschichte zu überprüfen. Nicht, daß irgend etwas nicht gestimmt hätte, aber Jeffrey fand, je weniger Leute über ihn nachdachten und Fragen stellten, desto besser – zumindest bis er im Flugzeug war.

Er setzte sich mit einem Notizblock an den Tisch und schrieb eine Nachricht für Carol: Er nehme die fünfundvierzigtausend, und sie könne alles andere haben. Aber der Brief klang unbeholfen. Beim Schreiben wurde ihm auch klar, daß er besser keine Hinweise auf seine Absichten hinterließ, falls er aus irgendeinem Grund aufgehalten werden sollte. Er knüllte das Papier zusammen, zündete es mit einem Streichholz an und warf es in den Kamin. Statt zu schreiben, würde er Carol aus dem Ausland anrufen und direkt mit ihr sprechen. Das wäre persönlicher als ein Brief. Und sicherer wäre es auch.

Die nächste Frage war: Was sollte er mitnehmen? Er wollte sich nicht mit viel Gepäck belasten. Also entschied er sich für einen kleinen Koffer, in den er lässige Kleidung packte. Südamerika stellte er sich nicht besonders formell vor. Als er alles eingepackt hatte, was er mitnehmen wollte, mußte er sich auf den Koffer setzen, um den Deckel zu schließen. Dann legte er noch ein paar Sachen in seinen Aktenkoffer, unter anderem Toilettenartikel und frische Unterwäsche.

Er war gerade im Begriff, die Schranktür zu schließen, als sein Blick auf die Arzttasche fiel. Er zögerte einen Moment und überlegte, was er wohl tun würde, wenn etwas ganz schrecklich schiefginge. Dann öffnete er die Arzttasche und nahm ein Infusionsbesteck, ein paar Spritzen, einen Viertelliter Infusionslösung und jeweils eine Ampulle Succinylcholin und Morphium heraus. Er steckte alles in seinen Aktenkoffer zwischen die Unterwäsche. Die Vorstellung, er könnte immer noch Selbstmordgedanken hegen, gefiel ihm nicht; statt dessen sagte er sich, diese Medikamente seien so etwas wie eine Versicherungspolice. Er hoffte, daß er sie nicht brauchen würde, aber sie waren nun da, für alle Fälle...

Ihm war sonderbar und ein bißchen traurig zumute, als er sich im Haus umschaute; er wußte, daß er das alles wahrscheinlich nie wieder zu Gesicht bekommen würde. Aber als er jetzt von Zimmer zu Zimmer ging, wunderte es ihn, daß er nicht trauriger war. Es gab hier so vieles, was ihn an Vergangenes erinnerte, an Gutes wie an Schlechtes. Doch mehr als alles andere, erkannte er, verband sich mit diesem Haus die Erinnerung an seine gescheiterte

Ehe. Und die ließ er, genau wie den Kunstfehlerprozeß, jetzt besser hinter sich. Zum erstenmal seit Monaten fühlte er wieder neue Energie, als sei dies der erste Tag eines neuen Lebens.

Er legte seinen Koffer in den Kofferraum und den Aktenkoffer neben sich auf den Sitz. Dann fuhr er aus der Garage, schloß das Tor mit der Fernbedienung – und war unterwegs. Er schaute sich nicht um. Seine erste Station war die Bank, und als er näher kam, wurde er nervös. Sein neues Leben fing auf einzigartige Weise an: Er wollte absichtlich das Gesetz brechen, indem er gegen die Anordnungen des Gerichts verstieß. Er fragte sich, ob er damit durchkommen würde.

Als er auf den Parkplatz der Bank einbog, war er sehr nervös. Sein Mund war ausgetrocknet. Wenn Dudley nun die Polizei angerufen und sich nach der in bar zu entrichtenden Kaution erkundigt hatte? Man brauchte nicht die Intelligenz eines Atomphysikers, um auf die Idee zu kommen, daß Jeffrey mit dem Geld vielleicht etwas anderes vorhatte, als es dem Kautionsbürgen zu übergeben.

Er blieb eine Zeitlang in seinem parkenden Auto sitzen, um seinen Mut zu sammeln. Dann packte er seinen Aktenkoffer und zwang sich, in die Bank zu gehen. In gewisser Hinsicht kam er sich plötzlich vor wie ein Bankräuber, auch wenn das Geld, das er abholen wollte, technisch gesehen ihm gehörte. Er atmete tief durch, trat an den Serviceschalter und fragte nach Dudley Farnsworth.

Dudley kam heraus und begrüßte ihn lächelnd. Dann führte er Jeffrey in sein Zimmer und bat ihn, Platz zu nehmen. Seinem Verhalten nach hegte er keinen Argwohn gegen Jeffrey. Aber Jeffreys Nerven blieben zum Zerreißen gespannt. Er zitterte.

»Kaffee oder etwas anderes?« bot Dudley an. Jeffrey meinte, ohne Koffein würde er sich wohler fühlen, und sagte, ein Fruchtsaft sei ihm recht. Er wollte seinen Händen etwas zu tun geben. Dudley lächelte. »Natürlich.« Der Mann gab sich so herzlich, daß Jeffrey es für eine Falle hielt.

»Ich komme gleich mit dem Geld«, sagte Dudley, nachdem er

Jeffrey ein Glas Orangensaft gebracht hatte. Ein paar Minuten später kehrte er mit einem Geldsack aus schmutzigem Segeltuch zurück und kippte den Inhalt auf seinen Schreibtisch. Es waren neun Bündel Hundertdollarscheine mit jeweils fünfzig Scheinen. Jeffrey hatte noch nie so viel Geld auf einem Haufen gesehen, und er fühlte sich sichtlich unbehaglich.

»Wir mußten uns ein bißchen was einfallen lassen, um das alles so schnell zusammenzubringen«, sagte Dudley.

»Ich weiß Ihre Bemühungen zu schätzen«, erwiderte Jeffrey.

»Sie werden es vermutlich zählen wollen«, meinte Dudley, aber Jeffrey verneinte.

Dudley ließ sich das Geld quittieren. »Sind Sie sicher, daß Sie nicht doch lieber einen Barscheck wollen?« fragte er, als er Jeffrey das unterschriebene Papier aus der Hand nahm. »Es ist riskant, so viel Geld mit sich herumzuschleppen. Sie könnten Ihren Kautionsbürgen anrufen, und er holt ihn hier ab. Und Sie wissen, daß ein Bankscheck so gut wie Bargeld ist. Er könnte damit in eine unserer Filialen in Boston gehen und sich das Bargeld auszahlen lassen, wenn er darauf scharf ist. Für Sie wäre es auf jeden Fall sicherer.«

»Er hat gesagt: Bargeld. Also kriegt er Bargeld.« Jeffrey war richtig gerührt von Dudleys Fürsorglichkeit. »Sein Büro ist nicht weit von hier.«

»Und Sie wollen es wirklich nicht nachzählen?«

Die Anspannung weckte allmählich leise Gereiztheit in Jeffrey, aber er zwang sich zu einem Lächeln. »Keine Zeit. Ich sollte mit diesem Geld vor Mittag in der Stadt sein, und ich bin schon spät dran. Außerdem habe ich lange genug mit Ihnen Geschäfte gemacht.« Er stopfte das Geld in seinen Aktenkoffer und stand auf.

»Wenn ich gewußt hätte, daß Sie nicht nachzählen, hätte ich mir aus jedem Bündel ein paar Scheine herausgenommen.« Dudley lachte.

Jeffrey eilte zu seinem Wagen, warf den Aktenkoffer auf den Sitz und fuhr besonders vorsichtig vom Parkplatz herunter. Ein

Strafzettel wegen Geschwindigkeitsüberschreitung hätte ihm jetzt gerade noch gefehlt! Er warf einen Blick in den Rückspiegel, um sicherzugehen, daß er nicht verfolgt wurde. So weit, so gut.

Jeffrey fuhr direkt zum Flughafen und parkte auf dem Dach der zentralen Parkgarage. Er ließ den Parkzettel im Aschenbecher liegen; später würde er Carol von irgendwoher anrufen und ihr sagen, wo sie das Auto abholen konnte.

Mit dem Aktenkoffer in der einen und dem Koffer in der anderen Hand ging Jeffrey zum Ticketschalter der PanAm. Er versuchte sich zu benehmen wie ein x-beliebiger Geschäftsmann auf Reisen, aber seine Nerven waren verschlissen, und sein Magen befand sich in Aufruhr. Wenn ihn jemand erkannte, würde er sofort wissen, daß er fliehen wollte. Man hatte ihm ausdrücklich verboten, den Staat Massachusetts zu verlassen.

Seine bange Unruhe steigerte sich mit jeder Minute, die er in der Warteschlange verbrachte. Als er schließlich an der Reihe war, verlangte er ein Ticket New York – Rio de Janeiro und eins für das Shuttle um dreizehn Uhr dreißig. Die Dame hinter dem Schalter versuchte ihn davon zu überzeugen, daß es einfacher sei, für den Nachmittag einen Direktflug zum Kennedy Airport zu buchen, denn dann müsse er nicht mit dem Bus von La Guardia zum Kennedy Airport fahren. Aber Jeffrey wollte lieber das Shuttle nehmen. Je früher er Boston hinter sich ließe, desto wohler wäre ihm, dachte er.

Vom Ticketschalter aus näherte Jeffrey sich der Röntgenmaschine der Sicherheitskontrolle. Ein uniformierter Staatspolizist stand lässig dahinter. Jeffrey konnte nur mit großer Mühe verhindern, daß er auf dem Absatz kehrtmachte und wegrannte.

Kaum hatte er den Aktenkoffer und den großen Koffer auf das Transportband gewuchtet und ihnen nachgesehen, als sie in der Maschine verschwanden, da durchfuhr ihn ein jäher Schreck. Was war mit den Spritzen und der Morphiumampulle? Wenn sie nun auf dem Röntgenschirm sichtbar wurden und er den Koffer aufmachen mußte? Dann würden sie die Geldbündel finden! Was würden sie beim Anblick von so viel Bargeld denken?

Jeffrey erwog, in die Röntgenmaschine zu greifen und den Aktenkoffer wieder herauszuziehen, aber dazu war es zu spät. Er warf einen Blick zu der Frau hinüber, die den Bildschirm beobachtete. Ihr Gesicht war von dem Licht gespenstisch beleuchtet, aber ihre Augen waren glasig vor Langeweile. Jeffrey fühlte sich von den hinter ihm wartenden Leuten behutsam vorwärtsgedrängt. Er trat durch den Metalldetektor und sah den Polizisten an. Der Polizist erwiderte seinen Blick und lächelte; Jeffrey brachte seinerseits ein schiefes Lächeln zustande. Dann schaute er wieder zu der Frau hinüber, die den Bildschirm studierte. Ihre ausdruckslose Miene zeigte plötzlich Verwirrung. Sie hatte das Fließband angehalten und winkte einer anderen Frau, zu ihr zu kommen.

Jeffrey fiel das Herz in die Hose. Die beiden begutachteten den Inhalt seines Aktenkoffers, der sich vor ihnen auf dem Monitor abzeichnete. Der Polizist hatte noch nichts bemerkt; Jeffrey sah, daß er gähnte.

Dann setzte sich das Transportband wieder in Bewegung. Der Aktenkoffer erschien, aber die zweite der beiden Frauen kam herüber und legte die Hand darauf.

»Gehört der Ihnen?« fragte sie Jeffrey.

Jeffrey zögerte, aber es war nicht zu leugnen, daß der Koffer ihm gehörte. Sein Paß war darin.

»Ja«, sagte er matt.

»Haben Sie da ein Reisenecessaire mit einer kleinen Schere drin?«

Jeffrey nickte.

»Okay«, sagte sie und schob ihm den Aktenkoffer hinüber. Verdattert, aber erleichtert nahm er ihn, ging in eine entlegene Ecke des Warteraums und setzte sich. Er griff nach einer weggeworfenen Zeitung und verbarg sich dahinter. Wenn er sich nicht wie ein Verbrecher gefühlt hatte, als die Geschworenen ihren Schuldspruch bekanntgegeben hatten, so fühlte er sich jetzt wie einer.

Als sein Flug aufgerufen wurde, drängte Jeffrey sofort zum

Flugsteig. Er konnte es nicht erwarten, in die Maschine zu kommen, und als er an Bord war, konnte er es nicht erwarten, seinen Sitz zu finden.

Er hatte einen Gangplatz ziemlich weit vorn im Flugzeug. Als er den Koffer oben im Gepäckfach untergebracht und den Aktenkoffer sicher zu seinen Füßen verstaut hatte, lehnte er sich zurück und schloß die Augen. Sein Herz jagte immer noch, aber er konnte jetzt wenigstens versuchen, sich zu entspannen. Er hatte es fast geschafft.

Doch es war schwierig, sich zu beruhigen. Als er jetzt im Flugzeug saß, begann er allmählich zu begreifen, wie schwerwiegend und unumkehrbar es war, was er zu tun im Begriff stand. Bis jetzt hatte er noch kein Gesetz gebrochen. Aber sobald das Flugzeug die Grenze von Massachusetts zu einem anderen Staat überflöge, würde er es getan haben. Und dann gäbe es kein Zurück mehr.

Jeffrey sah auf die Uhr. Er begann zu schwitzen. Es war dreizehn Uhr siebenundzwanzig. Nur noch drei Minuten, und die Türen würden geschlossen werden. Dann der Start. Tat er das Richtige? Zum erstenmal, seit er am Morgen seine Entscheidung getroffen hatte, fühlte Jeffrey echten Zweifel. Die Erfahrung eines ganzen Lebens sprach dagegen. Er hatte immer die Gesetze befolgt und die Behörden respektiert.

Er begann am ganzen Leib zu zittern. Noch nie hatte er eine so quälende Unschlüssigkeit und Unentschiedenheit verspürt. Wieder sah er auf die Uhr. Dreizehn Uhr neunundzwanzig. Die Stewardessen waren dabei, die Gepäckfächer zuzuschlagen, und das Gepolter drohte ihn verrückt zu machen. Die Tür zum Cockpit schloß sich mit lautem Klicken. Die Flugsteigkontrolle kam an Bord und reichte die endgültige Passagierliste herein. Alle saßen auf ihren Plätzen. In gewisser Weise beendete er jetzt das Leben, das er kannte, ebenso, als hätte er am Abend zuvor den Verschluß an der Infusionsflasche geöffnet.

Wie würde sich seine Flucht auf sein Revisionsverfahren auswirken? Würde er nicht um so schuldiger aussehen? Und wenn er jemals zur Rechenschaft gezogen würde, hätte er dann wohl eine zusätzliche Haftstrafe für diese Flucht zu erwarten? Und was wollte er eigentlich in Südamerika anfangen? Er sprach ja nicht mal Spanisch oder Portugiesisch. Und blitzartig strahlte das ganze Grauen seiner Aktion vor ihm auf. Er konnte es einfach nicht.

»Halt!« schrie er, als er hörte, wie die Türen der Maschine geschlossen wurden. Alle Blicke richteten sich auf ihn. »Halt! Ich muß aussteigen!« Er öffnete seinen Sicherheitsgurt und wollte dann den Aktenkoffer unter dem Sitz hervorziehen. Der Koffer ging auf, und ein Teil des Inhalts, darunter ein Stapel Hunderter, fiel heraus. Hastig stopfte er alles wieder hinein und holte seinen Koffer aus dem Gepäckfach. Niemand sprach. Alle beobachteten Jeffreys Panik mit verblüffter Neugier.

Jeffrey hastete nach vorn und blieb vor der Stewardeß stehen. »Ich muß aussteigen!« wiederholte er. Der Schweiß rann ihm über die Stirn und in die Augen, so daß er nur noch verschwommen sehen konnte. Er sah aus wie ein Wahnsinniger. »Ich bin Arzt«, fügte er hinzu, als sei das eine Erklärung. »Es handelt sich um einen Notfall.«

»Okay, okay«, sagte die Stewardeß ruhig. Sie klopfte an die Tür und gab der Flugsteigkontrolle, die noch draußen im Zugang stand, ein Handzeichen durch das Fenster. Die Tür öffnete sich, zu langsam für Jeffreys Geschmack.

Kaum war der Weg frei, sprang er hinaus. Zum Glück hielt ihn niemand auf oder befragte ihn nach seinen Gründen für das Verlassen der Maschine. Er rannte durch den Laufgang. Die Tür zum Terminal war geschlossen, aber nicht abgesperrt. Er wollte die Abfertigungshalle durchqueren, aber er kam nicht weit. Die Flugsteigkontrolle rief ihn zurück zu ihrem Pult.

»Ihr Name bitte?« fragte die Frau mit ausdrucksloser Miene.

Jeffrey zögerte. Er wollte sich nicht zu erkennen geben, denn er hatte keine Lust, den Behörden irgend etwas zu erklären.

»Ich kann Ihnen aber Ihr Ticket nicht zurückgeben, wenn Sie mir nicht Ihren Namen nennen«, sagte die Angestellte, leicht gereizt jetzt.

Jeffrey gab nach und bekam sein Ticket ausgehändigt. Er schob es hastig in die Tasche und begab sich durch die Sicherheitskontrolle zur Herrentoilette. Er mußte sich beruhigen. Seine Nerven waren am Ende. Er stellte sein Gepäck ab und lehnte sich an die Kante des Waschbeckens. Er haßte sich wegen seiner eigenen Wankelmütigkeit, erst bei dem Selbstmord, jetzt bei der Flucht. In beiden Fällen hatte er das Gefühl, die richtige Wahl getroffen zu haben, aber was für Möglichkeiten hatte er jetzt noch? Er spürte, daß die Depressionen zurückzukehren drohten, doch er kämpfte dagegen an.

Chris Everson hatte wenigstens den Mut besessen, seine Entscheidung, auch wenn sie irregeleitet gewesen war, in die Tat umzusetzen. Jeffrey verfluchte sich von neuem dafür, daß er ihm kein besserer Freund gewesen war. Hätte er nur damals schon gewußt, was er heute wußte, er hätte den Mann vielleicht retten können. Aber erst jetzt hatte er eine Vorstellung von dem, was Chris durchgemacht haben mußte. Jeffrey verabscheute sich dafür, daß er ihn damals nicht angerufen und dieses Versäumnis sogar noch verschlimmert hatte, indem er sich auch um die junge Witwe, Kelly Everson, nicht gekümmert hatte.

Er spritzte sich kaltes Wasser ins Gesicht. Als er seine Haltung halbwegs wiedergewonnen hatte, nahm er seine Sachen und verließ die Toilette. Trotz des Betriebs in der Flughafenhalle fühlte er sich einsam und isoliert. Der Gedanke an die Heimkehr in ein leeres Haus war bedrückend. Aber er wußte nicht, wohin er sich sonst wenden sollte. Ratlos ging er in Richtung Parkhaus.

An seinem Wagen angekommen, legte er den Koffer in den Kofferraum und den Aktenkoffer auf den Beifahrersitz. Dann setzte er sich hinters Steuer, starrte blind nach vorn und wartete auf eine Eingebung.

Ein paar Stunden lang saß er so da und betrachtete sein Scheitern. Noch nie war er so tief unten gewesen. Wie besessen von dem Gedanken an Chris Everson, fragte er sich schließlich, was wohl aus Kelly geworden sein mochte. Er hatte sie vor Chris' Tod drei- oder viermal bei gesellschaftlichen Anlässen getroffen. Er konnte sich sogar erinnern, daß er Carol gegenüber ein paar beifällige Bemerkungen über sie gemacht hatte, was Carol damals nicht gerade erfreute.

Ob Kelly noch im Valley Hospital arbeitete? Ob sie überhaupt noch in der Gegend von Boston wohnte? Er erinnerte sich, daß sie einsfünfundsechzig oder einssiebzig groß und von schlanker, sportlicher Gestalt gewesen war. Sie hatte langes braunes Haar mit roten Strähnen gehabt, das hinten von einer Spange zusammengehalten worden war. Er entsann sich, daß sie ein breites Gesicht mit dunkelbraunen Augen gehabt hatte und zierliche Züge, die oft in einem hellen Lächeln erstrahlt waren. Aber woran er sich vor allem erinnerte, war Ihre Aura. Sie war von einer Verspieltheit gewesen, die sich wunderbar mit femininer Wärme und Aufrichtigkeit vereint hatte. Man hatte sie sofort gernhaben müssen.

Und während seine Gedanken von Chris zu Kelly wanderten, dachte er unversehens, daß sie besser als sonst irgend jemand verstehen würde, was er jetzt durchzumachen hatte. Sie hatte durch die emotionalen Verwüstungen eines Kunstfehlerprozesses ihren Mann verloren, und sie würde infolgedessen eine Sensibilität für Jeffreys Not besitzen. Möglicherweise hatte sie sogar einen Vorschlag, wie damit umzugehen wäre. Zumindest konnte sie vielleicht ein wenig von dem so dringend benötigten Mitleid aufbringen. Und auf jeden Fall hätte er sein Gewissen beruhigt, indem er sie endlich anrief, wie er es im Unterbewußtsein schon immer hatte tun wollen.

Jeffrey kehrte zum Terminal zurück. In der nächstbesten Telefonzelle schlug er das Telefonbuch auf und suchte nach Kelly Everson. Er hielt den Atem an, als sein Zeigefinger die Namensspalte herunterfuhr. Bei K.C. Everson in Brookline hielt er an. Das sah vielversprechend aus. Er warf eine Münze ein und wählte. Das Telefon klingelte einmal, zweimal, dreimal. Er wollte schon einhängen, als jemand abnahm. Eine fröhliche Stimme ertönte aus dem Hörer.

Jeffrey merkte, daß er sich gar nicht überlegt hatte, wie er anfangen wollte. Abrupt sagte er »Hallo« und nannte seinen Namen. Er war so verunsichert, daß er fürchtete, sie werde sich vielleicht gar nicht an ihn erinnern, aber bevor er noch ihrem Gedächtnis einen Schubs gab, vernahm er ein überschwengliches »Hallo, Jeffrey!«. Sie war offenbar ehrlich erfreut, von ihm zu hören, und klang überhaupt nicht überrascht.

»Ich bin so froh, daß Sie anrufen«, sagte sie. »Ich habe selbst schon daran gedacht, als ich hörte, in was für Schwierigkeiten Sie stecken, aber ich hab's einfach nicht über mich gebracht. Ich fürchtete, Sie würden sich gar nicht an mich erinnern.«

Er sich nicht an *sie* erinnern! Jeffrey versicherte ihr, daß das nicht der Fall sei. Aber er nahm das Stichwort auf und entschuldigte sich dafür, daß er sie nicht schon früher angerufen habe.

»Sie brauchen sich nicht zu entschuldigen«, sagte sie. »Ich weiß, daß Tragödien die Leute einschüchtern. Und ich weiß, daß Ärzte Mühe haben, mit dem Selbstmord eines Kollegen umzugehen. Ich habe nicht erwartet, daß Sie mich anrufen, aber ich war gerührt, daß Sie sich die Zeit genommen haben, zur Beerdigung zu kommen. Chris hätte sich gefreut, wenn er gewußt hätte, daß er Ihnen das wert war. Er hatte wirklich großen Respekt vor Ihnen. Er hat mir mal erzählt, für ihn seien Sie der beste Anästhesist, den er kenne. Deshalb habe ich mich geehrt gefühlt, als Sie da waren. Ein paar andere Freunde waren nicht da. Aber das habe ich auch verstanden.«

Jeffrey wußte nicht, was er sagen sollte. Kelly verzieh ihm nicht nur, sie dankte ihm sogar. Je mehr sie sagte, desto mieser kam er sich vor. Schließlich wechselte er das Thema. Er sei froh, sie zu Hause anzutreffen, erklärte er.

»Ja, zu dieser Zeit bin ich fast immer erreichbar. Ich bin gerade von der Arbeit heimgekommen. Vermutlich wissen Sie ja, daß ich nicht mehr im Valley arbeite.«

»Nein, das habe ich nicht gewußt.«

»Nach Chris' Tod hielt ich es für besser, mich woanders umzusehen«, sagte Kelly. »Also bin ich in die Stadt gezogen. Ich arbeite jetzt im St. Joe's auf der Intensivstation. Sie sind wohl immer noch im Boston Memorial?«

»Gewissermaßen«, antwortete Jeffrey ausweichend. Er fühlte sich unbeholfen und unschlüssig, und er fürchtete, sie werde es nicht wollen, daß er sie besuchte. Was schuldete sie ihm schließlich? Sie führte ihr eigenes Leben. Aber jetzt war er einmal so weit gekommen – jetzt mußte er es versuchen. »Kelly... ich wollte fragen, ob ich wohl vorbeikommen und kurz mit Ihnen reden könnte?«

»Wann dachten Sie denn?« fragte Kelly ohne Zögern.

»Wann es Ihnen paßt. Ich... ich könnte sofort... wenn Sie nicht beschäftigt sind...«

»Na prima«, sagte Kelly.

»Wenn es Ihnen nicht paßt, kann ich auch...«

»Nein, nein, es paßt prima. Kommen Sie nur«, sagte Kelly, ehe Jeffrey geendet hatte. Und dann beschrieb sie den Weg zu ihrem Haus.

Michael Mosconi hatte Jeffreys Scheck vor sich auf der Löschblattunterlage liegen, als er Owen Shatterly bei der Boston National Bank anrief. Er hatte nicht gedacht, daß er nervös sein würde, aber als er die Nummer wählte, hatte er doch plötzlich ein flaues Gefühl im Magen. Erstmals in seiner Karriere als Kautionsbürge hatte er einen Scheck genommen, und die Transaktion hatte geklappt. Der Scheck war nicht geplatzt. Aber von Kollegen hatte Mosconi schon Horrorgeschichten gehört. Natürlich, wenn etwas schiefginge, bestände sein größtes Problem darin, daß seine Versicherung ihm verbieten würde, überhaupt noch Schecks zu nehmen. Wie er es Jeffrey erklärt hatte: Er hielt seinen Arsch für ihn hin. Er wußte nicht, wieso er hier so weichherzig geworden war. Andererseits war es natürlich ein einzigartiger Fall. Der Kerl war Arzt, um Himmels willen. Und ein Fünfundvierzigtausend-Dollar-Honorar kam auch nur alle Jubeljahre einmal vor. Mosconi hatte den Fall nicht an die Konkurrenz verlieren wollen. Also hatte er auf seine Weise bessere

Konditionen geboten. Es war eine Managemententscheidung gewesen.

Jemand von der Bank meldete sich; Mosconi mußte warten. Er trommelte mit den Fingerspitzen auf den Schreibtisch. Es war kurz vor vier. Mosconi wollte sich nur vergewissern, daß der Scheck von diesem Doc okay war, bevor er ihn einreichte. Shatterly war seit langem ein Freund von ihm; Mosconi wußte, daß er keine Schwierigkeiten haben würde, es von ihm zu erfahren.

Als Shatterly sich meldete, erklärte Mosconi ihm, was er wissen wollte. Viel brauchte er nicht zu sagen. »Moment«, unterbrach Shatterly ihn, und Mosconi hörte den Computer.

»Wie hoch ist der Scheck?« erkundigte Shatterly sich dann.

»Fünfundvierzig Riesen«, sagte Mosconi.

Shatterly lachte. »Auf dem Konto sind dreiundzwanzig Dollar und ein paar Cent.«

Eine Pause trat ein. Mosconi hörte auf zu trommeln. Das flaue Gefühl in seinem Magen verstärkte sich. »Sie sind sicher, daß heute nichts eingegangen ist?«

»Nichts in der Gegend von fünfundvierzigtausend Dollar«, sagte Shatterly.

Mosconi legte auf.

»Ärger?« fragte Devlin O'Shea und spähte über den Rand eines alten *Penthouse*-Heftes. O'Shea war ein großer Mann, der eher wie ein Motorradrocker aus den sechziger Jahren denn wie ein ehemaliger Polizist aus Boston aussah. An seinem linken Ohrläppchen baumelte ein kleines goldenes Malteserkreuz. Sein Haar war hinten zu einem kleinen Pferdeschwanz zusammengebunden. Abgesehen davon, daß ihm diese Aufmachung bei seiner Arbeit half, war es eine Möglichkeit für ihn, aller Autorität eine kleine Nase zu drehen, nachdem er sich nun nicht mehr an Regeln wie Kleidervorschriften und dergleichen zu halten brauchte. Die Polizei hatte O'Shea entlassen, nachdem er der Bestechlichkeit überführt worden war.

O'Shea machte es sich auf einer Vinylcouch bequem, die Mosconis Schreibtisch gegenüberstand. Er trug die Kleidung, die seit seinem Ausscheiden bei der Polizei zu seiner Uniform geworden war: eine Denimjacke, ausgebleichte Jeans und schwarze Cowboystiefel.

Mosconi sagte gar nichts, und das genügte als Antwort. »Irgendwas, wobei ich helfen kann?« fragte O'Shea.

Mosconi betrachtete ihn und begutachtete die massigen, von einem Geflecht von Tätowierungen bedeckten Unterarme. Ein Schneidezahn fehlte in O'Sheas Mund, was ihm das Aussehen eines Kneipenschlägers verlieh, der er gelegentlich auch war.

»Kann sein«, meinte Mosconi. In seinem Kopf nahm ein Plan Gestalt an.

O'Shea war an diesem Nachmittag bei Mosconi vorbeigekommen, weil er gerade nichts zu tun hatte. Er hatte eben einen Mörder zurückgebracht, der gegen die Kautionsauflagen verstoßen hatte und nach Kanada geflüchtet war. O'Shea war einer der Kopfgeldjäger, die Mosconi bei Bedarf zu engagieren pflegte.

O'Shea, fand Mosconi, war genau der richtige Mann, um Jeffrey an seine Verpflichtungen zu erinnern. O'Shea würde sehr viel überzeugender wirken als er selbst.

Er lehnte sich in seinem Schreibtischsessel zurück und erläuterte die Situation. O'Shea warf das *Penthouse* beiseite und stand auf. Er war einsneunzig groß und wog zweihundertachtundsechzig Pfund. Sein runder Bauch wölbte sich über die große Silberschnalle seines Gürtels. Aber unter der Fettschicht saßen dicke Muskeln.

»Na, ich kann mal mit ihm reden«, sagte er.

»Seien Sie nett«, warnte Mosconi. »Bloß überzeugend. Denken Sie daran, er ist ein Doktor. Ich möchte nur nicht, daß er mich vergißt.«

»Ich bin immer nett«, erwiderte O'Shea. »Rücksichtsvoll, gutERzogen, manierlich. Darin liegt mein Charme.«

Er verließ das Büro, froh, etwas zu tun zu haben. Das Herumsitzen war ihm zuwider. Das Problem war nur, daß dieser Auftrag nicht so lukrativ war, wie er es sich gewünscht hätte. Aber er freute sich auf die Fahrt hinaus nach Marblehead. Vielleicht würde er in das italienische Restaurant da oben gehen und dann in seiner Lieblingskneipe am Hafen ein paar Bier trinken.

Kellys Haus war ein bezauberndes zweigeschossiges Kolonialhaus mit geteilten Fenstern. Es war weiß, und die Fensterläden waren schwarz gestrichen. Die beiden Kamine an den Seiten waren mit alten Ziegeln verkleidet. Rechts schloß sich eine Doppelgarage an, und links war eine vergitterte Veranda.

Jeffrey hielt vor dem Haus an und parkte auf der anderen Straßenseite. Er betrachtete es durch das Autofenster. Hoffentlich würde er sich jetzt getrauen, über die Straße zu gehen und an der Tür zu läuten. Es überraschte ihn, daß es so nah bei der Bostoner Innenstadt so viele Bäume gab; das Haus schmiegte sich in eine Gruppe von Ahornbäumen, Eichen und Birken.

Während er so dasaß, versuchte er sich zu überlegen, was er wohl sagen sollte. Noch nie war er bei jemandem gewesen, weil er auf der Suche nach »Mitgefühl und Verständnis« war. Und es bestand immer die Gefahr, daß sie ihn abweisen würde, trotz des warmherzigen Tons am Telefon. Wenn er nicht gewußt hätte, daß sie ihn erwartete, hätte er das ganze Unternehmen abgeblasen.

Er nahm all seinen Mut zusammen, legte den Gang ein und lenkte den Wagen in Kellys Einfahrt. Dann ging er zur Haustür, den Aktenkoffer in der Hand. Er kam sich albern damit vor – als Arzt war er an einen solchen Koffer nicht gewöhnt –, aber er wagte nicht, soviel Bargeld im Auto zu lassen.

Kelly öffnete die Tür, ehe er auf den Klingelknopf drücken konnte. Sie trug eine schwarze Strumpfhose, ein rosa Trikot, ein rosa Stirnband und ein Paar Legwarmers. »Ich gehe sonst nachmittags meistens zum Aerobic«, erklärte sie und errötete leicht. Dann umarmte sie Jeffrey. Fast stiegen ihm die Tränen in die Augen, als ihm klar wurde, daß er sich nicht erinnern konnte, wann ihn das letztemal jemand in den Arm genommen hatte. Er brauchte einen Augenblick, um sich zu fangen und die Umarmung zu erwidern.

Ohne ihn loszulassen, lehnte sie sich zurück und schaute ihm in die Augen. Jeffrey war gut fünfzehn Zentimeter größer als sie. »Ich bin so froh, daß Sie gekommen sind.« Sie hielt seinem Blick einen Herzschlag lang stand und fügte dann hinzu: »Kommen Sie herein, kommen Sie herein.« Sie führte ihn ins Haus. Mit einem bestrumpften Fuß stieß sie die Tür zu.

Jeffrey sah sich in einer geräumigen Diele; Rundbögen führten in ein Eßzimmer auf der rechten und ein Wohnzimmer auf der linken Seite. Auf einem kleinen Tisch stand ein silbernes Teeservice. Am Ende der Diele, im hinteren Teil des Hauses, ging eine elegant geschwungene Treppe in den ersten Stock hinauf.

»Wie wär's mit Tee?« fragte Kelly.

»Ich will Ihnen keine Mühe machen«, antwortete Jeffrey.

Sie schnalzte mit der Zunge. »Was verstehen Sie unter Mühe?« Immer noch seine Hand haltend, zog sie ihn durch das Eßzimmer in die Küche. An der Rückseite des Hauses, zur Küche hin offen, lag ein behagliches zweites Wohnzimmer, ein Anbau anscheinend. Draußen vor dem großen Erkerfenster war ein Garten, der aussah, als könnte er ein wenig Pflege vertragen. Das Innere des Hauses aber war makellos.

Kelly ließ Jeffrey auf einer Gingan-Couch Platz nehmen. Jeffrey legte seinen Aktenkoffer beiseite.

»Was ist das für ein Köfferchen?« fragte Kelly und ging nach nebenan, um Teewasser aufzusetzen. »Ich dachte, Ärzte haben kleine schwarze Taschen dabei, wenn sie Hausbesuche machen. Damit sehen Sie eher aus wie ein Versicherungsvertreter.« Sie lachte kristallklar, während sie einen Käsekuchen aus dem Kühlschrank nahm.

»Wenn ich Ihnen zeige, was in dem Koffer ist, werden Sie's nicht glauben«, erwiderte Jeffrey.

»Wieso nicht?«

Jeffrey antwortete nicht, und sie war so freundlich, es dabei zu belassen. Sie nahm ein Messer von einem Ständer über der Spüle und schnitt zwei Stücke Käsekuchen ab.

»Ich bin froh, daß Sie sich entschlossen haben, herzukommen«, sagte sie und leckte am Messer. »Käsekuchen gibt's nur, wenn ich Gesellschaft habe.« Sie hängte einen großen Teebeutel in die Kanne und holte Tassen aus dem Schrank.

Der Kessel begann, wild zu pfeifen. Kelly nahm ihn vom Herd und goß kochendes Wasser in die Teekanne. Sie stellte alles auf ein Tablett und trug es zum Couchtisch.

»So«, sagte sie und setzte es ab. »Hab' ich irgendwas vergessen?« Ihr Blick wanderte prüfend über das Tablett. »Servietten!« rief sie und lief noch einmal in die Küche. Als sie zurückkam, setzte sie sich und lächelte Jeffrey an. »Wirklich«, sagte sie und schenkte Tee ein. »Ich freue mich, daß Sie vorbeigekommen sind, und das nicht nur wegen des Käsekuchens.«

Jeffrey merkte plötzlich, daß er seit dem Müsli am Morgen nichts mehr gegessen hatte. Der Käsekuchen war köstlich.

»Wollen Sie über etwas Bestimmtes mit mir sprechen?« fragte Kelly und stellte ihre Teetasse hin.

Jeffrey bewunderte ihre Offenheit. Sie machte es ihm leichter.

»Ich glaube, zuallererst möchte ich mich dafür entschuldigen, daß ich Chris kein besonders guter Freund war«, sagte er. »Nach allem, was ich in den letzten paar Monaten mitgemacht habe, kann ich mir halbwegs vorstellen, wie Chris gelitten haben muß. Damals hatte ich keine Ahnung.«

»Ich schätze, die hatte niemand«, meinte Kelly. »Nicht mal ich.«

»Ich wollte keine schmerzlichen Erinnerungen bei Ihnen aufwühlen«, sagte Jeffrey, als er ihren veränderten Gesichtsausdruck sah.

»Keine Angst. Ich habe mich inzwischen damit abgefunden«, sagte sie. »Aber um so mehr Grund hätte ich gehabt, Sie anzurufen. Wie kommen Sie denn zurecht?«

Jeffrey hatte nicht erwartet, daß sie so schnell über seine Probleme reden würden. Wie *kam* er eigentlich zurecht? In den letzten vierundzwanzig Stunden hatte er versucht, sich umzubringen, und als das gescheitert war, hatte er versucht, das Land zu verlassen. »Es ist schwierig.« Mehr brachte er nicht heraus.

Kelly langte hinüber und drückte ihm die Hand. »Ich glaube nicht, daß die Leute eine Ahnung davon haben, was für einen Tribut diese Kunstfehlerprozesse fordern. Und ich rede nicht von Geld.«

»Das wissen Sie besser als die meisten«, sagte Jeffrey. »Sie und Chris haben den höchsten Preis gezahlt.«

»Stimmt es, daß Sie ins Gefängnis müssen?« fragte Kelly.

Jeffrey seufzte. »Es sieht so aus.«

»Das ist doch absurd!« sagte Kelly mit einer Vehemenz, die ihn überraschte.

»Wir haben Berufung eingelegt. Aber ich habe kein großes Vertrauen in diesen Prozeß. Jetzt nicht mehr.«

»Wieso sind Sie denn zum Sündenbock geworden?« fragte Kelly. »Was ist mit den anderen Ärzten und mit der Klinik? Wurden die nicht auch verklagt?«

»Sie sind alle ausgeschieden«, erzählte Jeffrey. »Ich hatte vor ein paar Jahren ein kurzes Morphiumproblem. Die übliche Geschichte: Ich hatte es verschrieben bekommen, wegen einer Rükkenverletzung, die ich mir bei einem Fahrradunfall zugezogen hatte. Während des Verfahrens wurde angedeutet, ich hätte mir kurz vor der Anästhesie Morphium injiziert. Dann fand jemand eine leere Ampulle 0,75prozentiges Marcain im Müllbehälter des Narkoseapparates, den ich benutzt hatte – und 0,75prozentiges Marcain ist bei Entbindungsanästhesie kontraindiziert. Die 0,5prozentige Ampulle hat niemand gefunden.«

»Aber Sie haben kein 0,75prozentiges benutzt, oder?«

»Ich kontrolliere immer das Etikett, wenn ich ein Medikament gebe«, antwortete Jeffrey. »Doch das ist ein Reflexverhalten, an das man sich im speziellen Fall nur schwer zu erinnern vermag. Ich kann nicht glauben, daß ich 0,75 Prozent gegeben haben soll. Aber was kann ich sagen? Sie haben gefunden, was sie gefunden haben.«

»He, fangen Sie nicht an, an sich selbst zu zweifeln. Das war es, was Chris getan hat.«

»Das sagt sich so leicht.«

»Wofür verwendet man 0,75prozentiges Marcain?« fragte Kelly.

»Für so einiges«, sagte Jeffrey. »Wann immer man einen besonders lange anhaltenden Block mit wenig Volumen braucht. In der Augenchirurgie wird es viel verwendet.«

»Hatte es in dem OP, in dem Ihnen der Unfall passierte, denn eine Augenoperation gegeben? Oder sonst irgend etwas, wobei man 0,75prozentiges Marcain gebraucht hätte?«

Jeffrey überlegte kurz und schüttelte dann den Kopf. »Ich glaube nicht. Aber sicher weiß ich es natürlich nicht.«

»Könnte sich lohnen, da mal nachzuforschen«, meinte Kelly. »Rechtlich gesehen dürfte es nicht viel bedeuten, aber wenn Sie wenigstens für sich selbst nachweisen könnten, woher die 0,75-Prozent-Ampulle stammte, würde Ihnen das sehr helfen, Ihr Selbstvertrauen wieder aufzubauen. Ich glaube wirklich, daß Ärzte bei Kunstfehlerprozessen ihr Selbstwertgefühl mit der gleichen Sorgfalt bewahren müssen, die sie auf die Prozeßvorbereitung verwenden.«

»Da haben Sie recht«, sagte Jeffrey, aber er dachte immer noch über Kellys Fragen nach dem 0,75prozentigen Marcain nach. Er konnte nicht fassen, daß niemand auf die Idee gekommen war, sich nach Fällen zu erkundigen, die vor Patty Owen in diesem OP behandelt worden waren. Er hatte jedenfalls nicht daran gedacht. Er fragte sich allerdings, wie er diese Nachforschungen jetzt anstellen sollte, ohne wie früher freien Zugang zur Klinik zu haben.

»Da wir gerade von Selbstwertgefühl reden – wie steht es mit Ihrem?« Kelly lächelte, aber Jeffrey merkte, daß es ihr bei aller scheinbaren Leichtigkeit todernst war.

»Ich habe das Gefühl, ich spreche mit einer Expertin«, sagte er. »Haben Sie nebenher ein bißchen Psychiatrie gelesen?«

»Wohl kaum«, erwiderte sie. »Leider habe ich die Bedeutung des Selbstwertgefühls auf die harte Tour kennengelernt, durch Erfahrung.« Sie nahm einen Schluck Tee. Für einen Augenblick verlor sie sich in ihren eigenen wehmütigen Gedanken; sie starrte aus dem Erkerfenster in den wuchernden Garten. Dann fuhr sie ebenso abrupt aus ihrer kurzen Trance auf. Sie schaute Jeffrey an und lächelte nicht mehr. »Ich bin überzeugt, es lag am mangelnden Selbstwertgefühl, daß Chris Selbstmord beging. Er hätte nicht tun können, was er tat, wenn er mehr von sich gehalten hätte. Das weiß ich einfach. Es waren nicht die Fakten, die ihn in den Abgrund stürzten. Und Schuld war es ganz gewiß nicht. Chris hatte genau wie Sie keinen Grund, sich schuldig zu fühlen. Es war der plötzliche Zusammenbruch des Selbstvertrauens, der Schaden, den das Bild seiner selbst genommen hatte – deshalb hat Chris Selbstmord begangen. Die Leute ahnen nicht, wie empfindsam sogar die tüchtigsten Ärzte auf eine solche Klage reagieren. Ja, je besser der Arzt ist, desto schmerzlicher ist es. Die Tatsache, daß die Klage unbegründet ist, hat damit nichts zu tun.«

»Sie haben ja so recht«, sagte Jeffrey. »Damals, als ich hörte, daß Chris sich umgebracht hatte, da war ich verblüfft. Ich wußte, was für ein Mensch und was für ein Arzt er war. Jetzt wundert es mich überhaupt nicht mehr. Im Gegenteil, in meiner momentanen Lage wundert es mich, daß sich nicht mehr Ärzte, die wegen eines Kunstfehlers verklagt wurden, dazu hinreißen lassen. Ehrlich gesagt, ich hab's gestern abend versucht.«

»Was versucht?« fragte Kelly scharf. Sie wußte, was Jeffrey meinte, aber sie wollte es nicht glauben.

Jeffrey seufzte. Er konnte sie nicht ansehen. »Gestern abend habe ich versucht, Selbstmord zu begehen«, sagte er schlicht. »Ich war drauf und dran zu tun, was Chris getan hat. Sie wissen schon, der Trick mit dem Succinylcholin und dem Morphium. Ich hatte die Infusion schon angelegt.«

Kelly ließ die Teetasse fallen. Sie sprang auf, packte Jeffrey bei den Schultern und schüttelte ihn. Er erschrak. Damit hatte er nicht gerechnet.

»Wagen Sie nicht, so etwas zu tun! Denken Sie nicht mal daran!«

Sie funkelte ihn an und hielt weiter seine Schultern umklammert. Schließlich murmelte er, sie brauche sich keine Sorgen zu machen; er habe ohnehin nicht den Mut gehabt, die Sache zu Ende zu führen.

Kelly schüttelte ihn wieder, als sie das hörte.

Jeffrey wußte nicht mehr, was er tun, und erst recht nicht, was er sagen sollte.

Kelly schüttelte ihn mit flammender Leidenschaft. »Selbstmord ist nichts Mutiges«, erklärte sie erbost. »Er ist das Gegenteil. Selbstmord ist etwas Feiges. Und er ist selbstsüchtig. Er verletzt jeden, den Sie zurücklassen, jeden, der Sie liebt. Sie müssen mir versprechen, daß Sie mich sofort anrufen, wenn Sie noch einmal Selbstmordgedanken haben – egal, um welche Tages- oder Nachtzeit es sein sollte. Denken Sie doch an Ihre Frau. Daß Chris Selbstmord beging, hat solche Schuldgefühle in mir hinterlassen – Sie können es sich nicht vorstellen. Ich war niedergeschmettert. Ich hatte das Gefühl, ich hätte ihn irgendwie im Stich gelassen. Ich weiß jetzt, daß es nicht stimmt, aber sein Tod ist trotzdem etwas, worüber ich niemals ganz hinwegkommen werde.«

»Carol und ich lassen uns scheiden«, platzte Jeffrey heraus.

Kellys Miene wurde sanfter. »Wegen dieses Prozesses?«

Jeffrey schüttelte den Kopf. »Wir hatten es schon vor, ehe das alles losging. Carol war nur so freundlich, es vorläufig aufzuschieben.«

»Sie Ärmster«, sagte Kelly. »Ich kann mir nicht vorstellen, wie man gleichzeitig mit einem Kunstfehlerverfahren und einer zerbrochenen Ehe fertig werden soll.«

»Meine Eheprobleme sind noch meine geringsten Sorgen«, erwiderte Jeffrey.

»Aber es ist mein Ernst: Sie müssen mir versprechen, daß Sie mich anrufen, bevor Sie irgendeine Dummheit begehen«, sagte Kelly.

»Ich denke ja nicht mehr an…«

»Versprechen Sie's mir!« beharrte Kelly.

»Also schön, ich versprech's«, sagte Jeffrey.

Zufrieden erhob sich Kelly und wischte den Tee auf, den sie verschüttet hatte. Während sie die Scherben der Tasse einsammelte, sagte sie: »Ich wünschte mir mehr als alles in der Welt, daß ich auch nur den kleinsten Hinweis auf seine Pläne gehabt hätte. Gerade noch sprach er davon, daß die Anästhesiekomplikation die Folge einer Kontamination des Lokalanästhetikums gewesen sei – und im nächsten Augenblick war er tot.«

Jeffrey beobachtete sie, als sie die Porzellanscherben wegwarf. Es dauerte ein paar Augenblicke, bis er ihre letzten Worte begriffen hatte. Als sie sich wieder setzte, fragte er: »Wie kam Chris auf die Idee, das Lokalanästhetikum sei kontaminiert gewesen?«

Kelly zuckte mit den Schultern. »Ich habe nicht die leiseste Ahnung. Aber er war richtig aufgeregt, als er von dieser Möglichkeit sprach. Ich habe ihn ermutigt. Vorher war er deprimiert gewesen. Sehr deprimiert. Aber der Gedanke an eine Kontamination gab ihm starken Auftrieb. Mehrere Tage lang brütete er über Pharmakologie- und Physiologiebüchern. Er machte sich massenhaft Notizen. Er arbeitete auch an dem Abend, als er dann... Ich war ins Bett gegangen, und am nächsten Morgen fand ich ihn, eine Infusion am Arm, die Flasche leer.«

»Wie furchtbar«, sagte Jeffrey.

»Es war das schlimmste Ereignis meines Lebens«, bekannte Kelly.

Einen Augenblick lang war Jeffrey neidisch auf Chris – nicht, weil dieser etwas geschafft hatte, was ihm nicht gelungen war, sondern weil er eine Frau hinterlassen hatte, die ihn offensichtlich sehr liebte. Wenn es ihm gelungen wäre – ob auch um ihn jemand so getrauert hätte? Jeffrey bemühte sich, den Gedanken abzuschütteln. Statt dessen dachte er über eine Kontamination des Lokalanästhetikums nach. Ein merkwürdiger Gedanke...

»An was für eine Kontamination dachte Chris denn?«

»Das weiß ich nicht«, sagte Kelly. »Es ist zwei Jahre her, und Chris hat sich nie detailliert geäußert. Zumindest nicht mir gegenüber.«

»Haben Sie damals mit irgend jemandem über seine Theorie gesprochen?«

»Mit den Anwälten. Warum?«

»Weil es eine faszinierende Idee ist.«

»Ich habe noch seine Aufzeichnungen. Sie können sie lesen, wenn Sie wollen.«

»Ja, das würde ich gern«, sagte Jeffrey.

Kelly stand auf und führte ihn durch die Küche und durch das Eßzimmer, durch die Diele und durch das Wohnzimmer bis zu einer geschlossenen Tür.

»Ich sollte jetzt etwas erklären«, sagte sie. »Das hier ist Chris' Arbeitszimmer. Ich weiß, wahrscheinlich war es keine schrecklich gesunde Reaktion, aber nach seinem Tod habe ich die Tür einfach zugemacht und alles so gelassen, wie es war. Fragen Sie mich nicht, warum. Damals hat es mir geholfen; es war, als sei ein Teil von ihm noch hier. Also seien Sie darauf gefaßt, daß es vielleicht ein bißchen staubig ist.« Sie öffnete die Tür.

Jeffrey betrat das Arbeitszimmer. Im Gegensatz zum Rest des Hauses war es hier unaufgeräumt und muffig. Eine dicke Staubschicht lag auf allem. Sogar ein paar Spinnweben hingen von der Decke. Die Fensterläden waren fest geschlossen. An einer Wand befand sich ein bis zur Decke reichender Bücherschrank, vollgestopft mit Büchern, die Jeffrey gleich erkannte. Das meiste war Standardliteratur über Anästhesie. Der Rest befaßte sich mit allgemeineren medizinischen Themen.

In der Mitte des Zimmers stand ein alter Schreibtisch, auf dem sich Papiere und Bücher türmten. In der Ecke war ein Eames-Sessel; das schwarze Leder war trocken und rissig. Neben dem Sessel lag ein Stapel Bücher.

Kelly lehnte mit verschränkten Armen am Türpfosten, als wolle sie nicht eintreten. »Ein ziemliches Durcheinander«, sagte sie.

»Es stört Sie nicht, wenn ich mich hier umsehe?« fragte Jeffrey. Er verspürte eine gewisse Verwandtschaft zu seinem toten Kollegen, wollte aber Kellys Gefühle nicht verletzen.

»Tun Sie sich keinen Zwang an«, antwortete sie. »Ich habe ja gesagt, ich habe seinen Tod endlich akzeptiert. Schon seit einer

Weile habe ich vor, das Zimmer aufzuräumen. Ich bin bloß noch nicht dazu gekommen.«

Jeffrey ging um den Schreibtisch herum. Eine Lampe stand darauf; er knipste sie an. Er war nicht abergläubisch, und er glaubte nicht an übernatürliche Dinge. Trotzdem hatte er das Gefühl, Chris versuche ihm etwas zu sagen.

Auf der Schreibunterlage war ein vertrautes Lehrbuch: *Pharmacological Basis of Therapeutics* von Goodman und Gillman. Daneben sah er *Clinical Toxicology*. Bei den Büchern lag ein Stapel handschriftlicher Notizen. Jeffrey beugte sich über den Schreibtisch und sah, daß der Goodman/Gillman bei dem Kapitel über Marcain aufgeschlagen war. Die potentiellen schädlichen Nebenwirkungen waren dick unterstrichen.

»Ging es in Chris' Fall denn auch um Marcain?« fragte er.

»Ja«, sagte Kelly. »Ich dachte, das wußten Sie.«

»Eigentlich nicht«, erwiderte Jeffrey. Er hatte nicht erfahren, welches Lokalanästhetikum Chris benutzt hatte. Komplikationen kamen bei allen gelegentlich vor.

Jeffrey nahm den Stapel Notizen zur Hand. Beinahe sofort kitzelte es in seiner Nase, und er mußte niesen.

Kelly legte den Handrücken an die Lippen, um ein Lächeln zu verbergen. »Ich habe Sie gewarnt, daß es staubig sein würde.«

Jeffrey nieste noch einmal.

»Nehmen Sie sich doch, was Sie brauchen, und wir gehen wieder ins andere Zimmer«, sagte Kelly.

Mit Tränen in den Augen nahm Jeffrey die beiden Lehrbücher und die Notizen, und er nieste noch ein drittesmal, bevor Kelly die Tür zum Arbeitszimmer schloß.

In der Küche machte Kelly einen Vorschlag. »Warum bleiben Sie nicht zu einem vorgezogenen Abendessen? Ich kann uns rasch etwas zaubern. Ein Feinschmeckermenü wird's nicht, aber gut auf alle Fälle.«

»Ich dachte, Sie wollten zu Ihrem Aerobic-Kurs«, erwiderte Jeffrey. Er war entzückt über ihr Angebot, aber er wollte ihr nicht mehr zur Last fallen, als er es bereits tat.

»Trainieren kann ich jeden Tag«, sagte Kelly. »Abgesehen davon habe ich das Gefühl, daß Sie ein bißchen Fürsorge vertragen können.«

»Na, wenn es Ihnen nicht zu umständlich ist.« Jeffrey staunte über so viel Freundlichkeit.

»Mir bereitet es Spaß«, sagte sie. »Machen Sie es sich auf der Couch bequem. Ziehen Sie die Schuhe aus, wenn Sie möchten.«

Jeffrey nahm sie beim Wort. Er setzte sich und legte die Bücher auf den Couchtisch. Eine Zeitlang sah er ihr zu, wie sie in der Küche hantierte und in den Kühlschrank und diverse Schränke schaute. Dann zog er die Schuhe aus und lehnte sich zurück, um in Chris' Notizen zu blättern. Das erste, was er fand, war eine handliche Zusammenfassung der Komplikationen, zu denen es in diesem tragischen Fall bei der Anästhesie gekommen war.

»Ich muß ein bißchen einkaufen!« rief Kelly. »Bleiben Sie ruhig hier.«

»Sie sollen keine Umstände machen.« Jeffrey tat, als wolle er aufspringen, aber in Wirklichkeit freute er sich darüber, daß Kelly sich seinetwegen solche Mühe machte.

»Unsinn«, sagte Kelly. »Ich bin wie der Blitz wieder hier.«

Im nächsten Augenblick war sie verschwunden. Er hörte, wie sie in der Garage ihren Wagen anließ, dann herausfuhr und auf der Straße beschleunigte.

Er schaute sich in dem behaglichen Zimmer und der Küche um und war froh über seinen Entschluß, Kelly angerufen zu haben. Neben dem Entschluß, sich nicht umzubringen und nicht wegzufliegen, war es die beste Entscheidung, die er in den letzten vierundzwanzig Stunden getroffen hatte. Er machte es sich bequem und wandte sich Chris' Aufzeichnungen zu.

Henry Noble, 57 Jahre alt, weiß, männlich, wollte sich im Valley Hospital einer Prostata-OP wegen Krebs unterziehen. Dr. Wallenstein bat um kontinuierliche Epiduralanästhesie. Ich besuchte den Patienten am Abend vor der OP. Er war leicht beunruhigt. Gesundheitszustand gut. Herzstatus normal, EKG normal. Blutdruck normal. Neurologischer Befund normal. Keine Allergien. Speziell keine Medikamentenallergie. Hatte 1977 wegen einer Hernie-OP eine Vollnarkose ohne Probleme. Lokalanästhesie bei mehreren Zahnbehandlungen ebenfalls ohne Probleme. Wegen seiner Unruhe verordnete ich 10 mg Diazepam oral eine Stunde vor der OP. Am nächsten Morgen erschien er in guter Stimmung. Diazepam hatte gut gewirkt. Patient war leicht schläfrig, aber ansprechbar. Er wurde in den Anästhesieraum gefahren und in rechte Seitenlage gebracht. Epiduralpunktion mit 18er Epiduralnadel ohne Probleme. Keine Reaktion auf Injektion von 2 ml Lidocain. Epiduralposition bestätigt durch Injektion von 2 ml Aqua dest. mit Epinephrin. Feinkalibriger Epiduralkatheter durch Epiduralnadel eingeführt, Patient wieder in Rückenlage gebracht. Aus einer 30-ml-Ampulle wurde eine Testdosis mit 0,5%igem Marcain mit einem kleinen Quantum Epinephrin hergestellt und injiziert. Unmittelbar darauf klagte Patient über als Schwindelgefühl beschriebene Beschwerden, gefolgt von schweren Intestinalkrämpfen. Herzfrequenz begann zu steigen, allerdings nicht in dem Ausmaß, das bei versehentlicher Injektion der Testdosis zu erwarten gewesen wäre. Dann zeigten sich allgemeine Muskelzuckungen, die auf Hyperästhesie schließen ließen. Massiver Speichelfluß trat ein, ein Hinweis auf parasympathische Reaktion, es wurde Atropin intravenös gegeben. Myotische Pupillen. Der Patient erlitt dann einen epileptischen Anfall, der mit Succinylcholin und Valium behandelt wurde, es erfolgte dann die Intubation und Beatmung und anschließend ein Herzstillstand. Das Herz erwies sich als extrem medikamentenresistent, aber schließlich gelang es, einen Sinusrhythmus herbeizuführen. Der Patient konnte stabilisiert werden, kam aber nicht wieder zu Bewußtsein. Verlegung auf die chirurgische Intensivpflegestation, dort blieb er eine Woche komatös mit mehreren Herzstillständen. Dokumentiert war überdies eine vollkommene Lähmung nach der Anästhesiekomplikation, von der nicht nur das Rückenmark, sondern auch Schädelnerven betroffen waren. Gegen Ende der Woche kam es zu einem endgültigen Herzstillstand.

Jeffrey blickte auf. Die Lektüre dieses kargen Berichts über eine Komplikation erweckte all das Grauen in ihm, das er verspürt hatte, als er so verzweifelt um Patty Owen gekämpft hatte. Das Geschehene war so gegenwärtig, daß ihm der Schweiß auf die Stirn trat. Und daß es so gegenwärtig war, hing mit der frappierenden Ähnlichkeit der beiden Fälle zusammen, und zwar nicht nur, was die dramatischen Anfälle und die Herzstillstände betraf. Jeffrey erinnerte sich mit erschreckender Klarheit an den Augenblick, als er den Speichel- und Tränenfluß bei Patty gesehen hatte. Dazu kamen die Leibschmerzen und die kleinen Pupillen. Nichts davon war eine übliche Reaktion auf eine Lokalanästhesie, obwohl solche Anästhetika bei wenigen unglücklichen Personen ein außergewöhnlich breites Spektrum von unerwünschten neurologischen und kardiologischen Nebenwirkungen verursachen konnten.

Jeffrey studierte die nächste Seite der Aufzeichnungen. Sie enthielt mehrere Wörter in Blockbuchstaben. Zwei davon lauteten »muscarinisch« und »nikotinisch«. Jeffrey kannte sie noch aus seinen Studientagen; sie hatten etwas mit der Funktion des autonomen Nervensystems zu tun. Und dann stand dort: »irreversible hohe Spinalblockade mit Einbeziehung der Schädelnerven«, gefolgt von einer Reihe von Ausrufungszeichen.

Er hörte, daß Kellys Wagen in die Einfahrt bog und in die Garage fuhr. Er sah auf die Uhr. Sie war eine schnelle Einkäuferin.

Das nächste in Chris' Stapel war ein NMR-Bericht, das Protokoll einer nuklear-magnetischen Resonanzuntersuchung, der man Henry Noble unterzogen hatte, als er gelähmt im Koma gelegen hatte. Die Resultate waren normal.

»Hallo!« rief Kelly munter, als sie zur Tür hereinkam. »Haben Sie mich vermißt?« Sie lachte und ließ ein Paket auf den Küchentisch plumpsen. Dann trat sie hinter die Couch und blickte Jeffrey über die Schulter. »Was hat das alles zu bedeuten?«

»Ich weiß es nicht«, gestand Jeffrey. »Aber diese Aufzeichnungen sind faszinierend. Es gibt so viele Ähnlichkeiten zwischen unseren beiden Fällen. Ich weiß nicht, was ich davon halten soll.«

»Na, ich bin froh, daß dieses Zeug für jemanden nützlich ist«, sagte Kelly und ging wieder in die Küche. »Dann komme ich mir weniger komisch vor, weil ich es alles aufgehoben habe.«

»Ich finde es überhaupt nicht komisch, daß Sie es aufgehoben haben«, entgegnete Jeffrey und wandte sich dem nächsten Blatt zu. Es war eine maschinengeschriebene Zusammenfassung des Autopsieberichts über Henry Noble. Chris hatte eine Stelle unterstrichen – »in mikroskopischer Sektion axonale Degeneration erkennbar« – und eine Serie von Fragezeichen daneben geschrieben. Unterstrichen hatte er auch die Worte »toxikologisch negativ« und mit einem emphatischen Ausrufungszeichen versehen. Jeffrey war ratlos.

Die restlichen Notizen waren hauptsächlich Zusammenfassungen aus dem Pharmakologielehrbuch von Goodman und Gillman. Ein kurzer Blick ließ vermuten, daß sie sich überwiegend mit der Funktion des autonomen Nervensystems befaßten. Er beschloß, sich dieses Material später anzusehen, legte die Papiere in einem Stapel auf den Tisch und beschwerte sie mit den beiden Medizinbüchern.

Dann ging er hinüber zu Kelly, die sich an der Spüle zu schaffen machte. »Was kann ich tun?« fragte er.

»Sie sollen sich entspannen«, sagte Kelly und wusch den Salat.

»Ich würde lieber helfen.«

»Wie Sie wollen. Vielleicht können Sie hinten auf der Veranda den Grill anzünden? Die Streichhölzer sind dort in der Schublade.« Sie deutete mit einem Salatblatt in die entsprechende Richtung.

Jeffrey schnappte sich ein Streichholzheft und ging hinaus. Der Grill war eine jener Kuppelkonstruktionen, befeuert mit einer Propangasflasche. Er hatte im Handumdrehen heraus, wie das Ventil funktionierte, zündete den Brenner an und schloß die Kuppel.

Ehe er wieder hineinging, ließ er den Blick über den ungepflegten Garten wandern. Das hohe Gras leuchtete in frühlingshaftem Grün. Es hatte viel geregnet in diesem Frühling, so daß die gesamte Vegetation besonders gesund und üppig aussah. Farnwedel waren im Dickicht der Bäume zu sehen.

Jeffrey schüttelte ungläubig den Kopf. Es war fast nicht zu glauben, daß er nur einen Abend vorher so nah daran gewesen sein sollte, Selbstmord zu begehen. Und noch am Nachmittag hatte er vorgehabt, nach Südamerika zu fliehen. Und jetzt stand er hier auf einer Veranda in Brookline und war im Begriff, mit einer attraktiven, empfindsamen, entwaffnend offenen Frau ein Abendessen zu grillen. Es war fast zu schön, um wahr zu sein. Dann erkannte er mit Schrecken, daß es auch nicht wahr war: Nicht mehr lange, und er würde im Gefängnis sitzen.

Jeffrey atmete die kühle Spätnachmittagsluft tief ein und genoß ihre Reinheit. Er schaute zu, wie ein Zaunkönig einen Wurm aus der feuchten Erde zerrte. Dann ging er wieder ins Haus, um zu sehen, wie er noch helfen könnte.

Das Essen war köstlich und ein großer Erfolg. Trotz der ziemlich trüben Umstände gelang es ihm, alles mit Freuden zu genießen. Sie aßen marinierte Thunfischsteaks, Reis-Pilaw und einen gemischten Salat. Kelly hatte noch eine Flasche Chardonnay im Kühlschrank gehabt. Er war kalt und frisch. Jeffrey merkte plötzlich, daß er lachte – zum erstenmal seit Monaten. Das an sich war schon ein beträchtlicher Erfolg.

Mit Kaffee und noch mehr Käsekuchen zogen sie sich später wieder auf die Couch zurück. Chris' Notizen und die beiden Lehrbücher lenkten Jeffreys Gedanken erneut auf ernstere Themen.

»Es ist mir ein Greuel, noch einmal zu unangenehmen Dingen zurückzukehren«, sagte er, als in ihrer Unterhaltung eine Pause eingetreten war. »Aber wie wurde über die Kunstfehlerklage gegen Chris entschieden?«

»Die Klägerseite gewann«, antwortete Kelly. »Die Entschädigungszahlung wurde zwischen der Klinik, Chris und dem OP-Chirurgen nach irgendeinem komplizierten Plan aufgestellt. Ich glaube, das meiste hat Chris' Versicherung übernommen, aber genau weiß ich das nicht. Zum Glück ist dieses Haus nur auf meinen Namen eingetragen, und so konnten sie es nicht seinem verfügbaren Sachvermögen zurechnen.«

»Ich habe eine Zusammenfassung gelesen, die Chris geschrieben hat«, sagte Jeffrey. »Von einem Kunstfehler kann nicht die Rede sein.«

»Bei einem emotional dermaßen aufgeladenen Verfahren ist es gar nicht so wichtig, ob wirklich ein Kunstfehler im Spiel war oder nicht. Ein guter Anwalt des Klägers wird die Geschworenen immer dazu bringen, daß sie sich mit dem Patienten identifizieren.«

Jeffrey nickte. Das stimmte leider. »Ich muß Sie um einen Gefallen bitten«, sagte er. »Hätten Sie viel dagegen, wenn ich mir diese Aufzeichnungen ausleihe?« Er klopfte auf den Stapel Papier.

»Um Himmels willen, nein«, antwortete Kelly. »Bedienen Sie sich nur. Darf ich erfahren, warum Sie sich so sehr dafür interessieren?«

»Sie erinnern mich an Fragen, die mir bei meinem eigenen Fall in den Sinn gekommen sind. Es gab da ein paar kleine Unstimmigkeiten, die ich mir nie habe erklären können. Und zu meiner Überraschung sehe ich jetzt, daß die gleichen Unstimmigkeiten bei Chris auftreten. Auf die Möglichkeit einer Kontamination bin ich noch nicht gekommen. Ich würde seine Aufzeichnungen gern noch ein paarmal durchlesen. Es wird nämlich nicht auf den ersten Blick klar, was er im Sinn hatte. Außerdem«, fügte Jeffrey grinsend hinzu, »habe ich dann einen guten Vorwand, Sie wieder zu besuchen.«

»Dazu brauchen Sie keinen Vorwand«, sagte Kelly. »Sie sind jederzeit willkommen.«

Jeffrey ging, kurz nachdem sie ihr Dessert aufgegessen hatten.

Kelly begleitete ihn hinaus zu seinem Wagen. Sie hatten so früh gegessen, daß es draußen immer noch hell war. Jeffrey bedankte sich überschwenglich für ihre spontane Gastfreundschaft. »Sie ahnen ja gar nicht, wie sehr es mir gefallen hat«, sagte er aufrichtig.

Er legte den Aktenkoffer, der jetzt auch Chris' Aufzeichnungen enthielt, in den Wagen und stieg ein. Kelly steckte den Kopf durch das offene Fenster. »Denken Sie daran, was Sie mir versprochen haben«, warnte sie ihn. »Wenn Sie auf dumme Gedanken kommen sollten, müssen Sie sich bei mir melden.«

»Ich werde daran denken«, versprach Jeffrey.

Ruhig und zufrieden fuhr er nach Hause. Die Stunden mit Kelly hatten seine Stimmung beträchtlich verbessert. Angesichts der Umstände fand er es erstaunlich, daß er in der Lage gewesen war, auf so normale Weise zu reagieren. Aber er wußte, es hatte mehr mit Kellys als mit seiner eigenen Psyche zu tun. Als er in seine Straße einbog, griff er nach seinem Aktenkoffer, der vom Sitz zu fallen drohte, und dachte an den merkwürdigen Inhalt. Rasierzeug, Unterwäsche, dreiundvierzigtausend Dollar in bar und ein Stapel Notizen von einem Selbstmörder.

Er rechnete zwar nicht damit, irgend etwas zu finden, was ihn retten würde, aber es gab ihm doch ein Gefühl der Hoffnung, diese Aufzeichnungen zu besitzen. Vielleicht könnte er aus Chris' Erfahrungen etwas lernen, das er selbst übersehen hatte.

Und obgleich er sich mit Bedauern von Kelly verabschiedet hatte, war er froh, so früh nach Hause zu kommen. Er beabsichtigte, die Papiere noch einmal durchzugehen und sich außerdem ein paar seiner eigenen Bücher einmal gründlich vorzunehmen.

3

Dienstag, 16. Mai 1989, 19 Uhr 49

Jeffrey hielt vor der Garagentür, stieg aus und streckte sich. Er konnte das Meer riechen. Marblehead war eine Halbinsel, die in den Atlantik hinausragte, und so war das Wasser nirgends weit. Er beugte sich noch einmal in den Wagen, zog den Aktenkoffer heran und hob ihn heraus. Dann warf er die Wagentür zu und ging zum Haus.

Er sah, wie schön alles ringsherum war. Singvögel zwitscherten fröhlich in den immergrünen Sträuchern auf dem Rasen, und in der Ferne schrie eine Möwe. Ein Rhododendron vor dem Haus stand in voller Blüte und Farbenpracht. In den letzten Monaten war er so sehr mit seinen Problemen beschäftigt gewesen, daß er den bezaubernden Übergang vom tristen Winter in einen herrlichen Frühling völlig verpaßt hatte. Zum erstenmal in diesem Jahr nahm er ihn jetzt wahr. Der Besuch bei Kelly tat immer noch seine Wirkung auf sein Gemüt.

Vor der Haustür fiel ihm sein Reisekoffer ein. Er zögerte kurz, aber dann beschloß er, ihn später zu holen. Er sperrte die Haustür auf und ging hinein.

Carol stand in der Diele, die Arme in die Hüften gestemmt. An ihrem Gesicht sah er, daß sie wütend war. Willkommen zu Hause, dachte er. Und wie war's bei *dir* heute? Er stellte seinen Aktenkoffer hin.

»Es ist gleich acht Uhr«, sagte Carol mit kaum verhüllter Ungeduld.

»Es ist mir durchaus bekannt, wie spät es ist.«

»Wo warst du?«

Jeffrey hängte seine Jacke auf. Carols inquisitorisches Benehmen ärgerte ihn. Vielleicht hätte er ja anrufen sollen. Früher hätte er es wohl auch getan, aber dies waren beim besten Willen keine normalen Zeiten.

»Ich frage dich doch auch nicht, wo du warst«, erwiderte er.

»Wenn ich bis acht Uhr abends aufgehalten werde, rufe ich immer an«, erklärte sie. »Das ist einfach eine Frage der Höflichkeit.«

»Vermutlich bin ich kein höflicher Mensch«, sagte Jeffrey. Er war zu müde, um zu diskutieren. Er nahm seinen Aktenkoffer und wollte geradewegs hinauf in sein Zimmer gehen; er hatte keine Lust, mit Carol zu streiten. Aber dann blieb er stehen. Ein großer Mann erschien und lehnte sich lässig an den Rahmen der Küchentür. Auf einen Blick sah Jeffrey den Pferdeschwanz, die Jeanskleidung, die Cowboystiefel und die Tätowierungen. Der Mann trug einen goldenen Ohrring und hielt eine Flasche Kronenbourg in der Hand.

Jeffrey sah Carol fragend an.

»Während du unterwegs warst und Gott weiß was getrieben hast«, fauchte Carol, »konnte ich mich hier mit diesem Schwein von einem Kerl herumplagen. Und das alles deinetwegen. Wo bist du gewesen?«

Jeffreys Blick ging zwischen Carol und dem Fremden hin und her. Er hatte keine Ahnung, was hier los war. Der Fremde zwinkerte und grinste über Carols wenig schmeichelhafte Worte, als wären sie ein Kompliment.

»Ich wüßte auch gern, wo Sie waren, Sportsfreund«, sagte der Gorilla jetzt. »Wo Sie nicht waren, weiß ich schon.« Er nahm einen Schluck Bier und grinste wieder; anscheinend amüsierte er sich königlich.

»Wer ist das?« fragte Jeffrey Carol.

»Devlin O'Shea«, stellte der Fremde sich vor. Er stieß sich vom Türrahmen ab und trat neben Carol. »Ich und die niedliche kleine Frau hier haben stundenlang auf Sie gewartet.« Er wollte Carol in die Wange kneifen, aber sie schlug seine Hand weg. »Stachliges kleines Ding.« Er lachte.

»Ich will wissen, was hier los ist«, sagte Jeffrey.

»Mr. O'Shea ist der charmante Emissär von Mr. Michael Mosconi«, erklärte Carol erbost.

»Emissär?« fragte O'Shea. »Uuuh, das gefällt mir. Klingt sexy.«

»Warst du bei der Bank? Hast du mit Farnsworth gesprochen?« Carol ignorierte O'Shea.

»Selbstverständlich«, sagte Jeffrey, und plötzlich war ihm klar, weshalb O'Shea hier war.

»Und was ist passiert?«

»Yeah, was ist passiert?« echote O'Shea honigsüß. »Unseren Informationen zufolge war der Kontostand nicht wie vereinbart. Das ist sehr bedauerlich.«

»Es gab ein Problem...«, stammelte Jeffrey. Auf ein solches Verhör war er nicht vorbereitet.

»Was für ein Problem?« fragte O'Shea. Er trat vor und stieß Jeffrey den Zeigefinger ein paarmal heftig gegen die Brust. Er hatte das Gefühl, daß Jeffrey nicht die Wahrheit sagte.

»Papierkram«, antwortete Jeffrey und versuchte, O'Sheas Finger auszuweichen. »Die Formalitäten, mit denen man es bei einer Bank immer zu tun hat.«

»Und wenn ich Ihnen das nicht glaube?« O'Shea schlug Jeffrey mit der flachen Hand seitlich an den Kopf.

Jeffrey griff nach seinem Ohr. Der Schlag brannte und erschreckte ihn.

»Sie können hier nicht reinkommen und mich herumschubsen!« Jeffrey bemühte sich, Autorität in seinen Tonfall zu legen.

»Ach nein?« sagte O'Shea mit künstlicher Fistelstimme. Er nahm das Bier in die Linke und schlug Jeffrey mit der Rechten an den Kopf. Seine Bewegungen waren so schnell, daß Jeffrey überhaupt keine Zeit zum Reagieren hatte. Er taumelte rückwärts gegen die Wand und duckte sich vor diesem Ungetüm.

»Ich darf Sie an was erinnern«, sagte O'Shea und starrte auf ihn herunter. »Sie sind ein verurteilter Straftäter, mein Freund, und daß Sie in diesem Augenblick nicht schon im Gefängnis vergammeln, verdanken Sie einzig und allein der Großzügigkeit von Mr. Mosconi.«

»Carol!« rief Jeffrey, erfüllt von einer Mischung aus Angst und Wut. »Ruf die Polizei!«

»Ha!« O'Shea lachte und warf den Kopf in den Nacken. »›Ruf die Polizei!‹ Sie sind klasse, Doc, Sie sind wirklich klasse. Ich bin derjenige, der das Gesetz hinter sich hat, nicht Sie. Ich bin hier bloß als...« O'Shea machte eine Pause und sah Carol an. »He, Schätzchen, wie haben Sie mich eben genannt?«

»Emissär«, sagte Carol in der Hoffnung, den Mann zu beschwichtigen. Sie war entsetzt über diese Szene, aber sie hatte keine Ahnung, was sie tun sollte.

»Wie sie sagt, ich bin ein Emissär«, wiederholte O'Shea und wandte sich erneut an Jeffrey. »Ich bin ein Emissär, der Sie an Ihren Deal mit Mr. Mosconi erinnern soll. Er war ein bißchen enttäuscht heute nachmittag, als er in der Bank anrief. Was ist aus dem Geld geworden, das auf Ihrem Konto sein sollte?«

»Die Bank ist schuld«, antwortete Jeffrey. Er betete zu Gott, dieser Riese möge nicht in seinen Aktenkoffer schauen. Wenn er das Bargeld sähe, würde er erraten, daß Jeffrey hatte fliehen wollen. »Es war eine geringfügige bürokratische Verzögerung, aber morgen ist das Geld auf dem Konto. Der Papierkram ist erledigt.«

»Sie würden mich doch nicht verarschen, oder?« O'Shea schnippte mit dem Nagel des Zeigefingers gegen Jeffreys Nase. Jeffrey zuckte zusammen. Seine Nase fühlte sich an, als habe eine Biene hineingestochen.

»Man hat mir versichert, daß es keine Probleme mehr geben wird«, sagte Jeffrey. Er berührte seine Nasenspitze und schaute dann auf seinen Finger; er rechnete mit Blut, aber da war keins.

»Das Geld ist also morgen früh da?«

»Auf jeden Fall.«

»Na, wenn das so ist, gehe ich jetzt«, sagte O'Shea. »Versteht sich von selbst: Wenn da morgen früh kein Geld ist, komme ich zurück.« O'Shea wandte sich an Carol und hielt ihr die Bierflasche hin. »Danke für den Drink, meine Dame.«

Sie nahm die Flasche. Er versuchte wieder, sie in die Wange zu kneifen. Carol wollte ihn schlagen, aber er packte ihren Arm. »Sie sind wirklich ganz schön stachlig«, sagte er lachend. Sie riß sich los.

»Sie beide lassen mich sicher nur ungern gehen«, meinte O'Shea an der Tür. »Ich würde auch zu gern zum Abendessen bleiben, aber ich treffe mich drüben bei Rosalie's noch mit einer Gruppe Nonnen.« Er lachte rauh und zog die Tür hinter sich ins Schloß.

Ein paar Augenblicke lang rührte sich weder Jeffrey noch Carol. Sie hörten, wie draußen ein Auto ansprang und dann wegfuhr. Carol war es, die das Schweigen brach. »Was ist in der Bank passiert?« wollte sie wissen. Sie war wütend. »Wieso hatten sie das Geld nicht bereit? Und wo bist du gewesen?«

Jeffrey antwortete nicht, sondern schaute seine Frau nur benommen an. Er zitterte nach diesem Erlebnis mit O'Shea. Die Balance zwischen Wut und Angst war zugunsten der Angst gekippt. O'Shea war die Verkörperung seiner schlimmsten Befürchtungen, zumal, da er wußte, daß er sich gegen ihn nicht wehren und auch nicht vom Gesetz schützen lassen konnte. O'Shea war genau der Typ, der in Jeffreys Vorstellung die Gefängnisse bevölkerte. Es wunderte ihn, daß der Mann nicht gedroht hatte, ihm die Kniescheiben zu zerschlagen. Dem irischen Namen zum Trotz hatte er ausgesehen wie eine Figur der Mafia.

»Gib Antwort!« verlangte Carol. »Was ist in der Bank passiert, und wo bist du gewesen?«

Mit seinem Aktenkoffer in der Hand nahm Jeffrey Kurs auf sein Zimmer. Er wollte allein sein. Die Alptraumvision eines Gefängnisses voller O'Sheas war schwindelerregend.

Carol packte seinen Arm. »Ich spreche mit dir!« zischte sie.

Jeffrey blieb stehen und schaute auf Carols Hand an seinem

Arm hinunter. »Laß mich los!« forderte er sie in beherrschtem Ton auf.

»Erst wenn du mit mir redest und mir sagst, wo du gewesen bist.«

»Laß mich los!« wiederholte er, jetzt aber drohend.

Carol überlegte es sich und ließ seinen Arm los. Er ging weiter in Richtung seines Zimmers. Sie folgte ihm rasch. »Du bist nicht der einzige hier, der einer gewissen Anspannung ausgesetzt ist!« schrie sie. »Ich finde, ich verdiene eine Erklärung. Ich mußte mich stundenlang mit diesem Tier unterhalten.«

Jeffrey blieb vor seiner Tür stehen. »Es tut mir leid«, sagte er. Das war er ihr schuldig. Carol stand dicht hinter ihm.

»Ich glaube, ich war die ganze Zeit über ziemlich verständnisvoll«, erwiderte sie. »Jetzt will ich wissen, was in der Bank passiert ist. Dudley Farnsworth hat gestern gesagt, es wird keine Probleme geben.«

»Wir reden später darüber.« Er brauchte ein paar Minuten, um zur Ruhe zu kommen.

»Ich will jetzt darüber reden!« beharrte Carol.

Jeffrey öffnete seine Tür und trat ins Zimmer. Carol wollte sich hinter ihm hineindrängen, aber er versperrte ihr den Weg. »Später!« sagte er lauter als beabsichtigt und machte ihr die Tür vor der Nase zu. Carol hörte, wie das Schloß klickte.

Sie hämmerte frustriert gegen die Tür und fing an zu weinen. »Du bist unmöglich! Ich weiß wirklich nicht, wieso ich bereit gewesen bin, mit der Scheidung zu warten. Das ist jetzt der Dank dafür.« Schluchzend trat sie gegen die Tür, und dann rannte sie den Korridor hinunter zu ihrem eigenen Zimmer.

Jeffrey schleuderte den Aktenkoffer auf sein Bett und setzte sich daneben. Er hatte Carol nicht so verärgern wollen, aber er konnte nichts dazu. Wie sollte er ihr erklären, was er jetzt durchmachte, wenn es seit Jahren keine echte Kommunikation mehr zwischen ihnen gab? Er wußte, daß er ihr eine Erklärung schuldete, aber er wollte sich ihr nicht anvertrauen, bevor er nicht entschieden hatte, was er tun würde. Wenn er ihr sagte, daß er das

Bargeld in seinem Koffer hatte, würde sie ihn zwingen, es sofort zur Bank zu bringen. Aber er brauchte vorher Zeit zum Nachdenken. Zum vierzigstenmal, so schien es ihm, war er an diesem Tag allein, und er wußte nicht, was er tun sollte.

Er stand auf, ging ins Bad, füllte ein Glas mit Wasser und hielt es mit beiden Händen zum Trinken an den Mund. Ein Strudel von Emotionen ließ ihn immer noch zittern. Er schaute in den Spiegel. Ein Kratzer an seiner Nasenspitze zeigte, wo O'Sheas Fingernagel ihn getroffen hatte. Seine beiden Ohren waren knallrot. Es schauderte ihn, wenn er daran dachte, wie wehrlos er sich vor diesem Mann gefühlt hatte.

Er kehrte in sein Zimmer zurück und betrachtete den Aktenkoffer. Er ließ die Schlösser aufschnappen, klappte den Deckel auf und schob Chris Eversons Notizen beiseite. Dann sah er auf die säuberlich gebündelten Hunderter und bereute, daß er am Nachmittag nicht im Flugzeug sitzen geblieben war. Dann wäre er nämlich jetzt auf dem Weg nach Rio gewesen und hätte ein neues Leben vor sich gehabt – irgendeines wenigstens. Alles mußte doch besser sein als das, was er jetzt durchmachte. Die warmen Augenblicke bei Kelly, das großartige Essen... das alles kam ihm vor wie aus einem anderen Leben.

Er sah auf die Uhr. Es war kurz nach acht. Das letzte PanAm-Shuttle ging um halb zehn. Wenn er gleich losfuhr, konnte er es schaffen.

Er erinnerte sich, wie furchtbar ihm am Nachmittag im Flugzeug zumute gewesen war. Er begab sich noch einmal ins Bad und betrachtete seine zerkratzte Nase und seine brennenden Ohren. Wozu war ein Kerl wie O'Shea imstande, wenn man tagaus, tagein in einer Zelle mit ihm eingesperrt war?

Jeffrey wandte sich um, ging zu seinem Aktenkoffer, klappte den Deckel zu und drückte auf die Schlösser. Er würde nach Brasilien fliegen.

Als O'Shea das Haus der Rhodes' verlassen hatte, hatte er vorgehabt, italienisch essen zu gehen und dann am Hafen ein paar Bier zu trinken. Aber drei Straßen weiter veranlaßte ihn seine Intuition, zu stoppen. Vor seinem geistigen Auge ließ er die Unterhaltung, die er mit dem guten Doktor geführt hatte, noch einmal ablaufen. In dem Moment, als Jeffrey die Bank beschuldigt hatte, das Geld nicht herauszurücken, hatte O'Shea gewußt, daß er log. Jetzt fragte er sich, warum. »Diese Doktoren«, sagte O'Shea. »Die glauben immer, sie sind schlauer als alle andern.«

Er wendete, fuhr den Weg zurück, den er gekommen war, und rollte am Haus der Rhodes' vorbei; er überlegte, wie er jetzt vorgehen sollte. Eine Straße weiter wendete er wieder und fuhr noch einmal am Haus vorbei. Er bremste ab, fand eine Parklücke und bog hinein.

Wie er die Sache sah, gab es zwei Möglichkeiten: Entweder ging er noch einmal hinein und fragte den Doc, warum er log, oder er blieb hier sitzen und wartete ein Weilchen. Er wußte, er hatte dem Mann eine Heidenangst eingejagt. Das war auch seine Absicht gewesen. Leute mit einem schlechten Gewissen reagierten auf eine solche Konfrontation oft mit einem verräterischen Akt. O'Shea beschloß, vor dem Haus zu warten. Wenn binnen einer Stunde nichts passierte, würde er essen gehen und nachher noch einmal vorbeischauen.

Er stellte den Motor ab und ließ sich, so gut es ging, hinter dem Lenkrad zusammensinken. Er dachte an Jeffrey Rhodes und fragte sich, was der Bursche wohl verbrochen haben mochte. Mosconi hatte es ihm nicht gesagt. Aber wie ein Krimineller kam dieser Rhodes ihm nicht vor, nicht mal wie einer von der Weiße-Kragen-Sorte.

Ein paar Mücken störten ihn in seinem Sinnen. Als er die Fenster hochdrehte, stieg die Temperatur im Wagen an. O'Shea begann seine Pläne zu überdenken. Als er gerade den Motor anlassen wollte, bewegte sich etwas am hinteren Ende der Garage. »Was haben wir denn da?« fragte er und duckte sich noch tiefer.

Zunächst konnte er nicht erkennen, wer es war – der Mr. oder die Mrs. –, aber dann kam Jeffrey um die Garage herum und lief geradewegs zu seinem Auto. Er hatte seinen Aktenkoffer in der Hand und lief irgendwie vornübergebeugt, als wolle er nicht, daß man ihn vom Haus aus sah.

»Jetzt wird's interessant«, flüsterte O'Shea. Wenn er beweisen könnte, daß Rhodes gegen die Kautionsauflagen verstieß, und wenn er ihn einfangen und hinter Schloß und Riegel bringen würde, dann hätte er einen Batzen Geld verdient.

Jeffrey schloß die Autotür nicht, weil er fürchtete, daß Carol es hören könnte; er löste nur die Handbremse und ließ den Wagen die Einfahrt hinunter und auf die Straße rollen. Erst dort startete er den Motor und fuhr los. Er reckte den Hals, um das Haus möglichst lange im Blick zu behalten, aber Carol zeigte sich nicht. Eine Straße weiter schlug er die Wagentür zu und legte den Sicherheitsgurt an. Die Flucht war leichter gewesen, als er gedacht hatte.

Nachdem er den verstopften Lynn Way mit seinen Gebrauchtwagenplätzen und grellbunten Neonreklamen erreicht hatte, wurde er allmählich ruhiger. Er war immer noch ein bißchen zittrig wegen O'Shea, aber es war eine Erleichterung zu wissen, daß er diesen Kerl und das drohende Gefängnis bald weit hinter sich gelassen haben würde.

Als er sich dem Logan International Airport näherte, erwachten die gleichen Bedenken, die er schon am Morgen gehabt hatte. Aber jetzt brauchte er nur seine brennenden Ohren zu berühren, um seinen Entschluß erneut zu festigen. Diesmal blieb ihm nichts anderes übrig, als die Sache durchzuziehen, ganz gleich, was für Skrupel er hatte oder wie groß seine Angst war.

Ein paar Minuten hatte er noch Zeit; er ging zum Ticketschalter, um sein Ticket nach Rio de Janeiro vom Vormittag umschreiben zu lassen. Sein Shuttle-Ticket war noch gültig. Wie sich herausstellte, war der Nachtflug nach Rio billiger als der Nachmittagsflug, und Jeffrey bekam eine beträchtliche Summe erstattet.

Das Ticket im Mund, den Reisekoffer in der einen und den Aktenkoffer in der anderen Hand, eilte er zur Sicherheitskontrolle.

Das Umschreiben hatte länger gedauert, als er gedacht hatte. Diese Maschine wollte er nun wirklich nicht verpassen.

Er ging zum Röntgenapparat und wuchtete seinen Reisekoffer auf das Transportband. Er war gerade im Begriff, den Aktenkoffer dazuzulegen, als ihn jemand von hinten am Kragen packte.

»Sie wollen Urlaub machen, Doktor?« fragte O'Shea mit spöttischem Grinsen und riß Jeffrey das Ticket aus dem Mund. Mit der Linken hielt er Jeffrey weiter am Kragen fest, während er das Ticketheft aufblätterte, um das Flugziel zu lesen. Als er sah, daß es Rio de Janeiro war, sagte er »Bingo!« und grinste wieder breit. Er sah sich schon am Spieltisch in Las Vegas. Jetzt hatte er Geld.

Er stopfte Jeffreys Ticket in die Tasche seiner Jeansjacke, griff nach seiner Gesäßtasche und zog ein Paar Handschellen heraus. Einige Leute, die sich hinter Jeffrey an der Röntgenkontrolle aufgestaut hatten, glotzten ungläubig und mit offenen Mündern.

Der vertraute Anblick der Handschellen riß Jeffrey aus seiner Lähmung. Plötzlich und unerwartet schwang er seinen Aktenkoffer gegen O'Shea. Dieser konzentrierte sich darauf, die Handschellen mit der freien Hand zu öffnen, und sah den Schlag nicht kommen.

Der Aktenkoffer traf ihn an der linken Schläfe, dicht über dem Ohr, und er fiel krachend gegen den Röntgenapparat. Die Handschellen flogen klirrend zu Boden.

Die Flughafenbedienstete hinter dem Röntgengerät kreischte auf. Der uniformierte Officer der State Police blickte von der Sportseite des *Herald* auf. Jeffrey spurtete los wie ein Kaninchen, zurück ins Terminal und zu den Ticketschaltern. O'Shea befühlte seinen Kopf und sah, daß seine Finger blutig waren.

Jeffrey kam sich vor wie auf einem Footballfeld, als er jetzt zwischen den Passagieren hindurchsprintete, an einigen vorbeikurvte, mit anderen zusammenprallte. Dort, wo der Gang zum Rollfeld in die Terminalhalle mündete, sah er sich noch einmal um. Im Sicherheitsbereich stand O'Shea und deutete in seine Richtung; der uniformierte Polizist war bei ihm. Auch andere Leute schauten zu ihm herüber, vor allem die, mit denen er zusammengeprallt war.

Vor ihm beförderte eine Rolltreppe Leute aus der unteren Etage herauf. Jeffrey rannte hin und stürmte hinunter, wobei er erboste Fluggäste mit ihrem Gepäck beiseite stieß. Auf der Ankunftsebene ein Stockwerk tiefer herrschte großes Gedränge, denn kurz hintereinander waren hier mehrere Maschinen gelandet. Er schlängelte sich zwischen den Neuankömmlingen hindurch, umrundete den Gepäckbereich, so schnell er konnte, und rannte durch die elektronischen Türen hinaus auf die Straße.

Nach Luft schnappend, stand er am Randstein und überlegte, was er jetzt tun sollte. Er wußte, daß er das Flughafengelände unverzüglich verlassen mußte. Die Frage war, wie. Ein paar Taxis befanden sich am Standplatz, aber eine lange Warteschlange von Fahrgästen war ebenfalls da. So viel Zeit hatte er nicht. Er könnte zum Parkhaus hinüberrennen und sein Auto holen, aber irgend etwas sagte ihm, daß er dabei in einer Sackgasse landen würde. O'Shea wußte bestimmt, wo der Wagen stand, denn höchstwahrscheinlich hatte er ihn zum Flughafen verfolgt. Wie sonst hätte er ihn dort abpassen können?

Während er noch die Alternativen abwog, kam der Intraterminal-Bus schwankend die Straße entlang. Ohne eine Sekunde zu zögern, rannte Jeffrey auf die Straße, baute sich vor dem Bus auf und wedelte wild mit den Armen.

Der Bus hielt mit kreischenden Bremsen, und der Fahrer öffnete die Tür. Als Jeffrey hineinsprang, sagte der Fahrer: »Mann, Sie sind entweder verrückt oder blöd. Ich hoffe, bloß blöd, denn ich habe ungern einen Irren im Wagen.« Fassungslos schüttelte er den Kopf; dann legte er den Gang ein und trat aufs Gas.

Jeffrey klammerte sich an das Gepäcknetz über seinem Kopf und beugte sich vor, um hinauszuspähen. Er entdeckte O'Shea und den Polizisten, die sich durch das Gedränge am Gepäckband schlängelten. Jeffrey konnte sein Glück nicht fassen. Sie hatten ihn nicht gesehen.

Er setzte sich hin und legte den Aktenkoffer auf den Schoß. Er war immer noch außer Atem. Die nächste Station war das Central Terminal für die Linien Delta, United und TWA. Jeffrey stieg aus und lief zwischen den Autos hindurch zur Reihe der Taxis. Auch hier warteten viele Leute.

Jeffrey zögerte einen Moment und überlegte, welche Möglichkeiten er hatte. Dann nahm er all seinen Mut zusammen und ging geradewegs auf den Taxiverteiler zu.

»Ich bin Arzt und brauche sofort einen Wagen«, sagte er mit aller Autorität, die er aufbringen konnte. Selbst in Notsituationen war es ihm zuwider, auf seinen professionellen Status zu pochen.

Der Mann – er hielt ein Klemmbrett und einen Bleistiftstummel in der Hand – musterte Jeffrey von Kopf bis Fuß. Wortlos deutete er dann auf das nächste Taxi in der Reihe. Jeffrey stieg hastig ein, und ein paar Leute in der Schlange fingen an zu murren.

Jeffrey zog die Tür zu. Der Fahrer schaute ihn durch den Rückspiegel an. Er war ein junger Mann mit langem, strähnigem Haar. »Wohin?« fragte er.

Jeffrey duckte sich auf dem Sitz nieder und wies ihn an, einfach nur vom Flughafengelände herunterzufahren. Der Taxifahrer drehte sich um und schaute Jeffrey ins Gesicht.

»Ich brauche ein Fahrtziel, Mann!« sagte er.

»Also schön, in die Stadt.«

»Wohin da?« fragte der Fahrer gereizt.

»Das sage ich Ihnen, wenn wir hier weg sind.« Jeffrey drehte sich um und spähte durch das Rückfenster. »Jetzt fahren Sie schon!«

»Meine Güte!« brummte der Fahrer und schüttelte ungläubig den Kopf. Er war zweifach verärgert. Eine halbe Stunde hatte er am Standplatz gewartet und gehofft, wenigstens so etwas wie eine Fahrt nach Weston zu erwischen. Und jetzt hatte er nicht nur eine Kurzstrecke, sondern zu allem Überfluß auch noch einen Verrückten oder Schlimmeres als Fahrgast bekommen. Als sie am Ende des Terminalgebäudes an einem Polizeiwagen vorbeifuhren, legte der Kerl sich platt auf den Rücksitz. Das hatte ihm gerade noch gefehlt: Ein Irrer auf der Flucht.

Jeffrey hob nur langsam den Kopf, obwohl das Taxi inzwischen sicher längst an dem Streifenwagen vorbei war. Er drehte sich um und blickte zum Rückfenster hinaus. Anscheinend folgte ihm niemand. Jedenfalls waren keine Sirenen zu hören und kein Blaulicht zu sehen. Er schaute wieder nach vorn. Es war jetzt dunkel. Vor ihnen lag ein Meer von hüpfenden Schlußlichtern. Jeffrey bemühte sich um einen klaren Kopf, damit er nachdenken könnte.

War es richtig, was er getan hatte? Es war ein Reflex gewesen, zu fliehen. Seine Angst vor O'Shea war verständlich, aber hätte er weglaufen sollen, zumal ein Polizist dagewesen war? Mit Schrecken fiel ihm ein, daß O'Shea sein Ticket hatte und jetzt beweisen konnte, daß er die Absicht gehabt hatte, gegen die Kautionsauflagen zu verstoßen. Das war Grund genug, ihn gleich ins Gefängnis zu werfen. Wie würde sein Fluchtversuch sich auf das Revisionsverfahren auswirken? Jeffrey wollte nicht dabeisein, wenn Randolph davon erfuhr.

Jeffrey verstand nicht viel von den Feinheiten des Rechts, aber das wußte er doch: Mit seinem tölpelhaften, unentschlossenen Benehmen war es ihm gelungen, sich in einen echten Flüchtling vor dem Gesetz zu verwandeln. Jetzt würde er sich einer ganz neuen Anklage stellen müssen, möglicherweise sogar wegen mehrerer weiterer Straftaten.

Das Taxi fuhr in den Sumner Tunnel. Es war relativ wenig Verkehr, und so kamen sie rasch voran. Jeffrey fragte sich, ob er schnurstracks zur Polizei gehen sollte. Wäre es nicht besser, reinen Tisch zu machen und sich zu stellen? Vielleicht sollte er auch zum Busbahnhof fahren und die Stadt verlassen. Oder einen Wagen mieten – so wäre er unabhängiger. Das Dumme an dieser

Idee war nur, daß die einzigen Autovermietungen, die um diese Zeit geöffnet waren, sich am Flughafen befanden.

Jeffrey war ratlos. Er hatte keine Ahnung, was er tun sollte. Jeder Plan, der ihm einfiel, hatte seine Nachteile. Und jedesmal, wenn er dachte, er hätte den Grund erreicht, versank er in einem noch tieferen Morast.

4

Dienstag, 16. Mai 1989, 21 Uhr 42

»Ich habe eine gute und eine schlechte Nachricht«, sagte O'Shea zu Michael Mosconi. »Welche wollen Sie zuerst hören?« Er rief aus einer Telefonzelle in der Nähe des Gepäckbands im Flughafen an. Er hatte das Terminal nach Jeffrey durchgekämmt, doch ohne Erfolg. Der Polizist hatte seine Kollegen auf dem Flughafengelände alarmiert. O'Shea rief Mosconi an, um zusätzliche Unterstützung zu bekommen; es wunderte ihn, daß der Doc so viel Glück gehabt haben sollte.

»Ich bin nicht in der Stimmung für Spielchen«, sagte Mosconi gereizt. »Erzählen Sie mir, was Sie mir zu erzählen haben, und fertig.«

»Kommen Sie, seien Sie nicht so verbiestert. Die gute oder die schlechte Nachricht?« O'Shea hatte Vergnügen daran, Mosconi zu ärgern, denn Mosconi machte es ihm sehr leicht.

»Die gute«, sagte Mosconi wütend und fluchte leise. »Und ich hoffe, daß es eine gute Nachricht ist.«

»Das kommt auf den Standpunkt an«, erwiderte O'Shea fröhlich. »Die gute Nachricht ist, daß Sie mir ein paar Dollars schulden. Vor wenigen Minuten habe ich den Doktor daran gehindert, ein Flugzeug nach Rio de Janeiro zu besteigen.«

»Im Ernst?«

»Im Ernst – ich habe sein Ticket als Beweis.«

»Das ist *toll*, Dev«, nickte Mosconi aufgeregt. »Mein Gott, die Kaution für den Mann beträgt fünfhunderttausend Dollar! Das hätte mich ruiniert. Wie, zum Teufel, haben Sie das gemacht? Ich meine, woher wußten Sie, daß er abhauen will? Das muß man Ihnen lassen, Dev: Sie sind wirklich erstaunlich!«

»Schön, wenn man so geliebt wird«, sagte O'Shea. »Aber Sie vergessen die schlechte Nachricht.« O'Shea grinste boshaft. Er wußte, wie Mosconi gleich reagieren würde.

Nach einer kurzen Pause sagte Mosconi stöhnend: »Also gut, rücken Sie mit der schlechten Nachricht raus!«

»Im Moment weiß ich nicht, wo der gute Doktor ist. Er ist irgendwo in Boston unterwegs. Ich hab' ihn geschnappt, aber dieses Handtuch hat mir seinen Aktenkoffer um die Ohren gehauen, bevor ich ihm die Handschellen anlegen konnte. Ich hab' nicht damit gerechnet – da er doch ein Doktor ist und so weiter.«

»Sie müssen ihn finden!« brüllte Mosconi. »Wieso, zum Teufel, hab' ich ihm bloß vertraut? Ich muß mir mal den Kopf untersuchen lassen!«

»Ich habe der Flughafenpolizei die Lage erklärt«, berichtete O'Shea. »Die halten jetzt die Augen offen. Ich hab' so das Gefühl, daß er nicht noch mal versuchen wird zu fliegen – zumindest nicht von Logan aus. Ach ja, und seinen Wagen hab' ich beschlagnahmen lassen.«

»Dieser Kerl muß gefunden werden!« sagte Mosconi drohend. »Ich will, daß er in den Knast eingeliefert wird. Und zwar pronto. Haben Sie gehört, Devlin?«

»Ich hab's gehört, Mann, aber ich höre keine Zahlen. Was bieten Sie mir denn dafür, daß ich diesen gefährlichen Kriminellen zurückbringe?«

»Hören Sie auf mit Ihren Witzen, Dev!«

»Hey, ich mache keine Witze. Vielleicht ist dieser Doktor so gefährlich auch wieder nicht, aber ich will wissen, wie ernst es Ihnen mit diesem Knaben ist. Und das sagen Sie mir am besten, indem Sie mir mitteilen, was für eine Prämie ich zu erwarten habe.«

»Schaffen Sie ihn heran, dann reden wir über Zahlen.«

»Michael, wofür halten Sie mich denn – für einen Blödmann?«

Es folgte ein angespanntes Schweigen, das O'Shea schließlich brach. »Na ja, vielleicht gehe ich dann jetzt mal was essen und dann in irgend 'ne Show. Wir sehen uns gelegentlich, Sportsfreund.«

»Moment«, sagte Mosconi erbost. »Also schön, wir teilen uns mein Honorar. Fünfundzwanzigtausend.«

»Ihr Honorar teilen?« wiederholte O'Shea. »Das ist nicht der übliche Preis, mein Freund.«

»Ja, aber dieser Kerl ist auch nicht der kaltblütige, bewaffnete Killer, mit dem Sie es üblicherweise zu tun haben.«

»Da sehe ich keinen Unterschied«, entgegnete O'Shea. »Wenn Sie jemand anderen beauftragen, wird er die vollen zehn Prozent verlangen. Das sind fünfzig Riesen. Doch ich sag' Innen was. Wir kennen uns schon so lange, daß ich es für vierzigtausend mache. Dann können Sie zehntausend behalten – für's Ausfüllen der Formulare.«

Mosconi war es zutiefst zuwider, nachzugeben, doch er war nicht in der Position zu feilschen. »Also schön, Sie Schuft«, sagte er. »Aber ich will den Doktor im Knast sehen, bevor die Kaution verfällt. Verstanden?«

»Ich werde mich der Angelegenheit mit ungeteilter Aufmerksamkeit widmen«, versprach O'Shea. »Vor allem jetzt, da Sie darauf bestanden haben, so großzügig zu sein. Vorläufig kontrollieren wir die üblichen Ausfallstraßen. Der Flughafen wird bereits bewacht, aber die Busstation, die Bahnhöfe und die Autovermietungen noch nicht.«

»Ich rufe den zuständigen Polizisten an«, sagte Mosconi. »Heute abend müßte das Albert Norstadt sein; da gibt's also keine Probleme. Was werden Sie machen?«

»Ich behalte sein Haus im Auge«, antwortete O'Shea. »Ich schätze, er wird da entweder aufkreuzen oder versuchen, seine Frau anzurufen. Wenn er sie anruft, wird sie wahrscheinlich zu ihm fahren, wo immer er sich aufhält.«

»Wenn Sie ihn in die Finger kriegen, behandeln Sie ihn, als ob er zwölf Leute umgebracht hätte«, sagte Mosconi. »Werden Sie bloß nicht weich. Und, Dev, ich meine es ernst. Im Moment ist es mir wirklich scheißegal, ob Sie ihn tot oder lebendig anschleppen.«

»Wenn Sie dafür sorgen, daß er die Stadt nicht verlassen kann, werde ich ihn kriegen. Wenn Sie bei der Polizei Probleme bekommen, erreichen Sie mich übers Autotelefon.«

Die Stimmung des Taxifahrers besserte sich zusehens, als der Fahrpreis auf dem Taxameter anstieg. Jeffrey wußte nicht, wohin er sich wenden sollte, und so ließ er sich ziellos in Boston umherfahren. Als sie zum drittenmal am Rande von Boston Garden vorbeifuhren, kletterte die Uhr auf dreißig Dollar.

Nach Hause zu fahren traute Jeffrey sich nicht. Zu Hause würde O'Shea ihn bestimmt zuerst suchen. Eigentlich traute er sich überhaupt nirgends hin – nicht zur Busstation und nicht zum Bahnhof, weil er fürchtete, daß die Behörden bereits nach ihm suchten. Nach allem, was er wußte, konnte bereits jeder Polizist in ganz Boston auf der Suche nach ihm sein. Vielleicht würde er Randolph anrufen, um zu hören, was der Anwalt tun konnte, um den Status quo wiederherzustellen, wie er vor seiner Fahrt zum Flughafen gewesen war. Optimistisch war Jeffrey nicht, aber die Möglichkeit war immerhin einen Versuch wert. Und vermutlich würde er gut daran tun, sich ein Zimmer zu nehmen, allerdings nicht in einem der besseren Hotels. In denen würde O'Shea ihn wahrscheinlich als nächstes suchen.

Er beugte sich zur Plexiglastrennscheibe vor und fragte den Fahrer, ob er irgendwelche billigen Hotels kenne. Der Taxifahrer überlegte kurz. »Na ja«, sagte er dann, »da wär' wohl das Plymouth.«

Das Plymouth war ein großes Motel. »Nein«, erwiderte Jeffrey, »etwas weniger Bekanntes. Von mir aus kann's ruhig ein bißchen schmuddelig sein. Ich suche was Abgelegenes, Unauffälliges.«

»Das Essex«, sagte der Fahrer.

»Wo ist das?« fragte Jeffrey.

»Hinter der Combat-Zone«, antwortete der Fahrer. Er beäugte Jeffrey im Rückspiegel, um zu sehen, ob der Mann wußte, wovon er sprach. Das Essex war eine Absteige, mehr ein Bums als ein Hotel. Viele Callgirls aus der Combat-Zone kamen dorthin.

»Es gehört also eher zur unteren Klasse?« fragte Jeffrey.

»Ungefähr so tief unten, wie ich freiwillig sinken würde«, meinte der Fahrer.

»Scheint mir genau das Richtige zu sein«, sagte Jeffrey. »Fahren wir hin.«

Er lehnte sich zurück. Der Umstand, daß er vom Essex noch nie gehört hatte, war vielversprechend; er lebte immerhin seit fast zwanzig Jahren in der Gegend von Boston – seit Beginn seines Medizinstudiums.

Der Fahrer bog von der Arlington Street nach links in die Boylston und fuhr in Richtung Zentrum. Dann ging es mit der Gegend steil bergab. Im Gegensatz zu den vornehmen Vierteln um Boston Garden gab es hier leerstehende Häuser, Pornoläden und müllübersäte Straßen. Obdachlose lagerten in Hausdurchgängen und kauerten auf den Treppen der Mietshäuser. Als das Taxi vor einer Ampel anhielt, hob ein pickliges Mädchen in einem obszön kurzen Rock vielsagend die Brauen und schaute Jeffrey an. Es konnte höchstens fünfzehn Jahre alt sein.

Der rote Neonschriftzug vor dem Essex Hotel war passenderweise zu SEX EL verkümmert; die anderen Buchstaben waren erloschen. Als Jeffrey sah, wie heruntergekommen der Laden ausschaute, zögerte er doch einen Augenblick lang. Er spähte aus dem sicheren Taxi nach draußen und musterte wachsam die schmutzige Ziegelfassade des Hotels. Schmuddelig war ein zu freundliches Adjektiv. Vor der Eingangstreppe schnarchte ein Betrunkener, die braune Tüte mit der Flasche noch im Arm.

»Sie wollten was Billiges«, sagte der Taxifahrer. »Billig ist es.«

Jeffrey gab ihm einen Hunderter aus seinem Koffer.

»Haben Sie's nicht kleiner?« beschwerte sich der Mann.

Jeffrey schüttelte den Kopf. »Zweiundvierzig Dollar habe ich nicht.«

Der Fahrer seufzte und veranstaltete ein weitschweifiges, passiv-aggressives Ritual beim Abzählen des Wechselgelds. Jeffrey kam zu dem Schluß, es sei besser, keinen wütenden Taxifahrer in seinem Kielwasser zurückzulassen, und gab ihm zehn Dollar Trinkgeld. Bevor er abfuhr, sagte der Mann jetzt sogar: »Danke und 'nen schönen Abend noch.«

Jeffrey betrachtete das Hotel. Rechts davon stand ein leeres Gebäude, dessen Fenster bis auf die im Erdgeschoß mit Sperrholz vernagelt waren. Im Erdgeschoß war eine Pfandleihe und ein Laden mit Pornovideos. Links schloß sich ein Bürogebäude an, das in einem ähnlich heruntergekommenen Zustand war wie das Essex. Dahinter kam ein Schnapsladen, dessen Fenster wie bei einer Festung verbarrikadiert waren. An den Schnapsladen grenzte ein leeres Grundstück, das von Müll und zerbrochenen Ziegelsteinen übersät war.

Mit seinem Aktenkoffer sah Jeffrey hier entschieden deplaziert aus, als er jetzt die Treppe hinaufging und das Essex betrat.

Das Innere des Hotels hatte ebensoviel Klasse wie sein Äußeres. Das Mobiliar im Foyer bestand aus einer einzelnen, abgenützten Couch und einem halben Dutzend Stahlrohrklappstühlen. Die einzige Wanddekoration war ein nacktes Münztelefon. Es gab einen Aufzug, aber an der Tür hing ein Schild mit der Aufschrift *Außer Betrieb*. Neben dem Aufzug führte eine schwere Tür mit einem drahtverstärkten Fenster zum Treppenhaus. Jeffreys Magen zog sich zusammen, als er an die Rezeption trat.

Hinter der Theke saß ein schäbig gekleideter Mann Anfang Sechzig und beäugte Jeffrey mißtrauisch. Nur Rauschgiftdealer kamen mit einem Aktenkoffer ins Essex. Der Mann hatte in einen kleinen Schwarzweißfernseher gestarrt. Er war ungekämmt und hatte sich bestimmt seit drei Tagen nicht mehr rasiert. Seine Krawatte hing lose unter dem Kragen, und auf dem unteren Drittel prangte eine Kette von Soßenflecken.

»Kann ich helfen?« fragte er, nachdem er Jeffrey gemustert hatte. Dabei schien helfen das letzte zu sein, wozu er Lust hatte.

Jeffrey nickte. »Ich möchte ein Zimmer.«

»Haben Sie reserviert?« fragte der Mann.

Jeffrey konnte nicht glauben, daß er es ernst meinte. Reservieren – in so einer Absteige? Aber er wollte den Kerl nicht beleidigen, und so spielte er lieber mit.

»Nein, reserviert habe ich nicht.«

»Zimmer kostet zehn Dollar die Stunde oder fünfundzwanzig für eine Nacht.«

»Und für zwei Nächte?«

Der Mann zuckte mit den Schultern. »Fünfzig Dollar plus Steuer. Im voraus.«

Jeffrey trug sich als »Richard Bard« ins Gästebuch ein. Dann gab er dem Portier das Wechselgeld, das er von dem Taxifahrer bekommen hatte, und legte einen Fünfer und fünf Einer aus seiner Brieftasche dazu. Der Mann gab ihm einen Schlüssel an einer Kette und einer Metallmarke mit der eingravierten Aufschrift 5F.

Das Treppenhaus war der erste und einzige Hinweis darauf, daß das Gebäude einmal fast elegant gewesen sein mußte. Die Stufen waren aus weißem Marmor, inzwischen aber längst flekkig und verschrammt. Das schmuckvolle Treppengeländer war aus Schmiedeeisen und mit dekorativen Wirbeln und Schnörkeln verziert.

Das Zimmer, das Jeffrey bekommen hatte, lag an der Straßenseite. Als er die Tür öffnete, war der Raum vom blutroten Schein der halbkaputten Neonreklame vier Stockwerke tiefer erleuchtet. Jeffrey knipste das Licht an und begutachtete sein neues Heim. Die Wände waren seit einer Ewigkeit nicht mehr gestrichen worden, und die Farbe, die noch zu sehen war, blätterte ab. Es war schwierig, festzustellen, wie sie ursprünglich einmal ausgesehen hatte; der Farbton lag irgendwo zwischen Grau und Grün. Die karge Ausstattung bestand aus einem Bett, einem Nachttisch mit einer Lampe ohne Schirm, einem Kartentisch und einem Holzstuhl. Die Tagesdecke auf dem Bett war aus Chenille und hatte mehrere grünliche Flecken. Eine dünne Tür führte ins Bad.

Einen Moment lang zögerte Jeffrey, einzutreten, aber was

blieb ihm übrig? Er beschloß, das Beste aus seiner Notlage zu machen oder sich wenigstens zu behelfen. Er trat über die Schwelle und schloß und verriegelte die Tür. Er fühlte sich schrecklich allein und isoliert. Tiefer konnte er wahrhaftig nicht mehr sinken.

Er setzte sich auf das Bett und legte sich dann quer darüber, ohne die Füße vom Boden zu nehmen. Erst als sein Rücken die Matratze berührte, merkte er, wie erschöpft er war. Gern hätte er sich für ein paar Stunden zusammengerollt, um dieser Situation für eine Weile zu entrinnen und um sich auszuruhen, aber er wußte, dies war nicht die Zeit für ein Nickerchen. Er mußte eine Strategie entwickeln, einen Plan. Doch vorher mußte er ein paar Anrufe erledigen.

In dem schäbigen Zimmer gab es kein Telefon, also ging er hinunter ins Foyer, um zu telefonieren. Seinen Aktenkoffer nahm er mit; er wagte nicht, ihn auch nur für ein paar Minuten aus den Augen zu lassen.

Unten wandte sich der Portier widerstrebend von seinem Baseballspiel ab, um Jeffrey Geld zu wechseln.

Der erste, den er anrief, war Randolph Bingham, sein Anwalt. Jeffrey brauchte kein Jurist zu sein, um zu wissen, daß er dringend eine juristische Beratung benötigte. Während Jeffrey wartete, daß sich jemand meldete, kam das picklige Mädchen, das er vom Taxi aus gesehen hatte, zur Tür herein. Sie hatte einen nervös wirkenden, glatzköpfigen Mann bei sich, der eine Plakette mit der Aufschrift »Hi, ich bin Harry!« am Revers trug. Er war offensichtlich ein Kongreßteilnehmer, der ein erregendes Abenteuer darin suchte, sein Leben aufs Spiel zu setzen. Jeffrey wandte der Transaktion, die an der Rezeption stattfand, den Rücken zu. Randolph meldete sich mit seinem charakteristisch aristokratischen Akzent.

»Ich habe ein Problem«, sagte Jeffrey, ohne sich vorzustellen. Randolph erkannte seine Stimme sofort. In wenigen kurzen Sätzen hatte Jeffrey seine Situation geschildert. Er ließ nichts aus, auch nicht, daß er O'Shea vor den Augen des Polizisten mit dem Aktenkoffer niedergeschlagen und dann eine Verfolgungsjagd durch das Flughafen-Terminal veranstaltet hatte.

»Ach, du lieber Gott!« war alles, was Randolph hervorbrachte, als Jeffrey geendet hatte. Dann fügte er beinahe zornig hinzu: »Wissen Sie, das wird in Ihrem Revisionsverfahren nicht gerade hilfreich sein. Und auf das Urteil wird es bestimmt einen Einfluß haben.«

»Ich weiß«, erwiderte Jeffrey. »Das habe ich mir schon denken können. Aber ich habe Sie nicht angerufen, damit Sie mir sagen, daß ich in Schwierigkeiten stecke. Das ist mir auch so klar. Ich muß wissen, was Sie tun können, um mir da rauszuhelfen.«

»Nun, bevor ich etwas tue, müssen Sie sich stellen.«

»Aber...«

»Kein Aber. Sie haben sich, was das Gericht angeht, bereits in eine sehr heikle Lage gebracht.«

»Und wenn ich mich stelle, wird das Gericht dann nicht höchstwahrscheinlich ablehnen, mich auf Kaution weiterhin auf freiem Fuß zu lassen?«

»Jeffrey, Sie haben keine andere Wahl. In Anbetracht dessen, daß Sie versucht haben, ins Ausland zu fliehen, kann man ja nicht behaupten, daß Sie viel getan hätten, um das Vertrauen des Gerichts zu erwerben.«

Randolph wollte noch mehr sagen, doch Jeffrey schnitt ihm das Wort ab. »Tut mir leid, aber ich bin nicht bereit, ins Gefängnis zu gehen. Unter keinen Umständen. Bitte tun Sie, was Sie von Ihrem Platz aus tun können. Ich melde mich wieder.« Jeffrey warf den Hörer auf die Gabel. Er konnte Randolph nicht verdenken, daß er ihm diesen Rat gab. In mancher Hinsicht war es wie in der Medizin: Der Patient wollte von der angezeigten Therapie oft nichts wissen.

Jeffrey ließ die Hand auf dem Telefonhörer und schaute zur Rezeption, um zu sehen, ob jemand etwas von seinem Gespräch mitbekommen hatte. Das junge Mädchen im Minirock und ihr Freier waren nach oben verschwunden, und der Portier klebte wieder an seinem kleinen Fernseher. Ein Mann, der um die Siebzig zu sein schien, saß jetzt auf dem verschlissenen Sofa und blätterte in einer Illustrierten. Jeffrey warf ein Geldstück in das Telefon und rief zu Hause an.

»Wo steckst du?« wollte Carol wissen, kaum daß er ein dumpfes »Hallo« gemurmelt hatte.

»In Boston«, sagte er. Weitere Einzelheiten würde er ihr nicht verraten, aber wenigstens das schuldete er ihr. Er wußte, daß sie wütend war, weil er sich ohne ein Wort verdrückt hatte, doch er wollte sie warnen für den Fall, daß O'Shea zurückkommen sollte. Und sie sollte den Wagen holen. Darüber hinaus erwartete er keinerlei Mitgefühl. Eine Schimpfkanonade war alles, was er bekam.

»Warum hast du mir nicht gesagt, daß du das Haus verläßt?« fauchte Carol. »Da bin ich so geduldig und stehe dir all die Monate hindurch bei, und das ist der Dank dafür. Ich habe das ganze Haus abgesucht, bevor ich merkte, daß der Wagen weg war.«

»Über den Wagen muß ich mit dir reden«, sagte Jeffrey.

»Mich interessiert dein Wagen nicht«, zischte Carol.

»Carol, hör mir zu!« schrie Jeffrey. Als er merkte, daß sie ihm Gelegenheit gab, etwas zu sagen, senkte er seine Stimme und wölbte eine Hand um den Hörer. »Mein Wagen steht im zentralen Parkhaus am Flughafen. Der Parkzettel liegt im Aschenbecher.«

»Gedenkst du etwa, die Kaution verfallen zu lassen?« fragte Carol fassungslos. »Wir verlieren das Haus! Ich habe die Sicherheitsübereignung guten Glaubens unterschrieben...«

»Es gibt Dinge, die wichtiger sind als das Haus!« unterbrach er sie ziemlich laut. Dann senkte er die Stimme wieder. »Außerdem ist das Haus am Cape nicht belastet. Das kannst du haben, wenn Geld deine Sorge ist.«

»Du hast mir immer noch keine Antwort gegeben«, sagte Carol. »Hast du die Absicht, die Kaution verfallen zu lassen?«

»Ich weiß es nicht.« Jeffrey seufzte. Er wußte es wirklich nicht. Es war die Wahrheit. Er hatte immer noch keine Zeit gehabt, seine Lage zu durchdenken. »Hör mal, der Wagen steht auf

Ebene zwei. Wenn du ihn haben willst, schön. Wenn nicht, ist es mir auch recht.«

»Ich will mit dir über unsere Scheidung reden«, sagte Carol. »Die hab' ich jetzt lange genug hinausgeschoben. Sosehr ich Verständnis für deine Probleme habe – und das habe ich wirklich –, so muß ich doch auch mein eigenes Leben weiterführen.«

»Ich melde mich wieder bei dir«, sagte Jeffrey verärgert und legte auf.

Betrübt schüttelte er den Kopf. Er konnte sich überhaupt nicht mehr erinnern, wann es einmal so etwas wie Wärme zwischen ihm und Carol gegeben hatte. Eine absterbende Beziehung war etwas so Häßliches. Er war auf der Flucht, und sie konnte an nichts anderes denken als an Besitz und Scheidung. Na ja, sie mußte sich schließlich auch um ihr Leben kümmern, dachte er. So oder so, es würde nicht mehr sehr lange dauern. Dann wäre sie ihn endgültig los.

Er betrachtete das Telefon. Gern hätte er Kelly angerufen. Aber was sollte er sagen? Sollte er gestehen, daß er versucht hatte zu fliehen und gescheitert war? Er war unschlüssig und verwirrt.

Er nahm seinen Aktenkoffer und durchquerte das Foyer; dabei vermied er es bewußt, die beiden Männer anzuschauen.

Sich noch einsamer fühlend als zuvor, ging er die vier gewundenen, schmutzigen Treppen hinauf zu seinem deprimierenden Zimmer. Er stellte sich ans Fenster, wo das rote Neonlicht über ihn hinwegflutete, und fragte sich, was er anfangen sollte. Oh, wie gern würde er Kelly anrufen, aber er konnte es nicht. Es wäre zu peinlich. Er ging zum Bett und fragte sich, ob er würde schlafen können. Irgend etwas mußte er tun. Er betrachtete den Aktenkoffer.

5

Dienstag, 16. Mai 1989, 22 Uhr 51

Das einzige Licht im Zimmer kam vom Fernsehapparat. Eine Pistole vom Kaliber .45 und ein halbes Dutzend Ampullen Marcain auf dem Sekretär neben dem Fernseher schimmerten im sanften Licht. Auf dem Bildschirm waren drei Jamaikaner zu sehen, die sichtlich nervös in einem engen Hotelzimmer standen. Jeder von ihnen trug ein Sturmgewehr vom Typ AK-47. Der stämmigste der drei schaute immer wieder auf die Uhr. Die offenkundige Anspannung der Jamaikaner stand in starkem Kontrast zu dem sonoren Reggae-Rhythmus, der aus dem Radio auf dem Nachttisch perlte. Dann flog die Tür auf.

Crockett erschien als erster, eine Neun-Millimeter-Pistole in der Hand; der Lauf zielte zur Decke. Mit einer schnellen, katzenartigen Bewegung drückte er die Mündung einem der drei Jamaikaner an die Brust und feuerte ihm eine tödliche, lautlose Kugel ins Herz. Die zweite Kugel hatte den zweiten Mann getroffen, als Tubbs durch die Tür kam, um sich den dritten vorzunehmen. Ehe man mit der Wimper zucken konnte, war alles vorbei.

Crockett schüttelte den Kopf. Er war gekleidet wie immer – in ein teures Leinenjackett von Armani über einem lässigen Baumwoll-T-Shirt. »Gutes Timing, Tubbs«, sagte er. »Es wäre ein bißchen mühsam geworden, den dritten auch noch umzunieten.«

Als der Nachspann über den Bildschirm wanderte, schüttelte Trent Harding einem imaginären Nachbarn die Hand. *»All right!«* rief er triumphierend. TV-Gewalt hatte eine stimulierende Wirkung auf Trent. Sie erfüllte ihn mit einer aggressiven Energie, die nach Ausdruck verlangte. Genußvoll stellte er sich vor, daß er Bleikugeln in Menschen pumpte, wie Don Johnson es so regelmäßig tat. Manchmal dachte er, er hätte vielleicht zur Polizei gehen sollen. Wenn er sich nur für die Militärpolizei entschieden hätte, als er sich zur Marine gemeldet hatte. Statt dessen war Trent Sanitäter geworden. Es hatte ihm ganz gut gefallen. Es war eine Herausforderung gewesen, und er hatte ein paar irre Sachen gelernt. Bevor er zur Marine gegangen war, hatte er nie daran gedacht, Sanitäter zu werden. Der Gedanke war ihm erst gekommen, als er während der Grundausbildung ein Gespräch mit angehört hatte. Die Vorstellung, Musterungsuntersuchungen durchzuführen, hatte er auf seltsame Weise verlockend gefunden, und der Gedanke, daß die Jungs hilfesuchend zu ihm kommen würden und er ihnen dann sagen konnte, was sie tun sollten, hatte ihm gut gefallen.

Trent stand von seiner Couch auf und ging in die Küche. Es war ein komfortables Apartment mit einem Schlafzimmer und zwei Bädern. Trent hätte sich noch Besseres leisten können, aber er mochte es so. Er wohnte im obersten Stock des fünfgeschossigen Gebäudes an der Rückseite von Beacon Hill. Vom Schlafzimmer und vom Wohnzimmer aus hatte man einen Blick auf die Garden Street, von der Küche und dem größeren der beiden Bäder aus auf einen Innenhof.

Trent holte sich ein Amstel Light aus dem Kühlschrank, riß es auf und nahm einen tiefen, befriedigenden Schluck. Vielleicht würde das Bier ihn ein bißchen beruhigen. Nach einer Stunde *Miami Vice* war er angespannt und nervös. Sogar die Wiederholungen putschten ihn dermaßen auf, daß er am liebsten in eine der Kneipen in der Nachbarschaft gegangen wäre, um zu sehen, ob er nicht irgendwo einen Streit vom Zaun brechen könnte. Auf der Cambridge Street konnte er auch meistens einen oder zwei Homos auftreiben und zusammenschlagen.

Trent Harding sah aus wie ein Mann, der Ärger suchte. Und er sah aus wie einer, der schon ein paarmal welchen gefunden hatte. Er war ein stämmiger, muskulöser Mann von achtundzwanzig Jahren mit auffallend blondem Haar und einem Bürstenschnitt. Seine durchdringend blickenden Augen waren kristallblau. Unter dem linken Auge hatte er eine Narbe, die sich bis zum Ohr hinzog; bei einer Kneipenschlägerei in San Diego hatte er auf der falschen Seite einer abgebrochenen Bierflasche gestanden. Ein paar Nähte waren nötig gewesen, aber der andere hatte sich das ganze Gesicht richten lassen müssen. Der Bursche hatte den Fehler begangen, Trent zu sagen, er habe einen niedlichen Arsch. Es brachte Trent immer noch zur Weißglut, wenn er an diese Geschichte dachte. Was für eine Type, diese gottverdammte Schwuchtel.

Trent ging in sein Schlafzimmer zurück und stellte die Bierdose auf den Fernseher. Er griff nach der .45er Armeepistole, die er von einem Marinesoldaten für ein paar Amphetamine bekommen hatte. Sie fühlte sich gut an in seiner großen Hand. Er umfaßte den Kolben mit beiden Händen und richtete den Lauf mit ausgestreckten Armen und durchgedrückten Ellbogen auf den Fernsehschirm. Dann wirbelte er herum und zielte auf das offene Fenster.

Auf der anderen Straßenseite öffnete eine Frau gerade ihr Fenster. »Pech gehabt, Baby«, wisperte Trent. Er zielte sorgfältig, senkte den Lauf, bis Kimme und Korn genau auf einer Linie mit dem Körper der Frau lagen. Langsam und mit Bedacht drückte Trent auf den kalten Stahl des Abzugs.

Als der Mechanismus klickte, sagte Trent: »Pa!« Er tat, als schnelle der Rückstoß die Waffe in die Höhe. Er grinste. Wenn er ein Magazin eingeschoben hätte, dann hätte er die Frau jetzt erledigt. Vor seinem geistigen Auge sah er, wie sie durch ihr Apartment geschleudert wurde, ein sauberes Loch in der Brust, aus dem das Blut spritzte.

Er legte die Pistole neben der Bierdose auf seinen Fernseher und nahm eine der Marcain-Ampullen von seinem Sekretär. Er warf sie hoch und fing sie mit der anderen Hand hinter dem Rükken wieder auf. In aller Ruhe schlenderte er in die Küche, um die notwendigen Gerätschaften aus ihrem Versteck zu holen.

Zuerst mußte er in einem Küchenschrank neben dem Kühlschrank die Gläser von einem Bord räumen. Dann hob er behutsam die viereckige Sperrholzplatte von seinem Geheimversteck, einem kleinen Zwischenraum zwischen der Rückwand des Schranks und der Außenmauer. Trent nahm eine Ampulle mit einer gelben Flüssigkeit und einen Satz achtzehner Spritzen heraus. Die Ampulle hatte er von einem Kolumbianer in Miami bekommen. Die Spritzen konnte er leicht in der Klinik mitgehen lassen. Unter der Spüle holte er einen Propanbrenner hervor, und dann trug er alles in sein Zimmer.

Trent griff nach der Bierdose und trank einen Schluck. Den Propanbrenner stellte er auf einen kleinen Dreifuß, den er zusammengeklappt unter seinem Bett aufbewahrte. Dann holte er eine Zigarette aus der Packung neben dem Fernseher und zündete sie mit einem Streichholz an.

Er nahm einen tiefen Zug und zündete anschließend den Propanbrenner mit der Zigarette an. Nun griff er nach einer der achtzehner Spritzen, zog eine winzige Menge der gelben Flüssigkeit auf und hielt dann die Injektionsnadel in die Gasflamme, bis sie rotglühend war. Die Nadel weiterhin in der Flamme haltend, nahm er die Marcain-Ampulle und erhitzte das runde Ende, bis es ebenfalls anfing, rot zu glühen. Mit geschickten, geübten Bewegungen drückte er die heiße Kanüle durch das geschmolzene Glas und injizierte einen Tropfen der gelben Flüssigkeit. Jetzt kam der schwierigste Teil. Nachdem er die Nadel beiseite gelegt hatte, drehte er die Ampulle zwischen den Fingern und hielt sie in den heißesten Teil der Flamme. Nun wartete er ein paar Sekunden – so lange, bis die punktierte Stelle wieder zusammengeschmolzen war.

Er nahm die Ampulle aus der Flamme und drehte sie weiter. Erst als das Glas deutlich abgekühlt war, hörte er auf.

»Scheiße!« sagte er dann. Ein Grübchen bildete sich am Ende der Ampulle und formte sich zu einer unwillkommenen Delle. Die fehlerhafte Stelle war praktisch nicht zu erkennen, aber Trent durfte nichts riskieren. Wenn jemand ganz aufmerksam hinschaute und es bemerkte, würden sie die Ampulle als beschädigt in den Müll werfen. Oder – noch schlimmer – jemand würde

Verdacht schöpfen. Angewidert warf Trent die Ampulle in den Abfalleimer.

Verdammt! dachte er und nahm sich eine neue Ampulle vor. Er mußte es noch einmal versuchen. Während er den Prozeß wiederholte, wurde er immer verbissener, und er fluchte wütend, als sogar der dritte Versuch fehlschlug. Endlich, beim vierten Versuch, schloß sich die Punktionsstelle tadellos.

Er hielt die Ampulle gegen das Licht und inspizierte sie gründlich. Sie war so gut wie makellos. Er konnte immer noch sehen, daß das Glas durchbohrt worden war, aber er mußte schon sehr genau hinschauen. Es war vielleicht die beste, die er je gemacht hatte. Es erfüllte ihn mit großer Genugtuung, einen so schwierigen Prozeß gemeistert zu haben. Als er vor ein paar Jahren auf diese Idee gekommen war, hatte er keine Ahnung gehabt, ob so etwas funktionieren würde. Er hatte Stunden gebraucht für etwas, das er jetzt innerhalb von Minuten bewältigen konnte.

Als er seine Arbeit getan hatte, legte er die Ampulle mit der gelben Flüssigkeit, die .45er Pistole und die restlichen Marcain-Ampullen in sein Versteck. Dann setzte er die falsche Rückwand wieder ein und stellte die Gläser zurück.

Er nahm die manipulierte Marcain-Ampulle und schüttelte sie kräftig. Der gelbe Tropfen hatte sich längst aufgelöst. Er drehte die Ampulle herum, um festzustellen, ob sie dicht war. Die Punktionsstelle war so, wie er es erwartet hatte: luftdicht.

Genußvoll dachte er an die Wirkung, die seine Ampulle demnächst im OP von St. Joseph's haben würde. Er stellte sich die großmächtigen Ärzte vor, die Verwüstungen, die er in ihren hehren Höhen anrichten würde. In seinen wildesten Träumen hätte er sich keine bessere Karriere vorstellen können.

Trent haßte Ärzte. Sie taten immer so, als wüßten sie alles, während sie in Wirklichkeit oft ihren Arsch nicht von einem Loch in der Wand unterscheiden konnten, vor allem die bei der Marine. Meistens wußte Trent zweimal so gut Bescheid wie der Arzt, und trotzdem mußte er sich immer fügen. Besonders dieses echte Schwein von einem Marine-Doktor war ihm verhaßt, der ihn angezeigt hatte, weil er ein paar Schachteln Amphetamine eingesteckt hatte. Was für ein Heuchler. Jeder wußte, daß die Ärzte seit Jahren Medikamente und Instrumente und allen möglichen anderen Kram mitgehen ließen. Dann war da der echt perverse Arzt, der sich bei Trents Vorgesetztem über sein angebliches homosexuelles Verhalten beschwert hatte. Das war der Tropfen gewesen, der das Faß zum Überlaufen gebracht hatte. Statt sich mit einem blöden Militärgericht abzugeben – oder was immer sie sonst mit ihm vorgehabt haben mochten –, hatte Trent seinen Abschied genommen.

Als er rausgekommen war, hatte er wenigstens eine anständige Ausbildung gehabt. Es war kein Problem gewesen, einen Job als Pfleger zu bekommen. Angesichts des weitverbreiteten Pflegepersonalmangels konnte er arbeiten, wo es ihm gefiel. Jedes Krankenhaus wollte ihn haben, zumal da er gern im OP arbeitete und bei der Marine auch Erfahrungen in diesem Bereich gesammelt hatte.

Das Problem bei der Arbeit in einem Zivilkrankenhaus waren, von den Ärzten einmal abgesehen, allerdings die Kollegen. Manche waren genauso schlimm wie die Ärzte, vor allem die Oberpfleger und -schwestern. Dauernd wollten sie ihm Sachen erzählen, die er längst wußte. Aber sie ärgerten ihn nicht so sehr wie die Ärzte. Letzten Endes waren es die Ärzte, die sich immer verschworen, um die Autonomie einzuschränken, mit der Trent bei der Marine die Routinemedizin hatte praktizieren können.

Trent steckte die manipulierte Ampulle in die Tasche seines weißen Kittels, der vorn im Wandschrank hing. Bei dem Gedanken an Ärzte fiel ihm Dr. Doherty ein, und er biß die Zähne zusammen. Aber das reichte nicht; Trent konnte sich nicht beherrschen – er schlug die Schranktür mit solcher Wucht zu, daß das Haus in seinen Grundfesten zu erbeben schien. Erst heute hatte Doherty, einer der Anästhesisten, die Frechheit besessen, ihn in Gegenwart mehrerer Krankenschwestern zu kritisieren und ihn wegen angeblich schlampiger Sterilisation zu tadeln. Und das von einem Schwachkopf, der nicht mal seine Haube oder die

Maske richtig anlegen konnte! Die halbe Zeit guckte seine Nase heraus! Trent kochte vor Wut.

»Hoffentlich kriegt Doherty das Ding«, fauchte er. Leider konnte er nicht dafür sorgen, daß Doherty die Ampulle wirklich bekam. Die Chancen standen ungefähr eins zu zwanzig, wenn er nicht eigens wartete, bis Doherty für eine Epiduralanästhesie eingeteilt wurde. »Ach, was soll's?« sagte Trent und winkte ab. Es würde schon unterhaltsam genug werden, egal, wer die Ampulle bekam.

Der ungewohnte Flüchtlingsstatus verstärkte zwar Jeffreys Unschlüssigkeit und Ratlosigkeit, aber er verspürte nicht mehr die leiseste Neigung zum Selbstmord. Er wußte nicht, ob er sich mutig oder feige benahm, aber er würde sich nicht länger quälen. Trotzdem war er nach allem, was passiert war, verständlicherweise besorgt wegen der Möglichkeit einer neuen Runde von Depressionen. Er hielt es für besser, sich aller Versuchung zu entledigen; also nahm er die Morphiumampulle aus dem Koffer, öffnete sie und schüttete den Inhalt in die Toilette.

Nachdem er so zumindest in einem Punkt eine Entscheidung getroffen hatte, war ihm ein bißchen eher zumute wie einem, der die Dinge im Griff hatte. Um dieses Gefühl noch zu verstärken, beschäftigte er sich damit, den Inhalt seines Aktenkoffers zu sortieren. Er stapelte das Geld sorgfältig zuunterst und bedeckte es mit seiner Unterwäsche. Dann schichtete er den Inhalt der akkordeonartigen Aktenfächer im Deckel um, so daß er Platz für Chris Eversons Notizen hatte. Er wandte sich den Aufzeichnungen zu und sortierte sie nach der Größe. Manche waren auf Chris' Notizpapier geschrieben; am oberen Blattrand befand sich der Aufdruck *Von Christopher Everson an*... Andere standen auf gelbem Kanzleipapier.

Jeffrey begann, fast ohne es zu wollen, die Notizen zu überfliegen. Er war dankbar für alles, was ihn von seiner augenblicklichen Lage ablenkte. Die Fallgeschichte des Patienten Henry Noble war bei der zweiten Lektüre besonders faszinierend. Wieder fielen ihm die Parallelen zwischen Chris' unglückseligem Erlebnis und seinem eigenen mit Patty Owen ins Auge. Der Hauptunterschied bestand darin, daß es bei Patty spektakulärer und heftiger verlaufen war. Da in beiden Fällen Marcain verwendet worden war, konnte die Tatsache, daß die Symptome sich ähnelten, nicht überraschen. Außergewöhnlich war der Umstand, daß die anfänglichen Symptome in beiden Situationen anders waren, als man es bei einer unerwünschten Reaktion auf ein lokales Anästhetikum erwarten würde.

Jeffrey praktizierte seit mehreren Jahren als Anästhesist, und die Symptome, die bei solchen Reaktionen auftreten konnten, waren ihm durchaus vertraut. Zu Schwierigkeiten kam es unweigerlich, wenn eine Überdosis in den Blutkreislauf gelangte, wo sie entweder auf das Herz oder auf das zentrale Nervensystem einwirken konnte. Im Falle des Nervensystems war es zumeist das zentrale oder das autonome System, das Probleme machte, entweder durch Stimulation oder durch Depression – oder durch eine Kombination von beidem.

All dies umschloß eine Menge Möglichkeiten, aber bei allen Reaktionen, die Jeffrey studiert oder miterlebt hatte, war nichts wie bei Patty Owen gewesen; der extensive Speichel- und Tränenfluß, das plötzliche Schwitzen, der Leibschmerz und die zusammengezogenen Pupillen – das alles war ihm unbekannt. Manche dieser Symptome konnten wohl bei einer allergischen Reaktion auftreten, aber nicht bei einer Überdosis, und Jeffrey hatte allen Grund zu der Annahme, daß Patty Owen nicht allergisch gegen Marcain gewesen war.

Nach seinen Notizen zu urteilen, hatte Chris Everson sich offensichtlich mit den gleichen Überlegungen geplagt. Chris hatte festgestellt, daß die Symptome bei Henry Noble eher muscarinischer als irgendeiner anderen Natur gewesen waren – von der Art also, die man erwarten konnte, wenn Teile des parasympathischen Nervensystems stimuliert wurden. Muscarinische Reaktionen hießen sie deshalb, weil sie spiegelbildliche Abbildungen der Wirkung einer Droge namens Muscarin waren – des Fliegenpilzgiftes nämlich. Aber eine Stimulation des Parasympathikus war bei einem Lokalanästhetikum wie Marcain nicht zu erwarten. Wenn aber nicht, woher kamen dann die muscarinischen Symptome? Es war rätselhaft.

Jeffrey schloß die Augen. Das alles war sehr kompliziert, und wenn er auch die Grundlagen kannte, so hatte er doch die physiologischen Details nicht mehr alle taufrisch im Gedächtnis. Es war allerdings immer noch so viel, daß er wußte, daß der sympathische Bereich des autonomen Nervensystems derjenige war, auf den die Lokalanästhesie wirkte, nicht der parasympathische, der bei den Patienten Noble und Owen betroffen gewesen war. Eine unmittelbare Erklärung gab es dafür nicht.

Ein dumpfer Schlag gegen die Wand riß Jeffrey aus seiner tiefen Konzentration; dann drang das übertriebene Gestöhn gespielter Ekstase aus dem Nachbarzimmer herüber. Ungebeten stieg das Bild des pickligen Mädchens und des glatzköpfigen Mannes vor seinem geistigen Auge auf. Das Stöhnen schwoll in einer Art Crescendo an und ließ dann gleich wieder nach.

Jeffrey trat ans Fenster und streckte sich. Wieder überflutete ihn das rote Neonlicht. Eine Gruppe Obdachloser drängte sich rechts neben der Eingangstreppe des Essex, vermutlich vor dem Schnapsladen. Ein paar junge Huren standen am Bordstein. Seitlich waren zwei junge Schlägertypen, die, als gehörte hier alles ihnen, Interesse an den Vorgängen auf der Straße erkennen ließen. Ob es Zuhälter oder Rauschgiftdealer waren, konnte Jeffrey nicht sagen. Was für eine Gegend, dachte er.

Er wandte sich vom Fenster ab; er hatte genug gesehen. Chris' Notizen waren auf dem Bett verteilt. Das Gestöhne nebenan hatte aufgehört. Jeffrey versuchte, noch einmal die Liste der möglichen Erklärungen für die beiden Unglücksfälle Noble und Owen Revue passieren zu lassen. Dabei konzentrierte er sich ein weiteres Mal auf den Gedanken, der Chris in seinen letzten Tagen verzehrt hatte: die Möglichkeit einer Kontamination des Marcains. Angenommen, daß weder er selbst noch Chris einen groben medizinischen Fehler begangen hatte – daß beispielsweise er im Falle Owen nicht das 0,75prozentige Marcain benutzt hatte, das im Abfallbehälter gefunden worden war –, und in Anbetracht dessen, daß beide Patienten unerwartete parasympathische Symptome gezeigt hatten, ohne daß allergische oder anaphylaktische Reaktionen vorgelegen hatten, hatte Chris' Theorie einer Kontamination ein beträchtliches Gewicht.

Jeffrey kehrte zum Fenster zurück und dachte daran, was es bedeuten würde, wenn das Marcain verunreinigt gewesen wäre. Wenn er diese Theorie beweisen könnte, würde dies ein gutes Stück dazu beitragen, ihn im Fall Owen zu rehabilitieren. Die Verantwortung würde dem Pharmaunternehmen zufallen, das das Medikament hergestellt hatte. Jeffrey wußte nicht genau, wie die Justizmaschinerie arbeiten würde, wenn eine solche Theorie erst bewiesen wäre. Angesichts seiner jüngsten Erfahrungen mit diesem System wußte er, daß seine Mühlen nur langsam mahlen würden – aber mahlen würden sie. Vielleicht wußte Randolph einen Weg, die Sache ein bißchen zu beschleunigen. Jeffrey lächelte bei diesem wunderbaren Gedanken: Vielleicht wären sein Leben und seine Laufbahn ja doch noch zu retten. Aber wie wollte er nachweisen, daß eine Ampulle, die er vor neun Monaten verwendet hatte, kontaminiert gewesen war?

Plötzlich hatte Jeffrey einen Einfall. Er stürzte sich auf die Notizen, um die Zusammenfassung des Krankenberichtes über Henry Noble noch einmal zu lesen. Sein spezielles Interesse galt der Abfolge der einleitenden Ereignisse bei der Epiduralanästhesie.

Chris hatte für seine Testdosis 2 ml Marcain aus einer 30-ml-Ampulle entnommen und selbst Epinephrin 1:200 000 hinzugefügt. Unmittelbar nach dieser Testdosis hatte bei Henry Noble die Reaktion eingesetzt. Bei Patty Owen hatte Jeffrey im OP eine neue 30-ml-Ampulle Marcain angebrochen. Nach der Injektion *dieses* Marcains hatte bei ihr die Reaktion begonnen. Für die Testdosis hatte er eine separate 2-ml-Ampulle Spinal-Marcain genommen, wie er es immer tat. Wenn Marcain kontaminiert gewesen war, so mußte es in beiden Fällen die 30-ml-Ampulle gewesen sein. Das würde bedeuten, daß Patty eine substantiell größere Dosis als Henry Noble abbekommen hatte – eine volle therapeutische Dosis nämlich und nicht die Testdosis von 2 ml. Das würde erklären, weshalb Pattys Reaktion so viel heftiger ausgefallen war als Nobles und weshalb Noble noch eine Woche gelebt hatte.

Zum erstenmal seit Monaten sah Jeffrey einen Hoffnungsschimmer: Vielleicht war sein altes Leben noch nicht unrettbar verloren. Er konnte es noch zurückbekommen. Vor Gericht hatte er nie an die Möglichkeit einer Kontamination gedacht. Aber jetzt erschien sie ihm sehr real. Doch dies alles zu untersuchen – und erst recht, es zu beweisen – erforderte Zeit und beträchtliche Mühe. Was wäre der erste Schritt? Zunächst brauchte er mehr Informationen. Das hieß, er mußte seine Kenntnisse über die Pharmakokinetik der Lokalanästhetika und über die Physiologie des autonomen Nervensystems aufpolieren. Das würde relativ einfach sein. Dazu brauchte er nur Bücher. Schwieriger würde es werden, die Kontaminationstheorie zu erforschen. Dazu brauchte er den kompletten Pathologiebericht über Patty Owen. Im Verlauf der Ermittlungen hatte er nur einen Teil davon gesehen. Dazu kam die Frage, die Kelly gestellt hatte: Wie erklärte sich die Existenz der 0,75prozentigen Marcain-Ampulle, die sich im Abfallbehälter des Narkoseapparates gefunden hatte? Wie war die dorthin gekommen? Unter günstigsten Umständen wäre es schwierig gewesen, diesen Fragen nachzugehen. Für ihn als flüchtigen Straftäter war es so gut wie unmöglich. Er mußte ins Boston Memorial hineingelangen. Konnte er das?

Jeffrey ging ins Bad. Er blieb vor dem Spiegel stehen und betrachtete sein Gesicht im roten Licht der Leuchtstoffröhre. Konnte er sein Aussehen so weit verändern, daß man ihn nicht mehr erkennen würde? Im Boston Memorial war er seit seinen Studientagen ein und aus gegangen. Hunderte von Leuten kannten ihn vom Sehen.

Jeffrey legte eine Hand auf die Stirn und strich sich das hellbraune Haar zurück. Dann kämmte er es zur Seite, scheitelte es rechts. Wenn er es zurückhielt, ließ es seine Stirn breiter erscheinen. Er hatte nie eine Brille getragen. Vielleicht sollte er sich eine besorgen. Und in den meisten Jahren seiner Tätigkeit im Boston Memorial hatte er einen Schnurrbart gehabt. Den konnte er abrasieren.

Fasziniert von diesem aufregenden Gedanken, ging Jeffrey nach nebenan, um sein Rasierzeug zu holen, und kehrte dann zum Badezimmerspiegel zurück. Er seifte sich ein und rasierte rasch den Schnurrbart ab. Es war ein merkwürdiges Gefühl, mit der Zunge über eine nackte Oberlippe zu fahren. Er feuchtete sein Haar an und kämmte es aus der Stirn nach hinten. Das Ergebnis war ermutigend; er sah schon aus wie ein neuer Mensch.

Als nächstes rasierte er sich die moderat gehaltenen Koteletten ab. Der Unterschied war nicht groß, aber er dachte sich, daß jede Kleinigkeit das ihre tat. Ob er sich als Arzt ausgeben konnte? Das Fachwissen hatte er; was er brauchte, war ein Ausweis. Die Sicherheitsmaßnahmen im Boston Memorial waren beträchtlich verstärkt worden – ein Zeichen der Zeit. Wenn man ihn aufforderte, sich auszuweisen, säße er in der Falle. Aber er mußte in die Klinik, und nur die Ärzte hatten Zutritt zu allen Bereichen.

Jeffrey dachte nach. Er wollte nicht aufgeben. Ja, da war noch eine Gruppe, die überall hinkam: die Putzkolonne.

Niemand hielt das Reinigungspersonal an. Jeffrey hatte viele Nächte im Bereitschaftsdienst im Krankenhaus verbracht, und er konnte sich erinnern, daß er die Mitarbeiter der Hausmeisterei überall gesehen hatte. Niemand stellte ihnen jemals Fragen. Jeffrey wußte auch, daß es bei ihnen eine Art Hundewache gab, die Nachtschicht von elf Uhr abends bis sieben Uhr morgens, und daß es immer schwierig gewesen war, dafür Leute zu finden. Die Nachtschicht wäre genau richtig, dachte Jeffrey. Es wäre weniger wahrscheinlich, daß er Leuten über den Weg lief, die ihn kannten. In den letzten Jahren hatte er hauptsächlich Tagdienst gehabt.

Dieser neue Kreuzzug hatte ihm frische Energie gegeben, und Jeffrey brannte darauf, sofort anzufangen. Das erste, was er zu erledigen hatte, war ein Besuch in der Bibliothek. Wenn er sofort losginge, hätte er noch eine Stunde Zeit, bis sie geschlossen wurde. Rasch schob er Chris' Notizen in das Fach, das er in seinem Aktenkoffer dafür frei gemacht hatte, klappte den Koffer zu und verschloß ihn.

Er sperrte seine Zimmertür hinter sich ab, was immer das nützen mochte. Auf der Treppe blieb er einen Moment lang stehen. Der muffige, saure Geruch erinnerte ihn an O'Shea. Jeffrey hatte seinen Atem zu riechen bekommen, als O'Shea ihn am Flughafen gepackt hatte.

Während er sich seinen Plan zurechtlegte, hatte er versäumt, O'Shea mit einzubeziehen. Jeffrey wußte, daß es Kopfgeldjäger gab, und O'Shea war zweifellos einer. Er machte sich keine Illusionen über das, was passieren würde, wenn O'Shea ihn erwischen sollte – erst recht nicht nach dem Zwischenfall am Flughafen. Nach kurzem Zögern schritt Jeffrey weiter die Treppe hinunter. Wenn er der Sache auf den Grund gehen wollte, mußte er ein Risiko eingehen, aber es wäre trotzdem ratsam, immer auf der Hut zu sein. Außerdem würde er vorausdenken müssen, damit er, sollte er das Pech haben, O'Shea noch einmal gegenüberzustehen, irgendeinen Plan hatte. Der Mann mit der Illustrierten im Foyer war nicht mehr da, aber der Portier schaute sich immer noch das Baseballspiel an. Jeffrey schlüpfte unbemerkt hinaus. Ein gutes Zeichen, dachte er und lachte in sich hinein. Sein erster Versuch, nicht gesehen zu werden, war ein Erfolg. Seinen Humor hatte er wenigstens noch nicht verloren.

Aller Optimismus, den Jeffrey hatte heraufbeschwören können, verging ihm, als er die Straßenszene vor sich sah. Eine Woge akuter Paranoia rollte über ihn hinweg, als ihm die zweifache Realität als Flüchtling und als Träger von fünfundvierzigtausend Dollar in bar bewußt wurde. Genau gegenüber, im Schatten des Hauseingangs eines leeren Gebäudes, standen die beiden Männer, die er vom Fenster aus gesehen hatte, und rauchten Crack.

Jeffrey umklammerte den Griff seines Aktenkoffers und stieg die Stufen vor dem Eingang des Essex hinunter. Er paßte auf, nicht auf den Betrunkenen zu treten, der sich immer noch mit seiner Flasche in der braunen Tüte auf dem Gehsteig wälzte.

Jeffrey wandte sich nach rechts. Er gedachte, zum fünf oder sechs Straßen entfernten Lafayette Center, zu dem auch ein gutes Hotel gehörte, zu Fuß zu gehen. Dort würde er sich ein Taxi rufen.

Auf der Höhe des Schnapsladens entdeckte Jeffrey einen Polizeiwagen, der ihm entgegenkam. Ohne einen Augenblick zu zögern, drückte er sich in den Laden. Das Geschepper der Glöckchen über der Ladentür zerrte an seinen Nerven. So verrückt es auch war, er wußte nicht, vor wem er mehr Angst hatte, vor den Straßenleuten oder vor der Polizei.

»Was darf's denn sein?« fragte ein bärtiger Mann hinter der Theke. Der Polizeiwagen draußen verlangsamte seine Fahrt und rollte dann vorbei. Jeffrey holte tief Luft. Leicht würde das alles nicht werden.

»Was darf's denn sein?« wiederholte der Verkäufer.

Jeffrey kaufte eine Halbliterflasche Wodka. Wenn die Polizei noch einmal zurückkäme, sollte sein Besuch in diesem Schnapsladen ganz normal erscheinen. Aber es war nicht nötig. Als er auf die Straße trat, war der Polizeiwagen nirgends mehr zu sehen. Erleichtert wandte Jeffrey sich nach rechts und wollte eilig weitergehen, aber da wäre er fast mit einem der Obdachlosen zusammengeprallt, die er schon gesehen hatte. Erschrocken hob er die freie Hand, um sich zu schützen.

»Hast'n bißchen Kleingeld, Kumpel?« fragte der Mann lallend. Er war offensichtlich betrunken. An seiner Schläfe leuchtete eine frische Platzwunde. Eines der Gläser seiner schwarzgeränderten Brille hatte einen Sprung.

Jeffrey wich zurück. Der Mann war etwa so groß wie er selbst, aber sein Haar war dunkel, fast schwarz. Ein dichter Stoppelbart bedeckte sein Gesicht; er hatte sich schätzungsweise seit einem Monat nicht mehr rasiert. Doch was Jeffrey vor allem auffiel, waren die Kleider des Mannes. Er trug einen zerfetzten Anzug mit einem schmutzigen blauen Oxford-Hemd mit Button-down-Kragen, an dem ein paar Knöpfe fehlten. Seine gestreifte Regimentskrawatte hing ihm lose um den Hals und war voller grüner Schmutzflecken. Jeffrey hatte den Eindruck, der Mann habe sich eines Tages fürs Büro angezogen und sei nie wieder nach Hause gegangen.

»Was is'n los?« fragte der Mann mit unsicherer, betrunkener Stimme. »Sprichst du kein Englisch?«

Jeffrey wühlte in seiner Hosentasche nach dem Kleingeld, das er beim Wodkakauf herausbekommen hatte. Er ließ dem Mann die Münzen in die Hand fallen und betrachtete dabei prüfend sein Gesicht. Die Augen waren zwar glasig, aber ihr Blick war freundlich. Jeffrey fragte sich, was ihn in eine so verzweifelte Lage getrieben haben mochte. Er verspürte eine seltsame Verwandtschaft zu diesem Obdachlosen und seiner unbekannten Not. Es schauderte ihn bei dem Gedanken, daß nur eine dünne Linie ihn von einem ähnlichen Schicksal trennte. Die Identifikation fiel ihm um so leichter, als der Mann etwa in Jeffreys Alter zu sein schien.

Wie erwartet, war es kein Problem, in der Nähe des Luxushotels ein Taxi zu bekommen. Von da brauchte er nur eine Viertelstunde bis zum Bereich der medizinischen Fakultät von Harvard. Kurz nach elf betrat er die Countway Medical Library.

Zwischen den Büchern und den engen Lesezellen fühlte Jeffrey sich zu Hause. An einem der Computerterminals besorgte er sich die Signaturen einiger Bücher über die Physiologie des autonomen Nervensystems und über die Pharmakologie der Lokalanasthetika. Mit den Büchern begab er sich in eine der Lesezellen am Innenhof und schloß die Tür hinter sich. Binnen weniger Minuten hatte er sich in den Windungen der Nervenimpulsleitung verloren.

Nicht lange, und Jeffrey hatte verstanden, weshalb Chris das Wort »nikotinisch« unterstrichen hatte. Die meisten Menschen hielten Nikotin für einen aktiven Bestandteil von Zigaretten, aber tatsächlich war es eine Droge, ein Gift, genauer gesagt, das die Stimulation und dann die Blockade autonomer Ganglien bewirkte. Viele der durch Nikotin hervorgerufenen Symptome waren die gleichen wie bei Muscarin: Speichel- und Tränenfluß, Schwitzen und Leibschmerzen – eben die Symptome, die bei Patty Owen und bei Henry Noble aufgetreten waren. Schon in bemerkenswert geringer Konzentration führte der Stoff zum Tode.

Wenn Jeffrey also nach einem Kontaminans suchte, müßte es sich um ein Präparat handeln, das bis zu einem gewissen Punkt einem Lokalanästhetikum entsprach, wie beispielsweise Nikotin. Doch Nikotin konnte es nicht gewesen sein, dachte Jeffrey. Der toxikologische Befund bei Henry Noble war negativ gewesen; eine Droge wie Nikotin aber hätte man festgestellt.

Wenn es also eine Kontamination gewesen war, mußte es sich um eine extrem kleine, nanomolare Menge handeln. Infolgedessen mußte der Stoff extrem wirksam sein. Jeffrey war ratlos. Aber bei der Lektüre stolperte er über etwas, woran er sich vom Studium her erinnerte, das ihm aber seitdem nicht wieder in den Sinn gekommen war. Das Toxin Botulinum, eine der für den Menschen giftigsten Substanzen überhaupt, entsprach einem Lokalanästhetikum insofern, als es Neuralzellmembranen an der Synapse »einfrieren« konnte. Aber Jeffrey wußte, daß er es nicht mit einer Botulinvergiftung zu tun hatte. Die Symptome waren völlig anders; Muscarineffekte waren Blockaden, keine Stimulationen.

Noch nie war die Zeit so schnell vergangen. Ehe Jeffrey sich versah, schloß die Bibliothek für den Abend. Widerstrebend sammelte er Chris Eversons und auch die eigenen, frisch angefertigten Notizen ein. Mit den Büchern in der einen und dem Aktenkoffer in der anderen Hand ging er ins Erdgeschoß hinunter. Er legte die Bücher auf die Theke, damit sie wieder eingestellt werden konnten, und wollte zur Tür, aber abrupt blieb er stehen.

Die Leute vor ihm wurden von einem Bibliotheksmitarbeiter angehalten und mußten Tüten, Taschen und selbstverständlich auch Aktenkoffer kontrollieren lassen. Es war ein normales Verfahren, um den Verlust von Büchern so gering wie möglich zu halten, aber es war ein Verfahren, an das Jeffrey nicht mehr gedacht hatte. Ungern stellte er sich vor, wie der Kontrolleur reagieren würde, wenn er die Hunderter-Bündel sähe. Damit wäre alle Unauffälligkeit beim Teufel.

Jeffrey verdrückte sich in die Zeitschriftenabteilung und duckte sich hinter ein schulterhohes Regal. Hier klappte er seinen Koffer auf und stopfte sich die Geldbündel in die Taschen. Um Platz zu machen, zog er die Wodkaflasche aus der Jackentasche und legte sie in den Aktenkoffer. Es wäre besser, der Wärter hielt ihn für einen heimlichen Säufer statt für einen Rauschgiftdealer oder Dieb.

Es gelang ihm, die Bibliothek ohne Zwischenfall zu verlassen. Mit seinen ausgebeulten Taschen kam er sich ziemlich auffällig vor, aber das ließ sich im Moment nicht ändern.

Um diese Zeit gab es auf der Huntington Avenue praktisch kein Taxi. Nachdem er zehn Minuten lang erfolglos gewartet hatte, kam der O-Bus der Green Line vorbei. Jeffrey stieg ein; es war sicher klüger, in Bewegung zu bleiben.

Jeffrey setzte sich auf eine der Längsbänke und balancierte den Aktenkoffer auf den Knien. Er fühlte all die Geldpakete in seinen Hosentaschen, vor allem die, auf denen er saß. Als der Bus sich schaukelnd in Gang setzte, ließ Jeffrey seinen Blick umherwandern. Wie er es aus der Bostoner U-Bahn kannte, sagte kein Mensch ein Wort. Alle starrten ausdruckslos vor sich hin, als seien sie in Trance. Jeffreys Blicke trafen sich mit denen der Fahrgäste, die auf der gegenüberliegenden Bank saßen. Wenn die Leute seinen Blick mürrisch erwiderten, hatte er das Gefühl, durchsichtig zu sein. Es erstaunte ihn, wie viele von ihnen auf ihn den Eindruck von Verbrechern machten.

Er schloß die Augen und ging im Geiste noch einmal das Material durch, das er soeben gelesen hatte, und er betrachtete es im Licht dessen, was er mit Patty Owen und Chris mit Henry Noble erlebt hatte. Eine Information über Lokalanästhetika war überraschend gewesen. Unter der Überschrift »Nachteilige Reaktionen« hatte er gelesen, daß gelegentlich zusammengezogene –

myotische – Pupillen beobachtet wurden. Das war Jeffrey neu. Außer bei Patty Owen und bei Henry Noble hatte er es im klinischen Zusammenhang noch nie gesehen oder gelesen. Es gab keine Erklärung für den physiologischen Mechanismus. Im selben Artikel hieß es dann, daß zumeist eine Mydriasis – Erweiterung – der Pupillen zu beobachten sei. An dieser Stelle gab Jeffrey die Frage der Pupillengröße vorläufig auf. Das alles verstärkte im Augenblick nur seine Verwirrung.

Als der Bus unvermittelt unter der Erde verschwand, ließ das Geräusch Jeffrey aufschrecken. Er riß die Augen auf und stieß einen leisen Schrei aus. Es war ihm nicht bewußt gewesen, wie nervös er war. Er begann tief und gleichmäßig zu atmen, um sich zu beruhigen.

Nach einer Weile kehrten seine Gedanken zu seinem Fall zurück. Er sah plötzlich, daß es noch eine Parallele zwischen Owen und Noble gab, die er bisher nicht bemerkt hatte: Henry Noble war in der Woche, die er noch gelebt hatte, gelähmt gewesen. Es hatte ausgesehen wie eine totale, irreversible Spinalanästhesie. Da Patty gestorben war, konnte man natürlich nicht wissen, ob sie ebenfalls eine Lähmung davongetragen hätte. Aber das Kind hatte überlebt und zeigte deutliche Restlähmung. Man hatte angenommen, daß diese Lähmungserscheinungen auf Sauerstoffmangelversorgung des Gehirns zurückzuführen seien, aber Jeffrey war da jetzt nicht mehr so sicher. Die merkwürdige asymmetrische Verteilung hatte ihm von Anfang an Kopfschmerzen bereitet. Vielleicht war diese Lähmung ein zusätzlicher Hinweis, der bei der Identifizierung des Kontaminans nützlich sein könnte.

Jeffrey stieg an der Park Street aus und ging die Treppe hinauf. Er machte einen weiten Bogen um mehrere Polizisten und eilte die Winter Street hinunter; das verkehrsreiche Park-Street-Viertel blieb hinter ihm zurück. Unterwegs überlegte er ein wenig ernsthafter, wie er ins Boston Memorial Hospital gelangen sollte.

Für den Gedanken, sich bei der Putzkolonne zu bewerben, sprach einiges, aber es gab auch ein Problem dabei: Um sich um eine Stellung zu bewerben, benötigte er einen Ausweis sowie eine gültige Sozialversicherungsnummer. Im Zeitalter der Computer konnte er nicht damit rechnen, daß er sich mit einer erfundenen würde durchmogeln können.

Er plagte sich noch mit dem Ausweisproblem, als er in die Straße einbog, in der sich das Essex befand. Einen halben Block weit vor dem Schnapsladen – der noch offen war – blieb er plötzlich stehen. Vor seinem geistigen Auge sah er den Mann in dem abgerissenen Anzug. Sie mußten beide etwa die gleiche Größe und das gleiche Alter haben.

Jeffrey überquerte die Straße und betrat das Grundstück neben dem Schnapsladen. Eine Straßenlaterne warf reichlich Licht auf die Fläche. Ein paar Meter weiter stieß er auf einen Betonvorsprung, der von einem Nachbargebäude hereinragte und aussah wie eine alte Laderampe. Unter dieser Rampe erkannte er ein paar Gestalten; einige hockten am Boden, andere lagen.

Als Jeffrey stehenblieb und die Ohren spitzte, konnte er sie reden hören. Er überwand seine Vorbehalte und ging auf die Gruppe zu. Behutsam setzte er seine Füße auf die zerbrochenen Ziegelsteine. Der faulige Geruch ungewaschener Menschen attackierte seine Sinne. Die Unterhaltung brach ab. Feuchte Augenpaare spähten ihm im Halbdunkel entgegen.

Jeffrey kam sich vor wie ein Eindringling in einer fremden Welt. Mit wachsender Beklommenheit hielt er Ausschau nach dem Mann in dem abgerissenen Anzug; sein Blick wanderte rasch von einer dunklen Gestalt zur anderen. Was würde er tun, wenn diese Männer sich plötzlich auf ihn stürzten?

Jeffrey sah den Mann, den er suchte. Er saß zwischen den anderen im Halbkreis. Jeffrey zwang sich, weiterzugehen. Niemand sprach. Erwartungsvolle Spannung lag in der Luft wie eine elektrische Ladung; es war, als könne ein Funke eine Explosion auslösen. Alle Augen verfolgten ihn jetzt. Sogar ein paar von denen, die auf der Erde gelegen hatten, saßen nun aufrecht und starrten ihn an.

»Hallo«, sagte Jeffrey matt, als er vor dem Mann stand. Dieser rührte sich nicht. Die anderen ebensowenig. »Kennen Sie mich noch?« fragte Jeffrey. Er kam sich albern vor, aber er wußte nicht, was er sonst sagen sollte. »Ich habe Ihnen vor einer Stunde ein bißchen Kleingeld gegeben. Drüben, vor dem Schnapsladen.« Jeffrey deutete mit dem Daumen über die Schulter.

Der Mann reagierte nicht.

»Ich dachte mir, Sie könnten vielleicht noch ein bißchen mehr brauchen«, fuhr Jeffrey fort. Er griff in die Tasche, schob das Hunderter-Bündel beiseite und zog etwas Kleingeld und ein paar kleine Scheine hervor. Die Münzen streckte er dem Mann entgegen. Der nahm sie.

»Danke, Kumpel«, sagte er und versuchte im Dunkeln zu erkennen, wieviel es war.

»Ich habe noch mehr. Genau gesagt, ich habe hier einen Fünfdollarschein, und ich wette, Sie sind so betrunken, daß Sie sich nicht mal an Ihre Sozialversicherungsnummer erinnern.«

»Was soll'n das heißen?« nuschelte der Mann und rappelte sich hoch. Zwei andere taten es ihm nach. Der Mann, für den Jeffrey sich interessierte, schwankte so, daß er umzufallen drohte, aber er fing sich doch wieder. Er war offenbar noch betrunkener als vorhin. »139-32-1560. Das ist meine Sozialversicherungsnummer.«

»Ja, klar.« Jeffrey winkte ab. »Die haben Sie gerade erfunden.«

»Einen Dreck hab' ich!« Der Mann war empört. Mit einer ausladenden Gebärde, die ihn fast das Gleichgewicht gekostet hätte, griff er nach seiner Brieftasche. Wieder taumelte er, als er versuchte, die Brieftasche aus der Hose zu ziehen. Dann fummelte er zwar keinen Sozialversicherungsausweis, aber einen Führerschein heraus und ließ dabei die Brieftasche fallen. Jeffrey bückte sich, um sie aufzuheben.

»Gucken Sie ruhig!« meinte der Mann. »Wie ich Ihnen gesagt hab'!«

Jeffrey gab ihm die Brieftasche und nahm den Führerschein. Er sah keine Nummer, aber darum ging es nicht. »Also wirklich, ich glaube, Sie haben recht«, sagte er, nachdem er ihn scheinbar studiert hatte. Er reichte den Fünfer hinüber, und der Mann griff gierig danach. Aber einer der anderen riß ihm den Geldschein aus der Hand.

»Gib das wieder her!« schrie der Mann.

Ein weiterer hatte sich inzwischen hinter Jeffrey geschlichen. Jeffrey griff in die Tasche und holte noch mehr Münzen heraus. »Es ist genug für alle da«, sagte er und warf das Kleingeld auf den Boden, daß es auf den zerbrochenen Backsteinen klimperte. In großer Hast fielen alle außer Jeffrey im Dunkeln auf Hände und Knie. Jeffrey nutzte diese Ablenkung, um auf dem Absatz kehrtzumachen und über das schuttübersäte Grundstück zur Straße zu flüchten, so schnell er konnte.

In seinem Hotelzimmer lehnte er den Führerschein auf dem Rand des Waschbeckens gegen die Wand und verglich sein Spiegelbild mit dem Foto. Die Nase war völlig anders. Das war nicht zu ändern. Doch wenn er sich das Haar dunkel färbte und es mit einem Gel glatt nach hinten kämmte, wie er es vorhatte, und wenn er dann noch eine schwarzgeränderte Brille aufsetzte, dann würde es vielleicht gehen. Aber zumindest hatte er jetzt eine gültige Sozialversicherungsnummer und einen echten Namen samt Adresse: Frank Amendola, 1617 Sparrow Lane, Framingham, Massachusetts.

6

Mittwoch, 17. Mai 1989, 6 Uhr 15

Trent Hardings Dienst begann erst um sieben, aber schon um Viertel nach sechs stand er im Umkleideraum der Chirurgie im St. Joseph's Hospital und zog seine Straßenkleidung aus. Er konnte die Waschbecken sehen und auch sich selbst im Spiegel darüber. Er spannte Arm- und Halsmuskeln an, daß sie sich wölbten, und beugte sich leicht vor, um ihre Konturen zu bewundern.

Trent ging mindestens viermal in der Woche in seinen Fitneß-Club und arbeitete bis zur Erschöpfung an der Nautilus-Maschine. Sein Körper war wie eine Skulptur; die Leute sahen und bewunderten ihn, dessen war er sicher. Aber zufrieden war er noch nicht. Er fand, sein Bizeps könne noch ein wenig Power vertragen. Auch seine Oberschenkelmuskeln mußten noch straffer werden. Er nahm sich vor, sich in den kommenden Wochen auf beides zu konzentrieren.

Es war seine Gewohnheit, früh zum Dienst zu erscheinen, aber heute war er noch früher da als sonst. In seiner Aufregung war er vor dem Weckerklingeln aufgewacht und hatte nicht wieder einschlafen können; deshalb hatte er beschlossen, früh zum Dienst zu gehen. Außerdem ließ er sich gern Zeit. Es hatte etwas unglaublich Erregendes, die manipulierten Marcain-Ampullen ins Marcain-Fach zu legen. Schauer des Behagens durchrieselten ihn – als ob er eine Zeitbombe versteckte. Er war der einzige, der wußte, welche Gefahr hier drohte. Er war der einzige, der sie in der Hand hatte.

Als er seine OP-Kleidung angelegt hatte, sah Trent sich um. Ein paar Leute, deren Dienst gleich begann, waren in den Umkleideraum gekommen. Einer stand unter der Dusche und sang eine

Stevie-Wonder-Melodie; ein anderer war auf der Toilette, und ein dritter war hinter seiner Spindtür verborgen.

Trent griff in die Tasche seiner weißen Krankenhausjacke und holte die manipulierte Marcain-Ampulle heraus. Er schloß die Finger um das Glasröhrchen für den Fall, daß unerwartet jemand auftauchte, und schob es unter den Bund seiner Unterhose. Es war kalt und unbehaglich; Trent verzog das Gesicht, als er es zurechtschob. Dann verschloß er seinen Spind und ging in den Aufenthaltsraum hinüber.

Im Aufenthaltsraum der Chirurgie lief gerade frischer Kaffee durch die Maschine und verströmte angenehmen Duft. Pflege- und Anästhesieschwestern, ein paar Ärzte und etliche Pfleger saßen beieinander. Ihre Schicht war gleich zu Ende. Notfälle gab es keine, und sie hatten alles dienstplanmäßig für den nächsten Tag vorbereitet. Überall herrschte fröhliches Geplauder.

Niemand nahm Trent zur Kenntnis, und er versuchte auch nicht, irgend jemandem guten Tag zu sagen. Die meisten Mitarbeiter kannten ihn nicht, weil er nicht zur Nachtschicht gehörte. Trent durchquerte den Aufenthaltsraum und gelangte in den OP-Trakt. An der Zentrale saß niemand. Der Dienstplan des Tages stand bereits an der großen Tafel. Trent blieb kurz stehen und überflog sie. Zwei Dinge interessierten ihn: Welchem OP war er zugeteilt, und waren Spinal- oder Epiduralfälle angesetzt? Zu seinem Entzücken waren es mehrere. Wieder lief ihm ein Kribbeln der Erregung über den Rücken. Daß es mehrere solcher Fälle gab, bedeutete eine gute Chance dafür, daß sein Marcain noch am selben Tag verwendet werden würde.

Trent ging weiter den OP-Korridor hinunter in die Zentralapotheke, die sich zweckmäßig in der Mitte des OP-Traktes befand. Der OP-Komplex im St. Joe's war U-förmig angelegt; die Operationssäle säumten die Außenseite des U, die zentrale Medikamenten- und Materialversorgung lag in der Mitte.

Zielstrebig, als wolle er den erforderlichen Bedarf für einen der OPs abholen, durchquerte Trent den ganzen Trakt. Wie gewöhnlich war niemand da. Zwischen Viertel nach sechs und Viertel vor sieben gab es immer eine Lücke, in der die Apotheke nicht besetzt war. Zufrieden ging Trent geradewegs in den Bereich, in dem die Infusionslösungen und die nicht-narkotischen und die nicht betäubungsmittelpflichtigen Medikamente aufbewahrt wurden. Er brauchte nicht lange nach den Lokalanästhetika zu suchen; er hatte sie schon vor langer Zeit aufgestöbert.

Er blickte sich kurz um und griff dann nach einer angebrochenen Packung mit 0,5prozentigem Marcain in 30-ml-Ampullen. Flink hob er den Packungsdeckel. Es waren noch drei Ampullen in der Fünferschachtel. Trent vertauschte eine der guten Ampullen gegen die aus seinem Hosenbund. Erneut zog er eine Grimasse; es war überraschend, wie kalt sich Glas in Zimmertemperatur anfühlen konnte. Er schloß die Marcain-Packung und schob sie wieder an ihren Platz zurück.

Er sah sich um. Niemand war aufgetaucht. Er schaute die Marcain-Packung an, und noch einmal rieselte eine fast sinnliche Erregung durch seinen Körper. Er hatte es wieder getan, und kein Mensch würde etwas ahnen. Es war so verdammt einfach, und je nach OP-Plan und mit etwas Glück würde die Ampulle bald benutzt werden – vielleicht sogar schon heute morgen.

Einen kurzen Moment lang erwog Trent, die beiden anderen Ampullen aus der Packung zu nehmen, um die Sache zu beschleunigen. Er konnte es nicht erwarten, das Chaos zu genießen, das er verursacht hatte. Aber er verwarf den Gedanken wieder; er war bis heute kein Risiko eingegangen, und es war keine günstige Gelegenheit, jetzt damit anzufangen. Wenn nun jemand registriert hatte, wie viele Marcain-Ampullen noch vorrätig waren?

Trent verließ die Apotheke und kehrte in den Umkleideraum zurück, um die neue Ampulle, die er in seine Unterhose gesteckt hatte, in seinen Spind zu legen. Dann würde er sich eine schöne Tasse Kaffee genehmigen. Wenn bis zum Nachmittag nichts passiert wäre, würde er noch einmal in die Apotheke gehen, um nachzusehen, ob seine Ampulle weggenommen worden war.

Wenn sie an diesem Tag benutzt werden sollte, würde er es früh genug wissen. Die Nachricht von einer größeren Komplikation verbreitete sich im OP-Trakt wie ein Buschfeuer.

Vor seinem geistigen Auge sah Trent die Ampulle, wie sie unschuldig in der Schachtel ruhte. Es war eine Art russisches Roulette. Er verspürte sexuelle Erregung. Eilig ging er in den Umkleideraum und bemühte sich um Beherrschung. Wenn es nur Doherty wäre, der sie kriegte, dachte Trent. Das wäre wirklich unübertrefflich.

Trent biß die Zähne zusammen, als er an den Anästhesisten dachte. Der bloße Name des Mannes entfachte seinen Zorn über die Demütigung vom vergangenen Tag wieder neu. Vor seinem Spind angekommen, schlug Trent mit der flachen Hand gegen die Tür, daß es dröhnte. Ein paar Leute schauten zu ihm herüber. Trent kümmerte sich nicht um sie. Die Ironie der Sache war, daß er Doherty vor dieser Geschichte eigentlich gemocht hatte. Er war sogar nett zu dem Wichser gewesen.

Wütend drehte er an seinem Zahlenschloß und öffnete seinen Spind. Er schmiegte sich in den Spind, zog die Ampulle aus dem Hosenbund und ließ sie in die Tasche der weißen Jacke gleiten, die im Spind hing. Vielleicht würde er sich für Doherty etwas Besonderes ausdenken müssen.

Jeffrey seufzte erleichtert, als er die Tür seines Zimmers im Essex schloß. Es war kurz nach elf Uhr vormittags. Seit halb zehn, als er das Hotel verlassen hatte, um ein paar Einkäufe zu erledigen, war er unterwegs gewesen. Jeden Augenblick hatte er befürchtet, irgendeinem Bekannten über den Weg zu laufen – oder O'Shea oder der Polizei. Er hatte mehrere Polizisten gesehen, aber er hatte jede direkte Konfrontation vermieden. Trotzdem war es ein nervenaufreibendes Abenteuer gewesen.

Jeffrey legte Päckchen und Aktenkoffer auf das Bett und öffnete die kleinste Tüte. Darin war ein Tönungsshampoo. Die Farbe nannte sich »Midnight Black«. Jeffrey zog sich aus, ging ins Bad und tat, was die Gebrauchsanweisung auf der Packung vorschrieb. Als er sich das Gel ins Haar geschmiert und alles glatt nach hinten gebürstet hatte, sah er aus wie ein anderer Mensch. Er fand, er sah aus wie ein Gebrauchtwagenhändler oder wie eine Kinofigur aus den dreißiger Jahren. Wenn er sich jetzt mit dem kleinen Foto auf dem Führerschein verglich, würde er vermutlich als Frank Amendola durchgehen, wenn niemand allzu genau hinschaute. Und er war ja noch nicht fertig.

Er kehrte ins Zimmer zurück, öffnete das größere Paket und nahm einen neuen dunkelblauen Polyesteranzug heraus, den er bei Filene's gekauft und bei Pacifici of Boston hatte ändern lassen. Auf die Änderungen hatte er warten können; er hatte auch nicht viel daran machen lassen, weil er nicht wollte, daß der Anzug allzugut paßte.

Er wandte sich wieder seinen Paketen zu und packte ein paar weiße Hemden und zwei unattraktive Krawatten aus. Er zog ein Hemd an, band sich eine Krawatte um und schlüpfte in den Anzug. Dann durchwühlte er seine Tüten, bis er die dunkelgeränderte Brille gefunden hatte. Damit ging er wieder zum Badezimmerspiegel und verglich sein Aussehen mit dem Foto auf dem Führerschein. Wider Willen mußte er grinsen. Allgemein betrachtet, sah er grausig aus. Hinsichtlich der Ähnlichkeit mit Frank Amendola sah er ganz gut aus. Überrascht erkannte er, wie unbedeutend Gesichtszüge waren, wenn es darum ging, einen Gesamteindruck zu schaffen.

Eines der anderen Pakete enthielt eine neue Reisetasche mit Schulterriemen und einem halben Dutzend Fächern. Jeffrey packte das Geld aus dem Koffer in diese Fächer. Mit dem Aktenkoffer kam er sich auffällig vor; außerdem fürchtete er, daß die Polizei ihn daran erkennen könnte. Vielleicht war das Ding inzwischen sogar Bestandteil seiner Personenbeschreibung.

Dann nahm er die Spritze und die Ampulle Succinylcholin aus dem Koffer. Den ganzen Morgen über hatte ihm davor gegraut, daß O'Shea unvermittelt aufkreuzen könnte wie am Flughafen, und plötzlich hatte er eine Idee gehabt. Vorsichtig zog er 40 mg Succinylcholin auf und steckte die Schutzkapsel auf die Injektionskanüle. Danach ließ er die Spritze in die Jackentasche gleiten. Er wußte nicht genau, wie er das Succinylcholin verwenden würde, aber nun war es da – für alle Fälle. Es war eher eine psychologische Stütze als irgend etwas anderes.

Die Fensterglasbrille auf der Nase, die Reisetasche über der Schulter, sah Jeffrey sich noch einmal im Zimmer um und überlegte, ob er irgend etwas vergessen hatte. Er ging nur widerwillig hinaus, denn er wußte, sobald er das Zimmer verlassen hätte, würde die Angst, erkannt zu werden, wiederkommen. Aber er wollte ins Boston Memorial Hospital, und es gab nur eine einzige Möglichkeit, dort hineinzugelangen: Er mußte hingehen und sich um eine Stellung bei der Putzkolonne bewerben.

O'Shea drängte sich grob aus dem Lift und nahm Kurs auf Mosconis Büro, ohne den anderen Mitfahrern Gelegenheit zu geben, ihm aus dem Weg zu gehen. Es machte ihm ein perverses Vergnügen, andere Leute zu provozieren, vor allem die Männer in ihren Büroanzügen; er hoffte immer, einer von ihnen werde auf die Idee kommen, den galanten Helden zu spielen.

O'Shea war in mieser Stimmung. Er war fast die ganze Nacht über wach gewesen und hatte in unbequemer Stellung hinter dem Steuer seines Wagens gesessen, um Rhodes' Haus zu beobachten. Er hatte fest damit gerechnet, daß Jeffrey mitten in der Nacht nach Hause geschlichen kommen würde. Oder daß wenigstens Carol plötzlich wegfahren würde. Aber nichts war passiert – bis Carol mit ihrem Mazda RX7 kurz nach acht wie eine Hornisse aus der Garage geschossen gekommen war und mitten auf der Straße einen schwarzen Gummistreifen hinterlassen hatte.

Mit großer Mühe und wenig Hoffnung hatte O'Shea sie durch den morgendlichen Verkehr verfolgt. Sie fuhr wie ein Formel-1-Fahrer und wechselte ständig von einer Spur auf die andere, und er klebte bis zur City an ihrer Stoßstange – aber sie war bloß in ihr Büro gegangen, das im zweiundzwanzigsten Stock eines der neueren Hochhäuser lag. O'Shea hatte beschlossen, es vorläufig dabei zu belassen. Er brauchte mehr Informationen über Jeffrey, bevor er sagen könnte, was er als nächstes tun würde.

»Na?« fragte Mosconi erwartungsvoll, als O'Shea zur Tür hereinkam.

O'Shea antwortete nicht sofort; er wußte, damit konnte er Mosconi in den Wahnsinn treiben. Der Kerl war immer so angespannt. O'Shea ließ sich auf das Vinylsofa vor Mosconis Schreibtisch fallen und legte seine Cowboystiefel auf den Couchtisch. »Na was?« fragte er gereizt zurück.

»Wo ist der Doktor?« Mosconi erwartete, daß O'Shea ihm jetzt berichten würde, er habe Rhodes bereits ins Gefängnis gebracht.

»Keine Ahnung«, antwortete O'Shea.

»Was soll das heißen?« Es bestand immer noch die Chance, daß O'Shea sich einen Jux mit ihm machen wollte.

»Ich denke, das ist doch wohl ziemlich klar.«

»Vielleicht ist es Ihnen klar, aber mir nicht«, sagte Mosconi.

»Ich weiß nicht, wo der kleine Drecksack ist«, gestand O'Shea schließlich.

»Herrgott noch mal!« Mosconi warf angewidert die Hände in die Höhe. »Sie haben mir gesagt, Sie kriegen den Burschen. Kein Problem. Sie müssen ihn finden! Das ist jetzt kein Witz mehr!«

»Er ist nicht nach Hause gekommen«, berichtete O'Shea.

»Verdammt, verdammt, verdammt!« sagte Mosconi in zunehmender Panik. Sein Drehstuhl quietschte, als er ihn nach vorn kippte und aufstand. »Ich kann den Laden zumachen.«

O'Shea runzelte die Stirn. Mosconi war nervöser als sonst. Dieser Doktor setzte ihm wirklich zu. »Keine Sorge«, versuchte er ihn zu beruhigen. »Ich finde ihn schon. Was wissen Sie noch alles über ihn?«

»Gar nichts!« schrie Mosconi. »Ich habe Ihnen alles gesagt.«

»Überhaupt nichts haben Sie mir gesagt«, widersprach O'Shea. »Was ist denn mit Verwandten und solchen Sachen? Mit Freunden?«

»Ich sage Ihnen doch, ich weiß nichts über den Kerl«, bekannte Mosconi. »Ich habe lediglich die Besitzverhältnisse bei seinem Haus überprüft. Und wollen Sie noch was wissen? Der Schweinehund hat mich auch da über den Leisten gezogen. Heute morgen habe ich einen Anruf von Owen Shatterly von der Bank bekommen: Er hatte soeben erfahren, daß Jeffrey Rhodes eine neue Hypothek auf sein Haus genommen hatte, bevor mein Vertrag unterschrieben wurde. Jetzt ist meine Bürgschaft nicht mal gesichert.«

O'Shea lachte.

»Was, zum Teufel, ist daran so komisch?« wollte Mosconi wissen.

O'Shea schüttelte den Kopf. »Ich find's schon ulkig, daß dieser kleine Pisser von Doktor so viele Schwierigkeiten macht.«

»Ich kann daran nichts Ulkiges finden«, erwiderte Mosconi. »Owen sagt, er hat die fünfundvierzigtausend von der Hypothek in bar mitgenommen.«

»Dann ist es kein Wunder, daß der Aktenkoffer so weh getan hat«, meinte O'Shea grinsend. »So viel Geld hat mir noch niemand um die Ohren gehauen.«

»Sehr komisch«, zischte Mosconi. »Das Dumme ist, daß die Sache wirklich immer schlimmer wird. Ich danke dem Himmel für meinen Freund Albert Norstadt drüben im Polizeipräsidium. Die Polizei hat keinen verdammten Finger gerührt, bis er mit der Sache zu tun bekam.«

»Die glauben, Rhodes ist noch in der Stadt?« fragte O'Shea.

»Soweit ich weiß, ja«, antwortete Mosconi. »Viel haben sie nicht gemacht, aber immerhin kümmern sie sich jetzt um den Flughafen, die Busstationen und Bahnhöfe, die Autovermietungen und sogar um die Taxiunternehmen.«

»Das ist nicht wenig«, sagte O'Shea. Daß die Polizei Jeffrey fing, war ihm keineswegs recht. »Wenn er in der Stadt ist, habe ich ihn in ein, zwei Tagen. Wenn er weg ist, dauert's ein bißchen länger, aber auch dann kriege ich ihn. Regen Sie sich nicht auf.«

»Ich will aber, daß er *heute* gefunden wird!« Mosconi geriet von neuem in Panik, und er begann, hinter seinem Schreibtisch auf und ab zu marschieren. »Wenn Sie das Schwein nicht finden, suche ich mir ein anderes Talent.«

»Moment mal«, sagte O'Shea. Er nahm die Füße vom Couchtisch und richtete sich auf. Daß jemand anders sich in diesen Job drängte, paßte ihm nicht. »Was ich tue, kann kein anderer besser machen. Ich finde den Kerl. Keine Sorge.«

»Ich brauche ihn sofort, nicht nächstes Jahr.«

»Regen Sie sich nicht auf. Das Ganze ist doch erst zwölf Stunden her.«

»Wieso, zum Teufel, sitzen Sie eigentlich hier rum?« fauchte Mosconi. »Mit fünfundvierzig Riesen in der Tasche wird er nicht bis in alle Ewigkeit in Boston hängenbleiben. Sie fahren jetzt zum Flughafen und versuchen seine Spur dort wieder aufzunehmen. Er muß ja irgendwie in die Stadt zurückgekommen sein. Zu Fuß ist er bestimmt nicht gegangen. Heben Sie Ihren Arsch da raus, und reden Sie mit den Leuten von der Bahn. Vielleicht erinnert sich jemand an einen dürren Kerl mit Schnurrbart und Aktenkoffer.«

»Ich glaube, es ist besser, die Frau im Auge zu behalten«, meinte O'Shea.

»Die beiden kamen mir nicht gerade wie zwei Turteltäubchen vor«, widersprach Mosconi. »Ich wünsche, daß Sie es am Flughafen versuchen. Wenn Sie keine Lust haben, schicke ich jemand anders.«

»Okay, okay«, sagte O'Shea und stand auf. »Wenn Sie wünschen, daß ich es am Flughafen versuche, werde ich es am Flughafen versuchen.«

»Gut. Und Sie halten mich auf dem laufenden.«

O'Shea verließ das Büro. Seine Stimmung hatte sich nicht gebessert. Normalerweise hatte ihm jemand wie Mosconi nicht vorzuschreiben, wie er seine Arbeit zu tun hatte, aber in diesem Fall hielt er es für besser, den Mann bei Laune zu halten. Konkurrenz war das letzte, was er brauchen konnte. Vor allem bei diesem Job. Das Dumme war nur: Wenn er jetzt zum Flughafen fuhr, mußte er jemanden engagieren, der die Frau beschattete und das Haus beobachtete. Während er auf den Aufzug wartete, überlegte er, wen er anrufen könnte.

Jeffrey blieb auf der breiten Treppe vor dem Eingang des Boston Memorial Hospitals stehen und nahm all seinen Mut zusammen. Obwohl er sich mit seiner Verkleidung so viel Mühe gegeben hatte, wurde er jetzt, vor dem Eingang zur Klinik, doch wieder nervös. Er befürchtete, daß der erste, der ihn kannte, seine Tarnung durchschauen würde.

Er konnte sich sogar vorstellen, was sie sagen würden: Jeffrey Rhodes, sind Sie das? Wo wollen Sie hin – zu einem Maskenball? Wir haben gehört, die Polizei sucht Sie. Stimmt das? Ist ja bedauerlich, daß man Sie wegen fahrlässiger Tötung verurteilt hat. Das beweist wohl, daß es immer schwerer wird, in Massachusetts als Mediziner zu praktizieren.

Jeffrey trat einen Schritt zurück und hängte die Reisetasche über die andere Schulter. Dann legte er den Kopf in den Nacken und betrachtete die gotischen Fassadendetails über dem Eingang. Auf einer Plakette stand: *Boston Memorial Hospital: errichtet als ein Haus der Zuflucht für Kranke, Gebrechliche und Fürsorgebedürftige.* Krank oder gebrechlich war er nicht, aber ein bißchen Fürsorge konnte er brauchen.

Je länger er zögerte, desto schwerer fiel es ihm, hineinzugehen. Er war in seiner Unschlüssigkeit erstarrt, als er Mark Wilson erblickte.

Mark war ein Kollege aus der Anästhesie, den Jeffrey gut kannte. Sie waren schon als Studenten zusammen am Memorial gewesen, Jeffrey ein Jahr vor Mark. Mark war ein großer Schwarzer, dessen Schnurrbart Jeffreys mickrig aussehen ließ, was immer ein Anlaß zu Späßen zwischen ihnen gewesen war. Offenbar genoß Mark den frischen Frühlingstag. Er kam von der Beacon Street herüber auf den Haupteingang – und geradewegs auf Jeffrey zu.

Das war der Stoß, den Jeffrey nötig gehabt hatte. Voller Panik trat er durch die Drehtür in die Eingangshalle. Sofort erfaßte ihn ein Meer von Menschen. Die Halle diente nicht nur als Eingang, sondern war auch der Zusammenfluß dreier Hauptkorridore, die zu den drei Türmen des Krankenhauses führten.

Jeffrey fürchtete, daß Mark ihm auf den Fersen sei, und so hastete er um die kreisförmige Informationstheke im Zentrum der Kuppelhalle herum und bog dann in den mittleren Korridor ein. Er vermutete, daß Mark sich nach links zu den Aufzügen wenden würde, die zum OP-Trakt hinauffuhren.

Angespannt vor lauter Angst vor der Entdeckung, ging Jeffrey den Gang hinunter und bemühte sich, lässig zu erscheinen. Als er sich schließlich umblickte, war Mark nirgends mehr zu sehen.

Obwohl er seit fast zwanzig Jahren in diesem Krankenhaus zu tun hatte, kannte Jeffrey niemanden in der Personalabteilung. Trotzdem betrat er das Büro sehr wachsam und nahm das Bewerbungsformular entgegen, das eine freundliche Sachbearbeiterin ihm reichte. Daß er die Leute in der Personalabteilung nicht kannte, bedeutete ja nicht, daß er ihnen gleichfalls unbekannt war.

Er füllte das Formular aus; dazu benutzte er Frank Amendolas Namen, seine Sozialversicherungsnummer und die Adresse in Framingham. In die Rubrik mit der Frage nach dem gewünschten Arbeitsbereich schrieb er »Gebäudereinigung« und die Frage nach der gegebenenfalls bevorzugten Schicht beantwortete er mit »Nacht«. Als Referenzen gab er ein paar Krankenhäuser an, in denen er an Anästhesistenkongressen teilgenommen hatte; er hoffte, die Personalabteilung werde einige Zeit brauchen, um sich zu erkundigen, falls sie es überhaupt tat. In Anbetracht des großen Bedarfs an gewerblichem Personal und der niedrigen Löhne nahm er an, daß ihm als Bewerber hier der Marktvorteil zugute kam: Seine Beschäftigung bei der Putzkolonne würde nicht von einer Überprüfung seiner Referenzen abhängen.

Als er das ausgefüllte Formular abgegeben hatte, fragte man ihn, ob er gleich ein Einstellungsgespräch führen oder einen Termin vereinbaren wollte. Er antwortete, daß er mit Vergnügen zu einem Gespräch bereit sei, wann immer die Verwaltung es wünsche.

Nach kurzem Warten wurde er in Carl Bodanskis fensterloses Büro gebeten. Bodanski gehörte zur Personalleitung des Boston Memorials. Eine Wand seines kleinen Zimmers war von einem riesigen Brett beherrscht, an dem Hunderte von Namensschildern an kleinen Haken hingen. An einer anderen Wand war ein Kalender; eine Doppeltür füllte die dritte aus. Alles machte einen ordentlichen und zweckmäßigen Eindruck.

Carl Bodanski war Mitte bis Ende Dreißig. Er hatte dunkles Haar und ein gutaussehendes Gesicht und trug einen adretten, wenn auch nicht allzu feinen dunklen Anzug. Jeffrey erinnerte sich, daß er den Mann schon oft in der Cafeteria gesehen hatte, aber sie hatten noch nie miteinander gesprochen. Als Jeffrey das Büro betrat, saß Bodanski vorgebeugt an seinem Schreibtisch.

»Bitte nehmen Sie Platz«, sagte Bodanski freundlich, ohne gleich aufzublicken. Jeffrey sah, daß er sein Bewerbungsformular überflog. Als Bodanski ihm schließlich seine Aufmerksamkeit zuwandte, hielt Jeffrey fast den Atem an, denn er fürchtete, er werde nun ein Zeichen des Erkennens im Gesicht des Mannes erblicken. Aber das war nicht der Fall. Statt dessen fragte Bodanski nur, ob Jeffrey etwas trinken wolle, einen Kaffee oder vielleicht eine Coke.

Jeffrey lehnte nervös ab und musterte Bodanskis Gesicht. Bodanski lächelte.

»Sie haben also schon in Krankenhäusern gearbeitet?«

»O ja«, sagte Jeffrey. »Ziemlich oft.« Er lächelte matt. Allmählich begann er sich zu entspannen.

»Und Sie möchten in der Nachtschicht bei der Gebäudereinigung arbeiten?« Bodanski wollte sichergehen, daß hier kein Irrtum vorlag. Was ihn betraf, war dies nämlich zu schön, um wahr zu sein: ein Bewerber für die Gebäudereinigung der Nachtschicht, der nicht aussah wie ein Verbrecher oder ein illegaler Einwanderer und der Englisch sprach.

»Ja, das wäre mir am liebsten«, antwortete Jeffrey, und er

merkte, daß so etwas ein bißchen ungewöhnlich war. Aus dem Stegreif trug er eine Erklärung vor. »Ich will tagsüber oder abends ein paar Kurse an der Suffolk University belegen. Aber von irgendwas muß man ja leben.«

»Was für Kurse denn?« fragte Bodanski.

»Jura«, sagte Jeffrey. Es war das erste Fach, das ihm in den Sinn kam.

»Sehr ehrgeizig. Sie wollen also mehrere Jahre studieren?«

»Ich hoffe, ich kann es«, sagte Jeffrey begeistert. Er sah, daß Bodanski strahlte. Neben dem Mangel an Bewerbern hatte die technische Leitung der Klinik auch das Problem einer hohen Personalfluktuation, vor allem in der Nachtschicht. Wenn Bodanski annehmen konnte, daß Jeffrey ein paar Jahre lang für die Nachtschicht zur Verfügung stand, würde er glauben, daß dies sein Glückstag sei.

»Wann hätten Sie Lust anzufangen?« fragte Bodanski.

»Sobald wie möglich«, antwortete Jeffrey. »Von mir aus heute nacht.«

»Heute nacht?« wiederholte Bodanski ungläubig. Das war wirklich zu schön, um wahr zu sein.

Jeffrey zuckte mit den Schultern. »Ich bin gerade in die Stadt gekommen, und ich brauche Arbeit. Ich muß ja was essen.«

»Aus Framingham?« Bodanski warf einen Blick auf das Bewerbungsformular.

»Richtig.« Jeffrey wollte sich nicht in eine Unterhaltung über einen Ort verwickeln lassen, an dem er nie gewesen war, und sagte deshalb: »Wenn das Boston Memorial mich nicht brauchen kann, versuche ich's vielleicht im St. Joseph's oder im Boston City.«

»Nein, nein«, erwiderte Bodanski rasch. »Die Dinge brauchen nur ein bißchen Zeit. Das verstehen Sie sicher. Sie benötigen eine Uniform und einen Dienstausweis. Außerdem müssen bestimmte Papiere in Ordnung gebracht werden, ehe Sie anfangen können.«

»Na, wenn ich schon mal hier bin, warum können wir's nicht sofort hinter uns bringen?«

Bodanski zögerte einen Augenblick und sagte dann: »Moment.« Er stand auf und verließ das Büro.

Jeffrey blieb sitzen. Hoffentlich hatte er sich nicht allzu erpicht darauf gezeigt, sofort anzufangen. Er schaute sich in Bodanskis Büro um. Auf dem Schreibtisch stand ein gerahmtes Foto, das eine Frau hinter zwei Kindern zeigte. Es war der einzige persönliche Touch im ganzen Zimmer, aber ein sehr hübscher, fand Jeffrey.

Bodanski kam mit einem kleinen Mann mit glänzendschwarzem Haar und einem freundlichen Lächeln zurück. Der Mann trug eine dunkelgrüne Hausmeisteruniform. Bodanski stellte ihn als José Martinez vor. Jeffrey stand auf und gab dem Mann die Hand. Martinez hatte er schon oft gesehen; er beobachtete sein Gesicht wie vorher Bodanskis, aber er fand kein Zeichen des Erkennens.

»José ist der Leiter unserer Hausmeisterei«, sagte Bodanski und legte Martinez eine Hand auf die Schulter. »Ich habe ihm gesagt, daß Sie sofort anfangen wollen. José ist bereit, das Verfahren zu beschleunigen; ich überlasse Sie also ihm.«

»Heißt das, ich habe die Stelle?« fragte Jeffrey.

»Natürlich«, antwortete Bodanski. »Schön, Sie bei uns zu haben. Wenn José mit Ihnen fertig ist, kommen Sie wieder her. Sie brauchen ein Polaroid für Ihren Hausausweis. Außerdem müssen Sie in einen der Berufsverbände des Gesundheitswesens eintreten. Haben Sie da eine besondere Vorliebe?«

»Ist mir egal«, sagte Jeffrey.

Martinez ging mit Jeffrey in die Hausmeisterzentrale im ersten Kellergeschoß. Er hatte einen angenehmen spanischen Akzent und einen ansteckenden Humor. Das meiste fand er komisch genug, um darüber zu kichern – zum Beispiel die erste Hose, die er Jeffrey anhielt. Die Beine reichten ihm nur bis an die Knie.

»Da werden wir wohl amputieren müssen«, sagte er lachend.

Nach mehreren Versuchen hatten sie eine Uniform gefunden,

die paßte. Dann bekam Jeffrey einen Spind zugewiesen. Einstweilen, meinte Martinez, solle er nur das Hemd anziehen. »Sie können Ihre eigene Hose anbehalten.«

Er wolle Jeffrey jetzt durch das Krankenhaus führen, sagte er. Das Uniformhemd werde vorläufig als Ausweis genügen.

»Ich möchte Ihre Zeit ungern weiter in Anspruch nehmen«, antwortete Jeffrey rasch. Das letzte, was er machen wollte, war ein Rundgang durch die Klinik am hellichten Tag, wo die Wahrscheinlichkeit, erkannt zu werden, am größten war.

»Ich habe Zeit«, meinte Martinez. »Kein Problem. Außerdem ist es Bestandteil unserer üblichen Einweisung.«

Jeffrey wagte nicht, allzuviel Wind um diese Sache zu machen. Widerstrebend zog er das dunkelgrüne Diensthemd an, verstaute seine Straßenkleidung im Spind und hängte sich die Reisetasche über die Schulter. Er würde Martinez wohl folgen müssen, wohin er ihn führen mochte. Am liebsten hätte er sich eine Tüte über den Kopf gestülpt.

Unter stetigem Schwatzen führte Martinez ihn herum. Als erstes machte er ihn mit den Reinigungskräften bekannt, die jetzt anwesend waren. Dann ging es in die Wäscherei, wo aber alle so beschäftigt waren, daß keiner sich nach ihm umdrehte. Als nächstes kam die Cafeteria, wo alle einen entschieden unfreundlichen Eindruck machten. Zum Glück saß aber niemand da, den Jeffrey gut kannte.

Anschließend gingen sie die Treppe hinauf in die Ambulanz und in die Notaufnahme. In der Notaufnahme hätte Jeffrey sich am liebsten sofort verdrückt, als er gleich mehrere Assistenzärzte aus der Chirurgie erkannte, die im Laufe ihrer Rotation im Hause auch in der Anästhesie gelandet waren und die er dabei recht gut kennengelernt hatte. Zum Glück schauten sie aber nicht in seine Richtung, denn sie hatten mit den Verletzten von einem Autounfall alle Hände voll zu tun.

Von der Notaufnahme führte Martinez Jeffrey zu den Hauptaufzügen im Nordturm. »Jetzt möchte ich Ihnen die Labors zeigen«, sagte er, »und dann den OP-Trakt.«

Jeffrey schluckte. »Sollten wir nicht langsam zu Mr. Bodanski zurückgehen?« fragte er.

»Wir können uns soviel Zeit lassen, wie wir brauchen«, meinte Martinez und winkte Jeffrey zu einem der Fahrstühle, dessen Türen gerade aufgeglitten waren. »Außerdem ist es wichtig, daß Sie die Pathologie, das Chemielabor und den OP noch sehen, denn da werden Sie heute nacht arbeiten. Die Nachtschicht putzt dort immer. Wir können ja nur nachts rein.«

Jeffrey wich bis an die Rückwand des Aufzugs zurück. Martinez kam ihm nach. »Sie werden mit vier Leuten arbeiten«, sagte er. »Der Schichtleiter ist David Arnold. Ein guter Mann.«

Jeffrey nickte. Als sie sich der OP- und Laboretage näherten, bekam er ein brennendes Gefühl in der Magengrube. Er schrak zusammen, als Martinez nach seinem Arm faßte, ihn vorwärtszog und sagte: »Das ist unser Stockwerk.«

Er holte tief Luft, ehe er sich anschickte, den Aufzug zu verlassen und den Teil des Krankenhauses zu betreten, in dem er praktisch die letzten zwanzig Jahre seines Lebens verbracht hatte.

Sein Unterkiefer klappte herunter, und eine Sekunde lang war er starr vor Schrecken. Unmittelbar vor ihm stand Mark Wilson und wollte den Aufzug betreten. Seine dunklen Augen schauten Jeffrey an. Sie wurden schmal, und dann machte er den Mund auf. Jeffrey erwartete einen Satz wie: »Jeffrey, sind Sie das?«

»Wollen Sie jetzt raus oder nicht?« fragte Mark.

»Wir steigen hier aus«, sagte Martinez und stieß Jeffrey an.

Jeffrey brauchte ein paar Sekunden, um zu begreifen, daß Mark ihn nicht erkannt hatte. Er drehte sich um, als die Aufzugtür sich gerade schloß, und ihre Blicke begegneten sich noch einmal. Mark ließ nicht erkennen, daß er ihn wiedererkannte.

Jeffrey schob seine Brille hoch. Sie war heruntergerutscht, als er aus dem Aufzug gestolpert war.

»Alles okay?« fragte Martinez.

»Ja, ja«, sagte Jeffrey. Es ging ihm tatsächlich schon viel besser. Die Tatsache, daß Mark ihn nicht erkannt hatte, war sehr ermutigend.

Der Rundgang durch das pathologische und das chemische Labor erwies sich als weniger strapaziös als die Fahrt mit dem Lift. Jeffrey sah viele Leute, die er kannte, aber sie erkannten ihn ebensowenig wie Mark Wilson.

Der Streß begann wieder, als Martinez ihn in den Aufenthaltsraum führte. Zu dieser frühen Nachmittagszeit waren mindestens zwanzig Leute da, die Jeffrey gut kannte; sie saßen herum, tranken Kaffee und plauderten oder lasen die Zeitung. Nur einer brauchte zu merken, wer er wirklich war, und alles wäre aus. Während Martinez ihm den Ablauf der nächtlichen Arbeiten aufzählte, starrte Jeffrey auf seine Schuhspitzen. Er beschränkte den Blickkontakt mit anderen auf ein Minimum, aber nach fast fünfzehn angespannten Minuten hatte Jeffrey begriffen, daß niemand auf ihn achtete. Er und Martinez hätten ebensogut unsichtbar sein können, so wenig Notiz nahm man hier von ihnen.

Im Umkleideraum der Männer bestand Jeffrey einen zweiten Test, der ebenso rigoros war wie seine Begegnung mit Mark Wilson. Er fand sich plötzlich einem Anästhesisten gegenüber, den er sehr gut kannte. Sie vollführten eine Art Schattentanz, um vor den Waschbecken aneinander vorbeizugelangen. Als auch dieser Arzt ihn selbst auf die kurze Entfernung nicht erkannte, war Jeffrey erstaunt und entzückt. Seine Verkleidung war noch besser, als er gehofft hatte.

»Haben Sie Erfahrung mit steriler Kleidung?« fragte Martinez, als sie vor den Schränken mit den OP-Anzügen stehenblieben.

»Ja«, sagte Jeffrey.

»Gut. Ich glaube, wir sollten da jetzt lieber nicht reingehen. David Arnold wird Sie heute nacht in den OPs herumführen müssen. Um diese Zeit ist dort zuviel los.«

»Verstehe«, sagte Jeffrey.

Erleichtert, die Tour hinter sich zu haben, zog Jeffrey wieder sein Straßenhemd an. Dann brachte Martinez ihn zurück in Bodanskis Büro. Sie gaben einander die Hand, und Martinez wünschte ihm Glück, bevor er zu seiner Arbeit zurückkehrte. Bodanski hatte noch zwei Formulare, die Jeffrey unterschreiben sollte. Nervös, wie er noch immer war, begann er mit seinem eigenen Namen zu unterzeichnen, aber dann fing er sich gleich und kritzelte Frank Amendolas Namen an die angekreuzten Stellen.

Erst als er durch die Drehtür des Haupteingangs wieder auf die Straße gelangt war, verflog seine Angst. Er faßte sogar neuen Mut. Bis jetzt lief alles nach Plan.

O'Shea ging die Treppe vom Flughafenbahnhof stadteinwärts hinauf. Die stählernen Absatzschoner an den Fersen seiner Cowboystiefel klickten laut auf dem schmutzigen Betonboden. O'Shea hatte Lust, jemanden zu erwürgen, und er war nicht einmal besonders wählerisch. Jeder x-beliebige wäre ihm recht gewesen.

Seine Laune war jetzt noch schlechter als in Mosconis Büro. Wie erwartet, war der Flughafen bisher reine Zeitverschwendung gewesen. Er hatte mit den Parkhauswärtern gesprochen, um festzustellen, ob einer von ihnen den Burschen bemerkt hatte, der gegen einundzwanzig Uhr mit einem cremefarbenen Mercedes 240D gekommen war. Natürlich wußte niemand etwas.

Als nächstes war er zum Bahnhof gegangen und hatte sich den Namen und die Telefonnummer des Mannes geben lassen, der am Abend zuvor am Fahrkartenschalter gesessen hatte. Allein das Ermitteln der Nummer war so mühsam wie Zähneziehen gewesen. Als er den Mann schließlich erreicht hatte, erwies er sich als so unergiebig, wie O'Shea es sich schon gedacht hatte. Der Kerl hätte sich nicht mal an seine Mutter erinnert, wenn die ein Ticket bei ihm gekauft hätte.

Oben an der Busstation angekommen, wartete O'Shea auf den Intraterminal-Bus. Als er schließlich vor ihm hielt, stieg er vorn ein. Zunächst bemühte er sich, nett zu sein.

»Entschuldigen Sie«, sagte er. Der Fahrer war ein magerer Schwarzer mit einer runden Metallbrille. »Vielleicht können Sie mir eine Information geben.«

Der Fahrer blinzelte und schaute dann auf O'Sheas tätowierten Arm, bevor er ihm in die Augen blickte. »Ich kann die Tür nicht zumachen, wenn Sie sich nicht hinsetzen«, sagte er. »Und ich kann nicht weiterfahren, wenn die Tür nicht zu ist.«

O'Shea verdrehte die Augen und spähte dann in den Bus. Ein paar andere Fahrgäste waren hinten eingestiegen und verstauten jetzt geschäftig ihr Handgepäck im Gepäcknetz.

»Es dauert nur 'ne Sekunde«, sagte O'Shea und versuchte sich zu beherrschen. »Wissen Sie, ich suche einen Mann, der möglicherweise gestern abend gegen halb zehn mit einem dieser Busse gefahren ist. Ein dünner Weißer mit 'nem Schnurrbart und 'nem Aktenkoffer. Weiter kein Gepäck. Ich dachte, vielleicht...«

»Ich wäre Ihnen dankbar, wenn Sie sich hinsetzen würden«, unterbrach der Fahrer ihn.

»Hören Sie mal«, sagte O'Shea und senkte die Stimme um eine Oktave. »Ich versuche, freundlich zu Ihnen zu sein.«

»Sie vergeuden Ihre Zeit«, sagte der Fahrer. »Ich habe um halb vier Feierabend.«

»Das ist mir klar«, sagte O'Shea und riß sich nach besten Kräften am Riemen. »Aber könnten Sie mir nicht die Namen der Fahrer nennen, die gestern abend Dienst hatten?«

»Wieso gehen Sie nicht zum Nahverkehrsbüro?« fragte der Busfahrer. »Wenn Sie jetzt bitte Platz nehmen wollen...«

O'Shea schloß die Augen. Der kleine Wichser ließ es wirklich darauf ankommen.

»Entweder Sie setzen sich, oder Sie steigen aus«, sagte der Fahrer jetzt.

Das reichte. Mit einer schnellen Bewegung packte O'Shea den Fahrer beim Hemd und zog ihn vom Sitz hoch, daß das Gesicht des Mannes nur eine Handbreit vor seinem war.

»Weißt du was, Freundchen?« sagte er. »Ich glaube, deine Einstellung gefällt mir nicht. Ich will bloß eine einfache Antwort auf eine einfache Frage.«

»He!« schrie einer der Fahrgäste.

O'Shea hielt den entsetzten Fahrer weiter in der Luft und schaute nach hinten in den Bus. Ein Mann im Anzug kam auf ihn zu, das Gesicht vor Empörung rot angelaufen. »Was geht hier vor?« wollte er wissen.

O'Shea streckte die linke Hand aus und umfaßte den Kopf des Mannes wie einen Basketball. Er zog ihn noch einen Schritt vorwärts und gab ihm dann einen mächtigen Stoß. Der Mann taumelte und kippte hintenüber in den Gang. Die anderen Fahrgäste glotzten mit offenen Mündern. Niemand wollte dem Fahrer mehr zu Hilfe zu kommen.

Der Busfahrer versuchte unterdessen, etwas zu sagen. O'Shea ließ ihn auf seinen Sitz hinuntersinken, und der Mann hustete. Dann nannte er mit rauher Stimme zwei Namen. »Ihre Telefonnummern weiß ich nicht. Aber sie wohnen beide in Chelsea.«

O'Shea schrieb die Namen in ein kleines Notizbuch, das er in der linken Brusttasche seines Jeanshemds bei sich trug. In diesem Augenblick gab sein Piepser Alarm. Er riß ihn vom Gürtel, drückte auf den Knopf und schaute auf die LED-Anzeige. Michael Mosconis Nummer leuchtete auf.

»Danke, Freundchen«, sagte O'Shea zu dem Busfahrer, wandte sich um und stieg aus. In einer Wolke von Dieselqualm fuhr der Bus mit offener Tür davon.

O'Shea sah ihm nach und fragte sich, ob in den nächsten Minuten ein Streifenwagen angeheult kommen würde. Wenn ja, würde er die Cops wahrscheinlich kennen. Er war seit über fünf Jahren nicht mehr bei der Polizei, aber er hatte immer noch viele Freunde dort. Von den Grünschnäbeln abgesehen, kannte er die meisten.

O'Shea ging in den Bahnhof und rief Mosconi von einer Telefonzelle aus an. Er fragte sich, ob Mosconi etwa überprüfen wollte, daß er wirklich zum Flughafen gefahren war.

»Ich habe eine gute Nachricht, alter Freund«, erklärte Mosconi, als die Verbindung zustande gekommen war. »Ich sollte es Ihnen eigentlich gar nicht sagen. Macht Ihnen die Arbeit allzu leicht. Ich weiß, wo Jeffrey Rhodes sich verkrochen hat.«

»Wo denn?«

»Nicht so hastig. Wenn ich's Ihnen sage, und Sie walzen rüber und holen ihn ab, ist das keine vierzigtausend wert. Da kann ich auch jemand anderen anrufen. Verstehen Sie?«

»Woher haben Sie die Information?« fragte O'Shea.

»Von Norstadt aus dem Präsidium«, antwortete Mosconi triumphierend. »Als sie die Taxifirmen abklapperten, hat sich einer der Fahrer gemeldet: Er hätte einen Mann gefahren, auf den Jeffrey Rhodes' Beschreibung paßte. Er hätte sich ziemlich komisch aufgeführt, meinte der Fahrer. Erst wußte er gar nicht, wo er hinwollte. Sie seien einfach ziellos durch die Gegend kutschiert, sagte er.«

»Und wieso hat die Polizei ihn nicht schon kassiert?« fragte O'Shea.

»Machen sie noch. Irgendwann. Aber im Moment haben sie ein bißchen viel zu tun. Irgend 'ne Rockband kommt in die Stadt. Außerdem halten sie Rhodes nicht für eine besondere Gefahr für die Öffentlichkeit.«

»Was schlagen Sie vor?«

»Zehn Riesen«, sagte Michael. »Machen Sie's, oder lassen Sie's bleiben.«

O'Shea brauchte nicht lange nachzudenken. »Ich mach's.«

»Das Essex Hotel«, sagte Mosconi. »Und, Dev – schubsen Sie ihn ruhig ein bißchen rum. Der Kerl hat mir 'ne Menge Ärger bereitet.«

»Das wird mir ein Vergnügen sein«, erwiderte O'Shea, und es war ihm ernst. Nicht nur, daß Jeffrey ihn mit dem Koffer geschlagen hatte – jetzt hatte er ihn auch noch um dreißigtausend Dollar gebracht. Andererseits... vielleicht auch wieder nicht.

An der Busstation gelang es ihm, ein Taxi heranzuwinken. Für fünf Dollar ließ er sich zu seinem Wagen in der Zentralgarage fahren.

Als er das Flughafengelände verließ, hatte seine Stimmung sich deutlich gebessert. Es war eine Schande, dreißig Riesen schießenzulassen – wenn es wirklich soweit kommen sollte –, aber zehntausend waren auch kein Fliegendreck. Außerdem konnte er sich ein bißchen mit Jeffrey amüsieren. Und jetzt, da er

Jeffreys Aufenthaltsort kannte, war dieser Auftrag ein Kinderspiel. Ein Spaziergang.

O'Shea fuhr geradewegs zum Essex. Er parkte neben einem Hydranten auf der anderen Straßenseite. Das Essex kannte er. Als er noch bei der Polizei gewesen war, hatte er hier zweimal Rauschgiftdealer festgenommen.

Er ging die Treppe hinauf. Bevor er die Tür aufzog, griff er unter seine Jeansjacke und löste den Riemen, der den Schlagbolzen seines kurzläufigen .38er Revolvers sicherte. Er war zwar überzeugt, daß Jeffrey nicht bewaffnet war, aber man konnte nie vorsichtig genug sein. Der Doc hatte ihn schon einmal überrascht. Doch das würde nicht wieder vorkommen.

Ein schneller Blick in die Runde überzeugte ihn davon, daß das Essex sich seit seinem letzten Besuch nicht um ein Jota verändert hatte. Sogar an den Geruch konnte er sich noch erinnern. Es war derselbe muffige Mief wie immer – als ob sie im Keller Pilze züchteten. O'Shea trat an die Rezeption. Als der Portier sich von seinem Fernseher löste, sah O'Shea, daß er ihn gleichfalls schon kannte. Die Jungs im Dienst hatten ihn immer »Sabber« genannt, weil seine Unterlippe wie bei einer Bulldogge herunterhing.

»Kann ich helfen?« fragte der Mann und beäugte O'Shea mit sichtlichem Abscheu. Er hielt zwei Schritte Abstand zu seiner Theke, als fürchte er, daß O'Shea herüberlangen und ihn packen könnte.

»Ich bin auf der Suche nach einem Ihrer Gäste«, sagte O'Shea. »Sein Name ist Jeffrey Rhodes, aber er hat sich vielleicht unter einem anderen hier eingetragen.«

»Wir erteilen keine Auskünfte über unsere Gäste«, erwiderte der Portier entschlossen.

O'Shea beugte sich einschüchternd über die Theke und schwieg lange genug, daß dem Portier unbehaglich zumute wurde. »Sie erteilen also keine Auskünfte über Ihre Gäste«, wiederholte er und nickte dabei, als habe er das gut verstanden.

»So ist es«, sagte der Portier verunsichert.

»Was, zum Teufel, glaubst du, ist das hier? Das Ritz-Carlton?«

fragte O'Shea sarkastisch. »Was ihr hier habt, ist doch meistens nichts als eine Bande von Nutten, Zuhältern und Junkies.«

Der Portier wich noch einen Schritt zurück und musterte O'Shea erschrocken.

Blitzschnell ließ O'Shea die flache Hand auf die Theke niedersausen, daß es knallte. Der Portier zog den Kopf zwischen die Schultern. Er war sichtbar eingeschüchtert.

»Die Leute machen mir schon den ganzen Tag Schwierigkeiten!« brüllte O'Shea. Dann senkte er die Stimme. »Ich habe nur eine einfache Frage gestellt.«

»Hier ist kein Jeffrey Rhodes registriert«, stammelte der Portier.

O'Shea nickte. »Wundert mich nicht«, sagte er. »Aber ich kann ihn beschreiben. Er ist ungefähr so groß wie du, um die Vierzig, Schnurrbart, ziemlich dünn, braunes Haar. Sieht nett aus. Und 'nen Aktenkoffer dürfte er bei sich haben.«

»Könnte Richard Bard sein«, sagte der Portier nach kurzem Überlegen.

»Und wann hat Mr. Bard sich in diesem palastähnlichen Etablissement eingemietet?« fragte O'Shea.

»Gestern abend gegen zehn«, antwortete der Portier. Um nicht noch einmal O'Sheas Zorn auf sich zu lenken, blätterte er eine Seite im Gästebuch um und deutete mit zitternder Hand auf einen Namen. »Sehen Sie, da hat er sich eingetragen, genau da.«

»Ist Mr. Bard denn zur Zeit im Haus?«

Der Portier schüttelte den Kopf. »Er ist gegen Mittag weggegangen«, sagte er. »Aber er sah ganz verändert aus. Er hatte schwarzes Haar, und den Schnurrbart hatte er sich abrasiert.«

»Soso«, sagte O'Shea. »Na, ich denke, damit ist wohl alles klar. In welchem Zimmer wohnt Mr. Bard?«

»In 5F.«

»Es wäre doch sicher nicht zuviel verlangt, wenn ich dich bäte, mich hinaufzuführen, oder doch?«

Der Portier schüttelte den Kopf. Er schloß seine Kasse ab, nahm einen Ersatzschlüssel und kam hinter seiner Theke hervor.

O'Shea folgte ihm zum Treppenhaus. Er deutete auf den Aufzug. »Hier geht aber alles ein bißchen langsam«, stellte er fest. »Als ich vor fünf Jahren bei einer Drogenrazzia hier war, hing dasselbe Schild an der Tür.«

»Sind Sie ein Cop?«

»So was Ähnliches.«

Sie stiegen schweigend die Treppe hinauf. Als sie auf der fünften Etage angekommen waren, glaubte O'Shea, daß der Portier gleich einen Herzanfall bekommen würde; der Mann schnappte nach Luft und schwitzte heftig. O'Shea ließ ihn wieder zu Atem kommen, bevor sie den Korridor hinunter zu Zimmer 5F gingen.

Sicherheitshalber klopfte O'Shea an die Tür. Als niemand antwortete, trat er beiseite und ließ den Portier aufschließen. Rasch besichtigte er Zimmer und Bad. Es war niemand da.

»Ich denke, ich warte hier auf Mr. Bard«, sagte er und schaute aus dem Fenster. Dann drehte er sich nach dem Portier um. »Aber erzähl ihm nichts, wenn er kommt. Sagen wir, ich bin eine kleine Überraschung für ihn. Klar?«

Der Portier nickte heftig.

»Mr. Rhodes alias Mr. Bard ist ein flüchtiger Straftäter«, erklärte O'Shea. »Es existiert ein Haftbefehl auf seinen Namen. Er ist ein gefährlicher Mann, der wegen Mordes verurteilt wurde. Wenn du etwas von dir gibst, das seinen Verdacht weckt, kann man nicht vorhersagen, wie er reagieren wird. Du weißt, wovon ich rede?«

»Ja, sicher«, antwortete der Portier. »Mr. Bard benahm sich sehr komisch, als er kam. Ich dachte schon daran, die Polizei zu rufen.«

»Ja, daran hast du bestimmt gedacht«, erwiderte O'Shea sarkastisch.

»Ich sage zu niemandem ein Wort«, versprach der Portier und ging rückwärts zur Tür hinaus.

»Ich verlasse mich darauf«, sagte O'Shea und schloß hinter ihm ab.

Sobald er allein war, lief er hinüber zu dem Aktenkoffer und warf ihn aufs Bett. Mit zitternden Händen ließ er die Verschlüsse aufschnappen und klappte den Deckel auf. Er blätterte durch die Papiere, fand aber nichts. Als nächstes riß er das Akkordeonfach auf und durchsuchte es hastig.

»Verdammt!« schrie er. Er hatte gehofft, Jeffrey wäre töricht genug, das Geld im Koffer zu lassen. Aber das Ding enthielt nichts als Papier und Unterhosen. O'Shea nahm eines der Blätter in die Hand. Am oberen Rand stand in Druckschrift *Von Christopher Everson an...*, und das Blatt war mit wissenschaftlichem Zeugs vollgeschrieben. O'Shea fragte sich, wer Christopher Everson war.

Er ließ das Blatt fallen und durchsuchte das Zimmer gründlich; vielleicht hatte Rhodes das Geld ja irgendwo versteckt. Aber es war nicht da. Vermutlich hatte er es bei sich. Hauptsächlich deshalb hatte er sich so rasch mit Mosconis Angebot abgefunden. Er gedachte die fünfundvierzigtausend, die Jeffrey angeblich hatte, einzusacken – und dazu die zehn, die Mosconi ihm zählen würde.

O'Shea streckte sich auf dem Bett aus und zog seinen Revolver aus dem Halfter. Der Doktor war stets für eine Überraschung gut. Da war man besser auf alles gefaßt.

Jeffrey fühlte sich beträchtlich wohler in seiner Tarnung und mit seiner neuen Identität, nachdem im Boston Memorial alles gutgegangen war. Wenn die Leute, mit denen er so vertraut war, ihn nicht erkannten, dann hatte er draußen in der Öffentlichkeit nichts zu befürchten – zumindest nicht, soweit es die Enthüllung seiner Identität betraf. Das neue Selbstvertrauen gab ihm Auftrieb; er nahm sich ein Taxi und fuhr hinüber zum St. Joseph's Hospital.

Das viele Bargeld, das er mit sich herumtrug, war ihm immer noch bewußt, aber er fühlte sich viel wohler, nachdem es jetzt in einer Reisetasche war und nicht mehr in dem Aktenkoffer.

St. Joseph's war um einiges älter als das Boston Memorial. Es war ein Ziegelbau aus der Zeit der Jahrhundertwende, der mehrmals renoviert worden war. In einem Wäldchen in der Nachbarschaft des Arnold Arboretums in Jamaica Plain gelegen, war es sehr viel anheimelnder als das Boston Memorial.

Ursprünglich war es als katholisches Armenkrankenhaus erbaut worden, aber im Laufe der Jahre war eine betriebsame Gemeindeklinik daraus geworden. Da es in einem Vorort lag, fehlte ihm die rauhe, urbane Qualität einer City-Klinik, die die Hauptlast der sozialen Probleme des Landes zu tragen hatte.

Bei einer der rosa bekittelten ehrenamtlichen Helferinnen mit ihren schneeweißen Haaren, die an der Information des Krankenhauses saßen, erkundigte Jeffrey sich nach dem Weg zur Intensivstation. Lächelnd schickte die alte Dame ihn in den ersten Stock hinauf.

Jeffrey fand die Intensivstation ohne Mühe.

Als Anästhesist fühlte er sich auf dieser scheinbar chaotischen High-Tech-Station sofort zu Hause. Jedes Bett war belegt. Apparate zischten und piepten. Trauben von Infusionsflaschen hingen an den Ständern wie gläserne Früchte. Überall waren Schläuche und Drähte.

Inmitten dieses elektronischen Gesumses waren die Schwestern. Wie gewöhnlich waren sie so vertieft in ihre Arbeit, daß sie von Jeffrey keine Notiz nahmen.

Er entdeckte Kelly an der Stationszentrale. Sie hatte einen Telefonhörer in der Hand, als er an die Theke trat. Ihre Blicke begegneten einander kurz, und sie machte ihm ein Zeichen, einen Moment zu warten. Er sah, daß sie Laborwerte notierte.

Als sie aufgelegt hatte, rief sie einer anderen Schwester die Werte zu. Diese Schwester gab durch ein Handzeichen zu erkennen, daß sie verstanden hatte, und justierte den Durchfluß an einem Infusionsschlauch entsprechend.

»Kann ich Ihnen helfen?« fragte Kelly und sah Jeffrey an. Sie trug eine weiße Bluse und eine weiße Hose und hatte das Haar hinten zu einem Knoten zusammengebunden.

»Das haben Sie schon«, sagte Jeffrey grinsend.

»Wie bitte?« Kelly war sichtlich verdutzt.

Jeffrey lachte. »Ich bin's! Jeffrey!«

»Jeffrey?« Kelly kniff die Augen zusammen.

»Jeffrey Rhodes«, sagte er. »Ich kann nicht glauben, daß mich wirklich niemand erkennt! Ich meine, ich habe doch keine plastische Gesichtsoperation hinter mir.«

Kelly schlug die Hand vor den Mund, um ihr Lachen zu verbergen. »Was machen Sie denn hier? Und wo ist Ihr Schnurrbart? Und was ist mit Ihren Haaren?«

»Das ist eine lange Geschichte. Haben Sie einen Augenblick Zeit?«

»Klar.« Kelly sagte einer anderen Schwester, daß sie jetzt Pause mache. »Kommen Sie!« forderte sie dann Jeffrey auf und deutete auf eine Tür hinter der Zentrale; sie führte ihn in ein Hinterzimmer, das die Schwestern als Lagerraum und als behelfsmäßiges Aufenthaltszimmer benutzten.

»Möchten Sie einen Kaffee?« fragte Kelly. Jeffrey nickte, und Kelly schenkte zwei Tassen ein. »Was ist das für eine Verkleidung?« wollte sie dann wissen.

Jeffrey stellte seine Reisetasche hin und nahm die Brille ab. Sein Nasenrücken wurde schon wund. Er griff nach der Tasse und setzte sich. Kelly lehnte sich an die Arbeitsplatte und nahm ihren Kaffeebecher in beide Hände.

Jeffrey erzählte ihr alles, was passiert war, seit er sie am Abend zuvor verlassen hatte: das Fiasko am Flughafen, seine Flucht, der Schlag mit dem Aktenkoffer gegen O'Sheas Kopf, der Kampf gegen die Handschellen.

»Dann wollten Sie also das Land verlassen«, stellte Kelly fest.

»Das war meine Absicht«, gestand Jeffrey.

»Und Sie wollten mich nicht vorher anrufen und es mir sagen?«

»Ich hätte Sie angerufen, sobald ich gekonnt hätte. Ich habe nicht allzu klar denken können.«

»Wo wohnen Sie jetzt?«

»In einer Absteige in der Stadt.«

Kelly schüttelte bestürzt den Kopf. »Oh, Jeffrey. Das klingt alles sehr übel. Vielleicht sollten Sie sich einfach der Polizei stellen. Für Ihr Revisionsverfahren kann das alles nicht gut sein.«

»In dem Moment, in dem ich mich stelle, muß ich ins Gefängnis, und vermutlich komme ich nicht wieder gegen Kaution frei. Und selbst wenn – ich glaube, ich könnte das Geld nicht noch einmal aufbringen. Aber meine Revision dürfte eigentlich von alldem nicht beeinflußt werden. Wie auch immer – ich kann nicht ins Gefängnis, weil ich zuviel zu tun habe.«

»Was heißt das?« fragte Kelly.

»Ich habe mir Chris' Notizen angesehen.« Jeffrey konnte seine Aufregung kaum zügeln. »Ich habe sogar ein paar Recherchen in der Bibliothek angestellt. Ich glaube, Chris war da einer Sache auf der Spur, als er vermutete, das Marcain, das er Henry Noble verabreichte, könne kontaminiert gewesen sein. Ich habe nämlich allmählich den Verdacht, daß es sich mit dem Marcain, das ich Patty Owen gegeben habe, genauso verhielt. Ich will jetzt beide Fälle etwas gründlicher untersuchen.«

»Das alles bereitet mir ein unangenehmes Déjà-vu-Gefühl«, sagte Kelly.

»Wieso?«

»Weil Sie genauso klingen wie Chris, als in ihm der Verdacht aufstieg, das Medikament könne kontaminiert gewesen sein. Ehe ich mich versah, hatte er Selbstmord begangen.«

»Das tut mir leid«, sagte Jeffrey. »Ich wollte in Ihnen keine schmerzlichen Gefühle wecken, indem ich die Vergangenheit aufwühle.«

»Die Vergangenheit macht mir keine Sorgen«, erwiderte Kelly. »Aber Sie. Ich mache mir Sorgen um Sie. Gestern waren Sie depressiv, heute sind Sie leicht manisch. Was wird morgen sein?«

»Mir wird's gutgehen«, sagte Jeffrey. »Bestimmt. Ich glaube, ich bin auf der richtigen Spur.«

Kelly legte den Kopf schräg, zog eine Braue hoch und sah ihn fragend an. »Ich möchte sicher sein, daß du dich erinnerst, was du mir versprochen hast«, sagte sie leise.

Er schaute ihr in die Augen. »Ich erinnere mich daran.«

»Das will ich dir auch geraten haben«, sagte sie streng. Dann lächelte sie. »Nachdem das nun geklärt ist, kannst du mir erzählen, was du an der Kontaminationsidee so aufregend findest.«

»Verschiedenes. Henry Nobles konstante Lähmung zum Beispiel. Anscheinend war sogar die Funktion der Schädelnerven dahin. Das passiert bei einer spinalen Anästhesie aber nicht, und folglich kann es keine ›irreversible Spinalanästhesie‹ gewesen sein, wie es hieß. Und bei meiner Patientin hatte danach das Kind eine konstante Lähmung mit asymmetrischer Verteilung am Körper.«

»Hielt man die Lähmung bei Noble nicht für eine Folge der Sauerstoffmangelversorgung wegen der Herzstillstände?«

»Ja«, sagte Jeffrey. »Aber im Autopsiebericht schrieb Chris, die mikroskopischen Sektionen hätten axonale oder Nervenzellendegeneration erkennen lassen.«

»Jetzt wird's mir zu hoch«, gestand Kelly.

»Bei einer Sauerstoffmangelversorgung in dem geringen Ausmaß, wie sie bei Henry Noble vorkam, würde man keine Entmarkung der Nervenfasern erkennen – falls überhaupt eine Sauerstoffmangelversorgung eingetreten ist. Wenn der Sauerstoffmangel stark genug gewesen wäre, um eine Entmarkung der Nervenfasern hervorzurufen, hätten sie ihn nicht wiederbeleben können. Und bei Lokalanästhetika kommt es unter keinen Umständen zur Entmarkung der Nervenfasern. Lokalanästhetika blockieren Funktionen. Aber sie sind keine Zellgifte.«

»Angenommen, du hast recht«, sagte Kelly, »wie willst du das beweisen?«

»Das wird nicht leicht sein«, gab Jeffrey zu. »Zumal da ich auf der Flucht bin. Aber versuchen werde ich es trotzdem. Und ich wollte dich fragen, ob du dir vorstellen könntest, mir dabei zu helfen. Wenn meine Theorie stimmt und ich sie beweisen kann, dann wäre Chris ebenso rehabilitiert wie ich.«

»Natürlich helfe ich dir«, sagte Kelly. »Glaubtest du wirklich, du mußtest erst fragen?«

»Ich möchte, daß du ernsthaft darüber nachdenkst, bevor du zustimmst«, erwiderte Jeffrey. »Wegen meiner Flucht könnte es problematisch werden. Wenn du mir hilfst, könnte das als Beihilfe zu einer Straftat ausgelegt werden. Das wäre vielleicht an sich schon wieder eine Straftat. Ich weiß es nicht.«

»Das Risiko gehe ich ein«, sagte Kelly. »Ich würde alles tun, um Chris' Namen reinzuwaschen. Außerdem...« Sie errötete leicht. »Ich würde gern tun, was ich kann, um dir zu helfen.«

»Als ersten Schritt wird man belegen müssen, daß die beiden Marcain-Ampullen vom selben Hersteller kamen. Das dürfte kein Problem sein. Schwieriger wird es werden, herauszufinden, ob sie auch aus derselben Charge stammten, was ich vermute. Möglich ist es, auch wenn zwischen Chris' und meinem Fall mehrere Monate lagen. Was mir Sorgen macht, ist die Möglichkeit, daß noch mehr kontaminierte Ampullen unterwegs sind.«

»O Gott! Was für ein schrecklicher Gedanke! Eine Tragödie, die darauf wartet, daß sie passieren kann.«

»Hast du noch Freunde im Valley Hospital, die dir sagen könnten, von welcher Firma sie ihr Marcain beziehen? Zufällig weiß ich, daß das Boston Memorial seins von Arolen Pharmaceuticals in New Jersey bekommt.«

»Du liebe Güte, ja«, erwiderte Kelly. »Die meisten Kollegen, die ich damals im Valley hatte, sind noch da. Charlotte Henning ist die OP-Leiterin. Ich spreche mindestens einmal pro Woche mit ihr. Ich kann sie anrufen, sobald ich Feierabend habe.«

»Das wäre toll«, sagte Jeffrey. »Was mich betrifft, ich bin der neueste Mitarbeiter der Putzkolonne im Boston Memorial.«

»Was?«

Und Jeffrey erzählte, wie er in seiner Verkleidung ins Boston Memorial gegangen war und sich um eine Putzstelle in der Nachtschicht beworben hatte.

»Wundert mich nicht, daß dich keiner erkannt hat«, meinte Kelly. »Ich hab's jedenfalls nicht getan.«

»Aber das sind Leute, mit denen ich jahrelang zusammengearbeitet habe«, sagte Jeffrey.

Die Tür zum Zimmer öffnete sich einen Spaltbreit, und eine der Schwestern steckte den Kopf herein. »Kelly, wir brauchen dich in ein paar Minuten. Wir kriegen eine Neuaufnahme.«

Kelly versprach, gleich zu kommen. Die Schwester nickte und zog sich diskret zurück.

»Die haben dich also an Ort und Stelle engagiert?« fragte Kelly.

»Allerdings«, antwortete Jeffrey. »Ich fange heute abend an.«

»Und was wirst du tun, wenn du im Krankenhaus bist?« wollte Kelly wissen.

»Unter anderem werde ich deinen Vorschlag befolgen«, sagte Jeffrey. »Ich werde versuchen herauszufinden, wie die 0,75prozentige Marcain-Ampulle in den Müllbehälter des Narkoseapparates kommen konnte. Ich will nachsehen, welche Operationen an diesem Tag außerdem gemacht wurden. Und dann will ich mir den vollständigen Pathologiebericht über Patty Owen anschauen. Ich möchte wissen, ob sie bei der Autopsie eine periphere Nervensektion gemacht haben. Außerdem interessiert mich die Frage, ob toxikologische Untersuchungen durchgeführt wurden.«

»Ich kann nur sagen, sei vorsichtig.« Kelly trank ihren Kaffee aus und spülte den Becher unter dem Wasserhahn ab. »Tut mir leid, ich muß jetzt wieder an die Arbeit.«

Jeffrey ging zum Spülbecken und säuberte seine Tasse. »Danke, daß du dir Zeit genommen hast, mit mir zu sprechen«, sagte er, als sie die Tür öffnete. Das Geräusch der Beatmungsgeräte drang herein. Jeffrey nahm seine Reisetasche, setzte die Brille auf und folgte Kelly hinaus.

»Rufst du mich heute abend an?« fragte sie. »Ich spreche mit Charlotte, sobald ich kann.«

»Wann gehst du ins Bett?«

»Nicht vor elf.«

»Dann rufe ich dich an, bevor ich zur Arbeit gehe.«

Kelly sah ihm nach. Sie wünschte, sie hätte den Mut gehabt, ihn zu fragen, ob er nicht bei ihr wohnen wolle.

Soweit es Carl Bodanski betraf, war es ein außergewöhnlich produktiver Tag gewesen. Viele Unerfreulichkeiten, die ihm auf der Seele gelegen hatten, waren endlich erledigt. Das größte Problem war ein zusätzlicher Mitarbeiter für die Nachtschicht der Hausreinigung gewesen. Jetzt stand Bodanski vor der großen Tafel und hängte ein neues Namensschild auf: *Frank Amendola.*

Bodanski trat zurück und betrachtete sein Werk kritisch. Es stimmte noch nicht so ganz. Frank Amendolas Name hing ein bißchen schief. Behutsam verbog er den kleinen Metallhaken ein wenig und trat dann wieder zurück. Viel besser.

Es klopfte leise. »Herein!« rief er. Die Tür öffnete sich. Es war seine Sekretärin Martha Reton. Sie trat ein und schloß die Tür hinter sich. Irgend etwas stimmte nicht. Martha benahm sich merkwürdig.

»Entschuldigen Sie die Störung, Mr. Bodanski«, sagte sie.

»Schon gut«, erwiderte Bodanski. »Was ist denn?« Er war ein Mensch, der jede Veränderung der Routine als bedrohlich ansah.

»Da ist ein Herr, der Sie sprechen möchte.«

»Wer denn?« Viele Leute wollten ihn sprechen. Dies war die Personalabteilung. Wieso machte sie so ein Theater?

»Sein Name ist Horace Mannly«, sagte Martha. »Er ist vom FBI.«

Ein Schauder befiel Bodanski. Das FBI, dachte er erschrocken, und er ließ die verschiedenen kleinen Verstöße, die er in den letzten Monaten begangen hatte, im Geiste Revue passieren. Ein Strafzettel wegen falschen Parkens, den er ignoriert hatte. Das Telefaxgerät zu Hause, das er von der Steuer abgesetzt hatte, obwohl er es nicht aus dienstlichen Gründen angeschafft hatte.

Bodanski setzte sich hinter seinem Schreibtisch in Positur, als könne er durch professionelles Aussehen jeden Verdacht abwehren. »Dann schicken Sie Mr. Mannly herein!« sagte er nervös.

Martha ging hinaus, und einen Augenblick später trat ein ziemlich fettleibiger Mann ein.

»Mr. Bodanski«, sagte er und kam schwerfällig an den Schreibtisch. »Ich bin Agent Mannly.« Er streckte die Hand aus.

Bodanski nahm sie; sie war feucht. Er unterdrückte eine Grimasse. Der FBI-Agent hatte ein mächtiges Doppelkinn, das den Knoten seiner Krawatte praktisch bedeckte. Augen, Nase und Mund wirkten bemerkenswert klein in dem großen, blassen Mondgesicht.

»Setzen Sie sich doch!« sagte Bodanski. Als er Platz genommen hatte, fragte er: »Und was kann ich für Sie tun?«

»Computer sollen uns helfen. Aber manchmal machen sie auch bloß Arbeit«, erwiderte Mannly aufseufzend. »Sie wissen, was ich meine?«

»Allerdings«, antwortete Bodanski, obwohl er nicht wußte, ob er dem Mann beipflichten sollte oder nicht. Aber einem FBI-Agenten widersprach man nicht.

»Irgendwo hat ein großer Computer soeben den Namen Frank Amendola ausgespuckt«, sagte Mannly. »Stimmt es, daß der Bursche bei Ihnen arbeitet? Ach – stört's Sie, wenn ich rauche?«

»Ja. Nein. Ich meine, ja, ich habe Frank Amendola heute eingestellt. Und nein, es stört mich nicht, wenn Sie rauchen.« Er war zwar erleichtert, nicht selbst Gegenstand der Ermittlungen zu sein, aber es bestürzte ihn, zu hören, daß Frank Amendola es war. Er hätte es wissen müssen – ein neuer Mann für die Nachtschicht, das war zu schön, um wahr zu sein.

Horace Mannly zündete sich eine Zigarette an. »Unser Büro hat es von unserer Zentrale erfahren, daß Sie ihn eingestellt haben, diesen Frank Amendola.«

»Heute«, sagte Bodanski. »Wird er gesucht?«

»Oh, gesucht wird er schon, aber es ist nichts Kriminelles. Seine Frau sucht ihn, nicht das FBI. Eine Familienangelegenheit. Manchmal werden wir hinzugezogen. Kommt darauf an. Seine Frau hat offenbar großen Wirbel gemacht, hat an ihren Kongreßabgeordneten und ans FBI geschrieben und all solchen Quatsch. Also hat seine Sozialversicherungsnummer den Vermerk ›vermißt‹ gekriegt. Und wenn ihr ihn dann überprüft, dann läßt seine Nummer bei uns ein Glöckchen klingeln. Bingo. Wie hat er sich denn benommen? Normal oder wie?«

»Ein bißchen nervös kam er mir vor«, sagte Bodanski erleichtert. Zumindest war der Mann nicht gefährlich. »Ansonsten ganz normal. Er machte einen intelligenten Eindruck. Sprach davon, Jura-Kurse an der Uni zu belegen. Wir dachten, er ist ein guter Anstellungskandidat. Sollen wir etwas unternehmen?«

»Weiß ich nicht«, meinte Mannly. »Ich glaube nicht. Ich sollte nur herkommen und mich erkundigen. Feststellen, ob er wirklich wieder aufgekreuzt ist. Ich sag' Ihnen was: Tun Sie gar nichts, bis Sie von uns hören. Einverstanden?«

»Wir sind Ihnen mit Vergnügen behilflich, so gut wir können.«

»Wunderbar«, sagte Mannly. Er lief rot an, als er versuchte, sich auf die Beine zu stemmen. »Schönen Dank, daß Sie Zeit für mich hatten. Ich rufe Sie an, sobald ich was weiß.«

Horace Mannly ging, aber der Gestank seiner Zigarette hing weiter in der Luft. Bodanski trommelte mit den Fingerspitzen auf den Schreibtisch. Hoffentlich würden Franks Probleme an der Heimatfront ihn nicht um einen guten Mitarbeiter bringen.

Nicht einmal die heruntergekommene Umgebung des Essex oder das Hotel selbst vermochte Jeffreys Stimmung zu dämpfen, als er die sechs Treppen zu seinem Zimmer hinaufging. Vielleicht war er leicht manisch – aber er hatte wenigstens das Gefühl, daß das Pendel endlich wieder in seine Richtung zurückzuschwingen begann. Zum erstenmal seit langem hatte er wieder das Gefühl, die Dinge im Griff zu haben, statt von ihnen beherrscht zu werden.

Als er nach seinem Besuch bei Kelly im St. Joe's mit dem Taxi in die Stadt zurückgefahren war, hatte er unterwegs noch einmal überlegt, was alles für seine Kontaminationstheorie sprach. Mehr als alles andere war es der Tatbestand der Lähmungen, die ihn sicher sein ließen, daß mit den verschlossenen Marcain-Ampullen irgend etwas faul gewesen sein mußte.

Jeffrey durchquerte die Hotelhalle und verlangsamte dann seinen Schritt. Der Portier hockte nicht vor seinem Fernseher. Stattdessen hatte er sich in einen Lagerraum hinter der Rezeption verdrückt, dessen Tür bis jetzt immer geschlossen gewesen war. Der

Mann nickte – nervös, wie Jeffrey fand –, als Ihre Blicke sich trafen. Es war, als habe er Angst.

Jeffrey ging zur Treppe. Er wußte sich das merkwürdige Benehmen des Portiers nicht zu erklären. Ein bißchen exzentrisch war er ihm ja vorgekommen, aber so verrückt nun doch nicht. Was es wohl zu bedeuten hatte? Hoffentlich gar nichts.

Im fünften Stock angekommen, beugte Jeffrey sich über das Geländer und schaute hinab. Der Portier stand unten und starrte herauf. Als er Jeffrey sah, wich er zurück.

Es war also keine Einbildung, dachte Jeffrey und ging durch die Treppenhaustür in den Korridor. Der Kerl beobachtete ihn offensichtlich aus der Ferne. Aber wieso? Er ging den Korridor hinunter und suchte nach einer Erklärung für das beunruhigende Verhalten des Portiers. Dann fiel ihm seine Verkleidung ein. Natürlich! Das mußte es sein. Vielleicht hatte der Mann ihn nicht erkannt und hielt ihn für einen Fremden. Wenn er jetzt die Polizei rief – was dann?

Jeffrey blieb vor seiner Tür stehen und suchte nach seinem Zimmerschlüssel. Dann erinnerte er sich, daß er ihn in die Reisetasche gesteckt hatte. Er schwenkte die Tasche von der Schulter nach vorn, um den Reißverschluß am Hauptfach aufzuziehen, und dabei überlegte er, ob er nicht lieber in ein anderes Hotel ziehen sollte. Bei allem, was er jetzt im Kopf hatte, wollte er sich nicht auch noch wegen eines Hotelportiers Sorgen machen müssen.

Er schob den Schlüssel ins Schloß, drehte ihn um und steckte ihn zurück in die Reisetasche. Er dachte bereits wieder an seine Kontaminationstheorie, als er durch die Tür trat. Dann blieb er wie angewurzelt stehen.

»Willkommen daheim, Doc«, sagte O'Shea. Er hatte sich aufs Bett gelümmelt. Der Revolver baumelte nachlässig an der Seite. »Sie ahnen ja nicht, wie sehr ich mich auf unser Wiedersehen gefreut habe, wo Sie doch bei unserer letzten Begegnung so grob waren.«

Er richtete sich auf einem Ellbogen auf und blickte Jeffrey mit schmalen Augen an. »Sie sehen wirklich sehr verändert aus! Ich bin nicht sicher, ob ich Sie erkannt hätte.« Er lachte herzhaft und tief, und sein Lachen ging in einen rauhen Raucherhusten über.

Er spuckte neben dem Bett auf den Fußboden und schlug sich mit der Faust auf die Brust. Dann räusperte er sich und sagte heiser: »Stehen Sie nicht da rum! Kommen Sie rein! Setzen Sie sich, machen Sie sich's bequem!«

Ohne nachzudenken, in einem Reflex wie dem, der ihn veranlaßt hatte, O'Shea am Flughafen mit dem Aktenkoffer niederzuschlagen, sprang Jeffrey hinaus in den Korridor. Er riß die Tür ins Schloß, verlor dabei das Gleichgewicht und fiel auf die Knie. Als sie den schäbigen Teppichläufer berührten, dröhnte im Zimmer eine Explosion. Im nächsten Augenblick prasselten Holzsplitter auf Jeffrey herunter. O'Sheas .38er Kugel hatte das dünne Türblatt durchschlagen und war auf der anderen Seite in die Wand eingedrungen.

Jeffrey rappelte sich auf und rannte, was das Zeug hielt, den Korridor hinunter in Richtung Treppenhaus. Er konnte nicht glauben, daß auf ihn geschossen worden war. Er wußte ja, daß er gesucht wurde, aber er gehörte doch sicher nicht in die Kategorie »tot oder lebendig«. Dieser O'Shea mußte verrückt sein.

Als Jeffrey oben an der Treppe schlitternd bremste und mit einer Hand den Türrahmen umklammerte, um nicht aus der Kurve zu fliegen, hörte er, wie hinter ihm die Zimmertür aufflog. Mit der Schulter stieß er die Treppenhaustür auf, und im selben Augenblick vernahm er den zweiten Schuß aus O'Sheas Revolver. Die Kugel prallte schwirrend hinter ihm am Türrahmen ab und durchschlug eine Fensterscheibe am Ende des Korridors. Jeffrey hörte, wie O'Shea lachte. Der Kerl amusierte sich!

Jeffrey raste die gewundene Treppe hinunter und hielt sich am Geländer fest, um nicht das Gleichgewicht zu verlieren. Seine Füße berührten nur jede vierte oder fünfte Stufe. Seine Schultertasche wehte wie eine schwere Fahne hinter ihm her. Wohin? Was tun? O'Shea war nicht weit hinter ihm.

Als Jeffrey schon fast im Erdgeschoß war, hörte er schwere Schritte im Treppenhaus. Mit wachsender Panik sprang er auf den unteren Treppenabsatz, stürzte zur Tür und packte die Klinke. Er riß an der Tür, aber sie öffnete sich nicht. Beinahe kopflos zerrte er an der Klinke. Die Tür rührte sich nicht. Abgeschlossen!

Er spähte durch das kleine Drahtglasfenster und sah, daß der Portier hinter der verschlossenen Tür kauerte. Und er hörte O'Sheas Schritte immer näher kommen. In wenigen Sekunden würde er unten sein.

Unvermittelt brachen die Schritte ab. Jeffrey drehte sich langsam um. O'Shea schaute von oben herunter auf sein Wild, das in der Falle saß. Sein Revolver war auf Jeffrey gerichtet, und Jeffrey fragte sich, ob es das nun gewesen war, ob sein Leben jetzt und hier enden sollte. Aber O'Shea drückte nicht ab.

»Ist die Tür etwa abgeschlossen?« fragte er statt dessen mit falschem Mitgefühl. »Das tut mir ja so leid, Doc.«

O'Shea kam langsam die letzten Stufen herunter und zielte mit dem Revolver auf Jeffreys Gesicht. »Komisch«, sagte er, »ich hätt's lieber gehabt, die Tür wär' offen gewesen. Es wär' sportlicher gewesen.«

Er kam heran und lächelte mit sichtlicher Genugtuung. »Umdrehen!« befahl er.

Jeffrey drehte sich um und streckte die Hände in die Höhe, obwohl O'Shea ihn dazu nicht aufgefordert hatte. O'Shea stieß ihn grob zur Tür und preßte ihn mit seinem Gewicht dagegen. Er riß ihm die Reisetasche von der Schulter und ließ sie zu Boden fallen. Diesmal ging er kein Risiko ein; er packte Jeffreys Arme, bog sie auf den Rücken und legte ihm Handschellen an, bevor er irgend etwas anderes tat. Erst als die Handschellen geschlossen waren, tastete er Jeffrey nach Waffen ab. Dann drehte er ihn herum und hob die Reisetasche auf.

»Wenn da drin ist, was ich glaube«, sagte O'Shea, »dann machen Sie einen glücklichen Menschen aus mir.« Er riß den Reißverschluß auf, fuhr mit der Hand hinein und wühlte nach dem Geld. Sein Mund war entschlossen zusammengekniffen, aber plötzlich verbreiterte er sich zu einem Grinsen. Triumphierend zog er ein Bündel Hunderter heraus. »Na, sieh mal da«, sagte er. Dann stopfte er das Geld wieder in die Tasche. Er wollte nicht, daß der Portier etwas davon sah und womöglich auf dumme Gedanken kam.

Er warf sich die Tasche über die Schulter und schlug mit der Faust an die Tür. Der Portier stürzte herbei und schloß auf. O'Shea packte Jeffrey beim Kragen und stieß ihn in die Rezeption.

»Wissen Sie nicht, daß es gegen die Vorschriften ist, ein Schloß an der Treppenhaustür zu haben?« fragte er den Portier.

Dieser antwortete stammelnd, das habe er nicht gewußt.

»Unkenntnis der gesetzlichen Vorschriften ist keine Entschuldigung«, sagte O'Shea. »Lassen Sie das ändern, oder ich schicke Ihnen die Bauaufsicht auf den Hals.«

Der Portier nickte. Er hatte irgendeinen Dank dafür erwartet, daß er so entgegenkommend und hilfsbereit gewesen war. Aber O'Shea ignorierte ihn, als er Jeffrey jetzt durch den Vorraum und zur Tür hinaus führte.

Er stieß ihn über die Straße zu seinem Wagen, der vor dem Hydranten parkte. Passanten blieben stehen und glotzten. O'Shea öffnete die Beifahrertür und schob Jeffrey hinein. Dann warf er die Tür zu, schloß sie ab und ging um den Wagen herum.

Mit einer Geistesgegenwart, die er unter diesen Umständen gar nicht erwartet hatte, beugte Jeffrey sich auf seinem Sitz nach vorn und brachte die rechte Hand in die Jackentasche. Seine Finger schlossen sich um die Injektionsspritze. Mit einem Fingernagel schob er die Schutzkappe von der Nadel. Behutsam zog er die Spritze aus der Tasche, und dann lehnte er sich wieder zurück.

O'Shea riß die Fahrertür auf, warf die Reisetasche auf den Rücksitz, setzte sich ans Steuer und steckte den Zündschlüssel ins Schloß. Als er ihn umdrehte, um den Anlasser zu betätigen, stürzte Jeffrey sich auf ihn; dabei stemmte er sich mit beiden Füßen gegen die Beifahrertür. O'Shea war darauf nicht gefaßt. Bevor er Jeffrey zurückdrängen konnte, hatte dieser ihm die Injektionsnadel in die rechte Hüfte gestoßen und drückte jetzt den Kolben runter.

»Scheiße!« schrie O'Shea. Mit dem Handrücken schlug er Jeffrey seitlich gegen den Kopf. Die Wucht des Schlags ließ Jeffrey gegen die Beifahrertür fliegen.

O'Shea verdrehte den Arm, um den Ursprung des stechenden Schmerzes zu ertasten. Eine Fünfkubik-Spritze steckte bis zum Anschlag in seiner Hütte. »Jesus«, brachte er zähneknirschend hervor. »Ihr geisteskranken Ärzte, ihr seid schlimmer als ein Serienkiller.« Vorsichtig und mit verzerrtem Gesicht zog er die Spitze heraus und warf sie auf den Rücksitz.

Jeffrey hatte sich von dem Schlag soweit wieder erholt, daß er jetzt versuchte, seine Tür zu entriegeln, aber er bekam die gefesselten Hände nicht hoch genug. Er wollte den Türknopf schon mit den Zähnen hochziehen, als O'Shea ihn im Nacken packte und wie eine Stoffpuppe herumriß.

»Was, zum Teufel, hast du mir da gespritzt?« fauchte er. Jeffrey bekam keine Luft mehr. »Antworte!« brüllte O'Shea und schüttelte Jeffrey noch einmal. Jeffrey konnte nur gurgeln. Die Augen traten ihm aus den Höhlen. Da ließ O'Shea ihn los und holte weit aus, um ihn zu schlagen. »Antworte!«

»Passiert nichts...« Mehr brachte Jeffrey nicht heraus. Er versuchte, die Schulter zu heben, um den Schlag abzuhalten, aber der Schlag kam nicht.

O'Sheas Arm blieb in der Luft hängen, sein Blick wurde unscharf, und er fing an zu schwanken. Sein Gesichtsausdruck veränderte sich; an die Stelle der Wut trat Verwirrung. Er umfaßte das Lenkrad, um sich festzuhalten, aber sein Griff lockerte sich gleich. Er sackte zur Seite und fiel gegen Jeffrey.

Er wollte etwas sagen, aber er brabbelte nur.

»Es wird Ihnen nichts passieren«, erklärte Jeffrey. »Es war nur eine kleine Dosis Succinylcholin. In ein paar Minuten sind Sie wieder okay. Keine Panik.«

Jeffrey drückte O'Shea hoch, und es gelang ihm, eine Hand in seine rechte Tasche zu schieben. Aber der Schlüssel für die Handschellen war nicht da. Jeffrey beugte sich nach vorn und ließ O'Shea seitwärts auf den Sitz kippen. Unbeholfen durchsuchte er seine anderen Taschen. Kein Schlüssel.

Er wollte schon aufgeben, als er den kleinen Schlüssel an dem Ring vor dem Zündschloß baumeln sah. Mit einiger Mühe gelang es ihm, den Zündschlüssel herauszureißen; dazu mußte er aufstehen und vornübergekrümmt aus dem Beifahrerfenster schauen. Nach ein paar vergeblichen Versuchen brachte er den kleinen Schlüssel in das Schloß und öffnete die Handschellen.

Er zerrte seine Reisetasche vom Rücksitz. Bevor er ausstieg, sah er noch einmal nach O'Shea. Der Mann war fast völlig gelähmt. Seine Atmung ging langsam, aber regelmäßig. Bei einer stärkeren Dosis wäre auch das Zwerchfell betroffen gewesen, und O'Shea wäre innerhalb von Minuten erstickt.

Anästhesist mit Leib und Seele, bemühte Jeffrey sich nach Kräften, O'Shea in eine Lage zu bringen, die seinen Kreislauf nicht beeinträchtigte. Dann stieg er aus.

Er ging ein paar Schritte auf das Hotel zu. Der Portier war nirgends zu sehen. Jeffrey blieb stehen. Einen Moment lang überlegte er, was er mit seinen Habseligkeiten machen sollte, aber dann kam er zu dem Schluß, daß es zu riskant wäre, die Sachen zu holen. Der Portier war womöglich in diesem Augenblick dabei, die Nummer der Polizei zu wählen. Außerdem, was hatte er zu verlieren? Es tat ihm leid, auf Chris Eversons Notizen zu verzichten, vor allem, wenn Kelly sie gern behalten wollte. Aber sie hatte gesagt, sie habe vorgehabt, Chris' Sachen wegzuwerfen.

Also machte er jetzt auf dem Absatz kehrt und lief stadteinwärts. Er wollte im Gedränge verschwinden. Wenn er sich erst sicherer fühlte, würde er Gelegenheit haben, nachzudenken. Und je weiter er sich von O'Shea entfernte, desto besser. Jeffrey konnte es immer noch nicht fassen, daß es ihm gelungen war, O'Shea das Succinylcholin zu injizieren. Wenn er wegen der Episode am Flughafen schon sauer gewesen war, dann war er jetzt sicher doppelt sauer. Hoffentlich würde er dem Kerl erst dann wieder über den Weg laufen, wenn er Gelegenheit gehabt hätte, seine Theorie zu beweisen.

Die Nachtschicht war schon lange im Gang, als Trent endlich wieder Gelegenheit fand, in die Apotheke zu gehen. Bis dahin hatte er in einem besonders langwierigen Aneurysma-Fall steril bleiben müssen. Bei Schichtwechsel hatte ihn niemand ablösen können. Ob es ihm paßte oder nicht, er war gezwungen gewesen, Überstunden zu machen. Das kam ab und zu vor. Meistens machte es ihm nichts aus, aber in diesem speziellen Fall kam es ihm doch ungelegen.

Seit er am Morgen ins Krankenhaus gekommen war, hatte ihn gespannte Erwartung erfüllt. Immer wenn jemand den OP betrat, hatte er die Nachricht erwartet, daß irgendwo eine furchtbare Anästhesiekomplikation eingetreten sei. Aber es war nichts passiert. Der Tag war von öder Routine geprägt.

Beim Lunch in der Cafeteria waren falsche Hoffnungen in ihm geweckt worden, als eine der in der OP-Verwaltung tätigen Schwestern sagte: »Habt ihr gehört, was heute im OP acht passiert ist?«

Als alle die Ohren gespitzt hatten, hatte sie genußvoll erzählt, wie einem der Assistenzärzte während einer Operation aus unerklärlichen Gründen der Gürtel aufgegangen und ihm die Hose runtergerutscht war. Alle hatten herzlich darüber lachen müssen. Alle außer Trent.

Vor der Apotheke blieb er jetzt stehen. Er war schon an seinem Spind gewesen, um die einwandfreie Marcain-Ampulle wieder in seinem Hosenbund zu verstecken. In den Operationssälen herrschte ein reges Kommen und Gehen, aber das Chaos des Schichtwechsels war vorbei.

Die Sache gefiel ihm nicht. Es war riskant, um diese Zeit in die Apotheke zu gehen, denn er war nicht mehr im Dienst. Wenn ihn jemand sah und wissen wollte, was er dort zu suchen hatte, würde er kaum etwas zu seiner Verteidigung vorbringen können. Aber er hatte keine andere Wahl. Er konnte die vergiftete Ampulle nicht sich selbst überlassen. Er hatte es sich zur Gewohnheit gemacht, in der Nähe zu sein, wenn eine seiner Ampullen verwendet wurde, damit er im darauf folgenden Aufruhr entweder die leere Ampulle vom Schauplatz des Geschehens entfernen oder zumindest den Restinhalt ausleeren konnte. Er durfte nicht riskieren, daß irgend jemand das Marcain untersuchte und feststellte, daß es nicht in Ordnung gewesen war.

Trent machte einen raschen Rundgang durch die Zentralversorgung, ehe er sich dem Apothekenschrank mit den Lokalanästhetika näherte. Mit einem letzten verstohlenen Blick vergewisserte er sich, daß ihn wirklich niemand beobachtete. Dann klappte er die angebrochene Marcain-Packung auf und schaute hinein. Es waren noch zwei Ampullen da. Eine war im Laufe des Tages gebraucht worden.

Trent hatte seine vergiftete Ampulle bald identifiziert, und schnell tauschte er sie gegen die einwandfreie aus seinem Hosenbund aus. Dann schloß er die Schachtel und schob sie zurück an ihren Platz. Er wandte sich vom Schrank ab und blieb wie angewurzelt stehen. Zu seinem Entsetzen versperrte ihm eine große, blonde Schwester den Weg. Sie war offenbar ebenso überrascht wie er, als sie ihn vor dem Schrank stehen sah. Sie hatte die Hände in die Hüften gestemmt und stand breitbeinig vor ihm.

Trent merkte, daß er rot wurde, während er sich eine plausible Erklärung für seine Anwesenheit auszudenken versuchte. Hoffentlich sah man nicht, daß er eine Ampulle im Bund seiner Unterhose stecken hatte.

»Kann ich Ihnen behilflich sein?« fragte die Schwester, und ihrem Tonfall war zu entnehmen, daß sie alles mögliche sein wollte, nur nicht behilflich.

»Nein, danke«, sagte er. »Ich wollte gerade wieder gehen.« Endlich fiel ihm etwas ein. »Ich habe noch Infusionslösung zurückbringen müssen, die wir bei dem Aneurysma-Fall in OP fünf nicht mehr gebraucht haben.«

Die Schwester nickte, aber überzeugt war sie anscheinend nicht; sie reckte den Hals, um Trent über die Schulter zu schauen.

Trent blickte auf ihr Namensschild. Gail Shaffer. »Das Aneurysma hat sich über sieben Stunden hingezogen«, fügte er hinzu, um etwas zu sagen.

»Hab' ich gehört«, erwiderte sie. »Aber sind Sie jetzt nicht dienstfrei?«

»Ja. Endlich«, sagte Trent, der seine Fassung wiedergewonnen hatte. Er verdrehte die Augen. »Es war ein langer Tag. Junge, ich freu' mich auf ein Bier. Hoffentlich bleibt für Sie alles ruhig. Viel Glück.«

Trent schob sich an der Schwester vorbei und ging den Korridor hinunter zum Aufenthaltsraum. Nach zwanzig Schritten sah er sich um. Gail Shaffer stand immer noch in der Tür zur Apotheke und sah ihm nach. Verdammt, sie hatte Verdacht geschöpft. Er winkte ihr zu. Sie winkte zurück.

Trent stieß die Schwingtür auf und betrat den Aufenthaltsraum. Wo, zum Teufel, war Gail Shaffer so unverhofft hergekommen? Er ärgerte sich über sich selbst, weil er nicht besser aufgepaßt hatte. Noch nie hatte er sich am Medikamentenschrank erwischen lassen.

Bevor er in den Umkleideraum ging, blieb er am Schwarzen Brett stehen. Zwischen Mitteilungen und Dienstplänen entdeckte er Gail Shaffers Namen im Softball-Team des Krankenhauses. Die Telefonnummern der Spieler standen auch dabei. Trent notierte sich Gails Nummer auf einem Zettel. Die ersten drei Ziffern ließen vermuten, daß es eine Back-Bay-Nummer war.

So ein Ärger! dachte Trent, als er in den Umkleideraum ging, um seine Straßenkleidung anzuziehen. Er steckte die Ampulle wieder in seinen weißen Kittel.

Und während er zum Aufzug ging und dann nach Hause fuhr, wurde ihm klar, daß er im Hinblick auf Gail Shaffer etwas unternehmen mußte. In seiner Lage konnte er sich nicht leisten, unklare Verhältnisse zu ignorieren.

7

Mittwoch, 17. Mai 1989, 16 Uhr 37

O'Shea hatte Krankenhäuser schon immer gehaßt. Bereits als kleiner Junge in Dorchester, Massachusetts, hatte er Angst vor ihnen gehabt. Seine Mutter hatte sich diese Angst zunutze gemacht, um ihm zu drohen: Wenn du dies nicht tust und wenn du das nicht tust, dann bringe ich dich ins Krankenhaus, und der Doktor gibt dir eine Spritze. O'Shea haßte Spritzen. Das war einer der Gründe, weshalb er Jeffrey Rhodes jetzt erwischen wollte – ob Michael Mosconi ihn dafür bezahlte oder nicht. Na ja, das stimmte nun doch nicht ganz.

Ein Schauder überlief ihn. Der bloße Gedanke an Jeffrey erinnerte ihn an das Grauen, das er soeben erlebt hatte. Die ganze Zeit über war er bei Bewußtsein gewesen, und er hatte alles mitbekommen, was passiert war. Es hatte sich angefühlt, als sei die Schwerkraft plötzlich tausendmal stärker geworden. Er war völlig gelähmt gewesen, hatte nicht einmal sprechen können. Das Atmen war noch gegangen, aber nur mit großer Mühe und Konzentration. Und jede Sekunde hatte er furchtbare Angst gehabt, daß er ersticken müsse.

Der Idiot von einem Portier war erst aus seinem Hotel gekommen, als Rhodes längst weggewesen war. Er hatte ein paarmal an die Scheibe geklopft und O'Shea gefragt, ob alles okay sei. Und dann hatte der Trottel zehn Minuten gebraucht, um die verdammte Tür aufzukriegen. Und schließlich hatte er sich noch ein dutzendmal erkundigt, ob alles okay sei, bevor er auf die Idee gekommen war, ins Hotel zurückzugehen und einen Krankenwagen zu rufen.

Bis zu seiner Ankunft im Krankenhaus waren vierzig Minuten

verstrichen. Zu seiner großen Erleichterung war die Lähmung inzwischen vergangen. Das bleierne Gefühl war während der Fahrt im Krankenwagen verschwunden. Aber vor lauter Angst, daß es zurückkommen könnte, hatte O'Shea sich trotz seiner Abneigung gegen Krankenhäuser zu einer Untersuchung in die Notaufnahme fahren lassen.

In der Notaufnahme hatte man ihn zunächst ignoriert; nur ein uniformierter Polizist war vorbeigekommen – Officer Hank Stanley, den O'Shea flüchtig kannte – und hatte kurz mit ihm gesprochen. Anscheinend hatte jemand von der Besatzung des Rettungswagens seinen Revolver gesehen. Als der Polizist ihn erkannt hatte, war die Sache für ihn natürlich erledigt gewesen. O'Sheas Waffe war ordnungsgemäß registriert, und einen Waffenschein hatte er auch.

Schließlich war ein Arzt erschienen, der aussah, als sei er gerade alt genug, um einen Führerschein zu haben. Er hieß Dr. Tardoff und hatte eine Haut wie ein Babypopo. O'Shea fragte sich, ob der Kerl sich wohl schon rasierte. Er hatte dem Arzt berichtet, was passiert war. Dieser hatte ihn untersucht und war dann kommentarlos verschwunden, und O'Shea war in einer der Notaufnahmekammern allein zurückgeblieben.

Jetzt schwenkte er die Beine seitwärts vom Untersuchungstisch und stand auf. Seine Kleider lagen in einem Haufen auf einem Stuhl. »Scheiß drauf!« sagte er zu sich. Es kam ihm so vor, als habe er schon Stunden gewartet. Er zog das Krankenhaushemd aus und seine Sachen an und schlüpfte in seine Stiefel. Dann ging er hinaus und verlangte an der Theke seinen Revolver. Sie hatten darauf bestanden, daß er ihn dort ließ.

»Dr. Tardoff ist aber noch nicht fertig mit Ihnen«, sagte die Schwester. Sie war eine große Frau, ungefähr so groß wie er selbst, und sah ebenso hartgesotten aus.

»Ich fürchte, ich werde an Altersschwäche sterben, bevor der wiederkommt«, entgegnete O'Shea.

Just in diesem Moment trat Dr. Tardoff aus einem der Untersuchungszimmer und ließ ein Paar Gummihandschuhe von seinen

Fingern schnappen. Er sah O'Shea und kam herüber. »Tut mir leid, daß Sie warten mußten«, sagte er. »Ich hatte eine Wunde zu nähen. Ich habe inzwischen mit einem Anästhesisten über Ihren Fall gesprochen, und er meinte, daß man Ihnen wohl ein lähmendes Medikament injiziert hat.«

O'Shea hob beide Hände vors Gesicht, rieb sich die Augen und holte tief Luft. Seine Geduld war zu Ende. »Ich brauche nicht den weiten Weg hierher ins Krankenhaus zu machen, um mir etwas erzählen zu lassen, was ich schon weiß«, erwiderte er. »Haben Sie mich etwa deshalb warten lassen?«

»Wir vermuten, daß es sich um Succinylcholin handelte«, fuhr Dr. Tardoff fort und ignorierte, was O'Shea gesagt hatte.

»Auch das habe ich Ihnen bereits mitgeteilt«, erwiderte O'Shea. Er hatte sich an das erinnert, was Jeffrey ihm gesagt hatte. Den Namen des Mittels hatte er zwar nicht ganz richtig hinbekommen, als er Dr. Tardoff Bericht erstattet hatte, aber er war nah genug daran gewesen.

»Es handelt sich dabei um ein Medikament, das man routinemäßig bei der Anästhesie verwendet«, erklärte der Arzt, ohne auch jetzt auf O'Shea einzugehen. »Etwas Ähnliches benutzen die Amazonas-Indianer für ihre Giftpfeile, wenngleich es physiologisch einen etwas anderen Mechanismus auslöst.«

»Das ist aber eine sehr hilfreiche Information«, sagte O'Shea sarkastisch. »Vielleicht könnte ich jetzt noch etwas von eher praktischem Wert erfahren – etwa, ob ich befürchten muß, daß diese Lähmung in einem ungeeigneten Augenblick zurückkommt. Sagen wir, wenn ich bei neunzig Meilen pro Stunde am Steuer meines Wagens sitze.«

»Keinesfalls«, versicherte ihm Dr. Tardoff. »Ihr Stoffwechsel hat das Mittel vollständig abgebaut. Um den gleichen Effekt noch einmal zu erzielen, müßte man Ihnen wieder eine Dosis injizieren.«

»Ich denke, darauf verzichte ich.« O'Shea wandte sich an die Schwester. »Was ist jetzt mit meinem Revolver?«

Er mußte ein paar Formulare unterschreiben, und dann bekam

er seine Waffe zurück. Sie hatten sie in einen braunen Umschlag gesteckt und die Patronen in einen anderen geschüttet. O'Shea veranstaltete ein großes Spektakel damit, die Waffe gleich an der Theke zu laden und wieder in das Halfter zu schieben. Dann tippte er in einer Art Salut mit dem Zeigefinger an die Stirn und ging. Junge, war er froh, da rauszukommen.

Mit einem Taxi fuhr er zurück zum Essex. Sein Wagen parkte noch immer vor dem Hydranten. Aber ehe er einstieg, stürmte er noch einmal ins Hotel.

Der Portier erkundigte sich mit nervöser Fürsorglichkeit, wie es ihm gehe.

»Prima, aber dafür kannst du nichts«, fauchte O'Shea ihn an. »Wieso hast du so lange gebraucht, um den Krankenwagen zu rufen? Ich hätte abkratzen könne, Herrgott noch mal.«

»Ich dachte, Sie hätten vielleicht geschlafen«, sagte der Portier matt.

O'Shea ließ es hingehen; er wußte, wenn er darüber nachdenken würde, würde er den Idioten wahrscheinlich erwürgen. Als ob ihm nach einem Nickerchen zumute wäre, nachdem er einen flüchtigen Straftäter mit gezogener Waffe festgenommen und mit Handschellen gefesselt hatte! Absurd.

»Ist Mr. Bard noch mal hereingekommen?« fragte er.

Der Portier schüttelte den Kopf.

»Gib mir den Schlüssel für 5F!« befahl O'Shea. »Du warst doch nicht etwa schon oben, oder?«

»Nein, Sir«, behauptete der Portier und gab ihm den Schlüssel.

Langsam ging O'Shea die Treppe hinauf. Es gab jetzt keinen Grund mehr, sich zu beeilen. Er betrachtete das Schußloch und fragte sich, wieso die Kugel den Doktor verfehlt hatte; es war mitten in der Tür, knapp anderthalb Meter über dem Boden. Der Schuß hätte treffen müssen, und er hätte Jeffrey aufhalten müssen – sei es auch nur durch den Schock.

Als er die Tür öffnete, sagte ihm seine Erfahrung sofort, daß der Portier gelogen hatte. Er war dagewesen und hatte nach Wertsachen gesucht. O'Shea warf einen Blick ins Bad; vermutlich hatte der Kerl die meisten Toilettenartikel mitgehen lassen. Er nahm einige Blätter des Notizpapiers vom Nachttisch. Der Name Christopher Everson war darauf gedruckt. Und wieder fragte er sich, wer Christopher Everson war.

Nach seiner eiligen Flucht war Jeffrey in der Bostoner City rumgelaufen; jedem Polizisten, den er gesehen hatte, war er aus dem Weg gegangen. Er hatte das Gefühl, von allen Seiten beobachtet zu werden. So ging er in das Kaufhaus Filene's. Im Gedränge fühlte er sich sicherer. Er tat, als stöbere er herum, bis er sich wieder etwas beruhigt hatte und überlegen konnte, was er nun anfangen sollte.

Nach etwa einer Stunde bemerkte er, daß das Sicherheitspersonal ihn beobachtete, als hätten sie Grund, ihn für einen Ladendieb zu halten.

Er verließ das Kaufhaus und ging die Winter Street hinauf zum Bahnhof Park Street. Die Rush-hour war in vollem Gange. Jeffrey beneidete jeden einzelnen der Pendler, die nach Hause hasteten. Er wünschte, auch er hätte ein Zuhause, wohin er hätte fahren können. Er lungerte vor einer Reihe Telefonzellen herum und sah der Parade der Passanten zu. Aber als zwei berittene Polizisten auftauchten, die gegen den Verkehrsstrom auf der Tremont Street herankamen, zog er es vor, sich in den Boston Common zu verdrücken. Einen Moment lang fühlte er sich versucht, mit den Pendlern zusammen in den Bahnhof hinunterzugehen und die Green Line nach Brookline zu nehmen. Aber dann sah er ein, daß das nicht ging.

Gern wäre er geradewegs zu Kelly gefahren. Die Erinnerung an ihr gemütliches Haus war zu verlockend. Der Gedanke an eine Tasse Kaffee mit ihr war verführerisch. Wenn die Dinge nur anders lägen! Aber Jeffrey war ein verurteilter Krimmeller auf der Flucht. Er war ein Obdachloser, der ziellos durch die Stadt streunte. Von den anderen unterschied er sich nur dadurch, daß er einen Haufen Geld in seiner Reisetasche mit sich herumschleppte.

So sehr er sich danach sehnte, zu Kelly zu gehen, es widerstrebte ihm doch, sie in diesen Strudel von Schwierigkeiten hineinzuziehen, zumal er auch noch einen geistesgestörten und bewaffneten Kopfgeldjäger auf den Fersen hatte. Jeffrey wollte Kellys Sicherheit nicht aufs Spiel setzen. Er durfte ein Monstrum wie O'Shea nicht zu ihrer Haustür führen. Mit Schaudern erinnerte er sich an die Schüsse.

Aber wohin konnte er gehen? Würde O'Shea nicht alle Hotels der Stadt durchkämmen? Und Jeffrey begriff plötzlich, daß seine Verkleidung ihm jetzt nichts mehr nützen würde, nachdem der Kerl ihn gesehen hatte. Nach allem, was geschehen war, fahndete man womöglich schon mit einer neuen Personenbeschreibung nach ihm.

Jeffrey ging zur Ecke Beacon und Charles Street und dort die Charles Street hinauf zu einem Lebensmittelgeschäft namens Deluca's; Jeffrey trat ein und kaufte ein wenig Obst. Er hatte an diesem Tag noch nicht viel gegessen.

Kauend wanderte er weiter. Mehrere Taxis fuhren vorbei, und er blieb stehen. Er blickte den Taxis nach, und in seinem Kopf erschien auf einmal die Erklärung für O'Sheas plötzliches Auftauchen. Es mußte der Taxifahrer gewesen sein, der Jeffrey vom Flughafen ins Essex gebracht hatte. Wahrscheinlich war er zur Polizei gegangen. Wenn Jeffrey es sich recht überlegte, mußte er zugeben, daß er sich in der Tat ein bißchen merkwürdig benommen hatte.

Aber wenn der Taxifahrer zur Polizei gegangen war, wieso war dann O'Shea erschienen und nicht die Polizei? Jeffrey ging weiter, doch die Frage beschäftigte ihn. Schließlich kam er zu dem Schluß, daß O'Shea sich wahrscheinlich auf eigene Faust bei den Taxifahrern erkundigt hatte. Das bedeutete, daß O'Shea nicht nur eine furchterregende Erscheinung war, sondern auch einfallsreich, und wenn das so war, dann war Jeffrey gut beraten, vorsichtiger zu sein. Allmählich lernte er, daß es Mühe und Erfahrung erforderte, als Flüchtling erfolgreich zu sein.

Am Charles Circle, wo die Bahn unter dem Beacon Hill hervorkam und über die Longfellow Bridge fuhr, blieb Jeffrey stehen und überlegte, in welche Richtung er jetzt gehen sollte. Er konnte nach rechts in die Cambridge Street einbiegen und wieder in die Stadt zurückkehren. Aber das klang nicht sehr verlokkend, da er die Stadt jetzt mit O'Shea assoziierte. Er blinzelte in die Sonne und sah die Fußgängerbrücke, die über den Storrow Drive zum Charles Street Embankment am Charles River führte. Das wäre so gut oder so schlecht wie jedes andere Ziel.

Am Fluß spazierte er die ehemals eleganten Flanierwege entlang; Granitbalustraden und Treppen kündeten von vergangenem Glanz. Jetzt war alles bewachsen und ungepflegt. Der Fluß war hübsch anzusehen, aber er war schmutzig und verströmte einen sumpfigen Geruch. Zahllose kleine Segelboote sprenkelten die funkelnde Wasserfläche.

An der Esplanade vor der Hatch Shell, der Freiluftbühne, auf der die Boston Pops im Sommer ihre Gratiskonzerte gaben, setzte Jeffrey sich auf eine der Parkbänke vor einer Reihe Eichen. Er war nicht allein. Zahlreiche Jogger, Frisbee-Spieler, Powerwalker und sogar Rollschuhfahrer bevölkerten die Wege und Rasenflächen.

Obwohl das Tageslicht noch ein paar Stunden anhalten würde, schien die Sonne unvermittelt an Kraft zu verlieren. Hoher Wolkendunst deutete auf einen Wetterumschwung hin. Wind kam auf, und kühle Luft wehte vom Wasser her. Fröstelnd schlang Jeffrey die Arme um sich.

Um elf mußte er im Memorial zur Arbeit erscheinen. Bis dahin konnte er nirgends hin. Wieder dachte er an Kelly und daran, wie wohl er sich in ihrem Haus gefühlt hatte. Es war so lange her, daß er sich irgend jemandem anvertraut, so lange her, daß irgend jemand ihm zugehört hatte.

Jeffrey fragte sich, ob er doch noch nach Brookline fahren sollte. Hatte Kelly ihn nicht ermuntert, Kontakt mit ihr zu halten? Wollte sie nicht Chris rehabilitieren? Auch sie hatte schließlich einen Anteil an diesem Spiel. Damit war Jeffrey überzeugt. Er brauchte wirklich Hilfe, und Kelly war anscheinend bereit, sie ihm zu geben. Sie hatte gesagt, sie sei bereit dazu. Natürlich war das vor diesen jüngsten Entwicklungen gewesen. Er würde ganz offen zu ihr sein und ihr erzählen, was passiert war – auch, daß man auf ihn geschossen hatte. Er würde sie vor die Wahl stellen, und er würde verstehen, wenn sie sich von jetzt an heraushalten wollte, weil O'Shea wieder mit von der Partie war. Aber wenigstens einen Versuch konnte er wagen. Sie war schließlich erwachsen und in der Lage, selbst zu entscheiden, was sie riskieren wollte.

Am besten, dachte er, fuhr er mit der Bahn von der Charles Street zu Kelly. Er fiel in Laufschritt, als er sich vorstellte, wie er mit Kelly auf ihrer Couch saß, die Füße auf dem Tisch, und wie sie ihr kristallenes Lachen lachte.

Carol Rhodes war gerade von der Arbeit nach Hause gekommen. Es war ein anstrengender, aber produktiver Tag gewesen. Sie hatte jetzt den größten Teil ihrer Klienten anderen Kollegen in der Bank übergeben, da sie mit ihrer Versetzung nach los Angeles rechnete. Nachdem der Wechsel monatelang immer wieder aufgeschoben worden war, hatte sie schon bezweifelt, daß es überhaupt je dazu kommen würde. Aber jetzt war sie zuversichtlich: Nicht mehr lange, und sie wäre im sonnigen Südkalifornien.

Sie öffnete den Kühlschrank und schaute nach, was sie sich zum Abendessen machen könnte. Ein kaltes Kalbskotelett war noch da, von dem Abendessen, das sie neulich für Jeffrey gemacht hatte. Wie schön ihr diese Mühe gedankt worden war! Salatzutaten waren auch noch reichlich vorhanden.

Bevor sie das Abendbrot in Angriff nahm, schaute sie nach dem Anrufbeantworter. Niemand hatte eine Nachricht hinterlassen. Von Jeffrey hatte sie den ganzen Tag nichts gehört. Sie fragte sich, wo, zum Teufel, er sein mochte und was er im Schilde führte. Erst heute hatte sie erfahren, daß Jeffrey das Geld behalten hatte, das er bei der Erhöhung der Hypothek hatte herausschlagen können. Fünfundvierzigtausend in bar. Was hatte er vor? Wenn sie gewußt hätte, daß er sich derart verantwortungslos aufführen würde, hätte sie den neuen Hypothekenvertrag niemals unterschrieben. Dann hätte er sein Revisionsverfahren im Gefängnis abwarten können. Hoffentlich war wenigstens die Ehescheidung endgültig. Inzwischen fragte sie sich schon, was sie an dem Mann eigentlich so attraktiv gefunden hatte.

Sie hatte Jeffrey kennengelernt, als sie von der Westküste, wo sie in Stanford studiert hatte, nach Boston zur Harvard Busineß School gekommen war. Vielleicht hatte sie sich zu Jeffrey hingezogen gefühlt, weil sie so einsam gewesen war. Sie hatte in einem Wohnheim in Allston gewohnt und keine Menschenseele gekannt, als sie sich begegnet waren. Nie und nimmer hatte sie damals in Boston bleiben wollen. Es war so provinziell, verglichen mit Los Angeles, und die Leute hier fand sie so kalt wie das Klima.

Na, noch eine Woche, und das alles würde hinter ihr liegen. Mit Jeffrey würde sie durch ihren Anwalt verhandeln, und einstweilen würde sie sich auf den neuen Job stürzen. In diesem Augenblick klingelte es an der Tür. Fast sieben. Wer mochte das sein? Gewohnheitsmäßig spähte sie erst durch das Guckloch, ehe sie öffnete. Sie zuckte zusammen, als sie sah, wer es war.

»Mein Mann ist nicht zu Hause, Mr. O'Shea!« rief sie durch die Tür. »Ich habe keine Ahnung, wo er ist, und ich erwarte ihn auch nicht.«

»Ich würde gern zwei Minuten mit Ihnen reden, Mrs. Rhodes.«

»Worüber?« Carol hatte keine Lust, mit diesem widerlichen Kerl über irgend etwas zu reden.

»Es ist ein bißchen schwierig, so durch die Tür zu plaudern«, antwortete O'Shea. »Ich werde nur ein paar Augenblicke Ihrer Zeit in Anspruch nehmen.«

Carol überlegte, ob sie die Polizei rufen sollte. Aber was sollte sie sagen? Und wie sollte sie Jeffreys Abwesenheit erklären? Nach allem, was sie wußte, war dieser O'Shea vielleicht völlig im Recht; Jeffrey hatte schließlich das Geld nicht abgeliefert, das er Mosconi schuldete. Hoffentlich geriet er nicht in noch schlimmere Schwierigkeiten.

»Ich möchte Ihnen nur ein paar Fragen über den Aufenthaltsort Ihres Mannes stellen«, sagte O'Shea, als es schien, daß Carol nicht antworten würde. »Hören Sie, wenn ich ihn nicht finde, wird Mosconi ein paar böse Buben hinzuziehen. Dann könnte Ihrem Mann etwas passieren. Wenn ich ihn vorher finde, läßt sich die Sache vielleicht noch regeln, bevor die Kaution verfällt.«

Carol war sich nicht im klaren darüber gewesen, daß Jeffrey riskierte, die Kaution verfallen zu lassen. Vielleicht war es doch besser, mit diesem O'Shea zu reden.

Neben dem üblichen Schloß und einem Riegel hatte die Haustür noch eine Sicherheitskette, die Carol und Jeffrey aber nie benutzten. Carol hakte die Kette jetzt ein, schob den Riegel zurück und öffnete die Tür. Der Spalt, den die Kette zuließ, maß etwa eine Handbreit.

Carol wollte noch einmal sagen, daß sie keine Ahnung habe, wo Jeffrey sei, aber sie kam nicht dazu. Ehe sie wußte, wie ihr geschah, flog die Tür mit lautem Krachen auf, und an der Kette baumelte ein abgesplitterter Teil des Rahmens.

Carols erste Reaktion war Flucht, aber O'Shea packte sie am Arm und riß sie zurück. Er grinste, lachte sogar.

»Sie können mein Haus nicht betreten!« schrie Carol. Sie hoffte, daß Autorität in ihrem Ton lag, auch wenn sie Angst hatte. Vergebens versuchte sie, O'Shea ihren Arm zu entwinden.

»Ach nein?« O'Shea tat überrascht. »Aber mir scheint, ich bin schon drin. Außerdem gehört das Haus ja auch dem Doktor, und ich bin neugierig, ob der kleine Teufel sich nicht hierher verkrochen hat, nachdem er mir irgendein Pfeilgift verabreicht hat. Ich muß sagen, allmählich habe ich die Nase voll von Ihrem Ehemann.«

Da sind Sie nicht der einzige, fühlte Carol sich versucht zu erwidern, aber sie hielt sich zurück.

»Er ist nicht hier«, sagte sie statt dessen.

»Ach nein? Na, dann wollen wir beide uns doch mal ein bißchen umsehen.«

»Ich will, daß Sie verschwinden!« schrie Carol und versuchte sich zu wehren. Aber es nützte nichts; O'Shea hielt ihr Handgelenk fest und schleifte sie von Zimmer zu Zimmer auf der Suche nach Spuren von Jeffrey.

Carol probierte immer wieder, sich loszureißen. Bevor O'Shea sie nach oben zerrte, schüttelte er sie einmal heftig. »Wollen Sie sich jetzt mal beruhigen?« brüllte er. »Wissen Sie, einen verurteilten Straftäter, der gegen die Kautionsauflagen verstoßen hat, zu verstecken oder ihm zu helfen, ist eine Straftat für sich. Wenn der Doc hier ist, wäre es besser für Sie, wenn ich ihn finde und nicht die Polizei.«

»Er ist aber nicht hier«, erwiderte Carol. »Ich weiß nicht, wo er ist, und ehrlich gesagt, es ist mir auch egal!«

»Oh!« Die letzte Bemerkung hatte O'Shea überrascht, und sein Griff lockerte sich. »Klingt da etwa eheliche Zwietracht leise durch?«

Carol nutzte O'Sheas echte Überraschung, um sich loszureißen, und im Schwung derselben Bewegung schlug sie O'Shea ins Gesicht.

O'Shea war für einen Augenblick wie benommen. Dann lachte er laut und packte ihr Handgelenk wieder. »Sie sind wirklich ein streitsüchtiges kleines Ding!« sagte er. »Genau wie Ihr Mann. Wenn ich Ihnen nur glauben könnte. Hätten Sie nun die Freundlichkeit – ich wäre Ihnen dankbar, wenn Sie mich oben ein bißchen rumführen könnten.«

Carol kreischte angstvoll, als O'Shea sie die Treppe hinaufzerrte. Er bewegte sich so schnell, daß sie Mühe hatte, mitzukommen; ein paarmal stolperte sie auf der Treppe und stieß sich die Schienbeine.

Rasch durchsuchten sie das Obergeschoß. Sie schauten ins Schlafzimmer – ein heilloses Durcheinander, Berge von schmutzigen Kleidern – und in den Wandschrank – dessen Boden von wild durcheinandergewürfelten Schuhen chaotisch übersät war und O'Shea meinte: »'ne tolle Hausfrau sind Sie wohl nicht gerade, was?«

Im Schlafzimmer zu sein erfüllte Carol mit schrecklicher

Angst; sie wußte nicht recht, was O'Sheas wahre Absichten waren. Sie versuchte sich zu beherrschen; irgend etwas mußte sie sich einfallen lassen, bevor dieses Schwein von einem Mann sich auf sie stürzte.

Aber O'Shea hatte offenbar kein Interesse an Carol. Er zog sie hinter sich die Klapptreppe hinauf auf den Dachboden und dann wieder zwei Treppen hinunter in den Keller. Es war offensichtlich, daß Jeffrey nicht hier war. Befriedigt schob er Carol in die Küche.

»Sie haben also die Wahrheit gesagt. Ich werde Sie jetzt loslassen, aber ich erwarte, daß Sie sich benehmen. Verstanden?«

Carol funkelte ihn an.

»Mrs. Rhodes, ich habe gefragt, ob Sie verstanden haben?«

Carol nickte.

O'Shea ließ ihr Handgelenk los. »Tja«, sagte er. »Ich glaube, ich werde mal ein Weilchen hierbleiben, für den Fall, daß der Doktor anruft oder vorbeikommt, um das Unterhöschen zu wechseln.«

»Ich wünsche, daß Sie gehen. Gehen Sie, oder ich rufe die Polizei.«

»Sie können die Polizei nicht rufen«, erwiderte O'Shea sachlich, als wisse er etwas, was sie nicht wußte.

»Und warum nicht?« fragte Carol wütend.

»Weil ich es Ihnen nicht erlaube«, antwortete O'Shea. Er lachte sein heiseres Lachen und fing dann an zu husten. Als er sich wieder gefaßt hatte, fügte er hinzu: »Ich sag's Ihnen nur ungern, aber die Polizei interessiert sich zur Zeit nicht besonders für Jeffrey Rhodes. Außerdem bin ich derjenige, der hier für Recht und Ordnung arbeitet. Jeffrey hat seine bürgerlichen Ehrenrechte verwirkt, als das Urteil verkündet wurde.«

»Jeffrey wurde verurteilt«, sagte Carol, »nicht ich.«

»Reine Formsache«, entgegnete O'Shea abwinkend. »Doch reden wir von was Wichtigerem. Was gibt's zum Abendessen?«

Jeffrey fuhr zum Cleveland Circle, ging dann zu Fuß die Chestnut Hill Avenue hinauf und wanderte durch die heimeligen Vorstadtstraßen zu Kellys Haus. In den Küchen wurden überall die Lichter angemacht; Hunde bellten, und Kinder spielten vor den Häusern. Es war eine Gegend wie aus dem Bilderbuch. Autos standen vor frisch lackierten Garagentoren. Die Sonne hing dicht über dem Horizont. Bald würde es dunkel werden.

Nachdem Jeffrey einmal beschlossen hatte, zu Kelly zu gehen, wollte er nichts anderes mehr. Aber als er jetzt in die Nähe ihrer Straße kam, kehrte die alte Unschlüssigkeit zurück. Es war früher nie ein Problem für ihn gewesen, Entscheidungen zu fällen. Auf der High-School hatte er sich für den Beruf des Mediziners entschieden. Als der Hauskauf angestanden hatte, war er einfach in das Haus in Marblehead hineinspaziert und hatte gesagt: »Das ist es.« Er war es nicht gewohnt, so heftig hin und her gerissen zu sein. Als er es schließlich über sich gebracht hatte, bis zu ihrer Haustür zu gehen und die Glocke zu läuten, wünschte er fast, sie wäre nicht zu Hause.

»Jeffrey!« rief sie, als sie öffnete. »Das ist wirklich ein Tag voller Überraschungen. Komm herein!«

Jeffrey trat ein und merkte sofort, wie erleichtert er war, daß Kelly zu Hause war.

»Gib mir deine Jacke!« sagte sie. Sie half ihm heraus und fragte dann, was aus seiner Brille geworden sei.

Jeffrey hob die Hand vors Gesicht. Jetzt erst merkte er, daß er die Brille verloren hatte. Wahrscheinlich war sie heruntergefallen, als er aus dem Hotelzimmer geflohen war.

»Nicht, daß ich mich nicht freue, dich zu sehen – doch, doch. Aber was willst du hier?« Sie ging vor ihm ins Wohnzimmer.

»Ich hatte leider Besuch, der auf mich wartete, als ich in mein Hotelzimmer zurückkam«, berichtete er.

»O Gott! Erzähl!«

Und wieder berichtete er Kelly, was geschehen war. Er schilderte ausführlich, was ihm mit O'Shea im Essex passiert war, und ließ auch die Schüsse und die Succinylcholin-Injektion nicht aus.

Aller Bestürzung zum Trotz mußte Kelly kichern. »Darauf kann auch nur ein Anästhesist kommen: einem Kopfgeldjäger Succinylcholin zu spritzen.«

»Das ist gar nicht komisch«, sagte Jeffrey betrübt. »Das Problem ist, daß der Einsatz jetzt höher ist. Und die Risiken ebenfalls. Vor allem, wenn O'Shea mich noch mal findet. Der Entschluß, herzukommen, ist mir sehr schwergefallen. Ich glaube, du solltest dir dein Hilfsangebot noch einmal überlegen.«

»Unsinn«, erwiderte Kelly. »Ehrlich gesagt, als du heute vom Krankenhaus weggingst, hätte ich mir selbst in den Hintern treten können, weil ich dir nicht angeboten hatte, hier zu wohnen.«

Jeffrey betrachtete forschend ihr Gesicht. Ihre Aufrichtigkeit war entwaffnend. Sie machte sich offensichtlich Sorgen um ihn. »Dieser O'Shea hat auf mich geschossen«, wiederholte er. »Zweimal. Mit echten Kugeln. Und dabei hat er gelacht, als ob er sich köstlich amüsierte – wie beim Truthahnschießen. Ich will nur sicher sein, daß dir das Ausmaß der Gefahr klar ist.«

Sie sah ihm in die Augen. »Aber es ist mir völlig klar«, sagte sie. »Mir ist außerdem klar, daß ich ein Gästezimmer habe und daß du einen Platz zum Schlafen brauchst. Tatsächlich werde ich sogar beleidigt sein, wenn du mein Angebot nicht annimmst. Also, abgemacht?«

»Abgemacht.« Jeffrey konnte ein Lächeln kaum unterdrükken.

»Gut. Nachdem das nun geregelt ist, sollten wir übers Essen reden. Ich wette, du hast den ganzen Tag noch nichts gegessen.«

»Doch«, widersprach Jeffrey. »Einen Apfel und eine Banane.«

»Wie wär's mit Spaghetti?« schlug Kelly vor. »Die könnte ich in einer halben Stunde fertig haben.«

»Spaghetti wären großartig.«

Kelly ging in die Küche. Wenige Minuten später brutzelten Zwiebelwürfel und Knoblauch in einer alten Eisenpfanne.

»Ich bin gar nicht mehr in mein Hotelzimmer zurückgegangen, als ich O'Shea los war«, erzählte Jeffrey. Er beugte sich über die Couchlehne, um Kelly in der Küche zu beobachten.

»Na, das will ich aber auch hoffen.« Sie nahm ein Paket Rinderhackfleisch aus dem Kühlschrank.

»Ich sage es nur, weil ich leider Chris' Aufzeichnungen zurückgelassen habe – die du mir geborgt hattest.«

»Nicht schlimm«, erwiderte Kelly. »Ich habe dir doch gesagt, ich wollte sie sowieso wegwerfen. Du hast mir die Mühe erspart.«

»Trotzdem tut es mir leid.«

Kelly öffnete eine Dose italienische Tomaten mit dem elektrischen Büchsenöffner. Über das Motorgebrumm rief sie: »Übrigens, was ich noch vergessen habe zu erzählen: Ich habe mit Charlotte Henning drüben im Valley Hospital gesprochen. Sie sagt, sie beziehen ihr Marcain von Ridgeway Pharmaceuticals.«

Jeffreys Unterkiefer klappte herunter. »Von Ridgeway?«

»Genau.« Kelly gab das Hackfleisch zu den Zwiebeln und dem Knoblauch. »Sie sagte, sie beziehen es von Ridgeway, seit Marcain als generisches Produkt auf dem Markt ist.«

Jeffrey drehte sich um und starrte durch das Fenster in den dunklen Garten hinaus. Er war wie vom Donner gerührt. Die Voraussetzung, daß das Marcain im Memorial und im Valley Hospital vom selben Pharmahersteller stammte, war entscheidend für seine Kontaminationstheorie. Wenn das bei den Patienten Owen und Noble verwendete Marcain von verschiedenen Herstellern gekommen war, ließ sich die Theorie einer kontaminierten Charge nicht weiter verfechten.

Kelly, die nicht merkte, wie ihre Neuigkeit auf ihn wirkte, mengte die Tomaten und ein wenig Tomatenmark unter das Rinderhackfleisch, die Zwiebeln und den Knoblauch. Sie streute Oregano darüber, rührte das Ganze um und drehte die Gasflamme herunter, damit es köcheln konnte. Unterdessen setzte sie das Wasser für die Spaghetti auf.

Jeffrey kam zu ihr in die Küche.

Kelly spürte, daß etwas nicht stimmte. »Was ist los?« fragte sie.

Jeffrey seufzte. »Wenn das Valley Hospital sein Marcain von

Ridgeway bezieht, dann kann ich die Kontaminationsidee zum Fenster hinauswerfen. Marcain wird in verschlossenen Glasampullen geliefert. Eine Kontamination muß während der Herstellung geschehen.«

Kelly wischte sich die Hände an einem Handtuch ab. »Könnte später nichts mehr zugesetzt werden?«

»Glaube ich nicht.«

»Und wenn die Ampulle geöffnet ist?«

»Nein«, sagte Jeffrey entschieden. »Ich öffne meine Ampullen selbst und ziehe das Medikament unverzüglich auf. Ich bin sicher, Chris verfuhr genauso.«

»Na, aber eine Möglichkeit muß es doch geben«, meinte Kelly. »Du darfst nicht so leicht aufstecken. Das hat Chris wahrscheinlich getan.«

»Um ein Kontaminans in eine Ampulle zu bringen, müßte man das Glas durchstechen«, sagte Jeffrey fast ärgerlich. »Das geht nicht. Bei Kapseln, ja. Aber bei Glasampullen nicht.« Doch noch während er sprach, wurde er nachdenklich. Er erinnerte sich an die Chemieexperimente auf dem College, wo sie mit Glasröhrchen und Bunsenbrennern Pipetten hergestellt hatten. Und er erinnerte sich daran, daß das geschmolzene Glas sich allmählich wie Toffee angefühlt hatte, während er es rotglühend werden ließ, um es dann zu einem haarfeinen Röhrchen auseinanderzuziehen.

»Hast du Injektionsspritzen im Haus?« fragte er.

»Ich habe Chris' Arzttasche noch«, antwortete sie. »Wahrscheinlich sind welche drin. Soll ich sie holen?«

Jeffrey nickte. Er ging zum Herd und drehte den vorderen Gasbrenner neben der kochenden Spaghettisauce auf. Die Flamme war sicher heiß genug. Als Kelly mit der Tasche kam, nahm er ein paar Injektionsspritzen und zwei Ampullen Bikarbonat heraus.

Er hielt die Spitze der Kanüle in die Flamme, bis sie rotglühend war. Dann versuchte er, sie schnell durch das Glas der Ampulle zu bohren. Es ging nicht. Er probierte es anders herum: Er erhitzte die Ampulle und stach mit einer kalten Nadel hinein. Aber das funktionierte auch nicht. Er machte Nadel und Ampulle heiß – und jetzt ging die Kanüle mühelos hindurch.

Jeffrey zog die Nadel wieder heraus und studierte das Glas. Die ehemals glatte Fläche war verformt, und ein kleines Loch war an der Einstichstelle zurückgeblieben. Er hielt die Ampulle über den Brenner, das Glas wurde wieder weich, aber als er sie drehte, verzog sich das Glas immer mehr; der einzige Erfolg war, daß er sich den Finger verbrannte und das runde Ende der Ampulle völlig verdarb.

»Was meinst du?« fragte Kelly, die ihm über die Schulter schaute.

»Ich glaube, du hast recht.« Jeffrey hatte neue Hoffnung gefaßt. »Es könnte gehen. Leicht ist es nicht. Mein erster Versuch hat jedenfalls nicht geklappt. Aber es hat sich immerhin gezeigt, daß es gehen könnte. Eine heißere Flamme wäre vielleicht gut, oder eine, die sich besser lenken läßt.«

Kelly holte ihm ein Stück Eis und wickelte es in ein Küchentuch, damit er seinen verbrannten Finger kühlen konnte. »An was für ein Kontaminans denkst du?« fragte sie.

»Ich wüßte nichts Spezifisches«, gab Jeffrey zu. »Aber ich denke an ein Toxin. Was immer es ist, es müßte seine Wirkung schon bei sehr geringer Konzentration tun. Und nach dem, was Chris geschrieben hat, müßte es Nervenzellenschäden verursachen, aber keinen Nieren- oder Leberschaden. Damit wären viele der üblichen Gifte eliminiert. Vielleicht weiß ich mehr, wenn ich Patty Owens Autopsiebericht in der Hand habe. Ich bin sehr neugierig auf den toxikologischen Abschnitt. Ich habe ihn vor Gericht während der Beweisaufnahme kurz zu sehen bekommen, und ich erinnere mich, daß der Befund negativ war, abgesehen von einer Spur Marcain. Aber eingehend studiert habe ich ihn nie. Ich hielt ihn damals nicht für wichtig.«

Als das Wasser im Topf brodelte, warf Kelly die Nudeln hinein. Dann drehte sie sich um. »Wenn das Toxin auf diese Weise ins Marcain gelangt ist« – sie schwieg und deutete auf die Ampulle und die Spritze, die Jeffrey auf den Tisch gelegt hatte –, »dann bedeutet das, jemand macht sich an dem Marcain zu schaffen und vergiftet es mit Absicht.«

»Das ist Mord«, sagte Jeffrey.

»Mein Gott!« stieß Kelly aus, und das Grauenhafte dieser Sache dämmerte ihr nur langsam. »Aber warum? Ich meine, warum sollte jemand so etwas tun?«

Jeffrey zuckte mit den Schultern. »Auf diese Frage weiß ich keine Antwort. Es wäre nicht das erstemal, daß jemand sich in böser Absicht an Arzneimitteln zu schaffen gemacht hätte. Wer weiß schon, was für Motive dahinterstecken? Der Tylenol-Killer. Dieser Dr. X aus New Jersey, der seine Patienten mit Überdosen Succinylcholin umgebracht hat.«

»Und jetzt das hier.« Kelly war sichtlich erschüttert. Die Vorstellung, irgendein Verrückter pirschte durch die Gänge der Bostoner Krankenhäuser, war geradezu unerträglich. »Wenn du glaubst, daß es so sein könnte«, sagte sie, »meinst du nicht, daß wir dann die Polizei informieren sollten?«

»Ich wünschte, das könnten wir«, antwortete Jeffrey. »Aber es geht nicht – aus zwei Gründen: Erstens, ich bin ein verurteilter Straftäter und geflüchtet. Und zweitens, selbst wenn es nicht so wäre, müssen wir uns darüber im klaren sein, daß es nicht den leisesten Beweis für das alles gibt. Wenn jemand mit dieser Geschichte zur Polizei ginge, würden sie kaum viel unternehmen. Wir brauchen schon irgendeinen Beweis, ehe wir uns an die Behörden wenden.«

»Aber wir müssen diesen Menschen doch aufhalten!«

»Das ist richtig«, sagte Jeffrey. »Bevor noch mehr Patienten sterben und noch mehr Ärzte verurteilt werden.«

Kelly ergänzte so leise, daß Jeffrey sie kaum verstand: »Und bevor es noch mehr Selbstmorde gibt.« Ihre Augen füllten sich mit Tränen. Um ihre Gefühle im Zaum zu halten, wandte sie sich den kochenden Spaghetti zu. Sie fischte eine heraus und probierte sie. Sich über die Augen wischend, sagte sie: »Sie sind fertig. Laß uns essen!«

»Ich rufe dich an, sobald die Sache vorbei ist«, sagte Karen Hodges zu ihrer Mutter. Seit einer Stunde telefonierten sie jetzt miteinander, und allmählich wurde sie ein wenig gereizt. Sie fand, ihre Mutter sollte versuchen, sie zu trösten, und nicht umgekehrt.

»Bist du sicher, daß dieser Arzt okay ist?« fragte Mrs. Hodges.

Karen verdrehte die Augen, und ihre Zimmergefährtin, Marcia Ginsburg, lächelte voller Mitgefühl. Marcia wußte genau, was Karen durchmachte. Die Anrufe ihrer eigenen Mutter waren genauso nervtötend. Dauernd warnte sie ihre Tochter vor Männern, AIDS, Drogen und Übergewicht.

»Der ist prima, Mutter«, antwortete Karen, ohne sich die Mühe zu geben, ihren Ärger zu verhüllen.

»Erzähl mir noch mal, wo du ihn herhast!«

»Mutter, das hab' ich dir schon hundertmal erzählt.«

»Schon gut, schon gut«, sagte Mrs. Hodges. »Aber du mußt mich wirklich anrufen, sobald du kannst. Hast du gehört, Schatz?« Sie wußte, daß ihre Tochter verärgert war, aber sie konnte nichts dafür, daß sie sich Sorgen machte. Sie hatte ihrem Mann vorgeschlagen, nach Boston zu fliegen, damit sie bei Karen sein könnten, wenn sie zur Laparoskopie ginge, aber er hatte gemeint, er könne das Büro nicht so lange verlassen. Außerdem hatte er darauf hingewiesen, daß eine Laparoskopie eine diagnostische Prozedur sei und keine »richtige Operation«.

»Ist es doch, wenn es um meine Kleine geht«, hatte Mrs. Hodges geantwortet. Aber am Ende waren sie und Mr. Hodges doch in Chicago geblieben.

»Ich rufe dich an, sobald ich kann«, versprach Karen.

»Was für eine Narkose wirst du bekommen?« fragte Mrs. Hodges, um ihre Tochter aufzuhalten. Sie wollte das Gespräch noch nicht beenden.

»Epidural«, sagte Karen.

»Buchstabieren!«

Karen buchstabierte.

»Macht man das nicht bei Entbindungen?«

»Ja«, sagte Karen. »Und bei Untersuchungen wie einer Laparoskopie, wenn man nicht genau weiß, wie lange sie dauern wird. Der Arzt weiß ja vorher nicht, was er sehen wird. Es kann ein Weilchen dauern, und er will nicht, daß ich dabei bewußtlos bin. Ma, du hast das alles doch schon mit Cheryl durchgemacht.« Cheryl war Karens ältere Schwester, und sie hatte ebenfalls Ärger mit einer Endometriose.

»Du läßt doch keine Abtreibung machen, oder?«

»Mutter, ich muß Schluß machen«, sagte Karen. Diese letzte Frage war wirklich der Tropfen, der das Faß zum Überlaufen brachte. Jetzt war sie wütend. Nach all den Gesprächen glaubte ihre Mutter, daß sie log. Es war wirklich lachhaft.

»Aber du rufst an!« konnte Mrs. Hodges noch rasch sagen, ehe Karen auflegte.

Karen wandte sich zu Marcia um, und die beiden Frauen schauten einander an und brachen dann in lautes Gelächter aus.

»Mütter!« sagte Karen schließlich.

»Eine Spezies für sich«, meinte Marcia.

»Anscheinend will sie nicht glauben, daß ich dreiundzwanzig und nicht mehr auf dem College bin«, sagte Karen. »In drei Jahren, wenn ich mein Juraexamen mache, wird sie mich vermutlich immer noch so behandeln.«

»Daran zweifle ich nicht.«

Karen hatte ein Jahr zuvor ihre Abschlußprüfungen am Simmons College bestanden und arbeitete zur Zeit als Kanzleisekretärin bei einem aggressiven und erfolgreichen Scheidungsanwalt namens Gerald McLellan. McLellan war inzwischen mehr Mentor als Chef für sie; er hatte ihre Intelligenz erkannt und sie dazu gedrängt, ein Jurastudium zu beginnen. Im Herbst würde sie am Boston College anfangen.

Zwar war Karens allgemeine Gesundheit beispielhaft, aber seit der Pubertät litt sie an einer Endometriose. Im Laufe des letzten Jahres hatte sich das Problem verschlimmert. Ihr Arzt hatte sie schließlich zu einer Laparoskopie angemeldet, um zu entscheiden, wie er die Behandlung weiterführen würde.

»Du ahnst nicht, wie froh ich bin, daß du morgen mitgehst und nicht meine Mutter«, sagte Karen. »Bei ihr würde ich Zustände kriegen.«

»Ist mir ein Vergnügen«, erwiderte Marcia. Sie hatte sich bei der Bank of Boston einen Tag freigenommen, um Karen in die chirurgische Ambulanz zu begleiten und dann nach Hause zu bringen, sofern sich nicht herausstellte, daß Karen über Nacht bleiben müßte. Das allerdings hielt Karens Hausarzt für sehr unwahrscheinlich.

»Ich bin ein bißchen beunruhigt wegen morgen«, gestand Karen. Abgesehen von einem kurzen Aufenthalt in der Unfallambulanz, als sie mit zehn Jahren vom Fahrrad gefallen war, hatte sie noch nie ins Krankenhaus gemußt.

»Es ist ein Spaziergang«, versicherte Marcia ihr. »Vor meiner Blinddarmoperation hatte ich auch Angst, aber es war überhaupt nichts. Wirklich nicht.«

»Ich habe noch nie eine Anästhesie bekommen«, sagte Karen. »Wenn sie nun nicht funktioniert und ich alles spüre?«

»Hast du denn noch nie eine Spritze beim Zahnarzt gekriegt?«

Karen schüttelte den Kopf. »Nein. Er hat nie gebohrt.«

Trent Harding nahm die Gläser aus dem Küchenschrank und entfernte die falsche Rückwand. Er langte hinein, holte die .45er heraus und wog sie in der Hand. Er liebte die Pistole. Als er einen Ölstreifen auf dem Lauf sah, wischte er ihn mit einem Stück Küchenkrepp weg und polierte liebevoll das Metall.

Er griff noch einmal in das Versteck und nahm das Magazin mit den Patronen heraus. Er hielt die Pistole in der Linken und schob das Magazin unten in den Griff. Dann schlug er mit dem Handballen dagegen, daß es einrastete – eine Handlung, die ihm beinahe sinnliches Vergnügen bereitete.

Er wog die Waffe von neuem in der Hand; sie fühlte sich geladen anders an als vorher. Er hielt sie wie Crockett in *Miami Vice* und zielte auf das Harley-Davidson-Poster, das im Wohnzimmer an der Wand hing. Eine Sekunde lang überlegte er, ob er sich wohl leisten könnte, in seiner eigenen Wohnung einen Schuß abzugeben. Aber das Risiko lohnte sich nicht. Bei einer .45er war der Knall höllisch. Die Nachbarn sollten nicht die Cops rufen.

Er legte die Pistole auf den Tisch, kehrte noch einmal zu seinem Versteck zurück und nahm das kleine Fläschchen mit der gelben Flüssigkeit heraus. Er schüttelte sie und hielt sie ins Licht. Ums Verrecken konnte er sich nicht vorstellen, wie sie dieses Zeug aus der Haut von Fröschen machen sollten. Gekauft hatte er es von einem kolumbianischen Drogenhändler in Miami. Es war ein toller Stoff. Der Kerl hatte wirklich nicht übertrieben.

Mit einer kleinen Fünferspritze zog Trent ein winziges bißchen von der Flüssigkeit auf und verdünnte es mit sterilem Wasser. Wieviel er jetzt nehmen mußte, wußte er nicht; bei dem, was er plante, hatte er keinerlei Erfahrung.

Sorgfältig legte er das Fläschchen ins Versteck zurück, schob das Sperrholz an seinen Platz und stellte die Gläser wieder in den Schrank. Er steckte die Kappe auf die Nadel der Giftspritze und ließ sie in die Tasche gleiten. Dann schob er sich die Pistole hinten in den Gürtel, daß er den kalten Stahl im Kreuz spürte.

Trent nahm seine blaue Levi's-Jacke aus dem Schrank und zog sie an. Dann betrachtete er sich im Badezimmerspiegel, um sicherzugehen, daß die Pistole nicht zu sehen war. Aber die Jacke war so geschnitten, daß nicht einmal eine Beule zu bemerken war.

Ungern gab er seinen Parkplatz am Beacon Hill auf; er wußte, er würde eine Ewigkeit brauchen, um einen neuen zu finden, aber was blieb ihm übrig? Mit dem Wagen war er in einem Viertel der Zeit, die er mit öffentlichen Verkehrsmitteln benötigen würde, im St. Joe's. Das war auch so eine Sache an den Ärzten, die ihn störte. Sie durften tagsüber vor dem Krankenhaus parken. Das Pflegepersonal durfte es, von der Pflegedienstleitung abgesehen, nur in der Abend- und in der Nachtschicht.

Trent parkte auf dem öffentlichen Parkplatz, aber nicht allzuweit weg vom Angestelltenparkplatz. Er schloß seinen Wagen ab und spazierte ins Gebäude. Eine der freundlichen Damen an der Information fragte, ob sie ihm helfen könne, aber er verneinte. Er holte sich am Kiosk einen *Globe* und ließ sich damit in einer Ecke nieder. Es war noch früh, aber er wollte nichts riskieren. Er wollte da sein, wenn Gail Shaffer Feierabend hatte.

O'Shea rülpste. Das passierte ihm gelegentlich, wenn er Bier getrunken hatte. Er warf einen Blick zu Carol hinüber, und die schaute ihn angewidert an. Sie saß ihm gegenüber im Wohnzimmer und blätterte wütend in ihren Illustrierten.

O'Shea wandte seine Aufmerksamkeit wieder dem Baseballspiel im Fernsehen zu; das entspannte ihn. Wenn die Red Sox dabeigewesen wären zu gewinnen, hätte ihn das nervös gemacht, weil er befürchtet hätte, sie würden noch alles verpatzen. Aber sie machten es ihm behaglich, indem sie weit im Rückstand blieben. Es war ziemlich offensichtlich, daß sie weiter verlieren würden.

Wenigstens hatte er gut gegessen. Das kalte Kalbskotelett und der Salat waren ihm gerade recht gekommen. Die vier Bier ebenfalls. Vor seinem Besuch im Hause Rhodes hatte er noch nie von Kronenbourg gehört. Es war aber nicht schlecht, auch wenn ihm ein Budweiser lieber gewesen wäre.

Der Doktor war nicht aufgekreuzt, und er hatte auch nicht angerufen. O'Sheas Wache hatte ihm zwar eine gute Mahlzeit eingebracht, aber ansonsten hatte er sich mit Carol begnügen müssen. Nachdem er einen Abend mit ihr verbracht hatte, verstand er, weshalb der gute Doktor lieber nicht nach Hause kam.

Er ließ sich auf der bequemen Couch vor dem Fernseher noch ein bißchen tiefer sacken. Seine Cowboystiefel hatte er ausgezogen, und seine bestrumpften Füße lagen auf einem der Küchenstühle. Er seufzte. Das hier war um einen verdammten Streifen besser, als in seinem Auto Wache zu halten. O'Shea riß die Augen auf und blinzelte dann. Er hatte gemerkt, daß er einen Moment lang eingedöst war.

Carol konnte nicht glauben, daß sie einen ihrer letzten Abende in Boston auf diese Weise verbringen sollte: Indem sie einen Gorilla bewirtete, der wissen wollte, wo Jeffrey war. Von ihr aus brauchte ihr Exgatte in spe nie wieder aufzutauchen. Na ja, einmal vielleicht doch noch, damit sie ihm sagen könnte, was sie über ihn dachte.

Sie beobachtete O'Shea aus dem Augenwinkel. Einen Moment lang hatte es ausgesehen, als schlafe er ein. Aber dann war er aufgestanden, um sich noch ein Bier zu holen. Bald darauf jedoch lag er wieder in der gleichen beinahe waagerechten Stellung auf dem Sofa, und seine Augen waren fast geschlossen.

Endlich, während eines Werbespots, fiel ihm der Kopf auf die Brust. Die Bierflasche in seiner Hand kippte um, und Bier gluckerte auf den Teppich. Sein Atem ging lauter. Er war eingeschlafen.

Carol blieb sitzen und behielt ihre Illustrierte in der Hand; sie wagte nicht mehr umzublättern, weil sie fürchtete, O'Shea zu wecken. Plötzlich kamen tosender Applaus und Gebrüll aus dem Fernseher. Carol zog den Kopf ein; sie war sicher, daß der Lärm ihn wecken würde. Aber er schnarchte nur noch lauter.

Langsam stemmte sie sich aus dem Sessel hoch und legte ihre Zeitschrift oben auf den Fernsehapparat.

Sie holte tief Luft, schlich auf Zehenspitzen an O'Shea vorbei, durch die Küche, die Treppe hinauf. In ihrem Schlafzimmer angekommen, verschloß sie die Tür und griff zum Telefon. Ohne zu zögern, wählte sie die Notrufnummer und sagte dem Officer, sie habe einen Einbrecher im Haus und brauche sofort die Polizei. Ruhig nannte sie ihre Adresse. Wenn Jeffrey seine Probleme auf seine Weise löste, würde sie ihre auf ihre Weise aus der Welt schaffen. Der Officer sagte, Hilfe sei bereits unterwegs.

Carol ging in ihr Badezimmer. Zur Sicherheit verschloß sie auch hier die Tür hinter sich. Dann setzte sie sich auf den Toilettendeckel und wartete. Nach nicht einmal zehn Minuten läutete es. Erst jetzt verließ Carol ihr Bad und lauschte an der Schlafzimmertür. Unten wurde geöffnet, und dann drang Gemurmel herauf.

Carol schloß ihre Tür auf und ging zur Treppe. Unten hörte sie Stimmen und dann, zu ihrer Überraschung, Gelächter.

Sie ging nach unten. Im Hausflur standen zwei uniformierte Polizisten. Sie lachten und klopften O'Shea auf den Rücken, als seien sie alle die besten Freunde.

»Entschuldigung!« rief Carol, als sie auf der untersten Stufe angekommen war.

Die drei blickten sie an.

»Carol, meine Liebe«, sagte O'Shea. »Hier liegt anscheinend ein Mißverständnis vor. Jemand hat die Polizei wegen eines Einbrechers angerufen.«

»Ich habe die Polizei angerufen«, erklärte Carol und deutete auf O'Shea. »Er ist der Einbrecher.«

»Ich?« fragte O'Shea mit übertriebener Überraschung und sah dann die beiden Polizisten an. »Na, das ist ja wirklich ein Ding. Ich habe im Wohnzimmer vor dem Fernsehapparat geschlafen. Tut das ein Einbrecher? Ja, Carol hat mir ein tolles Abendessen gemacht. Sie hat mich eingeladen...«

»Nie im Leben habe ich ihn eingeladen!« schrie Carol.

»Jungs, wenn ihr einen Blick in die Küche werft, seht ihr noch die schmutzigen Teller von unserem romantischen Dinner. Vermutlich habe ich sie ein bißchen enttäuscht. Einfach so einzuschlafen...«

Die beiden Polizisten grinsten wider Willen.

»Er hat mich gezwungen, ihm etwas zu essen zu geben«, fauchte Carol.

O'Shea sah tief verletzt aus.

Mit unverkennbarer Empörung marschierte Carol quer durch den Hausflur und packte die Sicherheitskette mit dem Holzsplitter vom Türrahmen. Sie wedelte damit und starrte die Polizisten an. »Sieht das etwa so aus, als ob ich dieses Schwein eingeladen hätte?«

»Ich habe keine Ahnung, wie das kaputtgegangen ist«, erklärte O'Shea. »Ich hatte jedenfalls nichts damit zu tun.« Er sah die beiden Polizisten an und verdrehte die Augen. »Harold, Willy – wenn die junge Dame möchte, daß ich gehe, dann gehe ich natürlich. Ich meine, sie hätte doch einfach sagen können, ich soll gehen. Ich bleibe nicht gern, wo ich nicht willkommen bin.«

»Willy, warte doch bitte mit Mr. O'Shea draußen auf mich«, sagte der ältere der beiden Cops. »Ich werde ein paar Takte mit Mrs. Rhodes plaudern.«

O'Shea mußte noch einmal ins Wohnzimmer zurück, um seine Stiefel zu holen. Er zog sie an und ging mit dem Polizisten hinaus. Am Streifenwagen blieben sie stehen. »Weiber«, sagte er und deutete mit dem Kopf zum Haus. »Was die für Ärger machen. Immer ist irgendwas.«

»Mann, das ist vielleicht 'ne Granate!« sagte der ältere Cop, als er herauskam. »Devlin, was, zum Teufel, hast du gemacht, daß sie so sauer ist?«

O'Shea zuckte mit den Schultern. »Vielleicht hab' ich sie gekränkt. Woher soll ich denn wissen, daß sie es dermaßen persönlich nimmt, wenn ich einschlafe? Ich will nichts weiter als ihren Mann finden, und zwar möglichst, bevor seine Kaution verfällt.«

»Na, ich hab' sie beruhigen können«, berichtete der Polizist. »Aber sei ein bißchen diskret. Mach nicht noch mehr kaputt!«

»Diskret? He, man nennt mich überall den Diskreten«, erwiderte O'Shea lachend. »Tut mir leid, Jungs, wenn ich euch Unannehmlichkeiten gemacht habe.«

Der Officer, der Harold hieß, erkundigte sich noch nach einem der anderen Bostoner Polizisten, die bei dem Schmiergeldskandal zusammen mit O'Shea gefeuert worden waren. O'Shea erzählte, das letzte, was er gehört habe, sei, daß der Mann nach Florida gezogen sei und in der Gegend von Miami als Privatdetektiv arbeite.

Nach einigem Händeschütteln stiegen die beiden in ihren Wagen und fuhren davon. Am West Shore Drive bogen die Cops nach links und O'Shea nach rechts ab. Aber O'Shea fuhr nicht sehr weit. Er wendete und war bald wieder am Haus der Rhodes! Er parkte an einer Stelle, wo er das Haus im Auge behalten konnte. Da Jeffrey nicht erschienen war und nicht angerufen hatte, würde er wohl zu seinem Bedauern den Kerl, der Carol beschattet hatte, noch einmal engagieren müssen. Nach diesem Abend war er allerdings nicht mehr so sicher, daß Carol ihn zu Jeffrey führen würde. Mosconis Bemerkung über die Turteltäubchen zusammen mit Carols Verhalten und ein paar hier und da eingestreuten Bemerkungen brachte O'Shea auf den Gedanken, daß er sich vielleicht etwas Neues würde ausdenken müssen, um Jeffrey zu finden. Aber eines würde ihm die Arbeit doch sehr erleichtern: Er hatte eine Wanze an Carols Telefon anbringen können, während sie das Abendessen gemacht hatte. Falls Jeffrey doch anriefe, würde er es erfahren.

Jeffrey sah sich in Kellys Gästezimmer um und entschied, daß er seine Reisetasche unter dem Bett lassen würde. Dort würde sie so sicher sein wie an jedem beliebigen anderen Ort. Er beschloß aber, Kelly nichts von dem Geld zu sagen, damit sie sich nicht noch mehr Sorgen machte.

Als er aus dem Gästezimmer kam, sah er Kelly in ihrem Schlafzimmer; sie saß mit einem Roman im Bett. Ihre Tür stand offen, als erwarte sie, daß er sich noch verabschiedete, ehe er zur Arbeit ging. Sie hatte einen rosaroten Pyjama an. Neben ihr auf dem Bett lagen zwei zusammengerollte Katzen, eine Siamkatze und eine braune getigerte.

»Na, wenn das nicht der Inbegriff häuslicher Behaglichkeit ist«, sagte Jeffrey und sah sich im Zimmer um. Es war sehr feminin mit den Tapeten im französischen Landhausstil und den dazu passenden Vorhängen. Es war deutlich zu sehen, daß allen Details große Sorgfalt gewidmet worden war. Nirgends lagen Kleider herum, und unwillkürlich mußte Jeffrey diesen Anblick mit Carols chaotischer Bude vergleichen.

»Ich wollte gerade nachschauen, ob du vielleicht eingeschlafen bist«, sagte Kelly. »Ich nehme an, morgen früh werden wir uns verpassen. Ich muß um Viertel vor sieben aus dem Haus. Den Haustürschlüssel lege ich in die Kutschenlaterne.«

»Du willst immer noch, daß ich hierbleibe?«

Kelly runzelte in gespieltem Verdruß die Stirn. »Ich dachte, diese Frage wäre erledigt. Ich will absolut, daß du hierbleibst. Ich hatte den Eindruck, daß wir zusammen in dieser Sache stekken. Vor allem jetzt, da dieses Ungeheuer da draußen herumstreunt.«

Jeffrey kam an ihr Bett. Der Siamkater hob den Kopf und fauchte.

»Na, na, Samson, nicht eifersüchtig werden«, schimpfte Kelly. Sie sah Jeffrey an. »Er ist es nicht gewohnt, daß ein Mann im Haus ist.«

»Was sind das für Bestien?« fragte Jeffrey. »Wieso habe ich sie noch nicht gesehen?«

»Das ist Samson«, sagte Kelly und deutete auf den Siamkater. »Er ist meistens unterwegs und terrorisiert die Nachbarschaft. Und das hier ist Delilah. Sie ist trächtig, wie du siehst. Sie schläft den ganzen Tag in der Speisekammer.«

»Sind sie verheiratet?« fragte Jeffrey.

Kelly lachte. Jeffrey grinste. Er fand seinen kleinen Witz nicht besonders komisch, aber Kellys Heiterkeit war anstekkend.

Er räusperte sich. »Kelly«, begann er, »ich weiß nicht, wie ich es sagen soll, aber du ahnst nicht, wie dankbar ich für dein Verständnis und deine Gastfreundschaft bin. Ich kann dir gar nicht genug danken...«

Kelly blickte auf Delilah hinunter und streichelte sie zärtlich. Jeffrey hatte den Eindruck, daß sie rot wurde, aber bei diesem Licht konnte er nicht sicher sein.

»Ich wollte nur, daß du es weißt«, sagte er und wechselte das Thema. »Dann sprechen wir uns also morgen wieder.«

»Sei bloß vorsichtig! Und viel Glück. Wenn du Probleme hast, rufst du an. Egal, um welche Zeit.«

»Es wird keine Probleme geben«, meinte Jeffrey zuversichtlich. Aber eine halbe Stunde später, als er die Stufen zum Boston Memorial hinaufging, war er nicht mehr so sicher. Obwohl bei dem Rundgang mit Martinez alles so glattgegangen war, befürchtete er jetzt doch wieder, er könnte einem Bekannten über den Weg laufen. Wenn er nur die Brille nicht verloren hätte. Hoffentlich war sie nicht der entscheidende Bestandteil seiner Verkleidung.

Er fühlte sich wohler, als er die Hausuniform angezogen hatte. An seinem Spind hing ein Umschlag mit einem Namensschild und seinem Hausausweis mit Foto.

Jemand tippte ihm auf die Schulter, und Jeffreys heftige Reaktion erschreckte den anderen.

»Ruhig, Mann. Nervös oder was?«

»Sorry«, sagte Jeffrey. Er stand vor einem kleinen, etwa einssechzig großen Mann mit schmalem Gesicht und dunkler Haut. »Ich bin wohl ein bißchen nervös. Ist meine erste Nacht hier.«

»Kein Grund, nervös zu sein«, sagte der Mann. »Ich bin David Arnold. Ich leite die Schicht. In den ersten beiden Nächten arbeiten wir zusammen. Also, keine Sorge. Ich zeig' dir schon, wo's langgeht.«

»Freut mich. Aber ich hab' wirklich 'ne Menge Krankenhauserfahrung. Wenn Sie also wollen, daß ich allein losziehe, komme ich bestimmt auch prima zurecht.«

»Ich bleibe mit allen Neuen in den ersten beiden Tagen zusammen«, sagte David. »Nimm das nicht persönlich! Ich hab' dann bloß Gelegenheit, dir genau zu zeigen, was hier im Memorial routinemäßig verlangt wird.«

Jeffrey hielt es für das beste, keine Diskussion anzuzetteln. David führte ihn in einen schmalen, fensterlosen Aufenthaltsraum, dessen bescheidene Einrichtung aus einem kunststoffbezogenen Tisch, einem Colaautomaten und einer Kaffeemaschine bestand. Er machte Jeffrey mit den anderen bekannt, die in der Nachtschicht arbeiteten. Zwei sprachen nur Spanisch. Einer sprach Straßenslang und tänzelte und wippte im Takt der Rap-Musik, die aus seinem Kopfhörer dröhnte.

Um eine Minute vor elf trommelte David seine Leute zusammen. »Okay, los geht's!« rief er, und Jeffrey fühlte sich an startende Luftpatrouillen in Kriegsfilmen erinnert. Sie verließen den Aufenthaltsraum und holten sich ihre Putzwagen. Jeder Mitarbeiter war für seinen eigenen Wagen verantwortlich. Jeffrey tat es den anderen nach und sorgte dafür, daß sein Wagen die notwendige Ausstattung an Reinigungsgeräten und -mitteln aufwies.

Die Wagen waren etwa doppelt so groß wie Einkaufswagen. Am einen Ende war langstieliges Gerät untergebracht: ein Mop, ein Staubwedel, ein Besen. Am anderen Ende war ein großer Plastikmüllsack. Im Mittelteil befanden sich drei Fächer mit allerlei Kleinkram: Glasreiniger, Kachelreiniger, Kunststoffreiniger, Papiertücher, Klopapier. Auch Seife war da, Wachs, Politur und sogar Schmieröl.

Jeffrey folgte David zum Aufzug im Westturm. Diese Wahl war ebenso ermutigend wie nervenaufreibend. Im Westturm waren die OPs und die Labors. So gern Jeffrey dort herumgeschnüffelt hätte, er hatte doch auch große Angst, jemandem zu begegnen.

»Wir beide beginnen im OP-Trakt«, sagte David und fachte Jeffreys Angst noch weiter an. »Hast du schon mal 'nen sterilen Anzug angezogen?«

»'n paarmal schon«, sagte Jeffrey geistesabwesend.

Nun befürchtete er, daß er den größten Teil seiner Verkleidung einbüßen würde, wenn er sterile OP-Kleidung anzöge. Er sehnte sich nach seiner schwarz umrandeten Brille. Allenfalls könnte er jetzt vielleicht ständig eine Atemschutzmaske tragen. Wahrscheinlich würde David dann aber Fragen stellen; eine Maske trug man eigentlich nur, wenn tatsächlich operiert wurde. Jeffrey beschloß, einfach zu behaupten, er sei erkältet.

Aber sie gingen nicht sofort in den OP-Trakt. David sagte, zunächst müßten sie sich den Aufenthaltsraum und die Umkleideräume der Chirurgie vornehmen.

»Du machst den Aufenthaltsraum, und ich fange in den Umkleideräumen an«, schlug er vor, als sie angekommen waren, und Jeffrey nickte. Er schaute hinein und zog sofort den Kopf zurück. Zwei Anästhesieschwestern saßen auf der Couch und tranken Kaffee. Jeffrey kannte sie beide.

»Stimmt was nicht?« wollte David wissen.

»Alles in Ordnung«, antwortete Jeffrey hastig.

»Es wird schon klappen«, sagte David. »Mach dir keine Sorgen! Zuerst Staub wischen. Vergiß die Ecken unter der Decke nicht. Dann die Tische, und zwar mit Reiniger. Anschließend den Boden wischen. Okay?«

Jeffrey nickte.

David schob seinen Wagen in einen Umkleideraum, und die Tür schloß sich hinter ihm.

Jeffrey schluckte. Er mußte jetzt anfangen. Er nahm den langstieligen Staubwedel vom Wagen und ging in den Aufenthaltsraum. Anfangs wandte er sein Gesicht stets ab, aber die beiden Frauen achteten überhaupt nicht auf ihn. Seine Putzkolonnenuniform war so gut wie eine Tarnkappe.

8

Mittwoch, 17. Mai 1989, 23 Uhr 23

Den Rucksack lässig über die Schulter geworfen, stieg Gail Shaffer zusammen mit Regina Puksar aus dem Aufzug. Sie gingen den Zentralflur zum Haupteingang hinunter. Die beiden kannten sich jetzt schon seit fast fünf Jahren. Sie sprachen oft über ihre persönlichen Probleme miteinander, pflegten aber ansonsten über das Berufliche hinaus keinen besonderen persönlichen Kontakt. Gail hatte Regina gerade von dem Krach erzählt, den sie mit ihrem Freund, mit dem sie seit zwei Jahren zusammen war, gehabt hatte.

»Da bin ich ganz deiner Meinung«, sagte Regina Puksar. »Wenn mir Robert plötzlich erklären würde, er wolle sich mit anderen Frauen treffen, würde ich sagen, okay, tu, was du für richtig hältst, aber für mich wäre die Beziehung damit von dem Moment an gestorben. Eine Beziehung kann sich nicht zurückentwickeln. Entweder sie wächst, oder sie geht kaputt. Das ist jedenfalls meine Erfahrung.«

»Meine auch«, seufzte Gail.

Keine von beiden bemerkte, wie Trent seine Zeitung zusammenfaltete und aufstand. Als sie durch die Drehtür gingen, war Trent direkt hinter ihnen. Er konnte ihr Gespräch mithören. Da er sicher war, daß die beiden Frauen zum Angestelltenparkplatz gehen würden, ließ er ihnen einen kleinen Vorsprung, behielt sie aber im Auge. Die zwei blieben vor einem roten Pontiac Fiero stehen und unterhielten sich noch ein paar Minuten miteinander. Schließlich verabschiedeten sie sich. Gail Shaffer stieg in den Wagen. Regina Puksars Auto stand ein paar Stellplätze weiter weg.

Trent ging zu seiner Corvette und stieg ein. Es war nicht gerade das geeignetste Fahrzeug, um jemanden zu verfolgen, da es so auffällig war, aber er glaubte nicht, daß das in diesem Fall etwas ausmachen würde. Gail hatte keinen Grund, argwöhnisch zu sein.

Gails Wagen war ebenso auffällig, was es ihm leichtmachte, sie im Blick zu behalten. Sie fuhr Richtung Back Bay, wie er es anhand ihrer Telefonnummer vermutet hatte. Auf der Boylston Street parkte sie den Wagen in zweiter Reihe und verschwand in einem Store-24.

Trent lenkte sein Auto auf die andere Straßenseite hinüber – die Boylston Street war eine Einbahnstraße – und hielt an einem Taxistand. Von dort aus hatte er einen guten Blick auf das Geschäft und Gails Wagen. Kurze Zeit später kam Gail aus dem Laden zurück, ein Päckchen in der Hand. Trent wartete, bis sie eingestiegen und losgefahren war, dann folgte er ihr und setzte sich direkt hinter sie.

Sie bog nach links in die Berkeley Street ein und verlangsamte ihre Fahrt. Trent vermutete, daß sie nach einem Parkplatz Ausschau hielt – kein leichtes Unterfangen zu dieser Uhrzeit. Er ließ den Abstand zu ihr etwas größer werden. Sie fand schließlich eine Parklücke auf der Marlborough Street, aber sie brauchte Ewigkeiten, um den Wagen rückwärts einzuparken.

»Weiber am Steuer!« knurrte Trent, während er Gails dritten Versuch beobachtete, hineinzukommen. Er selbst hatte im Parkverbot angehalten. Es war ihm egal, wenn er aufgeschrieben wurde. Dies war kein Privatausflug, dies war Busineß, eine Dienstfahrt gewissermaßen; alle eventuellen Kosten, die hiermit verbunden waren, waren so gesehen geschäftliche Ausgaben. Das einzige, was er nicht wollte, war, daß sein Wagen abgeschleppt wurde; aber aus Erfahrung wußte er, daß die Chance, daß das passierte, äußerst gering war.

Schließlich, nach zwei weiteren vergeblichen Anläufen, schaffte Gail es, den Wagen zu ihrer Zufriedenheit einzuparken – wenn auch nicht zu Trents: Er stand mit den Rädern noch immer einen halben Meter von der Bordsteinkante entfernt. Gail stieg aus, das gerade gekaufte Päckchen in der Hand, schloß die Wagentür ab und ging zu Fuß weiter. Trent behielt sie im Auge, blieb aber auf der anderen Straßenseite. Er beobachtete, wie sie nach links in die Berkeley Street und gleich darauf nach rechts in die Beacon Street einbog. Nach wenigen Metern blieb sie stehen und ging in eines der braunen Ziegelhäuser.

Trent wartete noch ein paar Minuten, dann ging er ebenfalls zu dem Haus und las die Namen unter den Klingelknöpfen. Da stand ihr Name: »G. Shaffer«. Darunter, auf demselben Schild, stand der Name »A. Winthrop«. Sie wohnte also nicht allein.

»Verdammte Scheiße!« fluchte Trent leise. Er hatte gehofft, daß sie alleine wohnen würde. Kann denn nie mal irgendwas glattgehen, dachte er. Wütend kehrte er zurück auf die Straße. Er konnte nicht einfach in Gails Wohnung reinplatzen, wenn sie eine Mitbewohnerin hatte. Er konnte keine Zeugen brauchen.

Trent spähte die Beacon Street hinunter, Richtung Boston Garden. Nicht weit von ihm entfernt entdeckte er die Bar, die durch die Fernsehserie *Cheers* berühmt geworden war. Ihm kam eine Idee: Vielleicht konnte er Gail oder ihre Mitbewohnerin aus der Wohnung locken.

Er ging die kurze Strecke bis zum Hampshire House und dort in eine Telefonzelle und wählte die Nummer, die er sich vom Schwarzen Brett im OP-Aufenthaltsraum abgeschrieben hatte. Während das Rufzeichen tutete, überlegte er, wie er am besten vorgehen sollte. Alles hing davon ab, wer am Apparat war. »Hallo«, sagte die Stimme am anderen Ende der Leitung. Es war Gail.

»Ich möchte gern Miss Winthrop sprechen«, sagte Trent.

»Sie ist leider nicht zu Hause.«

Trents Stimmung hellte sich schlagartig auf. Vielleicht würde die Sache am Ende doch ganz locker und glatt über die Bühne gehen. »Können Sie mir sagen, wann sie zurückkommt?«

»Wer ist denn da, bitte?«

»Ein Freund der Familie«, antwortete Trent. »Ich habe geschäftlich in der Stadt zu tun und wollte nur mal kurz hallo sagen.«

»Sie hat heute Nachtschicht im St. Joseph's Hospital«, sagte Gail. »Soll ich Ihnen die Nummer geben? Sie können's ja mal dort probieren. Sie können sie aber auch morgen früh nach halb acht noch einmal hier anrufen, falls Ihnen das lieber ist.«

Trent tat so, als notiere er sich die Nummer vom St. Joseph's Hospital, bedankte sich bei Gail und hängte ein. Er konnte sich eines Schmunzelns nicht erwehren.

Er verließ das Hampshire House und kehrte zurück zu Gails Haus. Er streifte sich schwarze Autofahrerhandschuhe über, dann drückte er auf Gails Klingelknopf.

Einen Moment später knarzte Gails Stimme aus dem Lautsprecher über den Klingelknöpfen.

»Gail, sind Sie es?« fragte Trent, obwohl er sicher war, daß sie es war.

»Ja. Wer ist denn da?«

»Duncan Wagner«, sagte Trent. Es war der erste Name, der ihm einfiel. Die Wagners hatten neben den Hardings in der Armeebasis in San Antonio gewohnt. Duncan war ein paar Jahre älter als Trent, und sie hatten zusammen gespielt, bis Duncans Vater seinem Sohn den Umgang mit Trent verboten hatte, weil dieser seiner Meinung nach einen »schlechten Einfluß« auf Duncan ausübte.

»Kenne ich Sie?« fragte Gail verwundert.

»Vom Sehen«, antwortete Trent. »Ich arbeite in der Spätschicht in der Pädiatrie.« Trent fand, daß Pädiatrie am freundlichsten klang.

»Im dritten Stock?«

»Richtig. Ich hoffe, ich störe Sie nicht, aber wir sind mit ein paar Leuten von uns aus dem Krankenhaus im Bull Finch Pub gelandet. Irgend jemand meinte plötzlich, Sie wohnten doch gleich hier in der Nähe, und vielleicht hätten Sie Lust, noch auf ein Bier zu uns zu stoßen. Wir knobelten aus, wer von uns losgehen und Sie fragen sollte, und ich war der glückliche Gewinner.«

»Das ist wirklich lieb von Ihnen«, sagte Gail, »aber ich hatte bis jetzt Schicht und bin gerade erst zur Tür rein.«

»Wir haben alle bis eben gearbeitet. Kommen Sie, geben Sie sich einen Ruck. Wir sind richtig gut in Stimmung.«

»Wer ist denn sonst noch alles da?«

»Regina Puksar zum Beispiel«, antwortete Trent.

»Ach. Wir waren eben noch zusammen. Sie sagte mir, sie wolle zu ihrem Freund rüber.«

»Tja, was soll ich dazu sagen? Vielleicht hat sie es sich anders überlegt. Vielleicht war ihr Freund auch nicht zu Hause. Jedenfalls ist sie jetzt bei uns. Sie war es übrigens, die auf die Idee kam, daß einer Sie holen geht. Sie meinte, Sie könnten eine kleine Abwechslung brauchen.«

Gail antwortete nicht sofort. Sie schien zu überlegen. Trent lächelte. Er wußte, daß er sie überzeugt hatte.

»Ich habe noch meine Uniform an«, sagte Gail.

»Das macht doch nichts. Die meisten von uns sind noch in Uniform.« Trent hatte für alles eine passende Erwiderung parat.

»Tja… ich müßte aber erst noch duschen.«

»Kein Problem«, erwiderte Trent. »Ich warte solange.«

»Das ist nicht nötig. Ich komme nach.«

»Nein, nein, ich warte. Sie können mich ja reinlassen, sobald Sie fertig sind.«

»Ich brauche etwa zehn Minuten«, sagte Gail.

»Hetzen Sie sich nur nicht ab.«

»Okay. Wenn es Ihnen nichts ausmacht zu warten. Ich wohne in 3C.«

Plötzlich begann der Türöffner an der Innentür des Hausflurs zu summen. Trent sprang hin und drückte die Tür auf. Wieder lächelte er. Die Sache lief nicht nur glatt, sie begann langsam regelrecht Spaß zu machen. Er fühlte nach seiner Waffe. Sie steckte fest und sicher im Gürtel. Er tastete nach der Spritze. Alles okay.

Trent ging mit schnellen, federnden Schritten die Treppe hinauf zur dritten Etage. Der Trick war, in Gails Apartment zu gelangen, bevor ihn irgend jemand sah. Wenn er auf dem Flur einem der anderen Hausbewohner über den Weg lief, würde er so tun, als wolle er zu jemand anderem. Aber auf dem Flur im dritten Stock war kein Mensch zu sehen. Und seine Erleichterung wurde noch größer, als er sah, daß Gail sogar die Tür schon für ihn aufgemacht hatte. Es schaute wirklich so aus, als sollte die Sache nicht mehr als ein Kinderspiel für ihn werden. Er huschte hinein, zog die Tür zu und schloß ab. Das letzte, was er jetzt brauchen konnte, war, daß irgendein Nachbar hereinschneite. Er hörte das Wasser im Badezimmer rauschen. Gail stand bereits unter der Dusche.

»Machen Sie es sich bequem«, rief Gail, als sie die Wohnungstür hörte. »Ich bin gleich soweit.«

Trent blickte sich in der Wohnung um. Als erstes schaute er in die Küche. Dort war schon mal niemand. Dann ging er in das zweite Schlafzimmer. Als er das Licht anknipste, sah er, daß es ebenfalls leer war. Gail war also allein. Besser hätte er's wirklich nicht antreffen können.

Trent zog seine heißgeliebte Kanone aus dem Gürtel, legte die Hand fest um den Griff und schmiegte den Finger fast zärtlich um den Abzug. Die Waffe lag in seiner Hand, als wäre sie mit ihr verwachsen. Er ging zu Gails Schlafzimmertür, öffnete sie leise und spähte hinein. Das Bett war ungemacht. Gails Schwesterntracht lag quer darüber, nachlässig hingeworfen. Achtlos über den Fußboden verstreut lagen ein Slip, ein Paar weiße Strümpfe und ein Strumpfhalter. Die Badezimmertür war zu, aber Trent konnte immer noch das Rauschen der Dusche hören.

Trent trat zu dem Strumpfhalter und tippte ihn mit der Fußspitze an. Seine Mutter hatte immer einen getragen. Sie hatte ihm mindestens ein dutzendmal gesagt, Strumpfhosen wären unbequem. Da seine Mutter darauf bestanden hatte, daß er bei ihr im Bett schlief, wenn sein Vater auf einem seiner zahlreichen Armee-Einsätze war, hatte Trent in seiner Kindheit mehr Strumpfhalter gesehen, als ihm lieb gewesen war.

Trent glitt lautlos hinüber zur Badezimmertür und drehte vorsichtig am Türknauf. Er drückte die Tür einen Spaltbreit auf. Ein

Hauch warmer, feuchter Luft schlug ihm entgegen. Trent richtete den Lauf seiner Waffe zur Decke, wie Don Johnson in *Miami Vice*. Er hielt sie jetzt mit beiden Händen. Mit dem Fuß stieß er die Tür ganz auf. Das Badezimmerinventar war altmodisch. Die Wanne war ein altes Porzellanmodell, das auf Beinen mit klauenförmigen Füßen stand. Der weiße, mit großen Blumen bedruckte Duschvorhang war zugezogen. Hinter ihm konnte Trent Gails Silhouette erkennen. Sie schäumte sich gerade das Haar ein. Trent machte zwei Schritte zur Badewanne und riß mit einem kräftigen Ruck den Vorhang auf. Die Vorhangstange gab nach und fiel mitsamt dem Vorhang zu Boden.

Gail fuhr erschrocken herum und schlug die Arme vor die Brust. »Was... Wer...«, stammelte sie. Dann, nach einer Schrecksekunde, schrie sie empört: »Raus!«

Wasser floß an ihrem eingeseiften Körper herunter. Trent brauchte einen Moment, um seine Fassung wiederzugewinnen. Gail hatte ganz zweifellos eine bessere Figur als seine Mutter.

»Steigen Sie aus der Dusche!« sagte er und richtete die Pistole auf Gail.

»Raus!« wiederholte er, als sie sich nicht rührte. Aber Gail war vor Schreck wie erstarrt. Trent hielt die Mündung der Pistole jetzt an ihren Kopf, um seiner Aufforderung Nachdruck zu verleihen.

Gail begann zu schreien. In der Enge des Badezimmers hörte sich ihr Schreien an wie ein gellendes, ohrenbetäubendes Kreischen, das das ganze Haus zu erfüllen schien. Um dem so schnell wie möglich ein Ende zu bereiten, riß Trent die Pistole hoch und hieb ihr den Griff mit voller Wucht auf den Kopf, direkt unterhalb des Haaransatzes.

Im selben Moment, als der Griff auf ihren Kopf krachte, wußte er, daß er zu hart zugeschlagen hatte. Gail sackte bewußtlos in der Wanne zusammen. Eine klaffende Wunde zog sich quer über ihre Stirn bis hinunter zum Ohr. Trent konnte den bloßen Knochen durchschimmern sehen. Sie blutete so stark, daß sich innerhalb weniger Sekunden die ganze Badewanne rot färbte.

Trent beugte sich hinüber zu den Armaturen und drehte das Wasser ab. Dann hastete er ins Wohnzimmer und lauschte, ob Gails Schreien womöglich Nachbarn aufgescheucht hatte. Irgendwo lief ein Fernseher. Ansonsten war kein Laut zu hören. Er preßte das Ohr gegen die Tür; auf dem Flur war es still. Niemand hatte Gails Schreie gehört; und falls doch, dann schien sich jedenfalls keiner weiter darum zu kümmern. Trent ging zurück ins Badezimmer.

Gail war zu einer halb sitzenden Stellung zusammengesackt; die Beine waren angewinkelt unter ihrem Rumpf, ihr Kopf lehnte an der Wand in der Ecke der Wanne. Ihre Augen waren geschlossen. Aus der Wunde an ihrer Stirn sickerte nach wie vor Blut, aber die Blutung hatte ein wenig nachgelassen, seit das Wasser aus der Dusche nicht mehr darüber strömte.

Trent steckte seine Pistole in den Gürtel, packte Gail bei den Beinen und begann sie unter dem Körper hervorzuzerren. Aber dann stockte er plötzlich. Er fühlte, wie Wut in ihm hochstieg. Angesichts des nackten Körpers, der da vor ihm lag, hatte er erwartet, irgendeine Art von sexueller Erregung zu spüren, aber er empfand nichts, allenfalls etwas Ekel, und vielleicht einen leisen Anflug von Panik.

In einer plötzlichen Aufwallung von Zorn und Haß zog er seine Waffe wieder aus dem Gürtel. Er faßte sie beim Lauf und hob sie hoch über den Kopf. Er verspürte in diesem Moment das unwiderstehliche Bedürfnis, Gails ruhiges Gesicht mit einem einzigen, wuchtigen Hieb zu zerschmettern. Doch im letzten Moment beherrschte er sich. Langsam ließ er die Waffe wieder sinken. Sosehr er den Drang verspürte, sie zu verstümmeln, zu vernichten – er wußte, daß das ein Fehler sein würde. Der Witz an seinem Plan war, daß alles nach einer natürlichen Todesursache aussah und kein Mensch auf die Idee kam, sie sei gewaltsam ums Leben gebracht worden.

Er steckte die Pistole wieder in seinen Gürtel und holte die Spritze hervor. Er zog die Schutzkappe von der Kanüle und beugte sich über die leblose Gestalt. Er injizierte den Inhalt der

Spritze direkt in die offene Wunde, auf diese Weise jede Spur eines Injektionseinstichs vermeidend.

Als er fertig war, richtete er sich auf und ging einen Schritt zurück. Er steckte die Schutzkappe auf die Kanüle und ließ die leere Spritze in seine Tasche gleiten. Dann wartete er auf das Eintreten der Wirkung. Nach einer knappen Minute begannen spastische Muskelzuckungen Gails ruhiges, fast friedvoll anmutendes Gesicht zu grotesken Grimassen zu verzerren. Die Faszikulationen griffen rasch auf ihren gesamten Körper über, erfaßten ganze Muskelpartien, und innerhalb weniger Minuten steigerten sie sich zu heftigen Gliederspasmen, die Gails willenlosen Körper ruckartig hin und her schüttelten. Immer wieder prallte ihr Kopf mit voller Wucht gegen die harten Kacheln und die Badewannenarmaturen, was ein besonders häßliches Geräusch erzeugte. Trent zuckte bei jedem Schlag unwillkürlich zusammen.

Er wich zurück, regelrecht eingeschüchtert von der ungeheuren Wirkung der Droge. Der Effekt war wahrlich furchteinflößend und ekelerregend, erst recht, als Gail plötzlich ihren Darminhalt in die Badewanne entleerte. Trent wandte sich angewidert von dem gräßlichen Schauspiel ab und floh ins Wohnzimmer.

Vorsichtig öffnete er die Tür zum Flur und spähte ins Treppenhaus. Zu seiner Erleichterung war niemand zu sehen. Er schlüpfte hinaus und zog die Tür hinter sich zu. Auf Zehenspitzen huschte er zur Treppe und hastete hinunter zum Erdgeschoß. Unten angekommen, zwang er sich zu einem ruhigen und lässigen Schritt, wie jemand, der noch auf einen kleinen abendlichen Bummel geht. Er wollte ganz sicher sein, daß er in keiner Weise Aufmerksamkeit erregte.

Nervös und verwirrt bog er nach rechts in die Beacon Street und schlenderte zurück zum Bull Finch Pub. Er konnte nicht verstehen, warum er sich so unruhig fühlte. Er hatte damit gerechnet, daß ihn die Gewalt in Erregung versetzen würde, so, wie wenn er sich die *Mami Vice*-Wiederholungen im Fernsehen ansah.

Während er ging, versuchte er sich einzureden, daß Gail genaugenommen gar nicht attraktiv war. Eigentlich, sagte er sich, war sie sogar ziemlich häßlich. Das mußte der Grund sein, warum ihre Nacktheit ihn überhaupt nicht angetörnt hatte. Sie war viel zu dürr, hatte fast gar keine Brust. Wenn es eine Sache gab, der Trent sich sicher war, dann die, daß er nicht schwul war. Die Navy hatte das bloß zum Vorwand genommen, weil er mit den Ärzten nicht zurechtkam.

Bloß, um sich sofort zu beweisen, wie normal er war, sprach Trent eine kesse Brünette an der Bar an. Sie war zwar auch nicht besonders ansehnlich, aber das war ihm egal. Während sie miteinander plauderten, bemerkte er, daß sie von seinem Körper beeindruckt war. Sie fragte ihn sogar, ob er Fitneßübungen oder Bodybuilding mache. Was für eine blöde Frage, dachte er. Jeder Mann, der etwas auf sich hielt, trainierte seinen Körper. Die einzigen Männer, die nichts für ihren Körper taten, waren diese schmalbrüstigen Schlappsäcke, mit denen er gelegentlich auf der Cambridge Street aneinandergeriet, wenn er auf Zoff aus war.

Jeffrey brauchte nicht lange, um den Aufenthaltsraum der Chirurgie so sauber zu kriegen, wie er es seit Jahren nicht mehr gewesen war. Die Putzkolonne hatte einen Schrank auf dem Flur gleich vor dem Aufenthaltsraum. Darin fand Jeffrey einen Staubsauger. Er saugte nicht nur den Aufenthaltsraum, sondern auch den Diktierbereich und den Flur bis hinunter zu den Aufzügen. Danach nahm er sich die kleine Küche hinter dem Aufenthaltsraum vor. Er hatte immer gefunden, daß sie schmuddelig war. Es bereitete ihm richtig Spaß, sie sauberzumachen. Er reinigte sogar den Kühlschrank, den Herd und das Spülbecken.

David war immer noch nicht zurückgekehrt. Als Jeffrey in den Umkleideraum kam, sah er, warum. Davids Arbeitsweise schaute so aus, daß er fünf oder zehn Minuten arbeitete und dann erst einmal eine fünf- bis zehnminütige Zigarettenpause einlegte.

David schien gar nicht davon erbaut zu sein, daß Jeffrey in so kurzer Zeit so viel geschafft hatte. Er riet Jeffrey, es ein wenig langsamer angehen zu lassen, er würde sonst noch einen »Putzkoller« kriegen. Aber Jeffrey fand es nervtötender, herumzustehen und nichts zu tun, als zu arbeiten.

Offenbar schon nach dieser ersten Kostprobe von Jeffreys Arbeitseifer und Tüchtigkeit hinreichend überzeugt, händigte David ihm einen eigenen Schlüsselbund aus und sagte ihm, er könne allein in den OP-Trakt gehen. »Ich bleibe hier und mach' den Umkleideraum fertig«, sagte er. »Dann komm' ich nach und helf' dir. Fang im OP-Flur an. Vergiß auf keinen Fall, die große Tafel zu putzen! Das ist überhaupt das Allerwichtigste. Die Oberschwester kriegt immer fast einen Anfall, wenn wir vergessen, sie zu putzen. Danach mach einen der OPs, die heute abend benutzt worden sind! Die anderen müßten schon von der Abendschicht geputzt worden sein.«

Jeffrey wäre lieber direkt in die Pathologie gegangen, um Patty Owens Pathologiebericht durchzulesen, aber er war froh, überhaupt in den OP-Bereich zu kommen. Er schlüpfte – wie vorgeschrieben – in OP-Kleidung. Als er sein Aussehen im Spiegel überprüfte, bekam er einen gehörigen Schreck: Bis auf seine neue Frisur und seine nackte Oberlippe sah er genauso aus wie früher. Hastig zog er einen Mundschutz über, wie er es geplant hatte.

»Du brauchst keinen Mundschutz«, sagte David, als er ihn damit erblickte.

»Bei mir ist eine Erkältung im Anzug«, erklärte Jeffrey. »Ich glaube, da ist es besser, ich trage einen.«

David nickte. »Sehr vorausschauend.«

Seinen Putzkarren vor sich herschiebend, ging Jeffrey durch die Doppelschwingtür in den OP. Er war nicht mehr dort gewesen, seit die Krankenhausleitung ihn vom Dienst suspendiert hatte, aber es sah alles noch genauso aus, wie er es in Erinnerung hatte. Soweit er das auf den ersten Blick beurteilen konnte, hatte sich nichts verändert.

Davids Anweisungen beherzigend, nahm sich Jeffrey als erstes die große Tafel vor. Während er arbeitete, kamen ein paar Angehörige des Personals vorbei. Einige von ihnen kannte Jeffrey mit

Namen, aber keiner von ihnen würdigte ihn eines zweiten Blicks. Offenbar bot ihm seine Putztätigkeit mindestens genausoviel Schutz vor Entdeckung wie sein verändertes Äußeres. Daher achtete er darauf, daß er sich während der Arbeit möglichst nicht weit von seinem Mop und seinem Karren entfernte.

Und als die Notappendektomie, die gerade vorgenommen wurde, als er zum erstenmal in den OP gekommen war, endlich zu Ende war und das Operationsteam herauskam, drehte er der Gruppe rasch den Rücken zu. Der Anästhesist und der Chirurg waren gute Freunde von ihm.

Als die Schwingtüren sich hinter ihnen geschlossen hatten, senkte sich Stille über den OP. Jeffrey konnte die leisen Klänge eines Radios hören, die aus der Richtung der Zentralapotheke kamen. Zielstrebig putzte er sich seinen Weg hinüber zum Zentralen OP-Schalter.

Der Zentrale OP-Schalter war eigentlich mehr eine lange Theke mit mehreren Bereichen zum Sitzen. Er diente als zentrale Schaltstelle, von der aus der Einsatz des Personals koordiniert und die Patienten aus ihren Zimmern oder aus dem Wartebereich zur Operation aufgerufen wurden. Unter dem mittleren Teil befand sich eine Anzahl großer Aktenschubfächer. Auf einem davon stand »OP-Dienstpläne«.

Jeffrey spähte hastig in beide Richtungen, um sich zu vergewissern, daß der OP-Korridor auch wirklich leer war. Dann zog er das Schubfach auf. Da die OP-Dienstpläne nach dem Datum geordnet waren, hatte Jeffrey keine Mühe, schon nach kurzer Suche den Dienstplan für jenen schicksalhaften Tag zu finden, an dem das ganze Unglück seinen Anfang genommen hatte: den 9. September. Er überflog rasch die einzelnen Fälle des Tages, suchte nach Epiduralanästhesien, bei denen vielleicht 0,75prozentiges Marcain indiziert gewesen wäre, aber er fand keine. Es gab zwar eine Anzahl spinaler Fälle, aber bei denen wäre, wenn überhaupt Marcain, dann Spinal-Marcain benutzt worden, nicht die 30 ml-Darreichungsform, die für Epiduralanästhesien oder lokale Betäubungen verwendet wurde.

Jeffrey zog den Dienstplan für den Vortag heraus, den 8. September. Der Sondermüllbehälter neben dem Narkoseapparat wurde zwar jeden Tag geleert, aber es bestand immer die Möglichkeit, daß dies aus irgendeinem Grund versäumt worden war. Aber der OP-Dienstplan für den 8. September lieferte ihm ebenso wenig eine mögliche Erklärung, wie es der für den 9. getan hatte. Jeffrey sah sich erneut gezwungen, sich zu fragen, ob er das Etikett auf der Marcain-Ampulle für Patty Owens Epiduralanästhesie am Ende doch falsch gelesen hatte. Wie sonst war die leere 0,75prozentige Marcain-Ampulle zu erklären, die man gefunden hatte?

Er hatte den OP-Dienstplan gerade zu Ende gelesen, als die Schwingtüren aufflogen. Jeffrey packte seinen Mop und begann wie wild zu wischen. Einen Moment lang wagte er nicht aufzublicken. Aber als er sicher war, daß niemand sich ihm näherte, hob er vorsichtig den Kopf. Ein Operationsteam schob im Laufschritt einen Patienten auf einer OP-Trage zum Notfall-OP. Mehrere Blutinfusionsflaschen hingen über der Trage. Jeffrey vermutete, daß der Patient Opfer eines Autounfalls war.

Jeffrey wartete erst, bis Ruhe eingekehrt war, ehe er sich wieder den Dienstplänen zuwandte. Er steckte sie sorgfältig in ihren jeweiligen Schlitz zurück und schob das Fach zu. Der Patient, der gerade in den Notfall-OP gefahren worden war, brachte ihn auf einen Gedanken. Notfälle würden logischerweise nicht auf einem OP-Dienstplan erscheinen – folglich auch nicht ein Fall wie der von Patty Owen. Ihr Kaiserschnitt war nicht vorausgesehen worden. Wie mochte er dienstplanmäßig festgehalten worden sein? Jeffrey nahm sich das Dienstplanbuch des vorangegangenen Jahres vor. In diesem Buch waren alle OP-Fälle verzeichnet, einschließlich der Notfälle und der Operationen, die zwar eingeplant, aber dann aus welchen Gründen auch immer abgeblasen oder verschoben worden waren.

Außer bei Kaiserschnitten wurde Epiduralanästhesie in der Regel bei Notfällen nicht angewandt. Jeffrey wußte das, aber er beschloß, das Dienstplanbuch trotzdem durchzugehen, bloß, um ganz sicher zu sein. Schließlich gab es immer mal Ausnahmen. Er schaute sich als erstes die Einträge vom 8. September an, langsam mit dem Finger die Liste entlangfahrend. Die Eintragungen waren nicht leicht zu lesen, da sie ausnahmslos handschriftlich und überdies von vielen verschiedenen Schreibern gemacht worden waren. Er fand nichts auch nur entfernt Verdächtiges. Er blätterte zum 9. um und ging erneut die Liste von oben nach unten durch. Und nur wenige Sekunden später sah er es: Im OP 15, demselben OP, in dem Patty behandelt worden war, hatte um fünf Uhr früh eine Kornea-Operation stattgefunden. Jeffreys Puls beschleunigte sich. Ein ophthalmologischer Notfall war in der Tat vielversprechend.

Jeffrey riß ein Blatt von einem Block auf der Theke und notierte sich hastig den Namen des Patienten. Dann klappte er das Buch zu und stellte es zurück an seinen Platz im Regal. Seinen Karren vor sich herschiebend, trabte er den Flur hinunter zum Anästhesieraum. Er öffnete die Tür und knipste das Licht an. Dann rannte er zum Karteischubfach und zog den Anästhesiebericht für den fraglichen Patienten heraus.

»Bingo!« stieß Jeffrey leise hervor. Aus dem Anästhesiebericht ging hervor, daß der Patient retrobulbäre Anästhesie mit 0,75prozentigem Marcain erhalten hatte! Jeffrey steckte den Anästhesiebericht wieder an Ort und Stelle zurück und schloß das Schubfach. Kelly hatte recht gehabt. Er konnte es kaum glauben. Sofort fühlte er sich besser. Er hatte sich also doch nicht verlesen. Das zu wissen, tat ihm unheimlich gut. Ihm war klar, daß das, was er gefunden hatte, vor Gericht nicht viel Gewicht haben würde, aber für ihn bedeutete es die Welt. Er hatte das Etikett auf der Marcain-Ampulle richtig gelesen!

Als die Zeit für die Essenspause nahte, kam David, um nach ihm zu schauen. Jeffrey hatte den Haupt-OP-Flur fertig geputzt und die beiden OPs saubergemacht, die für die Notoperationen benutzt worden waren. Er war gerade dabei, die Zentralapotheke zu reinigen, als David ihn fand.

»Ich brauch' keine Essenspause«, sagte Jeffrey. »Ich hab' keinen Hunger. Ich kann ja schon mal zu den Labors gehen und dort anfangen.«

»Du mußt einen Gang zurückschalten«, erwiderte David, und seine Miene war schon eine Spur weniger freundlich als anfänglich. »So, wie du reinhaust, läßt du uns andere wie faule Säcke aussehen.«

Jeffrey lächelte schüchtern. »Ich bin bloß so arbeitsgeil, weil heute mein erster Tag ist. Keine Sorge, das wird sich rasch legen.«

»Ich will's hoffen«, murmelte David. Dann drehte er sich um und ging.

Jeffrey putzte die Zentralapotheke zu Ende, dann marschierte er mit seinem Karren den OP-Korridor hinunter und durch die Schwingtüren. Nachdem er sich wieder die Reinigungsdienst-Uniform angezogen hatte, ging er mit seinem Karren zur Pathologie-Abteilung. Er wollte die Zeit, in der David und die anderen vom Reinigungstrupp Pause machten, ausnützen.

Er probierte seine Hauptschlüssel an der Tür aus, die zum Verwaltungsbereich der Pathologie führte. Der dritte paßte. Jeffrey war verblüfft, wohin ihm seine Uniform und seine Hauptschlüssel alles Zugang verschafften.

Der gesamte Trakt war verwaist. Die einzigen Leute, die sich jetzt in diesem Bereich des Krankenhauses aufhielten, waren die Techniker in den Chemie-, Hämatologie- und Mikrobiologielabors. Jeffrey verlor keine Zeit. Er lehnte seinen Mop gegen die massiven Aktenschränke und begann, nach dem Pathologiebericht von Patty Owen zu suchen. Er hatte ihn rasch gefunden.

Er legte die Mappe auf einen Schreibtisch und schlug sie auf. Beim Durchblättern entdeckte er Kopien vom Autopsiebericht des Gerichtsarztes. Er wandte seine Aufmerksamkeit dem toxikologischen Teil zu, der Diagramme von den Ergebnissen der Gaschromatograph-Spektroskopie des Blutes, des Zerebrospinalliquors und des Urins von Patty Owen enthielt. Die einzige Verbindung, die dort als gefunden aufgelistet war, war Bupivacain, der Gattungsname für Marcain. Keine anderen Chemikalien waren in ihren Körperflüssigkeiten gefunden worden, zumindest keine, die die Tests zutage gefördert hatten.

Jeffrey blätterte den Rest der Akte durch, jede einzelne Seite mit einem schnellen Blick überfliegend. Zu seiner Überraschung fand er eine Anzahl Acht-mal-Zehn-Fotografien. Jeffrey zog sie heraus. Es waren Elekronenmikrogramme, die im Boston Memorial gemacht worden waren. Jeffreys Neugier war geweckt: Elektronenmikrogramme wurden ganz bestimmt nicht bei jeder Autopsie gemacht. Er bedauerte, daß er nicht geschulter im Deuten von Elektronenmikroskopsektionen war. Es fiel ihm schwer, herauszufinden, welches Ende nach oben gehörte. Nachdem er die Mikrogramme eine Weile sorgfältig studiert hatte, erkannte er schließlich, daß es sich um vergrößerte Abbildungen von Ganglienzellen und Nervenaxonen handelte.

Als er die Beschreibungen auf den Rückseiten der Fotos las, erfuhr er, daß die Elektronenmikrogramme eine markante Zerstörung der intrazellulären Architektur zeigten. Er war verblüfft. Diese Fotos waren während der Voruntersuchung nicht gezeigt worden. Da das Krankenhaus an demselben Fall wie Jeffrey als beklagte Partei beteiligt gewesen war, hatte die pathologische Abteilung nicht mit Jeffreys Interesse im Sinn gehandelt. Man hatte ihn nicht einmal von der Existenz dieser Fotos in Kenntnis gesetzt. Hätten er und Randolph davon gewußt, dann hätten sie ihre Vorlage unter Strafandrohung erzwingen können – was nicht hieß, daß Jeffrey zum Zeitpunkt seines Prozesses sonderlich interessiert an möglicher axonaler Entmarkung gewesen wäre.

Jeffrey erinnerte sich an die axonale Entmarkung, die bei der Autopsie von Chris Eversons Patient festgestellt worden war. Das Alarmierende an der Entmarkung in beiden Fällen war, daß sie nicht durch lokale Anästhesie verursacht worden sein konnte. Es mußte eine andere Erklärung dafür geben.

Jeffrey ging mit der Mappe zum Kopierer und kopierte die Stellen, von denen er glaubte, daß er sie brauchen würde. Dazu gehörten zum einen die elektronenmikroskopischen Berichte, wenngleich nicht die Fotos selbst, und zum anderen der toxikologische Teil mit den Diagrammen der gaschromatographischen und massenspektroskopischen Untersuchungen. Um die Diagramme richtig entziffern zu können, würde er mehr Zeit in der Bibliothek verbringen müssen.

Als er mit dem Kopieren fertig war, suchte er sich einen großen Umschlag und tat die Kopien hinein. Dann schob er die Originale in die Mappe und steckte diese wieder an ihren Platz ins Schubfach. Den Umschlag ließ er im unteren Teil seines Putzkarrens unter einer Packung Toilettenpapierrollen verschwinden.

Anschließend wandte sich Jeffrey erneut seiner Putztätigkeit zu. Er war sehr erregt über das, was er da gefunden hatte. Der Gedanke, daß das Marcain kontaminiert gewesen war, war also doch nicht so abwegig. Im Gegenteil, im Licht der Ergebnisse der elektronenmikroskopischen Untersuchung war der Verdacht nahezu bestätigt.

In dem Maße, in dem die Nacht sich hinzog, schwand Jeffreys Energie. Als der Himmel schließlich hell zu werden begann, war er total erschöpft. Er konnte das Ende der Schicht kaum noch erwarten. Um Viertel nach sechs bot sich ihm die Gelegenheit, unbemerkt vom Telefon eines leeren Sozialdienstbüros aus Kelly anzurufen. Wenn sie um Viertel vor sieben aus dem Haus mußte, würde sie ganz bestimmt schon auf sein.

Sie hatte den Hörer noch nicht ganz abgehoben, da erzählte ihr Jeffrey schon aufgeregt von der Notoperation am frühen Morgen des Unglückstages und daß bei dieser Operation 0,75prozentiges Marcain verwendet worden war. »Kelly, du hattest ja so recht. Ich begreife nicht, daß niemand daran gedacht hat, eine solche Möglichkeit in Betracht zu ziehen. Weder Randolph noch ich sind überhaupt jemals auch nur auf die Idee gekommen.« Dann erzählte er ihr von den Elektronenmikrogrammen.

»Deutet das auf ein Kontaminans hin?« fragte Kelly.

»Es deutet nicht nur darauf hin, es läßt es fast als sicher erscheinen. Der nächste Schritt besteht darin, rauszufinden, was es sein könnte und warum es im toxikologischen Bericht nicht aufgetaucht ist.«

»Diese ganze Sache macht mir angst«, sagte Kelly.

»Mir auch«, pflichtete Jeffrey ihr bei. Als nächstes fragte er sie, ob sie jemanden in der Pathologie im Valley Hospital kenne.

»Nein«, erwiderte Kelly, »aber ein paar von den Anästhesisten. Hart Ruddock war Chris' bester Freund. Er kennt bestimmt irgend jemanden in der Pathologie.«

»Könntest du ihn anrufen und ihn fragen, ob er bereit wäre, Kopien von sämtlichem Material zu besorgen, das die Pathologieabteilung über Henry Noble hat? Besonders interessiert wäre ich an EM-Studien oder histologischen Untersuchungen seines Nervengewebes.«

»Was soll ich sagen, wenn er fragt, was ich damit will?«

»Ich weiß nicht. Sag ihm, du würdest gerade Chris' Aufzeichnungen lesen, und dort stünde, daß bei Henry Noble eine axonale Entmarkung vorgelegen habe. Das dürfte seine Neugier wecken.«

»In Ordnung«, erwiderte Kelly. »Und du kommst besser gleich hierher zurück und ruhst dich erst mal aus. Du mußt ja fast im Stehen einschlafen.«

»Stimmt, ich bin ganz schön kaputt«, gestand Jeffrey. »Putzen ist tausendmal anstrengender, als eine Narkose zu machen.«

Früh am Morgen schlenderte Trent durch den OP-Korridor des St. Joseph's. Die manipulierte Ampulle hatte er erneut in der Unterhose versteckt. Er ging exakt genauso vor wie am gestrigen Tag. Besonderes Augenmerk richtete er darauf, daß niemand in der Nähe der Hauptapotheke war, ehe er darin verschwand, um die Ampullen zu vertauschen. Da jetzt nur noch zwei Ampullen mit 0,5prozentigem Marcain in der offenen Schachtel lagen, standen die Chancen, daß seine Ampulle benutzt würde, sehr günstig, zumal da er von zwei Epiduralfällen auf der großen Tafel gelesen hatte. Natürlich gab es keine Garantie, daß Marcain verwendet wurde, und erst recht nicht, daß es das 0,5prozentige sein würde. Aber die Wahrscheinlichkeit war groß. Bei den beiden geplanten Epiduralfällen handelte es sich um eine Herniotomie und um eine Laparoskopie. Wenn seine Ampulle für einen der beiden Eingriffe gebraucht werden sollte, dann, so hoffte Trent, daß es die Laparoskopie sein würde. Das würde seinen Triumph perfekt machen; dieses selbstgefällige Arschloch Doherty war bei diesem Eingriff als Anästhesist vorgesehen.

Trent schlenderte lässig zurück zum Umkleideraum und versteckte die saubere Ampulle in seinem Spind. Als er die Tür zuzog und abschloß, dachte er an Gail Shaffer. Sie fertigzumachen hatte ihm nicht so viel Spaß gebracht, wie er vorher gedacht hatte, aber in gewisser Weise war er doch dankbar für die Erfahrung als solche. Die Tatsache, daß Gail ihn ertappt hatte, hatte ihm deutlich vor Augen geführt, wie wichtig es war, allzeit wachsam zu sein. Er durfte sich keine Nachlässigkeit erlauben. Zuviel stand auf dem Spiel. Wenn man ihn erwischte, konnte er sich beerdigen lassen. Trent vermochte sich des Gefühls nicht erwehren, daß in dem Fall die Behörden noch die geringste seiner Sorgen sein würden.

Der Radiowecker war auf WBZ eingestellt und läutete um Viertel vor sieben. Die Lautstärke war so niedrig, daß Karen in Etappen aufwachte. Schließlich öffnete sie die Augen.

Sie rollte sich herum und setzte sich auf die Bettkante. Sie fühlte sich noch immer benommen von dem Schlafmittel, das Dr. Silvan ihr am Abend gegeben hatte. Das Dalman hatte besser gewirkt, als sie gedacht hatte.

»Bist du schon auf?« rief Marcia durch die geschlossene Tür.

»Ja, bin gerade wach geworden!« rief Karen zurück. Sie rappelte sich mit zitternden Knien von der Bettkante auf. Ein Schwindelgefühl überkam sie, und sie mußte sich einen Moment lang am Bettpfosten festhalten. Nach ein paar Sekunden war der Schwindel weg. Sie ging ins Badezimmer.

Obwohl ihr Mund pelzig war und ihre Kehle trocken, achtete

Karen sorgfältig darauf, daß sie beim Zähneputzen kein Wasser schluckte. Dr. Silvan hatte ihr das nachdrücklich eingeschärft.

Karen wünschte, es wäre schon Abend und der Tag vorüber. Dann würde ihre Operation jetzt bereits hinter ihr liegen. Sie wußte, daß es albern war, aber sie hatte trotzdem Angst. Das Dalman konnte daran auch nichts ändern. Sie bemühte sich, ihre Gedanken auf das Duschen und das Anziehen zu konzentrieren.

Marcia fuhr sie zum Krankenhaus. Während des ersten Teils der Fahrt tat sie ihr Bestes, um sie abzulenken. Aber Karen war zu zerstreut, um sich auf irgendein Gespräch zu konzentrieren. Als sie schließlich auf dem Klinikparkplatz hielten, hatten sie schon eine ganze Weile schweigend nebeneinandergesessen.

»Du hast ein bißchen Angst, nicht?« brach Marcia schließlich das Schweigen.

»Ich kann nichts dafür«, sagte Karen. »Ich weiß, daß es albern ist.«

»Ach was, das ist überhaupt nicht albern«, erwiderte Marcia. »Aber ich garantiere dir, du wirst nicht das geringste spüren. Die Schmerzen kommen erst später. Doch selbst dann wird es viel leichter sein, als du jetzt glaubst. Das Schlimmste ist immer die Angst vorher.«

»Hoffentlich hast du recht.« Es gefiel Karen gar nicht, daß das Wetter umgeschlagen war. Es hatte wieder angefangen zu regnen. Der Himmel sah genauso trübe aus, wie sie sich fühlte.

Die Klinik hatte einen speziellen Eingang für Tagespatienten. Karen und Marcia mußten eine Viertelstunde mit mehreren Dutzend anderen Leuten im Wartezimmer warten. Es war leicht, die Patienten aus der Menge herauszupicken. Statt, wie die anderen, ihre Zeitschriften zu lesen, blätterten sie sie lediglich nervös durch.

Bei Karen war es bereits die dritte Zeitschrift, als sie an einen Schreibtisch gerufen und von einer Krankenschwester begrüßt wurde. Die Schwester ging noch einmal alle Papiere durch und vergewisserte sich, daß alles seine Richtigkeit hatte. Karen war am Tag zuvor bereits zum Bluttest und zum EKG dagewesen. Die

Einverständniserklärung war unterschrieben. Ein mit einer Kenn-Nummer bedrucktes Armband lag schon bereit. Die Schwester half Karen, es anzulegen.

Karen bekam ein OP-Hemd und einen Bademantel ausgehändigt und wurde zu einer Umkleidekabine geführt. Sie spürte, wie ein Anflug von Panik in ihr aufwallte, als sie auf die Trage kletterte und in einen Warteraum geschoben wurde. Marcia durfte jetzt noch einmal für einige Minuten zu ihr herein.

Marcia hielt die Tasche mit Karens Kleidern. Sie versuchte, Karen mit ein paar humorvollen Bemerkungen aufzumuntern, aber Karen war zu angespannt, um darauf einzugehen. Ein Krankenpfleger kam, warf einen kurzen Blick auf die Karte am Fußende von Karens Trage und auf die Kenn-Nummer auf ihrem Armband und sagte: »Dann wollen wir mal.«

»Ich warte hier auf dich!« rief Marcia Karen nach, als sie weggerollt wurde. Karen winkte ihr noch einmal zu, dann ließ sie den Kopf auf das Kissen fallen. Sie erwog einen Moment lang ernsthaft, dem Pfleger zu sagen, er solle anhalten, damit sie von der Trage steigen könne. Sie konnte zurück in den Umkleideraum gehen, sich ihre Sachen von Marcia geben lassen, sich wieder umziehen und nach Hause zurückfahren. Die Endometriose war so schlimm nun auch wieder nicht. Sie hatte schließlich schon eine ganze Zeit recht gut damit gelebt.

Aber sie tat nichts dergleichen. Ihr war, als wäre sie bereits hilflos gefangen in einem unaufhaltsamen Räderwerk von Ereignissen, die unerbittlich ihren Lauf nehmen würden, ganz gleich, was sie auch machen würde. An irgendeinem Punkt während des Entscheidungsprozesses, an dem sie sich zu der Laparoskopie durchgerungen hatte, hatte sie ihre Entscheidungsfreiheit verloren. Sie war Gefangene des Systems. Die Tür des Aufzugs glitt zu. Sie fühlte, wie der Fahrstuhl sie aufwärts trug, und damit war auch der letzte Fluchtweg abgeschnitten.

Der Pfleger ließ Karen in einem Warteraum zurück, in dem etwa ein Dutzend weiterer OP-Tragen wie ihre standen. Sie blickte verstohlen zu den anderen Patienten. Die meisten lagen ruhig und mit geschlossenen Augen da. Ein paar schauten herum wie sie, aber sie sahen nicht so ängstlich aus, wie sie sich jetzt fühlte.

»Karen Hodges?« rief eine Stimme.

Karen wandte den Kopf. Ein Arzt in einem OP-Kittel stand neben ihrer Trage. Er war so plötzlich aufgetaucht, daß sie nicht gesehen hatte, woher er gekommen war.

»Ich bin Dr. Bill Doherty«, stellte er sich vor. Er war etwa so alt wie ihr Vater, hatte einen Schnauzbart und freundliche braune Augen. »Ich bin Ihr Anästhesist.«

Karen nickte. Dr. Doherty ging noch einmal ihre Krankengeschichte durch. Es dauerte nicht lange; viel gab es da nicht. Er stellte ihr die üblichen Fragen nach Allergien und früheren Krankheiten. Dann erklärte er ihr, daß ihr Arzt um Epiduralanästhesie gebeten habe.

»Sind Sie mit Epiduralanästhesie vertraut?« fragte Dr. Doherty.

Karen antwortete, daß ihr Arzt sie ihr erklärt habe. Dr. Doherty nickte, schilderte ihr aber noch einmal jeden Schritt und betonte ihre besonderen Vorteile bei einem Fall wie dem ihren. »Dieser Typ von Narkose sorgt für optimale Muskelentspannung, was Dr. Silvan bei seiner Untersuchung sehr helfen wird«, erklärte er. »Außerdem ist eine Epiduralanästhesie sicherer als eine Vollnarkose.«

Karen nickte. Dann fragte sie: »Sind Sie auch sicher, daß es funktionieren wird und daß ich ganz bestimmt nichts spüre, wenn die da in mir herummachen?«

Dr. Doherty drückte beruhigend ihren Arm. »Sie werden garantiert nicht das geringste spüren. Und soll ich Ihnen was sagen: Jeder hat Angst, daß ausgerechnet bei ihm die Narkose nicht wirkt, wenn er sie zum erstenmal kriegt. Aber sie wirkt immer. Also, keine Sorge, okay?«

»Kann ich Sie noch was fragen?«

»Soviel Sie wollen«, antwortete Dr. Doherty.

»Haben Sie schon mal das Buch *Koma* gelesen?«

Dr. Doherty lachte. »Na klar, und den Film hab' ich auch gesehen.«

»Und so was wie dort passiert wirklich niemals?«

»Aber nein! So was passiert nur im Film«, versicherte er ihr. »Noch weitere Fragen?«

Karen schüttelte den Kopf.

»Na prima, dann ist ja alles in Ordnung«, meinte Dr. Doherty. »Ich sage der Schwester, sie soll Ihnen eine kleine Spritze zur Beruhigung geben. Danach werden Sie sich ein bißchen schläfrig fühlen. Und dann, sobald wir hören, daß Ihr Arzt im Umkleideraum ist, lasse ich Sie in den OP bringen. Und nochmals, Karen, Sie werden wirklich nicht das geringste spüren. Sie können mir vertrauen. Ich habe das schon zigtausendmal gemacht.«

»Ich vertraue Ihnen«, sagte Karen. Sie brachte sogar ein mattes Lächeln zustande.

Dr. Doherty verließ den Warteraum und ging durch die Schwingtüren in den OP-Trakt. Er schrieb eine Anweisung für Karens Beruhigungsspritze und begab sich dann ins Anästhesie-Dienstzimmer, um seine Tagesnarkotika zu holen. Anschließend machte er sich auf den Weg zur Zentralapotheke.

In der Zentralapotheke suchte er sich ein paar Ampullen mit Infusionslösungen heraus und griff dann, die Flaschen in der einen Hand haltend, in die offene Schachtel mit dem 0,5prozentigen Marcain und nahm eine der beiden noch darin befindlichen Ampullen heraus. Pingelig, wie er in solchen Dingen stets war, prüfte er das Etikett. Es war 0,5prozentiges Marcain. Was Dr. Doherty freilich nicht bemerkte, war die winzige Unebenheit am Hals der Ampulle, dem Teil, den er abbrechen würde, wenn er die Spritze aufzog.

Annie Winthrop war müder als gewöhnlich, als sie den Gehweg zum Eingang ihres Apartmenthauses entlangstapfte. Sie hatte ihren Schirm aufgespannt, um sich gegen den strömenden Regen zu schützen. Die Temperatur war innerhalb weniger Stunden in den Keller gegangen; man hätte eher meinen können, der Winter stehe vor der Tür, als daß es bald Sommer werden würde.

Was war das für eine Nacht gewesen! Drei Herzstillstände auf der Intensivstation. Das war der bisherige Jahresrekord. Die Versorgung der drei Herzstillstände und die Betreuung der anderen Patienten hatten alle bis an den Rand der Erschöpfung beansprucht. Alles, was sie jetzt wollte, war eine schöne heiße Dusche und ihr warmes Bett.

Vor ihrer Wohnungstür angekommen, suchte sie nach dem richtigen Schlüssel am Bund und ließ ihn dabei fallen. Die Erschöpfung machte sie unbeholfen. Sie bückte sich, hob den Schlüsselbund vom Boden auf und steckte den Wohnungsschlüssel ins Schloß. Als sie ihn drehen wollte, merkte sie, daß die Tür bereits aufgesperrt war.

Annie stutzte. Sie und Gail schlossen immer ab, selbst wenn sie zu Hause waren. Das war eine feste Regel, über die sie bei ihrem Einzug eigens diskutiert hatten.

Mit einem Gefühl banger Vorahnung drehte Annie am Türknauf und drückte die Tür auf. Im Wohnzimmer brannte Licht. Ob Gail zu Hause war?

Ihre Intuition ließ sie auf der Schwelle verharren. Irgend etwas stimmte da nicht. Aber es waren keine Geräusche zu hören. Totenstille lag über der Wohnung.

Annie stieß die Tür ein Stück weiter auf. Alles schien in Ordnung zu sein. Sie trat über die Schwelle. Sofort schlug ihr ein scheußlicher Geruch entgegen. Annie war lange genug Krankenschwester, um diesen Geruch zur Genüge zu kennen.

»Gail?« rief sie. Normalerweise schlief Gail, wenn sie nach Hause kam. Annie ging zur Tür von Gails Schlafzimmer und schaute hinein. Auch hier brannte Licht. Der Geruch wurde stärker. Sie rief erneut Gails Namen, dann trat sie durch die Tür. Die Tür zum Bad stand offen. Annie ging zum Bad und schaute hinein. Sie stieß einen gellenden Schrei aus.

Trent war für diesen Tag zum Dienst in OP 4 eingeteilt, wo eine Reihe von Brustbiopsien vorgenommen werden sollten. Er glaubte, daß es ein ruhiger Tag für ihn würde, falls nicht einige der Biopsien positiv sein würden, was jedoch nicht erwartet wurde. Er war erfreut über diese Aufgabe, weil sie ihm genug Freiheit ließ, um seine Marcain-Ampulle im Auge zu behalten, etwas, das ihm sein Dienst vom Vortag nicht erlaubt hatte.

Die erste Biopsie wurde gerade in Angriff genommen, als die Narkoseschwester ihn bat, rasch hinunter in die Zentralapotheke zu laufen und ihr eine Literflasche Infusionslösung zu holen. Trent tat ihr diesen Gefallen nur allzugern.

Ein paar Leute vom Pflegepersonal waren in der Zentralapotheke, als Trent hereinkam. Er wußte, daß er daher besonders vorsichtig sein mußte, wenn er nach seiner Ampulle schaute. Aber niemand beachtete ihn. Sie waren damit beschäftigt, chirurgische Päckchen zusammenzustellen, als Ersatz für die, die an diesem Tag gebraucht würden. Trent ging zurück zu dem Bereich, wo die Infusionslösungen aufbewahrt wurden. Die nichtnarkotischen Präparate befanden sich links von ihm.

Trent nahm eine Infusionslösungsflasche vom Regal. Durch den türlosen Eingang dieser Abteilung der Zentralapotheke konnte er die anderen dabei beobachten, wie sie die Instrumente für die einzelnen Päckchen abzählten. Seine Kollegen wachsam im Auge behaltend, ließ er die Hand unauffällig in die offene Marcain-Schachtel gleiten. Ein Schauer der Erregung lief ihm über den Rücken. In der Schachtel war nur noch eine Ampulle, und ihre abgerundete Spitze war glatt. Seine Ampulle war weg!

Erfüllt von einer kaum noch zu bezähmenden Erregung, verließ Trent die Zentralapotheke und ging zum OP 4 zurück. Er gab der Narkoseschwester die Infusionsflasche. Dann fragte er die OP-Schwester, ob sie irgend etwas benötigte. Sie schüttelte den Kopf. Der Eingriff lief glatt. Die Biopsie war bereits auf dem Weg zum Labor. Trent sagte der OP-Schwester, er sei gleich wieder zurück.

Er verließ den Raum und eilte den Flur hinunter zu der großen

Tafel. Was er sah, erfüllte ihn mit ungeheurer Freude: Die einzige Epiduralanästhesie, die um halb acht anstand, war die Laparoskopie, und der Anästhesist war Doherty! Die Herniotomie war erst für einen späteren Zeitpunkt am Tag vorgesehen. Seine Ampulle war für die Laparoskopie genommen worden.

Trent schaute nach, wo die Laparoskopie stattfinden sollte. Sie war für OP 12 vorgesehen. Er hastete den Gang zurück und in den Anästhesieraum für OP 12. Doherty war da, und die Patientin ebenfalls. Auf einem Edelstahltischchen lag deutlich sichtbar seine Marcain-Ampulle.

Er konnte sein Glück kaum fassen. Nicht nur, daß der Narkosearzt Doherty war, die Patientin war auch noch ein junges, gesundes Mädchen. Besser hätten sich die Dinge nicht fügen können.

Da er nicht wollte, daß man ihn in dem Bereich herumlungern sah, ging er wieder zurück in den OP, in dem er Dienst hatte, aber er war so aufgeregt, daß er nicht stillstehen konnte. Er lief derart aufgedreht im Zimmer herum, daß der Chirurg, der die Biopsien durchführte, ihn auffordern mußte, sich entweder hinzusetzen oder den Raum zu verlassen.

Normalerweise hätte ein solcher Befehl von einem Arzt Trent in Rage gebracht. Aber heute nicht. Er war viel zu sehr damit beschäftigt, sich auszumalen, was passieren würde, wenn die Patientin in OP 12 sein Marcain gespritzt bekam. Er wußte, er mußte zurück in OP 12, sobald dort die Hölle losbrach, und die geöffnete Ampulle wieder an sich bringen. Dieser Teil des Unternehmens war immer der, der ihm am meisten Sorgen bereitete, obwohl er sich bei den vergangenen Gelegenheiten das allgemeine Durcheinander, das durch die verheerende Wirkung seines Marcains ausgelöst wurde, stets hatte zunutze machen können, um völlig unbeobachtet seine Ampulle zu entfernen. Dennoch war dieser Teil der heikelste Punkt bei der gesamten Operation. Trent wollte auf keinen Fall, daß irgend jemand ihn dabei sah, wie er die Ampulle berührte.

Trent schaute hinauf zur Wanduhr und beobachtete, wie der große Zeiger langsam vorrückte. Es war nur noch eine Sache von

Minuten, bis die Show beginnen würde. Ein wohliger Schauer der Erregung rieselte ihm über den Rücken. Wie er diese Spannung liebte!

9

Donnerstag, 18. Mai 1989, 7 Uhr 52

Mit heulender Sirene bog der Krankenwagen mit Gail Shaffer in den Notaufnahmebereich des St. Joseph's Hospitals und fuhr rückwärts an die Entladerampe. Die Sanitäter hatten bereits während der Fahrt über Funk die Notaufnahme über Art und Schwere des Falls in Kenntnis gesetzt und kardiologische und neurologische Unterstützung angefordert.

Als die Sanitäter, von Annie Winthrop telefonisch alarmiert, in Gails Wohnung gekommen waren, hatten sie rasch rekonstruiert, was passiert war. Gail Shaffer hatte einen epileptischen Krampf-Anfall erlitten, während sie unter der Dusche stand. Offenbar hatte sie die Anzeichen des drohenden Anfalls vorher gespürt, denn ihre Mitbewohnerin hatte ausdrücklich darauf hingewiesen, daß das Wasser abgedreht gewesen war. Leider jedoch hatte Gail es nicht mehr geschafft, noch schnell genug aus der Wanne zu steigen, und war mit dem Kopf mehrmals heftig gegen den Wasserhahn und den Wannenrand geschlagen. Sie hatte zahlreiche Schädel- und Gesichtstraumata und eine besonders tiefe Rißwunde an der Stirn unmittelbar unter dem Haaransatz.

Das erste, was die Sanitäter getan hatten, war, Gail aus der Wanne zu heben. Dabei war ihnen das vollkommene Fehlen jeglichen Muskeltonus' bei Gail aufgefallen, so, als sei sie völlig gelähmt. Darüber hinaus hatten sie eine markante Anomalie ihres Herzrhythmus festgestellt. Der Rhythmus war ganz unregelmäßig. Daraufhin hatten sie sofort versucht, ihren Kreislauf mit einer Infusion und der Zufuhr von hundertprozentigem Sauerstoff zu stabilisieren.

Sobald die Hecktüren des Krankenwagens geöffnet waren,

wurde Gail im Laufschritt in die Unfallstation geschoben. Dank der Voraussicht der Sanitäter standen bereits ein Neurologe und ein Kardiologe bereit, als sie ankam.

Das Team arbeitete fieberhaft. Schon ein kurzer Blick genügte, um zu sehen, daß Gails Leben am seidenen Faden hing. Das Erregungsleitungssystem ihres Herzens, das verantwortlich für die Koordinierung der Systolen und Diastolen war, war schwer in Mitleidenschaft gezogen.

Der Neurologe bestätigte rasch den ersten Eindruck der Sanitäter: Gail litt an einer nahezu totalen Lähmung, die auch die Hirnnerven mit einschloß. Besonders merkwürdig an dieser Lähmung war, daß einige Muskelgruppen noch ein gewisses Reflexverhalten aufwiesen, das jedoch keinem irgendwie erkennbaren Muster zu folgen schien, sondern rein zufällig auftrat.

Man kam nach kurzer Beratung zu dem Konsens, daß Gail einen epileptischen Anfall infolge einer Hirnblutung und/oder eines Hirntumors erlitten hatte. Dies war die vorläufige Diagnose trotz des Faktums, daß der Zerebrospinalliquor klar war. Die Internistin, die man inzwischen hinzugezogen hatte, mochte sich indes dieser Diagnose nicht anschließen. Sie gab zu bedenken, die Symptomatik lasse eher auf irgendeine Art von akuter Arzneimittelvergiftung schließen, und bestand darauf, daß eine Blutprobe genommen und eine Analyse auf Rauschdrogen vorgenommen werde, insbesondere auf einige der neueren synthetischen Typen.

Einer der Neuro-Stationsärzte meldete ebenfalls Zweifel an der vorläufigen Diagnose an. Er wandte ein, eine ZNS-Läsion könne das Pareseproblem nicht hinreichend und schlüssig erklären. Er hegte wie die Internistin den Verdacht, daß eine akute Vergiftung vorliege. Aber er wollte nicht weiter spekulieren, ehe nicht zusätzliche Testergebnisse vorlägen.

Einhelligkeit bestand freilich hinsichtlich der Kopfverletzungen, deren Schwere schon mit bloßem Auge zu erkennen war. Das Röntgenbild ließ alle zusammenzucken. Der Schlag gegen die Stirn hatte eine Fraktur herbeigeführt, die sich bis in eine der

Stirnnebenhöhlen hineinzog. Gleichwohl herrschte allgemein die Ansicht vor, daß selbst ein so schweres Trauma keine ausreichende Erklärung für Gails Zustand sein konnte.

Nach einigem Hin und Her rang man sich dazu durch, trotz ihrer prekären Herzsituation eine Kernspintomographie vorzunehmen. Der Neuro-Stationsarzt hatte es in der Zwischenzeit irgendwie geschafft, die bürokratischen Hindernisse auszuräumen, die der außerplanmäßigen Benutzung des NMR im Weg standen. Gefolgt von einer ganzen Riege von Ärzten, wurde Gail in die Radiologie gefahren und in den riesigen, an eine Bratröhre erinnernden Apparat geschoben. Alle waren ein wenig besorgt, daß das Magnetfeld ihr instabiles Erregungsleitungssystem beeinträchtigen würde, aber die dringende Notwendigkeit einer raschen und sicheren Diagnostizierung eventueller intrakranieller Läsionen ließ alle anderen Bedenken in den Hintergrund treten. Alle an dem Fall Beteiligten starrten gespannt auf den Bildschirm, als die ersten Bilder erschienen.

Bill Doherty hielt die 5-ml-Spritze gegen die Deckenlampe im Anästhesieraum und tippte leicht gegen den Zylinder. Die wenigen Luftblasen lösten sich von der Innenwand des Zylinders und stiegen an die Oberfläche. Die Spritze enthielt 2 ml Spinalmarcain mit Epinephrin.

Dr. Doherty war mit den Vorbereitungen für die Verabreichung der kontinuierlichen Epiduralanästhesie bei Karen Hodges so gut wie fertig. Alles lief glatt und nach Plan. Die Spritze, mit der er ihr vorab das Lokalanästhetikum injiziert hatte, hatte ihr nicht im geringsten weh getan. Die Epiduralnadel war sauber durchgedrungen. Da der Kolben der kleinen Glasspritze beim Herunterdrücken keinen Widerstand geboten hatte, konnte Dr. Doherty sicher sein, daß die Nadel in den Epiduralraum eingedrungen war. Eine anschließend verabreichte Testdosis hatte dies ebenfalls bestätigt. Und der kleine Epiduralkatheter schließlich war geradezu in die Kanüle hineingeflutscht. Jetzt brauchte er sich nur noch zu vergewissern, daß der Katheter im Epiduralraum war. Sobald er das getan hatte, konnte er die therapeutische Dosis injizieren.

»Na, wie geht's uns denn?« fragte Dr. Doherty Karen. Karen lag auf der rechten Seite, mit dem Rücken zu ihm. Er würde sie in Rückenlage bringen, sobald er ihr das Anästhetikum injiziert hatte.

»Ich fühl' mich soweit okay«, antwortete Karen. »Sind Sie schon fertig? Ich spüre noch immer nichts.«

»Das sollen Sie jetzt auch noch nicht«, sagte Dr. Doherty. Er injizierte die Testdosis und pumpte gleich danach die Blutdruckmanschette auf. Weder der Blutdruck noch die Pulsfrequenz veränderten sich. Während er wartete, bereitete er einen kleinen Klebeverband zum Fixieren des Katheters vor. Nachdem ein paar Minuten verstrichen waren, kontrollierte er erneut den Blutdruck. Er war unverändert geblieben. Er prüfte das Tastempfinden in Karens unteren Extremitäten. Es war keine Anästhesie festzustellen; das bedeutete, daß der Katheter ganz sicher nicht in dem Bereich war, in dem spinale Anästhesie verabreicht wurde. Er war zufrieden. Der Katheter mußte im Epiduralraum sein. Alles war bereit für die Hauptinjektion.

»Meine Beine fühlen sich vollkommen normal an«, klagte Karen. Sie machte sich immer noch Sorgen, daß die Narkose bei ihr nicht wirken würde.

»Das hat schon seine Richtigkeit«, beruhigte sie Dr. Doherty. »Ihre Beine dürfen sich jetzt noch gar nicht anders anfühlen. Erinnern Sie sich an das, was ich Ihnen am Anfang gesagt habe.« Er hatte Karen genauestens beschrieben, was sie zu welchem Zeitpunkt fühlen würde. Aber er war nicht überrascht, daß sie es vergessen hatte. Er hatte Nachsicht mit ihr; er wußte, daß sie sich ängstigte.

»Na, wie sieht's aus?«

Dr. Doherty blickte auf. Es war Dr. Silvan; er hatte bereits seine OP-Kleidung an.

»In zehn Minuten sind wir soweit«, teilte Dr. Doherty ihm mit. Er wandte sich wieder zu seinem Edelstahltisch um, nahm die

30-ml-Ampulle Marcain und prüfte noch einmal das Etikett. »Ich bin gerade im Begriff, die therapeutische Dosis zu injizieren«, fügte er hinzu.

»Gutes Timing«, sagte Dr. Silvan. »Ich bin auch gleich soweit, und dann können wir loslegen. Je eher wir anfangen, desto eher sind wir fertig.« Er tätschelte Karens Arm. »Und Sie entspannen sich jetzt schön, okay?«

Dr. Doherty brach den Hals der Ampulle ab und zog das Marcain auf eine Spritze. Aus Gewohnheit tippte er noch einmal gegen den Rand der Spritze, um eventuelle Luftblasen zu entfernen, obwohl es nichts weiter ausmachen würde, sollte etwas Luft in den Epiduralraum geraten. Es war mehr die Macht langjähriger Gewohnheit.

Dann beugte er sich leicht vor, setzte die Spritze auf den Epiduralkatheter und begann, das Marcain gleichmäßig zu injizieren. Der geringe Querschnitt des Katheters erzeugte einen gewissen Widerstand, und er verstärkte den Druck auf den Kolben ein wenig. Er war gerade am Anschlag angekommen, als Karen sich plötzlich bewegte.

»Noch nicht bewegen!« ermahnte er sie.

»Ich habe einen fürchterlichen Krampf!« schrie Karen.

»Wo?« fragte Dr. Doherty. »In den Beinen?«

»Nein, im Magen«, preßte Karen hervor. Sie stöhnte auf und streckte die Beine.

Dr. Doherty faßte sie bei der Hüfte, um sie ruhigzuhalten. Eine OP-Schwester, die danebengestanden hatte, um notfalls Hilfestellung zu leisten, beugte sich hastig über sie und packte sie bei den Fußgelenken.

Trotz Dr. Dohertys Versuch, sie mit der freien Hand festzuhalten, wälzte sie sich auf den Rücken. Sie stemmte sich auf dem Ellbogen hoch und starrte Dr. Doherty mit vor Entsetzen weit aufgerissenen Augen an.

»Helfen Sie mir!« schrie sie verzweifelt.

Dr. Doherty war verwirrt. Er hatte keine Erklärung, was da falsch lief. Sein erster Gedanke war, daß Karen schlicht in Panik geraten war. Er ließ die Spritze los. Mit beiden Händen packte er Karen bei den Schultern und versuchte sie auf die Trage zurückzudrücken. Am anderen Ende verstärkte die Schwester ihren Griff um Karens Knöchel.

Dr. Doherty entschloß sich, Karen eine Dosis Diazepam intravenös zu injizieren, aber bevor er dazu kam, sah er zu seinem Schrecken, wie Karens Gesicht sich unter wellenförmigen Krampfentladungen zu verzerren begann. Gleichzeitig setzte heftiger Tränenfluß ein, und Speichel begann aus ihrem Mund zu laufen. Ihre Haut war naß von Schweiß. Ihr Atem ging röchelnd.

Dr. Doherty zog mit fliegenden Fingern eine Spritze Atropin auf. Während er sie injizierte, bäumte sich Karens Rumpf ruckartig auf. Ihr Körper versteifte sich einen Moment, um unmittelbar danach von einer Serie von heftigen spastischen Krämpfen geschüttelt zu werden. Die Schwester ließ Karens Beine los und sprang an ihre Seite, um zu verhindern, daß sie von der Trage fiel. Dr. Silvan, der den Tumult gehört hatte, kam vom Waschbecken herbeigestürzt, um zu helfen.

Dr. Doherty zog eine Spritze Succinylcholin auf und injizierte sie in den intravenösen Zugang. Dann spritzte er Karen Diazepam. Er drehte den Sauerstoff auf und hielt die Maske über Karens Gesicht. Das EKG begann Unregelmäßigkeiten im Erregungsleitungssystem anzuzeigen.

In der Zwischenzeit war Hilfe eingetroffen. Karen wurde in den OP geschoben, wo man mehr Platz hatte. Das Succinylcholin brachte den Anfall zum Stoppen. Dr. Doherty intubierte Karen. Er prüfte ihren Blutdruck und stellte fest, daß er fiel. Ihr Puls war unregelmäßig.

Dr. Doherty spritzte eine weitere Dosis Atropin. Er hatte noch nie einen solchen Speichel- und Tränenfluß gesehen. Er legte ihr einen Puls-Oximeter an. In dem Moment blieb Karens Herz stehen.

Ein Code wurde ausgerufen, und einen Moment später kam weiteres medizinisches Personal in den OP 12 geeilt, um Hilfe anzubieten. Nachdem die Zahl der Ärzte und Schwestern auf mehr als zwanzig angewachsen war, wimmelten zu viele um Karens Trage herum, als daß irgendeiner von ihnen bemerkt hätte, wie draußen im Anästhesieraum eine Hand blitzartig nach der halbvollen Marcain-Ampulle langte, den Inhalt in ein Waschbekken kippte und die leere Ampulle verschwinden ließ.

Kelly legte den Hörer in der Intensivstation auf. Der Anruf hatte ihr einen Schock versetzt. Sie war soeben informiert worden, daß sie einen Zugang aus der Notaufnahme bekommen würden. Aber das war es nicht, was sie so mitgenommen hatte. Was sie beunruhigte, war, daß die Patientin Gail Shaffer war, eine der OP-Schwestern. Eine Freundin.

Kelly kannte Gail schon seit geraumer Zeit. Gail war mit einem der Anästhesie-Assistenzärzte im Valley Hospital, einem ehemaligen Studenten von Chris, befreundet gewesen. Gail war sogar einmal bei den Eversons zu Hause gewesen, und zwar anläßlich eines der alljährlichen Dinner, die Kelly für die Anästhesie-Assis veranstaltete. Als Kelly zum St. Joseph's übergewechselt war, war Gail so nett gewesen, sie gleich mit ein paar von den Leuten dort bekannt zu machen.

Kelly versuchte, sich nicht von ihren persönlichen Gefühlen beirren zu lassen. Es war im wahrsten Sinne lebensnotwendig, daß sie sich absolut professionell verhielt. Sie rief eine der anderen Schwestern aus und wies sie an, Bett drei für einen Neuzugang fertigzumachen.

Ein Team von Leuten brachte Gail auf die Intensivstation und half, sie an einen Monitor und ein Atemgerät anzuschließen. Ihre eigene Atmung war nicht ausreichend, um ihre Blutgase in einem normalen Bereich zu halten. Während sie arbeiteten, wurde Kelly über den Stand der Dinge informiert.

Eine endgültige Diagnose lag immer noch nicht vor, was die Behandlung natürlich enorm erschwerte. Das NMR war ohne Befund gewesen, abgesehen von der schweren Stirnhöhlenfraktur. Ein Tumor und/oder eine intrakranielle Blutung schieden somit als Ursache aus. Gail hatte das Bewußtsein nicht wiedererlangt, und ihre Lähmung hatte sich eher verschlimmert als gebessert. Die größte, unmittelbarste Bedrohung für ihren Zustand war ihre labile Herzsituation. Auch die hatte sich verschlimmert. In der Radiologie hatte sie mit mehreren dicht aufeinanderfolgenden ventrikulären Tachykardien den Leuten den Schweiß auf die Stirn getrieben; alle hatten befürchtet, jeden Moment werde es zum Herzstillstand kommen. Es war fast ein Wunder, daß er nicht eingetreten war.

Inzwischen lag auch das Ergebnis des Kokaintests vor. Es war negativ. Die Untersuchungsergebnisse hinsichtlich anderer Rauschmittel standen noch aus, aber Kelly war ganz sicher, daß Gail keine Drogen nahm.

Das Team, das Gail auf die Intensivstation gebracht hatte, war noch da, als sie einen Herzstillstand erlitt. Die sofort eingeleitete Schockbehandlung stoppte zwar die Fibrillation, führte aber zum Herzstillstand, was bedeutete, daß keine elektrische Aktivität mehr zu verzeichnen war. Ein daraufhin sofort durch einen Leistenschnitt eingeführter Schrittmacher brachte zwar noch einmal so etwas wie eine Herztätigkeit in Gang, aber die Prognose war infaust.

»Ich habe ja schon eine Menge in diesem Job erlebt«, sagte O'Shea wütend. »Kanonen, Schnappmesser, ein Bleirohr. Aber einen Schuß Pfeilgift in die Hüfte gejagt zu kriegen, das ist mir wirklich noch nicht untergekommen. Und dann auch noch von einem Kerl mit Handschellen an den Flossen.«

Michael Mosconi konnte nur den Kopf schütteln. Devlin O'Shea war der fähigste Kopfgeldjäger, den er kannte. Er hatte Drogenpusher, Berufskiller, Mafiosi und kleine Eierdiebe aufgestöbert und in Handschellen zurückgebracht. Wieso er da mit diesem lächerlichen Knochenklempner solche Probleme haben konnte, kriegte er einfach nicht in den Kopf. Vielleicht wurde O'Shea langsam alt.

»Also, um das noch einmal klarzustellen«, sagte Mosconi. »Sie hatten ihn in Ihrem Wagen, in Handschellen?«

»Ich sag' doch, er hat mir irgendein Zeug gespritzt, das mich gelähmt hat. Von einem Moment auf den andern konnte ich plötzlich nicht mal mehr den kleinen Finger bewegen. Ich konnte nichts dagegen machen, nicht das Geringste, verstehen Sie? Der Bursche läßt die moderne Medizin für sich arbeiten.«

»Ja, und Sie lassen das seelenruhig mit sich geschehen«, knurrte Mosconi gereizt. Er fuhr sich nervös mit der Hand durch das schüttere Haar. »Vielleicht sollten Sie überlegen, ob Sie nicht besser die Branche wechseln. Wie wär's, wenn Sie sich als Kaufhausdetektiv bewerben würden?«

»Sehr witzig«, sagte O'Shea, aber Mosconi konnte sehen, daß er das alles andere als lustig fand.

»Wie, glauben Sie, daß Sie mit einem richtigen Verbrecher fertig werden sollen, wenn Sie nicht mal einen schmalbrüstigen Narkosearzt schnappen können?« fragte Mosconi höhnisch. »Hören Sie, O'Shea, die Sache wird langsam brenzlig. Ich krieg' schon jedesmal, wenn das Telefon klingelt, Herzklopfen, daß einer vom Gericht dran ist, um mir mitzuteilen, daß sie die Kaution verfallen lassen. Begreifen Sie eigentlich den Ernst der Lage? Nein, hören Sie auf, ich habe genug von Ausflüchten – ich will, daß Sie diesen Kerl schnappen.«

»Ich werde ihn schnappen«, sagte O'Shea. »Ich hab' jemanden angeheuert, der seine Frau rund um die Uhr beschattet. Aber was noch wichtiger ist, ich habe ihr Telefon angezapft. Irgendwann muß er sich ja bei ihr melden.«

»Alles schön und gut, aber das reicht nicht«, erwiderte Mosconi. »Ich habe Angst, daß die Polizei das Interesse daran verliert, ihn am Verlassen der Stadt zu hindern. Devlin, ich kann es mir nicht leisten, diesen Burschen zu verlieren. Wir dürfen ihn nicht entwischen lassen.«

»Ich glaube nicht, daß er irgendwohin gehen wird.«

»Ach nein?« Mosconi sah ihn spöttisch an. »Ist das irgendeine neue wundersame intuitive Fähigkeit, die Sie plötzlich entwikkelt haben, oder handelt es sich um reines Wunschdenken?«

O'Shea musterte Mosconi von seinem Platz auf Mosconis unbequemer Couch. Der Sarkasmus dieses Mannes begann ihm langsam auf die Nerven zu gehen. Aber er sagte nichts. Statt dessen beugte er sich vor, langte in seine Gesäßtasche und zog einen Packen Papiere heraus. Er legte sie auf den Schreibtisch, faltete sie auseinander und strich sie glatt. »Der Doc hat diese Zettel in seinem Hotelzimmer liegenlassen«, sagte er und schob sie Mosconi zu. »Ich glaube nicht, daß er abhauen wird. Mehr noch, ich glaube, er hat irgendwas vor. Etwas, das ihn hier in der Stadt hält. Was lesen Sie aus diesen Papieren?«

Mosconi nahm eine Seite von Chris Eversons Notizen vom Tisch und warf einen kurzen Blick darauf. »Irgendwelcher wissenschaftlicher Hokuspokus. Ich kann damit nichts anfangen.«

»Ein paar Sachen darauf sind in der Handschrift von dem Doc«, sagte O'Shea. »Aber das meiste nicht. Ich vermute, es stammt von diesem Christopher Everson, wer immer das sein mag. Sein Name steht auf ein paar von den Blättern. Sagt der Name Ihnen irgend etwas?«

»Nein«, antwortete Mosconi.

»Geben Sie mir mal das Telefonbuch rüber.«

Mosconi reichte es ihm. Devlin fand nach kurzem Durchblättern die Seite, auf denen die Eversons eingetragen waren. Es gab eine ganze Reihe davon, aber keinen Chris. Am nächsten dran war ein K. C. Everson in Brookline.

»Der Mann steht nicht im Telefonbuch«, sagte O'Shea. »Wär' auch zu schön gewesen.«

»Vielleicht ist er auch Arzt«, gab Mosconi zu bedenken. »Er könnte eine Geheimnummer haben.«

O'Shea nickte. Das war durchaus eine Möglichkeit. Er schlug die Gelben Seiten auf und schaute unter dem Stichwort Ärzte nach. Es gab keinen Everson. Er klappte das Buch wieder zu.

»Das Komische an der Sache ist«, sagte O'Shea, »daß der Doc an diesem wissenschaftlichen Kram arbeitet, während er auf der Flucht ist und in einem versifften Bumshotel hockt. Das ergibt irgendwie keinen Sinn. Er hat was vor, ich weiß bloß nicht, was. Ich denke, ich schnapp' mir diesen Chris Everson und frag' ihn.«

»Tun Sie das – wenn Sie meinen, daß da was bei rauskommt«, erwiderte Mosconi, langsam die Geduld verlierend. »Aber studieren Sie vorher nicht erst vier Jahre Medizin. Ich will Ergebnisse. Wenn Sie nicht liefern können, sagen Sie's gleich. Dann nehm' ich jemand anders.«

O'Shea stand auf. Er legte das Telefonbuch auf Mosconis Schreibtisch und klaubte Jeffreys und Chris' Notizen auf. »Keine Sorge«, sagte er. »Ich finde ihn. Es ist inzwischen fast schon so was wie eine persönliche Sache für mich geworden.«

O'Shea verließ Mosconis Büro und ging hinunter auf die Straße. Es regnete inzwischen noch stärker als zu dem Zeitpunkt, zu dem er gekommen war. Zum Glück hatte er in der Nähe einer Arkade geparkt, so daß er nur ein kurzes Stück unter freiem Himmel zurückzulegen brauchte, um zu seinem Wagen zu gelangen. Das Auto stand in einem Be- und Entladebereich auf der Cambridge Street. Eines der Privilegien, die er aufgrund seiner früheren Tätigkeit bei der Polizei genoß, war, daß er überall parken konnte. Die Verkehrspolizisten drückten bei ihm ein Auge zu. Es war eine kleine Gefälligkeit unter alten Kumpeln.

Er stieg in seinen Wagen und quälte sich durch den dichten Verkehr um das State House herum, um auf die Beacon Street zu kommen. Der Weg dorthin war zeitraubend und kompliziert, wie es das Autofahren in Boston fast immer war. Er bog nach links in die Exeter Street und parkte an einem Hydranten in der Nähe der Öffentlichen Bibliothek. Er stieg aus und rannte zum Eingang.

In der Abteilung für Nachschlagewerke nahm er sich die Adreßbücher von Boston und allen umliegenden Gemeinden vor. Es gab viele Eversons, aber keinen, der auf den Namen Christopher hörte. Er machte sich eine Liste von allen Eversons, die er fand.

Dann ging er zum nächsten Münzfernsprecher und wählte als erstes die Nummer von K. C. Everson in Brookline. Obwohl er den Initialen nach vermutete, daß es sich um eine Frau handelte, wollte er es zumindest auf einen Versuch ankommen lassen. Im ersten Moment dachte er schon, er hätte Glück: Eine verschlafene Männerstimme meldete sich.

»Spreche ich mit Christopher Everson?« fragte O'Shea.

Es folgte eine Pause. »Nein«, sagte die Stimme. »Möchten Sie Kelly sprechen? Sie ist...«

O'Shea legte auf. Er hatte also recht gehabt. K.C. Everson war eine Frau.

Während er seine Liste mit Eversons durchging, fragte er sich, welcher davon wohl der vielversprechendste wäre. Es war schwer zu sagen. Außer diesem K.C. Everson gab es nicht einen einzigen mit einem C in den Initialen. Das bedeutete, daß er sie alle mühselig nacheinander abklappern mußte. Das würde sehr zeitraubend sein, aber etwas Besseres fiel ihm nicht ein. Einer von diesen Eversons würde bestimmt diesen Christopher Everson kennen. O'Shea hatte noch immer das Gefühl, daß dies seine beste Spur war.

Obwohl er fürchterlich müde war, konnte Jeffrey nicht mehr einschlafen, nachdem er durch das Telefon geweckt worden war. Wenn er ganz wach gewesen wäre, als es läutete, wäre er wahrscheinlich nicht drangegangen. Er hatte mit Kelly nicht ausgemacht, wie er sich in so einem Fall verhalten sollte, aber es war wahrscheinlich besser für ihn, wenn er nicht dranging. Der Anruf beunruhigte ihn. Wer konnte Chris anrufen wollen? Sein erster Gedanke war, daß es sich um einen makabren Streich handelte; aber es konnte genausogut jemand gewesen sein, der irgendwas verkaufen wollte und sich Chris' Namen aus irgendeiner Adressenliste herausgesucht hatte. Vielleicht würde er Kelly gegenüber gar nichts von dem Anruf erwähnen. Er wollte nicht wieder die Vergangenheit hervorkramen, gerade jetzt, da sie anfing, darüber hinwegzukommen.

Jeffreys hatte keine Lust, weiter über diesen mysteriösen Anrufer nachzugrübeln. Statt dessen konzentrierte er seine Gedanken einmal mehr auf die Vergiftungstheorie. Er drehte sich auf den Rücken und ging erneut die Einzelheiten durch.

Schließlich beschloß er, aufzustehen und sich zu duschen und zu rasieren.

Während er Kaffee machte, kam ihm plötzlich der Gedanke, ob seine anästhetische Komplikation und die von Chris Einzelfälle waren oder ob es vergleichbare Fälle im Bereich von Boston gegeben haben mochte. Was, wenn der Killer auch noch in anderen Fällen mit gepanschtem Marcain herumgemacht hatte? Wenn das tatsächlich der Fall war, wäre bestimmt irgend etwas zu ihm durchgesickert, vermutete Jeffrey. Solche spektakulären Reaktionen wären bestimmt zumindest in Fachkreisen bekannt geworden. Doch dann hielt er sich vor Augen, wie es ihm und Chris ergangen war. Sie hatten beide unverzüglich ein Kunstfehlerverfahren angehängt bekommen. Von dem Moment an war die Verteidigung ihres Falles das überragende Thema geworden, das alle anderen Fragen völlig in den Hintergrund gedrängt hatte.

Ihm fiel ein, daß der Aufgabenbereich der Medizinischen Aufsichts- und Registraturbehörde im Staat Massachusetts gesetzlich dahingehend erweitert worden war, »größeren Zwischenfällen« in Gesundheits- und Pflegeeinrichtungen nachzugehen. Jeffrey rief die Behörde an.

Nachdem er ein paarmal zwischen verschiedenen Dienststellen hin und her verbunden worden war, hatte er schließlich ein Mitglied der Gutachterlichen Kommission der Ärztekammer an der Strippe. Er erklärte der Frau, an welcher Art von Vorfällen er interessiert war. Sie bat ihn, einen Moment zu warten.

»Sie sagten, Sie seien an Todesfällen während einer Epiduralanästhesie interessiert?« fragte sie noch mal nach, als sie wieder am Apparat war.

»Exakt«, sagte Jeffrey.

»Ich kann hier vier solcher Fälle finden«, berichtete die Frau. »Alle innerhalb der letzten vier Jahre.«

Jeffrey war verblüfft. Vier, das kam ihm ganz schön viel vor. Todesfälle während einer Epiduralanästhesie waren äußerst selten, besonders, seit die Verwendung von 0,75prozentigem Marcain für obstetrische Zwecke verboten war. Bei vier Todesfällen in den letzten vier Jahren hätten eigentlich bei den verantwortlichen Stellen ein paar rote Warnlampen aufleuchten müssen.

»Interessiert es Sie zu erfahren, wo diese Fälle sich ereigneten?« fragte die Frau.

»Ja.«

»Der letzte war im vergangenen Jahr im Boston Memorial.«

Jeffrey notierte sich »Memorial, 1988«. Das mußte sein Fall sein.

»Davor gab es einen 1987 im Valley Hospital«, fuhr die Frau fort.

Jeffrey schrieb es auf. Das mußte Chris' Fall gewesen sein.

»Dann 1986 im Commonwealth Hospital und 1985 im Suffolk General. Das wär's.«

Das ist eine Menge, dachte Jeffrey. Was ihn nicht minder verblüffte, war, daß sich alle Fälle in Boston ereignet hatten. »Hat die Behörde irgend etwas bezüglich dieser Fälle unternommen?« fragte er.

»Nein«, antwortete die Frau. »Wenn sie sich alle in einer Klinik ereignet hätten, hätten wir die Sache überprüft. Aber da vier verschiedene Kliniken und vier verschiedene Ärzte betroffen waren, hielten wir es nicht für angemessen, uns einzuschalten. Außerdem steht hier, daß alle vier Fälle zu Kunstfehlerverfahren führten.«

»Könnten Sie mir die Namen der Ärzte geben, die an den Fällen im Commonwealth Hospital und im Suffolk General beteiligt waren?« fragte Jeffrey. Er wollte die Fälle mit den betroffenen Ärzten in allen Einzelheiten diskutieren, um zu sehen, welche Parallelen sich zu seinem Fall feststellen ließen. Insbesondere wollte er wissen, ob sie für die Lokalanästhesie Marcain aus einer 30-ml-Ampulle benutzt hatten.

»Die Namen der Ärzte? Tut mir leid, aber diese Informationen sind vertraulich«, antwortete die Frau.

Jeffrey überlegte einen Moment, dann fragte er: »Und was ist mit den Patienten oder Klägern in diesen Fällen? Könnte ich deren Namen haben?«

»Ich weiß nicht, ob das vertraulich ist oder nicht«, sagte die Frau. »Warten Sie bitte einen Moment!«

Während Jeffrey wartete, wunderte er sich erneut darüber, daß Boston vier Todesfälle unter Epiduralanästhesie zu verzeichnen hatte und daß er nichts davon wußte. Er konnte nicht begreifen, wieso eine solche Serie von Komplikationen nicht zum Thema von Spekulationen und Diskussionen zumindest in Ärztekreisen geworden war. Dann wurde ihm klar, daß die Erklärung in der unglückseligen Tatsache begründet liegen mußte, daß alle vier Fälle zu Kunstfehlerprozessen geführt hatten. Jeffrey wußte, daß einer der tückischen Nebeneffekte eines solchen Verfahrens die absolute Verschwiegenheit war, auf der die beteiligten Anwälte bestanden. Er erinnerte sich, daß sein eigener Anwalt, Randolph, ihn sofort nach Übernahme des Falls dazu vergattert hatte, mit niemandem darüber zu reden.

»Es scheint, daß keiner genau weiß, ob die Information vertraulich ist«, sagte die Frau, als sie wieder am Apparat war. »Aber ich würde schon meinen, daß es eine Sache von öffentlichem Interesse ist. Die Namen der beiden Patienten lauten Clark DeVries und Lucy Havalin.«

Jeffrey notierte sich die Namen, bedankte sich bei der Frau und legte auf. Zurück im Gästezimmer, das Kelly für ihn zurechtgemacht hatte, zog Jeffrey seine Reisetasche unter dem Bett hervor und nahm zwei Hundertdollarscheine heraus. Er würde sich unbedingt ein paar neue Kleider besorgen müssen, als Ersatz für die, die er notgedrungen im Essex zurückgelassen hatte. Einen kurzen Moment fragte er sich, was die PanAm wohl mit seinem kleinen Koffer angefangen haben mochte – das heißt nicht, daß er ein Interesse daran gehabt hätte, die Sache weiter zu verfolgen.

Als nächstes telefonierte er nach einem Taxi. Er hatte sich überlegt, daß es einigermaßen ungefährlich sein würde, ein Taxi zu nehmen, solange er nichts tat, was den Verdacht des Fahrers erregte. Das Wetter hatte sich nicht gebessert, seit er am Morgen aus der Klinik zurückgekommen war; also holte er aus dem Schrank in der Diele einen Regenschirm heraus. Als das Taxi kam, wartete er bereits mit aufgespanntem Schirm auf der Eingangstreppe.

Zunächst kaufte er sich eine neue Brille mit Fenstergläsern und dunklem Rand. Er ließ das Taxi vor der Tür eines auf dem Weg liegenden Optikergeschäfts warten, während er rasch hineinsprang und sich die Brille besorgte. Sein letztes und wichtigstes Ziel für heute war das Gerichtsgebäude. Ein unheimliches Gefühl beschlich ihn, als er das Gebäude betrat, in dem er erst wenige Tage zuvor der fahrlässigen Tötung für schuldig befunden worden war.

Als er durch den Metalldetektor ging, verstärkte sich seine Angst. Die Erinnerung an den Zwischenfall auf dem Flughafen wurde wieder in ihm wach. Er tat sein Bestes, um ruhig zu erscheinen. Er wußte, wenn er nervös wirkte, würde er nur die Aufmerksamkeit der Leute auf sich ziehen. Doch trotz seiner guten Absichten zitterten ihm die Knie, als er das Büro der Justizverwaltung auf der ersten Etage des alten Gebäudes betrat.

Er stellte sich in die Reihe vor dem Schalter. Die meisten der Leute, die dort warteten, waren Anwaltstypen in dunklen Anzügen, deren Hosenbeine seltsamerweise durchweg zu kurz waren. Als eine der Frauen hinter dem Schalter schließlich in seine Richtung schaute und rief: »Der Nächste bitte«, trat Jeffrey vor und fragte, was er machen müsse, um die Akte eines bestimmten Verfahrens einsehen zu können.

»Schwebend oder abgeschlossen?« wollte die Frau wissen.

»Abgeschlossen«, antwortete Jeffrey.

Die Frau deutete über Jeffreys Schulter. »Sie müssen sich die Prozeßlistennummer aus der Angeklagten/Kläger-Kartei heraussuchen«, sagte sie mit einem Gähnen. »Das sind die Loseblattsammlungen dort drüben.« Sie deutete auf ein Regalgestell. »Wenn Sie die Nummer gefunden haben, kommen Sie damit wieder hierher. Einer von uns kann dann den Fall aus dem Aktenkeller holen.«

Jeffrey nickte und bedankte sich bei ihr. Er ging hinüber zu dem Regalgestell, auf das sie gezeigt hatte. Die Fälle waren alphabetisch nach Jahren geordnet. Jeffrey begann mit dem Jahr 1986 und suchte nach Clark DeVries als dem Kläger. Als er die Karte für den Fall fand, stellte er fest, daß die Information, die er suchte, bereits auf der Karte stand; er brauchte sich gar nicht erst die ganze Akte holen zu lassen.

Auf dem Informationsblatt waren die Namen der Verteidiger, der Kläger und der Staatsanwälte verzeichnet. Der Anästhesist war ein Dr. Lawrence Mann. Gleich neben dem Regal stand ein Kopierer, und Jeffrey machte sich eine Kopie von der Karte, für den Fall, daß er die Prozeßlistennummer später vielleicht noch einmal brauchen würde.

Auf die gleiche Weise verfuhr er mit der Karte, die er für Lucy Havalins Fall fand. In ihrem Verfahren war die Beklagte eine Anästhesistin namens Dr. Madaline Bowman. Jeffrey hatte beruflich ein paarmal mit ihr zu tun gehabt, aber er hatte sie seit Jahren nicht mehr gesehen.

Er nahm die Kopie aus dem Kopierer und prüfte, ob sie leserlich war. Dabei fiel ihm ins Auge, daß der Name des Nebenklägervertreters Matthew Davidson war.

Jeffrey fuhr zusammen. Fast wäre ihm die Kopie aus der Hand geglitten. Matthew Davidson war der Anwalt, der Jeffrey im Namen des Rechtsnachfolgers von Patty Owen auf Schadenersatz verklagt hatte.

Rein rational wußte Jeffrey, daß es albern war, den Mann zu hassen. Schließlich hatte Davidson nur seinen Job getan, und die Erben von Patty Owen hatten ein Recht auf Wahrnehmung ihrer Interessen. Jeffrey hatte alle diese Argumente gehört. Aber sie änderten nichts an der Sache. Davidson hatte Jeffrey ruiniert, indem er das völlig irrelevante geringfügige Drogenproblem ins Spiel gebracht hatte, das Jeffrey einmal gehabt hatte. Dieser Schachzug war absolut unfair gewesen und als bewußtes Manöver einzig zu dem Zweck eingesetzt worden, den Fall zu gewinnen. Um Gerechtigkeit und Wahrheit war es dabei nicht gegangen; es hatte keinen Kunstfehler gegeben. Jeffrey war sich dessen nun, da er seine eigenen Selbstzweifel ausgeräumt hatte, ganz sicher, und er war mehr denn je davon überzeugt, daß ein Kontaminans im Spiel gewesen war.

Aber Jeffrey hatte im Moment Wichtigeres zu tun, als über vergangenes Unrecht zu hadern. Aus einem plötzlichen Impuls heraus beschloß er, sich die Gerichtsprotokolle doch einmal anzuschauen. Manchmal wußte man erst, wonach man suchte, wenn man es fand, sagte sich Jeffrey. Er ging zurück zu dem Schalter und gab der Frau, mit der er zuerst gesprochen hatte, die Prozeßlistennummern.

»Sie müssen eins von den Antragsformularen an dem Schalter da drüben ausfüllen.«

Scheißbürokratie, dachte Jeffrey verärgert, aber er tat, was die Frau gesagt hatte. Nachdem er die Formulare ausgefüllt hatte, mußte er sich zum drittenmal anstellen. Diesmal war eine andere Sachbearbeiterin zuständig. Als er ihr die beiden Formulare aushändigte, warf sie einen Blick darauf, schüttelte den Kopf und sagte: »Das wird aber mindestens eine Stunde dauern.«

»Ich warte.«

Jeffrey nutzte die unfreiwillige Wartezeit, um sich an einem Automaten, den er auf dem Weg ins Gerichtsgebäude gesehen hatte, einen Orangensaft und ein Thunfischsandwich zu ziehen. Dann setzte er sich auf eine Bank in der Rotunde und beobachtete das Kommen und Gehen im Gerichtsgebäude. Unter den Leuten, die dort aus und ein gingen, waren so viele uniformierte Polizisten, daß Jeffrey allmählich schon anfing, sich an ihren Anblick zu gewöhnen. Es war fast eine Art von Verhaltenstherapie gegen seine Ängste, und sie begann langsam Wirkung zu zeigen.

Nach einer guten Stunde kehrte Jeffrey in die Verwaltung zurück. Die Akten, an denen er interessiert war, waren inzwischen für ihn herbeigeschafft worden. Er nahm die großen braunen Umschläge aus dickem Manilapapier und ging damit zu einer Seitentheke, wo er genug Platz und Ruhe hatte, um die Dokumente durchzulesen. Es war eine gewaltige Menge an Material. Einiges davon war zu sehr in juristischem Fachchinesisch, als daß er daraus hätte schlau werden können, aber er war interessiert zu sehen, was es sonst noch alles gab. Die Protokolle enthielten Unmengen von Zeugenaussagen und Beweismitteln sowie eine Vielzahl von Schriftsätzen.

Jeffrey blätterte die Protokolle der Beweiserhebungen und Zeugenaussagen durch. Er wollte herausfinden, welches Lokalanästhetikum in jedem der beiden Fälle benutzt worden war. Als erstes ging er die Papiere durch, die den Suffolk-General-Fall betrafen. Wie er vermutet hatte, war das Anästhetikum Marcain gewesen. Nachdem er nun wußte, wo in der Akte er nachschauen mußte, fand er rasch die betreffende Stelle im Protokoll des Commonwealth-Hospital-Falls. Auch dort war das Lokalanästhetikum Marcain gewesen. Wenn seine Theorie einer vorsätzlichen Kontaminierung zutraf, dann bedeutete das, daß der Killer, Bostons Dr. oder Mr. oder Mrs. X, bereits viermal zugeschlagen hatte. Wenn er doch nur irgendeinen Beweis liefern konnte, bevor der Mörder es erneut tat.

Jeffrey wollte gerade die Papiere, die den Commonwealth-Hospital-Fall betrafen, wieder in den Umschlag stecken, als sein Blick auf den Kostenfestsetzungsentscheid fiel. Er schüttelte bestürzt den Kopf. Wie in seinem eigenen Fall lag der Betrag auch hier in Millionenhöhe. Was für eine Verschwendung, dachte er. Er sah nach, wie hoch die Schadenersatzsumme in dem anderen Verfahren war. Sie war sogar noch höher als beim Commonwealth-Hospital-Fall.

Jeffrey legte die Protokolle in einen Rückgabekorb. Dann verließ er das Gerichtsgebäude. Es hatte endlich aufgehört zu regnen, aber es war immer noch bedeckt und kalt, und der Himmel sah so aus, als würde es jede Minute wieder anfangen zu regnen.

Jeffrey erwischte auf der Cambridge Street ein Taxi und wies den Fahrer an, zur Countway Medical Library zu fahren. Er lehnte sich zurück und entspannte sich. Er freute sich darauf, einen verregneten Nachmittag in der Bibliothek zu verbringen. Eines der Dinge, die er vorhatte, war, sich in Toxikologie einzulesen. Er wollte insbesondere sein Wissen über die beiden Hauptdiagnoseinstrumente dieses Gebiets auffrischen: den Gaschromatographen und den Massenspektrographen.

10

Donnerstag, 18. Mai 1989, 16 Uhr 07

Kelly schloß ihre Wohnungstür auf und stieß mit dem Fuß dagegen. Sie hatte alle Hände voll mit ihrem Regenschirm, einer kleinen Tüte mit Lebensmitteln und einem großen Briefumschlag.

»Jeffrey!« rief sie, während sie den Umschlag und die Einkaufstüte auf den Dielentisch legte, das silberne Teeservice vorsichtig zur Seite schiebend. Nachdem sie ihren nassen Regenschirm in die Toilette gestellt hatte, ging sie zurück zur Tür und machte sie zu. »Jeffrey!« rief sie erneut. Konnte es sein, daß er weggegangen war? Als sie sich umdrehte, stieß sie einen leisen Schrei der Überraschung aus. Jeffrey stand in dem Türbogen, der zum Eßzimmer führte. »Jetzt hast du mir aber einen Schrecken eingejagt«, sagte sie, eine Hand an die Brust pressend.

»Hast du mich denn nicht gehört?« fragte er. »Ich habe doch aus dem Wohnzimmer zurückgerufen.«

»Puh!« sagte Kelly und atmete einmal tief durch. »Ich bin froh, daß du hier bist. Ich hab' was für dich.« Sie nahm den Umschlag vom Dielentisch und drückte ihn Jeffrey in die Hand. »Außerdem habe ich dir eine Menge zu erzählen«, fugte sie hinzu. Sie nahm die Einkaufstüte und trug sie in die Küche.

»Was ist das?« fragte Jeffrey und folgte ihr mit dem Umschlag in der Hand.

»Das ist eine Kopie von Henry Nobles Autopsiebericht vom Valley Hospital«, sagte Kelly über die Schulter.

»So schnell?« Jeffrey war beeindruckt. »Wie hast du das bloß so schnell geschafft?«

»Das ging ganz einfach. Hart Ruddock hat ihn per Boten rübergeschickt. Er hat mich nicht mal gefragt, warum ich ihn haben wollte.«

Jeffrey holte im Gehen den Bericht aus dem Umschlag. Elektronenmikroskopische Bilder waren keine dabei, aber er hatte auch keine erwartet. Elektronenmikroskopische Untersuchungen wurden bei einer routinemäßigen Autopsie in der Regel nicht vorgenommen. Doch auch so erschien ihm der Bericht recht dürftig. Er fand eine Anmerkung, daß weiteres Material in den Akten des Leichenbeschauers zu finden sei. Das erklärte den geringen Umfang des Berichts.

Während Kelly die Lebensmittel auspackte, zog sich Jeffrey mit den Unterlagen auf die Couch im Wohnzimmer zurück. Er fand eine Zusammenfassung des Obduktionsberichts, der sich im Büro des Leichenbeschauers befand.

Als er sie rasch durchlas, sah er, daß zwar eine toxikologische Untersuchung durchgeführt worden war, diese aber nichts Verdächtiges ergeben hatte. Darüber hinaus sah er, daß bei der mikroskopischen Untersuchung Anzeichen für histologische Schäden an den Nervenzellen der Rückenwurzelganglien und am Herzmuskel festgestellt worden waren.

Kelly setzte sich zu ihm auf die Couch. An ihrem Gesichtsausdruck konnte er sehen, daß sie ihm etwas Ernstes zu erzählen hatte.

»Wir hatten heute eine größere anästhetische Komplikation im St. Joseph's«, sagte sie. »Keiner wollte so recht mit der Sprache rausrücken, aber den Andeutungen nach handelte es sich um einen Epiduralfall. Die Patientin war eine junge Frau namens Karen Hodges.«

Jeffrey schüttelte traurig den Kopf. »Wie ging die Sache aus?« fragte er.

»Die Patientin ist gestorben.«

»Marcain?« wollte Jeffrey wissen.

»Das kann ich nicht mit Bestimmtheit sagen«, antwortete Kelly. »Aber ich werde es rausfinden, spätestens morgen. Die

Person, die mir von dem Fall berichtet hat, glaubt, daß es Marcain war.«

»Opfer Nummer fünf«, seufzte Jeffrey.

»Wovon redest du da?«

Jeffrey berichtete ihr von den Ergebnissen seiner Nachforschungen, beginnend mit seinem Anruf bei der Registraturbehörde. »Ich glaube, die Tatsache, daß die Todesfälle an vier verschiedenen Kliniken auftraten, vergrößert die Wahrscheinlichkeit, daß es sich um vorsätzliche Manipulationen handelt. Wir haben es mit jemandem zu tun, der gerissen genug ist, um zu wissen, daß mehr als ein Exitus während einer Epiduralanästhesie an einer einzigen Klinik Verdacht erregen und wahrscheinlich zu einer amtlichen Untersuchung führen würde.«

»Du glaubst also wirklich, daß jemand – eine Person – hinter all dem steckt?«

»Ich bin mir immer sicherer, daß das Marcain mit irgendeiner toxischen Substanz versetzt gewesen sein muß«, sagte Jeffrey. »Ich war heute in der Bibliothek, um ein paar Dinge nachzulesen, und unter anderem habe ich mich noch einmal eingehend über die Nebenwirkungen von Lokalanästhetika im allgemeinen und von Marcain im besonderen informiert; es ist mit hundertprozentiger Sicherheit auszuschließen, daß Marcain zelluläre Schäden verursacht – zum Beispiel solche in der Art, wie sie in Henry Nobles Obduktionsbericht beschrieben werden oder auf den elektronenmikroskopischen Bildern von Patty Owen zu sehen sind. Marcain verursacht solche Schäden einfach nicht. Jedenfalls nicht Marcain allein.«

»Was könnte sie dann verursacht haben?«

»Da bin ich noch nicht sicher«, antwortete Jeffrey. »Ich habe in der Bibliothek auch eine Menge über Toxikologie und über Gifte gelesen. Ich bin überzeugt, daß es keins der herkömmlichen Gifte gewesen sein kann, denn die hätten sich bei der toxikologischen Analyse problemlos nachweisen lassen. Ich neige mehr und mehr zu der Theorie, daß es ein Toxin gewesen sein muß.«

»Ist das denn nicht alles das gleiche?«

»Nein«, entgegnete Jeffrey. »Gift ist mehr ein allgemeiner Begriff. Er läßt sich auf alles anwenden, was Zellschäden verursacht oder Zellfunktionen beeinträchtigt. Normalerweise, wenn jemand an Gift denkt, dann fällt ihm als erstes Quecksilber oder Nikotin oder Strychnin ein.«

»Oder Arsen«, sagte Kelly.

»Oder Arsen. Das sind alles anorganische Chemikalien oder Elemente. Ein Toxin hingegen ist zwar in dem Sinn auch ein Gift, aber es ist das Produkt einer lebenden Zelle. Wie das Toxin zum Beispiel, das das toxische Schocksyndrom verursacht. Das stammt von Bakterien.«

»Stammen alle Toxine von Bakterien?« fragte Kelly.

»Nicht alle«, sagte Jeffrey. »Einige hochgiftige Toxine stammen von Pflanzen, wie zum Beispiel Rizin, das im Samen des Rizinus enthalten ist und zu einer Verklumpung der roten Blutkörperchen führt. Aber am bekanntesten sind die Toxine, die in Form von Tiergiften vorkommen, wie Schlangen- oder Spinnengifte. Was immer es war, das der Mörder – oder die Mörderin – in das Marcain getan hat, es mußte extrem giftig sein. Es mußte etwas sein, das in Minutenschnelle zum Tod führen und gleichzeitig die Wirkung von Lokalanästhetika weitestgehend nachahmen konnte. Andernfalls wäre sofort Verdacht aufgekommen. Der kleine Unterschied besteht natürlich darin, daß es Nervenzellen zerstört und sie nicht bloß in ihrer Funktion blockiert wie Lokalanästhetika.«

»Wenn es also, wie du vermutest, zusammen mit dem Marcain injiziert wurde, wieso wurde es dann bei der toxikologischen Untersuchung nicht nachgewiesen?«

»Aus zwei Gründen. Erstens ist es wahrscheinlich in so winzigen Mengen hinzugefügt worden, daß es in der Gewebeprobe praktisch kaum noch zu entdecken war. Zweitens ist es, wie gesagt, eine organische Verbindung, die sich unter den Tausenden von organischen Verbindungen, die normalerweise in jeder beliebigen Gewebeprobe existieren, verstecken konnte. Nun ist man natürlich in einem toxikologischen Labor in der Lage, die einzelnen organischen Verbindungen auseinanderzufieseln. Das Gerät, mit dem man so was macht, nennt sich Gaschromatograph. Das Problem ist nur, der Gaschromatograph trennt nicht alle Verbindungen hundertprozentig sauber voneinander. Es gibt immer ein paar Überlappungen. Am Ende hast du dann ein Diagramm vor dir, das eine Reihe von Gipfeln und Tälern zeigt. Die Gipfel können das Vorhandensein einer ganzen Anzahl von Substanzen widerspiegeln. Erst der Massenspektrograph kann genau zeigen, welche Verbindungen in einer Probe existieren. Aber ein Toxin könnte in einem der Scheitelwerte des Gaschromatogramms verborgen sein. Um es entdecken zu können, müßtest du überhaupt erst einmal vermuten, daß es existiert, und dann müßtest du wissen, wie du nach ihm zu suchen hast.«

»Wow!« sagte Kelly. »Das heißt also, unser großer Unbekannter – immer vorausgesetzt, es gibt ihn wirklich – muß schon ganz genau wissen, was er tut. Ich meine, er müßte zumindest einige Grundkenntnisse in Toxikologie haben, glaubst du nicht?«

Jeffrey nickte. »Darüber habe ich mir auf dem Weg von der Bibliothek hierher auch schon Gedanken gemacht. Meiner Meinung nach muß der Mörder ein Arzt sein, jemand, der über ziemlich umfassende Kenntnisse in Physiologie und Pharmakologie verfügt. Ein Arzt hätte außerdem Zugang zu einer ganzen Reihe von Toxinen und zu den Marcain-Ampullen. Offen gesagt, mein idealer Verdächtiger wäre am ehesten einer meiner engsten Kollegen: ein Anästhesist.«

»Kannst du dir irgendeinen Grund vorstellen, warum ein Arzt so etwas tun sollte?« fragte Kelly.

»Das wird man wahrscheinlich nie ergründen«, meinte Jeffrey. »Warum hat Dr. X alle diese Leute umgebracht? Warum hat Dr. Y das Gift in die Tylenolkapseln getan? Ich glaube nicht, daß irgend jemand das mit Sicherheit beantworten kann. Offenbar waren sie labil. Aber das zu sagen, wirft mehr Fragen auf, als es beantwortet. Vermutlich liegen die Gründe in der verdrehten Psyche eines psychotischen Individuums verborgen, das erfüllt ist von Haß auf die Welt oder auf den Arztberuf oder auf Krankenhäuser und in seinem verrückten Kopf glaubt, dies sei ein angemessener Weg, sich zu rächen.«

Kelly erschauderte. »Der Gedanke, daß so jemand frei herumläuft, macht mir angst.«

»Mir auch«, sagte Jeffrey. »Wer immer es ist, es könnte durchaus sein, daß diese Person die meiste Zeit ganz normal ist und nur hin und wieder einen psychotischen Schub kriegt. Er oder sie könnte jemand sein, mit dem du jeden Tag zu tun hast und den du im Leben nicht verdächtigen würdest. Und wer immer es ist, es muß schon jemand sein, der eine gewisse Vertrauensstellung bekleidet, sonst hätte er nicht Zutritt zu so vielen Krankenhaus-OPs.«

»Ob es wohl viele Ärzte gibt, die Privatbetten in gleich vier Kliniken haben?« fragte Kelly.

Jeffrey zuckte mit den Schultern. »Ich habe nicht die leiseste Ahnung, aber das sollten wir auf jeden Fall als nächstes nachprüfen. Könntest du eine Liste des gesamten medizinischen Personals vom St. Joseph's besorgen?«

»Ich wüßte nicht, warum das nicht gehen sollte«, sagte Kelly. »Ich bin gut befreundet mit Polly Arnsdorf, der Leiterin des Pflegepersonals. Möchtest du auch eine Liste des nichtmedizinischen Personals?«

»Warum nicht?« erwiderte Jeffrey. Bei ihrer Frage mußte er an die außergewöhnliche Bewegungsfreiheit denken, die er im Boston Memorial dank seiner Zugehörigkeit zum Reinigungspersonal gehabt hatte. Jeffrey erschauderte, als ihm bewußt wurde, wie ungeheuer verwundbar ein Krankenhaus im Grunde doch war.

»Bist du sicher, daß wir nicht zur Polizei gehen sollten?« fragte Kelly.

Jeffrey schüttelte den Kopf. »Keine Polizei – noch nicht«, sagte er mit Bestimmtheit. »So überzeugend das alles für uns im Moment auch klingt, wir dürfen nicht vergessen, daß wir noch nicht den Hauch eines Beweises für die Richtigkeit unserer Theorie haben. Bis jetzt sind es nichts als reine Spekulationen. Sobald wir irgend etwas Handfestes haben, können wir uns noch früh genug an die Behörden wenden. Ob das dann die Polizei sein wird, wollen wir mal dahingestellt sein lassen.«

»Aber je länger wir warten, desto mehr besteht die Möglichkeit, daß der Mörder wieder zuschlägt.«

»Das weiß ich«, erwiderte Jeffrey. »Doch ohne Beweise oder ohne daß wir die leiseste Idee haben, wer der Mörder sein könnte, können wir nichts tun, um ihn aufzuhalten.«

»Oder sie«, sagte Kelly grimmig.

Jeffrey nickte. »Oder sie.«

»Also, was ist zu tun, um die Sache zu beschleunigen?«

»Besteht die Möglichkeit, daß du eine vollständige Liste des gesamten Personals, sowohl des medizinischen als auch des nichtmedizinischen, vom Valley Hospital beschaffen kannst? Am besten wäre eine Liste, die dem Stand zu dem Zeitpunkt entspricht, als Chris seinen Patienten verloren hat.«

Kelly pfiff durch die Zähne. »Das ist eine harte Nuß«, meinte sie. »Ich könnte Hart Ruddock noch einmal anrufen oder es bei ein paar von den Oberschwestern versuchen, die ich dort kenne. Ich werde mich auf jeden Fall sofort morgen darum kümmern.«

»Und ich werde versuchen, das gleiche vom Memorial zu kriegen«, sagte Jeffrey. Er überlegte, wo in der Klinik er so eine Liste bekommen konnte. »Je eher wir diese Information haben, desto besser.«

»Wenn ich's recht überlege, könnte ich Polly eigentlich jetzt sofort anrufen«, sagte Kelly mit einem Blick auf ihre Uhr. »Sie ist normalerweise bis fünf im Haus.«

Während Kelly zum Telefonieren in die Küche ging, mußte Jeffrey an diesen neuen Unglücksfall im St. Joseph's denken, von dem Kelly ihm erzählt hatte. Er bestätigte seine Theorie von einem Kontaminans. Er war überzeugter denn je, daß ein Dr. X in Boston sein Unwesen trieb.

Obwohl Jeffrey glaubte, daß der Täter mit größter Wahrscheinlichkeit ein Arzt war, mußte er einräumen, daß jeder, der über ein gewisses Maß an Arzneimittelerfahrung verfügte, die

Ampullen manipuliert haben konnte; es brauchte nicht unbedingt ein Mediziner zu sein. Der springende Punkt war, daß dieser Jemand Zugang zu dem Mittel haben mußte; es konnte also durchaus auch jemand vom pharmazeutischen Personal sein.

Kelly legte den Hörer auf und kam ins Wohnzimmer zurück. Sie setzte sich nicht hin. »Polly sagt, ich kann die Liste haben. Kein Problem. Wenn ich wollte, könnte ich sogar sofort rüberkommen und sie holen. Also fahr' ich jetzt gleich los.«

»Ausgezeichnet! Ich hoffe nur, die anderen Krankenhäuser zeigen genausoviel Entgegenkommen.« Er erhob sich von der Couch.

»Wo willst du hin?«

»Ich komme mit.«

»Auf gar keinen Fall. Du bleibst hier und ruhst dich aus. Du hättest eigentlich heute schlafen sollen, und was machst du? Fährst in die Bibliothek. Du bleibst hier. Ich bin in Null Komma nichts wieder zurück.«

Jeffrey fügte sich. Kelly hatte recht, er war erschöpft. Er legte sich auf die Couch und schloß die Augen. Er hörte, wie Kelly den Wagen anließ, aus der Garage fuhr und sich das elektrische Garagentor schloß. Stille senkte sich über das Haus. Nur das Ticken der Standuhr im Wohnzimmer war zu hören. Draußen im Garten schrie eine Drossel.

Jeffrey öffnete die Augen. An Schlaf war nicht zu denken; dazu war er viel zu unruhig. Er stand auf und ging in die Küche, um zu telefonieren. Er rief im Leichenschauhaus an, um sich nach Karen Hodges zu erkundigen. Da ihr Tod infolge einer anästhetischen Komplikation eingetreten war, mußte er ein Fall für den Leichenbeschauer sein.

Die Sekretärin im Leichenschauhaus sagte ihm, daß die Autopsie von Karen Hodges' Leichnam für den nächsten Morgen vorgesehen sei.

Dann ließ sich Jeffrey von der Auskunft die Nummern des Commonwealth Hospitals und des Suffolk Generals geben. Als erstes rief er im Commonwealth Hospital an und bat, mit der

Anästhesie verbunden zu werden. Eine Frauenstimme meldete sich. Jeffrey fragte, ob er Dr. Mann sprechen könne.

»Dr. Lawrence Mann?«

»Ganz recht«, sagte Jeffrey.

»Tut mir leid, aber der arbeitet schon seit über zwei Jahren nicht mehr hier.«

»Könnten Sie mir sagen, wo er jetzt arbeitet?« fragte Jeffrey.

»Genau weiß ich das auch nicht. Irgendwo in London. Aber er praktiziert nicht mehr als Mediziner. Soweit ich weiß, ist er jetzt im Antiquitätengeschäft tätig.«

Noch ein Opfer eines Kunstfehlerprozesses, dachte Jeffrey. Er hatte von anderen Ärzten gehört, die den Medizinerberuf an den Nagel gehängt hatten, nachdem sie ein Kunstfehlerverfahren angehängt bekommen hatten – einige von ihnen sogar, obwohl sie den Prozeß gewonnen hatten. Was für eine Verschwendung von Ausbildung und Talent, dachte Jeffrey.

Sein nächster Anruf galt der Anästhesieabteilung des Suffolk General Hospitals. Eine fröhlich klingende Frauenstimme meldete sich.

»Praktiziert eine Dr. Madaline Bowman noch in Ihrer Klinik?« fragte Jeffrey.

»Wer ist denn da, bitte?« fragte die Frau zurück; ihre Stimme klang schlagartig entschieden weniger fröhlich.

»Dr. Webber«, erfand Jeffrey hastig einen Namen.

»Tut mir leid, Herr Kollege«, sagte die Frau. »Hier ist Dr. Asher. Ich wollte nicht grob klingen. Ihre Frage hat mich etwas durcheinandergebracht. Es ist schon eine Weile her, seit das letztemal jemand nach Dr. Bowman gefragt hat. Ich muß Ihnen leider sagen, daß sie vor ein paar Jahren Selbstmord begangen hat.«

Jeffrey legte langsam den Hörer auf die Gabel. Die Opfer auf dem OP-Tisch waren also nicht die einzigen, die der Mörder auf dem Gewissen hatte, dachte Jeffrey grimmig. Er zog eine regelrechte Schneise der Zerstörung hinter sich her! Je mehr er darüber nachdachte, desto sicherer war er, daß jemand hinter dieser Serie von scheinbar in keiner Beziehung zueinander stehenden medizinischen Unglücksfällen steckte, jemand, der Zugang zu den Operationssälen der betroffenen Krankenhäuser hatte, und jemand, der zumindest Grundkenntnisse in Toxikologie besaß. Aber wer? Jeffrey war fester entschlossen denn je, der Sache auf den Grund zu gehen.

Er verließ die Küche und ging, einem plötzlichen Impuls folgend, in Chris' Arbeitszimmer. Er nahm den Toxikologietest, den er bei seinem ersten Besuch bei Kelly überflogen hatte, und kehrte damit zurück ins Wohnzimmer. Dort legte er sich auf die Couch, zog die Schuhe aus und schlug das Inhaltsverzeichnis auf. Er wollte nachschauen, was unter der Rubrik Toxine so alles aufgeführt war.

O'Shea hielt vor dem Haus an und stellte den Motor ab. Er beugte sich hinüber und sah sich die Fassade an. Es war ein nichtssagendes Ziegelhaus wie tausend andere in der Bostoner Gegend. Er schaute auf seine Liste. Das Haus war eingetragen als der Brightoner Wohnsitz eines gewissen Jack Everson.

O'Shea hatte bereits die Adressen von sieben Eversons abgeklappert. Bisher hatte er noch kein Glück gehabt, und er begann sich zu fragen, ob bei dem Unternehmen überhaupt etwas herauskommen würde. Selbst wenn er diesen Christopher Everson tatsächlich fand, war das noch lange keine Garantie, daß der Mann ihn auch zu Rhodes führen würde. Das Ganze konnte ein totaler Schuß in den Ofen sein.

Überdies hatte er bisher feststellen müssen, daß diese Eversons ein ganz und gar unkooperatives Völkchen waren. Man hätte meinen können, er hätte die Leute nach ihrem Sexualleben gefragt und nicht bloß danach, ob sie zufällig einen Christopher Everson kannten, so stellten sie sich an. O'Shea fragte sich, was den Durchschnittsbürger in der Bostoner Gegend bloß so verdammt paranoid machte.

Bei einer der Adressen hatte er den schmierigen, bierbäuchigen Kerl, der ihm die Tür aufmachte, regelrecht beim Kragen packen und durchschütteln müssen. Das hatte die Frau auf den

Plan gerufen, die noch häßlicher gewesen war als der Mann, was, wie O'Shea fand, wahrlich eine starke Leistung war. Die Alte hatte – buchstäblich wie eine dieser Witzfiguren aus einem Cartoon – gleich ihre Nudelrolle mitgebracht und O'Shea gedroht, sie ihm über den Schädel zu ziehen, wenn er nicht sofort ihren Mann loslassen würde. O'Shea hatte ihr das Nudelholz aus der Hand gerissen und in den Nachbargarten geschmissen, woraufhin ein riesiger deutscher Schäferhund mit gefletschten Zähnen und grimmigem Knurren an den Zaun gesprungen war.

Erst da hatten sich die beiden beruhigt und O'Shea mit mürrischer Miene gesagt, daß sie noch nie etwas von einem Christopher Everson gehört hätten. O'Shea hatte sich kopfschüttelnd gefragt, warum sie ihm das nicht gleich gesagt hatten.

O'Shea stieg aus und streckte sich. Es bringt nichts, das Unvermeidliche hinauszuschieben, dachte er, so gern er sich wieder in den Wagen gesetzt hätte und weggefahren wäre. Er ging die Treppe hinauf und klingelte. Während er wartete, taxierte er die Umgebung. Die Häuser rissen einen nicht vom Hocker, aber die Vorgärten waren sauber und gepflegt.

Er wandte sich wieder der Tür zu, die mit einer Sturmschutztür aus Aluminium mit zwei großen Glasscheiben gesichert war. Er hoffte, er würde nicht zum zweitenmal unverrichteter Dinge abziehen müssen. Das würde bedeuten, daß er noch einmal hierherkommen mußte, falls er nicht irgendwoanders einen Hinweis auf Christopher Everson erhielt. O'Shea hatte an diesem Tag schon mal vor einem leeren Haus gestanden. Das war in Watertown gewesen.

Er klingelte erneut. Er wollte sich gerade umdrehen und gehen, als er aus dem Augenwinkel den Bewohner des Hauses gewährte, der ihn durch das Seitenlicht rechts neben der Tür musterte. Der Mann war auch wieder so eine Schönheit mit einem Bierbauchprofil. Er trug ein Netzunterhemd, das die Fülle seiner Wampe nicht ganz zu verhüllen vermochte. Schweißverklebte Haarbüschel quollen unter seinen Achseln hervor. Ein Fünftagebart zierte sein aufgedunsenes Alkoholikergesicht.

O'Shea rief durch die Tür, er wolle ihm eine Frage stellen. Der Mann öffnete die Innentür einen Spaltbreit.

»'n Abend«, rief O'Shea durch die Sturmtür. »Tut mir leid, wenn ich Sie störe...«

»Verpiß dich, Meister!« sagte der Mann.

»Nun, das ist aber nicht sehr freundlich«, erwiderte O'Shea. »Ich möchte doch bloß fragen, ob...«

»Hast du Tomaten auf den Ohren? Ich hab' gesagt, verpiß dich! Oder willst du Ärger kriegen?«

»Ärger?« fragte O'Shea.

Der Mann machte Anstalten, die Tür wieder zu schließen. O'Shea war mit seiner Geduld am Ende. Mit einem blitzschnellen Karateschlag zerschmetterte er die obere Glasscheibe der Sturmtür. Ein Tritt mit dem Stiefel sprengte die untere Scheibe aus dem Rahmen und ließ die Innentür mit einem Knall auffliegen.

Im Bruchteil einer Sekunde war O'Shea durch die Aluminiumtür und hatte den Mann beim Hals gepackt, so fest, daß dessen Augen hervortraten.

»Ich habe eine Frage«, wiederholte O'Shea. »Hier ist sie: Ich suche einen Christopher Everson. Kennst du ihn?« Er lockerte seinen Würgegriff ein wenig. Der Mann hustete und schnappte nach Luft.

»Laß mich nicht warten!« warnte O'Shea.

»Mein Name ist Jack«, krächzte der Mann heiser. »Jack Everson.«

»Das wußte ich bereits«, sagte O'Shea und ließ den Hals des Mannes los. »Was ist mit diesem Christopher Everson? Kennst du ihn? Oder hast du schon mal von ihm gehört? Er ist möglicherweise Arzt.«

»Noch nie was von gehört«, erwiderte der Mann.

O'Shea ging genervt zu seinem Wagen zurück. Er strich den Namen Jack Everson durch und schaute auf den nächsten Namen auf seiner Liste. Es war diese Kelly C. Everson in Brookline, bei der er schon einmal angerufen und wo sich dieser verschlafen klingende Typ gemeldet hatte. Er fragte sich, wofür das C wohl stehen mochte.

Er startete den Motor, wendete und fuhr zurück zur Washington Street. Diese ging über in die Chestnut Hill Avenue, die dann direkt nach Brookline führte. Wenn er gut durchkam, würde er in fünf Minuten bei dieser K. C. Everson sein, allerhöchstens zehn, falls der Cleveland Circle zu war.

»Sie können jetzt zu Mrs. Arnsdorf rein«, sagte der Sekretär. Er war vielleicht zwei oder drei Jahre jünger als er selbst, schätzte Trent. Sah nicht schlecht aus, der Bursche. Tut wohl was für seinen Body. Trent fragte sich, wie es kam, daß die Leiterin des Pflegepersonals einen Mann als Sekretär hatte. Bestimmt wollte sie damit irgendwas demonstrieren, dachte Trent, wahrscheinlich war das so eine Emanzentrip-Frauenpower-Nummer. Er mochte Polly Arnsdorf nicht.

Trent erhob sich aus dem Sessel, in dem er gesessen hatte, und streckte sich erst einmal lässig. Er dachte ja gar nicht daran, wie auf Kommando sofort in das Büro der blöden Kuh zu rasen, nachdem sie ihn eine geschlagene halbe Stunde hatte warten lassen. Er warf das *Time Magazine* von der Vorwoche, in dem er beim Warten herumgeblättert hatte, auf den Beistelltisch. Als er zu dem Sekretär hinüberblickte, ertappte er ihn dabei, wie er ihn anstarrte.

»Stimmt irgendwas nicht?« fragte Trent.

»Wenn Sie Mrs. Arnsdorf sprechen wollen, sollten Sie besser jetzt gleich zu ihr reingehen«, sagte der Sekretär. »Sie hat noch eine Menge Termine heute.«

Leck mich doch, dachte Trent. Er fragte sich, wieso jeder Popel, der in irgendeiner Verwaltung arbeitete, sich einbildete, seine Zeit sei kostbarer als die von allen anderen Leuten. Er hätte dem Sekretär liebend gern etwas Dementsprechendes an den Kopf geworfen, aber er verkniff es sich. Statt dessen beugte er sich hinunter, berührte seine Zehenspitzen und streckte die Knie. »Von dieser Rumsitzerei muß man ja steif werden«, sagte er, richtete sich wieder auf und knackte mit den Fingern. Dann bequemte er sich schließlich in Mrs. Arnsdorfs Büro.

Trent mußte lächeln, als er sie sah. Alle Oberschwestern schauten gleich aus – wie Gewitterhexen. Sie konnten sich nie entscheiden, was sie sein wollten: Krankenschwestern oder Verwalterinnen. Er haßte sie alle. Da er in jedem Krankenhaus nie länger als acht Monate blieb, hatte er in den letzten Jahren mehr von der Sorte gesehen, als ihm lieb gewesen wäre. Aber die heutige Begegnung war von einer Art, die ihm jedesmal große Befriedigung verschaffte. Er liebte es, Oberschwestern Kummer zu machen. Und bei dem chronischen Pflegepersonalmangel, der überall herrschte, wußte er genau, wie er das erreichen konnte.

»Mr. Harding«, sagte Mrs. Arnsdorf. »Was kann ich für Sie tun? Entschuldigen Sie, daß ich Sie so lange habe warten lassen, aber in Anbetracht des Problems, das wir heute im OP hatten, bin ich sicher, daß Sie Verständnis dafür haben.«

Trent lächelte in sich hinein. Und ob er Verständnis dafür hatte. Wenn sie wüßte, wieviel Verständnis er dafür hatte.

»Ich möchte kündigen«, sagte er. »Mit sofortiger Wirkung.«

Mrs. Arnsdorf richtete sich kerzengerade auf ihrem Stuhl auf. Trent wußte, daß er sie geschockt hatte. Das gefiel ihm sehr.

»Tut mir leid, das zu hören. Gibt es irgendwelche Schwierigkeiten? Irgendwas, das wir vielleicht in einem Gespräch klären könnten?«

»Ich fühle mich von meinen Fähigkeiten her nicht voll ausgelastet«, antwortete Trent. »Wie Sie wissen, wurde ich bei der Navy ausgebildet und bekam dort erheblich mehr Eigenverantwortung übertragen als hier.«

»Vielleicht könnten wir Sie in eine andere Abteilung versetzen«, schlug Mrs. Arnsdorf vor.

»Ich fürchte, das ist nicht die Lösung«, sagte Trent. »Wissen Sie, ich arbeite gern im OP. Ich habe mir überlegt, daß ich vielleicht besser in einer, sagen wir, akademischeren Umgebung aufgehoben wäre, etwa wie im Boston City Hospital. Ich habe mich entschlossen, mich dort zu bewerben.«

»Wollen Sie es sich nicht vielleicht doch noch einmal überlegen?« fragte Mrs. Arnsdorf.

»Nein, mein Entschluß steht fest. Da ist nämlich noch ein anderes Problem: Ich komme mit Mrs. Raleigh, der Leiterin des OP einfach nicht zurecht. Unter uns gesagt, sie läßt die Zügel bisweilen ein bißchen zu sehr schleifen, wenn Sie verstehen, was ich meine.«

»Da bin ich nicht so sicher«, erwiderte Mrs. Arnsdorf.

Trent überreichte ihr eine vorbereitete Liste mit den Dingen, die er als Problem in der Organisation und Funktion des OPs empfand. Er hatte Mrs. Raleigh nie ausstehen können und hoffte, daß diese Unterhaltung ihr einen ordentlichen Rüffel einbringen würde.

Als Trent Mrs. Arnsdorfs Büro verließ, fühlte er sich großartig. Er überlegte kurz, ob er stehenbleiben und ein bißchen mit ihrem Sekretär plaudern sollte, um herauszufinden, wo der Bursche trainierte, aber im Wartezimmer saß schon wieder jemand, der einen Termin bei Mrs. Arnsdorf hatte.

Trent erkannte die Frau wieder. Es war die Tages-Oberschwester der Intensivstation.

Eine knappe halbe Stunde nach seiner Unterhaltung mit Mrs. Arnsdorf verließ Trent die Klinik, in der Hand einen Kissenbezug mit seinen persönlichen Sachen aus seinem Spind. Selten hatte er sich so gut gefühlt. Alles hatte besser geklappt, als er gehofft hatte. Während er zur Orange Line der MBTA ging, überlegte er, ob er direkt zum Boston City Hospital fahren sollte, um sich zu bewerben. Ein Blick auf seine Armbanduhr zeigte ihm jedoch, daß es dafür bereits zu spät war. Na gut, dann eben morgen. Anschließend begann er darüber nachzudenken, wohin er nach dem Boston City gehen sollte. San Francisco wäre vielleicht nicht schlecht, überlegte er. Er hatte gehört, daß San Francisco eine Stadt sein sollte, in der ein Bursche viel Spaß haben konnte.

Als es zum erstenmal an der Tür läutete, konnte Jeffreys Unterbewußtsein das noch sauber in den Traum integrieren, den er gerade hatte. Er war auf dem College und stand vor einer Abschlußprüfung für einen Kurs, den er aus irgendeinem Grund völlig verschwitzt hatte. Es war ein Alptraum für Jeffrey, und auf seiner Stirn hatten sich Schweißperlen gebildet. Er war stets ein sehr gewissenhafter Student gewesen und hatte immer Angst vorm Durchfallen gehabt. In seinem Traum war die Türklingel zur Schulglocke geworden.

Jeffrey war mit dem schweren Toxikologiebuch auf der Brust eingeschlafen. Als die Türklingel zum zweitenmal läutete, schrak er hoch, und das Buch fiel mit einem polternden Geräusch auf den Boden. Schlaftrunken schaute er sich um, zunächst völlig desorientiert, bis ihm einfiel, wo er war.

Zuerst rechnete er damit, daß Kelly an die Tür gehen würde. Aber dann erinnerte er sich, daß sie zur Klinik gefahren war. Er stand auf – jedoch eine Idee zu hastig. Erschöpft und unausgeschlafen, wie er war, wurde ihm plötzlich schwindlig, und er mußte sich an der Armlehne der Couch festhalten. Es dauerte fast eine Minute, bis sich sein Kreislauf wieder so weit stabilisiert hatte, daß er sich einigermaßen sicher auf den Beinen fühlte. Auf Strümpfen ging er durch die Küche und das Eßzimmer zur Diele.

Er hatte den Türknauf schon in der Hand und war gerade im Begriff zu öffnen, als sein Blick auf das Guckloch fiel. Er beugte sich vor und spähte hindurch. Immer noch ein wenig groggy, glotzte er einen Moment lang begriffsstutzig auf das durch den Vergrößerungseffekt grotesk verzerrte Gesicht. Als er endlich kapierte, daß er geradewegs auf die klobige Nase und die roten, wäßrigen Augen von O'Shea schaute, sprang ihm das Herz regelrecht in den Hals.

Jeffrey schluckte heftig und schaute vorsichtig noch einmal durch das Guckloch. Kein Zweifel, es war O'Shea. Niemand sonst konnte derartig häßlich sein.

Es klingelte erneut. Jeffrey duckte sich vom Guckloch weg und machte einen Schritt rückwärts. Angst schnürte ihm die Kehle zu. Wo konnte er hingehen? Was konnte er tun? Wie hatte O'Shea es überhaupt geschafft, ihn aufzuspüren? Er hatte schreckliche Angst davor, festgenommen oder erschossen zu werden, zumal jetzt, da er und Kelly solche Fortschritte gemacht hatten. Wenn sie es nicht schafften, jetzt die Wahrheit aufzudekken, wann würde dann dieser Wahnsinnige, der schon so viele Menschenleben und Existenzen auf dem Gewissen hatte, jemals geschnappt werden – wenn überhaupt?

Zu Jeffreys Entsetzen begann der Türknauf sich zu drehen. Er war ziemlich sicher, daß der Riegel vorgeschoben war, aber aus Erfahrung wußte er, wenn O'Shea irgendwo reinkommen wollte, dann kam er auch rein. Jeffrey beobachtete gebannt, wie der Türknauf sich jetzt in die andere Richtung zu drehen begann. Er trat noch einen Schritt zurück und stieß dabei gegen das Teeservice auf dem Dielentisch. Das silberne Sahnekännchen und die silberne Zuckerschale fielen mit lautem Geschepper zu Boden. Jeffrey klopfte das Herz bis zum Hals. Die Klingel läutete nun mehrmals hintereinander. Jetzt ist alles vorbei, dachte Jeffrey in panischer Angst. O'Shea mußte den Lärm gehört haben.

Im nächsten Moment sah er, wie O'Shea das Gesicht an eines der schmalen Seitenlichter preßte, die die Eingangstür säumten. Es war auf der Innenseite mit einer Gardine verhangen, so daß Jeffrey keine Ahnung hatte, was O'Shea erkennen konnte. Mit einem hastigen Schritt nach rechts wich Jeffrey aus dem Blickwinkel des Seitenlichts und huschte durch die Bogentür ins Eßzimmer.

Als hätte er das vorausgeahnt, tauchte O'Shea gleich darauf am Eßzimmerfenster auf. Gerade als er die Hände vor dem Gesicht zu einem Trichter formte und gegen das Fenster preßte, ließ sich Jeffrey auf Hände und Knie fallen und kroch hinter den Eßzimmertisch. Dann krabbelte er wie ein Krebs rückwärts in die Küche.

Sein Herz raste. Sobald er die Küche erreicht hatte, stand er auf. Er wußte, daß er sich irgendwo verstecken mußte. Sein Blick fiel auf die halb offenstehende Tür zur Speisekammer. Er rannte hinüber und tauchte in die aromatische Dunkelheit. Dabei stieß er in seiner Hast gegen einen Schrubber, der an der Innenseite der Tür lehnte. Der Schrubber kippte um und fiel auf den Küchenboden.

In dem Moment bollerte es so heftig an der Vordertür, daß das Geschirr im Küchenschrank klirrte. Jeffrey war fast ein wenig überrascht, daß O'Shea nicht einfach das Schloß durchschoß. Er zog die Speisekammertür hinter sich zu. Er machte sich Sorgen wegen des Schrubbers und rang einen Moment lang mit sich, ob er das Risiko eingehen sollte, die Tür noch einmal zu öffnen und den Schrubber zu sich hereinzuziehen, entschied sich dann aber dagegen. Die Gefahr, daß O'Shea um das Haus ging und ihn ausgerechnet in dem Moment sah, in dem er das tat, war zu groß.

Etwas strich an seinem Bein vorbei. Er zuckte zusammen und stieß mit dem Kopf gegen ein Regal mit Konservendosen. Ein paar der Dosen polterten zu Boden. Die Folge war ein fürchterliches Kreischen. Es war Delilah, die trächtige Tigerkatze. Was mußte jetzt eigentlich noch passieren, daß O'Shea die Wohnung stürmte, dachte Jeffrey in grimmiger Verzweiflung.

Das laute Bollern an der Tür hatte aufgehört. Stille senkte sich über das Haus. Jeffrey, der vor Angst schwitzte, horchte angestrengt, ob er irgend etwas hören konnte, das ihm Aufschluß darüber gab, was O'Shea machte.

Plötzlich dröhnten schwere Schritte auf der Veranda an der Rückseite des Hauses. Unmittelbar darauf wurde so heftig an einer Tür gerüttelt, daß Jeffrey glaubte, sie werde gleich aus den Angeln fliegen. Er vermutete, daß O'Shea an der Verbindungstür zwischen Veranda und Wohnzimmer war. Jeden Moment, dessen war er sicher, würde er Glas splittern und O'Shea ins Wohnzimmer stürmen hören.

Statt dessen kehrte wieder Stille ein, und die Schritte entfernten sich von der Veranda. Zwei Minuten verstrichen, dann drei. Jeffrey verharrte mucksmäuschenstill. Die Zeit rann zäh dahin. Er vermochte nicht zu sagen, wieviel Zeit vergangen war, ob zehn Minuten, zwanzig Minuten oder eine halbe Stunde, als er schließlich seinen verzweifelten Griff lockerte, mit dem er die

Oberkante der Speisekammertür mit den Fingerspitzen festhielt. Es kam ihm wie eine Ewigkeit vor.

Delilah schien außerordentlich schmusebedürftig. Immer wieder schmiegte sie sich mit wohligem Schnurren an sein Bein. Er beugte sich hinunter, um sie zu streicheln. Als er anfing, sie zu tätscheln, machte sie dankbar einen Buckel und streckte sich. Nach einer Weile verlor Jeffrey jegliches Zeitgefühl. Das einzige, was er hörte, war das Pochen seines Pulses. Er konnte nichts sehen in der dunklen Speisekammer. Schweiß rann ihm den Nacken hinunter. Die Temperatur in der kleinen Kammer stieg stetig.

Plötzlich vernahm er ein neues Geräusch. Er horchte angestrengt. War das nicht die Wohnungstür gewesen? Sofort begann sein Herz wieder zu rasen. Und dann hörte er ein Geräusch, das er zweifelsfrei identifizieren konnte: Die Wohnungstür knallte mit einer solchen Wucht ins Schloß, daß das Haus erzitterte.

Jeffreys schmerzende Fingerkuppen gruben sich wieder in das Holz der Speisekammertür. O'Shea hatte es also endlich geschafft, hereinzukommen! Vielleicht hatte er das Schloß aufgebrochen. Jeffrey brauchte nicht erst das Knallen der Tür zu hören, um zu wissen, daß der Mann wütend war.

Wieder begann er sich Gedanken über den verflixten Schrubber zu machen, der auf dem Küchenboden lag und gleichsam wie ein Hinweispfeil auf die Speisekammer zeigte. Er bereute, daß er ihn nicht zu sich hereingezogen hatte, gleich nachdem er umgefallen war. Nun war es zu spät dafür. Seine einzige Hoffnung war jetzt noch, daß O'Shea zuerst nach oben ging und ihm so die Chance gab, durch die Hintertür zu entwischen.

Leise Schritte durchquerten rasch das Erdgeschoß und erreichten schließlich die Küche, wo sie abrupt innehielten. Jeffrey wagte nicht zu atmen. Im Geiste sah er, wie O'Shea auf den Schrubber starrte, stutzte, zur Speisekammertür schaute und sich am Kopf kratzte. Mit dem letzten verzweifelten Rest von Kraft, den er noch in den schmerzenden Fingern hatte, grub Jeffrey die Fingernägel in das Holz der Tür und zog. Vielleicht würde O'Shea ja glauben, sie sei abgeschlossen.

Jeffreys Arme zitterten vor Anstrengung, als er fühlte, wie die Tür vibrierte. O'Shea hatte die Hand am Außengriff und ruckelte daran. Jeffrey biß die Zähne zusammen und zog mit letzter Kraft, aber die Tür bewegte sich trotzdem. O'Shea schien es jetzt zu bunt. Diesmal ruckelte er nicht nur, sondern zog mit einem entschlossenen Ruck am Türgriff, und die Tür ging einen Spaltbreit auf, ehe sie wieder zuknallte.

Der nächste Ruck riß die Tür ganz auf und zerrte Jeffrey aus der Speisekammer. Er stolperte in die Küche und hielt die Hände hoch, um seinen Kopf zu schützen...

Zu Tode erschrocken taumelte Kelly zurück, schlug die Hand vor die Brust und stieß einen kurzen, spitzen Schrei aus. Sie ließ den Schrubber, den sie gerade aufgehoben hatte, zu Boden fallen, zusammen mit dem Umschlag, den sie vom St. Joseph's Hospital mitgebracht hatte. Delilah kam aus der Speisekammer geschossen und flüchtete ins Eßzimmer.

Sie standen eine Minute lang da und schauten sich an. Kelly fand als erste die Sprache wieder.

»Was soll das sein, irgendein Spiel, um mich zu Tode zu erschrecken, jedesmal wenn ich nach Hause komme?« fuhr sie Jeffrey an, immer noch unter dem Eindruck des gerade Erlebten stehend. »Ich schleiche hier auf Zehenspitzen herum, weil ich denke, du schläfst, und dann das!«

Das einzige, was Jeffrey herausbrachte, war, daß es ihm leid täte; er habe sie nicht erschrecken wollen. Er faßte Kelly bei der Hand und zog sie an die Wand, die das Eßzimmer von der Küche trennte.

»Was soll das jetzt wieder?« fragte Kelly, nun doch beunruhigt.

Jeffrey legte den Zeigefinger auf die Lippen, um ihr zu signalisieren, daß sie leise sprechen solle. »Erinnerst du dich an den Mann, von dem ich dir erzählt habe, der, der auf mich geschossen hat? Diesen O'Shea?« sagte er im Flüsterton.

Kelly nickte.

»Er war hier. An der Haustür. Er ist sogar um das Haus herumgegangen und hat versucht, über die Veranda hereinzugelangen.«

»Als ich vorhin reinkam, war draußen niemand zu sehen.«

»Bist du sicher?«

»Ziemlich sicher«, antwortete Kelly. »Aber vielleicht schau' ich besser doch noch mal nach.« Sie wollte zur Tür gehen, aber Jeffrey packte sie hastig beim Arm. Erst da sah sie, wie verängstigt er war.

»Er ist wahrscheinlich bewaffnet.«

»Soll ich die Polizei anrufen?«

»Nein.« Jeffrey wußte nicht, wie sie sich verhalten sollten.

»Weißt du was?« sagte Kelly. »Du versteckst dich wieder in der Speisekammer, und ich seh' mich draußen um. Okay?«

Jeffrey nickte. Die Vorstellung, daß Kelly O'Shea allein gegenüberstand, schmeckte ihm zwar überhaupt nicht, aber da er derjenige war, hinter dem O'Shea her war, würde O'Shea sie wahrscheinlich in Frieden lassen. Irgendwie mußten sie jedenfalls herauskriegen, ob O'Shea sich noch immer auf dem Grundstück herumtrieb. Jeffrey kehrte zurück in die Speisekammer.

Kelly ging zur Haustür und schaute vor dem Haus und auf der Straße nach. Dann schlich sie einmal ums Haus. Sie fand ein paar schmutzige Fußabdrücke auf der Veranda, aber das war auch alles. Wieder im Haus, sagte sie Jeffrey, er könne herauskommen. Sobald er draußen war, huschte Delilah hinein.

Immer noch nicht ganz überzeugt, machte Jeffrey behutsam seinen eigenen Rundgang um das Haus. Kelly ging hinter ihm her. Er war echt verblüfft. Warum war O'Shea wieder abgezogen? Nicht etwa, daß es ihm nicht recht gewesen wäre...

Als sie wieder drinnen waren, sagte Jeffrey: »Wie, zum Teufel, hat er mich finden können? Ich habe niemandem erzählt, daß ich hier bin – du vielleicht?«

»Nicht einer Menschenseele.«

Jeffrey ging ins Gästezimmer und zog seine Reisetasche unter dem Bett hervor. Kelly stand im Türrahmen. »Was machst du?« fragte sie.

»Ich muß von hier verschwinden, bevor er wiederkommt.«

»Jetzt warte doch erst mal«, sagte Kelly. »Laß uns darüber reden. Vielleicht sollten wir uns erst mal beraten, bevor du so mir nichts, dir nichts entscheidest abzuhauen. Ich dachte, wir ziehen diese Sache gemeinsam durch.«

»Ich darf auf keinen Fall hier sein, wenn er wiederkommt«, entgegnete Jeffrey.

»Bist du sicher, daß O'Shea überhaupt weiß, daß du hier bist?«

»Das liegt doch wohl auf der Hand«, antwortete Jeffrey, und seine Stimme klang fast gereizt. »Oder glaubst du vielleicht, er klappert jetzt ganz Boston ab und klingelt an jeder Wohnungstür?«

»Kein Grund, gleich sarkastisch zu werden«, sagte Kelly geduldig.

»Entschuldige. Ich bin nicht allzu taktvoll, wenn ich Angst habe.«

»Ich glaube, es gibt einen Grund, warum er hier war und geklingelt hat«, sagte Kelly. »Du hast Chris' Aufzeichnungen in deinem Hotelzimmer liegenlassen. Da stand überall sein Name drauf. Er ist wahrscheinlich einfach dieser Spur nachgegangen und wollte mir ein paar Fragen stellen.«

Jeffreys Augen verengten sich, als er über diese Möglichkeit nachdachte. »Meinst du wirklich?« fragte er. Der Gedanke war gar nicht so abwegig.

»Je mehr ich darüber nachdenke, desto plausibler erscheint mir diese Erklärung. Warum hätte er sonst wieder wegfahren sollen? Wenn er gewußt hätte, daß du hier bist, hätte er sich einfach draußen in seinen Wagen gesetzt und abgewartet, bis du rauskommst. Jedenfalls hätte er bestimmt nicht so schnell aufgegeben.«

Jeffrey nickte. Kellys Argument machte durchaus Sinn.

»Ich glaube, daß er wiederkommen wird«, fuhr Kelly fort. »Aber ich glaube nicht, daß er weiß, daß du hier bist. Das bedeutet, daß wir ab jetzt noch vorsichtiger sein und uns irgendeine Erklärung ausdenken müssen, warum du Chris' Aufzeichnungen bei dir hattest, falls er mich danach fragt.«

Jeffrey nickte wieder.

»Hast du irgendeinen Vorschlag?« fragte sie.

Jeffrey zuckte mit den Schultern. »Wir sind beide Anästhesisten. Du könntest sagen, Chris und ich hätten zusammen an einem Forschungsprojekt gearbeitet.«

»Wir müssen uns schon was Besseres einfallen lassen«, erwiderte Kelly. »Aber es ist zumindest ein Gedanke. Jedenfalls bleibst du hier, also tu deine Reisetasche wieder unters Bett.« Sie machte auf dem Absatz kehrt und verließ das Gästezimmer.

Jeffrey seufzte vor Erleichterung. Er hatte eigentlich nie wirklich weggehen wollen. Er schob die Reisetasche unters Bett und folgte Kelly.

Das erste, was Kelly tat, war, die Rollos im Eßzimmer, in der Küche und im Wohnzimmer herunterzuziehen. Dann ging sie in die Küche und stellte den Schrubber wieder in die Speisekammer. Anschließend gab sie Jeffrey den Umschlag vom St. Joseph's Hospital. Er enthielt einen Computerausdruck mit der Liste des medizinischen und des nichtmedizinischen Personals des St. Joseph's.

Jeffrey setzte sich mit dem Umschlag auf die Couch, öffnete ihn, zog den Computerausdruck heraus und entfaltete ihn. Es standen eine Menge Namen darauf. Was Jeffrey interessierte, war, festzustellen, ob irgendeiner von den Ärzten, die er vom Memorial her kannte, auch im St. Joseph's Hospital Betten hatte.

»Was hältst du davon, wenn wir jetzt erst mal was essen?« fragte Kelly.

»Hm«, sagte Jeffrey und schaute von seiner Liste auf. Nach der Sache in der Speisekammer war er nicht sicher, ob er überhaupt etwas runterkriegen würde. Noch vor einer halben Stunde hätte er nicht mal im Traum daran gedacht, daß er zu diesem Zeitpunkt gemütlich auf der Couch sitzen und über Essen reden würde.

11

Donnerstag, 18. Mai 1989, 18 Uhr 30

»Entschuldigen Sie«, begann O'Shea. Eine Frau etwa Mitte Sechzig mit weißem Haar hatte die Tür ihres Hauses in Newton geöffnet. Sie machte einen Eindruck von makelloser Gediegenheit in ihrem weißen Leinenrock, ihrem blauen Pullover und ihrer schlichten Perlenkette. Als sie ihren Besucher nicht sofort erkennen konnte, griff sie nach ihrer Brille, die an einem goldenen Kettchen an ihrem Hals hing.

»Ich muß schon sagen, junger Mann«, meinte sie, nachdem sie O'Shea eingehend gemustert hatte, »Sie sehen aus, als wären Sie ein Mitglied der Hell's Angels.«

»Die Ähnlichkeit ist anderen auch schon aufgefallen, Ma'am, doch um die Wahrheit zu gestehen, ich habe noch nie auf einem Motorrad gesessen. Die Dinger sind einfach zu gefährlich.«

»Warum dann aber diese ausgefallene Kleidung, junger Mann?« fragte sie, sichtlich verblüfft.

O'Shea sah der Frau in die Augen. Die Frage schien sie echt zu interessieren. Dieser Empfang war wirklich Welten entfernt von dem, was er bei den anderen Eversons erlebt hatte. »Möchten Sie das wirklich wissen?« fragte er.

»Es interessiert mich immer, was die jungen Leute von heute so bewegt.«

Daß er als junger Mann betrachtet wurde, fand O'Shea irgendwie richtig rührend. Er war mittlerweile achtundvierzig, und es war verdammt lange her, daß er sich als jung empfunden hatte. »Ich habe die Erfahrung gemacht, daß diese Art, mich zu kleiden, mir sehr bei meiner Arbeit hilft«, erklärte er.

»Dann sagen Sie mir doch bitte, junger Mann, was für eine Art von Metier ist es denn, das es erforderlich macht, daß Sie so...« Die Frau hielt inne, um nach dem passenden Wort zu suchen. »...furchterregend ausschauen.«

O'Shea lachte, dann mußte er husten. Diese verdammte Qualmerei, dachte er, ich muß endlich damit aufhören. »Ich bin Kopfgeldjäger. Ich fange Verbrecher ein, die versuchen, sich dem Arm des Gesetzes zu entziehen.«

»Wie aufregend!« sagte die Frau. »Wie nobel.«

»Ich weiß nicht, ob das so nobel ist, Ma'am. Ich tue es für Geld.«

»Jede Arbeit verdient ihren Lohn«, erwiderte die Frau. »Aber was in aller Welt führt Sie dann zu mir?«

O'Shea erklärte ihr, daß er einen gewissen Christopher Everson suche; dabei betonte er ausdrücklich, daß Christopher Everson kein flüchtiger Krimineller sei, aber daß er möglicherweise gewisse Informationen besitze, die ihn vielleicht zu einem flüchtigen Verbrecher führen könnten.

»In unserer Familie heißt niemand Christopher«, sagte die Frau. »Aber wenn ich mich richtig erinnere, hat irgend jemand diesen Namen mir gegenüber vor ein paar Jahren einmal erwähnt. Ich glaube, der Mann, an den ich denke, war Arzt.«

»Das klingt ermutigend. Der Christopher Everson, nach dem ich suche, ist möglicherweise ein Arzt.«

»Vielleicht könnte ich meinen Mann fragen, wenn er nach Hause kommt. Er weiß besser über den Everson-Zweig unserer Familie Bescheid als ich. Schließlich ist es seiner. Wie kann ich mit Ihnen in Verbindung treten, junger Mann?«

O'Shea schrieb ihr seinen Namen und die Nummer von Michael Mosconis Büro auf und sagte ihr, sie könne dort eine Nachricht hinterlassen. Dann dankte er ihr für ihre Hilfsbereitschaft und ging zurück zu seinem Wagen.

O'Shea schüttelte den Kopf, als er Ralph Eversons Namen auf seiner Liste einkreiste. Er dachte, daß er dort vielleicht noch einmal anrufen könnte, falls sich woanders keine besseren Hinweise ergaben.

O'Shea ließ seinen Wagen an und fuhr los. Die nächste Stadt auf seiner Liste war Dedham. Zwei Eversons waren dort gemeldet. Sein Plan war, um den Süden von Boston herumzufahren und Dedham, Canton und Milton gleich in einem Rutsch mitzunehmen, bevor er wieder in die Stadt zurückkehrte.

Er nahm die Hammond Street bis Tremont und bog dort auf die alte Route One, die ihn direkt ins Zentrum von Dedham bringen würde. Während er so dahinfuhr, dachte er an die alte Dame in Newton und mußte lachen. Es war schon verrückt, was für unterschiedlichen Leuten man in seinem Job begegnete. Man geriet wirklich manchmal von einem Extrem zum anderen. Dann ging ihm noch mal sein Besuch bei dieser Kelly C. Everson durch den Kopf. Er war sicher gewesen, daß jemand im Haus war, nachdem er dieses scheppernde Geräusch direkt hinter der Tür gehört hatte, so, als wäre irgendwas runtergefallen. Wahrscheinlich war's eine Katze gewesen. Er hatte diese Adresse ebenfalls eingekreist. Er würde dort noch einmal vorbeischauen, falls sich nicht irgendwoanders was Besseres ergeben sollte.

Diesen Doktor zu finden war alles andere als der Routinejob, für den O'Shea ihn anfänglich gehalten hatte. Zum erstenmal begann er sich zu fragen, welche Umstände dazu geführt haben mochten, daß er wegen fahrlässiger Tötung verurteilt worden war. Normalerweise machte er sich nicht die Mühe, viel über die Art und die Umstände der Verbrechen seiner Kunden in Erfahrung zu bringen, es sei denn, er versprach sich davon einen Hinweis, welches Kaliber er benötigen würde. Und ob jemand schuldig oder unschuldig war, das herauszufinden war nun wahrlich nicht sein Bier.

Aber dieser Jeffrey Rhodes wurde mehr und mehr zu einem Rätsel für ihn – und zu einer Herausforderung. Mosconi hatte ihm nicht viel über Rhodes erzählt; er hatte lediglich seine Kautionssituation erklärt und gesagt, er glaube nicht, daß Rhodes sich wie der typische Schwerverbrecher verhalten würde. Und alle Nachforschungsaufträge, die O'Shea über sein Unterwelt-Informantennetz rausgeschickt hatte, waren blanko zurückgekommen. Keiner wußte irgend etwas von Jeffrey Rhodes. Offenbar hatte er noch nie was ausgefressen, eine Situation, die einzigartig war in Devlin O'Sheas Karriere als Kopfgeldjäger. Warum dann diese riesige Kaution? Was, zum Henker, hatte Dr. Jeffrey Rhodes angestellt?

Was O'Shea nicht minder verblüffte, war Rhodes' unerklärliches Verhalten seit seinem gescheiterten Versuch, sich nach Rio abzusetzen. Er schien seine Pläne vollkommen geändert zu haben. Er verhielt sich absolut nicht wie der typische Verbrecher auf der Flucht. Seit O'Shea ihm das Ticket nach Südamerika abgenommen hatte, schien Rhodes überhaupt keine Fluchtpläne mehr zu hegen. Er arbeitete an irgend etwas – O'Shea war sich dessen völlig sicher. Die Papiere, die er im Essex gefunden hatte, waren der Beweis. O'Shea fragte sich, ob es ihm vielleicht weiterhelfen würde, wenn er einen der Polizeiärzte bat, sich das Material einmal anzuschauen. Da die Everson-Spur offenbar nichts herzugeben schien, konnte er vielleicht an einem anderen Hebel ansetzen.

Trotz Kellys Protest half Jeffrey ihr beim Abwasch nach ihrem Abendessen, das aus Schwertfisch und Artischocken bestanden hatte. Während sie die Töpfe und die Pfanne sauberkratzte, trocknete er ab und trug sie von der Küche ins Wohnzimmer.

»Der OP war nicht der einzige Ort, an dem es heute eine Tragödie gegeben hat«, sagte Kelly, während sie versuchte, sich die Stirn mit dem Teil ihres Unterarms abzuwischen, der aus dem Gummihandschuh hervorschaute. »Auf der Intensivstation hatten wir ebenfalls unsere Probleme.«

Jeffrey nahm ein Schwammtuch, um den Tisch sauberzumachen. »Was war los?« fragte er geistesabwesend. Er hing seinen eigenen Gedanken nach. Er machte sich Sorgen über O'Sheas unvermeidlichen nächsten Besuch.

»Eine der Klinikschwestern ist gestorben«, sagte Kelly. »Sie war eine gute Freundin von mir und eine gute Fachkraft.«

»Ist es passiert, während sie Dienst hatte?«

»Nein, sie machte die Spätschicht im OP«, antwortete Kelly. »Sie wurde heute morgen gegen acht in die Notaufnahme eingeliefert.«

»Autounfall?«

Kelly schüttelte den Kopf und kratzte den Pfannenboden mit einem Topfkratzer aus. »Nein. Allem Anschein nach muß sie in ihrer Wohnung einen epileptischen Anfall gehabt haben.«

Jeffrey hörte mitten im Wischen auf. Das Wort »Anfall« rief in ihm wieder die Erinnerung an das Drama mit Patty Owen wach. Als wäre es gestern gewesen, konnte er ihr Gesicht vor sich sehen, als sie ihn hilfesuchend angestarrt hatte, unmittelbar bevor die Krämpfe sie zu schütteln begonnen hatten.

»Es war grauenhaft«, fuhr Kelly fort. »Sie hatte diesen Anfall, oder wie immer man es nennen will, in ihrer Badewanne. Dabei ist sie so hart mit dem Kopf gegen die Armaturen geschlagen, daß sie sich eine Schädelfraktur zuzog.«

»Wie schrecklich«, sagte Jeffrey. »Ist sie daran gestorben? An der Fraktur?«

»Die hat ihr sicherlich nicht geholfen«, sagte Kelly. »Aber sie war nicht die Todesursache. Von dem Moment an, als die Sanitäter in ihre Wohnung kamen, hatte sie Arrhythmien. Das Erregungsleitungssystem war schwer gestört. Auf der Intensivstation hatte sie dann einen Herzstillstand. Wir kriegten das Herz mit einem Schrittmacher noch einmal kurz in Gang, aber es war nur noch ein Stolpern. Das Herz war einfach zu schwach.«

»Einen Moment mal«, sagte Jeffrey. Er war bestürzt über die Ähnlichkeit zwischen Kellys Schilderung vom Verlauf der Symptomatik bei der Krankenschwester und dem, was er bei Patty Owen erlebt hatte, nachdem er ihr das Marcain injiziert hatte. Er wollte sicher sein, daß er sie richtig verstanden hatte.

»Du sagst, eine der OP-Schwestern wurde eingeliefert nach einem Anfall mit anschließenden Herzrhythmusstörungen?« fragte er.

»Richtig«, sagte Kelly. Sie öffnete die Tür des Geschirrspülers und begann, die schmutzigen Teller und Bestecke hineinzupakken. »Es war so schrecklich traurig. Es war so, als ob einer aus der Familie stirbt.«

»Gab es irgendeine Diagnose?«

Kelly schüttelte den Kopf. »Nein. Sie dachten zuerst an einen Hirntumor, aber bei der Kernspintomographie fanden sie nichts. Sie muß wohl irgendeinen unerkannten Herzfehler gehabt haben, eine Entwicklungsstörung oder so was. Das hat mir jedenfalls einer der Stationsärzte von der Inneren gesagt.«

»Wie hieß die Krankenschwester?« wollte Jeffrey wissen.

»Gail Shaffer.«

»Weißt du irgendwas über ihr Privatleben?« fragte Jeffrey.

»Ein bißchen«, antwortete Kelly. »Wie gesagt, wir waren recht gut befreundet.«

»Erzähl mir von ihr!«

»Sie war Single, aber soviel ich weiß, hatte sie einen festen Freund.«

»Kennst du den Freund?«

»Nein. Ich weiß nur, daß er Medizinstudent war«, antwortete Kelly. »Warum interessiert dich das eigentlich so?«

»Ich bin nicht sicher«, sagte Jeffrey, »aber gleich nachdem du angefangen hast, mir von Gail Shaffer zu erzählen, mußte ich unwillkürlich an Patty Owen denken. Es war der gleiche Verlauf. Erst der Anfall und dann Erregungsleitungsstörungen.«

»Du willst doch nicht etwa andeuten...« Kelly konnte ihren Satz nicht vollenden.

Jeffrey schüttelte den Kopf. »Ich weiß, ich weiß. Ich klinge langsam wie einer von diesen Verrückten, die hinter allem und jedem eine Verschwörung sehen. Aber es ist so ein ungewöhnlicher Verlauf. Ich glaube, ich bin an einem Punkt, wo ich einfach unheimlich sensibel auf alles reagiere, was auch nur entfernt verdächtig klingt.«

Als es auf elf zuging, fand O'Shea, daß es Zeit war, für heute Feierabend zu machen. Es war jetzt zu spät, um noch erwarten zu können, daß die Leute einem wildfremden Mann die Tür aufmachten. Außerdem hatte er heute wahrlich genug getan, und er war müde und erschöpft. Allmählich begann er sich zu fragen, ob sein intuitives Gefühl, daß dieser Christopher Everson irgendwo im Gebiet von Boston sein mußte, ihn nicht doch getrogen hatte. Er hatte alle Eversons in den südlichen Vororten von Boston abgeklappert, ohne irgendein greifbares Ergebnis bekommen zu haben. Außer der älteren Dame in Newton hatte noch einer gesagt, er glaube, schon mal etwas von einem Dr. Christopher Everson gehört zu haben, aber er hatte weder gewußt, wo er wohnte, noch, wo er arbeitete.

Da er jetzt wieder in der Innenstadt von Boston war, entschloß sich O'Shea, noch einmal kurz bei Michael Mosconi vorbeizufahren. Er wußte, daß es spät war, aber das interessierte ihn nicht. Er fuhr zum North End und parkte seinen Wagen in zweiter Reihe auf der Hanover Street. Von dort aus ging er zu Fuß durch die engen Straßen zur Unity Street, wo Mosconi ein bescheidenes dreistöckiges Haus besaß.

»Ich hoffe, Ihr später Besuch verheißt gute Nachrichten für mich«, sagte Mosconi, als er O'Shea öffnete. Er trug einen rotbraunen Bademantel aus Kunstfaser, der bei flüchtigem Hinsehen wie Satin ausschaute. Seine Füße steckten in abgewetzten Lederpantoffeln. Sogar Mrs. Mosconi erschien oben auf der Treppe, um zu sehen, wer der späte Besucher war. Sie war mit einem Bademantel aus roter Chenille bekleidet und trug Haarnadel-Lockenwickler, von denen O'Shea geglaubt hatte, sie seien schon seit den Fünfzigern ausgestorben. Außerdem hatte sie irgendeinen Pamp im Gesicht, der, wie O'Shea vermutete, den Zweck haben sollte, den unvermeidlichen Alterungsprozeß aufzuhalten. Wehe dem armen Einbrecher, der ahnungslos in dieses Haus einsteigt, dachte O'Shea. Ein Blick auf Mrs. Mosconi im Dunkeln, und er würde vor Schreck tot umfallen.

Mosconi führte O'Shea in die Küche und fragte ihn, ob er ein Bier wolle, ein Angebot, das O'Shea begeistert annahm. Mosconi ging zum Kühlschrank und reichte O'Shea eine Flasche *Rolling Rock*.

»Kein Glas?« fragte O'Shea mit einem Lächeln.

Mosconi legte die Stirn in Falten. »Wir wollen's nicht übertreiben.«

O'Shea nahm einen langen Zug, bevor er sich den Mund mit dem Handrücken abwischte.

»Und? Haben Sie ihn geschnappt?«

O'Shea schüttelte den Kopf. »Noch nicht.«

»Soll das hier ein Freundschaftsbesuch sein, oder was?« fragte Mosconi mit seinem üblichen Sarkasmus in der Stimme.

»Nein, ein rein geschäftlicher«, erwiderte O'Shea. »Weswegen soll dieser Rhodes eingebuchtet werden?«

»Herr im Himmel, schenke mir Geduld«, stöhnte Mosconi und wandte den Blick flehentlich zur Decke. Dann schaute er wieder O'Shea an. »Hab' ich Ihnen doch gesagt: fahrlässige Tötung. Er wurde wegen fahrlässiger Tötung verknackt.«

»Und? Hat er sie begangen?«

»Wie, zum Teufel, soll ich das wissen?« sagte Mosconi gereizt. »Er wurde für schuldig befunden und verurteilt. Alles andere interessiert mich nicht. Was, zum Henker, ändert das an Ihrem Job?«

»Dieser Fall ist keine Durchschnittsware«, entgegnete O'Shea. »Ich brauche mehr Informationen.«

Mosconi stieß einen genervten Seufzer aus. »Der Bursche ist Arzt. Seine Verurteilung hat irgendwas mit einer verpfuschten Operation und Drogen zu tun. Mehr weiß ich auch nicht. Was, zum Teufel, ist los mit Ihnen, Devlin? Ändert das vielleicht irgendwas an dem Fall? Ich will diesen Kerl haben, klar?«

»Ich brauche mehr Informationen«, wiederholte O'Shea. »Ich möchte, daß Sie die genauen Einzelheiten über sein Verbrechen herausfinden. Ich glaube, wenn ich mehr über die Umstände seiner Verurteilung wüßte, könnte ich mir ein besseres Bild davon machen, was der Bursche im Augenblick vorhat.«

»Vielleicht sollte ich doch Verstärkung anfordern. Vielleicht würde ein wenig Konkurrenz zwischen, sagen wir, einem halben Dutzend von euch Kopfjägern schneller zum Erfolg führen.«

Konkurrenz war nicht das, was O'Shea wollte. Es stand zuviel Kohle auf dem Spiel. Nach kurzem Überlegen sagte er: »Das einzige, was im Moment zu unseren Gunsten spricht, ist, daß der Doc sich in Boston aufhält. Wenn Sie unbedingt wollen, daß er Panik kriegt und Reißaus nimmt, zum Beispiel nach Südamerika, wo er hinwollte, als ich ihn geschnappt hab', dann holen Sie nur Ihre Verstärkung.«

»Ich will nur eins wissen: Wann haben Sie ihn im Kahn?«

»Geben Sie mir eine Woche«, sagte O'Shea. »Eine Woche insgesamt, also ab jetzt noch fünf Tage. Aber Sie müssen die Informationen besorgen, die ich brauche. Dieser Doktor führt irgendwas im Schilde. Sobald ich rauskriege, was, finde ich ihn auch.«

O'Shea verließ Mosconis Haus und ging zurück zu seinem Wagen. Er konnte kaum noch die Augen offenhalten, als er zu seiner Wohnung in Charlestown fuhr. Aber er mußte noch Kontakt mit Bill Bartley aufnehmen, dem Burschen, den er für die Beschattung von Carol Rhodes angeheuert hatte. Er rief ihn über sein Autotelefon an.

Die Verbindung war nicht sehr gut. O'Shea mußte brüllen, um sich über das statische Knistern und Rauschen hinweg verständlich zu machen.

»Irgendwelche Anrufe vom Doktor?« schrie O'Shea in die Sprechmuschel.

»Nicht ein einziger«, sagte Bartley. Seine Stimme klang so weit weg, als spräche er aus Timbuktu. »Das einzige halbwegs Interessante war ein Anruf von einem Typ, der offenbar ihr Lover ist. Irgendein Börsenmakler aus L.A. Wußtest du, daß sie nach L.A. ziehen will?«

»Bist du sicher, daß es nicht Rhodes war?« brüllte O'Shea.

»Das kann ich mir nicht denken«, antwortete Bartley. »Sie haben sich sogar über den Doktor lustig gemacht, und das mit nicht gerade schmeichelhaften Worten.«

Hervorragend, dachte O'Shea, als er wieder aufgelegt hatte. Kein Wunder, daß Mosconi nicht das Gefühl gehabt hatte, daß Carol und Jeffrey Rhodes zwei frisch verliebte Turteltauben waren. Das Ganze sah eher so aus, als hätten sie vor, sich zu trennen. Er hatte das Gefühl, daß er sein Geld zum Fenster rauswarf, wenn er Bartley weiter auf der Gehaltsliste behielt, und doch war er nicht bereit, das Risiko einzugehen, Carol Rhodes nicht zu beschatten. Jedenfalls noch nicht.

Als O'Shea die Eingangstreppe zu seinem Apartmenthaus am Monument Square hinaufstieg, waren seine Beine schwer wie Blei; er fühlte sich kaputt, als käme er gerade von der Schlacht von Bunker Hill. Er konnte sich nicht erinnern, wann er das letztemal sein Bett gesehen hatte. Er wußte, er würde eingeschlafen sein, noch ehe er sich die Decke über den Bauch gezogen hatte.

Er knipste das Licht an und verharrte einen Moment in der Tür. Seine Wohnung sah aus wie ein Saustall. Überall lagen Zeitschriften und leere Bierflaschen herum. Ein muffiger Geruch hing in der Luft, nach abgestandenem Bier und ungeleerten Aschenbechern. Unerwartet fühlte er sich auf einmal einsam. Noch vor fünf Jahren hatte er eine Frau gehabt, Kinder, einen Hund. Dann war die Versuchung gekommen. »He, Dev, sei kein Frosch. Was ist los mit dir? Erzähl mir nicht, du könntest die fünf Riesen extra nicht gut brauchen. Das einzige, was du tun mußt, ist, den Mund halten. Komm schon, wir machen das doch alle. Fast jeder in der Truppe.«

O'Shea warf seine Jeansjacke auf die Couch und kickte seine Cowboystiefel von den Füßen. Er ging in die Küche und nahm sich eine Dose Budweiser aus dem Kühlschrank. Dann kehrte er ins Wohnzimmer zurück und setzte sich in einen der abgewetzten Sessel. Die Erinnerung an die Vergangenheit machte ihn immer trübsinnig.

Das Ganze war eine Falle gewesen. O'Shea und eine Handvoll anderer Polizisten wurden angeklagt und aus dem Polizeidienst entfernt. O'Shea war auf frischer Tat mit dem Geld ertappt worden, als er damit gerade eine Rate auf das kleine Landhäuschen in Maine einzahlte, das er gekauft hatte, damit die Kinder in den Sommerferien aus der Stadt rauskamen.

O'Shea steckte sich eine Zigarette an, inhalierte tief und bekam einen Hustenanfall. Er beugte sich hinunter, drückte die Zigarette auf dem Fußboden aus und schnippte sie in die Ecke des Zimmers. Dann nahm er einen kräftigen Schluck aus seiner Bierdose. Das kalte Gebräu half das Kratzen in seinem Hals ein wenig lindern.

Zwischen ihm und Sheila hatte es immer mal Ärger gegeben, aber sie hatten sich stets wieder irgendwie zusammengerauft. Zumindest bis zu dem Schmiergeldskandal. Sie hatte die Kinder genommen und war nach Indiana gezogen. Es hatte ein Sorgerechtsverfahren gegeben, aber O'Shea hatte natürlich als Vorbestrafter mit einem Haftaufenthalt im Walpole-Gefängnis als Referenz nicht den Hauch einer Chance gehabt.

O'Shea dachte erneut über Jeffrey Rhodes nach. Wie sein eigenes, so war offenbar auch Rhodes' Leben aus den Fugen geraten. O'Shea fragte sich, welcher Art von Versuchung Rhodes sich gegenübergesehen hatte, welche Art von Fehler er begangen hatte. Pfuscherei und Drogen, das klang nach einer merkwürdigen Kombination, und Rhodes sah für O'Shea ganz gewiß nicht wie ein Junkie aus. O'Shea mußte lächeln. Vielleicht hatte Mosconi doch recht. Vielleicht verlor er wirklich langsam seinen Biß.

Jeffrey ging mit sichtlich geringerem Enthusiasmus an die Arbeit, als er das in der Nacht zuvor getan hatte – zur außerordentlichen Freude Davids. Der hatte sogar wieder zu der freundlich-lockeren Art zurückgefunden, die er am Anfang an den Tag gelegt hatte. Er zeigte Jeffrey ein paar clevere Tricks oder »Arbeitserleichterungen«, wie er es nannte, die Jeffrey unwillkürlich an die Redensart vom »Schmutz unter den Teppich kehren« denken ließen.

In Anbetracht des Besuchs von O'Shea war der Gedanke, zur Arbeit zu müssen, für Jeffrey einer Heimsuchung gleichgekommen. Er war sicher gewesen, daß O'Shea irgendwo draußen lauern und ihn in dem Moment beim Schlafittchen packen würde, in dem er aus der Tür von Kellys sicherem Refugium kommen würde. Er hatte einen solchen Bammel gehabt, daß er überlegt hatte, ob er im St. Joseph's anrufen und sich krank melden solle.

Wieder einmal hatte Kelly die perfekte Lösung gefunden. Sie erbot sich, ihn zur Arbeit zu fahren. Jeffrey gefiel diese Idee erheblich besser, als sich in einen Bus oder in ein Taxi zu setzen. Gleichwohl hatte er zunächst versucht, Kelly diesen Vorschlag auszureden; es widerstrebte ihm, Kellys Leben in Gefahr zu bringen. Aber dann hatte er sich überlegt, daß sie relativ sicher sein würde, wenn er sich in ihrem Wagen versteckte, bevor sie aus der Garage fuhr. Falls O'Shea sie beobachtete, mußte er denken, daß Jeffrey zu Hause geblieben war. Und so hatte sich Jeffrey denn quer über den Rücksitz von Kellys Wagen gelegt, und Kelly hatte zur Sicherheit noch eine Decke über ihn gebreitet. Erst als sie ein gutes Stück vom Haus entfernt gewesen waren, hatte er sein Versteck verlassen und sich neben sie auf den Beifahrersitz gesetzt.

Gegen drei Uhr morgens kündigte David an, daß es Zeit für die »Mittagspause« sei. Jeffrey drückte sich wie schon in der vorangegangenen Nacht vor der Teilnahme an der allgemeinen Pausenrunde, was ihm einen langen, mißbilligenden Blick eintrug. Sobald David und die andern sich in den kleinen Aufenthaltsraum für das Reinigungspersonal zurückgezogen hatten, fuhr Jeffrey mit seinem Putzkarren hinunter zum ersten Stock.

Den Karren vor sich herschiebend, ging Jeffrey am Haupteingang vorbei und bog kurz darauf nach links in den zentralen Korridor. Ein paar Leute waren auf den Fluren unterwegs, zumeist Klinikangestellte, die zur Hauptcafeteria strebten, um dort »Mittag« zu machen. Wie gewohnt schenkte niemand Jeffrey die geringste Beachtung, trotz des Lärms, den die Rollen seines Putzkarrens auf dem Boden veranstalteten.

Jeffrey hielt vor dem Personalbüro an. Er war nicht sicher, ob seine Schlüssel ihm auch Zugang zu diesen Räumen verschaffen würden. Als er sich erboten hatte, dort zu putzen, hatte David ihm gesagt, daß die Verwaltungsräume der Klinik alle schon von der Abendschicht saubergemacht worden seien.

In der Hoffnung, daß niemand vorbeikommen würde, der mit

den Arbeitsgepflogenheiten des Putztrupps vertraut war, probierte Jeffrey die verschiedenen Schlüssel an dem Bund, den David ihm ausgehändigt hatte. Es dauerte nicht lange, bis er einen gefunden hatte, der paßte.

Alle Lichter waren an. Jeffrey schob seinen Putzkarren hinein und schloß die Tür hinter sich zu. Mit seinem Karren von Raum zu Raum gehend, vergewisserte er sich, daß niemand anwesend war. Schließlich schob er seinen Karren zu Carl Bodanskis Büro.

Als erstes nahm Jeffrey sich Carl Bodanskis Schreibtisch vor. Er öffnete jede einzelne Schublade und stöberte sie durch. Er war nicht sicher, ob eine solche Liste, wie er sie suchte, überhaupt existierte, und wenn ja, wußte er nicht, wo sie aufbewahrt wurde. Was er wollte, war eine Liste des medizinischen Personals und der übrigen Angestellten vom Stand September 1988.

Als nächstes ging er an Bodanskis Computerterminal und spielte damit eine Viertelstunde herum. Aber auch hier hatte er kein Glück. Jeffrey war zwar vertraut mit dem Klinikcomputer, soweit es um Krankenberichte und Patientendateien ging, aber er kannte sich nicht mit den Systemen aus, die die Verwaltung und das Personalbüro verwendeten. Er vermutete, daß sie Codeschlüssel oder Passwords benutzten, aber da er sie nicht kannte, hatte er kaum eine Chance, Zugang zu den richtigen Dateien zu finden. Er probierte noch einen Moment ziellos herum, dann gab er es auf. Anschließend wandte er sich einem großen Einbauschrank mit Aktenschubfächern zu. Jeffrey zog wahllos eines der Schubfächer heraus. In dem Moment ging die Haupttür zur Personalabteilung auf.

Jeffrey hatte gerade noch genug Zeit, um quer durch den Raum zu rennen und sich hinter der offenen Tür von Bodanskis Büro zu verstecken. Er hörte, wie die Person, die hereingekommen war, durch den äußeren Raum ging und sich an den Schreibtisch von Bodanskis Sekretärin setzte.

Jeffrey spähte durch den Ritz zwischen Tür und Türpfosten, aber er konnte lediglich die Umrisse der Gestalt erkennen, die sich an den Schreibtisch gesetzt hatte.

Als nächstes hörte er, wie der Telefonhörer abgehoben wurde, und dann vernahm er die melodischen Pieptöne, mit denen die Tasten des Tontelefons gedrückt wurden. Dann sagte eine Stimme: »Hallo, Mom! Wie geht's dir denn so? Und wie ist das Wetter auf Hawaii?« Der Schreibtischstuhl von Bodanskis Sekretärin quietschte, der Anrufer lehnte sich zurück und kam so in Jeffreys Blickfeld. Es war David Arnold.

Jeffrey mußte zwanzig Minuten warten, während David sich die letzten Neuigkeiten von daheim berichten ließ. Schließlich, nach einer kleinen Ewigkeit, legte er auf. Leicht genervt durch die Unterbrechung, ging Jeffrey zurück zu dem Schubfach, das er herausgezogen hatte. Es enthielt die Personalakten der einzelnen Angestellten, geordnet nach Abteilungen und nach alphabetischer Reihenfolge.

Jeffrey zog das nächste Schubfach auf und las die Aufschriften auf den Plastiklaschen, die die Kartei gliederten. Er wollte das Fach schon zuschieben, als sein Blick auf eine fiel, auf der Vereinigter Fonds stand.

Jeffrey zog die Akte heraus und ging mit ihr zu einem in der Nähe stehenden Schreibtisch. Sie enthielt einzelne Mappen, jeweils für die letzten sechs Jahre. Für Jeffrey war die für 1988 interessant. Er wußte, daß das Krankenhaus seine Sammlung für den Vereinigten Fonds immer im Oktober durchführte. September wäre ihm zwar lieber gewesen, aber er vermutete, daß sich in dem einen Monat nicht allzuviel verändert hatte. In der Mappe befanden sich Listen sowohl vom medizinischen Personal als auch von den nichtmedizinischen Mitarbeitern.

Er ging mit den Listen zum Kopierer und machte sich Abzüge. Dann ordnete er die Mappe und die Akten wieder exakt an derselben Stelle ein, wo er sie gefunden hatte, und verdeckte die Kopien unter den Putzlumpen auf seinem Karren. Einen Moment später war er auf dem Flur.

Jeffrey fuhr nicht sofort zum OP-Stockwerk zurück, sondern schob seinen Karren an den Notaufnahme-Behandlungszimmern vorbei zur Apotheke. Einer spontanen Eingebung folgend beschloß er, herauszufinden, wie weit er mit seiner Uniform vom Reinigungsservice kommen würde.

Die Apotheke hatte eine Theke, an der die von den einzelnen Abteilungen angeforderten Arzneimittel ausgegeben wurden. Sie sah fast so aus wie die in einer normalen Apotheke. Neben der Theke war eine Tür. Sie war abgeschlossen. Jeffrey stellte seinen Karren ab und versuchte sie aufzuschließen. Einer der Schlüssel paßte.

Jeffrey wußte, daß er ein Risiko einging, aber er hatte keine andere Wahl. Er schob seinen Wagen durch die Tür und den dahinterliegenden Hauptdurchgang. Links und rechts von diesem Hauptgang gingen mehrere Seitengänge mit Regalgestellen ab, die vom Boden bis zur Decke mit Arzneimitteln vollgepackt waren. Am Anfang jeder Regalwand waren Karten befestigt, auf denen die in der jeweiligen Reihe zu findenden Arzneimittel aufgelistet waren.

Den Karren weiterschiebend, ging Jeffrey langsam den Gang hinunter und las dabei sorgfältig die Karten an den einzelnen Regalgestellen. Er suchte nach den Lokalanästhetika.

Eine der Apothekerinnen vom Nachtdienst tauchte plötzlich hinter einer der Regalwände auf und kam Jeffrey entgegen. Sie hatte eine ganze Anzahl von Flaschen auf dem Arm. Jeffrey blieb stehen und suchte hastig nach einer Erklärung für seine Anwesenheit, aber die Frau nickte ihm lediglich einen flüchtigen Gruß zu und ging weiter zur Theke.

Einmal mehr verblüfft über die Bewegungsfreiheit, die seine Zugehörigkeit zur Putzkolonne ihm verschaffte, setzte Jeffrey seine Suche nach dem Regal mit den Lokalanästhetika fort. Er fand es schließlich fast am Ende des Raums. Die Lokalanästhetika befanden sich auf einem der unteren Regale. Darunter waren zahlreiche Anstaltspackungen Marcain in verschiedenen Dosierungskonzentrationen, darunter auch die 30-ml-Darreichungsform. Jeffrey machte sich mit einem staunenden Kopfschütteln bewußt, wie leicht sie zugänglich waren. Jeder Angehörige des pharmazeutischen Personals hätte jederzeit mit

Leichtigkeit eine manipulierte Ampulle in eine der Schachteln schmuggeln können. Und ein Pharmazeut würde bestimmt auch über die nötigen Kenntnisse verfügen.

Jeffrey seufzte. Wie es aussah, erweiterte er den Kreis der Verdächtigen, statt ihn, wie er gehofft hatte, einzugrenzen. Wie konnte er unter diesen Umständen je hoffen, den Täter zu finden? Auf jeden Fall würde er in seine weiteren Überlegungen und Nachforschungen das Apothekenpersonal mit einbeziehen müssen. Was indessen gegen einen Täter aus dem Kreis des pharmazeutischen Personals sprach, war die Tatsache, daß jemand aus der Apotheke nicht die Art von Bewegungsfreiheit haben würde, wie sie ein Arzt hatte. Er mochte zwar freien Zugang zu allen Arzneimitteln in einem Krankenhaus haben, aber daß er in einer anderen Klinik genauso frei schalten und walten konnte, war höchst unwahrscheinlich.

Jeffrey wendete seinen Putzkarren und verließ die Apotheke. Auf dem Weg zum Aufzug wurde ihm plötzlich klar, daß nicht nur jemand aus der Apotheke in Frage kam, sondern auch jemand vom Reinigungspersonal. Wenn er bedachte, welche Bewegungsfreiheit er bereits jetzt, an seinem gerade mal zweiten Arbeitstag, genoß, konnte sich dann nicht auch jeder andere Angehörige des Reinigungspersonals ebenso problemlos Zugang in die Apotheke verschaffen? Das einzige, was dagegen sprach, war, daß die Leute vom Reinigungspersonal wohl kaum über den nötigen Background in Physiologie oder Pharmakologie verfügten. Sie mochten zwar an die Arzneimittel herankommen, aber es fehlte ihnen wahrscheinlich am nötigen Know-how.

Abrupt blieb Jeffrey mit seinem Karren stehen. Wieder dachte er an sich. Niemand wußte, daß er ein Anästhesist mit einem großen Umfang an Fachwissen war. Was hinderte eine mit vergleichbar differenzierten Kenntnissen ausgestattete Person daran, sich genauso wie er eine Stellung beim Reinigungspersonal zu verschaffen? Das erweiterte den Kreis der möglichen Täter abermals.

Als schließlich der Feier»abend« nahte, fiel Jeffrey plötzlich wieder O'Shea ein. Er machte sich Sorgen, daß der Kerl zurückkommen und Kelly unter Druck setzen würde. Wenn ihr irgend etwas zustoßen sollte, würde er sich das nie und nimmer verzeihen. Um halb sieben rief er bei ihr an, um sich zu erkundigen, wie es ihr ging, und um zu fragen, ob O'Shea womöglich noch einmal aufgetaucht war.

»Ich habe während der ganzen Nacht nichts von ihm gehört oder gesehen«, beruhigte sie ihn. »Als ich vor einer halben Stunde aufgestanden bin, hab' ich draußen nachgeschaut, ob er sich irgendwo rumtreibt. Es standen weder fremde Autos auf der Straße, noch war sonst irgend jemand zu sehen.«

»Vielleicht sollte ich doch besser in ein Hotel ziehen, damit wir ganz sicher sein können.«

»Mir wär' lieber, du bleibst hier«, sagte Kelly. »Ich bin überzeugt, daß es besser als ein Hotel ist. Und ehrlich gesagt, fühl' ich mich selbst auch sicherer, wenn du hier bist. Wenn du Bedenken hast, vorne reinzukommen, dann schließ' ich dir die Hintertür auf. Am besten, du läßt dich von einem Taxi auf der Straße hinter meinem Haus absetzen und gehst zwischen den Bäumen hinein.«

Es rührte Jeffrey, daß Kelly ebensoviel daran lag, daß er bei ihr blieb, wie ihm selbst. Er mußte zugeben, daß er unendlich viel lieber bei ihr wohnte als in einem Hotel. Mehr noch, er war bei ihr sogar lieber als in seinem eigenen Haus.

»Ich lasse die Rollos runtergezogen. Und wenn's an der Tür klingelt oder das Telefon läutet, mach einfach nicht auf beziehungsweise geh nicht dran. Niemand wird erfahren, daß du hier bist.«

»Okay, okay«, sagte Jeffrey. »Ich bleibe.«

»Aber ich habe eine Bitte«, sagte Kelly.

»Und die wäre?«

»Jag mir nicht wieder so einen Schrecken ein, wenn ich heute nachmittag nach Hause komme.«

Jeffrey lachte. »Versprochen«, sagte er mit einem Schmunzeln. Fragt sich nur, wer wen mehr erschreckt hat, dachte er.

Um sieben Uhr brachte Jeffrey seinen Karren zurück zur

Hausmeisterei. Als der Aufzug abwärts fuhr, schloß er die Augen. Sie fühlten sich an, als wären sie voller Sand. Er war so müde, daß ihm fast übel war.

Er stellte seinen Karren ab und ging in den Umkleideraum, um sich umzuziehen. Die Kopien, die er sich von den Listen gemacht hatte, steckte er in die Gesäßtasche.

Er schloß seinen Spind ab und stand auf. In dem Moment kam David zur Tür herein. Er blieb vor Jeffrey stehen und musterte ihn argwöhnisch aus dem Augenwinkel. »Du sollst sofort in Mr. Bodanskis Büro kommen.«

»Ich?« Jeffrey bekam einen fürchterlichen Schreck. War seine Tarnung aufgeflogen?

David studierte ihn mit zur Seite geneigtem Kopf. »Irgendwas an dir ist faul, Frank«, sagte er. »Bist du ein Spitzel, den die Verwaltung auf uns angesetzt hat, um zu überprüfen, ob wir unseren Job richtig machen?«

Jeffrey lachte nervös. »Wohl kaum«, antwortete er. Daß David einen solchen Verdacht haben könnte, auf die Idee wäre er niemals gekommen.

»Wieso will dich dann der Personalchef um sieben Uhr morgens sprechen? Der Mann fängt normalerweise frühestens um Viertel nach acht an.«

»Ich hab' nicht die leiseste Ahnung«, erwiderte Jeffrey. Er ging um David herum und zur Tür. David folgte ihm. Zusammen stiegen sie die Treppe hinauf.

»Wie kommt es, daß du nicht wie normale Leute Essenspause machst?« fragte David.

»Weil ich keinen Hunger hab'«, sagte Jeffrey. Aber daß David ihn für einen Spitzel der Verwaltung hielt, war die geringste seiner Sorgen. Viel wichtiger war die Frage: Warum wollte Bodanski ihn sehen? Im ersten Moment war er sicher gewesen, daß seine wahre Identität herausgekommen war. Aber wenn das so war, wieso ließ Bodanski ihn dann in sein Büro rufen? Würde er in dem Fall nicht ganz einfach die Polizei holen und ihn festnehmen lassen?

Jeffrey hatte den ersten Stock erreicht und öffnete die Tür zum Hauptflur. Er hätte sich jetzt umdrehen und durch den Haupteingang hinausgehen können, wäre nicht David noch immer hinter ihm gewesen, der ihn unablässig mit Fragen nervte. Jeffrey steuerte auf die Tür zum Personalbüro zu.

Ihm kam ein neuer Gedanke: Vielleicht hatte ihn irgend jemand am frühen Morgen in der Personalabteilung gesehen, womöglich, als er gerade den Kopierer benutzte. Oder irgend jemand hatte erwähnt, daß er ihn in der Apotheke gesehen habe. Aber wenn eines von beiden der Fall war, wäre das dann nicht David, dem Schichtleiter, gemeldet worden? Oder José Martinez, dem Hausmeister? Denn zuallererst wäre doch einer von den beiden für solche Dinge zuständig gewesen.

Jeffrey war verwirrt. Er holte tief Luft und marschierte in die Personalabteilung. Der Raum sah noch genauso leer und verlassen aus, wie er es um halb vier in der Früh gewesen war. Alle Schreibtische waren unbesetzt. Die Schreibmaschinen waren abgedeckt. Die Computerbildschirme waren leer. Das einzige Geräusch kam aus der Ecke, wo der Kopierer stand; dort blubberte leise eine Kaffeemaschine. Durch die offene Tür von Bodanskis Büro sah Jeffrey, daß dieser an seinem Schreibtisch saß. Er hatte einen Computerausdruck vor sich liegen und einen Rotstift in der Hand. Jeffrey klopfte zweimal an die offene Tür. Bodanski blickte in seine Richtung.

»Ah, Mr. Amendola«, rief Bodanski und sprang von seinem Stuhl auf, als wäre Jeffrey ein wichtiger Besucher. »Danke, daß Sie gekommen sind. Nehmen Sie doch bitte Platz.«

Jeffrey setzte sich, verwirrter denn je. Bodanski fragte ihn, ob er eine Tasse Kaffee wolle. Als Jeffrey verneinte, setzte er sich ebenfalls. »Zuerst einmal möchte ich Ihnen sagen, daß alle sich sehr lobend über Ihren Arbeitseifer geäußert haben.«

»Das freut mich zu hören.«

»Wir würden Sie gerne bei uns behalten, solange Sie möchten«, fuhr Bodanski fort. »Wir hoffen, daß Sie bleiben.« Er räusperte sich und spielte mit seinem Stift.

Jeffrey bekam ganz entschieden den Eindruck, daß Bodanski noch nervöser war als er selbst.

»Sie werden sich vielleicht wundern, warum ich Sie heute morgen zu mir gebeten habe. Ich bin gewöhnlich um diese Zeit noch nicht hier, aber ich wollte Sie noch erwischen, bevor Sie nach Hause gehen. Sie sind sicher müde und sehnen sich nach Ihrem Bett.«

Jetzt komm endlich zur Sache, dachte Jeffrey.

»Wollen Sie ganz bestimmt keinen Kaffee?« fragte Bodanski noch mal.

»Ehrlich gesagt, ich möchte gerne so schnell wie möglich nach Hause und ins Bett. Wenn Sie mir jetzt vielleicht mitteilen könnten, warum Sie mich sprechen wollten.«

»Ja, natürlich.« Bodanski stand auf und begann hinter seinem Schreibtisch auf und ab zu gehen. »Ich bin kein Experte in solchen Dingen«, sagte er. »Vielleicht hätte ich besser jemanden aus der Psychiatrie hinzugezogen oder wenigstens vom Sozialdienst. Ich mische mich wirklich nicht gern in das Privatleben anderer Leute ein.«

In Jeffreys Kopf leuchtete eine rote Lampe auf. Irgend etwas Unangenehmes bahnte sich da an; er konnte es förmlich spüren.

»Wenn Sie mir jetzt verraten könnten, um was genau es geht.«

»Nun, lassen Sie es mich so ausdrücken«, sagte Bodanski. »Ich weiß, daß Sie seit einer Weile untergetaucht sind.«

Jeffrey bekam einen trockenen Hals. Er weiß es, dachte er entsetzt, er weiß es.

»Ich verstehe sehr wohl, daß Sie in letzter Zeit einige große Probleme gehabt haben. Ich dachte mir, daß ich Ihnen vielleicht ein wenig helfen könnte, und habe mich deshalb dazu entschlossen, Ihre Frau anzurufen.«

Jeffrey packte die Armlehnen seines Stuhls und schnellte mit einem heftigen Ruck vor. »Sie haben meine Frau angerufen?« fragte er ungläubig.

»Nun beruhigen Sie sich erst einmal«, sagte Bodanski und

hob beschwichtigend die Hände. Er hatte gewußt, daß das den Mann vom Stuhl hauen würde.

Was meint er bloß, ich soll mich beruhigen? dachte Jeffrey bestürzt. Warum Bodanski Carol angerufen hatte, überstieg sein Begriffsvermögen.

»Um die Wahrheit zu sagen, Ihre Frau ist hier«, fuhr Bodanski fort. Er deutete auf die Doppeltür. »Sie fiebert danach, Sie zu sehen. Ich weiß, sie hat einige wichtige Dinge mit Ihnen zu bereden, aber ich hielt es für besser, Sie vorzuwarnen, als Sie unvorbereitet mit ihr zu konfrontieren.«

Jeffrey fühlte plötzlich, wie eine unheimliche Wut in ihm hochstieg – Wut auf diesen aufdringlichen Personalchef und auf Carol. Gerade jetzt, da er anfing, Fortschritte zu machen, mußte ihm das passieren.

»Haben Sie schon die Polizei angerufen?« fragte Jeffrey. Er versuchte, sich auf das Schlimmste gefaßt zu machen.

»Nein, natürlich nicht«, sagte Bodanski und ging zu der Doppeltür.

Jeffrey folgte ihm. Die Frage, die in diesem Moment sein Denken beherrschte, war, ob er es schaffen würde, die Katastrophe, die sich da anbahnte, irgendwie in Grenzen zu halten. Bodanski öffnete einen der Türflügel und trat beiseite, um Jeffrey hineingehen zu lassen. Auf seinem Gesicht lag die Art von gönnerhaft-väterlichem Lächeln, die Jeffrey ganz besonders haßte. Jeffrey trat in ein Konferenzzimmer mit einem langen Tisch, um den gepolsterte Stühle standen.

Aus dem Augenwinkel sah Jeffrey eine Gestalt auf sich zugestürzt kommen. Eine Falle! schoß es ihm durch den Kopf. Carol war gar nicht hier, das war O'Shea! Aber die Gestalt war eine Frau. Sie warf sich ihm an den Hals und schlang die Arme um ihn. Sie vergrub das Gesicht an seiner Brust und schluchzte.

Jeffrey schaute hilfesuchend zu Bodanski. Das war ganz eindeutig nicht Carol. Diese Frau war fast dreimal so dick. Ihr verfilztes Haar hatte die Farbe von gebleichtem Stroh.

Das Schluchzen der Frau begann nachzulassen. Sie löste eine

Hand von Jeffrey und preßte ein Papiertaschentuch gegen ihre Nase. Sie schneuzte sich laut, dann hob sie den Kopf. Jeffrey starrte in ihr breites, teigiges Gesicht. In ihren Augen, in denen einen Moment lang so etwas wie Wiedersehensfreude aufgeleuchtet hatte, blitzte jäh Zorn auf. Ihre Tränen versiegten genauso plötzlich, wie sie begonnen hatten.

»Sie sind nicht mein Mann«, sagte die Frau empört und stieß Jeffrey von sich.

»Nein?« fragte Jeffrey in hilfloser Verwirrung, krampfhaft versuchend, sich einen Reim auf diese verrückte Szene zu machen.

»Nein!« schrie die Frau, erneut von einem Ansturm von Gefühlen übermannt. Sie drang mit erhobenen Fäusten auf Jeffrey ein. Tränen der Wut und der Enttäuschung quollen aus ihren Augen und rannen ihr über die Wangen.

Jeffrey wich zurück hinter den Konferenztisch, während der völlig entgeisterte Personalchef versuchte, ihm zu Hilfe zu kommen.

»Sie haben mich reingelegt!« schrie die Frau heulend und stürzte sich mit trommelnden Fäusten auf Bodanski. Dann sank sie von Tränen überwältigt in seine Arme. Das war fast mehr, als der Mann verkraften konnte, aber schließlich schaffte er es doch irgendwie, den Fleischberg von einer Frau zu einem der Stühle zu wuchten, wo sie zu einem schluchzenden Haufen Elend zusammensackte.

Ein völlig verdatterter Bodanski zog sein weißes Tuch aus der Brusttasche seines Sakkos und tupfte sich den Mund an der Stelle ab, wo die Frau ihn mit ihrer Faust getroffen hatte. Ein paar Blutflecke erschienen auf der blütenweißen Seide.

»Ich hätte mir nie Hoffnung machen dürfen!« schluchzte die Frau. »Ich hätte wissen müssen, daß Frank nie im Leben eine Putzstelle in einem Krankenhaus annehmen würde.«

Jetzt endlich fiel bei Jeffrey der Groschen. Das war Mrs. Amendola, die Frau von dem Mann in dem zerlumpten Anzug! Nun, nachdem er endlich kapiert hatte, konnte Jeffrey nicht glauben, daß er nicht eher darauf gekommen war. Gleichzeitig begriff er aber auch, daß Bodanski nicht lange brauchen würde, um sich an fünf Fingern abzählen zu können, was passiert war. Und dann würde er unweigerlich die Polizei anrufen. Jeffrey würde sich schon eine tolle Geschichte ausdenken müssen, um sich aus dieser Situation noch einmal herauszuwinden – wenn ihm das überhaupt gelingen würde.

Während der Personalchef versuchte, Mrs. Amendola zu besänftigen, ging Jeffrey rückwärts zur Tür hinaus. Bodanski rief ihm nach, er solle warten, aber Jeffrey ignorierte seine Worte. Auf dem Flur angekommen, rannte er sofort weiter zum Haupteingang, darauf bauend, daß Bodanski sich genötigt fühlen würde, bei Mrs. Amendola zu bleiben.

Sobald er aus dem Gebäude heraus war, verlangsamte er seinen Schritt. Er wollte keinen Verdacht auf sich lenken und womöglich die Aufmerksamkeit der Sicherheitskräfte erregen.

Mit zügigem Schritt ging er zum Taxistand und stieg in das erste freie Taxi ein. »Nach Brookline«, wies er den Fahrer an. Erst als das Taxi nach rechts in die Beacon Street einzubiegen begann, wagte er einen Blick durch das Heckfenster. Die Vorderfront des Krankenhauses schien ruhig. Der morgendliche Andrang der Patienten hatte noch nicht eingesetzt, und Carl Bodanski war nicht am Eingang aufgetaucht.

Nachdem das Taxi den Kenmore Square überquert hatte, schaute der Fahrer Jeffrey im Rückspiegel an und meinte: »Sie müssen mir schon genauer sagen, wo Sie hinwollen. Brookline ist groß.«

Jeffrey gab dem Fahrer den Namen der Straße an, die hinter Kellys Haus vorbeiführte. Er sagte dem Mann, er wisse die Nummer des Hauses nicht mehr genau, aber er würde es wiedererkennen.

Geplagt von der jetzt erneut aufkeimenden Angst, daß O'Shea sich vielleicht um Kellys Haus herumtrieb, war Jeffrey außerstande, sich von dem gerade erlebten Schreck zu erholen. Sein Magen fühlte sich an wie ein glühender Klumpen, und er fragte sich, wie lange sein Körper die Spannung, unter der er nun schon seit vier oder fünf Tagen stand, noch aushalten würde. Der Beruf eines Narkosearztes hatte sicherlich auch seine dramatischen Momente, aber sie waren in der Regel nur von kurzer Dauer. Jeffreys Nervenkostüm war einen solchen Dauerstreß einfach nicht gewohnt. Und obendrein war er völlig erschöpft.

Sie kamen jetzt in den Stadtteil, in dem Kellys Haus stand. Jeffrey erklärte dem Fahrer, er sei von auswärts und erst einmal zuvor in der Gegend gewesen. Das veranlaßte diesen prompt dazu, ein paar kleine Umwege um den Block zu fahren – was Jeffrey nur recht war, hatte er doch so die Möglichkeit, die Umgebung zu inspizieren. Er rutschte unauffällig ein wenig tiefer in seinen Sitz, um nicht bemerkt zu werden, und hielt verstohlen nach O'Shea Ausschau. Aber von dem war nirgends etwas zu sehen. Die einzigen Leute, die Jeffrey sah, waren Pendler, die sich auf den Weg zur Arbeit machten. In der näheren Umgebung von Kellys Haus parkten auch keine Autos. Das Haus schaute einladend ruhig aus.

Jeffrey ließ sich schließlich an dem Haus vor der Tür des Nachbarn absetzen. Sobald das Taxi verschwunden war, ging Jeffrey zurück und tauchte in das kleine Baumdickicht ein, das zwischen dem Nachbarn und Kellys Grundstück lag. Aus dem Schutz dieses Baumdickichts heraus beobachtete er das Haus ein paar Minuten, bevor er mit raschen Schritten den Hinterhof durchquerte und durch die Tür schlüpfte, die Kelly für ihn offengelassen hatte.

Jeffrey blieb stehen und lauschte erst einmal eine Weile, ehe er vorsichtig einen Rundgang durch das gesamte Haus machte. Erst dann zog er die Hintertür zu und schloß sie ab.

In der Hoffnung, seinen verspannten Magen damit beruhigen zu können, holte sich Jeffrey Milch und Cornflakes aus der Küche. Er trug beides ins Wohnzimmer. Dann breitete er den Computerausdruck, den Kelly ihm aus dem St. Joseph's besorgt hatte, auf dem Tisch aus. Daneben legte er die Kopien, die er in der Nacht im Boston Memorial gemacht hatte.

Während er aß, verglich er die beiden Personallisten. Er war neugierig, zu erfahren, welche Ärzte Betten in beiden Kliniken hatten. Zu seiner Bestürzung mußte er rasch feststellen, daß es weit mehr waren, als er gedacht hatte. Er holte sich ein Blatt Papier und schrieb darauf die Namen der Ärzte, die auf beiden Listen standen. Als er fertig war, umfaßte seine eigene Liste mehr als dreißig Namen – genau vierunddreißig. Das waren eindeutig zu viele, um sie alle im einzelnen unter die Lupe zu nehmen, erst recht in Anbetracht seiner derzeitigen prekären Situation. Irgendwie mußte er die Liste einengen. Das bedeutete, er brauchte weitere Personallisten. Er ging zum Telefon, rief im St. Joseph's Hospital an und ließ sich mit Kelly verbinden.

»Ich bin froh, daß du anrufst«, sagte Kelly erleichtert. »Bist du problemlos ins Haus gekommen?«

»Ja, völlig problemlos«, antwortete Jeffrey. »Denkst du bitte an den Anruf im Valley Hospital, den du heute machen wolltest?«

»Schon erledigt«, sagte Kelly. »Ich konnte mich nicht entscheiden, wen ich fragen sollte, also hab' ich gleich mehrere Leute angerufen, unter anderem Hart. Er ist wirklich ein Goldstück.«

Jeffrey erzählte ihr, daß es vierunddreißig Ärzte gab, die sowohl in ihrem Krankenhaus als auch im Memorial Betten hatten. Sie begriff sofort, wo das Problem lag. »Wenn wir Glück haben, bekomme ich noch heute nachmittag einen Rückruf vom Valley«, fügte sie hinzu. »Dann dürfte die Zahl schon um einiges zusammenschrumpfen. Ich kann mir nicht vorstellen, daß es vierunddreißig Ärzte gibt, die Betten im St. Joseph's, im Memorial und im Valley haben.«

Jeffrey war schon im Begriff aufzulegen, als ihm einfiel, daß er Kelly noch einmal nach dem Namen der Freundin hatte fragen wollen, die am Tag zuvor gestorben war.

»Gail Shaffer«, sagte sie. »Warum fragst du?«

»Ich habe vor, irgendwann heute zum Leichenschauhaus zu fahren und mich nach dieser Karen Hodges zu erkundigen. Wenn ich schon einmal dort bin, kann ich vielleicht auch gleich was über Gail Shaffer in Erfahrung bringen.«

»Du fängst schon wieder an, mir angst zu machen.«

»Ich mach' mir selbst auch angst.«

Er legte auf und aß den Rest seiner Cornflakes. Als er fertig war, stellte er das Geschirr in die Spüle. Dann ging er zurück ins Wohnzimmer und nahm sich noch einmal seine Listen vor. Um ganz gründlich zu sein und nur ja nichts außer acht zu lassen, beschloß er, auch die Listen der Angestellten miteinander zu vergleichen. Das gestaltete sich weitaus schwieriger als das Vergleichen der Ärztelisten; letztere waren alphabetisch geordnet. Die Angestelltenlisten waren unterschiedlich geordnet. Die vom St. Joseph's Hospital nach Abteilungen und die vom Memorial nach Gehaltsgruppen – vermutlich, weil diese Liste zum Zweck der Spendenerhebung aufgestellt worden war.

Um sie exakt miteinander vergleichen zu können, mußte Jeffrey beide in alphabetische Reihenfolge bringen. Als er bei E angekommen war, begannen ihm die Augen zuzufallen. Sein erster Fund ließ ihn schlagartig wieder wach werden. Er stellte fest, daß eine gewisse Maureen Gallop in beiden Krankenhäusern gearbeitet hatte.

Jeffrey suchte in der Liste vom St. Joseph's nach dem Namen Maureen Gallop und sah, daß sie zur Zeit in der Wirtschaftsabteilung beschäftigt war.

Jeffrey rieb sich die Augen; wieder mußte er daran denken, wie leicht es für ihn gewesen war, in die Klinikapotheke hineinzukommen. Er schrieb den Namen Maureen Gallop mit auf die Liste der Ärzte, die Betten in beiden Krankenhäusern hatten.

Elektrisiert von diesem unerwarteten Fund, fuhr Jeffrey mit dem alphabetischen Ordnen fort. Gleich beim nächsten Buchstaben landete er erneut einen Treffer: Trent Harding. Er nahm sich wieder die Liste vom St. Joseph's vor und suchte nach Trent Harding. Er fand den Namen in der Pflegedienstabteilung. Jeffrey schrieb den Namen unter den von Maureen Gallop.

Jeffrey war überrascht. Er hatte nicht damit gerechnet, auch bei den Angestellten auf Überschneidungen zu stoßen. Er hielt dies gleichwohl eher für einen Zufall. Wach, wie er nun wieder war, machte er mit dem zeitraubenden alphabetischen Quervergleich weiter, aber er fand keine Überschneidungen mehr. Maureen Gallop und Trent Harding waren die einzigen Namen, die auf beiden Personallisten erschienen.

Als er endlich mit dem Vergleichen der Listen fertig war, war er so hundemüde, daß er es nur noch schaffte, vom Tisch aufzustehen und sich auf die Couch zu werfen, wo er sofort in einen tiefen, traumlosen Schlaf sank. Er bekam nicht einmal mit, wie Delilah zu ihm auf die Couch sprang und sich in seiner Armbeuge zusammenrollte.

Das Boston City Hospital hatte etwas, von dem Trent vom ersten Moment an eingenommen war, als er durch die Tür ging. Er vermutete, daß es die Macho-Atmosphäre eines Innenstadtkrankenhauses war, was ihm so gefiel. Hier würde es nicht diese betuliche Leisetreterei geben wie in diesen plüschig-feudalen Vorstadtkrankenhäusern. Ganz bestimmt würde er hier nicht bei irgendwelchen Nasenkorrekturen assistieren müssen, die aus Krankenversicherungsgründen zu Nasenscheidewandoperationen zurechtgelogen wurden. Hier würde er es mit echten Herausforderungen zu tun haben, mit Schußverletzungen und Stichwunden. Hier würde er wirklich gefordert sein, ganz vorne im vordersten Schützengraben, da, wo tatsächlich die Post abging, so richtig voll Don-Johnson-mäßig wie in *Miami Vice*.

Im Personalbüro war eine Schlange, aber in der standen nur Leute, die sich für die Popeljobs bewarben, Waschküche und Reinigungsdienst und dieser Kram. Als Krankenpfleger wurde er direkt ans Büro der Oberschwester verwiesen. Trent wußte auch, warum. Wie in allen Krankenhäusern suchte man auch hier verzweifelt nach Pflegepersonal. Und als Mann war er besonders gefragt. Es gab immer Bedarf an Pflegern in den Bereichen der Klinik, wo Muskelkraft gebraucht wurde, wie zum Beispiel in der Notaufnahme. Aber Trent wollte nicht in die Notaufnahme. Er wollte in den OP.

Nachdem er das Bewerbungsformular ausgefüllt hatte, wurde er zu einem Gespräch hereingebeten. Er fragte sich, warum sie sich mit diesem überflüssigen Possenspiel überhaupt aufhielten. Das Ergebnis stand doch ohnehin schon fest. Nun ja, gönnte er ihnen den Spaß halt. Er selbst genoß es ja auch. Er liebte das Gefühl, daß man ihn brauchte, daß man ihn wollte. Als er klein gewesen war, hatte sein Vater ihm immer gesagt, er sei ein nutzloser Weichling, besonders, nachdem er beschlossen hatte, nicht in dem Junioren-Footballteam mitzuspielen, das sein Vater im Army-Stützpunkt in San Antonio gegründet hatte.

Trent studierte den Gesichtsausdruck der Frau, als sie sein Bewerbungsformular las. Auf dem Namensschild auf ihrem Schreibtisch stand: *Mrs. Diane Mecklenburg, Oberschwester.*

Oberschwester, wenn ich den Scheiß schon höre, dachte Trent. Er hätte gewettet, daß sie, genau wie die Ärzte, nicht mal ihren Arsch von einem Loch in der Wand unterscheiden konnte. Oberschwester! Sie hatte wahrscheinlich ihr Schwesternexamen zu einer Zeit abgelegt, als man die Narkosen noch mit Whisky machte. Und seitdem hatte sie wahrscheinlich ein paar Kurse besucht wie Krankenpflege in der modernen Massengesellschaft oder dergleichen Schrott. Trent hätte hundert Dollar darauf gewettet, daß sie einen Mayo-Tubus nicht von einer Metzenbaum-Klemme unterscheiden konnte. Im OP würde sie etwa so nützlich sein wie ein Orang-Utan.

Trent freute sich schon jetzt auf den Tag, an dem er in ihr Büro marschieren und ihr seine Kündigung auf den Schreibtisch knallen würde.

»Mr. Harding«, sagte Mrs. Mecklenburg, ihre Aufmerksamkeit vom Bewerbungsformular auf den Bewerber wendend. Ihr ovales Gesicht war teilweise verdeckt von ihren großen runden Brillengläsern. »Aus Ihren Angaben sehe ich, daß Sie schon in vier anderen Bostoner Krankenhäusern gearbeitet haben. Das ist ein wenig ungewöhnlich.«

Trent hätte am liebsten laut aufgestöhnt. Diese Mrs. Mecklenburg schien tatsächlich die Absicht zu haben, dieses Possenspiel bis zum bitteren Ende durchzuziehen. Obwohl er das Gefühl hatte, daß er so ziemlich jeden Mist von sich geben konnte und trotzdem eingestellt werden würde, beschloß er, auf Nummer Sicher zu gehen und dieses alberne Quiz mitzuspielen. Er war auf solche Fragen immer vorbereitet.

»Jedes dieser Krankenhäuser hat mir unterschiedliche Möglichkeiten hinsichtlich Weiterbildung und Verantwortung geboten«, sagte Trent. »Mein Ziel ist es immer gewesen, meinen Erfahrungsschatz zu vergrößern. Ich habe in jeder dieser Institutionen fast ein Jahr zugebracht. Und ich bin jetzt nach reiflicher Überlegung zu dem Schluß gekommen, daß das, was ich brauche, die Anregung eines akademischen Umfeldes ist, in der Art, wie das Boston City es bietet.«

»Ich verstehe«, erwiderte Mrs. Mecklenburg.

Aber Trent war noch nicht fertig mit seinem Sermon. Er fügte hinzu: »Ich bin zuversichtlich, daß ich hier einen wertvollen Beitrag leisten kann. Ich kann gut zupacken und scheue mich nicht vor Herausforderungen. Ich hätte jedoch eine Bedingung. Ich möchte im OP arbeiten.«

»Ich denke, das läßt sich einrichten«, sagte Mrs. Mecklenburg. »Die Frage ist: Wann können Sie anfangen?«

Trent lächelte. Es war so verdammt leicht.

O'Sheas Tag verlief um keinen Deut besser als der vorherige. Er war am North Shore und hatte zwei Everson-Adressen in Peabody und eine in Salem aufgesucht und befand sich jetzt auf dem Causeway, um hinaus nach Marblehead Neck zu fahren, wo er bei der nächsten Adresse sein Glück versuchen wollte. Zu seiner Linken lag der Hafen, zu seiner Rechten der Ozean. Wenigstens waren das Wetter und die Aussicht gut.

Zum Glück waren bei seinen bisherigen drei Besuchen die Leute zu Hause gewesen. Diese letzten drei Eversons hatten sich sogar einigermaßen kooperativ gezeigt. Aber von einem Christopher Everson hatte keiner von ihnen je etwas gehört. O'Shea bekam erneut Zweifel, ob seine Intuition, daß dieser Christopher Everson aus der Gegend von Boston war, ihn nicht vielleicht doch getrogen hatte.

An der Harbor Avenue angekommen, bog O'Shea nach links ab. Er warf einen bewundernden Blick auf die imposante Häuserfront und fragte sich, wie es wohl sein mochte, wenn man so viel Geld hatte, daß man sich einen solchen Lebensstil leisten konnte. Er hatte in den letzten Jahren gutes Geld verdient, aber er hatte alles sofort wieder in Vegas oder in Atlantic City auf den Kopf gehauen.

Das erste, was O'Shea an diesem Morgen gemacht hatte, war, zum Polizeipräsidium in der Berkeley Street zu fahren und dem alten Dr. Bromlley einen Besuch abzustatten. Dr. Bromlley, in Polizeikreisen allgemein unter dem Spitznamen »Knochensäger« bekannt, gehörte sozusagen zum Inventar der Bostoner Polizei; er arbeitete schon seit Ewigkeiten dort, manche behaupteten, mindestens schon seit dem neunzehnten Jahrhundert, wenn nicht sogar noch länger. Er gab den Beamten Erste-Hilfe-Kurse und behandelte Erkältungen und kleinere Beulen und Kratzer, die sich die Polizisten gelegentlich im Dienst zuzogen. Er flößte nicht allzuviel Vertrauen ein.

O'Shea hatte ihm die Notizen gezeigt, die er in Rhodes' Hotelzimmer gefunden hatte, und ihn gefragt, was sie zu bedeuten hätten. Ebensogut hätte er einen Wasserhahn aufdrehen können. Knochensäger Bromlley hatte zu einem zwanzigminütigen Vortrag über das Nervensystem ausgeholt, und darüber, daß es aus zwei Teilen bestehe. Der eine sei dafür da, die Handlungen, die man bewußt vornehme, zu steuern, der andere, sei für alle unbewußten Reaktionen zuständig.

Bis zu dem Punkt hatte O'Shea noch ganz gut folgen können. Aber dann hatte Bromlley erzählt, daß der Teil des Nervensystems, der die unbewußten Dinge steuere, ebenfalls aus zwei Teilen bestünde. Den nenne man Sympathikus, den anderen Parasympathikus. Diese beiden Teile kämpften gegeneinander; so würde zum Beispiel der eine die Pupille klein werden lassen, der andere sie größer machen. Oder der eine sorge dafür, daß man Dünnpfiff kriege, und der andere dafür, daß man Verstopfung bekäme.

Sogar das hatte O'Shea noch einigermaßen begriffen, aber Bromlley, einmal so richtig in Fahrt gekommen, war nicht mehr zu stoppen gewesen und hatte ihm lang und breit verklickert, wie Nerven überhaupt funktionierten und was mit ihnen passierte, wenn man eine Narkose erhielt.

Von da an hatte O'Shea ihm kaum noch folgen können und sich darauf beschränkt, in regelmäßigen Abständen verständnisvoll zu nicken. Bromlley liebte gebannt lauschendes Publikum, also hatte O'Shea ihn einfach weiterschwadronieren lassen. Als es so ausgesehen hatte, als wäre Knochensäger beim Schlußwort angelangt, hatte O'Shea ihn an seine ursprüngliche Frage erinnert. »Toll, Doc, wirklich super! Aber um noch mal auf die Notizen zurückzukommen. Ist daran irgendwas, das Ihnen merkwürdig oder verdächtig vorkommt?«

Knochensäger hatte einen Moment lang verblüfft dreingeblickt. Er hatte die Aufzeichnungen noch einmal genommen und sie durch seine dicken Brillengläser betrachtet. Schließlich hatte er schlicht »nein« gesagt; es sei alles ganz klar, und wer immer derjenige gewesen sei, der diese Sachen über das Nervensystem aufgeschrieben hätte, er hätte alles richtig gemacht. O'Shea hatte sich bedankt und war gegangen. Gebracht hatte ihm der Besuch nur insofern etwas, als er ihn in seiner Überzeugung bestärkt hatte, daß dieser Christopher Everson genau wie Rhodes Arzt war.

In Marblehead Neck angekommen, hielt O'Shea vor einem flachen, im Ranch-Stil gebauten Haus an. Er verglich die Hausnummer mit der auf seiner Liste. Es war die Adresse, zu der er wollte. Er stieg aus seinem Wagen und streckte sich. Das Haus lag nicht direkt am Wasser, aber er konnte es durch die Bäume schimmern sehen, die den Pfad hinunter zum Hafen säumten.

O'Shea ging zur Tür und drückte auf den Klingelknopf. Eine attraktive Blondine, etwa in seinem Alter, öffnete die Tür. Als sie O'Shea sah, wollte sie sie sofort wieder zumachen, aber O'Shea hatte blitzschnell den Fuß dazwischen. Die Frau schaute nach unten auf O'Sheas Cowboystiefel.

»Sie haben den Fuß in meiner Tür«, sagte sie ruhig und blickte ihm direkt in die Augen. »Lassen Sie mich raten: Sie verkaufen selbstgebackene Plätzchen fürs Mütterhilfswerk.«

O'Shea lachte und schüttelte ungläubig den Kopf. Er konnte nie im voraus sagen, wie die Leute reagierten. Aber wenn es eins gab, das er mehr als alles andere zu schätzen wußte, dann war das Sinn für Humor. Die trockene, selbstbewußte Art der Frau gefiel ihm.

»Entschuldigen Sie mein etwas rüdes Auftreten. Ich möchte Ihnen bloß eine ganz simple Frage stellen. Wirklich nur eine einzige. Ich hatte Angst, Sie würden mir die Tür vor der Nase zuknallen.«

»Ich habe einen schwarzen Gürtel in Karate«, sagte die Frau.

»Keine Angst, den werden Sie nicht brauchen«, erwiderte O'Shea. »Ich suche einen Christopher Everson. Und da dieses Haus auf einen Besitzer namens Everson eingetragen ist, dachte ich, es besteht vielleicht die vage Möglichkeit, daß hier jemand schon einmal etwas von ihm gehört hat.«

»Warum interessiert Sie der Mann?« fragte die Frau.

Als O'Shea es ihr erklärte, machte sie die Tür ein Stück weiter auf.

»Wenn ich mich nicht irre, habe ich den Namen Christopher Everson schon mal irgendwo in der Zeitung gelesen«, sagte sie und runzelte die Stirn. »Zumindest bin ich ziemlich sicher, daß er Christopher hieß.«

»In einer Bostoner Zeitung?« fragte O'Shea.

Die Frau nickte. »Im *Globe*. Es ist schon eine Weile her. Bestimmt ein Jahr, wenn nicht länger. Der Name fiel mir natürlich sofort ins Auge, weil wir auch Everson heißen. Es gibt hier in der Gegend nämlich nicht sehr viele Eversons. Die Familie meines Mannes stammt aus Minnesota.«

O'Shea mochte ihre Ansicht bezüglich der geringen Zahl von Eversons in der Gegend zwar nicht so ganz teilen, aber er wollte sich darüber nicht mit ihr streiten.

»Können Sie sich erinnern, worum es in dem Artikel ging?« fragte er.

»Ja. Es war eine Todesanzeige.«

O'Shea bedankte sich und stieg wieder in seinen Wagen. Er war wütend auf sich selbst. Der Gedanke, daß dieser Christopher Everson tot sein konnte, war ihm nie in den Sinn gekommen. Er ließ den Motor an, wendete und fuhr nach Boston zurück, sein Ziel klar vor Augen. Nach einer halben Stunde Fahrt parkte er seinen Wagen an einem Hydranten auf der West Street und ging zu Fuß zum Gesundheitsministerium in der Tremont Street.

Das Amt für Statistik war im ersten Stock. O'Shea füllte ein Antragsformular für die Einsichtnahme in Christopher Eversons Totenschein aus. Als Todesjahr schrieb er 1988 hinein. Er wußte, daß das notfalls geändert werden konnte. Er bezahlte am Schalter seine fünf Dollar Gebühren und setzte sich hin, um zu warten. Es dauerte nicht lange. Das Todesjahr war nicht 1988, sondern 1987. Wie auch immer, als O'Shea zwanzig Minuten später zurück zu seinem Wagen ging, hatte er eine Kopie von Christopher Eversons Todesurkunde in der Tasche.

Statt das Auto anzulassen, studierte O'Shea die Kopie. Das erste, was ihm ins Auge fiel, war, daß Everson verheiratet gewesen war. Die Witwe war eine Kelly Everson.

O'Shea erinnerte sich noch gut an die Fahrt zu ihrem Haus. Das war dort gewesen, wo er dieses seltsame Geräusch gehört hatte, als ob leere Blechdosen auf einen Kachelboden fielen, aber niemand ihm aufgemacht hatte. Er nahm seine Adressenliste zur Hand, auf der er den Namen K. C. Everson eingekreist hatte, und verglich die Adresse mit der auf der Kopie des Totenscheins. Es war dieselbe.

Und er las, daß Christopher Everson Arzt gewesen war. Als Todesursache war Suizid angekreuzt. Als technische Todesursache war Atemstillstand angegeben, aber darunter war ein Vermerk, der besagte, daß der Atemstillstand infolge einer Selbstverabreichung von Succinylcholin eingetreten war.

In einem plötzlichen Anfall von Jähzorn knüllte O'Shea das

Blatt zusammen und warf es auf den Rücksitz. Succinylcholin war das Zeug gewesen, das Jeffrey Rhodes ihm gespritzt hatte. Es war ein Wunder, daß Rhodes ihn nicht ins Jenseits befördert hatte.

O'Shea startete den Wagen und fädelte sich in den Verkehr auf der Tremont Street ein. Mehr denn je sehnte er den Moment herbei, in dem er diesen Jeffrey Rhodes in die Finger kriegen würde.

Der Mittagsverkehr bremste seinen Vorwärtsdrang erheblich. Er brauchte länger, um von der Innenstadt nach Brookline zu kommen, als er für die gesamte Strecke von Marblehead bis zur Stadt benötigt hatte. Es war fast ein Uhr, als O'Shea endlich in die Straße einbog, in der Kelly Everson wohnte, und an ihrem Haus vorbeifuhr. Es schien niemand zu Hause zu sein, aber ihm fiel sofort auf, daß sich seit seinem ersten Besuch etwas verändert hatte: Sämtliche Rollos in der ersten Etage waren heruntergezogen. Am Tag zuvor waren sie noch hochgezogen gewesen. Er erinnerte sich, wie er versucht hatte, ins Eßzimmer zu spähen. O'Shea lächelte. Man brauchte kein Hirnchirurg zu sein, um zu sehen, daß da irgendwas nicht stimmte.

Auf der Hälfte des nächsten Blocks wendete er und fuhr ein zweites Mal an dem Haus vorbei. Ein Stück dahinter wendete er erneut und parkte schräg gegenüber von Kelly Eversons Haus, etwa fünfzig Meter versetzt. Er war sich noch nicht schlüssig, wie er am besten vorging. Aus langjähriger Erfahrung wußte er, daß es, wenn dies der Fall war, am besten war, erst einmal gar nichts zu tun und einfach abzuwarten.

12

Freitag, 19. Mai 1989, 11 Uhr 25

»Der Rest ist für Sie«, sagte Jeffrey zum Taxifahrer, als er vor dem städtischen Leichenschauhaus ausstieg. Der Fahrer erwiderte etwas, das er nicht verstehen konnte. Er beugte sich zu ihm hinein.

»Entschuldigung, was haben Sie gesagt?« fragte Jeffrey.

»Ich sagte: fünfzig Cent? Das soll ein Trinkgeld sein?« Um seiner Verachtung den richtigen Nachdruck zu verleihen, warf er das Wechselgeld aus dem Fenster und jagte mit durchdrehenden Rädern davon.

Jeffrey schaute noch einen Moment, wie die zwei Quarter auf den Bürgersteig kullerten und liegenblieben. Er schüttelte den Kopf. Bostoner Taxifahrer waren ein Volk für sich. Er bückte sich und hob die Münzen auf. Dann blickte er an der Fassade des Bostoner Leichenschauhauses hoch.

Es war ein altes Gebäude, überzogen mit einer graubraunen Schmutzpatina, die noch in die Zeit zurückging, als die meisten Haushalte in Boston mit Kohle geheizt hatten. Die Fassade war verziert mit stilisierten ägyptischen Motiven, aber die Wirkung war alles andere als majestätisch. Das Gebäude sah eher nach der Kulisse eines Horrorfilms aus als nach einem Haus der medizinischen Wissenschaft.

Jeffrey ging durch den Vordereingang und stieg die Treppe hinauf, dem Schild »Leichenbeschauer« folgend.

»Kann ich Ihnen helfen?« fragte ihn eine matronenhafte Frau, als er sich dem Schalter näherte. Hinter ihr standen in wahlloser Anordnung fünf altmodische Metallpulte. Auf jedem davon stapelten sich, scheinbar ebenso wahllos, Berge von Briefen, Formularen, Umschlägen und Handbüchern. Jeffrey kam sich vor, als hätte er einen Sprung zwanzig Jahre zurück in die Vergangenheit gemacht. Die Telefone, allesamt grimmig schwarz, hatten noch Wählscheiben.

»Ich bin ein Arzt vom St. Joseph's Hospital«, stellte sich Jeffrey vor. »Ich interessiere mich für einen Fall, der, soweit ich weiß, für heute zur Autopsie vorgesehen ist. Der Name ist Karen Hodges.«

Statt Jeffrey eine Antwort zu geben, nahm die Frau ein Klemmbrett vom Tisch und fuhr mit dem Finger die Liste entlang. Als sie etwa in der Mitte angekommen war, sagte sie: »Das ist einer von Dr. Warren Seiberts Fällen. Ich kann Ihnen leider nicht genau sagen, wo er im Moment ist. Wahrscheinlich oben im Sektionssaal.«

»Und wo finde ich den?« fragte Jeffrey. Obwohl er fast zwanzig Jahre lang in Boston als Mediziner praktiziert hatte, war er noch nie im städtischen Leichenschauhaus gewesen.

»Sie können den Fahrstuhl nehmen, aber davon würde ich Ihnen lieber abraten«, antwortete die Frau. »Gehen Sie um die Ecke, und nehmen Sie die Treppe. Oben gehen Sie durch die erste Tür rechts und gleich danach links. Sie können es nicht verfehlen.«

Jeffrey bedankte sich. Er hatte den Spruch »Sie können es nicht verfehlen« schon oft gehört. Diesmal stimmte er. Noch ehe er auch nur in der Nähe des Sektionssaals war, konnte er ihn bereits riechen.

Die Tür war halb offen. Jeffrey spähte zaghaft von der Schwelle aus in den Raum, unschlüssig, ob er einfach hineingehen sollte. Der Saal war etwa fünfzehn Meter lang und vielleicht zehn Meter breit. Eine Reihe von Fenstern mit Milchglasscheiben füllte den größten Teil einer Wand aus. Ein altmodischer Ventilator, der sich auf einem stählernen Aktenschrank befand, verteilte den Gestank gleichmäßig im Raum.

Drei Sektionstische aus Edelstahl standen dort, und auf jedem lag eine nackte Leiche. Zwei der Leichen waren Männer, die dritte war die einer Frau. Die Frau war jung und blond, und ihre Haut war wie Elfenbein, aber mit einem leicht bläulichen Stich.

An jedem der Tische arbeitete ein Team von je zwei Personen. Der Raum war erfüllt von dem Geräusch von Schneiden, Schlitzen, Sägen und gedämpfter Unterhaltung. Jeffrey vermutete, daß es alles Männer waren, aber er war sich nicht sicher. Sie trugen allesamt OP-Kleidung und Gummischürzen. Ihre Augen waren hinter Plexiglas-Schutzbrillen verborgen, ihre Gesichter von OP-Masken verdeckt, und ihre Hände steckten in dicken Gummihandschuhen. In einer Ecke stand ein großes Waschbecken aus Speckstein, aus dessen Hahn ununterbrochen Wasser lief. Auf dem Rand des Spülsteins stand ein Kofferradio, das völlig unpassend Soft-Rock spielte. Jeffrey fragte sich, was Billy Ocean wohl denken würde, wenn er diese Szenerie sehen könnte.

Jeffrey stand fast eine Viertelstunde in der Tür, ehe einer der Männer von ihm Notiz nahm. Er kam an Jeffrey vorbei, als er zum Spülstein wollte, um etwas, das wie eine Leber aussah, unter dem fließenden Wasser abzuspülen. Als er Jeffrey gewahrte, blieb er stehen. »Kann ich Ihnen helfen?« fragte er mißtrauisch.

»Ich suche einen Dr. Seibert«, antwortete Jeffrey, ein leichtes Ekelgefühl unterdrückend. Pathologie hatte nie zu seinen Lieblingsfächern gehört. Er hatte Autopsien während seiner Studienzeit immer gehaßt.

»He, Seibert, hier möchte dich jemand sprechen!« rief der Mann über die Schulter.

Einer der beiden Männer, die über der Leiche der Frau standen, blickte auf, dann schaute er zu Jeffrey herüber. In einer Hand hielt er ein Skalpell, die andere Hand steckte tief im Rumpf der Leiche. »Was kann ich für Sie tun?« fragte er. Sein Ton war weitaus freundlicher als der seines Kollegen.

Jeffrey schluckte. Er fühlte sich ein wenig mulmig. »Ich bin ein Arzt aus dem St. Joseph's«, sagte er. »Aus der Anästhesie. Es würde mich interessieren, was Sie bei einer Patientin namens Karen Hodges gefunden haben.«

Dr. Seibert zog die Hand aus der Leiche, nickte seinem Assistenten zu und kam zu Jeffrey herüber. Er war einen halben Kopf größer als Jeffrey. »Waren Sie der Gasmann bei dem Fall?« fragte er. Er hatte immer noch das Skalpell in der Hand. Seine andere Hand war blutverschmiert. Jeffrey konnte es nicht über sich bringen, tiefer als bis zur Schulter des Mannes zu blicken. Seine Schürze war über und über mit Blut verschmiert. Jeffrey zog es vor, ihm in die Augen zu sehen. Sie waren stahlblau und hatten etwas sehr Einnehmendes an sich.

»Nein, der war ich nicht«, antwortete Jeffrey. »Aber ich hörte, die Komplikation sei während einer Epiduralanästhesie aufgetreten. Mein Interesse an dem Fall rührt daher, daß es in den letzten vier Jahren mindestens vier vergleichbare Komplikationen hier in Boston gegeben hat. War das Anästhetikum, das Karen Hodges bekommen hat, zufällig Marcain?«

»Das kann ich noch nicht sagen«, erwiderte Seibert, »aber die Akte ist in meinem Büro – den Gang runter links, gleich hinter der Bibliothek. Wenn Sie wollen, können wir sie uns zusammen anschauen. Ich bin hier in fünfzehn bis zwanzig Minuten fertig.«

»Der Fall, an dem Sie da gerade arbeiten – könnte es sein, daß das Gail Shaffer ist?« fragte Jeffrey.

»Ganz recht«, antwortete Seibert. »Das erstemal in meiner Karriere, daß ich zwei gutaussehende Frauenleichen hintereinander habe. Scheint heute mein Glückstag zu sein.«

Jeffrey ließ die Bemerkung unkommentiert. Er hatte mit dem Humor der Pathologen schon immer seine Probleme gehabt. »Bereits irgendwelche Hinweise für die Todesursache gefunden?«

»Kommen Sie«, sagte Seibert mit einem Wink seiner blutverschmierten Hand. Er ging zurück zu dem Tisch.

Jeffrey folgte ihm zögernd. Er wollte nicht zu nahe heran.

»Sehen Sie das hier?« fragte Seibert, nachdem er Jeffrey seinem Kollegen Harold vorgestellt hatte. Er zeigte mit dem Griff seines Skalpells auf die Platzwunde an Gails Haaransatz. »Muß ein Mordsschlag gewesen sein. Hat den Knochen regelrecht in die Stirnhöhle reingedrückt.«

Jeffrey nickte. Er begann durch den Mund zu atmen. Er konnte den Gestank nicht ertragen. Harold war damit beschäftigt, die Eingeweide herauszuholen. »Könnte der Schlag sie getötet haben?« fragte Jeffrey.

»Möglich«, antwortete Seibert, »aber das NMR war negativ. Wir werden Genaueres sagen können, wenn wir das Hirn rausholen. Offenbar hat sie auch irgendein Herzproblem gehabt, obwohl es da keine Vorgeschichte gab. Wir werden uns das Herz also ganz besonders sorgfältig anschauen.«

»Werden Sie sie auch auf Drogen untersuchen?«

»Aber sicher«, erwiderte Seibert. »Wir machen eine komplette toxikologische Analyse von ihrem Blut, vom Liquor, vom Gallensaft, vom Urin und sogar vom Mageninhalt.«

»Warte, ich helf' dir«, sagte Seibert zu seinem Assistenten, als er sah, daß Harold mit dem Herauslösen der Bauchorgane fertig war. Seibert griff nach einer langen flachen Pfanne und hielt sie Harold hin, während dieser die glitschige Masse aus Gails Bauch herausnahm und sie mit einem klatschenden Geräusch in die Pfanne plumpsen ließ.

Jeffrey wandte sich ab. Als er wieder hinschaute, war die Leiche ausgeweidet. Harold war mit den Organen auf dem Weg zum Spülstein. Seibert stocherte wie beiläufig im Innern der Bauchhöhle herum. »Man muß immer nach dem Unerwarteten Ausschau halten. Man weiß nie im voraus, was man hier drin so alles findet.«

»Was würden Sie machen, wenn ich Ihnen gegenüber die Vermutung äußern würde, daß diese Frauen beide vergiftet worden sind?« fragte Jeffrey unvermittelt. »Würden Sie dann irgend etwas anders machen? Würden Sie irgendwelche zusätzlichen Tests vornehmen?«

Seibert hielt abrupt inne. Er war gerade dabei, das Abdomen von Gail Shaffer abzutasten. Er hob langsam den Kopf und maß Jeffrey mit einem halb erstaunten, halb argwöhnischen Blick. »Wissen Sie irgend etwas, das ich wissen sollte?« fragte er, und seine Stimme klang weit ernster als zuvor.

»Sagen wir, ich stelle es als eine rein hypothetische Frage«, antwortete Jeffrey ausweichend. »Beide Frauen hatten einen epileptischen Anfall und Herzprobleme, und beide Male ohne einschlägige Vorgeschichte – jedenfalls soviel ich weiß.«

Seibert zog seine Hand heraus, richtete sich auf und musterte Jeffrey über die ausgeweidete Hülle von Gail Shaffers Leiche. Er überlegte einen Moment, dann blickte er hinunter auf die tote Frau.

»Nein, ich würde nichts anders machen«, sagte er. »Es gibt so gesehen keinen Unterschied zwischen einer Selbstvergiftung, euphemistisch gern auch als Entspannungsdrogengenuß bezeichnet, und Vergiftet-Werden – zumindest nicht aus pathologischer Sicht. Entweder findet sich Gift im Körper des Verstorbenen, oder es findet sich keins. Freilich, wenn mir nun jemand sagen würde, daß es Verdachtsmomente für ein bestimmtes Gift gibt, würde das schon einen gewissen Einfluß darauf haben, wie ich bestimmte Gewebesegmente behandeln würde. Es gibt spezifische Farbstoffe für ganz bestimmte Gifte.«

»Und wie ist das bei Toxinen?« fragte Jeffrey.

Seibert pfiff durch die Zähne. »Jetzt wird die Sache interessant. Sie meinen, so was wie Phytotoxine oder Tetrodotoxin. Sie haben doch schon mal was vom Tetrodotoxin gehört, oder? Es stammt vom Kugelfisch. Können Sie sich vorstellen, daß man in Sushi-Bars den Gästen diese Viecher ganz legal auftischen darf? Ich würde dieses Zeug nicht anrühren, nicht ums Verrecken.«

Jeffrey spürte, daß er eines von Seiberts Lieblingsthemen berührt hatte. Seiberts Begeisterung für Toxine war nicht zu übersehen.

»Toxine sind ein echtes Phänomen«, fuhr Seibert fort. »Wenn ich jemanden umbringen wollte, würde ich das mit einem Toxin machen, da gäb's gar keine Frage. In den meisten Fällen kommt erst gar keiner auf die Idee, nach Spuren von Toxinen zu suchen. Es sieht aus wie eine natürliche Todesursache. Können Sie sich noch an diesen türkischen Diplomaten erinnern, der damals in Paris umgebracht wurde? Das muß auch ein Toxin gewesen sein.

Es war in der Spitze eines Regenschirms versteckt, und der Täter hat ihm einfach so im Vorbeigehen mal kurz in den Hintern gepiekst. Der Bursche brach sofort zusammen, wand sich noch einen Moment auf dem Boden, und binnen einer Minute war er tot. Und sind sie draufgekommen? Natürlich nicht. Toxine sind unheimlich schwer nachzuweisen.«

»Aber unmöglich ist es doch nicht?« fragte Jeffrey.

Seibert schüttelte unbestimmt den Kopf. »Deshalb würde ich sie ja benutzen, wenn ich jemanden aus dem Weg räumen wollte. Sie sind ganz, ganz schwer nachzuweisen. Aber um auf Ihre Frage zu antworten – unmöglich ist es nicht, aber so gut wie. Das größte Problem bei Toxinen ist, daß schon die winzigste Menge ausreicht, um jemanden um die Ecke zu bringen. Es bedarf dafür nur einiger weniger Moleküle von dem Zeug. Das bedeutet, daß unser üblicher altbewährter Helfer, der Gaschromatograph, in Kombination mit dem Massenspektrograph, es oft nicht schafft, das Toxin aus all den anderen organischen Bestandteilen herauszupicken, die in der Testsuppe herumschwimmen. Wenn man aber weiß, wonach man sucht, beispielsweise nach einem Tetrodotoxin, weil, sagen wir mal, der Verstorbene bei einer Sushi-Party vom Hocker gekippt ist, dann kann man ein paar monoklonale Antikörper entweder mit einem radioaktiven Marker oder mit Fluorescein markieren, und die können das Zeug dann rauspicken. Aber ich sag' Ihnen, das ist nicht leicht.«

»Das heißt also, daß Sie manchmal das Toxin erst dann aufspüren können, wenn Sie genau wissen, was für eins es ist«, rekapitulierte Jeffrey, schlagartig ernüchtert. »Das klingt ja wie ein echter Catch-22.«

»Deshalb sag' ich ja auch, es kann das perfekte Verbrechen sein.«

Harold kam vom Spülstein zurück, in der Hand die Pfanne mit den Organen. Jeffrey benutzte die Gelegenheit, um die Decke des Raums zu betrachten.

»Willst du jetzt das Hirn rausnehmen, Harold?« fragte Seibert seinen Assistenten. Der nickte, stellte die Pfanne am Ende des Seziertisches ab und ging zum Kopf.

»Tut mir leid, wenn ich Sie so von der Arbeit abhalte«, sagte Jeffrey.

»Überhaupt kein Problem«, erwiderte Seibert. »Diese Art von Ablenkung kann ich gut vertragen. Das Geschnipsel wird mit der Zeit ganz schön langweilig. Der eigentliche Reiz dieser Arbeit liegt in der Analyse. Das macht richtig Spaß. Früher, beim Angeln, hab' ich mich auch immer gern um das Ausnehmen der Fische herumgedrückt, und zwischen dem Ausnehmen von Fischen und einer Autopsie ist wirklich kein großer Unterschied. Außerdem haben Sie mich neugierig gemacht. Weshalb all diese Fragen über Toxine? Ein vielbeschäftigter Mann wie Sie kommt doch nicht hierher, um Frage-und-Antwort-Spielchen mit mir zu veranstalten.«

»Ich sagte Ihnen doch, es hat in den letzten Jahren mindestens noch vier andere Todesfälle bei Epiduralanästhesien gegeben. Das ist sehr ungewöhnlich. Und bei mindestens zwei von ihnen waren die anfänglichen Symptome völlig anders, als man es bei einer Reaktion auf ein Lokalanästhetikum erwarten würde.«

»Inwiefern?« fragte Seibert.

Einer der anderen Pathologen hob den Kopf und rief herüber: »He, Seibert, hast du vor, den Fall zu deinem Lebenswerk zu machen, bloß weil die Frau gut gebaut ist?«

»Leck mich, Nelson!« rief Seibert über die Schulter zurück. Dann sagte er, an Jeffrey gewandt: »Er ist bloß neidisch, weil ich zwei hintereinander habe. Aber das gleicht sich schon wieder aus. Meine nächste wird wahrscheinlich eine sechzigjährige Schnapsleiche sein, die bereits drei Wochen im Bostoner Hafen herumgetrieben ist. Sie sollten mal sehen, wie das ausschaut. Puh! Mit dem Gas, das da rauskommt, könnten Sie drei Wochen Ihre Wohnung heizen.«

Jeffrey versuchte zu lächeln, aber es fiel ihm schwer. Die Bilder, in denen diese Männer miteinander redeten, waren fast genauso schlimm wie die tatsächlichen Leichen.

Als Reaktion auf das Gestichel seines Kollegen nahm Seibert das Nahtmaterial und begann damit Gail Shaffers Y-förmige Autopsiewunde zuzunähen. »Wo waren wir stehengeblieben?« fragte er. »Ach ja. Inwiefern waren die Symptome anders?«

»Unmittelbar nachdem sie das Marcain bekommen hatten, zeigten die Patienten eine plötzliche und auffällige parasympathische Reaktion mit Unterleibsschmerzen, Speichelfluß, Transpiration und sogar myotischen Pupillen. Das dauerte nur ein paar Sekunden, und dann bekamen sie epileptische Anfälle.«

Harold hatte inzwischen mit einem Skalpell einen Schnitt um Gails Kopf herum gemacht. Er packte Gail beim Schopf und zog ihr mit einem Ruck die Kopfhaut übers Gesicht. Das Geräusch, das dabei entstand, war so widerlich, daß sich Jeffrey fast der Magen umdrehte. Der Schädel lag jetzt frei. Jeffrey wandte angewidert den Blick ab.

»Sieht man diese Art von Symptomen nicht auch bei einer toxischen Reaktion auf Lokalanästhetika?« fragte Seibert. Er hob die Nadel wie ein Flickschuster nach jedem Stich hoch über den Kopf, um den Faden strammzuziehen.

»Ja und nein«, antwortete Jeffrey. »Die Anfälle sicher. Auch die myotischen Pupillen werden in der Literatur beschrieben, obwohl ich, ehrlich gesagt, dafür keine physiologische Erklärung habe, und selbst gesehen habe ich es auch noch nie. Aber der vorübergehende Speichel- und Tränenfluß und die Schweißausbrüche, davon habe ich noch nie was gehört, geschweige denn was gelesen.«

»Ich glaube, ich begreif' jetzt so ungefähr, worum es geht«, sagte Seibert. Im selben Augenblick ertönte ein lautes Surren, und Gail Shaffers Körper begann zu vibrieren. Harold war dabei, mit einer Elektrosäge das Schädeldach abzutrennen. Gleich würde er das Hirn herausnehmen. Seibert mußte die Stimme heben, um sich über den Lärm der Säge verständlich zu machen. »Soweit ich mich erinnere, blockieren Lokalanästhetika die Reizübertragung an den Synapsen. Jede Reaktion, die Sie dann noch kriegen können, rührt daher, daß die hemmenden Neurone als erste blockiert sein können. Habe ich das noch so einigermaßen auf die Reihe gekriegt?«

»Ich bin beeindruckt«, sagte Jeffrey. »Reden Sie weiter.«

»Und die Blockierung kommt dadurch zustande, daß die Natriumionen daran gehindert werden, die Zellmembranen zu durchdringen, hab' ich recht?«

»Sie müssen in Neurophysiologie eine Eins gehabt haben.«

»He, das ist der Kram, für den ich mich interessiere«, erwiderte Seibert. »Ich hab' mir das neulich alles noch mal durchgelesen, wegen eines Falles von Myasthenia gravis. Es stand außerdem in einem Artikel über Tetrodotoxin, den ich gelesen habe. Wußten Sie, daß dieses Zeug in seiner Wirkung die Lokalanästhetika nachahmt? Ein paar Leute vertraten sogar die Hypothese, daß es ein natürliches Lokalanästhetikum sein könnte.«

Jeffrey erinnerte sich vage, etwas in der Richtung gelesen zu haben, jetzt, da Seibert es erwähnte.

Das Surren der Elektrosäge verstummte abrupt. Jeffrey war nicht scharf darauf, zuzuschauen, was als nächstes passierte, und drehte der Szene vollends den Rücken zu.

»Nun, woran ich mich jedenfalls erinnere«, fuhr Seibert fort, »ist, daß, tritt bei einer Epiduralanästhesie irgendeine Veränderung auf, diese allenfalls das sympathische Nervensystem betreffen dürfte, aber nicht das parasympathische, was sich aus der Lokalisation des Injektionsortes ergibt. Ist das richtig?«

»Absolut«, antwortete Jeffrey.

»Aber ist nicht die eigentliche Sorge die, daß Sie das Anästhetikum irrtümlich direkt in die Blutbahn injizieren können?«

»Genau«, sagte Jeffrey. »Und da kämen dann die Probleme mit Anfällen und Herzkomplikationen ins Spiel. Aber es gibt keine Erklärung für plötzlich auftretende signifikante parasympathische Erregung. Da kommt einem unwillkürlich der Gedanke, daß irgendein anderer Wirkstoff mit im Spiel sein muß. Etwas, das nicht nur Anfälle und Herzkomplikationen verursacht, sondern auch vorübergehende parasympathische Erregungszustände.«

»Wow!« rief Seibert. »Das ist meine Art von Fall. Genau so was, wie ein Pathologe es sich ausdenken würde.«

»Das mag wohl sein«, entgegnete Jeffrey. »Aber ehrlich gesagt hatte ich eigentlich eher an einen Anästhesisten gedacht.«

»Das wäre ein ungleicher Wettbewerb«, sagte Seibert, mit einer Zange wedelnd. »Der Pathologe ist viel qualifizierter, sich die beste Methode auszudenken, wie man jemanden um die Ecke bringt.«

Jeffrey wollte schon zu einer Erwiderung ansetzen, als ihm bewußt wurde, wie lächerlich es war, sich darüber zu streiten, welche Fachrichtung wohl einen raffinierteren Mörder hervorbringen würde. »Da ist noch etwas Ungewöhnliches an den beiden Fällen, von denen hier die Rede ist. Bei der Obduktion wurden Schäden sowohl an den Zellkörpern als auch an den Axonen der Nervenzellen festgestellt. Bei einem der Fälle wurden sogar elektronenmikroskopische Bilder gemacht, die ultrastrukturelle Beschädigungen der Nerven- und der Muskelzellen zeigten.«

»Kein Scherz?« fragte Seibert. Er hielt mit dem Nähen inne. Jeffrey konnte sehen, daß er fasziniert war. »Jetzt brauchen wir also bloß noch ein Toxin zu finden, das Anfälle und Herzkomplikationen auslöst, indem es Nerven- und Muskelzellen angreift, und das zusätzlich auffällige parasympathische Reaktionen hervorruft! Zumindest anfangs. He, wissen Sie was – Sie haben recht. Das könnte tatsächlich eine Prüfungsfrage in einer Erstsemester-Neurophysiologieprüfung sein. Ich werde eine Weile darüber nachdenken müssen.«

»Ist Ihnen bekannt, ob Karen Hodges den gleichen Typus von Anfangssymptomen hatte?« fragte Jeffrey.

Seibert zuckte mit den Schultern. »Noch nicht. Ich gehe normalerweise so vor, daß ich erst die Autopsie mache und mir dann das Protokoll im Detail anschaue. Ich möchte mich nicht zu früh auf irgendwas versteifen. Auf diese Weise ist die Gefahr geringer, daß ich was übersehe.«

»Sie hätten doch nichts dagegen, wenn ich mir das Protokoll mal anschauen würde?« fragte Jeffrey.

»Aber natürlich nicht. Jederzeit. Wenn Sie wollen, können Sie ruhig schon mal vorgehen – ich bin hier gleich fertig.«

Froh, dem scheußlichen Gestank des Sektionssaals endlich zu entrinnen, machte sich Jeffrey auf den Weg in Seiberts winziges Büro. Das Zimmer war das behaglichste, das Jeffrey bisher im Leichenschauhaus gesehen hatte, ausgestattet mit vielen kleinen persönlichen Details, die dem Raum etwas Gemütliches verliehen. Den hübschen alten Schreibtisch zierten ein passender, ebenso altmodischer lederüberzogener Tintenlöscher, ein Korb für Ein- und Ausgänge, ein Füller- und ein Kugelschreiber-Set und ein gerahmtes Bild. Das Foto zeigte Seibert mit einer attraktiven Frau mit einer neckischen Ponyfrisur und zwei lächelnden Kindern. Die Familie posierte in Skikleidung vor einer winterlichen Gebirgslandschaft.

In der Mitte des Schreibtisches lagen die beiden Krankenakten. Die obere war die von Gail Shaffer. Jeffrey nahm die darunterliegende von Karen Hodges und setzte sich auf einen vinylbezogenen Stuhl. Am meisten interessierte ihn das Anästhesieprotokoll.

Der Name des Anästhesisten war William Doherty. Jeffrey kannte ihn flüchtig von ein paar Medizinerkongressen. Als er die Seite überflog, sah Jeffrey, daß das Anästhetikum in der Tat 0,5prozentiges Marcain gewesen war. Anhand der Dosis schloß Jeffrey, daß Doherty eine 30-ml-Ampulle benutzt hatte. Als nächstes las sich Jeffrey eine kurze Zusammenfassung der Ereignisse durch. Die Lektüre rief sofort wieder die Erinnerung an das Unglück mit Patty Owen in ihm wach. Jeffrey schauderte, als er den Verlauf der Ereignisse las. Karen Hodges hatte anfänglich an genau den gleichen unerklärlichen parasympathischen Symptomen gelitten, bevor sie den epileptischen Anfall bekommen hatte.

Jeffrey wurde regelrecht überwältigt von Mitgefühl für Doherty. Er konnte nur allzugut nachempfinden, was der Mann jetzt durchmachte. Aus einem plötzlichen Impuls heraus zog er Seiberts Telefon zu sich herüber und wählte die Nummer des St.

Joseph's Hospitals. Er ließ sich mit der Anästhesie verbinden und verlangte Dr. Doherty.

Als Doherty den Hörer abnahm, sagte Jeffrey ihm, wie leid ihm die Geschichte mit Karen Hodges täte und wie sehr er ihm seine Verzweiflung nachfühlen könne; er hätte selbst etwas Ähnliches durchgemacht.

»Wer spricht denn da, bitte?« fragte Dr. Doherty, bevor Jeffrey weiterreden konnte.

»Jeffrey Rhodes«, sagte Jeffrey, zum erstenmal seit Tagen seinen richtigen Namen benutzend.

»Dr. Jeffrey Rhodes vom Memorial?«

»Ja. Ich würde Ihnen gern eine Frage bezüglich des gestrigen Vorfalls stellen. Als Sie die Testdosis injizierten, haben Sie da...«

»Tut mir leid«, unterbrach ihn Doherty, »aber ich habe ausdrückliche Anweisung von meinem Anwalt, mit niemandem über diesen Fall zu sprechen.«

»Ich verstehe«, sagte Jeffrey. »Ist schon ein Kunstfehlerverfahren angestrengt worden?«

»Nein, bis jetzt noch nicht«, antwortete Dr. Doherty. »Doch wir rechnen jeden Tag damit. Ich kann wirklich nicht weiter mit Ihnen über den Fall sprechen. Aber es freut mich, daß Sie angerufen haben. Vielen Dank.«

Jeffrey legte den Hörer auf, enttäuscht, daß er aus Dohertys noch frischer Erfahrung keinerlei Nutzen zu ziehen vermochte. Aber er konnte verstehen, warum der Mann sich so bedeckt hielt. Jeffrey hatte damals von seinem Anwalt ebenfalls einen Maulkorb umgehängt bekommen.

»Ich hab' da schon so ein paar Ideen«, sagte Seibert, als er zur Tür hereinrauschte, bekleidet mit einem frischen OP-Anzug. Ohne den Kittel, den Mundschutz und die Haube konnte Jeffrey ihn sich zum erstenmal richtig ansehen. Seibert hatte eine athletische Figur. Sein sandfarbenes Haar vertrug sich angenehm mit seinen blauen Augen. Er hatte ein kantiges, hübsches Gesicht. Jeffrey schätzte ihn auf Anfang Dreißig.

Seibert ging hinter seinen Schreibtisch und setzte sich. Er

lehnte sich zurück und legte die Füße auf die Tischkante. »Es mußte sich bei dem Zeug um eine Art toxischen Blocker handeln, mit depolarisierender Wirkung an der Zellmembran. Der hätte etwa die gleiche Wirkung, als würden Sie eine Volldröhnung Azetylcholin in alle Ganglienzellen und motorischen Endplatten injizieren. Also: zuerst einmal vorübergehende parasympathische Symptome, bevor dann infolge der Nerven- und Muskelzellzerstörung die Hölle so richtig losbricht. Der einzige Haken ist, das Zeug würde auch Muskelzuckungen verursachen.«

»Aber da waren Muskelzuckungen!« sagte Jeffrey mit wachsendem Interesse. Es hörte sich ganz so an, als ob Seibert auf der richtigen Fährte war.

»Das überrascht mich nicht«, erwiderte Seibert. Er nahm die Beine vom Tisch und beugte sich vor. »Was war mit dieser letzten Patientin? Hatte Karen Hodges auch diese Symptome?«

»Exakt die gleichen«, antwortete Jeffrey.

»Und Sie sind sicher, daß die nicht von der Lokalanästhesie gekommen sein können?«

Jeffrey nickte.

»Dann bin ich gespannt darauf, was die toxikologische Analyse ergeben wird.«

»Ich hab' mir die Autopsieberichte von zwei der anderen vier Fälle angeschaut. Beide Male waren die Ergebnisse negativ.«

»Wie lauteten die Namen der vier Fälle?« fragte Seibert und nahm einen Stift und einen Block zur Hand.

»Patty Owen, Henry Noble, Clark DeVries und Lucy Havalin«, sagte Jeffrey. »Ich habe die Autopsieberichte von Owen und Noble gelesen.«

»Die Namen sagen mir im Moment nichts. Ich muß mal nachschauen, was wir darüber in den Akten haben.«

»Besteht die Chance, daß noch irgendwelche Körperflüssigkeiten von einem dieser Fälle vorhanden sind?« fragte Jeffrey.

»Wir bewahren tiefgefrorene Proben von ausgewählten Fällen ungefähr ein Jahr auf. Welcher dieser Fälle liegt am kürzesten zurück?«

»Patty Owen«, sagte Jeffrey. »Wenn Sie Serum kriegen würden, könnten Sie dann ein paar Toxintests vornehmen?«

»Sie stellen sich das so einfach vor«, antwortete Seibert. »Wie ich schon sagte, es ist unheimlich schwer, ein Toxin zu finden, wenn Sie nicht gerade das Glück haben, das spezifische Antitoxin in irgendeiner markierten Form zu haben. Sie können nicht einfach so nach dem Schrotschußverfahren eine bunte Mischung Antitoxine ausprobieren und auf einen Glückstreffer hoffen.«

»Gibt es denn irgendeinen Weg, das Spektrum an Möglichkeiten einzugrenzen?«

»Mag sein«, sagte Seibert. »Vielleicht könnte man versuchen, das Problem von einer anderen Seite anzugehen. Angenommen, es ist wirklich ein Toxin im Spiel, wie hätten diese Patienten es kriegen können?«

»Das ist nun in der Tat eine völlig andere Frage«, erwiderte Jeffrey. Es widerstrebte ihm, schon jetzt mit seiner Doktor-X-Theorie herauszurücken. »Lassen wir das mal für einen Moment beiseite. Als Sie vorhin reinkamen, dachte ich, Sie hätten da was Spezielles im Sinn.«

»Hatte ich auch«, sagte Seibert. »Ich dachte an eine ganze Klasse von Toxinen, die die Toxikologen ganz schön auf Trab halten. Sie stammen aus den Hautdrüsen von Dendrobaten. Das ist eine giftige Froschart, die in Südamerika, speziell in Kolumbien, vorkommt.«

»Würden sie die Wirkungsweise des mysteriösen Toxins erfüllen, von dem wir reden?«

»Da müßte ich erst noch mal nachlesen, um ganz sicher zu sein«, sagte Seibert. »Aber soweit ich mich erinnern kann, ja. Sie wurden ganz ähnlich entdeckt wie Curare. Die Indianer zerstampften diese Frösche zu Pulver und brauten daraus einen Extrakt, mit dem sie ihre Pfeilspitzen tränkten. He, vielleicht ist das des Rätsels Lösung: einer von diesen kolumbianischen Indianern, der auf dem Kriegspfad ist.« Seibert lachte.

»Können Sie mir verraten, wo darüber was steht?« fragte Jeffrey. »Ich würde mich selbst gern ein bißchen weiterbilden.«

»Aber sicher doch«, erwiderte Seibert. Er stand auf und ging zu seinem Aktenschrank. Auf halbem Weg blieb er stehen und drehte sich um. »Unsere Diskussion bestätigt mich in dem, was ich vorhin über den perfekten Mord-Cocktail gesagt habe. Wenn ich zu wählen hätte, was ich in ein Lokalanästhetikum tun würde, würde ich dieses Sushi-Gift, Tetrodotoxin, nehmen. Da es nach außen hin die gleiche Wirkung hat wie Lokalanästhetika, würde keiner auch nur den geringsten Verdacht schöpfen. Was Sie stutzig gemacht hat, waren die vorübergehend auftretenden parasympathischen Symptome. Die hätten Sie bei Tetrodotoxin nicht.«

»Sie vergessen etwas«, sagte Jeffrey. »Ich glaube, Tetrodotoxin ist reversibel. Es lähmt die Atmung, aber während der Narkose ist das egal. Da atmen Sie ja für den Patienten.«

Seibert schnippte enttäuscht mit den Fingern. »Sie haben recht, das hatte ich vergessen. Es darf nicht nur die Funktion der Zellen blockieren, sondern es muß sie auch zerstören.«

Seibert ging weiter zu seinem Aktenschrank und zog die oberste Schublade auf. »Wenn ich jetzt bloß wüßte, worunter ich das Zeug eingeordnet habe«, murmelte er. Er kramte ein paar Minuten in der Schublade herum, sichtlich frustriert. »Ah, da haben wir's ja!« rief er plötzlich und zog mit triumphierender Miene eine Mappe aus dem Schubfach. »Ich hab's unter ›Frösche‹ abgelegt. So was Blödes!«

Die Mappe enthielt eine Reihe von nachgedruckten Artikeln aus diversen Fachzeitschriften. Einige davon waren allgemein bekannte Publikationen wie *Science*, andere waren eher was für Eingeweihte wie *Advances in Cytopharmacology*. Ein paar Minuten lang blätterten die beiden schweigend die vielen Artikel durch.

»Wie kommt's, daß Sie all dieses Zeug sammeln?« fragte Jeffrey.

»In meinem Job ist alles interessant, was zum Tod führt, besonders etwas, das dies so wirkungsvoll tut wie diese Toxine. Und wie könnte man diesen Namen widerstehen? Hier ist einer:

Histrionicotoxin. Der zergeht einem doch richtig auf der Zunge, finden Sie nicht?« Seibert legte Jeffrey einen Artikel hin. Jeffrey nahm ihn und begann ihn zu überfliegen.

»Hier, ein echter Leckerbissen!« rief Seibert aus, nahm einen Artikel und haute mit dem Handrücken darauf. »Das ist eine der giftigsten Substanzen, die wir kennen: Batrachotoxin.«

»Lassen Sie mich mal sehen«, sagte Jeffrey. Er erinnerte sich an den Namen als einen von den vielen, die er in dem Kapitel über Toxine in Chris' Toxikologiebuch gelesen hatte. Jeffrey nahm den Artikel und las die Zusammenfassung. Es hörte sich vielversprechend an. Wie Seibert vermutet hatte, wirkte dieses Toxin wie ein depolarisierendes Agens auf Nervenzellverbindungen. Außerdem stand da, daß es umfassende Schäden an der Ultrastruktur von Nerven- und Muskelzellen verursachte.

Jeffrey schaute auf und gab Seibert den Artikel zurück. »Was hielten Sie davon, wenn wir nach diesem Toxin im Serum von einem der Fälle suchen würden?«

»Das Zeug wäre mit Sicherheit einer der härtesten Hämmer«, sagte Seibert. »Es ist unheimlich stark. Es ist ein steroidales Alkaloid; das bedeutet, es kann sich leicht in den Lipiden und Steroiden der Zelle verstecken. Vielleicht wäre eine Muskelgewebsprobe besser als eine Serumprobe, da das Toxin ja auf die motorischen Endplatten wirkt. Die wahrscheinlich einzige Möglichkeit, wie man so etwas wie Batrachotoxin nachweisen kann, ist die, daß man irgendeinen Weg findet, es in einer Probe zu konzentrieren.«

»Wie würden Sie da vorgehen?«

»Da es ein Steroid ist, würde es so metabolisiert, daß es in der Leber glukoronisiert und von der Galle ausgeschieden wird«, erklärte Seibert. »Eine Gallensaftanalyse wäre also nicht schlecht – bis auf ein kleines Problem.«

»Und das wäre?« fragte Jeffrey.

»Das Zeug tötet so schnell, daß die Leber gar nicht erst die Chance hat, es zu verarbeiten.«

»Bei einem der Fälle trat der Tod nicht so schnell wie bei den anderen ein«, berichtete Jeffrey, an Henry Noble denkend. »Er kriegte offenbar eine kleinere Dosis ab und überlebte noch eine Woche. Meinen Sie, das könnte weiterhelfen?«

»Wenn ich raten müßte, würde ich sagen, ja«, antwortete Seibert. »Seine Galle dürfte die höchste Konzentration von dem Zeug im Vergleich zu allen anderen Substanzen seines Körpers aufweisen.«

»Er ist aber schon fast zwei Jahre tot. Ich vermute, die Chance, daß von ihm noch irgendwo Körperflüssigkeit aufbewahrt wird, dürfte gleich Null sein.«

Seibert nickte. »Da ist nichts mehr zu machen. Wir haben nur begrenzt Platz im Kühlraum.«

»Würde es irgendwas bringen, wenn man die Leiche exhumieren würde?« fragte Jeffrey.

»Möglich«, sagte Seibert. »Es käme auf den Grad der Verwesung an. Angenommen, der Leichnam ist noch in einem halbwegs guten Zustand – sagen wir, er ist an einer schattigen Stelle beerdigt worden und vernünftig einbalsamiert, dann könnte es hinhauen. Aber einen Leichnam exhumieren, das ist nicht gerade eine der leichtesten Übungen. Sie brauchen dafür eine Genehmigung, und die kriegen Sie nicht so ohne weiteres. Sie müssen sich entweder einen Gerichtsbeschluß besorgen oder eine Genehmigung vom nächsten Verwandten. Sie können sich denken, daß weder die Gerichte noch die Verwandten sonderlich erpicht darauf sind, Ihnen eine solche Genehmigung zu erteilen.«

Jeffrey schaute auf seine Uhr. Es war schon nach zwei. Er hielt den Artikel hoch, den er in der Hand hatte. »Könnte ich mir den wohl ausleihen?«

»Wenn ich ihn wiederkriege, ja«, antwortete Seibert. »Ich rufe Sie auch gern wegen der toxikologischen Untersuchungsergebnisse von Karen Hodges und wegen der Serumprobe von Patty Owen an. Das Problem ist nur, ich kenne Ihren Namen nicht.«

»Oh, Entschuldigung«, sagte Jeffrey. »Ich heiße Peter Webber. Aber es ist immer schwierig, mich in der Klinik zu erreichen. Es wäre einfacher, wenn ich Sie zurückrufen würde. Wann soll ich's am besten versuchen?«

»Wie wär's mit morgen? Wenn wir so mit Arbeit eingedeckt sind wie jetzt, arbeiten wir auch an den Wochenenden. Ich will sehen, daß ich die Sache ein bißchen beschleunigen kann, da Sie so interessiert sind.«

Als Jeffrey das Leichenschauhaus verlassen hatte, mußte er zu Fuß hinüber zum Boston City Hospital gehen, um ein Taxi zu bekommen. Beim Einsteigen sagte er dem Fahrer, er wolle zum St. Joseph's Hospital. Er beabsichtigte, sich den Tag so einzuteilen, daß er zusammen mit Kelly nach Hause fahren konnte. Als Oberschwester hatte sie einen Parkplatz an der Klinik.

Während der Fahrt las Jeffrey sich den Artikel über Batrachotoxin durch. Die Lektüre war schwierig, da der Artikel in hochgradigem Fachchinesisch abgefaßt war. Aber er konnte ihm zumindest entnehmen, daß das Toxin nachweislich irreversible Schäden an Muskel- und Nervenzellen hervorrief. Daß es darüber hinaus auch Tränen- und Speichelfluß sowie eine Myosis verursachte, wurde zwar nicht ausdrücklich erwähnt, aber dafür stand dort, daß das Toxin das parasympathische System reizte und Muskelkrämpfe hervorrief, was das erstere indirekt bestätigte.

Im St. Joseph's Hospital angekommen, fand Jeffrey Kelly an ihrem gewohnten Platz, dem Schwesternzimmer der Intensivstation. Sie war sehr beschäftigt. Sie hatten gerade eine Neuaufnahme hereinbekommen, und die Schicht wechselte.

»Ich hab' nur ganz kurz Zeit«, sagte sie. »Aber ich habe vergessen, dir das hier zu geben.« Sie drückte Jeffrey einen Umschlag mit dem Emblem vom St. Joseph's Hospital in die Hand.

»Was ist das?« fragte Jeffrey, während Kelly sich schon wieder ihrer Arbeit zuwandte.

»Die Listen vom Valley Hospital. War mal wieder der gute Hart, der sie mir organisiert hat. Er hat sie heute nachmittag rübergefaxt. Aber diesmal war er schon ein bißchen neugierig.«

»Und? Was hast du ihm gesagt?« fragte Jeffrey.

»Die Wahrheit«, antwortete Kelly. »Daß da etwas an Chris' Fall wäre, das mich noch immer stören würde. Aber ich kann mich jetzt wirklich nicht weiter mit dir unterhalten, Jeffrey. Warte im Schwesternzimmer auf mich. Ich hab' in ein paar Minuten Feierabend.«

Jeffrey ging in das kleine Zimmer und wartete. In markantem Kontrast zum hektischen Getriebe der Intensivstation waren die einzigen Geräusche, die hier zu hören waren, das Summen eines kleinen Kühlschranks und das leise Blubbern der unvermeidlichen Kaffeemaschine.

Jeffrey öffnete den Umschlag und zog zwei separate Blätter heraus. Beim ersten handelte es sich um eine Liste von Ärzten, die Parkplaketten für das Jahr 1987 erhalten hatten, geordnet nach Abteilungen. Das zweite war eine Gehaltsliste vom selben Jahr für alle Bediensteten des Krankenhauses.

Gespannt holte Jeffrey seine eigene Liste mit den Namen von vierunddreißig Ärzten hervor, die Betten sowohl im Memorial als auch im St. Joseph's hatten, und verglich sie mit der neuen Liste. Von den vierunddreißig Ärzten blieben schließlich ganze sechs übrig. Einer davon war eine Dr. Nancy Bennett. Sie arbeitete im Valley Hospital in der Anästhesieabteilung. Für den Moment wurde sie Jeffreys Hauptverdächtige. Jetzt mußte er sich nur noch irgendwie die entsprechenden Listen vom Commonwealth Hospital und vom Suffolk General beschaffen. Er war sicher, daß seine Liste dann noch einmal zusammenschrumpfen würde. Insgeheim hoffte er sogar, daß am Ende nur noch ein Name übrigbleiben würde.

Die Tür ging auf, und Kelly kam herein. Sie sah genauso müde aus, wie Jeffrey sich fühlte. Sie setzte sich neben ihn. »Was für ein Tag!« seufzte sie. »Fünf Neuaufnahmen allein in unserer Schicht.«

»Ich habe ein paar ermutigende Neuigkeiten«, sagte Jeffrey, der schon voller Ungeduld auf sie gewartet hatte. »Ich habe inzwischen die alte Liste mit der neuen vom Valley Hospital verglichen. Jetzt sind es nur noch sechs, die in Frage kommen. Nun müssen wir uns bloß noch irgendwas einfallen lassen, wie wir an Listen von den restlichen zwei Kliniken gelangen.«

»Ich fürchte, da kann ich dir nicht helfen«, sagte Kelly. »Ich kenne weder im Commonwealth noch im Suffolk eine Menschenseele.«

»Was hältst du davon, wenn wir einfach dort hinfahren und bei der Pflegedienstleitung nachfragen?«

»Warte mal!« sagte Kelly plötzlich. »Amy hat früher im Suffolk auf der Intensivstation gearbeitet.«

»Wer ist Amy?« fragte Jeffrey.

»Eine von meinen Schwestern«, antwortete Kelly. »Ich seh' mal schnell nach, ob sie schon weg ist.« Kelly sprang von ihrem Stuhl auf und verschwand in der Intensivstation.

Jeffrey schaute sich wieder seine Liste mit den sechs Ärzten an, dann ging er noch einmal die Liste mit den vierunddreißig durch. Es war wirklich ein ermutigender Fortschritt. Sechs Personen, das klang doch schon erheblich besser als vierunddreißig. Dann fiel sein Blick auf die beiden Namen rechts von der Liste der Ärzte. Er hatte das Pflegepersonal vergessen. Er nahm sich erneut die Gehaltsliste vom Valley Hospital vor und ging sie nach dem Namen von Maureen Gallop durch. Wie er nicht anders erwartet hatte, stand ihr Name nicht darauf. Als nächstes suchte er nach Trent Harding. Zu seiner größten Verblüffung tauchte der Name tatsächlich im Namensverzeichnis des Valley Hospitals auf. Der Mann hatte im Jahre 1987 dort als Krankenpfleger gearbeitet!

Jeffrey spürte, wie sein Herz schneller klopfte. Trent Harding. Der Name schrie ihn förmlich von dem Blatt an. Trent Harding hatte im Valley Hospital, im Memorial und im St. Joseph's gearbeitet.

Bleib ruhig! ermahnte sich Jeffrey. Es war wahrscheinlich reiner Zufall. Aber wenn, dann war es schon ein verdammt merkwürdiger Zufall. Daß Ärzte in mehreren Kliniken Belegbetten hatten, war nichts Außergewöhnliches, aber daß Krankenpfleger gleich in drei verschiedenen Krankenhäusern einer Stadt nacheinander arbeiteten, war schon eine Seltenheit.

Die Tür zur Intensivstation ging auf, und Kelly kam wieder zurück. Sie ließ sich auf ihren Stuhl fallen und strich sich das Haar aus der Stirn. »Ich hab' sie verpaßt«, sagte sie mit Enttäuschung in der Stimme. »Aber ich seh' sie ja morgen wieder; ich werd' sie dann gleich fragen.«

»Ich bin nicht sicher, ob das noch nötig sein wird«, erwiderte Jeffrey. »Sieh mal, was ich gefunden habe!« Er legte ihr die Angestelltenliste vom Valley Hospital vor und zeigte auf Trent Hardings Namen. »Dieser Bursche hat in allen drei Kliniken gearbeitet, und zwar jeweils zum kritischen Zeitpunkt. Ich weiß, das kann bloßer Zufall sein, aber daß er in jedem der drei Häuser ausgerechnet während der Zeit gearbeitet hat, als die Todesfälle passierten, kommt mir doch schon verdammt merkwürdig vor.«

»Und er arbeitet jetzt hier im St. Joseph's?«

»Das steht jedenfalls auf der Liste, die du mir mitgebracht hast.«

»Und weißt du auch, wo genau er arbeitet?«

»Wo genau, kann ich nicht sagen, aber ich weiß, in welcher Abteilung«, antwortete Jeffrey. »Er arbeitet in derselben Abteilung wie du: im Pflegedienst.«

Kelly sog scharf Luft ein. »Das gibt's doch nicht!« stieß sie hervor.

»Es stand jedenfalls auf der Liste. Kennst du ihn?«

Kelly schüttelte den Kopf. »Ich kenne nicht mal seinen Namen; aber das muß nichts bedeuten; schließlich kenne ich ja nicht jeden.«

»Wir müssen rausfinden, wo er arbeitet«, sagte Jeffrey.

»Komm, wir gehen zu Polly Arnsdorf und fragen sie«, schlug Kelly vor und erhob sich sofort von ihrem Stuhl.

Jeffrey hielt sie am Arm fest. »Warte. Wir sollten vorsichtig sein. Ich will nicht, daß Polly Arnsdorf den Burschen aufscheucht. Denk dran, wir haben keinen Beweis. Es ist alles reine Spekulation. Wenn dieser Harding Wind davon kriegt, daß wir hinter ihm her sind, haut er womöglich ab, und das ist das letzte, was wir wollen. Und außerdem: Ich kann nicht unter meinem richtigen Namen auftreten. Sie könnte ihn wiedererkennen.«

»Aber wenn Harding der Mörder ist, können wir ihn doch nicht weiter hier im Krankenhaus rumlaufen lassen.«

»Die Zeitspanne zwischen den einzelnen Fällen betrug jedesmal acht oder mehr Monate«, sagte Jeffrey. »Auf ein paar Tage mehr oder weniger kommt es jetzt auch nicht mehr an.«

»Und was war mit Gail?« wandte Kelly ein.

»Wir wissen immer noch nicht, was hinter ihrem Tod steckte.«

»Aber du hast angedeutet...«, begann Kelly.

»Ich sagte, es käme mir merkwürdig vor«, fiel ihr Jeffrey ins Wort. »Jetzt beruhige dich erst mal! Du steigerst dich da ja fast noch mehr rein als ich. Vergiß nicht, das einzige, was wir mit Sicherheit sagen können, ist, daß dieser Harding in allen drei Krankenhäusern jeweils zu der Zeit gearbeitet hat, als die anästhetischen Komplikationen auftraten. Wir werden eine ganze Menge mehr brauchen als das, um ihn überführen zu können. Und genausogut kann sich herausstellen, daß wir falsch liegen. Ich bin durchaus nicht der Meinung, daß wir nicht mit Polly Arnsdorf sprechen sollten. Wir müssen uns bloß vorher darauf einigen, was wir ihr sagen sollen. Das ist alles.«

»In Ordnung. Als wen soll ich dich vorstellen?«

»Ich benutze in den letzten Tagen den Namen Webber, aber ich fürchte, ich war mit dem Vornamen nicht immer ganz konsequent. Einigen wir uns auf Dr. Justin Webber. Und was diesen Harding betrifft, da sagen wir ihr, wir hätten gewisse Bedenken hinsichtlich seiner Qualifikation.«

Sie gingen zusammen die Treppe hinunter und betraten die Verwaltung. Als sie vor der Tür von Polly Arnsdorfs Büro ankamen, wurde ihnen gesagt, sie führe gerade ein Ferngespräch und sie möchten sich einen Moment gedulden. Sie setzten sich und warteten. Aus dem hektischen Kommen und Gehen, das um das Büro herum herrschte, konnten sie ersehen, wie beschäftigt Polly Arnsdorf war.

Als sie schließlich hineingebeten wurden, stellte Kelly Jeffrey wie abgesprochen als Dr. Justin Webber vor.

»Und was kann ich für Sie tun?« fragte Polly Arnsdorf. Ihr Ton war freundlich, aber geschäftsmäßig.

Kelly warf Jeffrey einen kurzen Blick zu, dann begann sie. »Wir wollten uns über einen der Pfleger hier im Haus erkundigen. Sein Name ist Trent Harding.«

Polly nickte und wartete. Als Kelly nichts sagte, fragte sie: »Und was möchten Sie wissen?«

»Zunächst einmal würden wir gern erfahren, wo in der Klinik er arbeitet«, sagte Jeffrey.

»Gearbeitet hat«, korrigierte Polly Arnsdorf. »Mr. Harding hat uns gestern verlassen.«

Jeffrey fühlte einen Stich der Enttäuschung. O nein, dachte er; nicht jetzt, da wir so nah dran sind! Positiv an der Nachricht war freilich, daß sie sein Gefühl, auf der richtigen Spur zu sein, nur noch verstärkte: Daß Harding gleich nach der letzten anästhetischen Komplikation gekündigt hatte, war ein weiteres Indiz, das ihn belastete.

»Und wo hat er gearbeitet?« fragte Jeffrey.

»Im OP«, antwortete Polly Arnsdorf. Sie blickte mit gerunzelter Stirn zwischen Kelly und Jeffrey hin und her. Ihr Instinkt sagte ihr, daß da irgend etwas im Busch sein mußte, und zwar etwas ziemlich Ernstes.

»In welcher Schicht hat er gearbeitet?« fragte Kelly.

»In den ersten Monaten in der Spätschicht. Aber dann ist er in die Tagschicht übergewechselt. Und da ist er bis gestern auch geblieben.«

»Kam seine Kündigung überraschend für Sie?« wollte Jeffrey wissen.

»Eigentlich nicht«, antwortete Polly Arnsdorf. »Wenn nicht so ein Mangel an guten Fachkräften herrschen würde, hätte ich ihm schon vor einer Weile selbst die Kündigung nahegelegt. Er hatte ständig Reibereien mit seinen Vorgesetzten – nicht nur hier bei uns, sondern auch in anderen Institutionen, in denen er gearbeitet hatte. Mrs. Raleigh hatte alle Hände voll mit ihm zu tun. Er redete ihr ständig in ihre Arbeit hinein und wollte ihr Vorschriften machen, wie sie den OP zu führen hätte. Aber fachlich war er hervorragend. Und außerordentlich intelligent, könnte ich hinzufügen.«

»Wo hat der Mann sonst noch gearbeitet?« fragte Jeffrey.

»Schon in den meisten Bostoner Kliniken. Ich glaube, das einzige größere Krankenhaus, in dem er noch nicht gearbeitet hat, ist das Boston City Hospital.«

»Hat er auch im Commonwealth und im Suffolk General gearbeitet?« fragte Jeffrey.

Polly Arnsdorf nickte. »Soweit ich mich erinnern kann, ja.«

Jeffrey vermochte sich kaum noch zu beherrschen. »Wäre es möglich, einen Blick in seine Akte zu werfen?«

»Das geht leider nicht«, sagte Polly Arnsdorf. »Unsere Personalakten sind vertraulich.«

Jeffrey nickte. Das hatte er erwartet. »Könnten Sie mir denn ein Foto von ihm zeigen? Das müßte doch gehen, oder?«

Polly Arnsdorf beugte sich über ihr Sprechgerät und bat ihren Sekretär, ein Foto von Trent Harding aus dem Aktenschrank herauszusuchen. Dann fragte sie: »Darf ich erfahren, woher Ihr Interesse an Mr. Harding rührt?«

Jeffrey und Kelly begannen gleichzeitig zu sprechen. Jeffrey machte Kelly mit dem Kopf ein Zeichen, daß sie weiterreden solle. »Es bestehen da wohl einige Bedenken hinsichtlich seiner fachlichen Qualifikation«, sagte sie.

»Das ist eigentlich nicht der Bereich, in dem ich Bedenken bei Mr. Harding anmelden würde«, erwiderte Polly Arnsdorf. In dem Moment kam ihr Sekretär mit einem Foto herein. Sie nahm es entgegen und reichte es Jeffrey über den Schreibtisch. Kelly beugte sich herüber, um es sich ebenfalls anzuschauen.

Jeffrey hatte den Mann oft im Memorial im OP gesehen. Er erkannte seinen verblüffend blonden Bürstenschnitt und die untersetzte Figur sofort wieder. Soweit er sich entsinnen konnte, hatte er nie mit dem Mann gesprochen, aber er hatte ihn als stets zurückhaltend in seinem Auftreten und als gewissenhaften Arbeiter in Erinnerung. Er sah ganz gewiß nicht aus wie ein Killer, eher wie der Prototyp des amerikanischen Sunnyboys, etwa wie ein Footballspieler von einem College in Texas.

Jeffrey schaute von dem Foto auf und fragte Polly Arnsdorf: »Haben Sie eine Ahnung von seinen beruflichen Plänen?«

»O ja«, erwiderte Polly Arnsdorf. »Mr. Harding äußerte sich diesbezüglich sehr konkret. Er sagte, er wolle sich im Boston City bewerben, weil er ein akademischeres Umfeld anstrebe, wie er sich ausdrückte.«

»Dann hätte ich noch eine Bitte«, sagte Jeffrey. »Könnten Sie uns seine Adresse und seine Telefonnummer geben?«

»Ich denke, es spricht nichts dagegen«, erwiderte Polly Arnsdorf. »Sie wird sicher auch im Telefonbuch stehen.« Sie nahm einen Zettel und einen Bleistift zur Hand, griff nach dem Foto von Trent Harding, drehte es um, schrieb die Daten, die auf der Rückseite standen, auf den Zettel und gab diesen Jeffrey.

Jeffrey dankte Polly Arnsdorf für die Zeit, die sie sich genommen hatte. Kelly tat das gleiche. Dann verließen sie die Verwaltung. Sie gingen durch den Vordereingang hinaus und begaben sich zu Kellys Auto.

»Das könnte es gewesen sein!« rief Jeffrey aufgeregt, sobald sie außer Hörweite waren. »Trent Harding könnte der Mörder sein!«

»Nun glaub' ich's auch«, sagte Kelly. Sie hatten den Wagen erreicht und sahen sich quer über das Dach hinweg an. Kelly hatte die Tür noch nicht aufgemacht. »Außerdem glaube ich, daß wir die Pflicht haben, jetzt sofort zur Polizei zu gehen. Wir müssen ihm das Handwerk legen, bevor er wieder zuschlägt. Wenn er der Mann ist, dann muß er geistesgestört sein.«

»Wir können nicht zur Polizei gehen«, sagte Jeffrey mit einiger Verbitterung in der Stimme. »Und zwar genau aus den Gründen, die ich dir schon letztesmal genannt habe. So belastend wir diese Information auch finden mögen, sie beweist nicht das geringste. Wir haben noch immer nichts Konkretes in der Hand, vergiß das nicht. Gar nichts! Es gibt ja noch nicht einmal einen Beweis dafür, daß die Patienten überhaupt vergiftet worden sind. Ich habe den Leichenbeschauer zwar gebeten, nach einem Toxin zu suchen, doch die Chancen, daß er eins isoliert, sind nicht gut. Die Möglichkeiten, Toxine nachzuweisen, sind nun mal begrenzt.«

»Aber der Gedanke, daß so jemand frei herumläuft, macht mir angst«, sagte Kelly.

»Glaubst du, mir nicht? Aber wir müssen eins ganz klar sehen: Die Behörden könnten beim jetzigen Stand der Dinge überhaupt nichts machen, selbst wenn sie uns glauben würden. Und außerdem kann ja nichts passieren, solange er noch nicht wieder im Krankenhaus arbeitet.«

Kelly öffnete widerstrebend die Wagentür. Beide stiegen ein.

»Was wir brauchen, sind handfeste Beweise«, sagte Jeffrey. »Als erstes müssen wir jetzt rausfinden, ob der Bursche überhaupt noch in der Stadt ist.«

»Und wie sollen wir das machen?« fragte Kelly.

Jeffrey holte den Zettel hervor, den Polly Arnsdorf ihm gegeben hatte. »Wir fahren zu seinem Apartment und sehen nach, ob er da noch wohnt.«

»Du hast doch nicht etwa vor, mit ihm zu sprechen, oder?«

»Noch nicht«, sagte Jeffrey. »Aber wahrscheinlich wird irgendwann der Zeitpunkt kommen, daß ich das muß. Auf, fahr! Die Adresse ist Garden Street in Beacon Hill.«

Kelly folgte seiner Aufforderung, obwohl ihr allein schon der Gedanke, sich in die Nähe dieses Monstrums zu begeben, ganz und gar gegen den Strich ging. Beweis oder nicht, sie war bereits jetzt von Hardings Schuld überzeugt. Welchen anderen Grund konnte es dafür geben, daß er in jedem der Krankenhäuser genau zur richtigen Zeit gearbeitet hatte?

Kelly fuhr auf den Storrow Drive und bog dann nach rechts auf die Revere Street, die direkt hinauf nach Beacon Hill führte. An der Garden Street angekommen, orientierten sie sich kurz anhand der Hausnummern auf dem Straßenschild, bogen dann nach links ab und fuhren ein Stück hinunter Richtung Cambridge Street. Sie saßen schweigend nebeneinander, bis sie die Adresse erreicht hatten. Kelly hielt in zweiter Reihe und zog die Handbremse. Die Garden Street war ziemlich steil.

Jeffrey lehnte sich über Kellys Schoß und schaute an dem Haus hinauf. Im Gegensatz zu den Nachbarhäusern war das von Harding nicht aus rotem, sondern aus gelbem Ziegelstein gebaut. Ansonsten war es genauso eine fünfstöckige Mietskaserne wie die anderen. Bedingt durch die starke Abschüssigkeit der Straße, setzten sich die Dächer der einzelnen Häuser stufenförmig gegeneinander ab, wie die Stufen einer riesigen Treppe. Hardings Haus war von einer kupferbeschlagenen Zierbrüstung gekrönt, die im Laufe der Jahre die übliche grüne Patina angenommen hatte. Sie hätte sogar recht ansehnlich gewirkt, wäre sie nicht an der rechten Ecke abgerissen gewesen, so daß ein großer Teil herunterhing. Die Haustür, die Feuerleiter und der gesamte Putz waren dringend reparaturbedürftig, und wie die gesamten Nachbarhäuser machte das Haus einen verwahrlosten, baufälligen Eindruck.

»Sieht nach keiner guten Gegend aus«, meinte Kelly. Die Straße war mit Abfall übersät. Die Autos, die auf beiden Seiten am Straßenrand parkten, waren zerbeult und heruntergekommen, mit einer Ausnahme, einer roten Corvette.

»Ich bin gleich wieder zurück«, sagte Jeffrey und beugte sich zur Seite, um die Tür zu öffnen.

Kelly fiel ihm in den Arm. »Du willst doch nicht etwa da rein.«

»Hast du eine bessere Idee?« fragte Jeffrey. »Außerdem geh' ich nur mal kurz in den Hausflur und sehe nach, ob sein Name an der Klingel steht. Ich komm' sofort wieder zurück.«

Kellys Bedenken ließen Jeffrey einen Moment innehalten. Er stand unschlüssig auf der Straße und überlegte, ob er das Richtige tat. Aber er mußte sich vergewissern, ob Harding noch in Boston war. Er gab sich einen Ruck und ging zwischen den parkenden Autos hindurch zur Haustür des gelben Hauses. Wie erwartet, war sie offen. Sie führte in einen kleinen Hausflur.

Jeffrey trat in den Flur. Innen war das Haus noch schäbiger als außen. Eine billige Lampe hing an einem blanken Draht von der Flurdecke. Die Innentür war irgendwann einmal mit einem Stemmeisen aufgebrochen und nie mehr repariert worden. In der Ecke des Flurs lag ein aufgeplatzter Plastikmüllsack. Aus dem Riß war Abfall herausgefallen, der unbeachtet vor sich hin stank.

Auf dem Klingelschild neben der Sprechanlage standen sechs Namen. Jeffrey schloß daraus, daß jedes Stockwerk ein Apartment beherbergte, das Untergeschoß mitgerechnet. Trent Hardings Name stand ganz zuoberst. Und er fand ihn auch auf einem der Briefkästen. Jeffrey sah, daß an allen Briefkästen die Schlösser kaputt waren. Er öffnete Hardings Briefkasten, um zu sehen, ob Post darin war. In dem Moment, als seine Hand den Briefkasten berührte, ging die Innentür auf.

Jeffrey fand sich unversehens Trent Harding gegenüberstehend. Er hatte vergessen, wie muskulös Harding aussah. Erst jetzt bemerkte er, daß der Mann darüber hinaus etwas Gemeines an sich hatte, etwas Brutales, das ihm nie aufgefallen war, wenn er ihn im OP des Memorial gesehen hatte. Seine Augen waren blau und kalt und lagen tief in den Höhlen, überschattet von buschigen Brauen. Auch hatte Harding eine Narbe, die Jeffrey vergessen hatte und die auf dem Foto nicht zu erkennen gewesen war.

Jeffrey schaffte es gerade noch, in dem Sekundenbruchteil, bevor Harding ihn sah, die Hand vom Briefkasten wegzuziehen. Im ersten Moment befürchtete er, Harding werde ihn erkennen. Aber mit einem Gesichtsausdruck, der einem höhnischen Lächeln ähnelte, drängte er sich grußlos an Jeffrey vorbei, ohne auch nur den Ansatz eines Stutzens oder Innehaltens.

Jeffrey atmete einmal tief durch. Er mußte sich einen Moment gegen die Briefkästen lehnen, um sich von dem Schreck zu erholen, den ihm diese plötzliche, völlig unerwartete Begegnung eingejagt hatte. Er hatte ganz weiche Knie bekommen. Aber wenigstens wußte er jetzt, daß Trent Harding die Stadt nicht verlassen hatte. Er hatte zwar im St. Joseph's gekündigt, aber er hielt sich nach wie vor in Boston auf.

Jeffrey verließ den Hausflur, zwängte sich zwischen den parkenden Wagen hindurch und stieg wieder zu Kelly ins Auto. Kelly war leichenblaß.

»Der Kerl ist gerade aus dem Haus gekommen!« fuhr sie ihn an. »Ich hab' dir doch gleich gesagt, es ist Wahnsinn, da reinzugehen! Ich hab's gewußt!«

»Es ist doch gar nichts passiert«, beruhigte Jeffrey sie. »Jetzt wissen wir wenigstens, daß er nicht aus der Stadt abgehauen ist. Aber ich muß gestehen, er hat mir einen ordentlichen Schreck eingejagt. Ich kann nicht mit Sicherheit sagen, ob er der Mörder ist, aber von nahem schaut er ganz schön gefährlich aus. Er hat eine Narbe unter dem Auge, die man auf dem Foto nicht sehen konnte, und er hat irgendwie was Brutales im Blick, was Irres.«

»Er muß geistesgestört sein, wenn er was in das Anästhetikum getan hat«, sagte Kelly, während sie nach vorn langte und den Wagen startete.

Jeffrey beugte sich herüber und legte die Hand auf ihren Arm. »Warte«, bat er.

»Was ist denn?«

»Eine Sekunde«, sagte Jeffrey. Er sprang aus dem Wagen und trabte das Stück Garden Street bis zur Ecke Revere Street hinauf. Als er die Revere Street hinunterschaute, konnte er Hardings Gestalt gerade noch in der Ferne entschwinden sehen.

Er lief zurück zu Kelly, aber statt einzusteigen, tauchte er am Seitenfenster auf der Fahrerseite auf. »Die Gelegenheit ist zu günstig, um sie sich entgehen zu lassen«, rief er.

»Was meinst du damit?«

»Die Zwischentür zum Treppenhaus von Hardings Gebäude ist offen. Ich glaube, ich seh' mich schnell mal ein bißchen in seinem Apartment um. Vielleicht find' ich ja was, das unseren Verdacht bestätigt.«

»Ich halte das für keine gute Idee«, sagte Kelly. »Außerdem, wie willst du in sein Apartment reinkommen?«

Jeffrey zeigte hinauf zum Dach. Kelly reckte den Hals.

»Siehst du das Fenster direkt neben der Feuertreppe im obersten Stockwerk?« fragte Jeffrey. »Es ist offen. Trent Harding wohnt im obersten Stock. Ich kann rauf aufs Dach steigen, die Feuerleiter runterklettern und von dort durch das Fenster in seine Wohnung.«

»Ich finde, wir sollten so schnell wie möglich von hier verschwinden«, sagte Kelly.

»Du warst es doch, die noch vor ein paar Minuten ganz verrückt war bei dem Gedanken, daß der Kerl frei herumläuft«, hielt Jeffrey entgegen. »Wenn ich dadurch den Beweis finden kann, den wir brauchen, um ihm das Handwerk zu legen, ist das nicht das Risiko wert? Ich finde, wir dürfen uns diese günstige Gelegenheit nicht entgehen lassen.«

»Und was machst du, wenn Mr. Universum wiederkommt, während du noch in seiner Wohnung bist? Der könnte dich doch mit den bloßen Händen in der Luft zerreißen.«

»Ich werde mich schon beeilen«, sagte Jeffrey. »Und in dem äußerst unwahrscheinlichen Fall, daß er doch zurückkommt, während ich noch drin bin, machst du einfach folgendes: Du wartest, bis er in der Haustür verschwunden ist, läßt ein paar weitere Sekunden vergehen und klingelst dann bei ihm. Sein Name steht direkt neben dem Klingelknopf. Wenn ich es schellen höre, klettere ich sofort über die Feuerleiter aufs Dach zurück.«

»Irgendwas geht bei solchen Sachen immer schief«, sagte Kelly mit einem Kopfschütteln.

»Gar nichts wird schiefgehen«, erwiderte Jeffrey. »Vertrau mir.«

Noch bevor Kelly irgend etwas hätte entgegnen können, hatte Jeffrey ihren Arm getätschelt und sich auf den Weg zurück zu dem Haus gemacht. Er betrat den Hausflur und stieß die Zwischentür auf. Zu seiner Rechten führte eine schmale Treppe nach oben. Eine einzelne nackte Glühbirne beleuchtete jeden Absatz. Jeffrey schaute den Treppenschacht hinauf. Ganz oben konnte er ein Oberlicht aus Milchglas ausmachen.

Er sprang die Treppe hinauf. Als er oben ankam, war er so außer Atem, daß er einen Moment stehenblieb, um zu verschnaufen. Er mußte ein wenig fummeln, um die Tür zum Dach aufzubekommen, aber schließlich schaffte er es.

Das Dach war geteert und mit Kies belegt. Eine etwa anderthalb Meter hohe Mauer trennte es vom nächsthöheren Dach. Das gleiche war beim übernächsten Dach der Fall. Jedes Haus hatte ein eigenes Dachhaus. Ein paar von ihnen waren angestrichen und anscheinend in gutem Zustand. Viele jedoch waren baufällig; bei einigen hingen die Türen aus den Angeln. Ein paar der Dächer hatten provisorische Dachterrassen, auf denen rostige Gartenmöbel und leere Blumentöpfe herumstanden.

Jeffrey ging zum Rand des Daches und schaute auf die Straße hinunter. Er konnte Kellys Auto erkennen. Er hatte große Höhen noch nie gemocht und mußte seinen ganzen Mut zusammenraffen, um den Fuß auf die Stufen der Feuertreppe zu setzen. Als er zwischen seinen Füßen hindurch nach unten schaute, konnte er fünf Stockwerke tief bis hinunter auf den Gehsteig sehen.

Vorsichtig stieg Jeffrey bis zu dem Absatz vor Trent Hardings Fenster hinab. Er kam sich vor wie auf einem Präsentierteller, und plötzlich schoß ihm der Gedanke durch den Kopf, daß ihn womöglich irgendwelche Nachbarn dort herumkraxeln sahen. Das letzte, was er jetzt brauchen konnte, war, daß irgend jemand die Polizei rief.

Jeffrey mußte sich eine Weile mit dem uralten Fliegengitter abmühen, ehe er freie Bahn zum Hineinklettern hatte. Sobald er drinnen war, lehnte er sich aus dem Fenster und zeigte Kelly den hochgereckten Daumen. Dann wandte er sich dem Raum zu.

Trent warf einen Blick auf das *Playgirl*-Magazin im Zeitschriftenständer. Einen Moment lang war er versucht, es herauszunehmen und durchzublättern, einfach um mal zu sehen, was Mädchen an Männerkörpern mochten. Aber er tat es nicht. Er war in Garys Drugstore auf der Charles Street, und er wußte, daß der Besitzer hinter der Theke zu seiner Linken stand. Trent wollte nicht, daß der Mann auf falsche Gedanken kam und ihn womöglich für schwul hielt. Also nahm er statt des *Playgirl* ein Reisemagazin aus dem Ständer, das eine Titelgeschichte über Urlaubsmöglichkeiten in San Francisco hatte.

Er ging hinüber zur Theke, warf das Magazin darauf und legte noch einen *Boston Globe* dazu. Dann verlangte er zwei Päckchen Camel ohne, seine Stammarke. Trent fand, wenn er schon rauchte, dann sollte es auch was Richtiges sein, nicht dieses affige Light-Zeugs, das jetzt alle qualmten.

Er bezahlte seine Einkäufe und trat hinaus auf die Straße. Er überlegte, ob er hinunter zur Beacon Hill Travel Agency gehen und sich nach Angeboten für einen Kurzurlaub in San Francisco erkundigen sollte. Da er im Moment zwischen zwei Jobs war, hatte er Zeit, und er hatte genug Geld zum Verbraten. Aber heute war ihm eigentlich mehr nach einem faulen Tag. Das Reisebüro konnte bis morgen warten. Er wandte sich kurz entschlossen um und ging quer über die Straße in einen Getränkeladen, um sich ein paar Bier zu kaufen. Er würde nach Hause zurückgehen und sich aufs Ohr hauen. Auf diese Weise wäre er abends fit und könnte bis spät in die Nacht rumziehen. Vielleicht würde er ins Kino und danach ein bißchen durch die Gegend gehen und gucken, ob er vielleicht ein paar Schwule fand, denen er was auf die Schnauze hauen konnte.

Jeffrey stand am Fenster und ließ seinen Blick durch das Wohnzimmer schweifen. Er musterte das bunt zusammengewürfelte Mobiliar, die leeren Bierflaschen und das Harley-Davidson-Poster. Er hatte keine genaue Vorstellung davon, was er eigentlich suchte oder zu entdecken erwartete; es war eine reine Expedition ins Blaue. Und obwohl er, um Kelly zu beruhigen, so getan hatte, als sei es völlig ungefährlich, in Trents Wohnung einzudringen, war er doch bei weitem nervöser, als er sich selbst eingestanden hatte. Er fragte sich immer wieder, ob einer der Nachbarn die Polizei angerufen hatte. Er fürchtete, jeden Moment das Geheul von Sirenen nahen zu hören.

Das erste, was er tat, war, einen schnellen Rundgang durch die gesamte Wohnung zu machen. Ihm war eingefallen, daß es besser war, wenn er sich erst einmal vergewisserte, ob nicht noch jemand anders da war. Sobald er sich überzeugt hatte, daß er allein war, ging er zurück ins Wohnzimmer und begann, alles genauer zu untersuchen.

Auf dem Eßtisch sah er eine Anzahl von Söldnerheften und mehrere indizierte S&M-Magazine. Außerdem lag dort ein Paar Handschellen, deren Schlüssel im Schloß steckte. An der Wand, die das Wohnzimmer vom Schlafzimmer trennte, stand ein Bücherschrank. Die meisten der Bücher darin waren Chemie-, Physiologie- und Krankenpflege-Lehrwerke, aber es befanden sich dort auch ein paar Bände über den Holocaust. Neben der Couch war ein Terrarium mit einer großen Boa constrictor drin. Ein netter Zug, fand Jeffrey.

An einer Wand stand ein Schreibtisch. Im Gegensatz zum Rest der Wohnung wirkte er erstaunlich aufgeräumt. Eine Reihe zusätzlicher Nachschlagewerke ruhte wohlgeordnet zwischen zwei Messingbuchstützen, die die Form von Eulen hatten. Daneben war ein Anrufbeantworter.

Jeffrey ging zu dem Schreibtisch und zog die mittlere Schublade auf. Sie enthielt Stifte und Schreibpapier, einen Packen Notizzettel, ein Adreßbuch und ein Scheckbuch. Jeffrey blätterte das Adreßbuch durch. Aus einem plötzlichen Impuls heraus beschloß er, es mitzunehmen. Er steckte es in seine Tasche. Als nächstes warf er einen Blick ins Scheckbuch. Er war verblüfft, als er den Kontostand las. Harding hatte mehr als zehntausend Dollar Guthaben. Jeffrey klappte das Scheckbuch zu und legte es zurück.

Er beugte sich hinunter und zog die erste der unteren Schubladen auf. In dem Moment läutete das Telefon. Jeffrey erstarrte. Nachdem es zweimal geläutet hatte, sprang der Anrufbeantworter an. Jeffrey atmete tief durch und fuhr mit seiner Durchsuchung fort. Die Schublade enthielt einen Stapel Umschläge aus braunem Packpapier. Jeffrey las die Beschriftungen. Jeder Umschlag enthielt Materialien zu einem spezifischen Fachgebiet wie OP-Krankenpflege, Anästhesie für Krankenschwestern und dergleichen. Jeffrey begann sich zu fragen, ob er nicht vorschnell falsche Schlüsse über den Mann gezogen hatte.

Nachdem der Ansagetext abgelaufen war, machte das Gerät erneut *klick*, und Jeffrey hörte, wie der Anrufer eine Nachricht auf Band sprach.

»Hallo, Trent! Hier ist Matt. Ich wollte dir bloß sagen, daß ich sehr zufrieden bin. Du bist phantastisch. Ich ruf' später noch mal an. Paß auf dich auf.«

Jeffrey fragte sich, wer wohl dieser Matt sein mochte und warum er so zufrieden war. Er betrat das Schlafzimmer. Das Bett war nicht gemacht. Das Zimmer war spärlich möbliert mit einem Nachttisch, einer Kommode und einem Stuhl. Die Schranktür war offen. Jeffrey konnte ein Regal mit Navy-Uniformen sehen, alle sorgfältig gebügelt. Jeffrey befühlte das Material. Wozu hatte Harding diese Sachen? ging es ihm durch den Kopf.

Auf der Kommode stand ein Fernsehapparat. Daneben lag ein Stapel Videokassetten, größtenteils sadomasochistische Pornos. Die Hüllen zierten Fotos von Männern und Frauen in Lederzeug und Ketten. Auf dem Nachttisch neben dem Bett lag ein Taschenbuch mit dem Titel *Gestapo*. Auf dem Umschlag war ein Bild von einem großen bärtigen Mann in Nazi-Uniform, der breitbeinig über einer nackten blonden Frau in Ketten stand.

Jeffrey zog die oberste Schublade der Kommode auf und fand eine Socke, die mit Marihuana vollgestopft war. Des weiteren enthielt das Fach eine Kollektion Damenunterwäsche. Devoter Liebessklave sucht gestrenge Herrin, dachte Jeffrey sarkastisch. Neben den Dessous sah Jeffrey einen Packen Polaroidaufnahmen. Sie zeigten allesamt Trent Harding in unterschiedlichen Stadien der Nacktheit auf seinem Bett posierend. Offenbar hatte er sie mit Selbstauslöser gemacht. Auf einigen trug er die Reizwäsche aus der Schublade zur Schau. Jeffrey wollte sie schon wieder zurück an ihren Platz legen, als ihm ein Gedanke kam. Er suchte sich drei Fotos aus dem Packen heraus und steckte sie ein. Die restlichen legte er zurück und schloß die Schublade.

Dann ging er ins Bad und knipste das Licht an. Über dem Waschbecken war ein Spiegelschränkchen angebracht. Jeffrey öffnete es. Es enthielt genau die Toilettenartikel, die man in einem solchen Schrank aufbewahrte. In einem der Fächer lagen Arzneimittel. Es waren die üblichen Hausmittel wie Aspirin, Pepto-Bismol, Hustensaft, Pflaster und dergleichen. Nichts Außergewöhnliches wie etwa Marcain-Ampullen.

Jeffrey machte das Schränkchen wieder zu, knipste das Licht aus und begab sich in die Küche. Er begann die Schränke und Fächer der Reihe nach zu durchsuchen.

Kelly trommelte mit den Fingern auf das Lenkrad. Diese Warterei zerrte an ihren Nerven. Sie war dagegen gewesen, daß Jeffrey in die Wohnung ging. Nervös spähte sie zu dem offenen Fenster im fünften Stock hinauf. Zwei blaue Vorhänge bauschten sich in der Brise. Der eine wehte bereits heraus. Das vergammelte Fliegengitter stand gegen die schmutziggelbe Ziegelwand gelehnt, wo Jeffrey es abgestellt hatte.

Kelly schaute die Garden Street hinunter. Unten, an der Kreuzung Cambridge Street, konnte sie den Querverkehr vorbeifahren sehen. Sie veränderte ihre Sitzposition und blickte auf die Uhr am Armaturenbrett. Jeffrey war nun schon seit fast zwanzig Minuten in der Wohnung. Was, in aller Welt, trieb er dort bloß so lange?

Kelly hielt es nicht länger auf ihrem Sitz. Sie öffnete die Tür, um auszusteigen. Sie hatte die Tür halb geöffnet und den Fuß schon auf der Straße, als sie Trent Harding kommen sah. Er war nur noch zwei Häuser von seiner Wohnung entfernt und marschierte zielstrebig auf seine Haustür zu. Es bestand kein Zweifel, er wollte zurück in seine Wohnung.

Kelly erstarrte vor Schreck. Der Mann kam ihr genau entgegen. Sie konnte den Blick in seinen Augen sehen, den Jeffrey ihr beschrieben hatte. Sie schauten in ihrer starren Intensität wie Katzenaugen aus. Er schien ihr direkt ins Gesicht zu starren, aber er stockte nicht in seinem Schritt. Er hatte jetzt seine Haustür erreicht und zog sie mit einem Ruck auf. Dann entschwand er ihrem Blick.

Kelly brauchte ein paar Sekunden, ehe sie sich aus der lähmenden Starre lösen konnte, in die das plötzliche Auftauchen des Mannes sie versetzt hatte. In wilder Panik stieß sie die Wagentür ganz auf und sprang auf die Straße. Sie rannte zum Haus, packte den Türgriff – und hielt erschrocken inne. Was, wenn Harding noch im Hausflur war und sie sah? Sie wartete noch einen Moment, dann atmete sie einmal tief durch und zog die Tür einen Spaltbreit auf. Vorsichtig spähte sie in den Hausflur. Von Harding war nichts zu sehen. Er mußte also schon auf dem Weg nach oben sein. Sie rannte hinein und überflog hastig die Namen auf dem Klingelschild. Hardings Name stand ganz oben. Mit zitterndem Finger drückte sie auf den Klingelknopf.

»Nein!« stieß Kelly aus. Tränen der Angst und der Enttäuschung schossen ihr in die Augen. Der Knopf steckte fest. Als sie genauer hinsah, bemerkte sie, daß die Klingel gar nicht angeschlossen war. Der Draht hing lose heraus. Der Knopf klemmte in eingedrückter Stellung fest. Wenn der Draht nicht herausgerissen gewesen wäre, hätte es in Hardings Wohnung ununterbrochen geklingelt. In ihrer ohnmächtigen Verzweiflung hieb Kelly mit der Faust auf das Klingelbrett. Sie mußte sich irgend etwas einfallen lassen. Sie überlegte fieberhaft, welche Möglichkeiten ihr blieben. Es waren nicht viele.

Sie stürzte zurück durch die Haustür, rannte bis zur Mitte der Straße, formte die Hände zu einem Trichter vor dem Mund und schrie zum offenen Fenster hinauf: »Jeffrey!« Es kam keine Reaktion. Sie schrie seinen Namen ein zweites Mal, diesmal noch lauter. Dann ein drittes Mal.

Wenn Jeffrey sie hörte, so gab er jedenfalls kein Zeichen. Kelly war verzweifelt. Was konnte sie jetzt noch tun? Sie stellte sich vor, wie Harding gerade die Treppe hinaufstieg. Wahrscheinlich war er in diesem Moment schon an seiner Tür. Sie rannte hinüber zu ihrem Wagen, sprang hinein und drückte auf die Hupe.

Jeffrey richtete sich auf und streckte sich. Er hatte den größten Teil der unteren Schränke in der Küche durchsucht, aber nichts Ungewöhnliches gefunden, abgesehen von einer stattlichen Kolonie Küchenschaben. In der Ferne hörte er das nervende Dauertuten einer Autohupe. Er fragte sich, was da wohl los war. Was immer es war, jedenfalls hatte der Fahrer eine ganz schöne Ausdauer.

Jeffrey hatte im stillen gehofft, irgend etwas zu finden, das Trent belastete, aber bis jetzt war die Aktion eindeutig ein Schlag ins Wasser gewesen. Das einzige, was er gefunden hatte, waren Hinweise auf eine ziemlich verkorkste und möglicherweise gewalttätige Persönlichkeit, die zudem offenbar ernste Probleme bezüglich ihrer sexuellen Identität hatte. Aber das machte sie noch lange nicht zu einem Serienkiller, der an Betäubungsmittelampullen herummanipuliert hatte.

Jeffrey begann, die Küchenschubladen zu öffnen. Auch sie enthielten nichts Ungewöhnliches, lediglich die üblichen Küchenwerkzeuge wie Messer, Dosenöffner, Kochlöffel und dergleichen. Er schob die Fächer wieder zu, ging zum Spülbecken und machte den Schrank darunter auf. Er fand einen Abfalleimer, eine Schachtel mit Schwammtüchern, einen Stapel alter Zeitungen und einen Propanbrenner.

Jeffrey nahm den Brenner aus dem Schrank und inspizierte ihn genauer. Es war der Typ, wie er von Hobbybastlern benutzt wurde. Das Gerät war mit einem zusammenklappbaren Stativ ausgestattet. Jeffreys erster Gedanke war, ob Harding damit die Marcain-Ampullen aufgeschmolzen haben konnte. Er dachte an sein eigenes Experiment mit Kellys Gasherd. Ein solcher Brenner wie der von Harding wäre natürlich viel besser für solche Zwecke geeignet, da sich die Hitze damit viel präziser dirigieren ließ. Aber daß Harding so einen Brenner unter seinem Spülbekken aufbewahrte, bewies natürlich erst einmal gar nichts. Man konnte mit einem Gasbrenner schließlich noch eine Menge anderer Dinge machen, als an Marcain-Ampullen herumzumanipulieren.

Jeffreys Herz stockte. Das Geräusch schwerer Schritte, die die Treppe heraufkamen, drang an sein Ohr. Hastig stellte er den Gasbrenner wieder in den Schrank und machte die Tür zu. Er wollte schnell ins Wohnzimmer, für den Fall, daß er einen überstürzten Rückzug antreten mußte. Er hatte zwar kein Klingeln gehört, aber es war besser, wenn er vorbereitet war, sollte tatsächlich der unwahrscheinliche Fall eingetreten sein, daß Harding ins Haus zurückgekommen war, ohne daß Kelly ihn gesehen hatte.

Das Geräusch eines ins Schloß gleitenden Schlüssels ließ ihn erstarren. Das offene Fenster war mindestens sieben Meter entfernt, und dazwischen lag die Diele. Jeffrey wußte, daß er es bis dahin nicht mehr rechtzeitig schaffen würde. Alles, was er jetzt noch tun konnte, war, sich gegen die Küchenwand zu pressen und zu beten, daß er nicht gesehen wurde.

Mit wild klopfendem Herzen hörte Jeffrey, wie die Tür zuschlug und jemand einen Packen Zeitungen auf den Eßtisch warf. Dann hallten dieselben schweren Schritte, die er im Treppenhaus gehört hatte, durch den Raum. Einen Moment später erfüllte der stampfende Beat von Rockmusik das Apartment.

Jeffrey überlegte fieberhaft, was er tun sollte. Das Fenster in der Küche ging zum Hof hinaus, aber dort gab es keine Feuertreppe, sondern nur eine nackte, fünf Stockwerke in die Tiefe abfallende Ziegelwand. Sein einziger Fluchtweg war das offene Vorderfenster, es sei denn, er schaffte es durch die Diele bis zur Wohnungstür. Aber das bezweifelte er. Und selbst wenn er es schaffen sollte, waren da noch die Riegel und Schlösser zu überwinden, an die er sich von seinem ersten Rundgang her erinnern konnte. Es würde ihm nie und nimmer gelingen, sie schnell genug zu öffnen. Aber irgend etwas mußte er tun. Es war nur eine Frage der Zeit, bis Harding das fehlende Fliegengitter auffallen würde.

Bevor Jeffrey überlegen konnte, was er tun sollte, überraschte

Harding ihn erneut, indem er direkt an ihm vorbei zum Kühlschrank ging. Er hatte ein Sechserpack Bier in der Hand.

Jeffrey war klar, daß Harding ihn im nächsten Moment entdecken würde. Er hatte nur noch eine Wahl. Die Gunst des Augenblicks nutzend, in dem Harding ihm den Rücken zuwandte, schoß er durch die Tür und rannte zu dem offenen Fenster.

Die plötzliche Bewegung überraschte Trent, aber nur für einen Moment. Mit einem wütenden Schrei ließ er das Bier fallen, das auf den Linoleumboden knallte, und rannte hinter Jeffrey her.

Jeffrey hatte nur ein Ziel im Kopf: durch das Fenster zu kommen. Mit einem verzweifelten Hechtsprung warf er sich über das Fensterbrett, wobei er mit der Hüfte schmerzhaft gegen den harten Holzrahmen krachte. Mit beiden Händen das schmiedeeiserne Geländer der Feuertreppe umklammernd, versuchte er, seine Beine über das Fensterbrett zu ziehen, aber er war nicht schnell genug. Trent kriegte sein rechtes Bein am Knie zu fassen und zerrte wie wild daran.

Es kam zu einer Art Tauziehen; beide zogen und zerrten aus Leibeskräften. Jeffrey war klar, daß er gegen die Bärenkräfte des Jüngeren keine Chance hatte. Noch ein Ruck, und Harding würde ihn zurück in die Wohnung gezerrt haben. In seiner Verzweiflung zog Jeffrey sein freies Bein an und trat Harding so hart er konnte gegen die Brust.

Der eiserne Griff um sein Bein lockerte sich einen Moment. Ein zweiter Tritt, und Jeffreys Bein war frei. Er sprang vom Sims und krabbelte auf allen vieren die Feuertreppe hinauf.

Trent lehnte sich aus dem Fenster und sah Jeffrey Richtung Dach klettern. Er schwankte einen Moment, ob er hinterherklettern sollte, dann entschied er sich, die Haupttreppe zu nehmen und Jeffrey auf dem Dach abzufangen. Er rannte in die Wohnung zurück. Auf dem Weg durchs Wohnzimmer schnappte er sich einen Hammer, den er auf seinem Bücherschrank aufbewahrte.

Jeffrey hatte sich in seinem ganzen Leben noch nicht so schnell bewegt. Auf dem Dach angelangt, nahm er sich keine Zeit zum Verschnaufen. Er rannte geradewegs auf die Trennwand zu und schwang sich auf das Dach des Nachbarhauses. Er stürzte zum Dachhaus und rüttelte verzweifelt an der Tür. Sie war abgeschlossen! Er rannte weiter zum nächsten Dach. Hinter sich hörte er, wie die Tür vom Dachhaus von Trents Gebäude aufflog und krachend gegen die Wand schlug.

Im Laufen warf Jeffrey einen Blick über die Schulter. Trent kam wutschnaubend in seine Richtung gestürmt, in der Hand einen Hammer schwingend. Sein Gesicht war zu einer wildentschlossenen, haßerfüllten Grimasse verzerrt.

Jeffrey erreichte das zweite Dachhaus. Er zog am Türknauf. Zu seiner ungeheuren Erleichterung ging sie auf. Er schlüpfte hinein, zog die Tür hinter sich zu und versuchte sie abzuschließen, aber der Schlüssel schien festgerostet. Jeffrey erspähte einen Haken und eine Öse. Seine Hände zitterten so stark, daß er Mühe hatte, den Haken durch die Öse zu kriegen. Er hatte ihn gerade durchgesteckt, da hörte er Trent auch schon heranstürmen.

Trent rüttelte wild an der Tür. Jeffrey wich zurück; er hoffte, daß der mickrige Haken hielt. In seiner Wut begann Trent die Tür mit seinem Hammer zu traktieren. Als sich der Hammer schon beim ersten wuchtigen Schlag mit einem splitternden Geräusch durch die dünne Türfüllung bohrte, wandte sich Jeffrey um und floh die Treppe hinunter. Er hatte gerade den zweiten Absatz erreicht, als er hörte, wie die Tür aus den Angeln barst.

Als Jeffrey den dritten Absatz umrundete, geriet er ins Stolpern. Er konnte sich gerade noch mit einer Reflexbewegung am Geländer festhalten und verhinderte so einen Sturz. Zum Glück fand er rasch das Gleichgewicht wieder und hastete weiter.

Er erreichte den Hausflur, riß die Haustür auf und rannte auf die Straße. Kelly stand neben dem Auto.

»Steig ein!« schrie Jeffrey im Laufen. Als er in den Wagen sprang, hatte Kelly schon den Motor angelassen. In dem Moment kam Harding aus der Tür geschossen, den Hammer wild über dem Kopf schwingend. Kelly trat das Gaspedal durch. Ein dumpfer Schlag krachte auf das Wagendach. Trent hatte ihnen den Hammer hinterhergeschleudert.

Jeffrey stemmte die Arme gegen das Armaturenbrett, als Kelly in halsbrecherischem Tempo auf die Kreuzung Cambridge Street zuraste. Die Reifen protestierten mit lautem Quietschen, als sie kurz vor der Kreuzung auf die Bremse stieg. Ohne anzuhalten, bog sie nach rechts in die Cambridge Street und zwängte sich mit einem gewagten Manöver in den Verkehr der belebten Durchgangsstraße. Die Fahrer der anderen Autos hupten wütend.

Keiner von beiden sagte ein Wort, bis sie vor einer roten Ampel an der New Chardon Street zum erstenmal anhalten mußten. Kelly wandte sich Jeffrey zu. Ihr Gesicht war zornesrot. »Gar nichts wird schiefgehen. Vertrau mir«, äffte sie Jeffrey höhnisch nach. »Ich hab' ja gesagt, es ist Wahnsinn, da reinzugehen!« fauchte sie.

»Du solltest doch klingeln!« brüllte Jeffrey zurück, immer noch ganz außer Atem.

»Das hab' ich ja versucht!« raunzte Kelly. »Hast du vorher nachgeguckt, ob die Klingel funktioniert? Natürlich nicht. Das wär' ja auch zuviel verlangt gewesen. Die Klingel war jedenfalls kaputt, und du hättest dir um ein Haar die Radieschen von unten anschauen können. Dieser Wahnsinnige hatte einen Hammer! Warum hab' ich dich da bloß reingehen lassen?« schrie sie heulend und schlug sich mit der flachen Hand an die Stirn.

Die Ampel sprang auf Grün, und sie fuhren weiter. Jeffrey saß schweigend neben ihr. Was hätte er auch sagen sollen? Kelly hatte ja recht. Es wäre wahrscheinlich klüger gewesen, die Sache zu lassen. Aber die Gelegenheit war einfach zu verlockend gewesen.

Schweigend legten sie die nächsten Kilometer zurück. Dann fragte Kelly: »Hast du wenigstens irgendwas gefunden?«

Jeffrey schüttelte den Kopf. »Eigentlich nicht«, sagte er. »Das einzige, was ich gefunden hab', war ein Propangasbrenner, aber das dürfte wohl kaum ein Beweis sein.«

»Keine Giftfläschchen auf dem Küchentisch?« fragte Kelly sarkastisch.

»Leider nicht«, antwortete Jeffrey, der jetzt langsam selbst ein bißchen wütend wurde. Er wußte, daß Kelly sauer war und daß sie Grund hatte, sich über seine amateurhafte Schnüffelaktion zu mokieren, aber jetzt übertrieb sie es allmählich ein wenig. Schließlich hatte er seinen Hals riskiert, nicht sie.

»Ich finde, es ist Zeit, daß wir die Polizei anrufen, Beweis oder nicht«, sagte Kelly. »Die Polizei sollte sich die Wohnung von diesem Irrsinnigen anschauen, nicht du.«

»Nein!« schrie Jeffrey, nun wirklich wütend. Er wollte diese Diskussion nicht schon wieder führen. Aber im selben Moment tat es ihm leid, daß er sie so angebrüllt hatte. Nach alldem, was sie für ihn getan und was sie seinetwegen in den letzten Tagen durchgemacht hatte, hatte sie das nicht verdient. Jeffrey seufzte. Er würde es ihr halt noch mal auseinanderlegen. »Die Polizei würde erst gar keinen Durchsuchungsbefehl kriegen – mit welcher Begründung denn auch?«

Sie fuhren schweigend nach Brookline zu Kellys Haus. Kurz bevor sie ankamen, sagte Jeffrey: »Tut mir leid, daß ich dich angebrüllt habe. Der Kerl hat mir wirklich einen fürchterlichen Schreck eingejagt. Wenn ich daran denke, was er mit mir gemacht hätte, wenn er mich erwischt hätte...«

»Meine Nerven liegen auch ein bißchen blank«, gestand Kelly. »Ich hatte fürchterliche Angst, als ich ihn plötzlich ins Haus gehen sah, erst recht, als ich dann feststellte, daß ich dich nicht warnen konnte. Und als ich sah, wie er versuchte, dich wieder vom Fenster wegzuzerren, bin ich vor Angst fast gestorben. Wie hast du es bloß geschafft, ihm zu entwischen?«

»Reines Glück«, sagte Jeffrey, und ihm wurde wieder bewußt, in welcher Gefahr er geschwebt hatte. Ihm schauderte, als er daran dachte, wie Trent mit dem Hammer in der Hand hinter ihm hergerannt war.

Als sie in Kellys Straße einbogen, fiel Jeffrey schlagartig wieder sein anderes Problem ein: O'Shea. Er überlegte kurz, ob er auf den Rücksitz klettern sollte, aber dafür war keine Zeit mehr. Statt dessen ließ er sich so weit es ging nach vorn rutschen, bis seine Knie ans Armaturenbrett stießen.

Kelly sah ihn aus dem Augenwinkel an. »Was machst du denn da?«

»Ich hätte fast O'Shea vergessen«, erklärte Jeffrey, während Kelly in ihre Einfahrt bog. Sie drückte auf den Knopf ihres Garagentoröffners, und nachdem sie in der Garage war, drückte sie erneut. Das Tor schloß sich hinter ihnen.

»Das würde mir gerade noch fehlen, daß O'Shea jetzt plötzlich aufkreuzt«, sagte Jeffrey, als sie aus dem Wagen stiegen. Er wußte nicht, wen er mehr fürchtete, Trent Harding oder Devlin O'Shea. Sie gingen zusammen ins Haus.

»Soll ich uns einen schönen heißen Kräutertee machen?« fragte Kelly. »Vielleicht beruhigt uns das ein bißchen.«

»Ich glaube, ich könnte jetzt besser zehn Milligramm Valium intravenös brauchen«, antwortete Jeffrey. »Aber ein Kräutertee mit einem Schuß Cognac wäre auch nicht schlecht. Das täte uns bestimmt ganz gut.«

Jeffrey zog die Schuhe aus und ließ sich auf die Couch fallen. Kelly setzte Wasser auf.

»Wir werden uns wohl eine andere Methode einfallen lassen müssen, um rauszukriegen, ob Trent Harding der Mörder ist oder nicht«, sagte Jeffrey. »Das Problem ist nur, ich habe nicht viel Zeit. Dieser O'Shea wird mich früher oder später finden. Wahrscheinlich eher früher, fürchte ich.«

»Es gibt da immer noch die Polizei«, erwiderte Kelly. Bevor Jeffrey den Mund aufmachen konnte, um zu protestieren, fügte sie hinzu: »Ich weiß, ich weiß. Wir können nicht zur Polizei und so weiter und so fort. Doch vergiß nicht, du bist zwar flüchtig, aber ich nicht. Vielleicht würden sie auf mich eher hören.«

Jeffrey erwiderte darauf nichts. Wenn sie es noch immer nicht kapiert hatte, dann würde es auch nichts nützen, wenn er es ihr jetzt noch mal erklärte. Solange sie keinen konkreten Beweis in der Hand hatten, war es absolut sinnlos, sich an die Behörden zu wenden. Er war Realist genug, um das einzusehen.

Er legte die Beine auf den Kaffeetisch und ließ sich auf die Couch zurücksinken. Er war noch immer ganz zittrig nach diesem Erlebnis mit Trent Harding. Das Horrorbild, wie der Mann mit dem Hammer hinter ihm herrannte, würde ihn wahrscheinlich für den Rest seines Lebens verfolgen.

Jeffrey versuchte nüchtern Bilanz aus seinen bisherigen Nachforschungen zu ziehen. Auch wenn er keinen Beweis dafür hatte, daß ein Kontaminans in dem Marcain gewesen war, sagte ihm sein Instinkt, daß es der Fall war. Es gab einfach keine andere plausible Erklärung für die Symptome, die alle diese Patienten gezeigt hatten. Er setzte keine große Hoffnung darauf, daß Dr. Seibert irgend etwas fand, aber seit seinem Gespräch mit dem Mann war er relativ sicher, daß irgendein Toxin, wahrscheinlich Batrachotoxin, im Spiel gewesen war. Und wenigstens war Dr. Seibert interessiert genug, um nach einem zu suchen.

Außerdem war Jeffrey ziemlich sicher, daß Trent Harding der Täter war. Daß er gleich in allen fünf betroffenen Krankenhäusern gearbeitet hatte, konnte kein Zufall mehr sein. Aber Jeffrey mußte ganz sicher sein. Wenn er auch den letzten Zweifel beseitigen wollte, dann mußte er einen Weg finden, sich die Personallisten von den beiden restlichen Kliniken zu beschaffen.

»Vielleicht solltest du ihn einfach mal anrufen!« rief Kelly aus der Küche.

»Anrufen? Wen?« fragte Jeffrey.

»Harding.«

»Na klar, sicher doch!« Jeffrey verdrehte die Augen. »Und was soll ich ihm bitte schön sagen? He, Trent! Bist du der Bursche, der das Gift in die Marcain-Ampullen getan hat?«

»Das ist jedenfalls auch nicht blöder, als in seine Wohnung einzusteigen«, erwiderte Kelly und nahm den Kessel vom Herd.

Jeffrey drehte sich um und schaute Kelly an, um zu sehen, ob sie ihn auf den Arm nahm. Sie zog die Augenbrauen hoch, als wolle sie ihn dazu herausfordern, ihrer letzten Behauptung zu widersprechen. Jeffrey wandte den Blick ab und starrte hinaus in den Garten. Er spielte im Geiste ein hypothetisches Telefongespräch mit Trent Harding durch. Möglicherweise war Kellys Vorschlag am Ende gar nicht mal so blöd.

»Natürlich kannst du ihn schlecht direkt fragen«, sagte Kelly und kam mit dem Tee um die Couch herum. »Aber vielleicht könntest du ein paar Andeutungen machen und dann sehen, ob er darauf anspringt.«

Jeffrey nickte. Sosehr es ihm auch gegen den Strich ging, es zuzugeben, aber unter Umständen ließ sich aus Kellys Idee wirklich was machen. »Ich habe etwas in der Schublade seines Nachttischs gefunden, das in dieser Hinsicht vielleicht ganz nützlich sein könnte«, sagte er.

»Und was?«

»Einen Packen Nacktfotos.«

»Von wem?«

»Von ihm selbst. Und außerdem waren da noch einige andere Sachen in seinem Apartment – Handschellen, Reizwäsche, indizierte S&M-Magazine –, aus denen ich schließen würde, daß Pfleger Harding Geschlechtsidentitätsprobleme und ein paar ernste sexuelle Macken hat. Ich hab' ein paar von den Fotos mitgehen lassen, einfach so auf Verdacht. Vielleicht können wir sie als Druckmittel benutzen.«

»Wie das?«

»Ich bin nicht sicher«, sagte Jeffrey. »Aber ich könnte mir vorstellen, daß es ihm nicht gefallen würde, wenn allzu viele Leute sie zu Gesicht bekämen. Er ist wahrscheinlich ziemlich eitel.«

»Glaubst du, daß er schwul ist?« fragte Kelly.

»Ich halte es durchaus für denkbar«, antwortete Jeffrey. »Aber ich habe das Gefühl, daß er sich selbst nicht so ganz sicher ist, so, als ob er es ahnen und versuchen würde, dagegen anzukämpfen. Möglicherweise ist dies das Problem, das ihn dazu treibt, so schreckliche Dinge zu machen – immer vorausgesetzt, er ist tatsächlich der, den wir suchen.«

»Scheint ja wirklich ein reizender Bursche zu sein«, sagte Kelly.

Jeffrey griff in seine Taschen, holte die drei Fotos heraus und reichte sie Kelly. »Kannst sie dir ja mal anschauen«, meinte er.

Kelly nahm die Fotos. Sie warf einen kurzen Blick darauf und gab sie Jeffrey zurück. »Kotz!« sagte sie und verzog angewidert das Gesicht.

»Jetzt müßten wir nur noch wissen, ob eine Tonbandaufnahme vor Gericht als Beweis zulässig ist, falls wir Glück haben sollten und er sich verplappert. Vielleicht sollte ich Randolph mal anrufen.«

»Wer ist Randolph?« fragte Kelly. Sie prüfte nach, ob der Tee lange genug gezogen hatte, dann schenkte sie zwei Tassen voll.

»Mein Rechtsanwalt.«

Jeffrey ging in die Küche und rief Randolphs Büro an. Nachdem er sich mit Namen gemeldet hatte, wurde er gebeten, einen Moment zu warten. Kelly brachte ihm eine Tasse Tee und stellte sie auf den Küchentisch. Er nahm einen Schluck. Der Tee war sehr heiß.

Randolph kam an den Apparat. Er klang nicht gerade freundlich. »Wo stecken Sie, Jeffrey?« fragte er kurz angebunden.

»Ich bin immer noch in Boston.«

»Das Gericht weiß von Ihrem Fluchtversuch nach Südamerika«, sagte Randolph. »Sie sind im Begriff, Ihre Kaution zu verwirken. Ich kann Ihnen nur dringendst ans Herz legen, sich zu stellen.«

»Hören Sie, Randolph, ich habe im Moment andere Sorgen.«

»Sie scheinen den Ernst Ihrer Situation noch immer nicht zu begreifen«, sagte Randolph. »Sie werden steckbrieflich gesucht.«

»Jetzt halten Sie mal einen Moment die Luft an, Randolph, ja?« brüllte Jeffrey in den Hörer. »Und lassen Sie mich endlich zu Wort kommen! Der Ernst meiner Lage ist mir sehr wohl bewußt; das war er vom ersten Tage an. Wenn jemand sich in diesem Punkt geirrt hat, dann waren Sie das, nicht ich. Ihr Anwälte haltet das alles für so eine Art Spiel, etwas, das nun mal mit dazugehört. Schreiben Sie sich eins hinter die Ohren: Es ist immer noch mein Leben, das hier auf der Kippe steht. Und lassen Sie mich noch was sagen: Ich habe in all diesen letzten Tagen ganz bestimmt nicht an der Copacabana in der Sonne gelegen und es

mir gutgehen lassen, wenn Sie das meinen sollten. Ich glaube, daß ich an etwas dran bin, das möglicherweise meine Verurteilung null und nichtig machen kann. Alles, was ich im Moment von Ihnen will, ist, Ihnen eine Rechtsfrage stellen und vielleicht mal endlich auch was wiederkriegen für all das viele Geld, das ich Ihnen hinterhergeworfen habe.«

Für einen Moment herrschte Stille. Jeffrey befürchtete schon, daß Randolph aufgelegt hatte.

»Sind Sie noch da, Randolph?«

»Wie lautet Ihre Frage?«

»Ist eine Tonbandaufnahme vor Gericht als Beweismittel zulässig?«

»Weiß die Person, daß sie aufgenommen wird?« fragte Randolph.

»Nein«, antwortete Jeffrey. »Sie weiß nichts davon.«

»Dann ist sie nicht zulässig«, sagte Randolph.

»Warum, zum Teufel, nicht?«

»Es hat mit dem Recht auf Privatsphäre zu tun«, erwiderte Randolph und begann, Jeffrey das entsprechende Gesetz zu erklären.

Angewidert knallte Jeffrey den Hörer auf die Gabel. »Fehlanzeige!« rief er Kelly zu. Er nahm seine Teetasse, ging damit zur Couch zurück und setzte sich neben Kelly.

»Ich kann es einfach nicht fassen«, sagte Jeffrey mit einem grimmigen Kopfschütteln. »Der Mann bringt wirklich gar nichts zustande. Man sollte doch meinen, daß er wenigstens einmal mit irgendwas für mich durchkommt.«

»Er hat das Gesetz nicht gemacht.«

»Da bin ich nicht so sicher. Die die Gesetze machen, das sind doch selbst alles Anwälte. Das ist wie ein privater Zirkel. Sie machen ihre eigenen Spielregeln und zeigen dem Rest von uns eine lange Nase...«

»Warte mal«, unterbrach ihn Kelly. »Eine Bandaufnahme ist also nicht zulässig, hat er gesagt, nicht? Weißt du was? Dann höre ich eben auf dem Nebenanschluß mit. Ich bin zwar kein Tonbandgerät, aber als Ohrenzeugin dürfte ich ja wohl vor Gericht als Beweismittel zulässig sein, oder?«

Jeffrey sah sie bewundernd an. »Das stimmt – da hab' ich überhaupt nicht dran gedacht. Jetzt müssen wir uns nur noch überlegen, was ich zu Trent Harding sagen soll.«

13

Freitag, 19. Mai 1989, 19 Uhr 46

O'Shea wurde vom Summen seines Autotelefons aus seiner Unschlüssigkeit gerissen. Er saß noch immer in seinem Wagen, zwei Häuser von Kelly Eversons Haustür entfernt. Eine knappe halbe Stunde zuvor hatte er den Wagen in die Einfahrt biegen und in der Garage verschwinden sehen. Er hatte einen kurzen Blick auf die Fahrerin erhascht: eine hübsche Brünette mit langen Haaren. Er war davon ausgegangen, daß es Kelly war.

Vor etwa einer Stunde war er zum Haus hinübergegangen und hatte geklingelt, aber es war niemand an die Tür gekommen. Offenbar war niemand daheim. Anders als bei seinem ersten Besuch hatte er diesmal nicht einmal eine Stecknadel fallen hören. Er war wieder zu seinem Wagen zurückgekehrt und hatte gewartet. Aber jetzt, nachdem Kelly nach Hause gekommen war, konnte er sich nicht entscheiden, ob er sofort bei ihr klingeln oder noch warten sollte, ob sie vielleicht irgendwelche Besucher empfing oder noch einmal ausging. Unschlüssig, wie er sich verhalten sollte, hatte er noch eine Weile still dagesessen, was, wie er wußte, letztlich auch eine Entscheidung war. Eines war jedenfalls sicher: Sie hatte keines der Rollos hochgezogen. Das war alles andere als normal.

Der Anrufer war Mosconi. Der Mann brüllte so sehr, daß O'Shea den Hörer ein Stück von seinem Ohr weghalten mußte. Die Bürgschaft stand kurz vorm Platzen.

»Warum haben Sie den Doktor noch nicht gefunden?« fragte Mosconi, wieder etwas ruhiger, nachdem er den ersten Dampf abgelassen hatte.

O'Shea erinnerte ihn daran, daß die vereinbarte Frist von einer

Woche noch nicht um war, doch Mosconi ignorierte seinen Einwand.

»Ich habe noch ein paar andere Kopfgeldjäger angerufen.«

»Mußte das sein?« fragte O'Shea. »Ich hab' Ihnen doch gesagt, ich kriege ihn, und ich werde ihn kriegen. Ich bin schon ziemlich nah dran; also bestellen Sie die Burschen wieder ab. Sagen Sie ihnen, Sie würden sie nicht mehr brauchen.«

»Können Sie mir versprechen, daß innerhalb der nächsten vierundzwanzig Stunden was Einschneidendes passiert?«

»Ich hab' ein gutes Gefühl. Ich hab's irgendwie im Urin, daß ich unseren Doktor noch heute nacht sehen werde.«

»Sie haben meine Frage nicht beantwortet«, sagte Mosconi. »Ich will innerhalb der nächsten vierundzwanzig Stunden handfeste Ergebnisse. Sonst bin ich raus aus dem Geschäft.«

»Okay«, erwiderte O'Shea. »In vierundzwanzig Stunden haben Sie ihn.«

»Sie erzählen mir doch nicht etwa irgendwelchen Mist, um mich ruhigzustellen, oder, Devlin?«

»Würde ich so was jemals machen?«

»Das trau' ich Ihnen jederzeit zu«, sagte Mosconi. »Aber diesmal nehme ich Sie beim Wort. Ist das klar?«

»Haben Sie inzwischen noch etwas über den Prozeß in Erfahrung gebracht?« fragte O'Shea. Mosconi hatte ihn bereits früher am Nachmittag über die wesentlichen Fakten aufgeklärt. Als O'Shea die Hintergründe gehört hatte, hatte er fast so etwas wie Mitgefühl für Rhodes empfunden. Irgendwann einmal einen Fehler mit etwas wie Morphium gemacht zu haben und wieder drüber weggekommen zu sein, nur damit es einem dann beim ersten Fehler wieder um die Ohren gehauen wurde, das schien ihm ungerecht. Nun, da er wußte, was für eine Art von »Mörder« Rhodes war, bedauerte er, daß er im Essex auf ihn geschossen hatte. Daß er so brutal gegen Rhodes vorgegangen war, hatte nicht zuletzt auch damit zu tun gehabt, daß er geglaubt hatte, einen echten Gangster vor sich zu haben – einen von der Sorte des wohlanständigen, unbescholtenen Ehrenmanns mit weißem Kragen und weißer Weste, die O'Shea ganz besonders gefressen hatte. Aber jetzt, nachdem er mehr über die Natur des Verbrechens wußte, das dieser Rhodes begangen hatte, kam O'Shea sich so vor, als sei er lediglich ein weiterer in der Reihe der Nackenschläge, mit denen das Schicksal den Burschen ohnehin schon gebeutelt hatte. Doch O'Shea war nicht gewillt, sich von seinem Mitgefühl einlullen zu lassen. Er war schließlich Profi, und er würde wie stets nüchtern und professionell vorgehen, ermahnte er sich. Das war er sich selbst schuldig. Er würde Dr. Jeffrey Rhodes zurückbringen, aber er würde sicherstellen, daß er ihn lebendig zurückbrachte, nicht tot.

»Hören Sie auf, sich über die Schuld oder Nichtschuld des Mannes den Kopf zu zerbrechen!« blaffte Mosconi. »Bringen Sie mir den Burschen her, oder ich beauftrage jemand anders. Habe ich mich klar ausgedrückt?«

O'Shea legte den Hörer auf. Es gab Momente, da nervte ihn dieser Mosconi fürchterlich, und das war einer dieser Momente. O'Shea wollte sich ganz gewiß nicht die Belohnung für diesen Auftrag durch die Lappen gehen lassen, und er haßte es, wenn Mosconi ihm mit dieser Möglichkeit drohte. Genauso wie er es haßte, daß er sich ein Versprechen hatte abnötigen lassen, das er womöglich nicht halten konnte. Er würde jedenfalls sein Bestes versuchen. Aber jetzt konnte er sich nicht mehr den Luxus leisten, darauf zu warten, daß irgend etwas passierte. Er mußte handeln. Er ließ seinen Wagen an und fuhr in Kellys Einfahrt. Dann stieg er aus, ging zur Haustür und klingelte.

Jeffrey war tief in Gedanken versunken, als die Türklingel ihn aufschreckte. Kelly ging hin. Jeffrey beugte sich über die Couchlehne zu ihr herum und sagte: »Aber schau erst, wer es ist.«

Kelly blieb an der Tür zum Eßzimmer stehen. »Ich schau' immer erst, wer es ist«, erwiderte sie leicht pikiert.

Jeffrey nickte. Sie waren beide mit den Nerven ziemlich herunter. Vielleicht sollte er doch besser Kelly den Gefallen tun und in ein Hotel ziehen. Die Situation belastete sie mehr, als er ihr zumuten konnte und wollte. Er wandte seine Gedanken wieder Trent Harding und der Überlegung zu, was er bei dem geplanten Telefongespräch sagen sollte. Es mußte irgendeinen Weg geben, den Burschen aus der Reserve zu locken. Wenn er ihn nur zum Reden bringen konnte...

In dem Moment kam Kelly auf Zehenspitzen ins Zimmer zurück. »Da ist ein Typ an der Tür«, flüsterte sie. »Ich glaube, das ist dieser O'Shea. Pferdeschwanz, Jeansklamotten. Guck selbst mal!«

»O nein, nicht auch das noch, bitte!« stöhnte Jeffrey. Er stand von der Couch auf und folgte Kelly durch das Eßzimmer und in die Diele. Ein solches Erlebnis wie das bei Harding reichte ihm für heute. Gerade als sie an der Tür ankamen, klingelte es erneut, jetzt gleich ein paarmal hintereinander. Jeffrey beugte sich vorsichtig vor und spähte durch den Spion.

Ein Riesenschreck durchfuhr ihn. Kein Zweifel, der Typ, der da vor der Tür stand, war Devlin O'Shea! Jeffrey duckte sich von der Tür weg und gab Kelly ein Zeichen, ihm ins Eßzimmer zu folgen.

»Es ist tatsächlich O'Shea«, flüsterte er. »Paß auf! Am besten, wir bleiben ganz still. Dann wird er glauben, daß niemand zu Hause ist, und wieder gehen, wie beim letztenmal.«

»Aber wir sind eben erst mit dem Wagen gekommen«, wandte Kelly ein. »Wenn er das Auto gesehen hat, dann weiß er, daß jemand da ist. Und wenn wir dann so tun, als wäre niemand da, kann er sich an fünf Fingern abzählen, daß du hier bist.«

Jeffrey sah sie erneut mit bewunderndem Blick an. »Wie kommt es, daß ich immer mehr das Gefühl hab', daß du in solchen Dingen einfach besser bist als ich?« fragte er.

»Auf keinen Fall darf er irgendwie Verdacht schöpfen«, sagte Kelly. Sie ging zurück zur Tür. »Versteck dich! Ich werde mit ihm reden, aber ich werde ihn nicht reinlassen.«

Jeffrey nickte. Was sollte er auch sonst machen? Kelly hatte recht. O'Shea hatte wahrscheinlich das Haus beobachtet. Jeffrey konnte nur hoffen, daß er sich tief genug in den Sitz gekauert hatte. Wenn O'Shea ihn gesehen hatte, dann war alles zu spät.

Hastig überlegte er, wo er sich verstecken sollte. Er wollte sich nicht noch einmal in der Speisekammer verkriechen; das eine Mal hatte ihm gereicht. Statt dessen schlüpfte er in den Dielenschrank unter der Treppe und versteckte sich hinter den Mänteln.

Kelly rief durch die Tür: »Wer ist da, bitte?«

»Entschuldigen Sie, wenn ich Sie störe, Ma'am!« rief O'Shea zurück. »Ich arbeite für die Strafverfolgungsbehörden und suche nach einem gefährlichen Mann, einem rechtskräftig verurteilten und polizeilich gesuchten Schwerverbrecher. Ich würde gern einen Augenblick mit Ihnen sprechen.«

»Tut mir leid, aber das ist im Moment schlecht«, sagte Kelly. »Ich komme gerade aus der Dusche und bin allein zu Hause. Ich lasse nicht gern Fremde in meine Wohnung. Dafür werden Sie sicher Verständnis haben.«

»Natürlich«, erwiderte O'Shea. »Besonders, wenn einer so aussieht wie ich. Der Mann, den ich suche, heißt Jeffrey Rhodes; er benutzt jedoch auch Decknamen. Der Grund, warum ich Sie sprechen möchte, ist der, daß ich Hinweise erhalten habe, daß Sie vor kurzem zusammen mit diesem Mann gesehen wurden.«

»Ach!« sagte Kelly verdutzt. »Wer hat Ihnen das denn erzählt?« stammelte sie, fieberhaft überlegend, mit wem O'Shea gesprochen haben könnte. Mit jemandem aus der Nachbarschaft? Oder mit Polly Arnsdorf?

»Das darf ich Ihnen nicht sagen«, antwortete O'Shea. »Aber Tatsache ist, Sie kennen den Mann, nicht wahr?«

Kelly hatte sich schon wieder im Griff; sie hatte rasch durchschaut, daß O'Shea geblufft hatte, daß er versuchte, sie aufs Glatteis zu führen, auf die gleiche Weise, wie sie es mit Trent Harding vorhatten.

»Ich habe den Namen schon mal gehört«, sagte Kelly. »Vor

ein paar Jahren hat mein verstorbener Mann, glaube ich, irgendwas zusammen mit einem Jeffrey Rhodes erforscht. Aber ich habe den Mann seit dem Tod meines Mannes nicht mehr gesehen.«

»Nun denn, da kann man nichts machen. Dann entschuldigen Sie nochmals, daß ich Sie gestört habe. Da wird sich mein Informant wohl geirrt haben. Warten Sie, ich schieb' Ihnen meine Telefonnummer unter der Tür durch. Wenn Sie was von Jeffrey Rhodes hören oder ihn sehen sollten, rufen Sie mich einfach an.«

Kelly schaute nach unten. Eine Visitenkarte kam unter dem Türspalt zum Vorschein.

»Haben Sie sie?« fragte O'Shea.

»Ja, ich hab' sie, und ich rufe Sie ganz bestimmt an, wenn ich ihm begegnen sollte.« Kelly schob die Spitzengardine vor dem Seitenlicht der Haustür ein wenig zurück und sah, wie O'Shea die Stufen hinunterging. Er entschwand aus ihrem Blickfeld. Dann hörte sie, wie ein Wagen angelassen wurde. Ein schwarzer Buick Regal setzte aus ihrer Einfahrt auf die Straße zurück und fuhr weg. Kelly wartete einen Moment, dann ging sie hinaus und spähte vorsichtig um die Hausecke. Sie sah, wie der Wagen Richtung Boston davonfuhr. Sie rannte ins Haus zurück, schloß die Haustür ab und öffnete die Tür des Dielenschranks. Jeffrey blinzelte, als er wieder ins Licht trat.

O'Shea mußte schmunzeln. Wie dumm selbst kluge Leute manchmal sein konnten. Er hatte Kelly in dem Augenblick im Sack gehabt, als er ihr gesagt hatte, sie sei zusammen mit Jeffrey Rhodes gesehen worden. Sie hatte sich zwar wieder gefangen, aber zu spät. O'Shea wußte, daß sie gelogen hatte. Das hieß, sie versuchte etwas zu verbergen. Außerdem hatte er sie um die Ecke ihres Hauses spähen sehen, als er weggefahren war.

Sobald er außer Sichtweite von Kellys Haus war, wendete er und fuhr über Seitenstraßen zurück. Er lenkte den Wagen in die mit Kies bestreute Einfahrt eines der Nachbarhäuser, das verlassen zu sein schien, und stellte den Motor ab. Von hier aus konnte er Kellys Haus durch ein kleines Birkengehölz gut überblicken.

Aus der Art, wie Kelly sich verhalten hatte, war für O'Shea klar zu ersehen, daß sie etwas wußte. Die Frage war, wieviel. O'Shea hielt es für durchaus möglich, daß sie mit Rhodes Verbindung aufnehmen würde, um ihn zu warnen. O'Shea überlegte, ob es eine Möglichkeit gab, ihr eine Wanze ans Telefon zu basteln. Er könnte um ihr Haus herumschleichen und ihren Telefonschaltkasten suchen, doch dann verwarf er den Gedanken wieder. Es war noch zu hell. Für so eine Nummer brauchte er den Schutz der Dunkelheit.

Wenn er Glück hatte – und O'Shea fand, es wurde langsam Zeit, daß er mal ein bißchen Glück hatte –, würde Kelly Everson Rhodes aufsuchen und O'Shea so zu seinem Versteck führen. Es bestand sogar die leise Chance, daß der Doktor zu Kellys Haus kommen würde. O'Shea beschloß zu warten. Was immer auch passieren würde, eins wußte er ganz sicher: Das nächstemal, wenn Rhodes ihm über den Weg lief, würde er ihn nicht entwischen lassen. Das passierte ihm nicht noch einmal.

»Hast du nicht gehört, was er gesagt hat?« fragte Kelly.

»Nein«, antwortete Jeffrey. »Ich konnte dich hören, aber ihn nicht.«

»Er sagte, jemand hätte ihm berichtet, daß er uns zusammen gesehen hätte. Darauf habe ich erwidert, ich hätte seit Chris' Beerdigung keinerlei Kontakt mehr mit dir gehabt. Er hat mir seine Karte unter der Tür durchgeschoben; ich soll ihn anrufen, falls ich was von dir höre. Ich bin sicher, er weiß nicht, daß du hier bist, sonst hätte er nicht so schnell aufgegeben, und ganz bestimmt hätte er sich nicht die Mühe gemacht, mir seine Telefonnummer zu geben.«

»Aber es war schon das zweitemal, daß er hier aufgekreuzt ist«, wandte Jeffrey ein. »Er muß irgendwas wissen, sonst wäre er nicht noch mal gekommen. Bis jetzt haben wir Glück gehabt.

Er trägt eine Waffe bei sich, und er hat keine Hemmungen, sie auch zu benutzen.«

»Er blufft nur, glaub mir. Ich sag' dir, er weiß nicht, daß du hier bist. Vertrau mir!«

»Es ist O'Shea, dem ich nicht traue. Er stellt eine echte Bedrohung dar. Ich habe ein verdammt schlechtes Gewissen, weil ich deine Sicherheit gefährde.«

»Du gefährdest meine Sicherheit nicht. Ich gefährde meine Sicherheit. Ich hänge in dieser Sache mit drin. Du wirst mich ebensowenig davon abbringen, weiterzumachen, wie Harding oder O'Shea. Außerdem«, fügte sie hinzu, und ihr Ton wurde eine Spur sanfter, »brauchst du mich.«

Jeffrey betrachtete Kellys Gesicht. Er schaute tief in ihre dunkelbraunen Augen; zum erstenmal bemerkte er die winzigen goldenen Flecken, die darin funkelten. Zum erstenmal hatte er fast das Gefühl, daß alles, was er während der vergangenen Tage durchgemacht hatte, es wert gewesen war, um diesen Moment mit ihr zu erleben. Er hatte sie immer schon anziehend gefunden; plötzlich war sie schön. Schön, warmherzig, einfühlsam – und ungeheuer weiblich.

Sie saßen immer noch auf der Couch, wo sie sich hingesetzt hatten, nachdem Jeffrey aus seinem Versteck im Dielenschrank gekommen war. Da die Rollos im Wohnzimmer heruntergezogen waren, war die einzige Lichtquelle in der Wohnung das Flügelfenster über der Spüle. Die Nachmittagssonne, die durch die Küche hereinfiel, verlieh dem Raum etwas Friedvolles, ungeheuer Behagliches. Aus dem Garten hinter dem Haus drang leise das Zwitschern von Singvögeln herüber.

»Du willst wirklich, daß ich hierbleibe, trotz der Gefahr?« fragte Jeffrey. Er hatte einen Arm auf der Lehne der Couch.

»Du kannst manchmal so stur sein«, sagte Kelly mit einem Lächeln. Ihre Augen und ihre Zähne funkelten in dem milden, weichen Licht. »Klar bleibst du hier.« Spielerisch legte sie den Kopf an Jeffreys Arm. Sie streckte die Hand aus und berührte mit dem Finger ganz sanft erst seine Nasenspitze, dann seine Oberlippe.

»Ich kann mir gut vorstellen, wie einsam und allein du dich in den letzten Tagen und Monaten gefühlt haben mußt. Ich kann das gut nachempfinden, weil ich das gleiche gefühlt habe. Ich konnte es an deinen Augen sehen an dem Abend, als du vom Flughafen hierherkamst.«

»War es so offensichtlich?« fragte Jeffrey. Aber er erwartete keine Antwort. Es war eine rhetorische Frage. Er fühlte, wie um ihn herum und in ihm eine Verwandlung vorging. Das Universum schrumpfte zusammen. Plötzlich war das Zimmer das einzige, was auf der Welt existierte. Die Zeit verlangsamte sich, blieb stehen. Behutsam beugte Jeffrey sich vor und küßte Kelly. Wie in Zeitlupe sanken sie ineinander, verschmolzen miteinander in zärtlicher, langersehnter Vereinigung, zuerst langsam, zögernd, beinahe tastend, dann fordernd, gierig, heißhungrig, bis sie irgendwann ermattet in glücklicher, inniger Umarmung auf die Couch sanken.

Schließlich drang das Gezwitscher der Vögel wieder in ihr Bewußtsein. So überwältigend und unerwartet ihre Vereinigung gewesen war, jetzt kehrte die Wirklichkeit Stück für Stück zurück. Für einen kurzen Augenblick waren sie die einzigen Menschen auf der Welt gewesen, und Raum und Zeit hatten stillgestanden. Mit einer gewissen Verlegenheit, die eng verwandt war mit dem Verlust von Unschuld, lösten sie sich voneinander und schauten sich in die Augen. Sie mußten beide kichern. Sie kamen sich vor wie Teenager.

»Also, was ist?« brach Kelly schließlich das Schweigen. »Du bleibst?«

Beide lachten.

»Ich bleibe.«

»Wie wär's mit etwas zu essen?«

»Wow!« sagte Jeffrey. »Was für ein Übergang! Ich muß gestehen, an Essen hab' ich jetzt gar nicht gedacht. Hast du Hunger?«

»Ich hab' immer Hunger«, antwortete Kelly und erhob sich von der Couch.

Sie machten das Essen zusammen. Kelly übernahm zwar die

eigentliche Arbeit, überließ aber Jeffrey die kleinen Dinge wie den Tisch decken und Salat waschen.

Jeffrey war erstaunt, wie ruhig er sich fühlte. Die Angst vor O'Shea war zwar immer noch da, doch sie beherrschte ihn jetzt nicht mehr so. Mit Kelly an seiner Seite hatte er nicht das Gefühl, als sei er allein. Außerdem fand er, daß sie recht hatte: O'Shea konnte nicht gewußt haben, daß er bei ihr war. Hätte er es gewußt, dann wäre er durch die Tür gekommen, ob Kelly sie ihm aufgemacht hätte oder nicht.

Als er auf die Uhr sah, stellte er fest, daß es höchste Zeit war, im Leichenschauhaus anzurufen. Er hoffte, daß Dr. Seibert noch da war. Jeffrey wollte ihn fragen, ob er irgendwelche Toxine hatte nachweisen können.

»Bis jetzt Fehlanzeige«, teilte ihm Seibert mit, als er ihn am Apparat hatte. »Ich habe Proben von Karen Hodges, Gail Shaffer und sogar von Patty Owen durch den Gaschromatographen geschickt.«

»Jedenfalls vielen Dank, daß Sie's versucht haben. Doch nach dem, was Sie heute morgen gesagt haben, finde ich das nicht überraschend. Und nur weil Sie kein Toxin finden konnten, muß das ja noch lange nicht heißen, daß keins da ist. Richtig?«

»Richtig«, erwiderte Seibert. »Es könnte sich, wie gesagt, durchaus in einem der Scheitelwerte verstecken. Aber ich habe bei einem Pathologen aus Kalifornien angerufen, der einige Forschungen über Batrachotoxin und damit verwandte Toxine gemacht hat. Leider war er nicht da. Ich habe eine Nachricht hinterlassen und hoffe, er ruft mich zurück und sagt mir, wo das Zeug aus der Säule kommen würde. Und wer weiß, vielleicht kann er uns sogar sagen, wo wir ein markiertes Antitoxin herkriegen könnten. Ich hab' noch ein bißchen nachgelesen, und unter Berücksichtigung all der Bedingungen, die Sie mir genannt haben, glaube ich, daß Batrachotoxin unser heißester Kandidat ist.«

»Vielen Dank für all Ihre Mühe!« sagte Jeffrey.

»He, kein Problem. Dies ist genau die Art von Fall, die ich liebe. Wegen so was bin ich schließlich in die Pathologie gegangen. Ich bin da jetzt richtig heiß drauf. Wenn Ihr Verdacht sich bestätigt, dann ist das eine echt dicke Nummer, das kann ich Ihnen sagen. Da kommen wir groß mit raus.«

Als Jeffrey aufgelegt hatte, fragte Kelly: »Und? Schon irgendwelche Fortschritte?«

Jeffrey schüttelte den Kopf. »Er kniet sich voll rein, aber bis jetzt hat er noch nichts gefunden. Es ist so frustrierend, so nah dran zu sein und doch immer noch keinen Beweis zu haben, weder für das Verbrechen selbst noch für die Schuld des Hauptverdächtigen.«

Kelly ging zu ihm und drückte ihn. »Komm, jetzt laß den Kopf nicht hängen; wir schaffen das schon irgendwie.«

»Das hoffe ich«, sagte Jeffrey. »Und vor allem hoffe ich, daß wir es schaffen, bevor O'Shea oder die Polizei mich schnappt. Ich glaube, wir bringen jetzt diesen Anruf bei Harding hinter uns.«

»Nach dem Essen. Eins nach dem andern. Wie wär's, wenn du in der Zwischenzeit eine Flasche Wein aufmachen würdest? Ich denke, wir könnten einen Schluck vertragen.«

Jeffrey holte eine Flasche Chardonnay aus dem Kühlschrank und entfernte die Folie vom Flaschenhals. »Wenn sich dieser Trent Harding tatsächlich als der Täter entpuppen sollte, würde mich brennend interessieren, was für eine Kindheit er gehabt hat. Es muß irgendeine Erklärung für seine Taten geben, selbst wenn sie irrational ist.«

»Das Problem ist, daß er so normal aussieht«, sagte Kelly. »Gut, er hat irgendwie einen ziemlich intensiven Blick, aber vielleicht deuten wir das auch nur hinein. Ansonsten sieht er genauso aus wie der Bursche, der der Kapitän des Football-Teams meiner High-School-Klasse war.«

»Was mich am meisten stört, ist die Wahllosigkeit, mit der der Kerl seine Morde begeht«, sagte Jeffrey, während er den Korkenzieher hervorholte. »Jemanden zu töten ist schon schlimm genug, aber Arzneimittel zu vergiften und aufs Geratewohl damit Leute umzubringen ist so krank, daß es mir schwerfällt, es überhaupt zu begreifen.«

»Wenn er der Mörder ist, dann frage ich mich, wie er im sonstigen Leben so gut funktionieren kann«, meinte Kelly.

Nachdem er die Flasche entkorkt hatte, sagte Jeffrey: »Besonders als Krankenpfleger. Er muß irgendwelche altruistische Motive, und seien es noch so verworrene, gehabt haben, um diesen Beruf zu ergreifen. Krankenschwestern oder Pfleger müssen eigentlich mehr noch als Ärzte von dem Bedürfnis geleitet sein, anderen Menschen auf eine ganz direkte, handfeste Weise zu helfen. Und er muß intelligent sein. Wenn das Kontaminans tatsächlich so etwas wie dieses Batrachotoxin sein sollte, dann wäre das wirklich schon auf fast teuflische Weise genial. Ich selbst wäre nie im Leben auf die Idee gekommen, daß ein Kontaminans im Spiel sein könnte, wenn Chris nicht diesen Verdacht gehabt hätte.«

»Das ist nett von dir, daß du das sagst.«

»Nun, es ist zufällig die Wahrheit«, erwiderte Jeffrey. »Aber wenn Harding der Schuldige ist, dann werde ich ganz bestimmt nicht sagen, daß ich jemals seine Beweggründe verstehen werde. Psychiatrie war noch nie eine meiner starken Seiten.«

»Wenn du mit dem Öffnen der Flasche fertig bist, wie wär's, wenn du dann den Tisch decken würdest?« fragte Kelly. Sie beugte sich herunter und machte den Herd an.

Das Essen war köstlich, und obwohl Jeffrey gar nicht das Gefühl gehabt hatte, besonders hungrig zu sein, verspeiste er mehr als seinen Anteil von der Seezunge Dover mit Schwenkkartoffeln und gedünstetem Brokkoli.

Während er sich eine zweite Portion Salat auf den Teller häufte, sagte er: »Falls es Seibert nicht glücken sollte, ein Toxin aus einer der vorhandenen Leichen zu isolieren, haben wir überlegt, ob wir möglicherweise Henry Noble exhumieren.«

»Aber der ist doch schon seit fast zwei Jahren tot und unter der Erde«, erwiderte Kelly.

Jeffrey zuckte mit den Schultern. »Ich weiß, es klingt ein bißchen makaber, aber die Tatsache, daß er nach seiner Gegenreaktion auf das Toxin noch eine Woche lebte, könnte hilfreich sein. Ein Toxin wie dieses Batrachotoxin konzentriert sich in der Leber und wird in der Galle ausgeschieden. Wenn Harding tatsächlich dieses Gift benutzt haben sollte, würde man es am ehesten in Henry Nobles Galle finden.«

»Aber zwei Jahre nach seinem Tod?«

»Seibert sagt, wenn der Leichnam sorgfältig einbalsamiert wurde und vielleicht an einer schattigen Stelle begraben ist, wäre es noch nachweisbar.«

»Puh«, sagte Kelly. »Können wir nicht über was anderes reden, wenigstens solange wir noch beim Essen sind? Besprechen wir lieber, was wir zu Trent Harding sagen.«

»Ich glaube, wir sollten direkt zum Thema kommen. Ich finde, er soll ruhig wissen, daß wir ihn verdächtigen. Und ich habe nach wie vor das Gefühl, daß wir diese Fotos zu unserem Vorteil benutzen können. Er kann nicht wollen, daß solche Aufnahmen in Umlauf kommen.«

»Und was, wenn es ihn lediglich in Rage bringt?« fragte Kelly, an Hardings wütenden Hammerwurf denkend. Das Dach ihres Wagens hatte eine Delle so dick wie ein Baseball.

»Das hoffe ich ja gerade. Wenn er wütend wird, verplappert er sich vielleicht am ehesten.«

»Etwa, indem er dich bedroht?« fragte Kelly mit skeptischem Kopfschütteln. »›Ich habe bisher getötet, und ich werde wieder töten, und der Nächste werden Sie sein.‹ So was in der Art?«

»Ich weiß, es kann in die Hose gehen«, räumte Jeffrey ein, »aber fällt dir was Besseres ein?«

Kelly schüttelte den Kopf. Jeffreys Idee war zumindest einen Versuch wert. Zu verlieren war zu diesem Zeitpunkt sicherlich nichts mehr.

»Ich hole einen zweiten Apparat hier rüber, zum Mithören«, sagte sie. »Hinter dem Fernseher ist eine Anschlußbuchse.« Sie stand auf, um den Apparat zu holen.

Jeffrey versuchte sich auf den Anruf vorzubereiten. Er versuchte sich in Hardings Lage zu versetzen. Wenn er unschuldig war, würde er wahrscheinlich sofort wieder auflegen. Wenn er der Täter war, würde er nervös werden und herausfinden wollen, wer der Anrufer war. Aber es war alles reine Spekulation. Wenn Trent am Apparat blieb, war das sicherlich noch kein Beweis seiner Schuld.

Kelly kam mit einem verstaubten roten Telefon in der Hand in die Küche zurück. »Irgendwie fand ich, daß es passend wäre, wenn wir den Apparat aus Chris' Arbeitszimmer benutzen«, sagte sie. Sie rollte das Tischchen mit dem Fernseher ein Stück beiseite, beugte sich hinunter und stöpselte das Telefon ein. Dann nahm sie den Hörer ab, um sich zu vergewissern, daß ein Freizeichen kam.

»Willst du von diesem Apparat aus anrufen oder von dem in der Küche?« fragte sie.

»Von dem in der Küche«, antwortete Jeffrey. Nicht, daß es einen großen Unterschied gemacht hätte. Es würde so oder so ein verdammt heikler Anruf werden.

Jeffrey holte den Zettel mit Trent Hardings Adresse und Telefonnummer aus der Tasche, den Polly Arnsdorf ihm gegeben hatte. Er wählte Hardings Nummer, dann machte er Kelly ein Zeichen, daß sie abheben sollte, sobald es zu läuten anfing.

Es tutete dreimal, bevor Harding abhob. Seine Stimme klang viel leiser und sanfter, als Jeffrey gedacht hatte. Er sagte: »Hallo, Matt«, bevor Jeffrey die Chance hatte, auch nur ein Wort von sich zu geben.

»Hier ist nicht Matt.«

»Wer denn?« fragte Harding. Sein Ton wurde schlagartig kühl, beinahe gereizt.

»Jemand, der Ihre Arbeit bewundert.«

»Wer?«

»Jeffrey Rhodes.«

»Kenne ich Sie?«

»Da bin ich ganz sicher«, sagte Jeffrey. »Ich war Anästhesist im Boston Memorial, aber ich wurde vom Dienst suspendiert, nachdem es ein Problem gegeben hatte. Ein Problem im OP. Klingelt's da nicht bei Ihnen?«

Es folgte ein kurzes Schweigen. Dann begann Harding zu brüllen. »Was, zum Teufel, fällt Ihnen ein, mich anzurufen? Ich arbeite schon lange nicht mehr im Boston Memorial. Ich bin dort vor fast einem Jahr weggegangen.«

»Ich weiß«, erwiderte Jeffrey ruhig. »Danach haben Sie im St. Joseph's gearbeitet, und dort haben Sie soeben gekündigt. Sie sehen, ich weiß einiges über Sie, Harding. Und über das, was Sie gemacht haben.«

»Wovon, zum Teufel, reden Sie?«

»Ich rede von Patty Owen, Henry Noble und Karen Hodges«, sagte Jeffrey. »Fällt Ihnen zu den Namen nichts ein?«

»Hören Sie, Mann, ich weiß nicht, wovon Sie reden.«

»O doch, Harding, das wissen Sie ganz genau«, entgegnete Jeffrey. »Sie sind bloß zu bescheiden, das ist alles. Außerdem kann ich mir vorstellen, daß Sie nicht wollen, daß allzu viele Leute das wissen. Wo Sie sich doch so viel Mühe gemacht haben, das richtige Toxin zu wählen... Sie wissen, was ich meine?«

»Hören Sie, Mann, ich weiß absolut nicht, was Sie meinen. Und ich habe nicht die leiseste Ahnung, weshalb Sie mich anrufen.«

»Aber Sie wissen doch, wer ich bin, nicht wahr, Trent, das wissen Sie doch?« fragte Jeffrey.

»Ja, ich weiß, wer Sie sind«, antwortete Harding. »Ich kenne Sie vom Boston Memorial, und ich habe in den Zeitungen von Ihnen gelesen.«

»Das dachte ich mir«, sagte Jeffrey. »Sie haben alles über mich gelesen. Nur wird es vielleicht nicht mehr lange dauern, bis die Leute alles über Sie lesen.«

»Was meinen Sie damit?«

Jeffrey wußte, daß er Harding verunsicherte, und die Tatsache, daß er noch immer am Apparat war, war ermutigend. »Diese Dinge haben die Eigenschaft, irgendwann rauszukommen, auf die eine oder andere Weise«, fuhr Jeffrey fort. »Aber ich bin sicher, ich sage Ihnen nichts, was Sie nicht schon selbst wissen.«

»Ich weiß nicht, wovon Sie reden«, wiederholte Harding. »Sie sind an der falschen Adresse.«

»O nein«, erwiderte Jeffrey. »Ich bin durchaus an der richtigen Adresse. Wie gesagt, ich bin ziemlich sicher, daß Sie auf die eine oder andere Weise Schlagzeilen machen werden. Ich habe hier ein paar Bilder, die sich gedruckt außerordentlich gut machen würden. Zum Beispiel auf Flugblättern, die im Boston City verteilt werden könnten. Ihre Kollegen dort könnten damit in den Genuß einer ganz neuen Trent-Harding-Perspektive gebracht werden.«

»Von was für Bildern sprechen Sie?« blaffte Harding.

»Sie waren ein echter Augenschmaus für mich«, fuhr Jeffrey fort, ihn ignorierend, »und eine ziemliche Überraschung.«

»Ich weiß noch immer nicht, wovon Sie reden«, sagte Harding.

»Ich rede von gewissen Polaroidaufnahmen, Hochglanzfotos von Ihnen und nicht viel sonst. Schauen Sie doch mal in der Schublade Ihrer Kommode nach, Sie wissen schon, gleich neben dem Strumpf, in dem Sie Ihren Stoff aufbewahren. Ich fürchte, Sie werden feststellen, daß da ein paar Fotos fehlen.«

Harding quetschte ein paar Flüche zwischen den Zähnen hervor. Dann legte er offenbar den Hörer neben das Telefon. Einen Moment später war er zurück und brüllte in die Muschel: »Dann waren Sie also der Kerl, der hier rumgeschnüffelt hat, Rhodes! Ich warne Sie – ich will die Bilder zurückhaben!«

»Das glaube ich Ihnen gern«, erwiderte Jeffrey. »Sie sind ziemlich, wie soll ich sagen… freizügig. Wirklich tolle Wäsche, die Sie da haben, erste Sahne. Am besten gefiel mir der rosa Slip mit den Spitzen.«

Kelly warf Jeffrey einen angewiderten Blick zu.

»Was wollen Sie, Rhodes?« fragte Trent.

»Ich möchte mich mit Ihnen treffen«, antwortete Jeffrey. »Persönlich.« Ihm war klargeworden, daß er am Telefon nichts aus Harding herausbekommen würde.

»Und wenn ich Sie nicht treffen will?«

»Das ist Ihr gutes Recht«, sagte Jeffrey. »Aber wenn wir es

nicht schaffen, zusammenzukommen, dann weiß ich nicht, wo überall Abzüge von diesen Fotos auftauchen werden.«

»Das ist Erpressung.«

»Sie sind ein kluges Kerlchen«, sagte Jeffrey. »Es freut mich, daß wir uns verstehen. Also, treffen wir uns nun oder nicht?«

»Klar«, sagte Trent, plötzlich den Ton ändernd. »Warum kommen Sie nicht einfach rüber? Wo ich wohne, brauche ich Ihnen ja wohl nicht zu sagen.«

Kelly wedelte aufgeregt mit den Händen und formte mit dem Mund das Wort Nein.

»Sosehr ich den persönlichen Kontakt von Mensch zu Mensch auch zu schätzen weiß«, sagte Jeffrey, »ich glaube nicht, daß ich mich sehr wohl in Ihrem Apartment fühlen würde. Ich hätte es schon lieber, wenn ein paar Leute in der Nähe wären.«

»Schlagen Sie einen Treffpunkt vor«, sagte Harding.

Jeffrey spürte, daß er Harding jetzt im Sack hatte. Er dachte einen Augenblick nach. Wo gab es einen sicheren öffentlichen Ort, an dem sie sich treffen konnten? Er erinnerte sich, wie er am Charles River entlanggewandert war. Dort waren immer viele Leute und jede Menge freies Gelände. »Wie wär's mit der Esplanade unten am Charles River?« schlug Jeffrey vor.

»Wie werde ich Sie erkennen?« fragte Harding.

»Keine Sorge«, sagte Jeffrey. »Ich werde Sie ganz sicher erkennen. Sogar angezogen. Aber ich mach' Ihnen einen Vorschlag. Halten Sie auf der Bühne der Hatch Shell nach mir Ausschau. Was meinen Sie?«

»Nennen Sie eine Uhrzeit«, sagte Harding. Er konnte seine Wut kaum beherrschen.

»Wie wär's mit halb zehn?«

»Ich gehe davon aus, daß Sie allein kommen.«

»Ich habe im Moment nicht mehr allzu viele Freunde«, sagte Jeffrey. »Und meine Mutter ist beschäftigt.«

Harding lachte nicht. »Ich hoffe doch, Sie haben Ihre Räuberpistolen noch nicht weitererzählt? Verleumdungen werde ich mir nicht bieten lassen.«

Das glaub' ich dir gern, dachte Jeffrey. »Also, um halb zehn an der Esplanade.« Er legte auf, bevor Harding noch etwas erwidern konnte.

»Bist du verrückt?« fauchte Kelly, sobald sie aufgelegt hatten. »Du hast doch nicht im Ernst vor, dich mit diesem Wahnsinnigen zu treffen? Das war nicht ausgemacht.«

»Ich mußte improvisieren«, verteidigte sich Jeffrey. »Der Bursche ist clever. Du hast doch selbst gehört, daß am Telefon nichts aus ihm rauszukriegen war. Wenn ich ihn direkt vor mir hab', kann ich sein Gesicht sehen, seine Reaktionen einschätzen. Dann ist die Chance, daß er sich verrät, viel größer.«

»Der Kerl ist geisteskrank. Hast du schon vergessen, wie er mit dem Hammer hinter dir hergelaufen ist?«

»Das waren andere Umstände«, sagte Jeffrey. »Er hat mich in seiner Wohnung erwischt; da hatte er ein Recht, wütend zu sein.«

Kelly wandte den Blick zur Decke und verdrehte die Augen. »Willst du diesen Serienkiller jetzt auch noch verteidigen?«

»Er will seine Fotos wiederhaben«, sagte Jeffrey. »Er wird mir kein Haar krümmen, solange er sie nicht hat. Und ich werde natürlich nicht so blöd sein, sie mitzunehmen. Ich lasse sie hier.«

»Ich glaube, wir sollten lieber wieder über nettere Themen reden, wie zum Beispiel über die Idee, Henry Noble auszubuddeln. Das kommt mir geradezu wie ein Feiertagspicknick vor, verglichen mit einem persönlichen Treffen mit diesem Wahnsinnigen.«

»Der Nachweis eines Toxins in Henry Nobles Leiche würde Chris' Fall lösen und seinen Namen reinwaschen, doch er würde Trent Harding nicht belasten. Harding ist der Schlüssel zu dieser ganzen grausigen Sache.«

»Aber es wird gefährlich sein – und erzähl mir jetzt bloß nicht wieder, es würde schon nichts schiefgehen. Den Spruch kenn' ich.«

»Ich gebe zu, es ist nicht ganz ungefährlich. Ich wäre dumm, wenn ich das leugnen würde. Aber wenigstens treffen wir uns in der Öffentlichkeit. Ich glaube nicht, daß Harding sich trauen wird, irgendwas zu machen, wenn Leute dabei sind.«

»Du vergißt etwas ganz Entscheidendes: Du denkst rational, Harding aber nicht.«

»Er ist bei seinen Morden bisher immer sehr scharfsinnig und wohlüberlegt vorgegangen«, erinnerte Jeffrey sie.

»Aber jetzt fühlt er sich in die Enge getrieben, fühlt sich ertappt und hat nichts mehr zu verlieren. Weißt du, wozu einer in einer solchen Situation alles fähig ist?«

Jeffrey zog sie zu sich heran. »Jetzt überleg doch mal ganz nüchtern«, sagte er. »Seibert scheint nicht weiterzukommen. Mir bleibt gar nichts anderes übrig, als es zu versuchen. Es ist unsere einzige Hoffnung. Und mir läuft die Zeit weg.«

»Und wie bitte soll ich dabei lauschen? Selbst wenn du Glück hast und Harding gibt alles zu, dann stehst du immer noch ohne deinen kostbaren Beweis da.«

Jeffrey seufzte. »Daran hatte ich nicht gedacht.«

»Du hast an so manches nicht gedacht«, sagte Kelly und begann zu weinen. »Zum Beispiel daran, daß ich dich nicht verlieren möchte.«

»Du wirst mich aber verlieren, wenn wir nicht beweisen können, daß Harding unser Mann ist«, erwiderte Jeffrey. »Wir müssen irgendeinen Weg finden, wie du unser Gespräch mithören kannst. Vielleicht, wenn ich mit Harding einen Spaziergang machen würde...« Er verstummte. Er hatte wirklich keine Idee, wie sie das bewerkstelligen sollten.

Eine Weile saßen sie in trübsinnigem Schweigen da.

»Ich weiß was«, sagte Kelly plötzlich. »Es ist zumindest eine Idee.«

»Erzähl!«

»Jetzt lach nicht, aber es gibt da so ein Gerät, das ich neulich gesehen hab', als ich den Sharper-Image-Katalog durchgeblättert habe. Das Ding nennt sich *Lauschman* oder so ähnlich. Es sieht aus wie ein Walkman und fängt Geräusche auf und verstärkt sie.

Jäger und Vogelkundler benutzen dieses Ding. Theatergäste übrigens auch. Es könnte prima funktionieren, wenn du auf der Bühne der Hatch Shell stehst.«

»Das klingt ja phantastisch«, sagte Jeffrey, schlagartig begeistert. »Wo ist das nächste Geschäft?«

»Am Copley Place.«

»Großartig. Wir können es auf dem Weg kaufen.«

»Aber es gibt immer noch ein Problem.«

»Welches?«

»Deine Sicherheit!«

»Wer nicht wagt, der nicht gewinnt«, sagte Jeffrey mit einem schiefen Lächeln.

»Ich meine das ernst.«

»Okay, ich stecke mir irgendwas unter den Mantel, für den Fall, daß er aufsässig wird.«

»Und was? Eine Elefantenbüchse?«

»Kaum«, antwortete Jeffrey. »Hast du eine Reifenstange in deinem Wagen? Du weißt schon, so eine Art Stemmeisen, womit man den Reifen von der Felge hebelt.«

»Ich hab' nicht die leiseste Ahnung.«

»Ganz bestimmt hast du eine«, sagte Jeffrey. »Die nehm' ich mir mit. Dann hab' ich jedenfalls was ›im Ärmel‹, so daß ich mich wehren kann, wenn er ausflippt. Aber ich glaub' nicht, daß Harding in aller Öffentlichkeit irgendwas versuchen wird.«

»Und wenn doch?«

»Laß uns jetzt darüber nicht den Kopf zerbrechen. Ein gewisses Restrisiko bleibt immer. Wenn er tatsächlich was versuchen sollte, können wir das vielleicht irgendwie als Beweis verwerten. Aber komm jetzt, wir müssen los. Wir haben nicht mehr viel Zeit. Wir müssen bis halb zehn an der Hatch Shell sein und vorher noch am Copley Place diesen Apparat kaufen.«

»So eine verdammte, verdammte Scheiße!« brüllte Trent Harding. Er winkelte den Arm an, ballte eine Faust und hieb sie wie einen Rammbock gegen die Wand über dem Telefon. Mit einem trockenen Splittern, das ihn überraschte, ging seine Faust glatt durch die Gipswand und den Putz. Erschrocken zog er seine Hand aus dem Loch und inspizierte seine Knöchel. Es war nicht mal ein Kratzer zu sehen.

Er wandte sich um und versetzte seinem Kaffeetisch einen Tritt – so heftig, daß ein Bein abbrach und der Rest des Tisches mitsamt Zeitungen, Handschellen und Büchern quer durch das Zimmer flog und gegen die Wand krachte.

Als er Ausschau hielt nach einem neuen geeigneten Objekt, an dem er seine Wut auslassen konnte, fiel sein Blick auf eine leere Bierflasche. Er hob sie auf und schleuderte sie mit aller Kraft gegen die Küchenwand, wo sie in tausend Stücke zerbarst, einen Regen von Splittern über den Fußboden versprühend. Erst da begann er allmählich, sich wieder unter Kontrolle zu kriegen.

Wie hatte das passieren können? fragte er sich kopfschüttelnd und schlug sich mehrere Male mit der flachen Hand vor die Stirn. Er war doch so sorgfältig zu Werke gegangen. Erst diese gottverdammte Schwester, und jetzt dieses blöde Arschloch von Doktor! Woher, zum Teufel, konnte er so viel wissen? Und jetzt hatte er auch noch die Fotos! Wenn er sie doch bloß nicht gemacht hätte! Er hatte sie einfach so gemacht, nur so aus Quatsch, um mal zu gucken, wie er aussah, wenn... Nicht, daß irgend jemand das verstehen würde. Er mußte die Bilder unbedingt zurückkriegen. Er konnte einfach nicht glauben, daß der Kerl tatsächlich den Nerv gehabt hatte, seine Wohnung zu durchsuchen.

Trent erstarrte. Ihm war gerade ein schrecklicher Gedanke gekommen. Von plötzlicher Panik erfaßt, stürzte er in die Küche. Er riß die Tür von dem Schrank neben dem Kühlschrank auf und fegte mit einem hastigen Schwenk die Gläser heraus. Mehrere zerbrachen, als sie auf den Boden fielen.

Mit zitternden Händen zog er die falsche Rückwand heraus und spähte in sein Versteck. Erleichtert atmete er auf. Nichts schien angetastet. Alles war noch so, wie er es hinterlassen hatte.

Er langte hinein und holte seine heißgeliebte .45er heraus. Er wischte den Lauf an seinem Hemd ab. Die Waffe war gereinigt, geölt und einsatzbereit. Er langte noch einmal in das Versteck und holte das Magazin hervor. Nachdem er sich vergewissert hatte, daß es geladen war, schob er es in den Griff.

Trents größte Sorge war, daß Rhodes irgend jemandem erzählt hatte, was er erfahren hatte. Der Bursche war auf der Flucht. Es war also eher unwahrscheinlich, daß er jemanden eingeweiht hatte. Trent würde versuchen, es herauszufinden, um ganz sicher sein zu können. Aber so oder so mußte Rhodes von der Bildfläche verschwinden. Trent lachte. Rhodes hatte offenbar keine Ahnung, mit wem er es zu tun hatte.

Er griff erneut in sein Versteck und nahm eine 5-ml-Spritze heraus. Dann zog er eine winzige Menge von der gelben Flüssigkeit auf und verdünnte sie mit sterilem Wasser – genauso, wie er es bei Gail Shaffer gemacht hatte. Als er fertig war, legte er die Ampulle wieder zurück in den Schrank. Im Geiste sah er Jeffrey Rhodes vor sich, wie er auf der Bühne der Hatch Shell einen epileptischen Anfall bekam. Bei dem Gedanken mußte er lächeln. Das würde eine tolle Vorstellung geben.

Er hob die Sperrholzplatte auf und paßte sie sorgfältig wieder in den Schrank ein. Dann stellte er die Gläser hinein, die nicht kaputtgegangen waren. Die Scherben ließ er liegen, wo sie waren; er würde sie aufkehren, wenn er von der Esplanade zurückkam.

Trent schaute auf die Uhr. Er hatte bis zu dem Treffen noch immer anderthalb Stunden Zeit. Er ging ins Wohnzimmer zurück und blickte unschlüssig zum Telefon. Er überlegte, was er tun sollte. Rhodes' Dazwischenfunken war genau die Art von potentieller Störung, vor der er gewarnt worden war. Er rang mit sich, ob er anrufen sollte oder nicht. Schließlich hob er den Hörer ab. Er rief an wie abgesprochen, sagte er sich, während er wählte – um Bescheid zu geben, nicht, um Hilfe zu erbitten.

14

Freitag, 19. Mai 1989, 20 Uhr 42

»Aha, es geht los«, sagte O'Shea leise zu sich selbst, als er sah, daß Kellys Garagentor hochschwang. Einen Moment später schoß Kellys Honda mit einem Affenzahn rückwärts auf die Straße und brauste mit durchdrehenden Reifen Richtung Boston davon.

O'Shea griff hastig nach dem Zündschlüssel. Er hatte nicht damit gerechnet, daß sie schon so bald wegfahren würde, und schon gar nicht in so einem Tempo. Als er sich endlich in Bewegung setzte, war Kellys Wagen schon fast außer Sicht. O'Shea mußte seinem Buick ordentlich die Sporen geben, um sie nicht aus den Augen zu verlieren. Nach kurzer Zeit hatte er zu ihr aufgeschlossen.

»Da schau her«, entfuhr es O'Shea, nachdem sie sich ein paar Meilen von Kellys Haus entfernt hatten. Ein zweiter Kopf war plötzlich auf dem Rücksitz aufgetaucht, und ein Kerl kletterte jetzt auf den Beifahrersitz neben Kelly.

O'Shea ermahnte sich, sich nicht allzufrüh über diese unerwartete, aber interessante Entwicklung zu freuen, aber er hätte sich seine Ermahnung sparen können: Als Kelly vor dem Vordereingang der Einkaufsgalerie am Copley Place anhielt, sprang Jeffrey Rhodes aus dem Wagen und rannte hinein.

»Das ist ja großartig!« jubelte O'Shea, an Kelly vorbeifahrend und kurz vor ihr am Bordstein anhaltend. Jetzt war seine Pechsträhne endlich vorüber. Rhodes war bereits auf halber Höhe der Rolltreppe, als O'Shea den Motor abstellte und über den Vordersitz zur Beifahrertür rutschte. Er wollte gerade aussteigen, als vor dem Seitenfenster eine dunkelblaue Uniformhose auftauchte, an deren schwarzem Ledergürtel eine .38er Smith and Wesson baumelte.

»Tut mir leid, aber hier ist Halteverbot«, sagte der Polizist.

O'Shea schaute den Streifenbeamten an. Er war vielleicht achtzehn. Ein Neuling, dachte O'Shea, aber wer sonst würde auch an einem Freitagabend zu einer solchen Runde eingeteilt werden? O'Shea kramte nach der Karte, die ihm erlaubte, überall in der Stadt zu parken, aber der Grünschnabel weigerte sich, auch nur einen Blick darauf zu werfen.

»Fahren Sie weiter«, sagte er, und sein Ton klang schon weniger freundlich.

»Aber ich bin...«, setzte O'Shea zu einer Erklärung an. Doch dann hielt er inne. Das war jetzt nicht mehr wichtig. Rhodes war im Eingang der Einkaufsgalerie verschwunden.

»Und wenn Sie Gouverneur Dukakis höchstpersönlich wären«, sagte der junge Polizist. »Sie können hier nicht parken. Fahren Sie jetzt endlich!« Er deutete mit seinem Stab gebieterisch nach vorn.

Jetzt ist es sowieso egal, dachte O'Shea. Er mußte seinen Plan ändern. Er rutschte zurück auf den Fahrersitz, startete den Motor und drehte rasch eine Runde um den Block. Der Anblick von Kellys Wagen beruhigte ihn. Der kleine Zwischenfall mit dem Streifenpolizisten war am Ende vielleicht sogar besser für ihn gewesen. Wenn er Rhodes gefolgt wäre, hätte er ihn womöglich in dem Gewimmel des Einkaufscenters aus den Augen verloren. Er hielt zwei Blocks hinter Kellys Wagen am Fahrbahnrand an und stellte erneut den Motor ab. Dann warteten die beiden – O'Shea in seinem Wagen und Kelly, ahnungslos, in ihrem – darauf, daß Jeffrey Rhodes wieder auftauchte.

Der Verkäufer setzte Jeffrey die Ohrhörer auf. »Und jetzt schalten Sie das Gerät an – an dem kleinen Drehknopf dort«, sagte er. Jeffrey drehte an dem Knopf. Dann wies der Verkäufer Jeffrey an, das Gerät auf ein Paar am anderen Ende des Verkaufsraums zu richten. Jeffrey tat es.

»Würde das nicht toll auf unserem Wohnzimmertisch aussehen?« fragte der Mann die Frau. Sie standen gerade vor einer Glaskugel, die aussah, als gehöre sie zur Kulisse eines alten Frankenstein-Films. Sie enthielt eine Flüssigkeit, das Licht in Form von gleißenden blauen Miniaturblitzen aussandte.

»Schon«, antwortete die Frau, »aber guck mal auf den Preis. Dafür würde ich ein Paar Ferragamo-Schuhe kriegen.«

Jeffrey war beeindrückt. Er hatte zwar auch das dumpfe Gemurmel von anderen Stimmen mitbekommen, aber er hatte jedes Wort von der Unterhaltung der beiden klar und deutlich verstehen können.

»Kennen Sie die Hatch Shell auf der Esplanade?« fragte Jeffrey den Verkäufer.

»Sicher.«

»Was, glauben Sie, könnte man mit diesem Ding von der Erfrischungsbude aus hören?«

»Das Geräusch einer fallenden Stecknadel.«

Jeffrey kaufte das Gerät und trabte zurück zu Kellys Wagen. Sie stand noch an derselben Stelle, wo er ausgestiegen war.

»Hast du's gekriegt?« fragte sie.

Jeffrey zeigte ihr das Päckchen. »Es kann losgehen«, sagte er. »Das Ding funktioniert tatsächlich. Ich hab' mich selbst überzeugt.«

Kelly startete den Wagen und fuhr los in Richtung Esplanade.

Keiner von beiden blickte zurück. Und so bemerkte keiner von ihnen den schwarzen Buick Regal, der drei Autos weiter hinter ihnen fuhr.

Kelly nahm den Storrow Drive Richtung Beacon Hill. Kurz nachdem sie aus einer Unterführung rauskamen, erhaschte Jeffrey einen kurzen Blick auf die große Wiese vor der Hatch Memorial Shell auf der Esplanade. Die Sonne war bereits untergegangen, aber draußen war es noch immer hell, und Jeffrey konnte viele Menschen erkennen, die das schöne Frühlingswetter genossen. Sofort fühlte er sich ein bißchen wohler.

Sie bogen nach rechts in die Revere Street, dann wieder nach links in die Charles Street. Sie fuhren an den meisten der Geschäfte in der Charles Street vorbei, ehe sie schließlich wieder nach rechts in die Chestnut Street abbogen. Sie parkten kurz vor dem unteren Ende der Chestnut Street und stiegen aus.

Während der letzten paar Minuten der Fahrt hatte keiner von ihnen gesprochen. Die gespannte Erregung, die die Vorbereitungen und die Fahrt dorthin in ihnen aufgebaut hatten, war der Angst gewichen, ob auch alles so laufen würde, wie sie es geplant hatten. Jeffrey brach schließlich das Schweigen, indem er Kelly um die Autoschlüssel bat. Kelly warf sie ihm über das Wagendach zu. Sie hatte gerade die Türen abgeschlossen.

»Irgendwas vergessen?« fragte sie.

»Die Reifenstange«, sagte Jeffrey. Er ging zum Kofferraum und machte ihn auf. Er fand zwar keine Reifenstange, dafür aber ein Kombiwerkzeug, das als Schlüssel für die Radmuttern und gleichzeitig als Stange für den Wagenheber diente. Es war aus verchromtem Stahl und gut fünfzig Zentimeter lang. Jeffrey schlug sich mit der Stange auf die offene Hand. Sie würde ihren Zweck voll erfüllen, falls er sie brauchte. Ein kräftiger Schlag damit auf die Schienbeine würde jeden außer Gefecht setzen. Er hoffte, daß es nicht dazu kommen würde.

Sie gingen über die Arthur-Fiedler-Fußgängerbrücke zur Esplanade hinüber. Es war ein angenehmer, lauer Frühlingsabend. Jeffrey bemerkte die bunten Segel von ein paar Segelbooten, die auf dem Weg zu ihren jeweiligen Yachtclubs waren. In der Ferne rumpelte ein Zug der MBTA über die Longfellow Bridge.

O'Shea fluchte. Selbst vor den Hydranten war auf Beacon Hill um diese Tageszeit kein Parkplatz zu finden. Als er endlich eine freie Lücke in der Parkverbotszone auf der Einfahrt zum Storrow Drive gefunden hatte, waren Kelly Everson und Jeffrey Rhodes bereits auf der Fußgängerbrücke, die hinüber zur Esplanade führte. O'Shea nahm seine Handschellen aus dem Wagen und rannte hinunter zum Brückenaufgang.

O'Shea war einigermaßen verwirrt. Was hatten die beiden hier vor? Ein Abendspaziergang auf der Esplanade war ein seltsames Verhalten für einen verurteilten Straftäter, der auf der Flucht war und der wußte, daß er von einem professionellen Kopfgeldjäger verfolgt wurde. Man hätte fast den Eindruck gewinnen können, die beiden seien ein Liebespaar, das sich einen romantischen Abend machen wollte. O'Shea hatte den starken Verdacht, daß irgend etwas im Busch war, und seine Neugier war geweckt. Er erinnerte sich, daß er Mosconi gesagt hatte, er glaube, Rhodes führe irgend etwas im Schilde. Vielleicht würde er hier und jetzt erfahren, was es war.

O'Shea überquerte die Brücke und erreichte die Wiese. Er hatte nicht das Gefühl, daß er sich jetzt noch ein Bein ausreißen mußte, um Jeffrey zu schnappen. Das Gelände war perfekt; Rhodes konnte ihm nicht mehr entwischen. Er hatte ihn buchstäblich in der Falle zwischen dem Charles River auf der einen Seite und dem Storrow Drive auf der anderen. Darüber hinaus war gleich in der Nähe, nur einen Steinwurf entfernt, das Charles-Street-Gefängnis, so daß er nicht mal groß mit ihm durch die Stadt zu fahren brauchte, sobald er ihn einkassiert hatte. Deshalb hatte O'Shea es im Moment nicht sonderlich eilig. Er war wirklich neugierig zu erfahren, was Rhodes vorhatte.

Aus dem Augenwinkel sah O'Shea plötzlich etwas von schräg hinten auf sich zukommen. In einer Reflexbewegung wich er nach links aus und wirbelte herum, dabei blitzschnell in die Hocke gehend. Seine Hand fuhr in seine Jeansjacke und legte sich um den Griff seiner Pistole, die im Schulterhalfter steckte.

O'Shea fühlte, wie ihm das Blut in den Kopf schoß, als eine Frisbee-Scheibe an ihm vorbeisegelte, dicht gefolgt von einem jungen Schwarzen, der sie auffing, bevor sie auf der Wiese landete.

O'Shea erhob sich und atmete auf. Er hatte nicht gemerkt, wie angespannt er innerlich war.

Auf der Esplanade waren zwei oder drei Dutzend Leute, die alle ihren diversen abendlichen Freizeitvergnügungen frönten. Außer den Frisbee-Spielern gab es eine Gruppe, die Softball spielte, und eine andere, die sich um einen Basketball herumbalgte. Direkt hinter der Wiese, auf dem gepflasterten Vorplatz der Hatch Memorial Shell, bewegte sich eine Gruppe von Rollschuhläufern zu Rap-Rhythmen; den asphaltierten Gehweg hatten die Jogger und die Radfahrer in Beschlag genommen.

O'Shea ließ den Blick über die Szene schweifen. Was mochten Kelly Everson und Jeffrey Rhodes hier wollen? fragte er sich einmal mehr. Sie beteiligten sich an keiner der Aktivitäten, sondern unterhielten sich im Schatten der Bäume, die rings um die schon geschlossene Erfrischungsbude emporragten. Gleich darauf konnte O'Shea erkennen, wie Rhodes Kelly dabei half, einen Walkman an ihrem Gürtel zu befestigen.

O'Shea stemmte die Hände in die Hüften. Was, zum Teufel, ging hier vor? Während er hinschaute, sah er, wie Rhodes erneut etwas Unerwartetes tat – nämlich, wie er sich niederbeugte und Kelly küßte. »Schau an, du bist mir ja ein ganz Schlimmer«, flüsterte O'Shea. Einen Moment lang hielten Rhodes und Kelly sich mit ausgestreckten Armen an den Händen. Schließlich ließ Rhodes sie los. Dann bückte er sich und hob einen dünnen Stab vom Boden auf.

Den Stab in der Hand haltend, rannte Rhodes über die Wiese Richtung Bühne. O'Shea war einen Moment lang versucht, ihm zu folgen, aus Angst, er könne hinter der Hatch Shell verschwinden, aber er blieb stehen, als Rhodes direkt auf die Bühne zulief und von der rechten Seite her hinaufstieg.

O'Sheas Neugier wuchs. Rhodes ging zur Mitte der Bühne. Er wandte das Gesicht zur Erfrischungsbude und begann zu sprechen. O'Shea konnte ihn zwar nicht hören, aber er konnte sehen, wie seine Lippen sich bewegten.

Von der Erfrischungsbude winkte Kelly Rhodes zu und reckte den Daumen in die Höhe. Was ging da vor? O'Shea runzelte verblüfft die Stirn. Rezitierte der Kerl jetzt Shakespeare, oder was? Und wenn ja, was machte dann Kelly? Sie hatte immer noch den Walkman auf. O'Shea kratzte sich am Kopf. Dieser Fall wurde von Minute zu Minute undurchsichtiger.

Trent Harding steckte sich seine .45er Automatic in den Gürtel, genauso, wie er es gemacht hatte, als er zu Gail Shaffer gegangen war. Die Spritze ließ er in seiner rechten Vordertasche verschwinden. Er schaute auf die Uhr. Es war kurz nach neun. Zeit, daß er aufbrach.

Trent lief über die Revere Street hinunter zum Charles Circle. Um zum Charles-River-Uferdamm zu kommen, nahm er die Fußgängerbrücke direkt unterhalb der Longfellow Bridge.

Als er den von Granitbalustraden gesäumten Fußweg hinunterging, spiegelte sich auf dem Charles River zu seiner Rechten graurosa der Abendhimmel. Über ihm wölbte sich ein dichter Baldachin aus frisch ergrüntem Laubwerk.

Diese Geschichte mit Jeffrey Rhodes hatte ihn anfangs ganz schön fertiggemacht, da er nicht wußte, worauf der Mann hinauswollte. Seine Erpressungsdrohung hatte ihn wie ein Blitz aus heiterem Himmel getroffen und fast aus den Schuhen gehauen. Aber nun, da er vorbereitet war, hatte sich seine Angst schon wieder beträchtlich gelegt. Er wollte seine Fotos wiederhaben, und er wollte sich die Gewißheit verschaffen, daß Rhodes auf eigene Faust handelte. Ansonsten interessierte ihn der Mann einen feuchten Dreck, und er würde ihm die Dröhnung verpassen, die er verdient hatte. Seit er mit eigenen Augen gesehen hatte, was mit Gail Shaffer passiert war, wußte er, daß die Spritze schnell und zuverlässig wirken würde. Irgend jemand würde einen Krankenwagen anrufen, und das würde es dann gewesen sein.

Zwei Jogger trabten im Halbdunkel an ihm vorbei, und einer streifte ihn leicht, so daß er einen Schreck bekam und zur Seite sprang. Er hätte nicht übel Lust gehabt, seine Pistole aus dem Gürtel zu ziehen und den Arschlöchern das Licht auszupusten. Er stellte sich vor, wie er breitbeinig dastehen würde, mit durchgedrückten Armen, die Waffe mit beiden Händen haltend, und dann ganz cool abdrücken würde wie Crockett in *Miami Vice*.

Vor ihm tauchte schemenhaft die riesige Halbkugel der Hatch Memorial Shell aus dem Halbdunkel auf. Trent näherte sich der Bühne von der nach außen gewölbten Rückfront her. Er spürte, wie ein angenehm prickelnder Schauer der Erregung durch seinen Körper rieselte. Er fieberte der Begegnung mit Dr. Jeffrey Rhodes jetzt regelrecht entgegen. Er griff unter die Jacke und legte die Hand um seine .45er. Sein Finger glitt um den Abzug. Es war ein erregendes, irres Gefühl. Rhodes würde sein blaues Wunder erleben.

Trent hielt inne. Er mußte eine Entscheidung fällen. Sollte er um die rechte oder die linke Seite der Hatch Shell herumgehen? Er versuchte sich die genaue Anordnung der Bühne vorzustellen und fragte sich, ob es irgendeinen Unterschied machen würde, von welcher Seite er käme. Er gelangte zu dem Schluß, daß er sich wohler fühlen würde, wenn er den Storrow Drive im Rücken hatte. Sollte er aus irgendeinem Grund einen hastigen Rückzug antreten müssen, nachdem er Rhodes erledigt hatte, dann wäre die Schnellstraße der günstigste Fluchtweg.

Jeffrey ging nervös auf und ab, wobei er sich rechts von der Mitte der Bühne hielt. Die Rollschuhläufer, die sich auf der kleinen Asphaltfläche zwischen der Bühne und der Wiese versammelt hatten, hielten sich ebenfalls auf der rechten Seite auf, und Jeffrey wollte so dicht wie möglich in ihrer Nähe sein, ohne Harding das Gefühl zu geben, daß sie mithören konnten. Zuerst hatten die Rollschuhläufer Jeffrey argwöhnisch beäugt, aber nach ein paar Minuten hatten sie das Interesse an ihm verloren, und jetzt beachteten sie ihn nicht mehr.

Was Jeffrey an dem Horchgerät am meisten verblüfft hatte, war, daß es das Rap-Geknatter gleichsam ignorierte. Jeffrey nahm an, daß es irgendwas damit zu tun hatte, daß sich der Apparat, aus dem es kam, seitlich von ihm und somit außerhalb des akustischen Schattens der riesigen konkaven Vorderseite der Hatch Shell befand. Das gleiche galt vermutlich auch für den Verkehrslärm, der vom nahen Storrow Drive herüberdrang.

Es wurde jetzt zusehends dunkler. Der Himmel war noch immer blaßblau, aber die ersten Sterne waren erschienen, und die Bäume warfen nun tiefviolette Schatten. Jeffrey konnte Kelly schon nicht mehr erkennen. Die meisten der Frisbee- und Ballspieler hatten ihre Spiele beendet und waren gegangen. Aber ein paar Leute waren noch immer auf der Wiese. Auch einige Jogger waren nach wie vor auf dem Fußweg unterwegs, und hier und da kamen Radfahrer vorbei.

Jeffrey schaute auf seine Uhr. Es war halb zehn – Zeit, daß Harding auftauchte. Als es fünf nach halb wurde und von Harding noch immer nichts zu sehen war, begann Jeffrey sich zu fragen, was er machen sollte, wenn Harding nicht erschien. Aus irgendeinem Grund hatte er bis zu diesem Moment an diese Möglichkeit noch gar nicht gedacht.

Jeffrey ermahnte sich, ruhig zu bleiben. Harding würde kommen. So krank im Kopf der Bursche auch sein mußte, er würde unheimlich darauf erpicht sein, die Fotos zurückzuerhalten. Jeffrey hörte auf, hin und her zu gehen, und blickte zur Wiese vor der Bühne. Falls Harding vorhatte, grob zu werden, hatte Jeffrey jede Menge freies Feld, um wegzurennen. Außerdem hatte er Kellys Kombischlüssel buchstäblich als Trumpf im Ärmel. Er würde ihm gut zustatten kommen, selbst wenn er ihn nur als Drohmittel benutzte.

Jeffrey spähte hinüber zur Erfrischungsbude. Sosehr er sich anstrengte, er vermochte Kelly nicht unter dem Baum auszumachen. Folglich würde Harding sie auch nicht sehen. Es gab nichts, was darauf hätte hindeuten können, daß irgend jemand ihre Unterhaltung mithörte.

Das Geräusch einer Sirene ließ Jeffrey zusammenfahren. Er hielt den Atem an und lauschte. Das Geräusch näherte sich. Konnte es die Polizei sein? Hatte Harding sie alarmiert? Das Sirenengeheul wurde lauter, doch dann sah Jeffrey, wo es herkam: von einem Krankenwagen, der den Storrow Drive entlangraste.

Jeffrey seufzte erleichtert. Die Spannung zerrte an seinen Nerven. Er begann wieder auf und ab zu marschieren, dann hielt er abrupt inne. Trent Harding stand links von ihm auf der Treppe, die zur Bühne heraufführte, und schaute ihn an. Er hatte eine Hand an der Seite seines Körpers, die andere auf dem Rücken unter einer Lederjacke.

Jeffrey fühlte, wie sein Mut dahinschwand, als er Harding anstarrte, der im Moment reglos dastand. Harding trug einen kragenlosen schwarzen Lederblouson und ausgewaschene Jeans. Im Halbdunkel sah sein Haar noch blonder aus als sonst, fast weiß. Seine starr auf Jeffrey gerichteten Augen funkelten.

Jeffrey stand Auge in Auge dem Mann gegenüber, den er des mindestens sechsfachen Mordes verdächtigte. Erneut fragte er sich, welches seine Motive sein mochten. Sie schienen unergründlich. Trotz des Kombischlüssels in seinem Ärmel und all der potentiellen Zeugen spürte Jeffrey plötzlich Angst. Trent Harding war unberechenbar. Es war unmöglich vorherzusagen, wie er auf seine List mit der Erpressung reagieren würde.

Harding kam langsam die Bühnentreppe herauf. Bevor er die letzte Stufe nahm, die ihn auf eine Höhe mit Jeffrey bringen würde, blieb er noch einmal stehen und schaute sich um. Offenbar zufrieden, heftete er seinen Blick wieder auf Jeffrey. Dann ging er mit federndem, selbstsicherem Schritt auf Jeffrey zu, ein geringschätziges Lächeln auf dem Gesicht.

»Sind Sie Jeffrey Rhodes?« fragte er.

»Erinnern Sie sich nicht aus dem Memorial an mich?« fragte Jeffrey mit belegter Stimme zurück. Er räusperte sich.

»Ich erinnere mich an Sie«, antwortete Harding. »Ich will wissen, warum Sie mich behelligen.«

Jeffrey schlug das Herz bis zum Hals. »Sagen wir einfach, ich bin neugierig«, erwiderte er. »Schließlich bin ich derjenige, der für Ihr Werk die Zeche zahlen muß. Ich bin gleich doppelt bestraft. Ich möchte einfach gern ein bißchen was über Ihre Beweggründe erfahren.« Jeffrey fühlte sich wie ein Klavierdraht, der zum Zerreißen gespannt war. Seine Muskeln waren angespannt, und er war bereit, jeden Moment loszurennen.

»Ich weiß nicht, wovon Sie sprechen.«

»Und von den Fotos wissen Sie wohl auch nichts?«

»Die will ich zurückhaben. Sofort.«

»Immer mit der Ruhe. Alles zu seiner Zeit. Erzählen Sie mir erst mal was von Patty Owen oder Henry Noble.« Nun komm schon, dachte Jeffrey. Red endlich!

»Ich will wissen, wem Sie Ihre verrückten Theorien sonst noch alles erzählt haben.«

»Niemandem«, sagte Jeffrey. »Ich bin ein Ausgestoßener. Auf der Flucht vor den Behörden. Ein Mann ohne Freunde. Wem könnte ich schon was erzählt haben?«

»Und Sie haben die Fotos dabei?«

»Sind wir nicht deswegen hier?« fragte Jeffrey ausweichend.

»Das ist alles, was ich wissen wollte«, sagte Harding.

Mit einer schnellen, geschmeidigen Bewegung zog er seine Hand hinter dem Rücken hervor und schwenkte seine Pistole. Er packte die Waffe mit beiden Händen, so wie Crockett es in *Miami Vice* immer machte, und richtete den Lauf auf Jeffreys Stirn.

Lähmendes Entsetzen packte Jeffrey. Sein Herz blieb für eine Sekunde stehen. Mit einer Waffe hatte er nicht gerechnet. Entgeistert starrte er auf das schwarze Loch am Ende des Laufs. Der Kombischlüssel war ein Witz im Vergleich mit solch einer Waffe.

»Umdrehen!« befahl Harding.

Jeffrey war außerstande, sich zu bewegen.

Harding nahm die rechte Hand von der Waffe und zog eine Spritze aus seiner Tasche. Jeffrey starrte sie entsetzt an. Dann hörte er aus der Dunkelheit einen Schrei. Es war Kelly! O Gott, dachte Jeffrey; im Geiste sah er sie über die Wiese zur Bühne rennen.

»Ich dachte, Sie wären allein gekommen«, fauchte Harding ihn an. Er trat einen Schritt vor. Jeffrey konnte sehen, wie sein Finger sich um den Abzug zu krümmen begann.

Bevor Jeffrey reagieren konnte, krachte ein Schuß. Die Rollschuhläufer stoben schreiend auseinander.

Jeffrey fühlte, wie seine Beine unter ihm nachgaben. Der Kombischlüssel rutschte aus seinem Ärmel und fiel mit lautem Klirren zu Boden. Aber zu seiner Verwunderung spürte er keinen Schmerz. Im selben Moment sah er zu seiner Verblüffung ein Loch in Hardings Stirn. Der Mann taumelte zurück. Noch ehe Jeffrey so recht begriffen hatte, daß nicht er, sondern Harding getroffen war, peitschten in rascher Folge hintereinander weitere Schüsse. Jeffrey hatte das Gefühl, daß sie von irgendwo rechts hinter ihm kamen.

Die Schüsse trafen Harding in die Brust und schleuderten ihn regelrecht nach hinten. Jeffrey starrte stumm vor Entsetzen nach unten, als Hardings Pistole zu Boden polterte und vor seinen Schuhspitzen liegenblieb. Die Spritze fiel auf den Holzboden, rollte noch ein Stück und blieb ebenfalls liegen. Es war fast zuviel auf einmal, um es erfassen zu können. Jeffrey schaute auf Harding. Er wußte, daß der Mann tot war. Die erste Kugel hatte ihm den halben Hinterkopf weggerissen.

In dem Moment, als der Schuß fiel und der blonde Kerl taumelte, als wäre er getroffen, warf O'Shea sich auf den Boden. Er hatte zu diesem Zeitpunkt die Wiese bereits zur Hälfte überquert. Er war losgelaufen, als er gesehen hatte, wie der Blonde die Pistole zog und sie auf Rhodes richtete. Tief geduckt war er über die Wiese gerannt, in der Absicht, die beiden zu überraschen. Er hatte Kelly schreien gehört, aber er hatte den Schrei ignoriert. Dann war der Feuerstoß aus der Automatik gekommen. Aus seiner Militärzeit in Vietnam wußte er, wie ein Gewehrschuß klang, besonders, wenn er von einem großkalibrigen automatischen Sturmgewehr stammte.

O'Shea kannte den Blonden nicht. Er hatte angenommen, daß er das auswärtige Talent war, mit dem Mosconi ihm gedroht hatte. O'Shea war wild entschlossen, sich nicht aus dem Geschäft bugsieren zu lassen, nicht bei der hohen Prämie. Er würde ein paar sehr ernste Worte mit Mosconi reden, wenn er ihn das nächstemal sah. Aber zuerst einmal mußte er sich mit dieser Sache hier auseinandersetzen, die allmählich Züge eines bühnenreifen Verwirrstücks annahm. Die Gewehrschüsse bedeuteten, daß noch ein dritter Kopfgeldjäger im Spiel war. O'Shea hatte es schon mehr als einmal mit äußerst ruppiger Konkurrenz zu tun gehabt, aber daß ein Konkurrent versuchte, ihn ohne jede Vorwarnung aus dem Rennen zu werfen, das hatte er noch nie erlebt.

O'Shea hob vorsichtig den Kopf und spähte zur Bühne hinüber. Den Blonden konnte er aus diesem Winkel nicht ausmachen. Der Doktor stand völlig belämmert mit offenem Mund da. O'Shea mußte an sich halten, um ihm nicht laut zuzurufen, er solle sich auf den Boden werfen. Aber er wollte die Aufmerksamkeit nicht auf sich lenken, solange er nicht wußte, von wem die Gewehrschüsse gekommen waren.

In dem Moment rannte Kelly, die sich vom ersten Schock erholt hatte, laut kreischend und ohne jede Rücksicht auf ihre Sicherheit an O'Shea vorbei auf die Bühne zu. O'Shea verdrehte gequält die Augen. Die zwei waren wirklich an Dummheit kaum noch zu überbieten, dachte er, fassungslos den Kopf schüttelnd. Er fragte sich, wer von den beiden es wohl als erster schaffen würde, sich abknallen zu lassen.

Aber wenigstens hatten Kellys Schreie den Effekt, daß Rhodes aus seiner Erstarrung erwachte. Er wandte sich zu ihr, hob die Hand und brüllte, sie solle stehenbleiben. Sie gehorchte. O'Shea richtete sich vorsichtig ein wenig auf und verharrte in der Hocke. Aus dieser Stellung konnte er den mittleren Bereich der Bühne überblicken. Der Blonde lag zusammengekrümmt auf dem Boden.

Das nächste, was O'Shea sah, war, wie zwei Männer lässig aus dem Schatten hervortraten und die Treppe zur Bühne hinaufstiegen. Einer von ihnen trug ein Sturmgewehr. Beide waren bekleidet mit dunklen Anzügen, weißen Hemden und Krawatten. Als hätten sie alle Zeit der Welt, schlenderten sie gemächlich auf den Doktor zu, der sich umgedreht hatte und sie verblüfft anstarrte. O'Shea fand, daß für Kopfgeldjäger ihr Stil ziemlich ungewöhnlich war, aber er war ebenso wirkungsvoll wie rücksichtslos. Es war offensichtlich, daß sie hinter Jeffrey Rhodes her waren.

Seine eigene Waffe aus dem Halfter ziehend und mit beiden Händen vor sich haltend, rannte O'Shea zur Bühne. »Stehenbleiben!« schrie er und richtete seine Waffe auf die Brust des Mannes mit dem Sturmgewehr. »Rhodes gehört mir! Ich nehme ihn jetzt mit, kapiert?«

Die beiden Männer blieben wie angewurzelt stehen, offensichtlich überrascht von O'Sheas plötzlichem Auftauchen. »Ich bin genauso überrascht, euch Burschen hier zu sehen«, sagte O'Shea leise, halb zu sich selbst, halb zu den Männern in den dunklen Anzügen.

Die beiden waren höchstens zehn Meter von O'Shea entfernt, in Kernschußweite. Jeffrey Rhodes stand rechts von O'Shea, am Rande seines Gesichtsfelds. Plötzlich erkannte O'Shea einen der Männer wieder. Der Kerl war kein Kopfgeldjäger.

Jeffrey schlug das Herz bis zum Hals, und sein Mund war so trokken, daß er nicht schlucken konnte. Seine Schläfen pochten. O'Sheas plötzliches Auftauchen hatte ihn genauso überrascht wie das der beiden Männer in den dunklen Anzügen.

Er hoffte nur, daß Kelly vernünftig genug war, sich von der Szene fernzuhalten. Er hätte sie niemals in diesen Schlamassel hineinziehen dürfen. Aber dies war nicht der rechte Moment für Selbstvorwürfe. Die beiden Männer in den Anzügen waren stehengeblieben. Ihre Aufmerksamkeit war jetzt voll auf O'Shea gerichtet, der am Rand der Bühne stand, die Pistole mit beiden Händen haltend. O'Shea fixierte die Männer mit gespannter Intensität. Keiner sprach, keiner rührte sich.

»Frank?« sagte O'Shea schließlich. »Frank Feranno – was, zum Teufel, geht hier vor?«

»Ich glaube, du hältst dich besser hier raus, Devlin«, erwiderte der Mann mit dem Gewehr. »Diese Sache hat nichts mit dir zu tun. Wir wollen bloß den Doktor.«

»Der Doktor gehört mir.«

»Tut mir leid, aber da muß ich dir widersprechen«, sagte der Mann, den O'Shea mit Frank angeredet hatte.

Die beiden Männer begannen sich langsam voneinander wegzubewegen.

»Keiner rührt sich vom Fleck!« schrie O'Shea.

Aber die Männer ignorierten ihn. Sie bewegten sich weiter auseinander.

Jeffrey begann zurückzuweichen. Zuerst ging er ganz langsam rückwärts, Zentimeter für Zentimeter; doch als er sah, daß die drei Männer sich zumindest vorläufig gegenseitig in Schach hielten, entschloß er sich, die Situation auszunutzen. Für den Moment war nicht er das Ziel. In dem Augenblick, als er die Treppe erreichte, machte er auf dem Absatz kehrt und rannte.

Über die Schulter hörte Jeffrey, wie O'Shea den Männern zurief, sie sollten stehenbleiben, oder er werde schießen. Jeffrey hielt auf die Wiese zu. Er packte Kelly, die an der Stelle stand, wo die Wiese an die Asphaltfläche stieß, bei der Hand, und zusammen rannten sie auf die Arthur-Fiedler-Brücke zu.

Sie erreichten die Brückenrampe und stürmten den wendelförmigen Aufgang hinauf. Ein Schuß aus der Richtung der Hatch Shell ließ sie einen Moment erschrocken innehalten, aber dann rannten sie weiter, ohne sich umzublicken. Unmittelbar auf den Schuß folgte das anhaltende Rattern einer automatischen Waffe. Jeffrey und Kelly rannten über den Storrow Drive und hasteten die Rampe hinunter. Völlig außer Atem erreichten sie Kellys Wagen. Kelly suchte verzweifelt nach ihren Schlüsseln, während Jeffrey nervös mit der Hand auf das Wagendach schlug.

»Du hast sie!« schrie Kelly, sich schlagartig erinnernd.

Jeffrey stutzte, fühlte in seiner Tasche und zog die Schlüssel hervor. Er warf sie Kelly über das Wagendach zu. Kelly schloß die Tür auf, sprang hinein und öffnete Jeffrey die Beifahrertür. Sie ließ den Motor an und gab Gas. Sekunden später waren sie auf dem Storrow Drive. Kelly jagte den Wagen auf hundert hoch. Wenige Minuten später erreichten sie das Ende des Storrow Drives, und Kelly tauchte in das Labyrinth der engen Innenstadtstraßen ein.

»Was, in aller Welt, geht hier vor?« fragte Kelly scharf, als sie wieder zu Atem gekommen waren.

»Wenn ich das nur selbst wüßte!« brachte Jeffrey hervor. »Ich habe keine Ahnung. Ich glaube, sie haben sich um mich gestritten!«

»Und ich laß mich von dir zu solch einem Wahnsinnsplan überreden!« sagte Kelly gereizt. »Ich hätte wieder mal besser auf meine Intuition hören sollen.«

»Wie hätten wir denn ahnen können, daß so was passiert?« verteidigte sich Jeffrey. »Der Plan war nicht schlecht. Etwas sehr Merkwürdiges geht da vor. Das ergibt alles irgendwie überhaupt keinen Sinn, außer, daß die einzige Person, die mich hätte entlasten können, jetzt tot ist.« Jeffrey schauderte, als er an das grausige Bild dachte, wie Harding mit dem Loch in der Stirn zurücktaumelte.

»Jetzt *müssen* wir zur Polizei gehen«, sagte Kelly.

»Das können wir nicht.«

»Aber wir haben gesehen, wie ein Mann erschossen wurde!«

»Ich kann nicht hingehen, aber wenn du meinst, du müßtest es, dann geh«, sagte Jeffrey. »Nach allem, was ich bis jetzt erlebt habe, würde mich nicht wundern, wenn sie mir den Mord an Trent Harding auch noch anhängen würden. Das wäre dann der Gipfel der Ironie.«

»Was willst du tun?« fragte Kelly.

»Wahrscheinlich das, was ich schon vor ein paar Tagen tun wollte«, antwortete Jeffrey. »Das Land verlassen. Mich nach Südamerika absetzen. Jetzt, da Harding tot ist, bleibt mir wohl kaum was anderes übrig.«

»Laß uns zu mir fahren und die ganze Sache erst einmal in Ruhe überdenken«, schlug Kelly vor. »Wir sind jetzt beide nicht in der Verfassung, um so eine wichtige Entscheidung zu treffen.«

»Ich glaube nicht, daß wir zu dir zurückkönnen«, wandte Jeffrey ein. »O'Shea muß uns von deinem Haus aus gefolgt sein. Er muß wissen, daß ich bei dir untergeschlüpft bin. Ich denke, du setzt mich besser an einem Hotel ab.«

»Wenn du ins Hotel gehst, dann geh' ich auch«, sagte Kelly.

»Bist du sicher, daß du noch immer bei mir bleiben willst, nach dem, was vorhin passiert ist?«

»Ich habe mir geschworen, diese Sache durchzustehen.«

Jeffrey war gerührt, aber er durfte sie nicht noch mehr in Gefahr bringen, als sie es ohnehin schon war. Gleichzeitig wünschte er sich nichts sehnlicher, als sie gerade jetzt in seiner Nähe zu haben. Sie waren zwar erst seit wenigen Tagen zusammen, aber schon jetzt wußte er nicht, was er ohne sie machen würde.

In einem Punkt hatte sie zweifellos recht: Er war im Moment nicht in der Verfassung, irgendeine Entscheidung zu treffen. Er schloß die Augen. Er war völlig mit den Nerven fertig. Zuviel war in den letzten Tagen auf ihn eingestürmt. Er war gefühlsmäßig total leer, regelrecht ausgebrannt.

»Wie wär's, wenn wir raus aus der Stadt fahren und irgendwo in einem kleinen Gasthof absteigen?« schlug Kelly vor, als Jeffrey nichts sagte.

»Prima Idee.« Er war mit den Gedanken schon wieder bei der schrecklichen Szene auf der Bühne der Hatch Shell. Er erinnerte sich, daß O'Shea einen der beiden Männer erkannt hatte. Wie hatte er ihn noch gleich genannt? Richtig, Frank Feranno. Jeffrey vermutete, daß sie allesamt Kopfgeldjäger waren, die sich untereinander wie die Aasgeier um die fette Belohnung zankten, die auf seinen Kopf ausgesetzt war. Doch warum hatten sie Harding getötet? Das ergab keinen Sinn, es sei denn, sie hatten ihn ebenfalls für einen Kopfgeldjäger gehalten. Aber seit wann brachten sich Kopfgeldjäger gegenseitig um?

Jeffrey schlug die Augen wieder auf. Kelly bahnte sich mühsam einen Weg durch den Verkehr.

»Kannst du noch fahren?« fragte Jeffrey.

»Es geht schon«, antwortete Kelly.

»Wenn du Probleme hast, sag Bescheid, dann fahr' ich.«

»Ich glaube, nach alldem, was du vorhin erlebt hast, solltest du lieber versuchen, dich zu entspannen«, erwiderte Kelly.

Jeffrey nickte. Dem konnte er nichts entgegensetzen. Er teilte ihr seine Vermutung mit, daß die Männer in den dunklen Anzügen Kopfgeldjäger wie O'Shea waren.

»Das glaube ich nicht«, sagte Kelly. »Als ich die Männer bemerkte, dachte ich zuerst, sie würden zu Harding gehören. Sie kamen direkt nach ihm. Aber dann, als ich sie beobachtete, konnte ich sehen, daß sie hinter *ihm* her waren. Sie haben ihn ganz gezielt abgeknallt. Sie mußten ihn nicht erschießen. Sie wollten es. Die Schüsse galten keinesfalls dir.«

»Aber warum wollten sie Harding erschießen?« fragte Jeffrey. »Das ergibt keinen Sinn.« Er seufzte. »Nun, es hat wenigstens ein Gutes. Ich bin überzeugt, daß Harding der Mörder war, auch wenn wir dafür keinen Beweis haben. Die Welt wird ohne ihn weit besser dran sein.«

Jeffrey mußte plötzlich laut lachen.

»Was kannst du daran so Lustiges finden?« fragte Kelly.

»Ich muß über meine eigene Naivität lachen. Daß ich allen Ernstes geglaubt habe, ich könnte Harding dazu kriegen, sich zu verplappern, wenn ich mich mit ihm treffe. Wenn ich jetzt im nachhinein darüber nachdenke, möchte ich wetten, daß er es von Anfang an als eine günstige Gelegenheit gesehen hat, mich umzulegen. Ich hab' dir noch gar nicht erzählt, daß er eine Spritze bei sich hatte. Ich nehme an, er hatte gar nicht vor, mich mit seiner Knarre abzuschießen. Er wollte mich mit seinem Toxin erschießen.«

Kelly trat unvermittelt auf die Bremse und lenkte den Wagen an den Straßenrand.

»Was ist los?« fragte Jeffrey alarmiert. Er war halb darauf gefaßt, O'Shea aus der Dunkelheit auftauchen zu sehen. Dieser Kerl wurde allmählich zum Alptraum für ihn.

»Mir ist gerade ein Gedanke gekommen«, sagte Kelly.

Jeffrey starrte sie in der Dunkelheit an. Die Lichtkegel von den Scheinwerfern der vorbeifahrenden Autos huschten in kurzen Abständen durch das Wageninnere.

Kelly wandte sich ihm zu. »Möglicherweise hat Hardings Ermordung einen verborgenen Nutzen.«

»Wovon redest du?«

»Vielleicht liefert uns sein Tod einen Hinweis, den wir nicht bekommen hätten, wenn er nicht getötet worden wäre.«

»Ich glaube, ich kann dir nicht so ganz folgen«, sagte Jeffrey.

»Die beiden Kerle waren in erster Linie darauf aus, Harding umzubringen, nicht dich. Da bin ich mir ganz sicher. Und es war bestimmt nicht als humanitäre Geste gedacht. Das sagt uns etwas.« Kelly wurde von Moment zu Moment aufgeregter. »Es sagt uns, daß irgend jemand Harding als Bedrohung empfunden haben muß. Vielleicht wollten sie verhindern, daß er mit dir spricht. So, wie die beiden Kerle aussahen, mit ihren schnieken Anzügen und ihren Ballermännern, tippe ich eher auf Berufskiller.« Sie holte tief Luft. »Ich glaube, diese ganze Sache ist weitaus komplizierter, als wir uns das vorgestellt haben.«

»Du glaubst, Harding war nicht bloß ein Geistesgestörter, der auf eigene Faust gehandelt hat?«

»Genau das meine ich«, sagte Kelly. »Nach dem, was heute abend da draußen abgelaufen ist, glaube ich eher, daß hinter der ganzen Sache irgendeine Art Verschwörung steckt. Vielleicht hat es irgendwas mit Krankenhäusern zu tun. Je mehr ich darüber nachdenke, desto mehr bin ich davon überzeugt, daß da noch eine andere Dimension im Spiel sein muß, die wir völlig übersehen haben, weil wir uns zu sehr auf die Theorie vom psychopathischen Einzeltäter versteift haben. Ich glaube einfach nicht, daß Harding auf eigene Faust gehandelt hat.«

Jeffreys Gedanken kehrten zu dem Wortwechsel zwischen Frank Feranno und O'Shea zurück. Feranno hatte gesagt: »Diese Sache geht dich nichts an. Wir wollen bloß den Doktor.« Sie hatten Jeffrey gewollt, aber sie hatten ihn lebend gewollt. Sie hätten ihn problemlos abknallen können, so wie Trent Harding.

»Vielleicht steckt irgendeine Versicherung dahinter«, sagte Kelly. »Würde mich jedenfalls nicht wundern.« Sie hatte Versicherungen schon immer gehaßt, erst recht nach Chris' Selbstmord.

»Jetzt geht aber wirklich deine Phantasie mit dir durch«, erwiderte Jeffrey. Nach allem, was er in den letzten Tagen mitgemacht hatte, war sein Kopf total leer. Er konnte ihren Gedankensprüngen nicht folgen.

»Irgend jemand profitiert von diesen Morden«, sagte Kelly. »Vergiß nicht, nicht nur die Ärzte, auch die Krankenhäuser sind allesamt verklagt worden. In Chris' Fall mußte die Versicherung des Krankenhauses mindestens genausoviel zahlen wie seine private Versicherung, wenn nicht sogar noch mehr. Aber es war dieselbe Versicherungsgesellschaft.«

Jeffrey dachte einen Moment nach. »Ich halte diese Idee für zu sehr an den Haaren herbeigezogen. Natürlich profitieren die Versicherungen von solchen Fällen, aber erst auf lange Sicht. Kurzfristig gesehen machen sie dabei Verluste, und zwar ganz gewaltige. Sie können die Verluste, die ihnen solche kostspieligen Regulierungen einbringen, erst sehr langfristig wieder reinholen, indem sie die Prämien für Ärzte erhöhen.«

»Aber letztendlich würden sie doch ihren Schnitt machen«, beharrte Kelly. »Und wenn Versicherungen von solchen Fällen profitieren, dann finde ich, sollten wir diesen Gedanken bei unseren Überlegungen zumindest im Hinterkopf behalten.«

»Na ja, ganz so abwegig ist er sicher nicht«, sagte Jeffrey skeptisch. »Ich möchte dich ja wirklich nicht gerne in deinem Gedankenflug bremsen, aber jetzt, da Harding von der Bildfläche verschwunden ist, sind das alles ohnehin nur noch rein akademische Fragen. Ich meine, wir haben noch immer keinerlei Beweise für irgendwas. Wir haben nicht nur keinen Beweis dafür, daß Harding der Täter war, wir können nicht einmal beweisen, daß überhaupt ein Toxin im Spiel war. Und so groß Seiberts Interesse an der Sache auch ist, es kann durchaus sein, daß wir nie einen Beweis kriegen.«

Jeffrey erinnerte sich an die Spritze, mit der Harding ihn auf der Bühne bedroht hatte. Hätte er in dem Moment doch nur genügend Geistesgegenwart gehabt, sie aufzuheben. Dann hätte Seibert eine ausreichende Menge für seine Tests. Aber Jeffrey wußte, daß er nicht so hart mit sich ins Gericht gehen durfte. Schließlich hatte er in dem Moment berechtigterweise schreckliche Angst gehabt, getötet zu werden.

Plötzlich fiel ihm Hardings Apartment ein. »Warum hab' ich

da nicht eher dran gedacht?« rief er aufgeregt und schlug sich an die Stirn. »Wir haben immer noch eine Chance, Hardings Beteiligung an den Morden und die Existenz des Toxins zu beweisen. Hardings Apartment! Irgendwo in der Wohnung muß das Zeug versteckt sein.«

»O nein, Jeffrey Rhodes«, stieß Kelly aus und schüttelte langsam den Kopf. »Sag mir nicht, du hast allen Ernstes vor, noch einmal in seine Wohnung zu gehen.«

»Es ist unsere einzige Chance. Laß uns da hinfahren. Diesmal brauchen wir uns ganz bestimmt keine Sorgen zu machen, daß uns Trent Harding in die Quere kommt. Und die Polizei taucht vor morgen ganz sicher nicht dort auf. Wir müssen noch heute nacht da rein. Je früher, desto besser.«

Kelly schüttelte ungläubig den Kopf, aber sie ließ den Wagen an und wendete.

Frank Feranno fühlte sich scheußlich. Was ihn betraf, so war das der schlimmste Abend, den er je erlebt hatte. Und dabei hatte er doch so vielversprechend angefangen. Er und Tony sollten zehn Riesen dafür kriegen, daß sie einen blonden Burschen namens Trent Harding wegpusteten und einen Doktor namens Jeffrey Rhodes in Tiefschlaf schickten. Danach brauchten sie nur noch zum Logan Airport zu fahren und den Doktor in einen wartenden Learjet zu setzen. Der Job würde ganz leicht sein, ein Kinderspiel, da der Bursche und der Doktor sich um halb zehn an der Hatch Shell auf der Esplanade treffen würden. Zwei Fliegen mit einer Klappe. Einfacher ging es wirklich nicht mehr.

Aber es war nicht so gelaufen wie geplant. Daß Devlin O'Shea plötzlich auftauchen würde, damit hatten sie wahrlich nicht rechnen können.

Feranno kam aus Phillips's Drugstore am Charles Circle und stieg in seinen schwarzen Lincoln Town Car. Er klappte die Sonnenblende herunter und benutzte den Schminkspiegel, um die Schramme an seiner linken Schläfe mit dem Alkohol abzutupfen, den er gerade gekauft hatte. Es brannte höllisch, und er biß sich auf die Zunge. Devlin hätte ihn um ein Haar erwischt. Bei dem Gedanken, wie knapp er dem Tod entronnen war, wurde ihm jetzt noch ganz mulmig im Magen.

Er schraubte die Flasche mit dem Maalox auf, die er ebenfalls in dem Drugstore gekauft hatte, entnahm ihr zwei Tabletten und schluckte sie. Dann griff er zum Hörer seines Autotelefons und wählte die Nummer seiner Kontaktperson in St. Louis.

Es rauschte und knisterte ein wenig im Hörer, als sich die Stimme des Mannes meldete.

»Matt«, sagte Feranno. »Ich bin's, Feranno.«

»Einen Moment«, bat Matt.

Feranno konnte hören, wie Matt seiner Frau sagte, er würde den Anruf im anderen Zimmer annehmen, und sie solle auflegen, sobald er den Hörer abgenommen habe. Eine Minute später hörte Feranno, wie Matt seiner Frau zubrüllte, er hätte das Gespräch jetzt auf der Leitung. Es knackte, als sie auflegte.

»Was, zum Teufel, ist los?« fragte Matt. »Sie sollten diese Nummer doch nur im äußersten Notfall anrufen – nur, wenn es Schwierigkeiten geben sollte. Jetzt erzählen Sie mir bloß nicht, ihr hättet die Sache vermasselt.«

»Es gab Schwierigkeiten«, sagte Feranno. »Große Schwierigkeiten. Tony hat's erwischt. Er ist tot. Sie haben vergessen, uns auf was hinzuweisen, Matt. Es muß eine Prämie auf den Kopf des Doktors ausgesetzt sein. Einer der übelsten Kopfgeldjäger in der Branche tauchte plötzlich auf, und der wäre nicht dagewesen, wenn nicht ein dicker Batzen Geld im Spiel wär'.«

»Was ist mit dem Krankenpfleger?« fragte Matt.

»Der ist Geschichte. Das war leicht. Der schwierige Teil war, den Doktor zu kriegen. Wieviel Geld ist auf seinen Kopf ausgesetzt?«

»Die Kaution beträgt eine halbe Million.«

Feranno pfiff durch die Zähne. »Wissen Sie, Matt, das ist nicht gerade ein unbedeutendes Detail. Sie hätten uns warnen müssen. Wir hätten die Sache ein bißchen anders angepackt, wenn wir davon Kenntnis gehabt hätten. Ich weiß nicht, wie wichtig der Doktor für Sie ist, aber ich muß Ihnen sagen, daß mein Preis soeben gestiegen ist. Sie müssen jetzt mindestens so viel springen lassen, wie das Kopfgeld beträgt. Außerdem habe ich einen meiner besten Männer verloren. Ich bin sehr enttäuscht, Matt. Ich dachte, wir würden uns verstehen. Sie hätten mir das mit der Kaution vorher sagen sollen.«

»Wir werden uns großzügig erweisen, Frank«, erwiderte Matt. »Der Doktor ist uns wichtig. Nicht so wichtig, wie Harding loszuwerden, aber immer noch wichtig genug. Ich mach' Ihnen einen Vorschlag, Frank – wenn Sie uns den Doktor bringen, erhöhen wir Ihr Honorar auf fünfundsiebzigtausend. Na, wie klingt das?«

»Fünfundsiebzigtausend klingt nicht schlecht. Hört sich so an, als wäre Ihnen Ihr Doktor ganz schön wichtig. Irgendeine Ahnung, wo ich ihn finden kann?«

»Nein, aber das ist einer der Gründe, warum wir bereit sind, so viel zu zahlen. Sie haben mir gesagt, wie gut Sie wären – hier haben Sie eine Chance, es unter Beweis zu stellen. Was ist mit Hardings Leiche?«

»Ich habe alles so gemacht, wie Sie es gesagt haben«, antwortete Feranno. »Zum Glück hab' ich Devlin getroffen, nachdem er Tony erschossen hat, doch ich weiß nicht, wie schwer ich ihn erwischt habe. Ich hatte nicht viel Zeit. Aber die Leiche ist sauber. Keine Identifizierung möglich. Und Sie hatten recht, er hatte eine Spritze dabei. Ich hab' sie an mich genommen. Ich schick' sie mit dem Flieger.«

»Ausgezeichnet, Frank«, sagte Matt. »Was ist mit Hardings Wohnung?«

»Die steht als nächstes auf der Liste.«

»Vergessen Sie nicht – ich will, daß alle Spuren getilgt werden. Und denken Sie vor allem an das Versteck in dem Schränkchen neben dem Kühlschrank. Holen Sie das ganze Zeug raus, und schicken Sie es ebenfalls mit dem Flieger. Und suchen Sie nach Hardings Adreßbuch. Dem Blödmann ist glatt zuzutrauen, daß er irgendwas reingeschrieben hat, das da besser nicht drinstehen sollte. Wenn Sie es finden, tun Sie es zu dem anderen Zeug. Und dann lassen Sie die Bude so aussehen, als ob eingebrochen worden wäre. Haben Sie seine Schlüssel bekommen?«

»Ja, hab' ich«, antwortete Feranno. »Kein Problem, in die Bude reinzukommen.«

»Perfekt«, sagte Matt. »Tut mir leid wegen Tony.«

»Nun, das Leben hat eben seine Risiken«, erwiderte Feranno. Er fühlte sich jetzt schon wieder erheblich besser. Die Aussicht auf fünfundsiebzig Riesen hatte etwas geradezu Beflügelndes. Er legte den Hörer auf und machte sofort einen weiteren Anruf.

»Nicky, hier ist Frank. Ich brauche deine Hilfe. Nichts Großes, bloß eine Bude etwas umräumen. Was dabei rausspringt? Wie würde dir ein halber Riese gefallen? Nicht schlecht, würde ich auch sagen. Ich lese dich auf der Hanover Street auf, vor dem Via-Veneto-Café. Und bring deine Knarre mit, für alle Fälle!«

Als Kelly nach links in die Garden Street einbog, hatte sie ein unangenehmes Déjà-vu-Erlebnis. Sie sah wieder das Bild vor sich, wie Harding mit dem Hammer auf sie zugerannt kam. Sie lenkte den Wagen an den Straßenrand und parkte in zweiter Reihe. Dann lehnte sie sich aus dem Fenster und schaute zu Hardings Apartment hinauf. »Oh!« rief sie. »Bei Harding brennt Licht.«

»Wahrscheinlich hat er es angelassen, weil er dachte, er würde in einer halben Stunde wieder zurück sein«, sagte Jeffrey.

»Bist du sicher?« fragte Kelly.

»Natürlich bin ich nicht sicher«, antwortete Jeffrey, »aber es liegt doch ziemlich nahe, oder? Jetzt mach mich nicht noch nervöser, als ich so schon bin.«

»Vielleicht ist die Polizei bereits da.«

»Ich kann mir nicht mal vorstellen, daß sie schon an der Hatch Shell waren, geschweige denn hier in Hardings Wohnung. Keine Angst, ich werde aufpassen. Ich werde vorher am Fenster horchen. Sollte die Polizei auftauchen, während ich noch oben bin, hupst du mehrmals hintereinander und fährst dann um den Block herum zur Revere Street. Sollte es tatsächlich dazu kommen, was ich aber nicht glaube, laufe ich über die Dächer und komm' aus einem der Häuser dort drüben raus.«

»Das mit dem Hupen hat letztesmal schon nicht funktioniert«, gab Kelly zu bedenken.

»Diesmal werde ich hinhören.«

»Was wirst du tun, wenn du irgendwas Belastendes findest?«

»Ich werde es liegen lassen, wo es ist, und Randolph anrufen«, antwortete Jeffrey. »Dann kann er einen Durchsuchungsbefehl erwirken und die Polizei informieren. Von dem Punkt an würde ich die weiteren Ermittlungen den Experten überlassen. Bis das alles über die Bühne ist und die Mühlen der Justiz sich in Bewegung gesetzt haben, wird einige Zeit vergehen. Was mich betrifft, werde ich mich wohl am besten ins Ausland absetzen, zumindest so lange, bis ich entlastet bin.«

»Das klingt aus deinem Mund alles so einfach«, sagte Kelly.

»Das wird es auch sein, falls ich das Toxin oder etwas Entsprechendes finde«, erwiderte Jeffrey. »Und, Kelly, wenn ich tatsächlich das Land verlasse, dann möchte ich, daß du dir überlegst, ob du nicht Lust hättest mitzukommen.«

Kelly wollte etwas sagen, aber Jeffrey hob die Hand. »Denk einfach mal drüber nach.«

»Ich würde unheimlich gerne mitkommen. Ehrlich.«

Jeffrey lächelte. »Laß uns später darüber sprechen. Jetzt wünsch mir erst mal viel Glück.«

»Viel Glück«, sagte Kelly. »Und beeil dich!«

Jeffrey stieg aus dem Wagen und schaute zu Hardings offenem Fenster hinauf. Er konnte sehen, daß das Fliegengitter noch nicht wieder eingehängt worden war. Das war gut. Es würde ihm Zeit ersparen.

Er überquerte die Straße und ging ins Haus. Die Innentür ließ sich wie schon beim letztenmal problemlos öffnen. Im Treppenhaus hing der Geruch von gebratenen Zwiebeln. Aus mehreren Wohnungen drang Musik. Als er die schmutzübersäte Treppe hinaufstieg, wuchsen seine Bedenken. Aber er wußte, daß er keine Zeit hatte, sich seinen Ängsten hinzugeben. Mit neugewonnener Entschlossenheit stieg er hinauf aufs Dach und die Feuertreppe hinunter.

Jeffrey steckte den Kopf durchs Fenster und horchte. Alles, was er hören konnte, war die gedämpfte Popmusik, die er schon im Treppenhaus vernommen hatte. Als er sicher war, daß Hardings Wohnung leer war, gab er sich einen letzten inneren Ruck, dann stieg er ins Wohnzimmer ein.

Er bemerkte als erstes, daß in der Wohnung ein noch größeres Durcheinander herrschte als bei seinem ersten Besuch. Der Kaffeetisch lag umgestürzt auf dem Boden; ein Bein war abgebrochen. Alles, was auf ihm gewesen war, lag jetzt im Zimmer verstreut. Neben dem Telefon klaffte ein faustgroßes Loch in der Gipswand. Der Fußboden in der Nähe der Küchentür war mit Scherben und Glassplittern übersät. Jeffrey entdeckte die Reste einer zerbrochenen Bierflasche zwischen den Scherben.

Er ging durch die ganze Wohnung, um sich zu überzeugen, daß wirklich niemand da war. Dann trat er zur Wohnungstür und legte die Kette vor. Diesmal wollte er jeder Überraschung vorbeugen. Anschließend begann er die Wohnung systematisch zu durchsuchen. Sein Plan war, als erstes nach Schriftstücken Ausschau zu halten. Er würde sie, falls er welche fand, nicht an Ort und Stelle lesen, sondern mitnehmen und sie später in aller Ruhe studieren.

Der Platz, an dem Korrespondenz am ehesten aufbewahrt wurde, war der Schreibtisch. Doch bevor er sich den Schreibtisch vornahm, ging er in die Küche, um zu schauen, ob er eine leere Einkaufstüte fand, in die er die Briefe hineinstecken konnte. In der Küche entdeckte er weitere Scherben. Jeffrey starrte auf die Scherben in der Küche. Sie lagen auf dem Boden neben dem Kühlschrank und schienen von sauberen Gläsern zu stammen. Es sah so aus, als wären sie absichtlich zerbrochen worden. Er ging zu dem Schränkchen und öffnete es. Auf dem unteren Regal standen Gläser von der gleichen Sorte wie die,

die zerbrochen waren. Auf dem Regal darüber waren Teller gestapelt.

Jeffrey fragte sich, was in der Wohnung vorgegangen sein mochte, bevor Trent weggegangen war. Eher zufällig fiel ihm plötzlich eine Unstimmigkeit bezüglich der Tiefe des Schranks ins Auge. Das Regal mit den Gläsern war nur halb so tief wie das mit den Tellern.

Er faßte in den Schrank, schob die Gläser zur Seite und klopfte mit dem Knöchel gegen die Rückwand. Dabei fühlte er, daß die Sperrholzplatte sich bewegte. Sofort versuchte er, sie nach vorn herauszuhebeln, aber sie saß fest. Er probierte es mit einer neuen Taktik. Diesmal hatte er mehr Erfolg. Als er gegen den rechten Rand drückte, drehte sich die Platte zur Seite weg. Er faßte sie am linken Rand und zog sie heraus.

»Heureka!« rief Jeffrey, als er den Inhalt des Verstecks sah: eine ungeöffnete Schachtel mit 30-ml-Ampullen Marcain, eine Zigarrenkiste, mehrere Spritzen und eine mit einem Gummistöpsel verschlossene Ampulle mit einer öligen gelben Flüssigkeit. Jeffrey sah sich in der Küche nach einem Handtuch um. Über dem Türgriff des Kühlschranks hing ein Geschirrtuch. Er nahm es und hob damit vorsichtig die Ampulle aus dem Fach heraus. Es schien sich um ein ausländisches Fabrikat zu handeln. Jeffrey hatte diesen Typ von Ampulle schon häufiger gesehen; er war recht gebräuchlich.

Er stellte die Ampulle auf die Arbeitsplatte, hob, wieder das Geschirrtuch benutzend, die Zigarrenkiste heraus, legte sie ebenfalls auf die Arbeitsplatte und klappte den Deckel auf. Die Kiste enthielt einen dicken Packen frischer Hundertdollarnoten. Er verglich ihn im Geiste mit seinem eigenen Packen Hundertdollarnoten und schätzte, daß es zwischen zwanzig- und dreißigtausend Dollar sein mußten.

Behutsam legte Jeffrey alles wieder dahin zurück, wo er es gefunden hatte. Er wischte sogar die Rückwand und die Gläser ab, die er angefaßt hatte, um nur ja keine Fingerabdrücke zu hinterlassen. Er war in einer fast euphorischen Stimmung. Seine Entdeckung hatte ihm neuen Mut gemacht. Er hatte keinen Zweifel, daß die gelbe Flüssigkeit in der Ampulle das geheimnisvolle Toxin war und daß eine Analyse genauen Aufschluß darüber geben würde, wonach Seibert in Patty Owens Serum suchen mußte. Sogar das Geld ermutigte ihn. Er wertete es als einen klaren Hinweis darauf, daß Kellys Verschwörungstheorie zutraf.

Beflügelt von dem Erfolg, war Jeffrey heiß darauf, noch mehr zu erfahren. Irgendwo in der Wohnung mußte etwas sein, das Aufschluß über die Art der Verschwörung gab. Jeffrey durchstöberte rasch die restlichen Küchenschränke und fand das, weswegen er ursprünglich in die Küche gegangen war, nämlich eine braune Papiertüte.

Er kehrte ins Wohnzimmer zurück und durchsuchte den Schreibtisch. Er fand eine Anzahl von Briefen und Rechnungen, die er allesamt in die Einkaufstüte steckte. Als nächstes ging er ins Schlafzimmer und durchsuchte die Kommode. In der zweiten Schublade fand er einen Stapel *Playgirl*-Magazine. Er ließ sie liegen. In der dritten Schublade entdeckte er eine beträchtliche Anzahl Briefe, weit mehr, als er vermutet hatte. Er zog sich einen Stuhl heran und begann sie grob vorzusortieren.

Kelly trommelte nervös mit den Fingern auf dem Lenkrad herum und rutschte auf ihrem Sitz hin und her. Ein Auto war aus einer Parkbucht zwei Häuser vor Hardings Haus herausgefahren, und sie hatte ein paar Minuten damit zugebracht, ihren Wagen in die Lücke zu setzen. Sie blickte erneut zu Hardings Fenster hinauf. Was trieb Jeffrey bloß so lange da oben? Je länger es dauerte, desto mehr wuchs ihre Nervosität. Wie lange brauchte jemand, um ein Zweizimmerapartment zu durchsuchen?

Die Garden Street war keine sehr belebte Straße, aber während Kelly wartete, kam gut ein halbes Dutzend Autos von der Revere Street hereingebogen und fuhr an ihr vorbei. Die Fahrer schienen auf der Suche nach einem Parkplatz zu sein. Daher war Kelly nicht überrascht, als plötzlich ein weiteres Scheinwerferpaar von der Revere Street her in die Garden Street schwenkte und sich langsam auf sie zubewegte. Sie wurde erst stutzig, als der Wagen direkt vor Hardings Haus anhielt und in zweiter Reihe parkte. Die Scheinwerfer erloschen, und die Parkleuchten gingen an.

Kelly drehte sich auf ihrem Sitz um und spähte hinüber zu dem Wagen. Ein Mann in einem dunklen Pullover stieg auf der Beifahrerseite aus und ging zum Bürgersteig. Er reckte sich, als der Fahrer ausstieg. Dieser trug ein weißes Hemd mit aufgekrempelten Ärmeln. Er hatte eine Tasche bei sich. Die beiden Männer lachten über irgend etwas. Sie schienen es nicht eilig zu haben. Der jüngere der beiden rauchte seine Zigarette auf und schnippte die Kippe in den Rinnstein. Dann gingen sie in Trent Hardings Haus.

Kelly musterte den Wagen. Es war ein großer schwarzer Lincoln Town Car mit mehreren Antennen auf dem Heck. Die protzige Limousine paßte so gar nicht zu der schmuddeligen Straße mit ihren heruntergekommenen Häusern, und Kelly beschlich ein mulmiges Gefühl. Sie überlegte, ob sie hupen sollte, aber sie wollte Jeffrey auf keinen Fall unnötig einen Schreck einjagen. Sie griff zur Tür, um auszusteigen, entschloß sich dann aber doch zu bleiben, wo sie war. Sie blickte erneut zu Hardings Fenster hoch, so, als könne sie allein durch ihr Schauen Jeffrey heil aus dem Haus herausbringen.

»Wenn du mir beweist, daß ich mich auf dich verlassen kann, habe ich große Pläne mit dir, Nicky«, sagte Frank Feranno, während sie zusammen die Treppe hinaufstiegen. »Durch Tonys Tod ist eine Lücke in meiner Organisation entstanden. Du verstehst, was ich meine?«

»Du brauchst mir bloß zu sagen, was ich machen soll, und es wird prompt erledigt«, erwiderte Nicky.

Feranno fragte sich, wie in aller Welt er diesen Doktor finden sollte. Er würde jemanden brauchen, der, wenn nötig, die ganze Stadt durchkämmte. Nicky war genau der richtige Mann für diesen Job, auch wenn er ein bißchen doof war.

Sie kamen im fünften Stock an. Feranno war außer Atem. »Ich glaube, ich muß mit den Spaghetti mal ein wenig kürzertreten«, sagte er schnaufend, während er Hardings Schlüssel aus der Hosentasche zog. Er warf einen Blick auf das Schloß und versuchte zu erraten, welcher Schlüssel der richtige war. Als er sich nicht entscheiden konnte, steckte er kurzerhand den erstbesten hinein und versuchte ihn herumzudrehen. Ohne Erfolg. Er probierte den zweiten. Der paßte. Er stieß die Tür auf, aber sie ließ sich nur einen Spalt öffnen. Die Kette war vorgehängt. »Was, zum Teufel?« knurrte Feranno.

Jeffrey hatte das Knirschen des ersten Schlüssels im Schloß gehört. Er war entsetzt hochgeschreckt. Sein erster Gedanke war völlig irrational: Harding war zurückgekommen! Er war gar nicht tot! Als Feranno den zweiten Schlüssel ins Schloß gesteckt hatte, war Jeffrey in Panik an der Tür vorbeigerannt. In dem Moment, als Nicky mitsamt der Tür in die Diele stürzte, war Jeffrey schon am Fenster.

»Es ist der Doktor!« hörte er jemanden brüllen. Er sprang wie ein Hürdenläufer über den Fenstersims. Diesmal schaffte er es, ohne irgendwo dagegenzukrachen. Mit einem weiteren Satz war er auf der Feuertreppe und hastete hinauf.

Auf dem Dach angekommen, nahm er den gleichen Weg wie schon bei seiner ersten Flucht. Diesmal jedoch rannte er an dem Dachhaus vorbei, durch das er am Tag zuvor entkommen war, da er befürchtete, daß das Hakenschloß noch immer herausgerissen war. Hinter sich hörte er die trommelnden Schritte seiner Verfolger. Er vermutete, daß es dieselben Männer waren, die Harding umgebracht hatten, Männer, von denen Kelly glaubte, es seien Profikiller. An die Möglichkeit, daß sie in Hardings Wohnung kommen könnten, hatte er überhaupt nicht gedacht.

Jeffrey rüttelte verzweifelt an den Türen mehrerer Dachhäuser, aber sie waren alle zugesperrt. Er mußte bis zum Eckhaus weiterrennen, bis er endlich eine Tür fand, die offen war. Er stürzte hinein, zog die Tür zu und tastete nach einem Schloß.

Aber es gab keins. Er wandte sich um und stürmte die Treppe hinunter. Seine Verfolger hatten aufgeholt. Als er sich dem Erdgeschoß näherte, hörte er ihre Schritte bereits eine Treppe über sich.

Er erreichte die Straße. Blitzschnell faßte er einen Entschluß. Er wußte, bis zum Wagen konnte er es nicht mehr schaffen. Seine Verfolger waren zu dicht hinter ihm. Er machte kehrt und rannte die Revere Street hinunter. Er würde Kelly nicht noch mehr gefährden. Er würde erst versuchen, seine Verfolger abzuschütteln, bevor er zum Wagen zurückkehren würde.

Hinter sich hörte er, wie die Männer die Straße erreichten und ihm nachrannten. Viel Vorsprung hatte er nicht. Jeffrey bog nach links in die Cedar Street und jagte an einer Wäscherei und an einem Tabakladen vorbei. Eine Handvoll Passanten war auf dem Bürgersteig. Jeffrey konnte jetzt die Schritte des schnelleren seiner beiden Verfolger dicht hinter sich hören. Er schien bei weit besserer Kondition als der andere zu sein, dessen Schritte jetzt deutlich zurückfielen.

Jeffrey bog in die Pinckney Street ein und rannte bergab. Seine Ortskenntnisse von Beacon Hill waren nicht besonders gut. Er hoffte nur inbrünstig, daß er nicht in eine Sackgasse lief. Aber die Pinckney Street mündete auf den Louisburg Square.

Ihm wurde klar, daß er sich irgendwo verstecken mußte, wenn er seinen Verfolgern entkommen wollte. Sie abzuhängen würde er nie im Leben schaffen. Er sah den schmiedeeisernen Zaun vor sich auftauchen, der die kleine Grünanlage im Zentrum des Louisburg Squares umgab, und hielt direkt darauf zu. Mit dem Mut der Verzweiflung schwang er sich hinüber, wobei er sich mit dem Hosenbein um ein Haar in einem der mit brusthohen Eisendornen bewehrten Längsstäbe verfangen hätte. Bei der Landung auf der anderen Seite sank er tief mit den Schuhen in das weiche Gras ein. Er rappelte sich hoch, rannte weiter und stürzte sich kopfüber in das dichte Gestrüpp, wo er sich flach auf die feuchte Erde legte. Er hielt den Atem an und wartete.

Jeffrey hörte, wie die Männer die Pinckney Street heruntergerannt kamen. Das Klappern ihrer Absätze auf dem Bürgersteig hallte von den Fassaden der eleganten Backsteinhäuser wider. Der schnellere von den beiden tauchte einen Moment später auf dem Louisburg Square auf. Als er sah, daß Jeffrey verschwunden war, verlangsamte er sofort seinen Schritt und blieb dann stehen. Ein paar Sekunden später tauchte auch der andere auf, heftig nach Atem ringend. Sie wechselten einige Worte.

Im Licht der Gaslaternen, die den Platz umgaben, erhaschte Jeffrey einen Blick auf die beiden Männer, als sie sich trennten. Der eine ging nach rechts, der andere nach links. In einem von ihnen erkannte Jeffrey einen der Kerle von der Hatch Shell wieder. Seinen zweiten Verfolger, der eine Pistole in der Hand hielt, hatte er noch nie gesehen.

Die beiden gingen langsam um den Platz herum, methodisch jeden Hauseingang und jedes Treppenhaus überprüfend. Sie schauten sogar unter einige Autos. Jeffrey rührte sich nicht vom Fleck, selbst dann noch nicht, als die beiden aus seinem Blickfeld verschwunden waren. Jede Bewegung, jedes Rascheln konnte ihre Aufmerksamkeit auf ihn lenken.

Als er schätzte, daß sie auf der gegenüberliegenden Seite des Platzes angekommen sein mußten, trug er sich einen kurzen Moment mit dem Gedanken, über den Zaun zu klettern und zurück zu Kelly zu rennen. Aber dann entschied er sich dagegen. Die Gefahr, daß sie ihn bemerken würden, wenn er über den Zaun stieg, war einfach zu groß.

Das Miauen einer Katze direkt vor ihm ließ ihn zusammenfahren. Einen halben Meter von seinem Gesicht entfernt saß eine Tigerkatze. Ihr Schwanz war steil aufgerichtet. Die Katze miaute erneut und kam näher, um sich an Jeffreys Kopf zu reiben. Sie begann laut zu schnurren. Jeffrey mußte an die Situation in Kellys Speisekammer denken. Katzen hatten ihm früher nie besondere Aufmerksamkeit geschenkt; jetzt schienen sie immer gerade dann aufzutauchen, wenn er versuchte, sich zu verstecken!

Als er den Kopf drehte und durch das Gestrüpp spähte, konnte er sehen, wie die beiden Männer an der Stelle standen, wo die

Mount Vermont Street auf den Louisburg Square einmündete, und sich berieten. Ein einzelner Passant ging auf dem Bürgersteig. Jeffrey überlegte, ob er um Hilfe rufen sollte, aber der Passant verschwand gleich darauf in einem der Häuser. Dann kam ihm der Gedanke, ob er trotzdem um Hilfe rufen sollte, einfach auf gut Glück, aber er entschied sich dagegen. Damit würde er wahrscheinlich bestenfalls erreichen, daß hier und da jemand aus dem Fenster guckte – und dann nicht wissen würde, was los war, da Jeffrey unsichtbar für ihn im Gebüsch hockte. Und auch wenn jemand die Geistesgegenwart besitzen würde, die 911 zu wählen, würde es selbst unter günstigsten Umständen mindestens zehn bis fünfzehn Minuten dauern, bis die Polizei eintreffen würde. Abgesehen davon war Jeffrey nicht sicher, ob er die Polizei überhaupt dabeihaben wollte.

Die beiden Männer trennten sich jetzt erneut und bewegten sich wieder auf die Pinckney Street zu. Diesmal spähten sie beim Vorbeigehen in die Grünanlage. Jeffrey fühlte, wie die Panik wieder in ihm hochstieg. Ihm war klar, daß er dort nicht bleiben konnte, zumal die Katze weiter beharrlich um seine Zuwendung buhlte. Er mußte schnellstens hier weg.

Er sprang auf und sprintete zum Zaun. Wieder schwang er sich todesmutig hinüber, aber als er auf dem Pflaster auf der anderen Seite landete, knickte sein rechter Fuß um. Ein stechender Schmerz schoß durch sein Bein.

Jeffrey biß die Zähne zusammen und spurtete ungeachtet seines schmerzenden Knöchels die Pinckney Street hinauf. Hinter sich hörte er, wie einer der Männer dem anderen etwas zubrüllte. Sekunden später hallten ihre Schritte durch die Pinckney Street. Jeffrey passierte die West Cedar Street und rannte zur Charles Street weiter. In seiner Verzweiflung rannte er mitten auf die Fahrbahn und versuchte mit wild rudernden Armen einen der vorbeifahrenden Wagen zum Anhalten zu bewegen. Aber keiner hielt.

Die Schritte seiner Verfolger waren jetzt wieder dicht hinter ihm. Jeffrey raste über die Charles Street und folgte ihr bis zur

Kreuzung Brimmer Street, wo er nach links abbog. Er rannte weiter bis zum Ende des Blocks. Der schnellere der beiden Männer machte immer mehr Boden gut und saß ihm bereits dicht im Nacken.

Verzweifelt schlug Jeffrey einen Haken und stürmte zum Eingang der Church of the Advent, in der Hoffnung, irgendwo im Innern der Kirche eine Stelle zu finden, wo er sich verstecken konnte. Er erreichte das schwere Tor am Ende des gotischen Bogengangs, drückte die Klinke herunter und rüttelte verzweifelt. Das Tor war verschlossen. In dem Moment, als er sich wieder zur Straße umwandte, tauchte einer der Männer auf – der mit der Waffe. Einen Moment später kam der andere herangehastet, ziemlich aus der Puste. Es war der, den Jeffrey von der Hatch Shell her kannte. Sie bewegten sich langsam auf ihn zu.

Jeffrey wandte sich wieder zur Kirchentür um und trommelte frustriert dagegen. Dann spürte er den kalten Lauf einer Pistole an seiner Schläfe. Er hörte, wie der abgehetztere der beiden sagte: »Auf Wiedersehen, Doktor!«

Kelly schlug mit der Hand auf das Armaturenbrett. »Das kann doch nicht wahr sein!« sagte sie laut. Was trieb er bloß so lange da oben? Zum hundertstenmal schaute sie zu Hardings Fenster hinauf. Noch immer war nichts von Jeffrey zu sehen.

Sie stieg aus, lehnte sich gegen den Wagen und überlegte, was sie machen konnte. Sie konnte hupen, aber es widerstrebte ihr, ihn aufzuschrecken, bloß weil sie besorgt war und ein komisches Gefühl hatte. Daß er so lange brauchte, schien darauf hinzudeuten, daß er irgend etwas Wichtiges gefunden hatte. Sie war drauf und dran, selbst hinaufzugehen, aber sie befürchtete, daß Jeffrey, wenn er sie an der Tür klopfen hörte, einen solchen Schreck bekommen würde, daß er die Flucht ergreifen würde.

Kelly war mit ihrer Weisheit am Ende, als der schwarze Lincoln zurückkehrte. Keine zehn Minuten vorher hatte Kelly gesehen, wie einer der Männer kam und mit dem Auto davonfuhr. Aber er war die Straße heraufgekommen, nicht aus Hardings

Haus. Kelly sah zu, wie er wieder an der gleichen Stelle in zweiter Reihe anhielt, an der er schon zuvor geparkt hatte. Dann stiegen dieselben beiden Männer aus und gingen erneut in Hardings Haus.

Kelly stutzte. Die Sache kam ihr immer seltsamer vor. Sie schlenderte hinüber zu dem Lincoln, um ihn sich einmal aus der Nähe anzuschauen. Sie steckte die Hände in die Taschen, in der Hoffnung, so eher den Eindruck einer zufällig vorbeikommenden Passantin zu erwecken, falls die Männer plötzlich wieder auftauchen sollten. Als sie auf gleicher Höhe mit dem Lincoln war, blickte sie die Straße hinauf und hinunter, so, als schäme sie sich ein wenig ihrer Neugier. Der Wagen hatte ein Funktelefon, sah jedoch ansonsten normal aus. Sie beugte sich hinunter und spähte in den Fond des Wagens.

Hastig richtete sich Kelly wieder auf. Auf dem Rücksitz lag jemand und schlief! Sie beugte sich vorsichtig vor und schaute noch einmal hinein. Es war ein Mann. Einer seiner Arme lag unnatürlich verdreht hinter dem Rücken. Mein Gott, dachte Kelly, das ist ja Jeffrey!

In heller Aufregung rüttelte sie an der Tür. Sie war abgeschlossen. Sie rannte um den Wagen herum und probierte es an den anderen Türen. Sie waren alle verriegelt. Verzweifelt hielt sie nach irgend etwas Schwerem Ausschau, einem Stein oder dergleichen. Sie fand einen lockeren Pflasterstein im Bürgersteig und ruckelte ihn heraus. Dann rannte sie zurück zu dem Lincoln und schlug mit dem Stein gegen das hintere Seitenfenster. Sie mußte mehrmals mit aller Kraft zuschlagen, bis die Scheibe endlich in tausend winzige Glaskörner zerbröselte. Sie langte hinein und entriegelte die Tür.

Als sie sich hineinbeugte und versuchte, Jeffrey wachzurütteln, hörte sie oben einen wütenden Schrei. Sie nahm an, daß es einer der beiden Männer war, die aus dem Wagen gestiegen waren. Sie hatten offenbar das Bersten der Scheibe gehört.

»Jeffrey! Jeffrey!« schrie sie. Sie mußte ihn aus dem Wagen rauskriegen. Als er seinen Namen hörte, begann er sich zu bewegen. Er versuchte zu sprechen, aber er brachte nur ein unverständliches Lallen heraus. Er runzelte mühsam die Stirn und versuchte die Augen aufzuschlagen. Seine Lider öffneten sich einen winzigen Spalt und fielen wieder zu.

Kelly wußte, daß sie wenig Zeit hatte. Sie packte ihn bei den Handgelenken und zog ihn zu sich herüber. Seine Beine rutschten schlaff vom Sitz und fielen auf den Wagenboden. Sein Körper war ein totes Gewicht. Er schien in Ohnmacht gefallen zu sein. Kelly ließ seine Handgelenke los, schlang die Arme um seinen Oberkörper und zerrte ihn aus dem Wagen.

»Versuch zu stehen, Jeffrey!« rief sie in flehendem Ton. Er war wie eine Stoffpuppe. Sie wußte, wenn sie ihn losließ, würde er wie ein Sack auf das Pflaster fallen. Es schien, als hätten sie ihn betäubt. »Jeffrey!« schrie sie. »Geh! Versuch zu gehen!«

Alle Kraft zusammennehmend, schleppte Kelly Jeffrey den Bürgersteig entlang. Seine Absätze schleiften über den Boden. Er versuchte ihr zu helfen, aber seine Beine gehorchten ihm nicht. Er konnte sie nicht belasten, geschweige denn auf ihnen stehen.

Als Kelly die Höhe ihres Wagens erreicht hatte, vermochte sich Jeffrey wieder etwas aufrecht zu halten, aber er war noch immer zu benommen, um ihre Situation zu erfassen. Kelly lehnte ihn gegen den Wagen, ihn mit dem eigenen Körper abstützend. Sie öffnete die hintere Tür und bugsierte ihn irgendwie hinein. Nachdem sie sich vergewissert hatte, daß er ganz drin war, schlug sie die Tür zu.

Sie riß die Fahrertür auf und sprang hinein. In dem Moment hörte sie, wie die Tür von Hardings Haus aufflog und gegen den Anschlag knallte. Kelly ließ den Motor an, schlug das Lenkrad scharf nach links ein und trat aufs Gas. Sie stieß mit dem rechten Kotflügel so hart gegen den Vordermann, daß Jeffrey vom Rücksitz fiel.

Sie legte den Rückwärtsgang ein, setzte unter wildem Kurbeln zurück und rammte das Auto hinter ihr. Einer der Männer hatte jetzt ihren Wagen erreicht. Bevor sie den Verriegelungsknopf runterdrücken konnte, hatte er ihre Tür aufgerissen und ihren linken Arm gepackt. »Nicht so hastig, Lady«, schnarrte er in ihr Ohr.

Mit der freien Hand schaltete Kelly in einen Vorwärtsgang, dann trat sie das Gaspedal bis zum Bodenblech durch. Sie klammerte sich verzweifelt am Lenkrad fest, als der Kerl neben ihr sie am Arm riß, um sie herauszuzerren. Ihr Wagen machte einen Satz nach vorn, den Wagen direkt vor ihr nur um Haaresbreite verfehlend. Kelly riß das Lenkrad nach links und schrammte mit ihrer offenen Tür an den auf der Gegenseite geparkten Wagen entlang. Der Mann, der sie noch einen Augenblick vorher beim Arm gepackt hatte, schrie vor Schmerz auf, als er zwischen einem geparkten Auto und Kellys wild hin und her schwingender Tür eingequetscht wurde.

Kelly hielt das Gaspedal durchgetreten. Die Tür immer noch offen, raste sie die Garden Street hinunter. Vor der Kreuzung Cambridge Street stieg sie voll auf die Bremse, um den Fußgängern auszuweichen, die an der Stelle die Straße überquerten. Die Leute stoben erschrocken auseinander, als Kellys Wagen mit quietschenden Reifen seitwärts über den Zebrastreifen schlingerte, ein paar von ihnen nur um Haaresbreite verfehlend.

Kelly schloß die Augen, mit dem Schlimmsten rechnend. Als sie sie wieder aufmachte, war der Wagen zwar zum Stillstand gekommen, aber er hatte sich um hundertachtzig Grad gedreht. Sie stand mit der Schnauze zum Gegenverkehr, vor sich eine Reihe wütend hupender Fahrer. Einige waren bereits aus ihren Wagen gestiegen und kamen auf sie zu. Kelly legte den Rückwärtsgang ein, setzte mit quietschenden Reifen zurück, haute den Schalthebel nach vorn, trat aufs Gas, drehte das Lenkrad herum und stand wieder in der richtigen Richtung. Im selben Moment sah sie im Rückspiegel den schwarzen Lincoln die Garden Street herunterrauschen.

Sie wußte, die einzige Chance, den schweren Wagen abzuhängen, waren die engen Straßen von Beacon Hill, wo sie die Wendigkeit ihres kleinen Hondas ausspielen konnte. Sie bog von der Cambridge Street kurz entschlossen in die erstbeste Straße links ein. Dabei nahm sie die Kurve ein wenig zu schnell, rumpelte mit dem Vorderrad über den Bürgersteig und stieß mit dem Kotflügel eine Mülltonne um. Kelly jagte die steil ansteigende Straße hinauf. Oben bremste sie kurz und hart und fuhr nach links in die schmale Myrtle Street. Ein Blick in den Rückspiegel zeigte ihr, daß ihr Plan bereits aufzugehen schien. Der Lincoln war zurückgefallen. Er war einfach zu groß, um die scharfe Kurve so schnell nehmen zu können wie sie.

Da sie vor ihrer Heirat mehrere Jahre in Beacon Hill gewohnt hatte, kannte sie sich in dem Labyrinth aus engen Einbahnstraßen gut aus. Kurz entschlossen bog sie nach rechts gegen die Fahrtrichtung in eine Einbahnstraße, die Joy Street, und raste, ein Stoßgebet zum Himmel sendend, das kurze Stück bis zur Mount Vernon Street hinauf. Sie hatte Glück, es kam kein Gegenverkehr. An der Mount Vernon Street bog sie erneut nach rechts ab und raste Richtung Charles Street. Ihr Plan war, über den Louisburg Square zu donnern und dann gegen die Fahrtrichtung die Pinckney Street hinaufzufahren. Aber am Louisburg Square angekommen, sah sie, daß beide Fahrbahnen momentan blockiert waren, eine von einem Taxi, die andere von einem Auto, aus dem gerade jemand stieg.

Sie überlegte es sich blitzschnell anders und entschloß sich, auf der Mount Vernon Street zu bleiben. Doch die Pause hatte sie Zeit gekostet. Im Rückspiegel tauchte schon wieder der schwarze Lincoln auf. Als sie nach vorn schaute, erkannte sie, daß sie es nicht mehr bei Grün über die Charles Street schaffen würde. Kurz entschlossen bog sie nach links in die West Cedar Street.

Nach einem erneuten Schwenk nach rechts auf die Chestnut Street beschleunigte sie den Wagen wieder. Obwohl die Ampel vorn an der Charles Street auf Gelb umsprang, blieb sie auf dem Gas. Als sie auf die Kreuzung schoß, sah sie von rechts ein Taxi kommen. Der Fahrer war offenbar schon bei Gelb losgefahren. Kelly trat auf die Bremse und riß das Steuer nach links herum, so daß der Wagen erneut ins Schleudern geriet. Auf diese Weise entging sie einer direkten Kollision. Das Taxi streifte sie lediglich an der rechten Seite. Sie würgte bei dem Manöver nicht einmal den Motor ab.

Kelly trat sofort wieder aufs Gas, obwohl sie im Rückspiegel sah, wie der Fahrer aus dem Wagen sprang und drohend die Faust schüttelte und ihr etwas hinterherbrüllte. Sie fuhr weiter die Chestnut Street hinunter und bog nach links in die Brimmer Street. Beim Abbiegen warf sie einen raschen Blick zurück. Der Lincoln umkurvte gerade das Taxi, das noch immer mitten auf der Kreuzung stand.

Kelly fühlte, wie Panik in ihr hochstieg. Ihr Plan, den Lincoln abzuschütteln, funktionierte nicht so, wie sie sich das erhofft hatte. Der Lincoln blieb hartnäckig an ihr dran. Der Fahrer schien sich in Beacon Hill auszukennen.

Ihr wurde klar, daß sie sich irgend etwas einfallen lassen mußte. Sie bog nach links in die Byron Street, dann sofort wieder nach links in die Einfahrt zum Parkhaus in der Brimmer Street. Ohne anzuhalten, fuhr sie an der gläsernen Kabine des Wärters vorbei, zog den Wagen scharf nach rechts und fuhr direkt auf einen Autoaufzug.

Die beiden Wärter, die verblüfft dagestanden und zugeschaut hatten, wie sie an ihnen vorbeipreschte, kamen zu dem Aufzug gerannt. Bevor sie etwas sagen konnten, schrie Kelly: »Ich werde von einem Mann in einem schwarzen Lincoln verfolgt! Sie müssen mir helfen! Er will mich umbringen!«

Die beiden Wärter starrten einander verdutzt an. Einer zog die Augenbrauen hoch, der andere zuckte mit den Schultern und trat vom Aufzug herunter. Der, der stehengeblieben war, langte nach oben und zog an der Kordel. Die Aufzugtüren schlossen sich wie die Kiefer eines riesigen Mauls, und der Aufzug setzte sich mit einem Ächzen in Bewegung.

Der Wärter kam zurück und beugte sich zu Kellys Fenster herunter. »Wieso will Sie jemand töten?« fragte er ungläubig.

»Sie würden es nicht glauben, wenn ich es Ihnen erzählen würde«, sagte Kelly. »Was ist mit Ihrem Freund? Wird er den Mann aufhalten, wenn er ins Parkhaus will?«

»Ich denke, ja«, sagte der Wärter. »Es kommt doch nicht jeden Abend vor, daß wir einer Lady das Leben retten müssen.«

Kelly schloß erleichtert die Augen und lehnte die Stirn gegen das Lenkrad.

»Was ist mit dem Mann, der vor dem Rücksitz liegt?« fragte der Wärter.

Kelly machte die Augen nicht auf. »Betrunken«, sagte sie nur. »Zu viele Margaritas.«

Als Feranno zum zweitenmal an diesem Abend anrief, mußte er erneut warten, bis Matt mit seiner albernen Telefon-Wechsel-Prozedur durch war. Feranno saß in seiner Wohnung, und die Verbindung war erheblich besser als bei seinem Anruf aus dem Auto.

»Gibt's schon wieder Probleme?« fragte Matt. »Ich muß sagen, Frank, ich habe mir mehr von Ihnen versprochen.«

»Wir konnten beim besten Willen nicht voraussehen, was passiert ist«, erwiderte Feranno. »Als Nicky, einer meiner Mitarbeiter, und ich in Hardings Apartment kamen, war der Doktor da.«

»Was? In Hardings Apartment?« fragte Matt, hörbar geschockt. »Was ist mit dem Zeug im Küchenschrank?«

»Keine Sorge«, antwortete Feranno. »War alles noch da, unangetastet.«

»Habt ihr euch den Doktor geschnappt?«

»Das war das Problem«, sagte Feranno. »Wir haben ihn durch ganz Beacon Hill gejagt. Aber wir haben ihn gekriegt.«

»Ausgezeichnet!« rief Matt erleichtert.

»Da ist nur eine Kleinigkeit – wir haben ihn wieder verloren. Wir haben ihn mit dem Zeug betäubt, das Sie mit dem Flieger geschickt haben, und es wirkte wie ein Schlag mit dem Holzhammer. Wir haben ihn dann in meinen Wagen verfrachtet und sind noch mal raufgegangen, um Hardings Wohnung wie nach einem Einbruch herzurichten und das Zeug aus dem Schrank zu holen. Wir dachten, warum zweimal nach Logan fahren? Nun, jedenfalls, als wir oben waren, brach die Freundin von dem Doktor meinen Wagen auf. Hat das verdammte Fenster eingeschlagen, mit einem Pflasterstein. Wir sind natürlich sofort runtergerannt, um sie aufzuhalten, aber die Wohnung von dem Kerl ist im fünften Stock. Nicky ist auf die Straße gerannt, um sich das Weib zu schnappen, aber sie saß schon mit dem Doktor in ihrem Wagen und ist losgebrettert, bevor er sie rauszerren konnte. Dabei hat sie Nicky den Arm gebrochen. Ich bin daraufhin sofort mit dem Wagen hinter ihr her, aber ich hab' sie verloren.«

»Was ist mit dem Apartment?«

»Da gab's keine Probleme. Alles sauber geregelt«, sagte Feranno. »Ich bin noch mal hin, hab Kleinholz aus der Bude gemacht und das Zeug, das Sie haben wollten, zum Flieger gebracht. Ist also im Prinzip alles erledigt, außer, daß ich den Doktor noch immer nicht hab'. Aber ich denke, ich krieg' ihn, wenn Sie Ihren Einfluß ein bißchen spielen lassen. Ich hab' die Autonummer von der Frau. Meinen Sie, Sie könnten mir ihren Namen und ihre Adresse besorgen?«

»Das dürfte kein Problem sein«, sagte Matt. »Ich ruf' Sie morgen an, gleich in der Früh, als allererstes.«

15

Samstag, 20. Mai 1989, 8 Uhr 11

Jeffrey kam in Etappen wieder zu Bewußtsein. Er erinnerte sich an wilde, verworrene Träume. Seine Kehle war so trocken, daß das Atmen ihm weh tat, und er hatte Schwierigkeiten mit dem Schlucken. Er fühlte sich am ganzen Leib wie gerädert. Er schlug die Augen auf und versuchte sich zu orientieren. Er befand sich in einem ihm unbekannten Raum mit blauen Wänden. Dann bemerkte er die Kanüle an seinem Arm. Er zuckte erschrocken zusammen und befühlte seine linke Hand. Was immer in der Nacht zuvor geschehen war, jetzt hing er jedenfalls am Tropf!

Allmählich wurde sein Kopf klarer. Er drehte sich auf die andere Seite. Die Strahlen der Morgensonne fielen durch die Ritzen der Jalousie vor seinem Fenster. Neben ihm stand ein Beistelltisch mit einer Karaffe und einem Glas. Jeffrey schenkte das Glas voll und trank es in gierigen Zügen leer.

Er setzte sich auf und ließ den Blick durch das Zimmer schweifen. Es war ein Krankenzimmer, wie er sofort an dem Metallschrank, der Vorhangschiene an der Decke und dem unvermeidlichen Plastiksessel in der Ecke des Raums erkannte. In dem Sessel saß, oder besser gesagt, lag zusammengerollt eine Gestalt und schlief. Es war Kelly. Ein Arm hing angewinkelt über der Lehne des Sessels. Auf dem Boden sah er eine Zeitung, die ihr offenbar beim Einschlafen aus der Hand geglitten war.

Jeffrey schwang die Beine über die Bettkante, um aufzustehen und zu Kelly zu gehen, aber der Schlauch hinderte ihn. Als er hochblickte, sah er, daß es steriles Wasser war.

Im selben Moment erinnerte er sich plötzlich wieder mit verblüffender Klarheit an jede Szene seiner verzweifelten Flucht durch Beacon Hill. Das letzte, was er mitbekommen hatte, war, wie er gegen die Tür der Church of the Advent gedrückt wurde und eine Pistole an die Schläfe gehalten bekam. Dann hatte er einen Stich im Oberschenkel gespürt. Von dem Moment an setzte seine Erinnerung aus.

»Kelly«, rief Jeffrey leise. Kelly murmelte etwas, wachte aber nicht auf. »Kelly!« wiederholte er, diesmal lauter.

Kelly schlug blinzelnd die Augen auf. Sie starrte einen Moment benommen vor sich hin, dann sprang sie auf und stürzte zu Jeffrey. Sie griff ihn bei den Schultern und schaute ihm ins Gesicht. »O Jeffrey, Gott sei Dank bist du okay. Wie fühlst du dich?«

»Gut«, sagte Jeffrey. »Ich fühl' mich gut.«

»Du kannst dir gar nicht vorstellen, was für Ängste ich heute nacht ausgestanden hab'. Ich hatte ja keine Ahnung, was sie dir gegeben hatten.«

»Wo bin ich überhaupt?« fragte Jeffrey.

»Im St. Joseph's. Ich wußte nicht, was ich tun sollte. Da hab' ich dich kurzerhand hierher in die Notaufnahme gebracht. Ich hatte Angst, daß irgendwelche Komplikationen eintreten könnten, zum Beispiel, daß du Atmungsprobleme kriegst.«

»Und sie haben mich einfach so aufgenommen, ohne irgendwelche Fragen zu stellen?«

»Ich hab' improvisiert. Ich hab' gesagt, du wärst mein Bruder von außerhalb. Keiner hat irgendwie dumm geguckt oder so. Ich kenne jeden hier in der Notaufnahme, sowohl von den Ärzten als auch vom Pflegepersonal. Ich hab' deine Taschen ausgeleert – mitsamt deiner Brieftasche. Es gab keine Probleme, außer, als sie im Labor sagten, du hättest Ketamin genommen. Da mußte ich dann noch mal improvisieren. Ich hab' ihnen einfach erzählt, du seist Anästhesist.«

»Was, zum Teufel, ist letzte Nacht eigentlich passiert?« fragte Jeffrey. »Wie, in aller Welt, bin ich bei dir gelandet?«

»Das war reines Glück«, erwiderte Kelly. Sie setzte sich auf die Bettkante und berichtete ihm ausführlich, was geschehen war, von dem Moment an, als er in Hardings Wohnung gegangen war, bis zu dem Moment, als sie in der Notaufnahme ankamen.

Jeffrey schauderte. »Oh, Kelly, ich hätte dich niemals da hineinziehen dürfen. Ich weiß auch nicht, was in mich gefahren ist...« Er verstummte.

»Da hab' ich mich schon selbst hineingezogen«, sagte Kelly. »Aber das ist jetzt auch gar nicht wichtig. Wichtig ist allein, daß wir beide wohlauf sind. Wie ist es in Hardings Wohnung gelaufen?«

»Hervorragend – bis die beiden Kerle plötzlich auftauchten. Ich hab' tatsächlich gefunden, wonach wir gesucht haben: eine Schachtel Marcain-Ampullen, Spritzen, einen Haufen Bargeld – und, du wirst es nicht glauben, das geheimnisvolle Toxin. Das Zeug war hinter einer falschen Rückwand in einem Küchenschrank versteckt. Es gibt nun keinen Zweifel mehr: Harding war der Täter. Jetzt haben wir den Beweis, nach dem wir so lange gesucht haben.«

»Bargeld, sagst du?« fragte Kelly.

»Ich weiß genau, was du jetzt denkst«, sagte Jeffrey. »Als ich das Geld sah, fiel mir auch sofort wieder deine Verschwörungstheorie ein. Harding muß im Auftrag von irgend jemandem gearbeitet haben. Mein Gott, wenn er doch bloß nicht tot wär'! An diesem Punkt könnte er wahrscheinlich alle Fragen lösen – und mir mein altes Leben wiedergeben.« Jeffrey schüttelte den Kopf. »Jetzt müssen wir eben mit dem arbeiten, was wir haben. Es könnte besser sein, aber es war auch schon mal schlimmer.«

»Was machen wir als nächstes?«

»Wir gehen zu Randolph Bingham und erzählen ihm die ganze Geschichte. Er muß die Polizei in Hardings Apartment schicken. Sollen die sich mit dem Verschwörungsaspekt befassen.«

Jeffrey schwang sich hinüber auf die andere Seite des Bettes, wo die Infusion aufgehängt war, setzte die Füße auf den Boden und stand auf. Er war immer noch ein wenig benommen und geriet leicht ins Schwanken, als er hinter sich griff, um sein Nachthemd, das auf dem Rücken offen war, zuzuhalten. Kelly kam um das Bett herum und stützte ihn.

Als Jeffrey das Gleichgewicht wiedergewonnen hatte, sah er Kelly an und sagte: »Langsam fang' ich an zu glauben, daß ich dich ständig um mich haben muß, sonst passiert mir was.«

»Ich glaube, wir brauchen uns gegenseitig«, erwiderte Kelly.

Jeffrey konnte nur lächeln und den Kopf schütteln. Er fand, daß Kelly ihn ungefähr so sehr brauchte wie ein Magengeschwür. Bis jetzt hatte er ihr nichts als Sorgen und Probleme gebracht. Er hoffte nur, daß er irgendwann die Chance bekam, es wiedergutzumachen.

»Wo sind meine Sachen?« fragte Jeffrey.

Kelly ging zum Schrank und öffnete ihn. Jeffrey entfernte das Klebeband, mit dem die Infusion befestigt war, und zog sie heraus. Dann trat er zu Kelly. Sie reichte ihm seine Kleider.

»Meine Reisetasche!« rief Jeffrey überrascht. Sie hing an einem der Haken im Schrank.

»Ich bin heute morgen nach Hause gefahren«, sagte Kelly. »Ich hab' Kleider für mich geholt, die Katzen gefüttert und deine Reisetasche mitgenommen.«

»Das war aber ganz schön gefährlich. Denk bloß an O'Shea. Hast du irgendwas Verdächtiges in der Umgebung des Hauses gesehen?«

»Daran hab' ich auch gedacht«, sagte Kelly. »Aber als ich heute früh die Zeitung gelesen hab', war ich einigermaßen beruhigt.« Sie bückte sich, hob den *Globe* vom Boden auf und zeigte auf einen kurzen Artikel im Lokalteil.

Jeffrey nahm die Zeitung und las den Artikel. Er schilderte den Zwischenfall an der Hatch Shell. Ein Krankenpfleger, der bis vor kurzem im St. Joseph's beschäftigt gewesen sei, sei von einem polizeibekannten Mitglied der Bostoner Unterweltszene, einem gewissen Tony Marcello, erschossen worden. Ein ehemaliger Beamter der Bostoner Polizei namens Devlin O'Shea habe daraufhin auf Marcello geschossen und ihn tödlich getroffen, sei aber bei einem anschließenden Feuergefecht selbst schwer verwundet worden. O'Shea sei ins Boston Memorial Hospital eingeliefert worden und befände sich dem Vernehmen nach außer Lebensgefahr; sein Zustand sei relativ stabil. Die Bostoner Polizei, so der Artikel weiter, habe die Ermittlungen aufgenommen; sie vermute, daß der Zwischenfall in Zusammenhang mit Auseinandersetzungen innerhalb der Drogenszene stehe.

Jeffrey legte die Zeitung aufs Bett, nahm Kelly in die Arme und drückte sie. »Es tut mir so leid, daß du wegen mir so viel durchmachen mußt. Aber ich glaube, wir haben's jetzt bald geschafft.«

Er lockerte seine Umarmung und beugte sich zurück. »Laß uns jetzt zu Randolphs Kanzlei fahren. Und dann sehen wir zu, daß wir erst mal von hier wegkommen. Am besten, wir fahren nach Kanada und fliegen von dort aus irgendwohin und warten in Ruhe ab, bis die Ermittlungen abgeschlossen sind.«

»Ich weiß nicht, ob ich jetzt weg kann«, sagte Kelly. »Als ich zu Hause war, hab' ich gesehen, daß Delilah jeden Moment mit dem Werfen soweit ist.«

Jeffrey starrte Kelly ungläubig an. »Du würdest wegen einer Katze zu Hause bleiben?«

»Nun, ich kann sie ja wohl schlecht in meiner Speisekammer werfen lassen«, erwiderte Kelly. »Sie ist jetzt jeden Tag fällig.«

Jeffrey wußte, wie sehr sie an ihren Katzen hing. »Okay, okay«, gab er sich geschlagen. »Wir werden uns irgendwas ausdenken. Aber jetzt sollten wir als allererstes zu Randolph fahren. Was müssen wir machen, damit ich hier rauskomme? Und es wär' vielleicht auch nicht schlecht, wenn du mir sagen würdest, wie ich heiße.«

»Du heißt Richard Widdicomb. Warte hier. Ich geh' ins Schwesternzimmer und regle die Sache.«

Als Kelly weg war, zog sich Jeffrey fertig an. Bis auf einen dumpfen Kopfschmerz fühlte er sich wieder ganz gut. Er fragte sich, wieviel Ketamin sie ihm wohl injiziert hatten. So tief, wie er geschlafen hatte, war vermutlich noch irgendein anderer Wirkstoff mit drin gewesen, wahrscheinlich Innovar oder etwas in der Art.

Er öffnete die Reisetasche und fand darin seine Toilettensachen, saubere Unterwäsche, das Geld, ein paar handschriftliche Notizen, die er sich in der Bibliothek gemacht, und die Kopien von den Informationsblättern, die er im Gericht angefertigt hatte, sowie seine Brieftasche und ein kleines schwarzes Buch.

Er steckte die Brieftasche ein und nahm das kleine schwarze Buch zur Hand. Als er es aufschlug, konnte er sich im ersten Moment nicht erklären, wie es in seine Reisetasche gekommen war. Es war eindeutig ein Adreßbuch, aber es gehörte nicht ihm.

Kelly kam mit einem Stationsarzt im Schlepptau zurück. »Das ist Dr. Sean Apple«, sagte sie. »Er muß dich noch einmal untersuchen, bevor du entlassen werden kannst.«

Jeffrey ließ sich von dem jungen Arzt die Brust abhorchen, den Puls fühlen und den Blutdruck messen. Danach mußte er noch eine flüchtige neurologische Untersuchung über sich ergehen lassen, die hauptsächlich darin bestand, daß er in möglichst gerader Linie einmal hin und zurück den Raum zu durchqueren hatte, wobei er einen Fuß vor den anderen zu setzen hatte.

Während Dr. Apple ihn untersuchte, fragte Jeffrey Kelly nach dem schwarzen Buch.

»Das war in deiner Tasche«, antwortete Kelly.

Jeffrey wartete, bis Dr. Apple ihn fertig untersucht und das Zimmer wieder verlassen hatte.

»Das ist nicht mein Buch«, sagte Jeffrey. Dann erinnerte er sich wieder. Es war Trent Hardings Adreßbuch. Bei all der Aufregung, die die letzten Tage mit sich gebracht hatten, war es ihm vollkommen entfallen. Er sagte es Kelly, und sie blätterten gemeinsam ein paar Seiten durch.

»Das ist vielleicht ein wichtiges Beweismittel«, meinte Jeffrey. »Wir werden es Randolph geben.« Er steckte es in die Tasche. »Können wir gehen?«

»Du mußt dich vorher noch im Schwesternzimmer austragen. Denk dran, du bist Richard Widdicomb.«

Das Verlassen des Krankenhauses verlief so glatt, wie Jeffrey es gehofft hatte. Seine Reisetasche hatte er über die Schulter geworfen. Kelly trug ebenfalls eine kleine Reisetasche bei sich, in der ihre Sachen waren. Sie stiegen in ihren Wagen. Nachdem sie das Klinikgelände verlassen hatten, sagte Jeffrey ihr, wie sie fahren mußte. Sie hatten etwa die Hälfte der Strecke zu Randolphs Kanzlei zurückgelegt, als er sich plötzlich zu ihr wandte. Der Ausdruck in seinem Gesicht jagte Kelly sofort einen Schreck ein.

»Was ist los?« fragte sie.

»Sagtest du nicht, die Kerle wären noch einmal in Hardings Wohnung zurückgegangen, nachdem sie mich in ihrem Wagen verstaut hatten?«

»Ich weiß nicht, ob sie noch mal in die Wohnung gegangen sind, aber sie sind jedenfalls wieder in das Haus rein.«

»O Gott!« stieß Jeffrey hervor. Er wandte den Blick nach vorn. »Sie sind deshalb so leicht reingekommen, als ich oben war, weil sie Schlüssel von der Wohnung hatten. Offenbar wollten sie etwas ganz Bestimmtes aus der Wohnung holen.«

Jeffrey wandte sich erneut Kelly zu. »Wir müssen sofort zur Garden Street.«

»Du willst doch nicht etwa schon wieder in Hardings Apartment?« fragte Kelly in ungläubigem Staunen.

»Uns bleibt leider nichts anderes übrig. Wir müssen nachsehen, ob das Toxin und das Marcain noch da sind. Wenn nicht, stehen wir wieder ganz am Anfang.«

»Jeffrey! Nein!« rief Kelly gequält. Sie konnte einfach nicht glauben, daß er ein drittes Mal da hinein wollte. Jedesmal, wenn sie dortgewesen waren, war irgendwas Haarsträubendes passiert. Aber Kelly kannte Jeffrey inzwischen nur zu gut. Sie wußte, daß sie keine Chance haben würde, ihm das auszureden. Ohne ein weiteres Wort des Protests fuhr sie zur Garden Street.

»Uns bleibt nichts anderes übrig«, wiederholte Jeffrey, nicht nur, um Kelly, sondern auch, um sich selbst zu überzeugen.

Kelly parkte ein paar Häuser vor dem gelben Backsteingebäude. Die beiden saßen noch einen Moment schweigend nebeneinander, jeder seinen Gedanken nachhängend.

»Ist das Fenster noch offen?« fragte Jeffrey. Er ließ den Blick prüfend über das Gelände schweifen, um zu sehen, ob irgendwo Leute waren, die das Haus beobachteten oder sich sonstwie auffällig verhielten. Diesmal galt seine Sorge mehr der Polizei.

»Das Fenster ist noch offen«, antwortete Kelly.

Jeffrey setzte dazu an, ihr zu sagen, daß er in zwei Minuten zurück sein würde, aber Kelly kam ihm zuvor. »Noch einmal werde ich nicht hier unten warten«, erklärte sie in einem Ton, der keinen Widerspruch zuließ.

Wortlos nickte Jeffrey.

Sie gingen durch die Haustür, dann durch die Innentür. Das Treppenhaus war geradezu beängstigend still, bis sie den dritten Stock erreichten. Durch eine geschlossene Wohnungstür konnten sie ganz leise das Geballere und Gequietsche von Samstagmorgen-Zeichentrickserien aus einem Fernseher hören.

Als sie im fünften Stock ankamen, machte Jeffrey Kelly ein Zeichen, so leise wie möglich zu sein. Hardings Tür stand halboffen. Jeffrey ging vorsichtig ein Stück näher heran und horchte. Das einzige, was er hören konnte, waren Geräusche von der Stadt, die durch das offene Fenster hereindrangen.

Jeffrey stieß die Tür weiter auf. Der Anblick, der sich ihm bot, war nicht ermutigend. Das Apartment war in einem schlimmen Zustand – in einem viel schlimmeren als beim letztenmal. Es war regelrecht verwüstet. Der gesamte Hausrat lag in einem Haufen in der Mitte des Zimmers. Alle Schreibtischschubladen waren herausgezogen und ausgeleert worden.

»Verdammter Mist!« preßte Jeffrey zwischen den Zähnen hervor. Er stürzte hinein und rannte in die Küche. Kelly blieb in der Tür stehen und betrachtete den Trümmerhaufen.

Jeffrey war sofort wieder zurück. Kelly brauchte ihn gar nicht erst zu fragen, seine Miene sprach Bände. »Es ist alles weg«, sagte er, den Tränen nahe. »Sogar die falsche Rückwand von dem Schrank ist fort.«

»Was machen wir jetzt?« fragte Kelly und legte tröstend die Hand auf seinen Arm.

Jeffrey fuhr sich mit den Fingern durchs Haar. Er kämpfte mit den Tränen. »Ich weiß es nicht«, sagte er. »Harding tot, das Beweismaterial fortgeschafft...« Er konnte nicht weitersprechen.

»Wir dürfen jetzt nicht aufgeben. Was ist mit Henry Noble, Chris' Patient? Du hast mir doch erzählt, das Toxin könnte vielleicht noch in seiner Gallenblase nachzuweisen sein.«

»Aber die Sache ist zwei Jahre her.«

»Moment mal«, sagte Kelly. »Als wir neulich darüber sprachen, hörtest du dich sehr überzeugend an. Du klangst richtig zuversichtlich. Was ist aus deiner Äußerung geworden, wir müßten mit dem arbeiten, was wir haben?«

»Du hast recht«, stimmte ihr Jeffrey zu, bemüht, seine Fassung wiederzuerlangen. »Es besteht eine Chance. Wir fahren zum Leichenschauhaus. Ich glaube, wir müssen Warren Seibert die ganze Wahrheit erzählen.«

Kurz darauf waren sie auf dem Weg zum städtischen Leichenschauhaus.

»Meinst du, daß Dr. Seibert an einem Samstagmorgen hier ist?« fragte Kelly, als sie aus dem Wagen stiegen.

»Er sagte, wenn sie viel zu tun hätten, würden sie auch schon mal am Wochenende arbeiten«, antwortete Jeffrey, während er ihr die Tür vom Leichenschauhaus offenhielt.

Kelly betrachtete die ägyptischen Motive in der Eingangshalle. »Erinnert mich an *Geschichten aus der Krypta*«, sagte sie.

Die Tür zur Verwaltung war zu und abgeschlossen. Das Haus sah verwaist aus. Sie gingen zu der Treppe, die zum zweiten Stock hinaufführte.

»Seltsamer Geruch hier«, meinte Kelly naserümpfend.

»Das ist noch gar nichts«, erwiderte Jeffrey. »Warte ab, bis wir erst mal oben sind.«

Als sie den zweiten Stock erreichten, hatten sie noch immer keine Menschenseele gesehen. Die Tür zum Sektionssaal stand offen, aber in ihm war ebenfalls kein Mensch, weder ein lebender noch ein toter. Der Geruch war nicht annähernd so schlimm wie bei Jeffreys erstem Besuch. Sie gingen den Gang hinunter und kamen an der verstaubten Bibliothek vorbei. Als sie in Dr. Seiberts Büro spähten, sahen sie ihn über seinen Schreibtisch gebeugt sitzen, neben sich einen großen Becher Kaffee, vor sich einen Stoß Autopsieberichte.

Jeffrey klopfte an die offene Tür. Seibert sprang auf, aber als er sah, wer da war, breitete sich ein Lächeln auf seinem Gesicht aus. »Dr. Webber – Sie haben mich ganz schön erschreckt.«

Jeffrey entschuldigte sich. »Wir hätten vorher anrufen sollen.«

»Das macht doch nichts«, wehrte Seibert ab. »Aber ich habe aus Kalifornien noch nichts gehört. Ich bezweifle, daß vor Montag was daraus wird.«

»Das ist eigentlich auch nicht der Grund, weshalb wir gekommen sind«, sagte Jeffrey. Er stellte Kelly vor. Seibert stand auf und schüttelte ihr die Hand.

»Gehen wir doch in die Bibliothek«, schlug Seibert vor. »Mein Büro ist nicht groß genug für drei Stühle.«

Als sie Platz genommen hatten, fragte Seibert: »Nun, was kann ich für Sie tun?«

Jeffrey holte tief Atem. »Also, erst einmal«, begann er, »mein Name ist Jeffrey Rhodes.«

Sodann erzählte Jeffrey Seibert die ganze unglaubliche Geschichte. Kelly half ihm an bestimmten Punkten. Es dauerte fast eine halbe Stunde, bis Jeffrey fertig war. »So, jetzt wissen Sie, in was für einer Patsche wir stecken. Wir haben keine Beweise, und ich bin flüchtig. Außerdem haben wir nicht viel Zeit. Unsere letzte Hoffnung scheint tatsächlich Henry Noble zu sein. Wir müssen das Toxin erst einmal finden, bevor wir seine Existenz in einem der anderen Fälle nachweisen können.«

»Heiliger Strohsack!« rief Seibert aus. Es waren seine ersten Worte, seit Jeffrey zu erzählen begonnen hatte. »Ich fand diesen Fall ja schon von Anfang an hochinteressant. Jetzt finde ich, daß es der interessanteste ist, der mir je untergekommen ist. Na schön, dann werden wir also den guten alten Henry Noble mal ausbuddeln und sehen, was wir tun können.«

»Von was für einem Zeitrahmen gehen Sie denn da so aus?« fragte Jeffrey.

»Wir brauchen erst einmal eine Exhumierungsgenehmigung sowie eine Wiederbestattungsgenehmigung vom Gesundheitsministerium«, erklärte Seibert. »Als amtlicher Leichenbeschauer kriege ich beides problemlos. Aus Gründen der Pietät sollten wir darüber hinaus den nächsten Verwandten in Kenntnis setzen. Ich denke mal, in ein, zwei Wochen dürften wir das alles soweit über die Bühne gebracht haben.«

»Das ist zu lange«, wandte Jeffrey ein. »Wir müssen es sofort machen.«

»Wir könnten uns eine gerichtliche Verfügung besorgen«, sagte Seibert, »aber auch das würde drei bis vier Tage dauern.«

»Auch das ist noch zu lang«, seufzte Jeffrey.

»Doch es ist das kürzeste, was ich mir vorstellen kann«, erwiderte Seibert.

»Jetzt lassen Sie uns erst mal rausfinden, wo er begraben ist«, schlug Jeffrey vor. »Sie sagten, Sie hätten diese Information.«

»Wir haben seinen Autopsiebericht, und wir müßten auch eine Kopie von seinem Totenschein haben.« Seibert stand auf. »Ich schau' mal nach.«

Seibert verließ den Raum. Kelly blickte Jeffrey an. »Ich kann dir ansehen, daß dir irgendeine Idee im Kopf herumspukt.«

»Sie ist ziemlich simpel«, sagte Jeffrey. »Ich meine, wir sollten ganz einfach hinfahren und den Knaben ausbuddeln. Unter den gegebenen Umständen finde ich diesen ganzen bürokratischen Hickhack ziemlich nebensächlich. Ich finde, da können wir gut drauf verzichten.«

Seibert kam mit einer Kopie von Henry Nobles Totenschein zurück. Er legte sie vor Jeffrey auf den Tisch und beugte sich über seine Schulter, um mitlesen zu können.

»Hier ist der Bestattungsort«, sagte er, auf die Mitte des Formulars deutend. »Wenigstens ist er nicht eingeäschert worden.«

»An die Möglichkeit hatte ich überhaupt noch nicht gedacht«, gestand Jeffrey.

»Edgartown, Massachusetts«, las Seibert vor. »Ich bin noch nicht lange genug in diesem Staat, um mich hier gut auszukennen. Wo liegt Edgartown?«

»Auf Martha's Vineyard«, antwortete Jeffrey. »Draußen an der Spitze der Insel.«

»Hier ist das Bestattungsunternehmen«, sagte Seibert. »Boscowaney Bestattungen, Vineyard Haven. Der Name des Konzessionsinhabers ist Chester Boscowaney. Das ist wichtig zu wissen, weil er bei der Exhumierung zugegen sein muß.«

»Wieso das?« fragte Jeffrey erstaunt. Er wollte, daß alles so unkompliziert wie möglich vonstatten ging. Zur Not würde er sogar mitten in der Nacht mit einer Schaufel und einem Stemmeisen dort hinfahren.

»Er muß bestätigen, daß es der richtige Sarg und die richtige Leiche sind«, erklärte Seibert. »Wie Sie sich vorstellen können, hat es bei solchen Dingen – wie bei allen anderen – schon häufiger Pannen gegeben, besonders bei Bestattungen in geschlossenen Särgen.«

»Die Dinge, von denen man nie was erfährt«, sagte Kelly.

»Wie sehen diese Exhumierungsgenehmigungen aus?« fragte Jeffrey.

»Nicht sehr kompliziert«, antwortete Seibert. »Ich habe zufällig gerade eine auf meinem Schreibtisch liegen. Da hatte die Familie die Befürchtung, daß ihrem toten Kind die Organe entnommen worden sein könnten. Wollen Sie sie sehen?«

Jeffrey nickte. Während Seibert sie holte, beugte sich Jeffrey zu Kelly hinüber und flüsterte: »Ich hätte nichts gegen ein bißchen Seeluft. Du?«

Seibert kam zurück und reichte Jeffrey das Formular. Es sah wie ein ganz normales maschinegeschriebenes Dokument aus. »Schaut nicht nach irgendwas Besonderem aus«, sagte Jeffrey.

»Worauf wollen Sie hinaus?« fragte Seibert.

»Was wäre, wenn ich mit einem dieser Formulare hier bei Ihnen hereinkäme und Sie bitten würde, einen Leichnam für mich zu exhumieren und ihn auf etwas zu untersuchen, das mich interessieren würde?« fragte Jeffrey. »Was würden Sie sagen?«

»Wir machen alle gelegentlich den einen oder anderen privaten Job«, antwortete Seibert. »Ich denke, ich würde sagen, daß es Sie etwas kosten würde.«

»Wieviel?« fragte Jeffrey.

Seibert zuckte mit den Schultern. »Da gibt es keinen festen Satz. Wenn es eine einfache Sache wäre, sagen wir mal, zweitausend.«

Jeffrey beugte sich zu seiner Reisetasche hinunter und zog eines von den Geldbündeln heraus. Er zählte zwanzig Hundertdollarscheine ab und legte sie vor Seibert auf den Tisch. Dann sagte er: »Wenn Sie mir jetzt noch einc Schreibmaschine leihen können, hab' ich in einer Stunde eine von diesen Exhumierungsgenehmigungen.«

»Das können Sie nicht machen«, entgegnete Seibert. »Es ist illegal.«

»Ja, aber das Risiko trage ich, nicht Sie. Ich wette, Sie prüfen niemals nach, ob diese Genehmigungen echt sind. Was Sie betrifft, so sind sie es. Ich bin derjenige, der das Gesetz bricht, nicht Sie.«

Seibert kaute einen Moment lang an seiner Unterlippe. »Dies hier ist wirklich eine einzigartige Situation«, sagte er. Dann nahm er das Geld vom Tisch. »Ich mach' es, aber nicht für Geld. Ich mache es, weil ich die Geschichte glaube, die Sie mir erzählt haben. Wenn das, was Sie sagen, stimmt, dann liegt es sicherlich im öffentlichen Interesse, der Sache auf den Grund zu gehen.« Er warf das Geld in Jeffreys Schoß. »Kommen Sie. Ich schließ' Ihnen das Büro unten auf, und Sie schreiben uns eine Exhumierungsgenehmigung. Wenn Sie schon mal dabei sind, können Sie auch gleich eine Wiederbestattungsgenehmigung schreiben. Ich ruf' jetzt sofort diesen Mr. Boscowaney an und geb' ihm Bescheid, damit er schon mal anfangen kann, die Leute zu organisieren und vor allem den Totengräber zu informieren, damit der nicht etwa zum Angeln rausfährt.«

»Wie lange wird das alles ungefähr dauern?« fragte Kelly.

»Eine gewisse Zeit schon«, antwortete Seibert. Er schaute auf seine Uhr. »Wenn alles glattgeht, können wir am späten Nachmittag dort sein. Wenn wir einen Baggerführer kriegen, könnten wir es noch heute abend schaffen. Aber es kann spät werden.«

»Dann sollten wir eine Übernachtung einplanen«, sagte Kelly. »Es gibt einen Gasthof draußen in Edgartown, das Charlotte Inn. Am besten, ich rufe dort an und reservier' uns was.«

»Das ist eine gute Idee«, meinte Jeffrey.

Seibert führte Kelly in das Büro eines Kollegen, in dem sie ungestört telefonieren konnte. Dann ging er mit Jeffrey nach unten ins Büro, wo er ihn an einer Schreibmaschine zurückließ.

Kelly rief im Charlotte Inn an und fragte, ob sie zwei Zimmer für eine Nacht frei hätten. Sie hatten. Kelly fand, daß das ein verheißungsvoller Auftakt für ihre Aktion war. Sie gab es nicht gern zu, aber das einzige, was ihr an dem geplanten Abenteuer Kopfzerbrechen machte, war Delilah. Was, wenn sie heute nacht werfen würde? Das letztemal, als Delilah Junge gekriegt hatte, hatte sie einen Kalziumschock erlitten, und Kelly hatte mit ihr zum Tierarzt rasen müssen.

Sie nahm den Hörer erneut ab und rief Kay Buchanan an, die in dem Haus neben ihr wohnte. Kay hatte drei Katzen. Sie und Kay hatten schon öfter gegenseitig ihre Tiere gehütet.

»Kay, hast du vor, dieses Wochenende zu Hause zu bleiben?« fragte Kelly.

»Ja«, sagte Kay. »Harald muß arbeiten. Wir sind hier. Soll ich deine Tiger füttern?«

»Ich fürchte, daß es mit dem Füttern allein nicht getan ist«, erwiderte Kelly. »Ich muß dringend weg, und Delilah ist jeden Moment mit dem Werfen fällig. Ich fürchte, es passiert noch an diesem Wochenende.«

»Beim letztenmal wäre sie fast dabei eingegangen«, sagte Kay besorgt.

»Ich weiß. Ich hatte ja auch vor, sie sterilisieren zu lassen, aber sie war mal wieder schneller als ich. Ich würde auch jetzt nicht wegfahren, aber ich hab' keine andere Wahl.«

»Kann ich dich irgendwie erreichen, falls was schieflaufen sollte?«

»Sicher. Ich bin im Charlotte Inn auf Martha's Vineyard.« Kelly gab ihr die Nummer.

»Wollen wir hoffen, daß ich sie nicht brauche«, sagte Kay. »Hast du genügend Katzenfutter drüben?«

»Jede Menge«, antwortete Kelly. »Und du mußt Samson reinlassen. Er ist noch draußen.«

»Ich weiß. Er hatte nämlich vorhin eine kleine Meinungsverschiedenheit mit meinem Burmesen. Na dann, viel Spaß auf Martha's Vineyard. Ich kümmere mich schon um deine Bestien.«

»Das ist wirklich riesig nett von dir«, sagte Kelly. Sie legte auf, froh, eine solche Freundin zu haben.

»Hallo!« rief Frank Feranno in den Hörer, aber er konnte nicht ein Wort verstehen. Seine Kinder hockten vor dem Fernseher und guckten in voller Lautstärke die Samstagmorgen-Zeichentrickfilme. »Einen Moment, bleiben Sie dran«, sagte er, legte den Hörer neben den Apparat und ging zur Wohnzimmertür. »He, Donna, bring sofort die Kinder zur Ruhe, oder ich schmeiß' den Fernseher aus dem Fenster.«

Feranno schob die Schiebetür zu. Die Lautstärke ging um die Hälfte runter. Feranno schlurfte zurück zum Telefon. Er trug seinen blauen Samtmorgenmantel und Velourspantoffeln.

»Wer ist da, bitte?« rief er in den Hörer.

»Hier ist Matt. Ich habe die Information, um die Sie baten. Es hat doch ein bißchen länger gedauert, als ich gedacht hatte. Ich hatte vergessen, daß heute Samstag ist.«

Feranno nahm einen Bleistift aus der Schublade. »Okay«, sagte er. »Ich höre.«

»Das Kennzeichen, das Sie mir genannt haben, ist auf eine

Kelly C. Everson eingetragen. Die Adresse ist 418 Willard Street in Brookline. Ist das weit von Ihnen?«

»Gleich um die Ecke«, antwortete Feranno. »Das hilft mir sehr.«

»Das Flugzeug ist noch da«, sagte Matt. »Ich will diesen Doktor.«

»Sie haben ihn schon«, erwiderte Feranno.

»Ich brauche ziemlich lange, bis ich auf hundertachtzig bin«, sagte O'Shea zu Mosconi. »Aber ich warne Sie, jetzt bin ich langsam soweit. Es gibt da etwas an diesem Dr. Jeffrey-Rhodes-Fall, das Sie mir nicht gesagt haben. Etwas, das ich wissen sollte.«

»Das stimmt nicht«, entgegnete Mosconi. »Ich habe Ihnen mehr über diesen Fall gesagt, als ich Ihnen jemals über irgendeinen anderen Fall mitgeteilt habe, mit dem Sie zu tun hatten. Warum sollte ich Ihnen etwas vorenthalten? Verraten Sie mir das. Schließlich bin ich doch derjenige, der dabei ist, aus dem Geschäft rauszufliegen.«

»Wie kommt es dann, daß Frank Feranno und einer seiner Gorillas an der Hatch Shell aufgetaucht sind?« fragte O'Shea. Er verzog schmerzvoll das Gesicht, als er seine Lage im Krankenbett veränderte. Über seinem Bett hing an einem Stahlgerüst ein Trapez, das er brauchte, um sich hochzuziehen. »Er hat sich noch nie im Kopfgeldgeschäft betätigt, soweit mir bekannt ist.«

»Woher, zum Teufel, soll ich das wissen?« maulte Mosconi. »Hören Sie, ich bin nicht hierhergekommen, um mich von Ihnen fertigmachen zu lassen. Ich bin hierhergekommen, um zu sehen, ob es Sie wirklich so schlimm erwischt hat, wie man den Zeitungsberichten nach befürchten mußte.«

»Hören Sie bloß mit dem Scheiß auf«, sagte O'Shea. »Sie sind hierhergekommen, weil Sie gucken wollten, ob ich zu sehr außer Gefecht bin, um den Doc kassieren zu können, wie ich es Ihnen versprochen habe.«

»Wie schlimm ist es?« fragte Mosconi mit einem Blick auf die Schramme oberhalb von O'Sheas rechtem Ohr. Sie hatten ihm den größten Teil der Haare auf der Seite seines Kopfes abrasiert, um die Fleischwunde nähen zu können. Es war eine häßliche Wunde.

»Nicht so schlimm, wie Sie dran sein werden, wenn Sie mich anlügen«, antwortete O'Shea.

»Haben Sie wirklich drei Kugeln abgekriegt?« fragte Mosconi. Er schaute auf den kunstvollen Verband, der O'Sheas linke Schulter bedeckte.

»Die, die meinen Kopf gestreift hat, ist vorbeigegangen«, sagte O'Shea. »Gott sei Dank. Sonst könnte ich mir jetzt die Radieschen von unten betrachten. Aber sie muß mich ausgeknockt haben. Die zweite traf mich an der Brust, doch sie prallte an meiner Kevlar-Weste ab. Das einzige, was ich von der zurückbehalten habe, ist ein blauer Fleck zwischen den Rippen. Die, die mich an der Schulter getroffen hat, ist glatt durchgegangen. Frank hatte ein gottverdammtes Sturmgewehr dabei. Wenigstens hat er keine Dumdumgeschosse benutzt.«

»Die Ironie der Geschichte ist, daß ich Sie hinter Serienkillern herschicken kann, und Sie kommen nur mit ein paar Kratzern zurück, aber wenn ich Sie hinter einem Doktor herschicke, der in den Bau muß, weil er irgendein Problem beim Verabreichen einer Narkose hatte, gehen Sie dabei um ein Haar drauf.«

»Eben deshalb glaube ich ja, daß hinter der Sache noch irgendwas anderes steckt. Etwas, das irgendwas mit dem Burschen zu tun hat, den Tony Marcello umgenietet hat. Als ich Frank plötzlich auftauchen sah, hab' ich im ersten Moment gedacht, daß Sie vielleicht mit ihm geredet hätten.«

»Niemals«, empörte sich Mosconi. »Der Kerl ist ein Krimineller.«

O'Shea bedachte Mosconi mit einem »Wer-verarscht-jetzt-hier-wen«-Blick. »Das laß ich jetzt mal unkommentiert so stehen«, sagte er. »Aber wenn Frank mitmischt, dann ist irgendein dickes Ding am Laufen. Frank Feranno macht sich die Hände nicht schmutzig, wenn nicht echtes Geld oder große Spieler drinhängen. Gewöhnlich beides.«

Mit einem Krach, der Mosconi erschrocken zusammenfahren ließ, klappte das Seitengitter an O'Sheas Bett herunter. O'Shea hatte es losgehakt. Mit schmerzverzerrtem Gesicht stemmte er sich mit seinem gesunden Arm in eine sitzende Haltung. Dann schwang er die Beine über den Rand des Betts. Er hatte einen Tropf an seinem linken Handrücken befestigt, aber er packte einfach den Schlauch und riß ihn heraus. Die Kanüle löste sich mitsamt dem Klebeband, und die Infusion tropfte munter weiter auf den Boden.

Mosconi starrte ihn entsetzt an. »Was, zum Teufel, machen Sie da?« fragte er, einen Schritt zurückweichend.

»Dreimal dürfen Sie raten«, sagte O'Shea und stand auf. »Ich hole meine Klamotten aus dem Schrank.«

»Sie können doch nicht einfach hier abhauen – in Ihrem Zustand!«

»So? Meinen Sie? Was hab' ich denn hier noch verloren? Meine Tetanusspritze habe ich gekriegt. Und wie ich schon sagte, ich bin auf hundertachtzig. Außerdem hab' ich Ihnen versprochen, daß ich Ihnen den Doktor binnen vierundzwanzig Stunden herschaffe. Ich hab' immer noch ein bißchen Zeit.«

Eine halbe Stunde später hatte O'Shea eine Erklärung unterschrieben, daß er das Krankenhaus auf eigenen Wunsch und gegen ärztlichen Rat verließ. »Sie übernehmen die volle Verantwortung«, hatte ihn eine spröde Oberschwester gewarnt.

»Geben Sie mir die Antibiotika und die Schmerztabletten, und sparen Sie sich Ihre Predigt.«

Mosconi fuhr O'Shea hinüber nach Beacon Hill, damit er seinen Wagen holen konnte. Er stand immer noch in der Parkverbotszone direkt am Fuße des Hügels.

»Sie können schon mal den Scheck ausfüllen«, sagte O'Shea zu Mosconi, als er aus dem Wagen stieg. »Sie hören von mir.«

»Und Sie meinen immer noch, ich sollte nicht jemand anderen beauftragen?«

»Das wäre bloße Zeitverschwendung«, erwiderte O'Shea.

»Außerdem könnte es dazu führen, daß ich auf Sie genauso sauer wie auf Frank Feranno werde.«

O'Shea stieg in seinen Wagen. Sein erstes Ziel war die Polizeizentrale in der Berkeley Street. Er wollte seine Waffe wiederhaben, und er wußte, daß sie dort sein würde. Als er das erledigt hatte, rief er den Mann an, den er angeheuert hatte, um Carol Rhodes zu beschatten, als er noch gedacht hatte, sie würde ihn zum Doc führen. Diesmal bat er ihn, in Brookline das Haus von Kelly Everson zu beobachten. »Ich will über alles informiert werden, was dort passiert«, schärfte O'Shea dem Mann ein.

»Ich kann aber vor heute nachmittag nicht da raus«, wandte der Mann ein.

»Mach dich auf den Weg, sobald du kannst«, sagte O'Shea.

Als nächstes fuhr O'Shea zum North End. Er parkte in zweiter Reihe auf der Hanover Street und marschierte ins Via-Veneto-Café.

Er war noch nicht ganz zur Tür herein, da hörte er das Geräusch hastiger Schritte im hinteren Bereich des Cafés, gleich hinter dem Wandbild, das einen Teil des Forum Romanum darstellte. Ein Stuhl kippte um. O'Shea vernahm das Rascheln eines Perlenvorhangs.

O'Shea wirbelte herum und sprintete zurück auf die Straße. Er bahnte sich einen Weg zwischen ein paar Passanten hindurch und bog nach links in eine schmale Gasse. Ein kleiner Mann mit rundem Gesicht und schütterem Haar kam ihm entgegengestürzt.

Der Mann versuchte, O'Shea auszuweichen, aber O'Shea erwischte ihn am Jackett. Als der Mann versuchte, aus seiner Jacke zu schlüpfen, packte O'Shea ihn mit einer blitzschnellen Bewegung beim Kragen und drückte ihn gegen die Hauswand.

»Du scheinst nicht gerade glücklich zu sein, mich zu sehen, was, Dominic?« schnarrte O'Shea. Dominic war einer aus seinem weitverzweigten Netz von Informanten. Wegen seiner langjährigen Verbindung zu Frank Feranno hatte O'Shea jetzt ein ganz besonderes Interesse daran, mit ihm zu reden.

»Ich hab' nichts damit zu tun, daß Frank auf dich geschossen hat«, sagte Dominic, am ganzen Leibe zitternd. Er und Devlin O'Shea kannten sich ebenfalls schon seit vielen Jahren.

»Wenn ich das glauben würde, würde ich jetzt nicht mit dir reden«, erwiderte O'Shea mit einem Grinsen, das Dominic sofort verstand. »Aber ich würde brennend gern erfahren, was Frank in den letzten Tagen so getrieben hat. Ich dachte mir, du bist vielleicht derjenige, der mir das erzählen kann.«

»Ich kann dir nichts über Frank erzählen«, sagte Dominic. »Das mußt du doch verstehen, Devlin. Du weißt doch genau, was dann mit mir passieren würde.«

»Aber nur, wenn ich irgend jemandem was davon sage«, entgegnete O'Shea. »Habe ich jemals irgend jemandem irgendwas über dich erzählt?«

Dominic erwiderte nichts.

»Außerdem«, fuhr O'Shea fort, »ist Frank für dich im Moment eine rein hypothetische Sorge. In diesem Augenblick bin ich deine größte Sorge. Und ich muß dir sagen, Dominic, ich kann sehr, sehr ungemütlich werden.« O'Shea griff in seine Jacke und zog seine Pistole heraus. Er wußte, das würde den gewünschten Eindruck machen.

»Ich weiß nicht viel«, sagte Dominic nervös.

O'Shea steckte die Waffe zurück ins Schulterhalfter. »Was für dich nicht viel scheint, kann für mich eine Menge sein. Für wen arbeitet Frank? In wessen Auftrag hat er den Burschen gestern abend auf der Esplanade umgelegt?«

»Das weiß ich nicht.«

O'Shea griff erneut in seine Jacke.

»Er arbeitet für einen Matt«, sagte Dominic. »Das ist alles, was ich weiß. Tony hat es mir erzählt, bevor sie zur Esplanade losgefahren sind. Der Mann heißt Matt und wohnt in St. Louis.«

»Worum ging's bei dem Deal? Um Drogen oder so was in der Art?«

»Ich weiß nicht. Ich glaube nicht, daß es um Drogen ging.

Sie sollten den Burschen umlegen und den Doktor nach St. Louis schicken.«

»Du erzählst mir doch keinen Scheiß, Dominic, oder?« fragte O'Shea drohend. Das, was er von Dominic hörte, war weit entfernt von dem Szenario, das er sich vorgestellt hatte.

»Ich erzähl's dir so, wie es ist«, sagte Dominic.

»Und? Hat Frank den Doktor nach St. Louis geschickt?« fragte O'Shea.

»Nein, sie haben ihn nicht gekriegt. Frank hat Nicky mitgenommen, nachdem es Tony erwischt hatte. Diesmal hat die Freundin von dem Doktor Nicky mit ihrem Wagen eingeklemmt. Dabei hat er sich den Arm gebrochen.«

O'Shea war beeindruckt. Wenigstens war er nicht der einzige Profi, der Probleme mit dem Doktor hatte. »Frank ist also immer noch in der Sache drin?« fragte O'Shea.

»Soweit ich weiß, ja«, antwortete Dominic. »Er soll mit Vinnie D'Agostino gesprochen haben. Es heißt, in der Sache hängt echte Kohle drin.«

»Ich will mehr über diesen Burschen aus St. Louis wissen«, sagte O'Shea. »Und ich will wissen, was Frank und Vinnie im Schilde führen. Du erreichst mich unter den gewohnten Telefonnummern. Und, Dominic, wenn du nicht anrufst, bin ich schwer in meinen Gefühlen gekränkt. Du weißt ja, wie ich werden kann, wenn meine Gefühle gekränkt sind. Das brauche ich dir nicht im einzelnen darzulegen.«

O'Shea ließ Dominic los. Er wandte sich um und ging die Gasse hinunter, ohne sich noch einmal umzublicken. Der Bursche sollte nur ja zügig liefern. O'Shea war nicht in der Stimmung, sich hinhalten zu lassen, und er war fest entschlossen, herauszukriegen, was Frank Feranno ausbrütete.

Ferannos Hochstimmung verflog schlagartig, als er Kellys Haus sichtete. Es schien niemand dazusein; sämtliche Rollos waren heruntergezogen. Die fünfundsiebzig Riesen waren in weiterer Ferne, als er gedacht hatte.

Eine halbe Stunde lang saß er nur da und beobachtete das Haus. Niemand ging rein oder kam raus. Das einzige Lebenszeichen war eine Siamkatze, die sich mitten auf dem Rasenstück vor dem Haus lümmelte, so, als gehöre ihr das Ganze.

Schließlich verlor Feranno die Geduld und stieg aus. Als erstes ging er um das Haus herum, um nachzuschauen, ob die Garage vielleicht ein Fenster hatte. Sie hatte. Er formte die Hände zu einem Trichter vor dem Gesicht und spähte hinein. Doch da war nichts von einem roten Honda Accord zu sehen. Dann kehrte er zur Vorderseite des Hauses zurück und entschloß sich, an der Haustür zu klingeln und abzuwarten, ob was passierte. Bevor er klingelte, fühlte er vorsichtshalber noch einmal nach seiner Kanone.

Als sich nichts tat, preßte er das Ohr gegen die Tür und klingelte noch einmal. Er konnte drinnen das Läuten hören, also funktionierte die Klingel zumindest. Er formte erneut die Hände zu einem Trichter und schaute durch das Seitenlicht der Tür. Viel konnte er nicht erkennen; eine Spitzengardine auf der anderen Seite verdeckte ihm die Sicht.

Verfluchter Mist, dachte er, als er sich wieder zur Straße umwandte. Die Siamkatze lag noch immer in der Mitte des Rasens.

Feranno ging auf den Rasen, bückte sich und streichelte die große Katze. Samson beäugte ihn mißtrauisch, huschte aber nicht davon.

»Das gefällt dir, was, Mieze?« sagte Feranno. In dem Moment trat eine Frau aus dem Nachbarhaus und kam auf ihn zu.

»Na, Samson, hast du einen neuen Freund gefunden?«

»Ihre Katze, Ma'am?« fragte Feranno in seinem freundlichsten Ton.

»Kaum«, antwortete die Frau mit einem Lachen. »Er ist der Todfeind von meinem Burmesen. Aber als Nachbarn müssen wir halt lernen, miteinander auszukommen.«

»Ein schönes Tier«, sagte Feranno, »schön groß.« Er stand auf. Er wollte die Frau gerade nach Kelly Everson fragen, als sie Anstalten machte, zu Kellys Haustür zu gehen.

»Komm, Samson!« rief sie den Siamkater. »Laß uns mal schauen, was Delilah macht.«

»Gehen Sie in Kellys Haus?« fragte Feranno.

»Ja. Warum?«

»Das trifft sich ja wunderbar. Ich bin Frank Carter, ein Cousin von Kelly. Ich hatte zufällig in der Gegend zu tun und wollte auf einen Sprung zu ihr.«

»Ich bin Kay Buchanan, Kellys Nachbarin«, sagte Kay und reichte ihm die Hand. »Manchmal versorge ich ihre Katzen. Ich fürchte, Sie sind umsonst gekommen. Kelly ist übers Wochenende verreist.«

»So ein Pech auch.« Feranno schnippte mit den Fingern. »Meine Mutter gab mir extra ihre Adresse, damit ich hallo sagen kann. Ich komme von außerhalb. Hab' ein paar Tage geschäftlich in Boston zu tun. Wann ist Kelly denn wieder zurück?«

»Das hat sie nicht genau gesagt«, antwortete Kay. »Schade, aber da kann man nichts machen.«

»Und ausgerechnet heute hab' ich nicht viel zu tun«, sagte Feranno. »Irgendeine Ahnung, wo sie hingefahren ist?«

»Nicht weit. Bloß nach Martha's Vineyard raus. Edgartown, glaube ich. Sie sagte, sie müßte unbedingt dorthin. Ich habe den heimlichen Verdacht, daß es eher was Romantisches ist. Aber ich hab' den Mund gehalten. Ehrlich gesagt hab' ich mich für sie gefreut. Sie sollte öfter mal raus. Sie hat jetzt lange genug getrauert, finden Sie nicht auch?«

»Oh, absolut«, antwortete Feranno. Er hoffte, daß sie das Thema nicht weiter vertiefte.

»War nett, Sie kennenzulernen«, sagte Kay. »Ich muß mich jetzt um die Katzen kümmern. Das eigentliche Sorgenkind ist nicht die hier, sondern die andere. Sie ist hochträchtig. Kann jeden Tag werfen. Wenn Sie Samson groß finden, dann müßten Sie erst mal Delilah sehen. Dick und rund wie eine Tonne. Vielleicht können Sie ja am Montag noch mal vorbeikommen, wenn Sie dann noch in der Stadt sind. Ich denke, daß Kelly bis dahin zurück sein wird. Das will ich ihr jedenfalls geraten haben. Ich habe keine Lust, Kindermädchen für einen ganzen Wurf zu spielen!«

»Vielleicht könnte ich sie anrufen«, meinte Feranno. Kays Bemerkung, daß Kellys Fahrt wahrscheinlich einen romantischen Hintergrund habe, hatte seine Stimmung beträchtlich gehoben. Das bedeutete aller Wahrscheinlichkeit nach, daß der Doktor mit von der Partie war. »Haben Sie irgendeine Ahnung, wo sie abgestiegen ist?«

»Sie sagte mir, sie wolle ins Charlotte Inn«, antwortete Kay. »Komm, Samson, rein mit dir.«

Feranno warf Kay das freundlichste Lächeln zu, das er auf Lager hatte, als sie zur Tür ging und den Schlüssel aus der Kutschenlampe fischte. Dann kehrte er zu seinem Wagen zurück.

Er ließ den Motor an, wendete und fuhr davon. Er war bei bester Laune. Er hatte sich vorgenommen, Donna gegenüber nichts von den fünfundsiebzig Riesen verlauten zu lassen. Er würde sie irgendwo bunkern. Vielleicht würde er einen Trip zu den Kaiman-Inseln machen.

Aber eine kleine Reise nach Martha's Vineyard war ebenfalls nicht ohne Reiz. Und er hatte eine glänzende Idee: Wenn er den Doktor ohnehin in Matts Flugzeug setzen mußte, warum dann nicht gleich den Flieger mit auf die Insel nehmen? Köpfchen muß man haben, sagte er zu sich.

Auf der Fahrt zurück in die Stadt überlegte Feranno, wen er mitnehmen sollte, falls er Vinnie D'Agostino nicht finden konnte. Tony wäre genau der richtige Mann für so eine Aktion gewesen. Es war eine Schande, daß er tot war. Feranno fragte sich auch, wie es Devlin O'Shea gehen mochte, und ob er ihn im Krankenhaus besuchen und ihm sagen sollte, daß er keinen Groll gegen ihn hegte. Aber dann verwarf er diesen Gedanken. Die Zeit war jetzt einfach zu knapp.

Feranno fuhr die Hanover Street hinunter, hielt in dritter Reihe vor dem Via-Veneto-Café und drückte auf die Hupe. Es dauerte nicht lange, da kam jemand aus dem Café gerannt und fuhr seinen Wagen zur Seite, so daß Feranno einparken konnte. Die Wagen, die sich hinter ihm gestaut hatten, während er die Fahrbahn blockierte, rauschten vorbei. Ein paar hupten ihn an oder zeigten ihm einen Vogel, weil er sie aufgehalten hatte. »Leckt mich!« brüllte Feranno aus seinem Fenster. Es war erstaunlich, wie rücksichtslos manche Leute waren, dachte er.

Feranno ging in das Café und schüttelte dem Besitzer die Hand, der hinter seiner Theke hervorgeschossen kam, um ihn zu begrüßen. Feranno setzte sich an einen Tisch in der Nähe der Tür, auf dem ein Schild mit der Aufschrift »Reserviert« stand. Er bestellte einen doppelten Espresso und steckte sich eine Zigarette an.

Als seine Augen sich an das schummrige Licht im Café gewöhnt hatten, drehte er sich um und ließ seinen Blick durch den Raum wandern. Vinnie konnte er nirgends entdecken, aber dafür sah er Dominic. Feranno winkte den Besitzer zu sich und trug ihm auf, Dominic zu sagen, er wolle mit ihm sprechen.

Ein nervöser Dominic kam an Ferannos Tisch.

»Was ist los mit dir?« fragte Feranno und sah Dominic an.

»Nichts«, antwortete Dominic. »Hab' wohl zuviel Kaffee getrunken.«

»Weißt du, wo Vinnie ist?« fragte Feranno.

»Der ist nach Hause. Vor einer halben Stunde war er noch hier.«

»Geh zu ihm und sag ihm, er soll rüberkommen. Sag ihm, es ist wichtig.«

Dominic nickte und ging zur Vordertür hinaus.

»Ich könnte ein Sandwich vertragen«, rief Feranno dem Besitzer zu. Während er aß, versuchte er sich zu erinnern, wo in Edgartown das Charlotte Inn war. Er war nur zweimal dortgewesen. Es war keine sehr große Stadt, soweit er sich erinnerte. Das größte an ihr war der Friedhof.

Vinnie kam mit Dominic herein. Vinnie war ein junger, muskelbepackter Bursche, der glaubte, daß alle Frauen hinter ihm her waren. Feranno hatte immer ein wenig Bedenken gehabt, ihn zu nehmen, weil er zur Unbesonnenheit neigte, so, als würde er ständig unter dem Druck stehen, sich beweisen zu müssen. Aber nachdem es Tony erwischt hatte und Nicky einstweilen außer Gefecht gesetzt war, blieb ihm nicht mehr viel Auswahl übrig. Dominic konnte er auf keinen Fall mitnehmen. Dominic war ein Trottel und schon immer viel zu nervös gewesen. Er war ein Klotz am Bein, besonders dann, wenn nicht alles so lief wie geplant. Feranno hatte das selbst auf schmerzliche Weise erfahren.

»Setz dich, Vinnie«, sagte Feranno. »Wie würde dir ein kostenloser Trip ins Charlotte Inn in Edgartown gefallen?«

Vinnie nahm sich einen Stuhl und setzte sich verkehrt herum darauf. Er beugte sich über die Lehne, damit seine Muskeln auch schön schwollen. Feranno dachte, daß er noch eine Menge zu lernen hatte.

»Dominic«, sagte Feranno, »wie wär's, wenn du dich verziehen würdest?«

Dominic verließ das Café durch die Hintertür und rannte hinüber zu dem Kiosk auf der Salem Street. Dort war ein Münztelefon hinter den Zeitschriften. Er holte O'Sheas Nummern heraus und wählte die erste. Als O'Shea an den Apparat kam, deckte Dominic seinen Mund und die Sprechmuschel mit der Hand ab, bevor er sprach. Er wollte nicht, daß jemand mithörte.

16

Samstag, 20. Mai 1989, 19 Uhr 52

»Gut, daß wir nicht versucht haben zu fliegen«, sagte Kelly zu Jeffrey, als sie in der Ferne das Dröhnen eines Jets hörte. »Dann wären wir noch lange nicht hier. Es sieht so aus, als würde sich der Nebel erst jetzt lichten.«

»Wenigstens hat es aufgehört zu regnen«, erwiderte Jeffrey. Er schaute zu, wie die Schaufel des kleinen Baggers sich in die weiche Erde grub.

Sie hatten mit der Fähre der Steamship Authority von Woods Hole auf die Insel übergesetzt. Es war gut, daß sie Seiberts Dienstwagen mit dem amtlichen Siegel des Leichenbeschauers auf der Tür genommen hatten. Sie wären niemals mit einem Fahrzeug auf das Schiff gekommen, wenn Seibert nicht hartnäkkig darauf gepocht hätte, daß es sich um eine offizielle Dienstreise handle. Daß er seinen Lieferwagen genommen hatte und nicht, wie zuerst geplant, Kellys Honda, hatte sich als Glück für sie erwiesen. Doch auch so hatte es einiges Gemurre gegeben. Ihr Wagen war der letzte gewesen, der an Bord gelassen worden war.

Die Überfahrt war ereignislos verlaufen. Aufgrund des miesen Wetters waren sie auf dem Unterdeck geblieben, wo sie ein Eckchen zum Sitzen gefunden hatten. Jeffrey und Kelly hatten die meiste Zeit damit verbracht, Trent Hardings Adreßbuch durchzugehen, aber sie hatten nichts entdeckt, was ihnen irgendeinen verwertbaren Hinweis geliefert hätte.

Der einzige Eintrag, der Jeffreys Aufmerksamkeit erregt hatte, war ein gewisser Matt, aufgeführt unter dem Buchstaben D. Jeffrey fragte sich, ob es derselbe Matt war, der auf Hardings

Anrufbeantworter gesprochen hatte, als er zum erstenmal in der Wohnung gewesen war. Die Vorwahl war 314.

»Welche Gegend hat die Vorwahl 314?« fragte Jeffrey Kelly.

Kelly wußte es nicht. Jeffrey fragte Seibert, der gerade eine von den Dutzend Fachzeitschriften durchblätterte, die er sich als Reiselektüre mitgenommen hatte.

»Missouri«, antwortete Seibert. »Ich weiß das, weil ich eine Tante in St. Louis habe.«

In Vineyard Haven, der größten Stadt auf Martha's Vineyard, angekommen, waren sie direkt zum Boscowaney Funeral Home gefahren. Dank Seiberts Anruf vom Morgen hatte Chester Boscowaney sie schon erwartet.

Boscowaney war Ende Fünfzig, übergewichtig und hatte Wangen, die so rot waren, daß man hätte glauben können, er habe Rouge aufgelegt. Er sah aus wie der klassische Bestattungsunternehmer aus einem Wildwestfilm: dunkler Anzug mit Weste und Taschenuhr. Sein Auftreten war salbungsvoll, ja geradezu anheimelnd. Er hatte die dreihundert Dollar, die Jeffrey ihm auf Seiberts Rat hin zugesteckt hatte, mit der Gier eines hungrigen Hundes an sich gerafft und eingesackt.

»Es ist alles arrangiert«, hatte er in pietätvollem Flüsterton gesagt, als handle es sich um eine Beerdigung. »Wir treffen uns dann draußen am Grab.«

Kelly, Jeffrey und Seibert waren daraufhin nach Edgartown gefahren und im Charlotte Inn abgestiegen. Kelly und Jeffrey hatten sich als Mr. und Mrs. Everson eingetragen.

Der einzige Stolperstein war Harvey Tabor, der Baggerführer, gewesen. Er war nach Chappaquiddick rausgefahren, um eine Abwassergrube für ein Strandhaus auszuheben, und erst nach vier Uhr zurückgekehrt. Aber auch dann hatte er noch nicht direkt zum Friedhof kommen können. Seine Frau, so hatte er erklärt, habe etwas Besonderes zum Essen gekocht, weil seine Tochter Geburtstag habe, und er könne erst nach dem Essen zum Friedhof kommen.

Die ganze Aktion war dann schließlich kurz nach sieben angelaufen. Das erste, worauf Jeffrey Seibert hingewiesen hatte, war, daß kein Mensch danach verlangt hatte, die Genehmigungen zu sehen. Boscowaney hatte sie nicht einmal gefragt, ob sie überhaupt eine hätten. Seibert hatte erwidert, daß es trotzdem gut sei, daß sie sie hätten. »Es ist erst dann vorbei, wenn's vorbei ist«, hatte er hinzugefügt.

Der Friedhofswärter war ein Mann namens Martin Cabot. Er hatte ein zerknittertes Gesicht und war spindeldürr. Er sah eher nach einem wettergegerbten Seemann als nach einem Friedhofswärter aus. Cabot hatte Seibert erst eine halbe Minute beäugt, bevor er schließlich gesagt hatte: »Sie sehen mir aber noch verdammt jung für einen Leichenbeschauer aus.«

Seibert hatte darauf erwidert, er habe in der Schule ein paar Klassen übersprungen und so seine Ausbildung erheblich verkürzen können. Außerdem sei er ausgebildeter Arzt und nicht bloß Leichenbeschauer. Jeffrey hatte das Gefühl, daß Seibert in dem Punkt ziemlich sensibel war.

Der Friedhofswärter und der Baggerführer konnten sich offenbar nicht sonderlich gut leiden. Cabot sagte Tabor ständig, wie er sich mit seinem Bagger hinzustellen und was er zu tun und zu lassen habe. Tabor giftete ihn daraufhin an, er sei schon lange genug Baggerführer und brauche keine klugen Ratschläge.

Um halb acht hatte sich dann endlich die Schaufel des Baggers zum erstenmal ins Erdreich gesenkt, unmittelbar vor Henry Nobles Grabstein. Das Grab lag an einem schattigen Platz unter einem großen Ahornbaum. »Das ist ein gutes Zeichen«, hatte Seibert gesagt. »Bei den Witterungsverhältnissen, die an dieser Stelle herrschen, können wir davon ausgehen, daß die Leiche noch in relativ gut erhaltenem Zustand ist.«

Bei diesen Worten hatte Kelly gespürt, wie sich ihr Magen umdrehte.

Ein häßliches Kreischen drang aus der Grube, als die Zähne der Baggerschaufel über etwas Hartes schrammten.

»Paß auf!« schrie Cabot. »Du machst den Deckel kaputt!«

Ein Stück einer fleckigen Betonplatte kam unter dem Erdreich zum Vorschein.

»Reg dich ab, Martin«, sagte Tabor und manövrierte den Bagger vorsichtig etwas näher an das Loch heran. Er senkte die Schaufel erneut hinunter. Sie kratzte sachte über den Beton. Tabor zog die Schaufel zu sich heran und aus der Grube. Ein großer Teil des Gewölbedeckels wurde sichtbar.

»Paß auf, daß du die Griffe nicht abbrichst«, schrie Cabot.

Kelly, Jeffrey und Seibert befanden sich auf einer Seite des Grabes, Boscowaney und Cabot auf der anderen. Die Sonne war noch immer am Himmel zu sehen, aber sie stand schon sehr tief und war hinter dunklen Regenwolken verborgen. Eine leichte, vom Meer hereinkommende Brise wirbelte dünne Nebelschwaden über den Boden. Cabot hatte eine Verlängerungsschnur um einen der Äste des Ahornbaums geschlungen. Ihr Anblick ließ Jeffrey unwillkürlich an einen Galgenstrick denken, obwohl das einzige, was an ihr herunterbaumelte, die nackte Glühbirne einer Hängelampe war. Ihr Licht fiel direkt hinunter in die Grube, die der Bagger aushob.

Kelly zitterte, mehr vor Anspannung als vor Kälte, obwohl es merklich kühler geworden war. Das behagliche Zimmer im Charlotte Inn mit seiner viktorianischen Tapete schien Welten entfernt. Sie tastete nach Jeffreys Hand und hielt sie fest umklammert.

Es dauerte weitere fünfzehn Minuten, bis die Betonplatte vollkommen freigelegt war. Cabot und Tabor stiegen in die Grube und schaufelten den Rest mit der Hand frei.

Dann stieg Tabor wieder auf seinen Bagger und schwenkte die Schaufel direkt über die Platte. Er und Cabot kletterten erneut hinunter in das Loch und verbanden mit einem Drahtseil die Henkel der Platte mit den Zähnen der Schaufel.

»Okay, Martin, und jetzt raus mit dir aus dem Loch«, sagte Tabor, der es sichtlich genoß, zur Abwechslung auch mal Cabot herumkommandieren zu können. Er kletterte zurück auf seinen Bagger. Dann schaute er Jeffrey, Kelly und Seibert an und sagte:

»Ihr müßt da weg. Ich schwenke den Deckel zu eurer Seite rüber.« Die drei traten ein paar Schritte zurück. Sobald dies geschehen war, machte sich Tabor wieder an die Arbeit.

Die Maschine des Baggers heulte auf. Ein Zittern ging durch das schwere Gerät. Mit einem Ruck, der begleitet wurde von einem dumpfen, schmatzenden *Plop*, löste sich die schwere Grabplatte und schwang hoch. Jeffrey konnte sehen, daß sie an den Fugen auf der Unterseite mit einer teerartigen Substanz abgedichtet war. Der Bagger schwenkte die Platte zur Seite und senkte sie behutsam auf die Erde.

Alle drängten sich an den Rand des Lochs. Auf dem Grund der Kammer ruhte ein silberner Sarg.

»Ist er nicht schön?« rief Chester Boscowaney fast schwärmerisch. »Es ist eins von unseren Spitzenmodellen. Es gibt nichts Besseres als einen Millbronne-Sarg.«

»Kein Wasser in der Gruft«, sagte Seibert. »Das ist ein weiteres gutes Zeichen.«

Jeffrey ließ den Blick über die Szene schweifen. Es war ein unheimliches Bild. Die Nacht brach jetzt rasch herein. Die Grabsteine warfen dunkelviolette Schatten über den Friedhof.

»Also, was sollen wir jetzt machen, Doc?« fragte Cabot Seibert. »Sollen wir den Sarg raushieven, oder wollen Sie runter und ihn an Ort und Stelle aufmachen?«

Jeffrey konnte sehen, daß Seibert mit sich rang.

»Ich bin noch nie gerne in diese Grabkammern runtergestiegen«, sagte er. »Aber den Sarg rauszuholen würde uns noch mehr Zeit kosten. Ich finde, je eher wir diese Sache hinter uns bringen, desto besser. Ich freue mich schon auf ein schönes Abendessen.«

Kelly drehte sich erneut der Magen um.

»Kann ich irgendwie helfen?« fragte Jeffrey.

Seibert schaute Jeffrey an. »Haben Sie so etwas schon mal gemacht? Es könnte ein bißchen unappetitlich werden, und ich kann nicht sagen, wie es riechen wird, besonders, wenn Wasser eingedrungen sein sollte.«

»Ich werd's schon überstehen«, meinte Jeffrey, seine bösen Vorahnungen tapfer beiseite schiebend.

»Das ist ein Millbronne-Sarg«, sagte Chester Boscowaney stolz. »Der ist rundum mit Gummi abgedichtet. Da kommt nicht ein Tropfen Wasser durch.«

»Den Spruch hab' ich schon öfter gehört«, flüsterte Seibert Jeffrey zu.

»Okay, dann wollen wir mal.«

Jeffrey und Seibert gingen zum Rand der Betonkammer und ließen sich vorsichtig hinunter. Seibert stand am Fußende des Sarges, Jeffrey am Kopfende.

»Kann ich mal die Kurbel haben?« rief Seibert nach oben.

Boscowaney reichte sie ihm hinunter.

Seibert tastete mit der Hand an der Rückseite des Sarges entlang, bis er die Stelle fühlen konnte. Er steckte die Kurbel in das Loch und versuchte sie zu drehen. Er mußte sein ganzes Gewicht hineinlegen, bis sie sich endlich rührte. Schließlich löste sich die Spannung mit einem häßlichen Kreischen. Kelly zuckte zusammen.

Die Dichtung des Sarges zerbrach mit einem zischenden Geräusch.

»Haben Sie die Luft gehört?« sagte Boscowaney mit triumphierender Stimme. »Da werden Sie nicht einen Tropfen Wasser drin finden – jede Wette.«

»Schieben Sie die Finger unter den Deckel«, sagte Seibert zu Jeffrey, »und heben Sie an.«

Mit einem quietschenden Geräusch klappte der Sargdeckel hoch. Alle spähten gebannt hinein. Henry Nobles Gesicht und Hände waren von einem dünnen Gespinst aus weißem Flaum überzogen. Darunter war seine Haut dunkel-grau. Er war bekleidet mit einem blauen Anzug, einem weißen Hemd und einer Paisley-Krawatte. Seine Schuhe waren noch wie neu. Auf dem weißen Satin, mit dem die Innenseite des Sargs ausgeschlagen war, waren grünliche Schimmelflecken.

Jeffrey versuchte durch den Mund zu atmen, um dem Geruch

zu entrinnen, aber zu seiner Überraschung war dieser gar nicht so schlimm, wie er befürchtet hatte. Er war eher modrig als faulig, wie ein Keller, der lange nicht mehr geöffnet worden war.

»Sieht sehr gut aus!« rief Seibert hinauf. »Mein Kompliment, Mr. Boscowaney. Nicht eine Spur von Wasser.«

»Danke«, sagte Boscowaney. »Und ich kann Ihnen hiermit bestätigen, daß es sich zweifelsfrei um den Leichnam von Henry Noble handelt.«

»Dieser weiße Flaum, was ist das?« fragte Jeffrey.

»Eine Art Schimmelpilz«, antwortete Seibert. Er bat Kelly, ihm seine Tasche herunterzureichen. Kelly beugte sich hinunter und gab sie ihm.

Seibert zwängte sich seitwärts am Rand des Sargs entlang. Er hatte kaum Platz für seine Füße, aber er schaffte es. Er stellte seine Tasche auf Henry Nobles Schenkeln ab, öffnete sie und entnahm ihr ein Paar Gummihandschuhe. Nachdem er sie übergestreift hatte, begann er das Hemd des Mannes aufzuknöpfen.

»Kann ich irgendwas tun?« fragte Jeffrey.

»Im Moment nicht«, sagte Seibert. Er legte den zugenähten Schnitt frei, der seinerzeit bei der Autopsie des Mannes vorgenommen worden war. Dann nahm er eine Schere aus seiner Tasche, trennte die Naht auf und zog die Wunde auseinander. Das Gewebe war trocken.

Jeffrey beugte sich ein wenig zurück. Der Geruch wurde jetzt unangenehmer, aber Seibert schien er nichts auszumachen.

Seibert zog die Wunde ein Stück weiter auf, dann griff er in die Bauchhöhle und holte einen schweren Beutel aus durchsichtigem Plastik heraus. Der Inhalt war von dunkler Farbe. Der Beutel enthielt eine große Menge an Körperflüssigkeit. Seibert hielt ihn ans Licht und drehte ihn langsam, um den Inhalt zu studieren.

»Heureka!« rief Seibert. »Hier ist die Leber.« Er zeigte sie Jeffrey. Jeffrey war nicht gerade erpicht darauf, sie sich anzuschauen, aber er tat Seibert den Gefallen. »Ich vermute, daß die Gallenblase noch dranhängt.«

Seibert legte den Beutel auf Henry Nobles Rumpf und löste

den Verschlußclip. Ein höchst unangenehmer Geruch erfüllte die feuchtkühle Abendluft. Seibert langte in den Beutel und zog die Leber heraus. Er drehte sie um und zeigte Jeffrey die Gallenblase. »Perfekt«, sagte er. »Sie ist sogar noch feucht. Ich hatte damit gerechnet, daß sie ausgetrocknet sein würde.« Er palpierte das kleine Organ. »Und da ist auch noch etwas Gallensaft.« Er legte die Leber und die Gallenblase auf den Plastikbeutel, griff erneut in seine schwarze Tasche und holte eine Spritze und mehrere Probenfläschchen heraus. Er punktierte die Gallenblase und saugte so viel Gallensaft heraus, wie er konnte. Dann spritzte er in jedes der Fläschchen etwas davon.

Alle hatten Seibert so gebannt zugeschaut, daß sie weder Auge noch Ohr gehabt hatten für die Dinge, die sonst noch um sie herum vorgingen. So hatte keiner von ihnen den blauen Chevrolet Celebrity bemerkt, der mit ausgeschalteten Scheinwerfern vor dem Friedhof vorgefahren war. Ebensowenig hatten sie das leise Klappern gehört, mit dem die Türen aufgegangen waren, oder das Geräusch, mit dem die zwei Männer, die dem Wagen entstiegen waren, sich ihnen näherten.

Für Feranno war der Nachmittag alles andere als erfreulich verlaufen. Wieder einmal hatte sich etwas, von dem er geglaubt hatte, es würde eine leichte Operation werden, zu einer nervenaufreibenden, total verkorksten Horrorshow ausgewachsen. Er hatte sich darauf gefreut, einmal in einem Privatjet zu fliegen, ein Erlebnis, das ihm noch nie vergönnt gewesen war. Aber kaum, daß er in die Kiste gestiegen war und sich angeschnallt hatte, hatte er einen Anfall von Klaustrophobie gekriegt. Er hatte sich vorher nie klargemacht, wie verdammt klein diese Privatjets doch waren. Und als wäre das nicht genug gewesen, hatten sie auch noch eine Ewigkeit auf die Starterlaubnis warten müssen, weil der Luftraum über Logan Airport wieder einmal total überfüllt gewesen war. Und dann war zu allem Überfluß auch noch das Wetter umgeschlagen.

Zuerst hatte eine Nebelbank das Kap und die Inseln eingehüllt, dann war ein schweres Unwetter von Westen her aufgezogen und hatte die Stadt mit murmelgroßen Hagelkörnern bombardiert. Feranno war wieder aus dem Flugzeug gestiegen und hatte das Ende des Unwetters in der Wartehalle des allgemeinen Terminals abgewartet. Als sie endlich Starterlaubnis bekommen hatten, war es fast sechs Uhr gewesen.

Und als ob das alles immer noch nicht gereicht hätte, war schließlich auch noch der Flug selbst ein Alptraum gewesen. Sie hatten solche Turbulenzen gehabt, daß er sich vorgekommen war, als säße er in einem Wildwasserkanu. Ihm war gleich nach dem Start speiübel geworden, und er hatte mehrere Male in seine Papiertüte kotzen müssen. Und Vinnie, dieses Arschloch, hatte die ganze Zeit über Erdnüsse und Kartoffelchips in sich hineingestopft und ihm die Ohren vollgelabert, wie toll er den Flug fände.

Als sie nach einer halben Ewigkeit auf Martha's Vineyard gelandet waren, hatte sich Feranno gefühlt, als wäre er soeben einer Waschmaschinentrommel entstiegen. Er hatte Vinnie losgeschickt, den Mietwagen zu holen, und sich erst einmal auf die Toilette verdrückt, um sich die Kotze vom Kragen zu wischen und sich, so gut es ging, frisch zu machen. Erst nach dem Verzehr von ein paar Crackern und einer Flasche Cola hatte er sich wieder halbwegs in Ordnung gefühlt.

Sie waren direkt zum Charlotte Inn gefahren und hatten sich an der Rezeption nach Kelly Everson erkundigt. Feranno hatte wieder seine »Cousin-auf-Geschäftsreise«-Nummer abgezogen, nur, daß er diesmal seine Geschichte noch um die Variante ausgeschmückt hatte, er wolle seine Cousine mit seinem Besuch überraschen. Er und Vinnie hatten sich dabei schelmisch zugeblinzelt. Denn eine Überraschung würde ihr Besuch in der Tat für Kelly und den Doktor werden, soviel stand fest. Beide trugen Pistolen, diskret im Schulterhalfter verborgen, und Feranno hatte zusätzlich eine Betäubungsspritze in der Tasche.

Aber die Überraschung war zunächst einmal auf seiner Seite gewesen. Die Frau an der Rezeption im Charlotte Inn hatte gesagt, soweit sie wüßte, seien die Eversons zum Friedhof von Edgartown gefahren. Mr. Everson, so erklärte sie, habe einige Zeit am Telefon neben der Rezeption verbracht und versucht, eine Verabredung mit Harvey Tabor, dem Baggerführer, zu arrangieren.

Zurück im Wagen, hatte Feranno zu Vinnie gesagt: »Friedhof? Das gefällt mir nicht.«

Sie waren zuerst einmal um den Friedhof herumgefahren. Er war ziemlich groß, aber sie hatten die Versammlung in der Mitte der Anlage sofort gesehen. Im Lichtkegel einer Lampe, die an einem Baum aufgehängt war, standen vier Leute vor einem Bagger.

»Was soll ich jetzt machen?« hatte Vinnie, der fuhr, gefragt.

»Was, zum Teufel, treiben die da bloß?« hatte Feranno zurückgefragt.

»Sieht so aus, als würden sie jemanden ausbuddeln«, hatte Vinnie mit einem makabren Lachen geantwortet. »Wie in 'nem Horrorfilm.«

»Das gefällt mir nicht«, hatte Feranno wiederholt. »Erst kreuzt O'Shea auf der Esplanade auf, und jetzt gräbt dieser Doktor mitten in der Nacht Leichen auf einem Friedhof aus. Das kommt mir irgendwie alles nicht ganz geheuer vor. Außerdem krieg' ich eine Gänsehaut.«

Feranno hatte Vinnie ein zweites Mal um den Friedhof fahren lassen und überlegt, wie sie sich verhalten sollten. Es war eine gute Entscheidung gewesen. Von der gegenüberliegenden Seite hatten sie nämlich sehen können, daß noch zwei weitere Leute da waren, die unten in dem Grab standen. Schließlich hatte Feranno gesagt: »Bringen wir's hinter uns. Mach die Scheinwerfer aus, und fahr ein Stück rein. Den Rest erledigen wir zu Fuß.«

Devlin O'Shea hatte nicht viel mehr Glück als Frank Feranno gehabt. Er war Linie geflogen und hatte den größten Teil der Zeit damit verbracht, auf der Rollbahn in Boston zu sitzen. Und als sie dann endlich gestartet waren, hatte die Maschine aus irgendeinem Grund eine Zwischenlandung in Hyannis einlegen müssen, die ihn weitere vierzig Minuten gekostet hatte. So war O'Shea erst um kurz nach sieben auf Martha's Vineyard angekommen. Und dann hatte er noch eine Ewigkeit darauf warten müssen, daß er endlich seine Kanone wiederbekam, die ihm diese Idioten von Sicherheitsbeamten vor dem Flug abgenommen hatten. Als er endlich das Charlotte Inn betrat, war es fast neun.

»Entschuldigen Sie«, sagte er zu der Frau an der Rezeption. Sie saß in einem altmodischen Sessel und las im Licht einer antiquierten Messinglampe.

O'Shea wußte, daß er noch furchterregender aussah als sonst mit seiner blutroten Narbe und den schwarzen, borstigen Operationsfäden an der Schläfe. Da ihm die Haare über dem Ohr in einer Breite von fünf Zentimetern abrasiert worden waren, hatte er sich auch nicht seinen üblichen Pferdeschwanz binden können. Statt dessen hatte er versucht, die Haare von der anderen Seite mit Hilfe einer Handvoll Haarcreme über die kahle Stelle und die Narbe zu drapieren. Er mußte zugeben, daß das Resultat bestenfalls verblüffend genannt werden konnte. Aber das wirklich nur mit sehr viel Wohlwollen.

Dementsprechend erschrocken war der Blick der Frau hinter der Theke, als sie von ihrer Lektüre aufschaute und ihn gewahrte. Darüber hinaus wagte O'Shea die Vermutung, daß nicht allzu viele Gäste des Charlotte Inn einen Malteserkreuz-Ohrring zur Schau trugen.

»Ich möchte mich nach ein paar von Ihren Gästen erkundigen«, begann er. »Leider kann es sein, daß sie Decknamen benutzen. Einer von ihnen jedoch ist eine junge Frau namens Kelly Everson.« O'Shea beschrieb sie. »Der andere ist ein Mann um die Vierzig. Sein Name ist Jeffrey Rhodes. Er ist Arzt von Beruf.«

»Tut mir leid, aber wir geben keine Auskünfte über unsere Gäste«, erwiderte die Frau kurz angebunden. Sie war aufgestanden und einen Schritt zurückgewichen, als ob sie damit rechnete, daß O'Shea sie packen und die Informationen aus ihr herausschütteln würde.

»Das ist bedauerlich. Aber vielleicht könnten Sie mir sagen, ob ein großer, ziemlich übergewichtiger Mann mit dunklen Haaren und verquollenen, tiefliegenden Augen sich bei Ihnen nach demselben Paar erkundigt hat. Er heißt Frank Feranno, aber er tritt auch unter anderen Namen auf. Er ist in dem Punkt nicht sehr wählerisch.«

»Vielleicht sollten Sie besser mit dem Hotelmanager sprechen«, sagte die Frau.

»Das ist nicht nötig«, erwiderte O'Shea. »Sie machen das schon prima. Also, war dieser Gentleman hier? Er ist ungefähr so groß.« O'Shea hielt die Hand hoch.

Die Frau war sichtlich verwirrt, und nach einigem Zögern gab sie ihren Widerstand auf, in der Hoffnung, daß O'Shea sie dann endlich in Ruhe lassen und verschwinden würde. »Ein Frank Everson, ein Cousin von Mrs. Everson, war hier«, sagte sie. »Aber kein Frank Feranno. Jedenfalls nicht, während ich hier an der Rezeption gesessen habe.«

»Und was haben Sie diesem angeblichen Cousin gesagt?« fragte O'Shea. »Das können Sie mir doch verraten, oder? Er ist schließlich keiner Ihrer Gäste.«

»Ich habe ihm gesagt, daß die Eversons höchstwahrscheinlich drüben auf dem Friedhof sind.«

O'Shea blinzelte. Er studierte das Gesicht der Frau einen Moment, um zu sehen, ob sie ihn zum Narren halten wollte, aber sie hielt seinem Blick stand. Auf dem Friedhof? O'Shea glaubte nicht, daß die Frau ihn anlog. Dieser Fall wurde wirklich immer bizarrer.

»Wie komme ich am schnellsten zum Friedhof?« fragte O'Shea. Was immer da im Gange sein mochte, er hatte das Gefühl, daß er nicht viel Zeit hatte.

»Sie brauchen bloß die Straße runterzufahren und dann die erste rechts zu nehmen«, antwortete die Frau. »Es ist nicht zu verfehlen.«

O'Shea bedankte sich und rannte hinaus zu seinem Wagen, so schnell sein bandagierter Arm es erlaubte.

Jeffrey schaute Seibert zu, wie er Henry Nobles Leber in der rechten Hand balancierte. Er hielt sie auf Armlänge von sich, damit die Einbalsamierungsflüssigkeit nicht auf seine Kleider tropfte, und öffnete mit der anderen Hand den Plastikbeutel, der Henry Nobles restliche inneren Organe enthielt. Jeffrey zuckte zusammen, als Seibert die Leber kurzerhand zurück in den Beutel klatschen ließ und den Beutel wieder mit dem Klemmverschluß versiegelte, damit keine Flüssigkeit herauslaufen konnte.

Seibert wollte den Beutel gerade wieder an seinen Platz in Henry Nobles Bauchhöhle zurücklegen, als eine Stimme sagte: »Was, zum Teufel, geht hier vor?«

Gleichzeitig mit allen anderen wandte Jeffrey den Blick in die Richtung, aus der die Stimme gekommen war. Ein Mann trat in den Lichtkegel der Lampe. Er war bekleidet mit einer dunklen Hose, einem weißen Hemd, einem Sweater und einer dunklen Windjacke. In der Hand hielt er eine Pistole.

»Mein Gott!« stieß Feranno angewidert hervor. Der schaurige Anblick der offenen Gruft hatte ihn schlagartig erstarren lassen. Die Übelkeit, die ihn während des Flugs gequält hatte, kehrte mit Vehemenz zurück.

Jeffrey erkannte den Mann sofort wieder. Es war derselbe, den er schon auf der Esplanade gesehen und der ihm vor der Tür der Church of the Advent die Pistole an die Schläfe gehalten hatte. Wie hatte er sie ausfindig gemacht? Und was wollte er?

Jeffrey spürte, wie ohnmächtige Wut in ihm hochstieg. Er wünschte, er hätte eine Waffe, irgend etwas, womit er sich verteidigen konnte. Er war es leid, sich ständig von irgendwelchen miesen Ganoventypen mit Pistolen bedrohen und durch die Gegend jagen zu lassen. Beim letztenmal hatten sie ihn sogar mit einer Spritze betäubt.

Feranno würgte und preßte sich die freie Hand vor den Mund. Er wandte sich zu Kelly, Boscowaney und Cabot und machte mit seiner Waffe Jeffrey und Seibert ein Zeichen, aus der Gruft zu steigen.

Seibert kletterte hinaus. Er fragte sich, ob dieser Eindringling mit Henry Noble verwandt war. »Ich bin der Leichenbeschauer«, sagte er, bemüht, seiner Stimme einen amtlichen Klang zu verleihen. Er hatte es schon öfter mit erbosten Familienangehörigen zu tun gehabt. Niemand war scharf auf Autopsien, schon gar nicht Verwandte. Er trat zwischen Feranno und die anderen.

Jeffrey hatte Ferannos Reaktion auf den Anblick der Leiche bemerkt, und er sah, wie er sich angeekelt abwandte. Er langte nach vorn und schnappte sich den Plastikbeutel mit Henry Nobles Organen. Der Beutel wog gut seine zwanzig bis dreißig Pfund. Jeffrey kletterte aus der Grube. Den Beutel hielt er seitlich hinter sich.

»An Ihnen bin ich nicht interessiert«, sagte Feranno zu Seibert und stieß ihn ziemlich roh zur Seite. »Kommen Sie her, Dr. Rhodes.«

Feranno nahm die Pistole in die andere Hand, langte in die Tasche und zog die Spritze hervor. »Umdrehen!« befahl er Jeffrey. »Vinnie, du hältst die anderen...«

Jeffrey schwang den Plastikbeutel mit beiden Händen und ließ ihn mit aller Kraft, die er aufbieten konnte, auf Ferannos Kopf niedersausen. Der Schlag war so wuchtig, daß der Beutel beim Aufprallen platzte und Feranno auf die Knie riß. Die Spritze segelte in den Erdhaufen; die Pistole schlitterte in die Gruft und fiel polternd in den Sarg.

Feranno rappelte sich benommen auf und schüttelte sich, noch nicht so recht begreifend, was ihn da getroffen hatte. Dann fiel sein Blick auf seine Jacke. Seine Augen weiteten sich vor blankem Entsetzen, als ihm dämmerte, was das war, das da von seinen Haaren tropfte und um ihn herum auf dem Boden verstreut lag. Als er das Hirn und die angeschwärzten Darmschlingen erkannte, schlug ihm das so auf den Magen, daß er wie ein Klappmesser in sich zusammenknickte und in hohem Bogen auf die Erde zu kotzen begann. Immer wieder geschüttelt von krampfartigen Würgeanfällen, versuchte er, die stinkende, triefende Brühe von seinen Schultern und aus seinen Haaren zu wischen.

Jeffrey hielt noch immer den leeren Plastikbeutel in der Hand, als plötzlich Vinnie aus dem Dunkel in den Lichtkreis gestürzt kam, nervös und angespannt seine Pistole mit beiden Händen umklammert haltend. »Keiner rührt sich vom Fleck!« schrie er. »Die leiseste Bewegung, und ich schieße!« Er drehte den Lauf seiner Pistole mit ruckartigen Schwenkbewegungen von einem zum anderen.

Jeffrey hatte Ferannos Komplizen nicht gesehen. Hätte er ihn gesehen, dann hätte er wahrscheinlich nicht riskiert, Feranno den Beutel über den Kopf zu hauen.

Seine Pistole weiter auf die Gruppe gerichtet, ging Vinnie zu Feranno, der zitternd wieder auf die Beine gekommen war. Er hielt die Arme von sich gestreckt und schüttelte sich die Brühe von den Händen.

»Bist du okay, Frank?« fragte Vinnie.

»Wo, verdammt noch mal, ist meine Kanone?« schrie Feranno anstelle einer Antwort.

»Die ist in das Grab gefallen«, sagte Vinnie.

»Hol sie raus!« befahl Feranno. Er öffnete mit spitzen Fingern den Reißverschluß seiner Windjacke, zog sie vorsichtig aus und warf sie auf die Erde.

Vinnie ging zum Rand der Grube und spähte nervös hinunter, nach der Pistole Ausschau haltend. Sie lag zwischen den Knien der Leiche. Henry Noble schien zu ihm heraufzustarren.

»Ich war noch nie in einem Grab«, sagte Vinnie unsicher.

»Hol die Knarre!« brüllte Feranno. Er starrte Jeffrey mit lodernden Augen an und zischte: »Du verdammter Scheißkerl! Du glaubst doch nicht, daß du das ungestraft gemacht hast?«

»Keiner rührt sich vom Fleck!« rief Vinnie. Dann sprang er. Sofort wandte er den Blick wieder auf die Gruppe. Sein Kopf ragte immer noch ein gutes Stück über den Rand der Gruft. Seine Waffe war genau auf Chester Boscowaney gerichtet, der mit schlotternden Knien zwischen Kelly und Cabot stand. Jeffrey war näher bei Feranno, und Seibert befand sich zwischen Feranno und den anderen.

Als Vinnie sich bückte, um die Waffe aufzuheben, schossen

Jeffrey zwei Gedanken durch den Kopf: Erstens, wenn er sofort lossprintete, würde er es vielleicht schaffen, in der Dunkelheit zu verschwinden, ehe Vinnies Kopf wieder aufgetaucht war, und zweitens, da er derjenige war, hinter dem sie her waren, würden beide ihn verfolgen und die anderen allein zurücklassen. Er lag nur mit seiner ersten Vermutung richtig.

Den Friedhofsweg hinunterspurtend, hörte Jeffrey Feranno brüllen: »Wirf mir die Knarre zu, du Idiot!«

Als Jeffrey aus dem Lichtkegel heraus war, hüllte ihn schlagartig tiefe Dunkelheit ein. Seine Augen brauchten einen Moment, um sich daran zu gewöhnen. Erst dann merkte er, daß es nicht ganz so dunkel war, wie er geglaubt hatte. Die Lichter der nahen Stadt schimmerten hier und da auf dem feuchten Gras wider. Die Silhouetten der Grabsteine erinnerten auf unheimliche Weise daran, daß dies die Stätte der Toten war.

Ein dunkler Wagen parkte vor ihm auf dem Weg. Jeffrey blieb stehen und schaute hinein, ob der Zündschlüssel steckte, aber er sah keinen. Als er zurück zu dem Lichtschein über Henry Nobles Gruft blickte, konnte er Frank Ferannos füllige Gestalt ausmachen, die in seine Richtung gehastet kam. Vinnie war dortgeblieben und hielt die anderen in Schach.

Jeffrey rannte weiter. Er erinnerte sich nur zu gut, daß Ferannos Leibesfülle täuschte; der Mann war überraschend flink auf den Beinen. Jeffrey war sich nicht unbedingt sicher, ob er ihm so ohne weiteres davonspurten konnte. Er mußte sich irgend etwas einfallen lassen. Konnte er es zum Stadtzentrum schaffen? An einem Samstagabend würden doch bestimmt ein paar Leute in Edgartown unterwegs sein, auch wenn die Touristensaison noch nicht begonnen hatte.

Im selben Moment vernahm er hinter sich das Krachen eines Schusses. Feranno hatte auf ihn gefeuert. Jeffrey hörte eine Kugel an seinem Kopf vorbeipfeifen. Er schlug einen Haken und verließ den Weg.

Tief geduckt hastete er in Schlangenlinie zwischen den Grabsteinen hindurch. Er wollte sich nicht abknallen lassen wie ein

Hase. Er hatte das erschreckende Gefühl, daß Feranno nicht mehr um jeden Preis darauf aus war, ihn lebend zu kriegen. Zwischen den Gräbern war der Untergrund nicht so sicher wie auf dem Weg, und er mußte höllisch aufpassen, daß er nicht ausrutschte oder auf einer der steinernen Grabeinfassungen mit dem Fuß umknickte. Trotz seiner Vorsicht stolperte er an einer Stelle und geriet ins Taumeln. Er schaffte es gerade noch, auf den Beinen zu bleiben, indem er sich geistesgegenwärtig an einen Granitobelisken klammerte. Der Obelisk wackelte bedenklich auf seinem Sockel und drohte umzukippen. In dem Moment schoß Feranno erneut auf ihn.

Die Kugel schlug unmittelbar unter Jeffreys Arm in den Obelisken ein. Jeffrey wich entsetzt einen Schritt zurück. Als er in die Richtung schaute, aus der der Schuß gekommen war, sah er Feranno heranstürmen. Er gewann an Boden!

Jeffrey rannte weiter. Er keuchte vor Anstrengung und fühlte ein heftiges Stechen in der Seite. In seiner Panik hatte er die Orientierung verloren. Er wußte nicht, in welcher Richtung er sich halten sollte. Er war nicht sicher, ob er noch auf die Stadt zulief.

Aus dem Augenwinkel sah Jeffrey die Silhouetten einer Gruppe von einstöckigen Gebäuden. Er entschied sich, dort hinzurennen. Er schwenkte nach links und stolperte auf einen der zahlreichen Kieswege, die den Friedhof durchzogen. Einen Moment später erreichte er die Reihe der Gebäude und rannte geduckt in den schmalen Durchgang zwischen den ersten beiden. Er lief an der Rückseite der Gebäude entlang und rannte dann wieder zum Kiesweg. Er blieb stehen und spähte um die Ecke des letzten Gebäudes.

Feranno war keine zwanzig Meter von ihm entfernt. Er zögerte einen Moment, dann begann er sich in Jeffreys Richtung zu bewegen. Jeffrey wollte gerade kehrtmachen und zurücklaufen, als Feranno plötzlich zwischen zwei der Gebäude und aus Jeffreys Blickfeld verschwand.

Jeffrey überlegte fieberhaft, was er tun sollte. Eine falsche Bewegung, und er würde Feranno auf Gnade und Ungnade ausgeliefert sein. Wenn er an den Gesichtsausdruck dachte, mit dem Feranno ihn angeschaut hatte, nachdem er ihm den Beutel mit Henry Nobles verwesenden Organen über den Kopf gehauen hatte, hatte er keine große Hoffnung, daß Feranno Erbarmen mit ihm haben würde.

Direkt gegenüber der Stelle, an der Jeffrey sich befand, stand ein marmornes Gebäude, das älter aussah als die übrigen. Selbst in der Dunkelheit konnte Jeffrey erkennen, daß seine Eisentür einen Spaltbreit offenstand.

Nachdem er sich mit einem raschen Blick noch einmal vergewissert hatte, daß Feranno sich nicht auf dem Kiesweg befand, stürmte Jeffrey auf die Tür zu. Er stieß sie gerade so weit auf, daß er hineinschlüpfen konnte. Er versuchte sie hinter sich zu schließen, doch als er gegen sie drückte, schrammte sie über den Boden. Jeffrey ließ sie sofort los. Er durfte nicht riskieren, Feranno auf sich aufmerksam zu machen. Die Tür war immer noch einen Spalt offen, etwas weniger, als sie es vorher gewesen war.

Jeffrey wandte sich um und inspizierte das Innere seiner engen Zelle. Das einzige Licht kam von einem kleinen ellipsenförmigen Fenster, das hoch in die Rückwand der Kammer eingelassen war.

Jeffrey tastete sich vorwärts zu dem Fenster, vorsichtig einen Fuß vor den anderen setzend. An der Wand konnte er viereckige, nischenartige Vertiefungen fühlen, und mit einem Schaudern wurde ihm bewußt, daß sie für Särge vorgesehen waren.

Er erreichte die Rückwand und kauerte sich in die Ecke. Seine Augen hatten sich inzwischen an die Dunkelheit gewöhnt, und er konnte den schmalen, senkrechten Streifen Licht erkennen, der durch den Türspalt hereinfiel.

Er wartete. Kein Laut war zu hören. Nachdem etwa fünf Minuten verstrichen waren, begann er zu überlegen, wann er sich wohl hinauswagen könnte.

Während er noch überlegte, flog mit einem häßlichen Kreischen von Metall auf Stein die Tür auf und prallte mit einem dumpfen Schlag gegen die Wand. Jeffrey sprang hoch.

Ein Feuerzeug flammte auf. In seinem gelben, flackernden Licht erkannte Jeffrey Ferannos fleischiges Gesicht. Er hielt das Feuerzeug auf Armeslänge vor sich. Jeffrey sah, wie er erst blinzelte, dann lächelte. »Ausgezeichnet«, sagte Feranno höhnisch. »Paßt das nicht wunderbar? Du bist schon im Grab.« Sein Hemd war voller Flecken, und seine Haare waren verklebt von der Einbalsamierungsflüssigkeit. Ferannos höhnisches Lächeln verzerrte sich zu einer haßerfüllten Grimasse. Er schlenderte auf ihn zu, in der einen Hand die Pistole, in der anderen das Feuerzeug.

Anderthalb Meter vor Jeffrey blieb er stehen und richtete seine Waffe auf Jeffreys Gesicht. Im flackernden Schein der kleinen Flamme hatten seine Züge etwas Groteskes. Seine Augen schienen noch tiefer in ihre Höhlen gesunken zu sein. Seine Zähne schimmerten gelb wie die eines Totenschädels.

»Ich hatte dich eigentlich lebend nach St. Louis schicken sollen«, schnarrte Feranno, »aber du hättest mir nicht diesen stinkenden Scheißdreck auf den Kopf hauen dürfen. Das hättest du nicht tun dürfen, Doc. Du wirst nach St. Louis fahren, mein Freund, o ja, das wirst du, aber in einer Holzkiste.«

Zum zweitenmal in seinem Leben und innerhalb weniger Tage mußte Jeffrey hilflos mit ansehen, wie sich die Mündung einer Pistole auf seine Stirn richtete und leicht wackelte, als sich der Finger um den Abzug zu krümmen begann.

»Frank!« rief eine rauhe Stimme. Der Name hallte von den Wänden der kleinen Kammer wider.

Feranno wirbelte herum. Ein Knall erschütterte das Gebäude. Dann ein zweiter. Jeffrey ließ sich zu Boden fallen. Ferannos Feuerzeug erlosch. Anschließend senkten sich vibrierende Stille und tiefschwarze Dunkelheit über die Kammer.

Jeffrey lag vollkommen reglos da, die Hände über den Kopf verschränkt, das Gesicht auf den kalten Steinboden gepreßt. Plötzlich hörte er das Schnipsen eines Feuerzeugs.

Jeffrey hob vorsichtig den Kopf. Er fürchtete sich vor dem, was er sehen würde. Feranno lag direkt vor ihm, alle viere von sich gestreckt. Hinter ihm waren zwei Beine zu sehen. Als Jeffrey den

Kopf ein Stück weiter hob, schaute er in das Gesicht von Devlin O'Shea.

»Welch Überraschung«, sagte O'Shea. »Wenn das nicht mein Freund, der Doc, ist.« Er hielt ein Feuerzeug in der einen Hand und eine Pistole in der anderen, genau wie wenige Augenblicke zuvor Feranno.

Jeffrey rappelte sich auf die Beine. O'Shea bückte sich und drehte Feranno auf den Rücken. Er fühlte nach seiner Halsschlagader. »Verdammt«, sagte er. »Ich hab' zu gut gezielt. Ich wollte ihn eigentlich nicht töten. Zumindest glaube ich, daß ich das nicht wollte.« O'Shea richtete sich auf und trat vor Jeffrey. »Keine Giftpfeile diesmal, Doc«, sagte er warnend.

Jeffrey wich gegen die Wand zurück. O'Shea sah noch furchterregender aus als Feranno.

»Gefällt Ihnen meine neue Frisur?« fragte O'Shea, Jeffreys Reaktion bemerkend. »Die hab' ich dem Arschloch da unten zu verdanken.« Er zeigte mit dem Lauf seiner Pistole auf Feranno. »Hören Sie, Doc«, fuhr er fort. »Ich habe eine gute und eine schlechte Nachricht für Sie. Welche wollen Sie zuerst hören?«

Jeffrey zuckte mit den Schultern. Er wußte, daß jetzt alles vorbei war. Es tat ihm nur leid, daß O'Shea ausgerechnet jetzt aufkreuzen mußte, da sie so nahe daran waren, ihren langersehnten Beweis zu kriegen.

»Jetzt sagen Sie's schon!« drängte O'Shea. »Wir haben nicht die ganze Nacht Zeit. Da draußen läuft immer noch ein junger Gangster herum, der Ihre Freunde mit einer Kanone bedroht. Also, erst die gute oder erst die schlechte Nachricht?«

»Die schlechte«, sagte Jeffrey. Er fragte sich, ob O'Shea ihm als Antwort direkt eine Kugel durch den Kopf jagen würde. Wenigstens wäre dann die gute Nachricht, die er nur nicht mehr mitkriegen würde, die, daß er schnell gestorben wäre.

»Und ich hätte jede Summe gewettet, daß Sie zuerst die gute hören wollen. Nach allem, was Sie durchgemacht haben, meine ich, daß Sie eine brauchen können. Also, die schlechte Nachricht ist, daß ich Sie ins Kittchen bringen werde. Ich will die Belohnung von Mr. Mosconi einstreichen. Und jetzt die gute: Ich habe einige Dinge herausbekommen, die wahrscheinlich zur Aufhebung Ihres Urteils führen werden.«

»Wie bitte? Wovon sprechen Sie?« fragte Jeffrey verblüfft.

»Ich glaube, dies ist weder der rechte Moment noch der rechte Ort für eine freundschaftliche Plauderei«, sagte O'Shea. »Da draußen ist noch immer dieser Klugscheißer Vinnie D'Agostino und fuchtelt mit einer Kanone herum. Wir zwei machen jetzt einen kleinen Deal, Doc. Ich will, daß Sie mit mir zusammenarbeiten. Das bedeutet: keine Fluchtversuche, keine Spritzen, die Sie mir in den Hintern jagen, keine Aktentaschen, die Sie mir über den Schädel hauen, oder sonstige Zicken. Ich kümmer' mich um Vinnie, damit niemandem was passiert, und Sie sind so nett und lenken ihn ein bißchen ab, damit ich ihn mir krallen kann. Wenn ich ihm die Knarre abgenommen hab', werd' ich ihn an den Dekkel von der Grabkammer, der neben dem Loch liegt, anketten. Und dann rufen wir die Edgartowner Polizei. So was Aufregendes haben die nicht mehr erlebt, seit damals die ganzen Pariser am Strand von Chappaquiddick angeschwemmt worden sind. Und dann gehen wir alle zusammen schön Abendessen. Was halten Sie davon?«

Jeffrey konnte kaum antworten, so verwirrt und sprachlos war er.

»Nun kommen Sie schon, Doc!« sagte O'Shea. »Wir haben nicht die ganze Nacht Zeit. Machen Sie nun mit oder nicht?«

»Okay«, sagte Jeffrey. »Ich mach' mit.«

Das Charlotte Inn besaß ein gemütliches Restaurant mit einem reizvollen Blick auf einen kleinen Innenhof, in dem ein Springbrunnen plätscherte. Auf den Tischen lagen weiße Tischtücher, und die Stühle waren bequem. Ein Team von aufmerksamen Kellnern und Kellnerinnen kümmerte sich um die Wünsche der Speisegäste.

Wenn jemand Jeffrey die Szene, die er in diesem Moment genoß, noch ein paar Tage vorher geschildert hätte, wäre er in schallendes Gelächter ausgebrochen und hätte denjenigen für verrückt erklärt. Vier Leute saßen an dem Tisch. Rechts von Jeffrey saß Kelly. Sie machte noch immer einen sichtlich mitgenommenen und bangen Eindruck, aber sie sah hinreißend aus. Links von Jeffrey saß Seibert. Auch er wirkte nicht gerade gelassen. Ihm lagen die getürkten Exhumierungsdokumente im Magen, und er machte sich Sorgen wegen der Untersuchung, die die Aktion mit ziemlicher Sicherheit nach sich ziehen würde. Jeffrey gegenüber saß Devlin O'Shea, der einzige am Tisch, der völlig gelöst und zufrieden war. Im Gegensatz zu den anderen, die Wein tranken, hielt er sich an Bier, und er war mittlerweile schon bei seinem vierten angelangt.

»Doc!« sagte er, an Jeffrey gewandt. »Sie sind wirklich ein außerordentlich geduldiger Mensch. Sie haben mich noch immer nicht nach den Dingen gefragt, die ich herausbekommen habe.«

»Ich habe mich nicht getraut«, sagte Jeffrey wahrheitsgetreu. »Ich habe Angst gehabt, den Bann zu brechen, unter dem ich stehe, seit wir dieses Gebäude dort verlassen haben.«

Alles war genauso abgelaufen, wie O'Shea es vorausgesagt hatte. Jeffrey hatte einen Tumult veranstaltet, so, als würden er und Feranno sich in der Nähe des Mietwagens eine Prügelei liefern. Als Vinnie seinem Boß zu Hilfe eilen wollte, hatte O'Shea sich von hinten an ihn herangeschlichen und ihn blitzschnell entwaffnet. Dann hatte er ihm Handschellen angelegt.

Die einzige Abweichung vom ursprünglichen Plan hatte darin bestanden, daß O'Shea Vinnie nicht an den Betondeckel angekettet hatte, sondern direkt an einen der Griffe des Sargs. »Du und Henry, ihr könnt euch gut ein bißchen Gesellschaft leisten«, hatte er grinsend zu dem entsetzten Jungganoven gesagt.

Dann waren sie allesamt zurück zum Charlotte Inn gefahren, wo O'Shea getreu seinem Versprechen die Polizei angerufen hatte. Obwohl auch sie eingeladen worden waren, an dem Abendessen teilzuhaben, hatten Boscowaney, Cabot und Tabor höflich abgelehnt und es vorgezogen, sich im Kreise ihrer jeweiligen Familie von dem nervenaufreibenden Erlebnis auf dem Friedhof zu erholen.

»Dann sag' ich es Ihnen eben jetzt, ob Sie mich danach fragen oder nicht«, fuhr O'Shea fort. »Aber lassen Sie mich zunächst einige Bemerkungen vorausschicken. Zuerst einmal möchte ich mich dafür entschuldigen, daß ich auf Sie geschossen habe, neulich in dem Bumshotel. Ich war zu der Zeit stinksauer und dachte, Sie wären ein echter Verbrecher. Einer von der Sorte, die ich zu hassen gelernt habe. Aber mit der Zeit erfuhr ich mehr über Ihren Fall. Mosconi war dabei nicht gerade eine große Hilfe, deshalb war es nicht ganz leicht. Jedenfalls wußte ich, daß irgendwas im Gange war, als Sie plötzlich aufhörten, sich wie der typische Ganove auf der Flucht zu verhalten. Und als dann auch noch Frank Feranno auf der Bildfläche erschien, da war mir sonnenklar, daß da irgendein sehr merkwürdiges Ding am Laufen sein mußte, erst recht, als ich erfuhr, daß er fünfundsiebzig Riesen dafür kriegen sollte, daß er Sie nach St. Louis verfrachtete. Das ergab erst einmal überhaupt keinen Sinn – bis ich dann herausbrachte, daß die Leute, die Frank angeheuert hatten, ein brennendes Interesse daran hatten, Sie zu etwas zu befragen, das Sie herausgefunden hatten.

An dem Punkt beschloß ich, rauszukriegen, wer diese auswärtigen Geldscheißer waren. In Anbetracht der Höhe der Summen, die im Spiel waren, vermutete ich, daß es irgendwas mit Drogen zu tun haben mußte. Hatte es aber nicht, wie ich sehr bald feststellte. Und jetzt kommt der Teil der Geschichte, der Sie interessieren wird. Was würden Sie sagen, wenn ich Ihnen erzählen würde, daß der Typ, der Frank Feranno angeheuert hat, ein Kerl namens Matt Davidson ist? Ein Matt Davidson aus St. Louis?«

Jeffrey fiel der Löffel aus der Hand. Er schaute Kelly an. »Der Matt in Hardings Adreßbuch«, sagte sie.

»Nicht nur das«, erwiderte Jeffrey. Er langte unter den Tisch nach seiner Reisetasche, kramte einen Moment darin herum und schwenkte triumphierend die beiden Kopien aus der Angeklagten/Kläger-Kartei, die er sich im Gerichtsgebäude gemacht hatte. Er legte sie so auf den Tisch, daß jeder sie einsehen konnte.

Jeffrey deutete auf die Stelle, wo der Name des Klagervertreters in dem Kunstfehlerverfahren im Suffolk-General-Fall stand. Es war Matthew Davidson. »Matthew Davidson war auch der Klägervertreter bei meinem Verfahren«, sagte Jeffrey.

Kelly schnappte sich die andere Kopie vom Tisch, auf der die entsprechenden Daten vom Commonwealth-Prozeß standen. »Der Klägervertreter bei diesem Fall, Sheldon Faber, war derselbe wie bei dem Fall meines Mannes. Und jetzt erinnere ich mich wieder, daß er auch aus St. Louis war.«

»Ich geh' mal was nachprüfen«, sagte Jeffrey und erhob sich von seinem Stuhl. An O'Shea gewandt, fügte er hinzu: »Bleiben Sie ruhig sitzen. Ich bin gleich wieder zurück.« O'Shea hatte Anstalten gemacht, ihm zu folgen. Jeffrey ging zur Telefonkabine. Er rief die Auskunft in St. Louis an und erkundigte sich nach den Geschäftsnummern der beiden Anwälte. Es war ein und dieselbe Nummer!

Jeffrey kam an den Tisch zurück. »Davidson und Faber sind Partner. Trent Harding hat für sie gearbeitet. Du hattest recht, Kelly. Es war tatsächlich eine Verschwörung. All diese Todesfälle gehen auf das Konto dieser beiden Anwälte. Sie haben sich ihre eigene Nachfrage und ihre eigenen Fälle geschaffen!«

»So was Ähnliches hatte ich mir gedacht«, sagte O'Shea. Er lachte. »Ich hab' ja schon von Rettungsdiensten gehört, die versuchen, sich gegenseitig die Unfallopfer abzujagen, aber diese Burschen bauen sich ihre Unfälle gleich selbst. Ich brauche Ihnen ja wohl nicht zu sagen, daß sich all dies positiv auf Ihre Berufung auswirken wird.«

»Womit die Verantwortung jetzt bei mir läge«, meinte Seibert. »Bei mir und meinem Gaschromatographen. Diese Kunstfehleranwälte müssen Trent Harding dazu angeheuert haben, Marcain-Ampullen zu kontaminieren und sie dann in die Vorratsmagazine von Krankenhäusern zu schmuggeln. Jetzt kann ich nur noch hoffen, daß Henry Noble wenigstens dieses eine letzte Mal durchkommt. Ich muß das Toxin isolieren.«

»Ich frage mich, ob diese Anwälte das gleiche Spielchen noch in anderen Städten treiben«, sagte Kelly. »Wie ausgedehnt mag ihr Operationsfeld sein?«

»Das ist natürlich nur eine Vermutung«, erwiderte Jeffrey, »aber ich könnte mir denken, daß das ganz davon abhängt, wie viele Psychopathen à la Trent Harding sie finden.« Er schüttelte den Kopf.

»Ich konnte Anwälte noch nie ausstehen«, sagte O'Shea.

»Kelly!« stieß Jeffrey aus, urplötzlich von seinen Gefühlen überwältigt. »Weißt du, was das bedeutet?«

Kelly lächelte. »Kein Südamerika.«

Jeffrey zog sie in seine Arme. Er konnte es einfach nicht glauben. Nun bekam er am Ende doch noch sein Leben zurück. Und gerade rechtzeitig, um es mit der Frau zu teilen, die er liebte.

»He!« rief O'Shea einem der Kellner zu. »Bringen Sie mir noch ein Bier – und eine Flasche Champagner für unser Liebespaar hier.«

Epilog

Montag, 29. Mai 1989, 11 Uhr 30

Randolph rückte seine Brille zurecht, um lesen zu können. Er räusperte sich. Jeffrey saß ihm an einem schlichten Eichenholztisch gegenüber und trommelte mit den Fingern auf die verschrammte Tischplatte. Randolphs lederne Aktentasche lag rechts neben Jeffrey auf dem Tisch. Sie war offen. Jeffrey konnte sehen, daß sie außer einem Paar Squashschuhen noch einen Pakken Schriftstücke enthielt.

Jeffrey trug ein hellblaues Jeanshemd und eine dunkelblaue Baumwollhose. O'Shea hatte Jeffrey, wie er es versprochen hatte, nach Boston zurückgebracht und ihn den Behörden übergeben.

Jeffrey hatte die Woche im Gefängnis nicht gerade genossen, aber er hatte versucht, das Beste daraus zu machen. Er hatte sich immer wieder mit dem Gedanken getröstet, daß sein Gefängnisaufenthalt ja nur vorübergehend sein würde. Er hatte sogar wieder einmal Basketball gespielt, etwas, wozu er seit seiner Unizeit nicht mehr gekommen war.

Jeffrey hatte noch vom Charlotte Inn aus Kontakt mit Randolph aufgenommen. Randolph hatte versprochen, sofort alles Nötige in die Wege zu leiten. Seitdem war über eine Woche vergangen. Jetzt verlor Jeffrey allmählich die Geduld.

»Ich weiß, Sie meinen, das müßte alles über Nacht über die Bühne gehen«, sagte Randolph, »aber die Mühlen der Justiz mahlen nun einmal langsam.«

»Nun kommen Sie endlich zur Sache!« forderte Jeffrey ihn auf.

»Also«, begann Randolph und räusperte sich erneut, »ich habe jetzt drei förmliche Anträge eingereicht. Der erste und wichtigste ist der auf Wiederaufnahme des Verfahrens. Ich habe ihn bei Richterin Janice Maloney eingereicht und sie darin ersucht, den Urteilsspruch aufzuheben wegen Formfehlern im Verfahren...«

»Wen interessieren denn jetzt noch irgendwelche Verfahrensfehler?« ereiferte sich Jeffrey. »Ist es denn nicht wichtiger, daß die ganze Sache von zwei krimmellen Anwälten verursacht worden ist, die sich die Taschen füllen wollten?«

Randolph setzte seine Brille ab. »Jeffrey, sind Sie so nett und lassen mich bitte ausreden? Ich weiß, daß Sie ungeduldig sind, und das mit gutem Grund.«

»Also gut, fahren Sie fort«, sagte Jeffrey, mühsam die Beherrschung wahrend.

Randolph setzte seine Brille wieder auf und schaute auf seine Notizen. »Wie ich schon sagte, ich habe einen Antrag auf Wiederaufnahme gestellt aufgrund von Formfehlern im Verfahren und aufgrund von neuem Beweismaterial, das eine neue Betrachtung zwingend geboten erscheinen läßt.«

»Mein Gott!« rief Jeffrey. »Warum können Sie das nicht in klaren, allgemeinverständlichen Worten ausdrücken? Warum dieses Herumschleichen um den heißen Brei?«

»Jeffrey, bitte«, sagte Randolph. »Es sind für diese Art von Situation nun einmal gewisse Prozeduren festgelegt, an die ich mich halten muß. Sie können ein Wiederaufnahmeverfahren nicht einfach aufgrund irgendwelcher beliebiger Beweise verlangen. Ich muß dem Gericht glaubhaft darlegen, daß dieses neue Beweismaterial, das wir erhalten haben, nicht etwas ist, das ich bei Anwendung der gebotenen Sorgfalt hätte in Erfahrung bringen können. Es gibt keine Wiederaufnahmeverfahren wegen Schludrigkeit des Anwalts. Darf ich jetzt weitermachen?«

Jeffrey nickte.

»Der zweite Antrag, den ich gestellt habe, ist, das Verfahrensprotokoll zu berichtigen, als Grundlage für die weitere Rechtsmittelführung gegen das Kunstfehlerurteil«, sagte Randolph. »Das Ziel ist ein Antrag auf außerordentliche Abhilfe aus Billigkeitsgesichtspunkten wegen neu zutage geförderter Beweise.«

Jeffrey verdrehte die Augen.

»Der dritte Antrag, den ich gestellt habe, ist darauf gerichtet, eine Neufestlegung der Kaution zu erreichen. Ich habe mit Richterin Maloney gesprochen und ihr dargelegt, daß keine böse Absicht auf Ihrer Seite vorlag und daß Sie nicht mit der Kaution hatten durchbrennen wollen, sondern schlicht und einfach eine lobenswerte und letztlich auch erfolgreiche Untersuchung durchgeführt haben, welche zur Ermittlung der neuen Beweismittel geführt hat.«

»Ich denke, ich hätte das etwas schlichter formulieren können«, unterbrach ihn Jeffrey. »Und? Was hat sie gesagt?«

»Sie hat gesagt, sie werde den Antrag prüfen«, antwortete Randolph.

»Wunderbar! Während ich hier im Knast verrotte, prüft sie den Antrag. Das ist wirklich unheimlich zuvorkommend von ihr. Wenn alle Juristen Ärzte würden, würden ihnen sämtliche Patienten wegsterben, bevor sie sich durch den Papierkram durchgearbeitet hätten!«

»Sie müssen Geduld haben«, sagte Randolph, an Jeffreys Sarkasmus gewöhnt. »Ich denke, daß ich morgen das Ergebnis des Kautionshearings habe. In spätestens zwei Tagen werden Sie hier raus sein. Die Klärung der anderen Punkte wird etwas länger dauern. Anwälte sollten zwar genau wie Ärzte, keine Garantien geben, aber ich glaube, daß Sie mit einem vollen Freispruch rechnen können.«

»Danke. Und was geschieht mit Davidson und Konsorten?« fragte Jeffrey.

»Ich fürchte, das wird nicht ganz so einfach, wie Sie sich das vorstellen«, antwortete Randolph mit einem Seufzen. »Wir werden natürlich mit dem Bezirksstaatsanwalt in St. Louis zusammenarbeiten, der mir versichert hat, daß er eine Untersuchung in die Wege leiten wird. Aber die Chancen für eine Anklage stehen seiner Ansicht nach ziemlich schlecht. Außer Hörensagen gibt es keinerlei Beweis für irgendeine geschäftliche Verbindung zwischen Davidson und Trent Harding. Das einzige Indiz für eine Verbindung ist der Eintrag in Mr. Hardings Adreßbuch, aber der liefert keinen Hinweis auf die Art dieser Verbindung, geschweige denn irgendeinen Beweis. Desgleichen gibt es keinerlei Hinweis auf irgendeinen direkten Zusammenhang zwischen Trent Harding und dem Batrachotoxin, das Dr. Warren Seibert in allen Fällen nachweisen konnte, nachdem er es aus der Gallensaftprobe von Henry Noble isoliert hat. Und da Mr. Frank Feranno verstorben ist und somit jede Verbindung zwischen ihm und Davidson ebenfalls ausschließlich auf Hörensagen gründet, steht die Sache gegen Davidson und Faber bisher auf wackligen Füßen.«

»Das heißt also im Klartext, daß Davidson und seine Kollegen munter so weitermachen können wie gewohnt, wenn auch vielleicht nicht gerade in Boston.«

»Nun, das würde ich nicht unbedingt sagen«, widersprach Randolph. »Wie ich bereits erwähnte, es wird auf jeden Fall eine Untersuchung geben. Aber wenn die nicht irgendwelche neuen und stichhaltigen Beweise zutage fördert, dann könnte ich mir schon vorstellen, daß Davidson es erneut probiert. Aber vielleicht macht er beim nächstenmal ja einen Fehler. Wer weiß?«

»Was ist mit meiner Scheidung?« fragte Jeffrey. »Wenigstens in dieser Sache werden Sie doch hoffentlich gute Nachrichten für mich haben.«

»Ich fürchte, da kommt auch noch einiges an Ärger auf uns zu«, antwortete Randolph, während er seine Papiere zurück in seine Aktentasche schob.

»Inwiefern?« fragte Jeffrey. »Carol und ich sind uns doch einig. Es ist eine Scheidung in beiderseitigem Einvernehmen.«

»Das mag vielleicht so gewesen sein«, sagte Randolph. »Aber das war, bevor Ihre Frau sich Hyram Clark als Scheidungsanwalt genommen hat.«

»Ist das denn nicht egal, wen sie sich nimmt?«

»Hyram Clark ist ein ganz scharfer Hund. Der betrachtet noch

Ihre Zahnplomben als Teil Ihrer Vermögenswerte. Wir müssen darauf vorbereitet sein und jemanden nehmen, der genauso aggressiv ist.«

Jeffrey stöhnte laut auf. »Vielleicht sollten wir beide heiraten, Randolph. Da es ganz so aussieht, daß ich Sie nicht mehr loswerde, kann ich mir auf diese Weise wenigstens eine Menge Kosten sparen.«

Randolph lachte sein vornehm-zurückhaltendes Bostoner Anwaltslachen. »Reden wir lieber mal über die erfreulicheren Dinge«, sagte er. »Wie sehen denn so Ihre generellen Pläne für die nächste Zukunft aus?« Er erhob sich.

Jeffreys Miene hellte sich auf. »Sobald ich hier raus bin, machen Kelly und ich erst einmal Urlaub. Irgendwo in der Sonne. Wahrscheinlich in der Karibik.« Er stand ebenfalls auf.

»Und was wird aus der Medizin?« fragte Randolph.

»Ich habe schon mit dem Chef der Anästhesie vom Memorial gesprochen«, antwortete Jeffrey. »Die arbeiten etwas schneller als die Mühlen der Justiz. Wenn ich will, kann ich in Kürze wieder anfangen.«

»Und? Wollen Sie?«

»Ich glaube nicht«, sagte Jeffrey. »Kelly und ich werden höchstwahrscheinlich in einen anderen Staat ziehen.«

»Oh! Hört sich ja ganz so an, als wäre es was Ernstes.«

»Das könnte man so sagen.«

»Vielleicht sollte ich dann vorsichtshalber schon mal einen Ehevorvertrag aufsetzen.«

Jeffrey starrte Randolph ungläubig an, doch dann sah er, wie Randolphs Mundwinkel sich zu einem Lächeln kräuselten.

»War nur ein Scherz«, sagte Randolph. »Wo ist Ihr Sinn für Humor geblieben?«

Dank

Wie bei allen meinen Büchern habe ich auch bei der Arbeit an *Narkosemord* in hohem Maße von der Erfahrung und Sachkenntnis von Freunden, Kollegen und Bekannten profitiert. Da die Geschichte zwei Berufsgruppen umschließt, waren verständlicherweise Angehörige dieser Berufsgruppen meine wichtigsten Quellen. Besonders danken möchte ich:

den Ärzten Tom Cook, Chuck Karpas und Stan Kessler,
den Anwälten Joe Cox, Victoria Ho und Leslie McClellan,
dem Richter Tom Trettis
und der Schultherapeutin Jean Reeds

Sie alle haben mir großzügig viele Stunden ihrer wertvollen Zeit geopfert.